高高的木棉樹

古方智 著

現代文學 33

博客思出版社

時勢英雄不爭論成人與尊嚴

《高高的木棉樹》、《他鄉的故事》、《留情布朗壩》三本書，記述的是我在大陸大半生的生活經歷。

我的家鄉是客家人聚居的僑鄉，因為地少人多，生活貧困，過去很多人出外謀生，多數出南洋。我出生在四十年代初，懂事之日，中國抗戰勝利，上學之初，國家政權改變。我在家鄉上小學、中學，高中未畢業回鄉務農。近二十年間，經歷土改、互助合作、工商業改造、反右、大躍進。

一九六零年，印尼排華，父親回國安置在雲南一間華僑農場，我前往投親。在農場當了一年臨時農工後，有機會重返校園，讀完高中考上大學。上大學期間，參加四清運動，文化大革命，到解放軍農場接受再教育。大學畢業後，在華僑農場和僑務部門工作，其間，經歷粉碎「四人幫」，撥亂反正，改革開放。八十年代末出港定居。

半個多世紀以來，中國大地發生的巨大變化，老話說「時勢造英雄，英雄造時勢」，這兩者是如何造就的?我以一個普通讀書人的眼光，通過記錄普通百姓的生活，反映這段歷史。

秦朝末年，徭役賦稅沉重，人民掙扎在死亡線上，在「今亡亦死，舉大計亦死，等死，死國可乎?」的形勢下，陳勝吳廣鼓動奴隸們揭竿而起，開創中國兩千多年改朝換代歷史先河。

近代中國，受世界列強欺淩，農民生活困苦，一群信仰馬克思列寧主義的共產黨人，把握人民群眾思變的時勢，「喚起工農千百萬」，推翻了舊政權，建立起社會主義中國。

從一九五零年至五六年，農村進行土地改革，組織互助合作，建立農業社，城市進行工商業改造，搞公私合營；過去留下的娼妓、鴉片、賭館等不健康的社會現象，很快被掃除；「三反五反」後，政治相對清明，多數幹部為政清廉，作風相對民主；統治階層很少提階級鬥爭，提倡勞動光榮，號召發展大

生產，支援國家工業化。上述種種變革得到多數勞動者的擁護，幾年間國家經濟得到飛速發展，工農民眾的生活得到較大改善。當時，家鄉很多海外華僑回國探親，「做好事」捐錢修橋補路，建學校。這幾年，家鄉百姓生活愉快，多數人相信和擁戴共產黨，全國形勢一片大好。

老百姓對英雄的迷信和對美好生活的嚮往，統治階層對「共產主義」的盲目追求，使英雄們對大好形勢作出錯誤判斷，認為中國人民可以在共產黨領導下向共產主義進發，從而制定出「三面紅旗」，跨越時代大躍進。

發射每畝產量幾十萬斤的糧食「高產衛星」，用木柴煤塊大煉鋼鐵「超英趕美」，建立人民公社「跑步進入共產主義」。半年後，糧倉吃空，青山砍光，田地荒蕪，工業停滯。全國到處出現水腫病，餓死人。短短幾個月，從「放開肚皮吃飯，鼓足幹勁生產」的「共產主義社會」，回到接近原始社會邊緣，百姓如大夢初覺，回到現實。英雄們未能創造出輝煌歷史。

國家執行「調整」政策，適當放寬自由經濟。人民公社允許開荒種地，搞多種經營，發展自由市場；工廠搞承包，實行計件工資，物質獎勵。從一九六二年底到一九六五年初，國民經濟得到很快的恢復，城市農村再次出現欣欣向榮的大好形勢。

這種形勢卻被認為存在「資本主義復辟」的危險，而世界上第一個社會主義國家蘇聯「衛星上天，紅旗落地」，蘇聯共產黨成了現代修正主義。為了防修反修，統治階層在全國開展社會主義教育運動，四清運動，緊接著文化大革命。

一九六六年九月十五日，我們這批來自全國的幾十萬大中學生（人們籠統地稱之為紅衛兵）在天安門廣場上聽林彪在城樓上宣佈：世界革命中心已經轉移到東方，轉移到中國。帝國主義是腐朽的，沒落的，垂死的資本主義，五十年內外到一百年內外即將走向滅亡，全世界很快就要實現共產主義了。

從天安門廣場回到學校，從城市到農村，從幹部到群眾，我不覺得有人真正懂得「文化大革命防修反修」的目的意義，也沒有人相信全世界「共產主義」很快就要實現。

文革後期，社會混亂，全民內鬥。工農業生產，文教科技等遭到嚴重破壞，人民生活水準下降，軍隊分派，不聽指揮……從全國大軍區換防，林立果企圖搶班奪權，鄧小平幾上幾下，周恩來毛澤東等一批老共產黨人去世，共產黨的統治已經到了危險邊沿。

抓捕「四人幫」，結束文化大革命，不再以「階級鬥爭為綱」，「把全黨工作的重心轉移到社會主義現代化建設上來」。改革開放，引進外資，引進技術；「不爭論」，「要退夠」。資本主義的資本和先進科技，與十二億被壓抑了幾十年的中國人的競爭精神相結合，使中國經濟得到飛躍發展，中國真正實現了「大躍進」。中國共產黨提出「社會主義初級階段」和「中國特色的社會主義」理論，一方面經濟高速發展，國力迅速增強，人民生活水準提高；另一方面權欲結合，官商勾結，貪腐橫行；社會道德缺失，民眾唯利是圖，信仰模糊，許多社會醜惡現象重現。「有中國特色的社會主義」是一種什麼樣的時勢？這時勢將造出怎樣的英雄？英雄們又將造出怎樣的新時勢，引人矚目。

在大陸生活過的讀書人，都聽過無數次政治報告，「形勢大好，不是小好，而是大好，越來越好！」這是幾十年所有政治報告開篇第一句。到香港定居以後，我有機會看到許多在大陸看不到的資料，看到不同階級、不同信仰、不同觀點的專家學者，對大陸幾十年發展變化過程的「時勢」和「英雄」的評論，這些資料和評議讓我增長見識。

我記錄的是自己求學、成長、工作的人生歷程。這些穿衣吃飯、上學讀書、日常工作、人際交往、生老病死的小事，看似平淡如水，瑣碎無聊，但是，每一宗，每一件，都與執政者的方針政策，國家的發展變化，緊密相聯，息息相關。這些平民百姓生活中的喜怒哀樂反映出來的喜氣，怨氣，凝結、匯聚、流動，成為「時勢」。有聰明才智的人能正確地掌握形勢，因勢利導，便能帶領民眾推動社會前進，成為英雄；相反，錯誤判斷形勢，甚至錯誤引導，便會走到邪路上去，破壞社會文明，成為歷史罪人。

我在這個世界上生活了七十多年，經歷過不同的社會制度，記敘的只是自己真實而平凡的生活經歷，不是對任何主義、社會制度、宗教信仰或英雄人物的評論。「人類最美好的社會——共產主義」；普世價值：民主、自由、平等、公平、公正，離自己看得見的社會現實仍然很遠。每年元旦，從領袖到平民都在祈求世界和平，但是，民族、國家、地區之間，為爭奪利益的鬥爭從來也沒有停止，人類科學技術的飛速發展，又讓人的思想認識跟不上潮流。但是，我堅信人類始終在向聰明、文明的方向發展，而不是相反。

人類生活在天地之間，天、地、人，三者之間互相聯繫，互相影響，互相依存。大到整個人類，整個民族，整個國家；小到一個村莊，一家人，一個人，每個人的生存、變化、發展，都不是孤立的。我出生在僑鄉，大半生和歸僑一起生活和工作。海外華僑、華人，國內的歸僑、僑眷，他們對「祖國」特殊而深厚的感情，讓我刻骨銘心，因為他們始終不忘祖先的出生和長眠之地，不忘自己是從哪裡來的。

作品中的人和事，都是我們這一個時代的人非常熟悉的，特別是我的家鄉人和一九六零年前後從國外回來的「華僑人」。我們這批四十年代前後出生的國內或國外的中國人，已經或即將離開歷史舞臺。我希望這些紀錄，讓有興趣閱讀的人，瞭解在中國的巨變中，平民百姓是怎麼生活的，人生信念又是怎樣轉變的，或可能從中得到一點啓示。

客家人，可能是中華民族中在世界上分佈最廣的一個民系。由於祖祖輩輩特殊的經歷，我從小就被灌輸要學會「謀生」，長大後要「成人」。要謀生，而不是謀死：為自己，也為別人，人類才會得到發展；要「成人」：不管滄桑如何變化，不管生活在什麼地方，不管有什麼樣的信仰，貧窮與富貴，風光與平凡，都要有「人」的尊嚴，生命才有意義。

作者 二零一六年九月十二日

高高的木棉樹——目次

華僑地主華僑

我的家鄉，是粵省東北，靠近閩、贛的一個小縣城。其它地方的人稱我們這個族群為「客家人」；因為家鄉出南洋的人多，又被稱為「僑鄉」。

外村人把我們村子叫成「木棉樹下」，因為村後有兩棵高高的木棉樹，很遠就看得見，而正式的村名叫古塘村。村子前面有條土崗，崗下面是個大水塘叫古塘，古塘是早年河流改道形成的，呈牛扼形。圍繞古塘有三個村子，另外兩個村子，一個叫塘頭村，一個叫塘背村。三個村子的人，絕大多數都姓古，是同一個老祖宗傳下來的。

大沙河從塘頭村上面的山邊流下來，經過塘頭村，塘背村，再從我們古塘村後面流下去，流經縣城，遠遠地流入大海。

古塘村夾在大沙河與古塘之間，塘與村子中間那條長長的土石崗子，叫長崗。村子與土崗之間有一片狹長的水稻田，村子後面與河之間有一條狹長的旱地。因為村子裡田地太少，養不活全村人，全村三百多戶人家，幾乎所有家庭都要出外謀生，主要是出南洋。出南洋多數是到緬甸、印尼、馬來亞、暹羅、新加坡，到其它地方的少。

村裡人出南洋，只要能掙到錢，都會和家族中人合起來起屋，為了老了葉落歸根。能賺到大錢，回鄉單獨起大屋買田地，或者經營工商的，為數極少。出南洋後不能葉落歸根，家鄉沒有了傳人，叫「孤沒絕代」了，就不知道有多少。所有房屋都是沿河建的，背河面山，成一長排，各棟屋斷斷續續，連綿一公里多。

房子都是用三合土夯築成的圍龍屋。最普通的圍龍屋，就是兩橫兩槓（直）一圍龍。兩橫，是前後兩排房子，中間是廳，左右是堂屋；後面的叫上廳上堂屋，前面的叫下廳下堂屋。兩直是左右兩邊的廂房。兩橫兩直組成一個正方形或長方形，在兩直的廂房後面，接上成半圓形的龍屋圍起來，下廳天井前方建大門、兩廂前面建小門，就成為最普通的圍龍屋。幾乎所有圍屋的門前都有禾坪（曬穀場），養魚塘。全村的屋大同小異，只是稍有變化或大小不同而已。

曬穀場和池塘外邊，是一條連結全村的石路。站在門口，右邊的叫上屋，左邊叫下屋。

每棟屋住的人有多有少，少的只有一家，多的有十幾家。每一棟屋，住的是同一家族。我們這棟屋叫新屋，是從老屋分出來後起的，老屋在下村。新屋有八家，屬四個「親房」，在家的有十七口人，其他都在南洋或外地。八家人中，只有我伯父和阿爸出印尼，其他七家都是出緬甸，南洋有錢寄回來養家的，只有我家和大狗家。

到六歲，我們就被送去村小讀「半年級」。村小叫古里學校，就在我家屋後的木棉樹旁邊。「半年級」沒有讀書，先生帶著排隊，走路，唱歌，玩遊戲，沒有留下什麼印象。六歲以前留下較深記憶也只有兩件事：一是日本狼狗，一是美國電影。聽大人說，日本人打到離我們縣城不到一百公里地方就投降了，國軍押著日本投降兵路過縣城，村裡男女老少都去看，維生叔揹著我去。我見到日本兵牽著從來沒有見過的，又高大樣子又惡的狗，很害怕，聽見有人說：那是狼狗；我們村有一個遠近聞名的印尼華僑，叫古錦輝，據說做到印尼什麼地區的移民官，賺了很多錢，晚年回鄉養老。大概是四六年，古錦輝去世時，還在印尼的子孫回來送終，除了超渡很排場以外，還接連在房子的大廳裡放了兩晚相同的無聲電影，當時連外村都有很多人來看，轟動一時。這次是阿媽帶我去看，在牆上掛的白布上，模模糊糊看見一個戴著帽子，面目不清的人，在小樹林裡走著，不知幹什麼。

滿七歲，正式成為小學生。我們家鄉，正規的大村子都有村小，屬一至四年的初級小學。開學那天，阿媽給我換上新衣服，揹上新書包，裡面裝著紙筆墨硯。到了學校，第一堂週會，紹新先生帶著我們一年級新生，在校門外排好隊，二、三、四年級的老生在裡面敲鑼打鼓，把我們歡迎進去。

週會先舉行升旗禮，唱國歌，向國父孫中山遺像行鞠躬禮，然後校長訓話。校長講的話，我只記住了要「好好讀書，學好本領，將來報效國家」這句。阿媽叫我「好好讀書，以後出南洋做生意」，現在，校長說報效國家，我不知道什麼是「報效」。

我喜歡上學，學校裡人多，比在家裡好玩。同一棟屋一起上一年級的，有大狗（群智），蓮婆（蓮英），阿雪（雪華）。大狗是連生叔母（家鄉話：母，讀「咩」，平音 me，寫成姆）的兒子，比我大一歲。蓮婆是金元叔公家的，阿雪是建生伯母家的，兩個都是抱來的童養媳。

同班的還有上屋的阿森（志森），再上屋的富林，阿滿（滿春），下屋的利廣，豬妹（真珠），再下屋的運星、吉星。

志森有六七個兄弟姐妹。他那棟屋，只有一家人，他父母都在家種田，爸爸是村裡能幹各種莊稼活的能人之一。富林的爸爸和叔叔在縣城當剃頭師傅。利廣的爸爸年輕時去過印尼，不知道什麼時候回來的，他叔叔和哥哥還在印尼做生意，有錢寄回來。豬妹的爸爸以前在緬甸，回鄉後不知哪年去世了。運星和吉星，就是去世時放電影的古錦輝的兒女。

全校四個年級，一個年級一個班，有將近一百個學生。村子裡，男孩絕大多數會讀到高小畢業，女的多數讀上幾年就不讀了。

成了正式學生，每學期交一次學費，可以交錢，也可以交米或麥子。每天，學生要輪流給三位老師送菜。都是送蔬菜，偶然會有人送一粒雞蛋，沒有見過有人送肉。家裡比較窮的，送一把苦麥菜或紅薯葉，老師也不會嫌棄。

一年級除了國文、算術、珠算，還有音樂、體育、習字、勞作。國文課開頭幾課都只學一個字：人、面、手、刀、尺、布……最初，覺得上課既好玩，又容易學。可是，珠算課才上了兩三堂，就讓人心驚肉跳。珠算堂由建光校長教，平時學生都叫他先生，不叫校長。上第一堂時，先生說：「我們村子人多田少，多數只好背井離鄉，出南洋謀生。南洋是別人的地方，出去同樣沒有田地。有本事的自己做點生意，沒有本事的給人當夥計。讀書識字，要學會打算盤、會記帳，才能謀生。到時上奉養父母，下生兒育女，記住了！」打算盤用左手，哪根手指撥哪位數的珠子，要按先生教的撥，撥錯幾次都改不了，先生手裡的戒尺打下來，專門打在你指節上，痛得你彈出眼淚。

有一次，大狗一直撥錯，先生剛揚起戒尺，大狗的手已縮到身後，說：「我又不想出南洋做生意！」先生說：「那好，不打你的指頭，把巴掌伸出來。」大狗剛把巴掌伸出去，那戒尺大力打下來；又叫大狗伸出另一支手巴掌，再打下去，說：「我給你巴掌上打出老繭來，以後好抓大鎚打石頭。」大狗的手巴掌被打得腫起來，晚上吃飯時抓不住筷子。

阿媽帶我上學的第一天，對建光先生說：「孩子不聽話，請先生好好教訓，該打就打！」當時聽了不解，後來聽到每個人的阿媽都這樣說，知道這是規矩。上堂時，校長多數拿戒尺，照生先生和紹清先生多數是拿藤條。照生先生很少真打人，多數是用藤條在桌子上很響地拍一下，嚇唬人；紹清先生打的人多，但打得不怎麼痛；校長也不是經常打人，但是，打起人來，就讓你很久都還記得。女生很少被打，一來她們聽話，二來，好像先生也不屑於她們學得好不好似的。我們幾個人中，大狗挨打的次數多，不是他頑皮或者笨，而是他的想法經常和別人不一樣，惹老師生氣。

學校三位先生：建光先生和紹清先生是本村人，照生先生是外村請來的，姓李。聽大人說，建光先生以前當過鄉長，現在當了校長。

下課以後，我們會在學校旁的操場踢皮球，在學校與河之間的大片沙地和蘆葦地裡玩。捉沙蟲、捉蟋蟀、捉土狗（一種形似蟋蟀體形較大的蟲）、抓蜻蜓、掏雀窩……一直玩到先生趕我們回家。

屋裡八家人的廚房，都在圍龍上。圍龍上的房間比堂屋和廂房小，屋頂也矮些，用來作廚房或雜物房。

我家廚房和震元伯婆家的廚房相鄰，她只有一個人。震元伯公和彬元伯公兩堂兄弟夫婦，年輕時出緬甸謀生。震元伯公出去沒有幾年就因病去世了，震伯婆帶著年幼的兒子回到家鄉。家裡除了兩間房，沒有田地，為了生活，只好做挑腳（挑夫）。年輕時，上過江西、福建，後來老了，只能在縣城碼頭幫人從船上挑貨上下船，掙點錢過日子。因為家裡窮，兒子沒有讀多少書，長大後自己賣身當兵，一去就沒了音訊。

每天吃晚飯時，便看見她坐在門前的矮凳上，手裡端著一個大土碗，碗裡裝滿黑糊糊的稀粥，呼嚕嚇啦，不一會就喝完了，然後抹抹嘴，長長地嘆口氣說：「做孤做絕！（苦到連後代都沒有）活著為了什麼？還不就是為了兩條『叉』！」

村子裡所有人家，一年四季都是吃粥，只有過年過節，還有新米上場後，會吃上兩餐飯。各家的日子過得好不好，差別就在吃的粥稠點、稀點，粥裡面攪的紅薯粒和蔬菜多點、少點。平時吃的粥多是白粥，有下粥的蔬菜。我們說話都說「吃飯」，沒有人會說「吃粥」。

震伯婆吃的粥，多數都摻有紅薯粒、苦麥菜或其它瓜菜。她幾乎每餐都是菜和粥煮在一起，粥和菜分開做，像大家一樣吃白粥，用菜下粥的時候很少。只有過年過節的時候，有幾餐吃得好點。

這天，她喝完粥，把碗放在地上，又是長長地嘆了口氣，說：「做生做死（累死累活），還不是為兩條叉，一條橫叉，一條直叉。」

「叉」。客家話讀平聲 cha，指「爆裂開的長條口子」。像天旱時水田曬到裂開了，那一條條縱橫交錯的裂口，叫「叉」；冬天時，人的手腳凍到開裂，那裂口也叫「叉」。家鄉人一年四季都沒有鞋穿，女人又要長年下田，到冬天，腳底板兩邊裂開一條條的口子，就叫「發叉」了。

我不明白為什麼人活著是為了兩條「叉」、累死累活也是為了兩條「叉」。

我剛抬起飯碗，又聽見震伯婆這樣說，便放下飯碗，問阿媽：「什麼是『橫叉，直叉』？為什麼做生做死是為兩條『叉』？」阿媽聽了最初一愣，然後瞪了我一眼，突然揚起手中的筷子，狠狠地劈過來，打在我的耳朵上。筷子打在耳輪上，那痛，好像從頭上一直痛到腳底。以前阿媽打我，因為我不聽話，或者偷吃了不該吃的東西，反正有個理由。這次打我，我覺得毫無道理，於是，便鬼哭狼嚎似的大哭起來。阿婆看了我一眼，也不理我，也不說阿媽，照樣吃她的飯，好像沒有事一樣，我便哭得更大聲。

在隔壁廚房吃飯的谷叔婆走過來拉起我，說阿媽：「好好的吃著飯，打孩子做什麼？」

阿媽說：「好的不學，學些下流話，看不打死你。」

谷叔婆拉著我說：「好啦，好啦，別哭了，跟叔婆吃去！」

圍龍的地勢一般都比下面的廂房和堂屋高，那圍成的半圓空地，叫「花頭」，因為多數是用河裡撿來的鵝卵石舖成的。花頭，是一屋小孩子和雞、狗一起活動的場所，也是大人晚飯後坐聊、解決小是小非的地方。平時，各家在廚房裡吃，到天氣熱時，會擺出花頭上吃，小孩就會端著碗走來走去，不管那家都會招呼坐下來一起吃。

雖然覺得被打得冤枉，耳朵還有點痛，有叔婆過來哄著，我也就停了哭聲，抬起飯碗，跟著到谷叔婆的飯桌上去吃飯。

谷叔婆家是獨房，谷元叔公的堂兄弟，還住在老屋。谷元叔公年輕時出緬甸，在那邊又討小（老婆），生了孩子，谷叔婆帶著維生叔一個兒子在家。現在，維生叔已經成人，成了親，維叔母又有了身孕。維生叔已經籌備好出緬甸，和父親一起做生意。

三年級的功課，除了原來的國文和算術，增加了公民課、常識課、尺牘課。我比較喜歡國文課，司馬光打破水缸救人的故事、孔融讓梨的故事、「鋤禾日當午，汗滴禾下土；誰知盤中飧，粒粒皆辛苦」，這些課文引起我的興趣。公民課和常識課使我懂得了好多村子外面的事情。尺牘是教寫信的。書上學到的「父親大人：尊前膝下敬稟者，萬福金安！」這句話，我後來寫信時用了很多年。

到快過年的時候，村子裡開始有些人心惶惶，前兩年聽見大人講「豬毛」，「吊海參」，現在說政局不穩，要「改朝換代」。

有一天下午，我們剛剛上完一節課下堂，維生叔慌慌張張跑進來，跟紹清先生說：「抓丁」了！兩人便跑了出去。我們想跟著跑出去看，校長站在學校門口大聲吆喝：「不要亂跑，全都回教室讀書寫字。」於是，大家回到教室坐著，不敢大聲說話，也沒有人看書，東張西望，到聽到鈴聲便趕緊回家。

其實，村子裡平常見不到年輕男人，像紹清先生和維生叔，都是出外謀生前，短暫留在村裡的。村公所公務人員、村小學老師，還有樣樣農活都能幹，必需留在村裡的的一兩個男勞動力，都是中年人。在田裡幹活的都是女人，家裡都是老人和小孩。

後來，不單維生叔會躲「抓丁」，連阿媽他們有時也會「躲」起來。有一天上午，屋裡的大人正準備下田，突然從下村傳來：「催糧的下來了，催糧的下來了！」一下子，先隆伯和阿媽他們，所有大人都從屋後走了，屋裡只剩下小孩和老人。幾個穿黑衣服，帶盤盤帽，揹著槍的人走過來，問在池塘洗衣服的震伯婆什麼話。震伯婆裝聾聽不明，一下指東，一下指西，那些揹槍的人罵了幾句就走了。維生叔和阿媽他們，其實就是「躲」到河邊的蘆葦地裡坐著，如果要找，很容易就可以找著。不過，聽維生叔說，他們有時躲得遠，會跑到山裡。有一天，阿媽上午躲出去，到天黑才回來，阿婆說阿媽：「有什麼好躲？自古以來老百姓都要交皇糧啦！出去閒遊濫逛一整天，浪費光陰！」阿媽不理她。

維生叔本來年初就要走的，沒有走成。聽阿媽說，維生叔把谷元叔公從緬甸請人帶回來的銀元，換成一箱子的紙幣，可沒過幾天那錢就會沒用了。怪不得那幾天維生叔一家哭聲震天，谷叔婆哭得背過氣去。後來，谷叔婆把家裡的黃牛賣了，重新籌了一筆錢。我看維生叔不著急，可能是想等維叔母生了孩子才走。現在，抓壯丁的風聲緊，谷叔婆又一天催促，叫他抓緊時間找水客。

村裡的人出南洋，找好水客後，從縣城坐一天的木船，順水去到一個叫坑口的地方，再坐火船（小火輪），不知坐多久，到汕頭。然後坐上大輪船，漂洋過海到其它國家去。

一天吃晚飯時，接連跑了幾天的維生叔回到家，才坐下來端起飯碗，谷叔婆就問他：「定了上船的日子沒有？」

維生叔說：「具體哪天沒定，最近時局不穩，從縣裡到坑口，從坑口到三河壩，兩段水路都會遇到岸上有人向船上開槍，所以，船家也不好說定日子，只說能走就走。坑口的火船怎麼走，要下去才知道。」說完看著維叔母，維叔母低著頭不出聲，只顧吃飯。

村裡很多人家養童養媳，叫抱妹子。兩家女人只要比較熟悉，或者經人介紹，一家多生了女孩養不起，一家只有男孩，想有個女孩，就抱一個來養。抱來的妹子，不一定要有相配的兒子，就是有兒子，長大了也不一定成親，主要看兩人的感情。養母女處得不好，或養母家太窮，或生母家庭環境改善，可以隨時商量要回去；相處得好，又沒有跟兒子成親的，便當女兒出嫁。

維叔母是河對面一個村子抱來的，人乖巧，也漂亮，和維生叔一起長大，還一起讀過幾年書，感情很好。前年清明過後，有一天谷叔婆家殺雞買魚買肉，維生叔和叔母穿著新衣服，在上廳拜祖宗，拜天地，請屋裡的幾個老人一起吃飯喝酒，兩人便睡在一間房裡。不久，就見維叔母吃飯時吐，說是有身孕了，一家人很高興。現在維生叔要去緬甸，看起來又不高興。

谷叔婆問：「盤費收好沒有？這回可不能有什麼差池。」

維生叔說：「收好了，都是隨身帶。」

「這『花邊』和銀元，沉甸甸的，怎麼帶在身上？」

「又不是只有我一個人，同船還有兩個，又有水客帶著，隨時小心就是。」

接下來那幾天，谷叔婆一家都心事重重。維叔母的眼睛天天都紅紅的，好像才哭過，維生叔一聽

見谷叔婆說什麼，就很大聲說：「知道啦！知道啦！講講講！講了幾百遍。」阿媽聽見就自言自語的說：「去也不是，不去也不是。做人真難。」沒過幾天，早上起來見谷叔婆和維叔母都滿臉愁雲慘霧的，谷叔婆對我說：「你維生叔走了。」一直過了三個多月，有人從外面帶回維生叔的親筆信，說已經平安到了緬甸，見到了阿爸一家人，谷叔婆和維叔母才有了笑容。

聽阿媽說，谷元叔公也是像維生叔這樣年輕時，拋下谷叔婆和出生不久的維生叔，到緬甸去謀生，出去後只回來過一次。後來，在緬甸娶妻生子，雖然有信來，也是除了幾句安慰的話，就是叫窮，除了去年托人帶過一次盤費叫維生叔出去，就沒有寄過分文。維生叔在城裡讀了不到兩年初中就出來找工做，混了幾年回村來了。家裡有一小坵田，兩小塊地，有十幾棵果樹，勉強維持生活。成親後，沒有工作，眼看子女又要出世，只有走父親的老路。

其實，村子裡這樣的家庭很多，我家和群智家還不是一樣，只不過好一點的是，我們的阿爸有錢寄回來養家。

過了幾天，阿媽說，老屋的叔公商量定了，重陽節要去祭老祖宗，我聽了非常高興。

平時，每年春節，全屋人都要去老屋旁的祠堂敬（祭祀）祖公。每家人除了香燭，還有兩只大盤子，一隻擺上一支煮熟的雞，一塊熟豬肉，一條煎好的魚。另一盤裝些甜粄、煎圓、發粄之類的年糕。年初一，一屋老小，一早去到祠堂，把所有祭品擺好，點上香燭，由叔公頭（長房最年長的男性）帶著，按輩份排成一排排，向成排的祖公牌位敬香磕頭。

祭老祖宗要去很遠的山裡，不但在家走得動的人要到，有些在外做事，或者在南洋各地，有經濟能力的也會回來，場面非常熱鬧。祭老祖宗不是年年舉行。記得小時候去過一次，已經沒有多少印象。敬祖公和祭老祖宗，最好玩的當然是分錢，放爆竹。

那天早上，除了彬伯公伯婆，德叔公三位老人不去，其他人天還沒亮就起床，穿著整齊出門趕路。

老屋和我們新屋，十幾二十家，幾十個男女老幼，走成一長排，直到中午，來到一個只有兩戶人家的小山村後面山坡上。山坡上有三座已經很破敗的墳，就是我們的六世祖。墳已經打掃得很乾淨，周圍的雜草剷光了，清出一塊空地。前一天已經有人來，在這裡砌好爐灶。我們來到時，鍋裡的肉在冒出香噴噴的氣味。大部份菜肴是在家煮好的，挑來這裡熱熱就行。一會兒，幾個手腳麻利的叔婆叔母，把敬神的三牲（雞、豬肉、魚）和各種菜肴分好，擺在三座墳前，便開始燒香燭。叔公頭帶著所有族人，男丁在前，女的在後，跪下磕頭，叔公頭在墳頭酹了三杯酒，念念有詞，接著爆竹聲震天。大家站起來，靜靜地看著，直到香燭燒完後，才散開。然後所有男丁，從小到大，排成一排，一位叔公大聲唱名，叔公頭拿著一疊紅包分發，一人一個紅包。這時又放起爆竹，我們一接到紅包，裝進褲袋，便急不及待去搶爆竹，看到我們滿地亂滾，大人在旁邊高興得哈哈笑。

過一會兒，叔婆叔母把各圍的菜肴分好了，便按上下親疏，男女老幼分成八人一圍吃飯。八樣菜，除了雞、豬肉、魚，還有肉圓、釀豆腐、炒田螺和各種蔬菜。三杯酒下肚，剛才的莊嚴肅穆氣氛便一掃而光。有些人說話粗聲大氣，多數人只是聽著，跟著笑笑，點點頭。從外面回來的斯文得多，講講時事，講講生意上的一些事情。

金元叔公和老屋一個不知叫什麼名的阿叔，兩人有點呆頭呆腦的，成了大家捉弄的對象。金元叔公有隻腿不好，彎不下來，剛才有些人叫他多向老祖宗磕頭，把他按下去，弄得一臉的泥。

吃飯時，蘭智和群智分到另一圍，我們這圍，六位是老屋人，新屋是金元叔公和我。不知道是誰，故意把飯甑放到離我們遠的地方。吃飯的規矩，要席中的長輩先挾那碗菜，其他人才可以跟著挾。開始吃飯時，便有意先不動肉類，等金元叔公吃完一碗飯去添飯時，大家便很快把雞呀、魚呀等好菜差不多挾完了，他回來看見就大罵，引得眾人大笑。

金元叔公是長輩，因為傻，村裡人平時也很不尊敬他，現在看到有人捉弄他，我覺得心裡不舒服。

吃完飯，才休息一會，叔公頭又帶大家向祖宗磕頭，唸唸有詞，然後，隊伍拉得比來時更長，趕路回家，到家已經天黑好久了。

第二天起來，我摸出口袋裡的紅包給阿媽。我問阿媽為什麼叔公要給錢？這錢是哪裡來的？阿媽說：這是「餉錢」。我不知道阿媽說的「餉」是不是「阿咩話」，也不知道書面語怎麼寫。我們家族有一些公產，就是幾坵田，一口池塘。聽說原來在鎮上還有間商店。後來，族中因為商店引起諸多爭拗，把它賣掉了。有時候，會聽大人說：「餉田、餉田」的。兩人吵架時，也會聽到：我是吃「餉」上的，又不是吃你的，我估計：這「餉田」，是指家族中的「公產」。

公產經公議，由族中有能力的人輪流耕種管理，收入所得，拿出大部分用作祭祀等用途。我們村不是每棟屋都有這種公產，有些屋人家少，他們的祠堂在哪裡也不知道。像志森家，過年都只在自己的廳裡敬神。據老人講古（故事）時說，我們和塘頭村、塘背村古姓人的一世祖，是從福建遷來的，叫崇真公，南宋時考上進士，教授程鄉，後來就在塘頭村開基建屋，從此落戶。傳到我們這代，已經廿四世。而我們老屋、新屋家族，又是六世祖從塘頭村搬來古塘村的。村裡其它屋的家族，是那一世搬來，只有他們自己才知道。

這是我們家族最後一次的祭祖活動。

這次祭祖回來後，學校開始不正常。校長經常不來，說生病。紹清先生和照生先生有時會同時有事來不了。

去到學校見沒有先生，大家便一哄而散。我們上學時，家裡有細妹和小弟的，家長會叫帶著來，等下課後帶著在學校周圍玩，到吃晚飯才回家。利廣和富林都有個細妹，經常帶來。這天下午，又是沒有先生來，有些人回家了，多數分散在校門外的沙灘上、河邊的蘆葦叢玩。我們幾個男孩，在沙地裡捉沙蟲，挖土狗。把兩隻沙蟲或兩隻土狗放在一起，有些會打架，就很好玩。不會打架的不好玩，沙蟲會丟掉，土狗帶回家餵雞。沙地上見到有凹下去的地方，吐口水進去，沙蟲就會爬出來。發現土狗洞，就要灌水才會出來。有時懶得去拎水了，就向裡面小便，土狗照樣出來。這天我們捉了好幾個土狗了，富林又發現一個大土狗洞。幾個人都懶得去拎水，問誰有尿，趕緊屙。個個都說屙完了，利廣就叫她細妹屙。她細妹穿開檔褲，蹲下去，張開腿就屙。我剛好蹲在對面，突然看見她兩腿間隆起的肉阜上，有一條裂開的縫，縫兩邊翻開兩片肉，露出鮮嫩的紅色，像一條直長的「叉」，中間沖出一股尿液。再抬起頭來，細妹的粉紅的圓臉上，咧著嘴，上下兩片紅紅的嘴唇，像一條橫「叉」。我心中悚然一動，像著驚一樣起身拼命往家跑，跑到屋後面我們平時捉迷藏的一棵樹下坐下來，一邊喘氣一邊想：這就是震伯婆說的兩條「叉」。上面的是「橫叉」，下面的是「直叉」。

村子裡的男孩女孩，四五歲前都穿開檔褲，夏天很熱時，有些男孩甚麼都不穿。我雖然知道男女不一樣，但也就是知道男的下面長有小麻雀，女的沒有，只是隆起來一塊肉。有時偶然看見她們小便，也就覺得和男孩一樣，尿水是從肉中沖出來。我沒有兄弟姊妹，男女之間的不同，從來也沒有引起過我覺得有什麼大大差異的想法。這一下，我突然明白了阿媽打我的原因：原來震伯婆說的「橫叉」，就是指上面的嘴巴，「直叉」，就是指女人下面的「屄」。而大人們經常用來罵人的話：「日你媽的屄」，這當然是不好的話。所以，那天我說出這個隱語，阿媽會生氣打我。對女人這個「叉」，過去只是模糊的形象，現在一下鮮明起來。「震伯婆說人活著累死累活是為了上面的『橫叉』，那是指嘴要吃飯，這我明白；但是，為什麼還要為了下面的『直叉』呢？」

我覺得什麼情緒都沒有，卻又說不出理由，一直坐到聽見阿媽喊我吃飯才回家。

有一個禮拜天上午，大狗、利廣、富林，我們幾個跑到河邊蘆葦地裡找雀巢。才找了會兒，就聽見：「阿廣哎，阿廣！快回家哎！」那喊聲又響又尖，是利廣的阿媽喊的，像有什麼急事。我們四個急忙往家裡跑。到屋門前一看，池塘外的石路上，過來長長的一隊士兵：有走路的，有騎馬的。門前，七八個叔婆、伯母，站著看那些兵，七嘴八舌，沒有男的在外面。這些兵走到村外的河邊，便停在那裡。過了一會兒，卻見十幾二十個兵，提著鐮刀走回來，下到田邊去割晚稻秧，把割下的秧苗，抱去餵馬。

家鄉種雙季稻。三月份撒稻種：早稻、晚稻的稻種同時間撒在不同的田裡。到拔出秧苗栽秧時，晚稻秧栽在田的周邊，一般栽四、五行；田中間插早稻。到六月間，早稻成熟了，周邊的晚稻苗，卻不會抽穗，還是青苗。等早稻收割完，便將晚稻秧上半截的葉子割掉，下半截拔出來，栽進收掉早稻後耕耘好的田裡。到九月份，這插下去的晚稻重新長出的禾桿才會抽穗，成熟以後收割。可能那些兵不懂我們的莊稼，以為這是不會長穀子的廢秧，便割去餵馬。他們把這晚稻秧苗，齊根割去，只剩下不到兩寸長的秧根，那就栽不成了，栽不成晚稻明年沒飯吃。叔婆伯母個個急得跳腳，她們只會講客家話，和那些外江（家鄉對北方人的叫法）來的兵說不明。正著急，阿松伯母想起德元叔公，趕緊進去叫他出來，德叔公會講「國語」。德叔公出來，找了個看著是當官的，用「國語」和他交談。那當官的邊聽邊點頭，然後轉身一招手，就跑過來兩個士兵。當官的跟他們說了幾句話，那兩個兵就順田埂跑到田邊，向正在割秧苗的兵傳話。那些兵就放慢手腳小心割，秧根留得和我們自己割的一樣高。看到事情解決了，大家都高興，阿松伯母還說：「這下好了，還幫我們幹了一道活。」那隊兵大約有兩百人。沒有多久，田裡的秧苗，上半節葉子都割下來，被抱走了。有幾個兵走到我們屋門前的曬穀場上。一個平日遊村賣醬菜的潮州人，剛好叫賣過來。那幾個兵就圍過去，這個拿包辣醬，那個夾條醃蘿蔔，用鼻子聞聞，嘰哩哇啦，不知說些什麼。潮州人不敢出聲，那些兵都揹著槍。有一個兵，看著比我們大不了幾歲，腰上別著一支銅喇叭，閃閃發亮。大狗膽子大，靠近去伸手摸摸，問：「什麼東西？」「軍號！」「做什麼用？」那小兵伸直拇指和小指，對著嘴「嘀嘀嘀、打打打」地唱起來。大狗說：「你吹來聽聽！」小兵揪揪大狗的耳朵說：「哈！傻小子，一吹響了，要死人的！」一聽到死人，富林害怕得趕緊往後躲。一個個子比較高的鬍子兵，看到有幾個兵拿了些醬菜在手裡，就掏出一個銀元給潮州人。潮州人接過來，丟在地上，響了兩聲；又拿起來吹吹，放在耳邊聽聽。那鬍子兵拍拍潮州人的後腦勺，笑笑，帶著那幾個兵一齊走了。這些人馬在河邊做飯吃，等他們吃完飯走了，有好事的人去看，說除了幾個填平的灶坑，沒有留下什麼。

德元叔公告訴大家：那是國民黨的胡璉兵，路過這裡，要到汕頭去。等大家都回去了，德叔公站在石路上，望著天邊，自言自語說：「天要變了。」

德元叔公、金元叔公和我祖父紀元，是堂兄弟。德叔公是我們這棟屋，也可能是我們村，比較有文化，見識廣的人。他年輕時去過汕頭、廣州、江西、福建，後來又出南洋，去過緬甸、新加坡。可惜，他不是做生意的人材，出去後很少有錢寄回來養家。家裡田地少，德叔婆一個人帶著兒子、兒女在家，艱難度日。女兒秋雲姑長大後，和未婚夫一起跑出去找出路。兒子安生叔讀完小學，幾年後也是自己賣身當了國民黨兵，一去就沒有消息。秋雲姑和姑丈，不知道在外面讀過什麼學校，後來在廣州國民政府裡做事，把德叔婆從家裡接了出去，又寫信叫德叔公從南洋回來團聚。德叔公在外漂泊大半生，到老都沒有賺到什麼錢，卻學會號脈開藥方。回到廣州後沒有人找他看病，住了半年，就一個人回到村子裡，家裡還有一坵薄田和幾棵果樹，請人代耕，姑姑和姑丈也不時會寄錢給他，比起在外漂泊時，生活過得安穩。他會開方子的消息慢慢傳開了，左鄰右舍，村裡村外，就有人找他看病。他只給人號脈開處方，病家自己拿著方子去崇真學校下面的保和堂抓藥。他看病從來不向人提診金，由看病的人隨意給，多數人都不給錢，送幾粒雞蛋，或是蔬菜水果什麼的。

我們屋裡最年長的是彬元伯夫婦，兩人年紀大了，精神已經很差。彬元伯夫婦大半生在緬甸度過，前兩年才回鄉，回來時一個子女也沒有跟。他們回鄉後，也不見他們和外面有書信往來，沒有人知道他們在外面有幾個子女。

村子裡人心惶惶的，晚上睡覺前先去檢查門窗，一聽到狗叫，就趕緊爬起來，不敢再睡。

有一天，我們才進到學校不久，從河邊蘆葦地裡走出十多個穿灰布衣，戴八角帽的兵，有幾個揹槍，有幾個揹的是大刀。他們進到學校，不知道跟校長說些什麼，一會兒，那小隊兵走了，校長集合全校，叫大家回家向阿媽要米，能拿多少算多少，支援解放事業。大家便回家，後來有的人帶米回來，有的人沒有回來。我跟阿媽要了小半升米，回來交給校長。過幾天，只有三個兵來，校長將米給了他們。過兩天，校長宣佈說，學校有些教室漏雨，暫時放假，等候通知再回校上課。

放了假，大人不准我們到學校玩，特別是不准到河邊去玩。不用上課，又不能成天玩，阿媽便要我們學習幫家裡做家務。這天，阿媽裝了兩升麥子，叫我找金元叔公，跟他學推磨。

村子裡每棟屋都有石磨和礱。礱，用來礱穀（礱去穀殼）；磨，用來磨粉。磨小麥粉，粟米粉，或把小的生有蟲眼的紅薯，剁成碎粒曬乾，也磨成粉。這些粉可以單獨做，也可以混合起來做，攪成糊，或烙成餅，用來填飽肚子。磨粉，攪麵糊，烙餅，是男女小孩成長中的第一項家庭功課：因為這是最簡單方便就可以做出來的「飯食」，學會了，就是大人不在家，也不至於餓肚子。

金元叔公的傻不是生來的，谷叔婆說他小時候很聰明，是給他阿媽打壞的。他後來成了親，生了一個兒子，叫良生叔，良生叔一點都不傻。因為家裡窮，良生叔也是中學沒有讀完就跑出去找事做，現在在寶安。對金元叔公和金元叔婆，屋裡和上下鄰居，沒有人叫他們的名字。平輩長輩叫他們：傻金；鄧嫲（嫲是母或姆的粗俗叫法）；我們小輩用「喂、嗨」叫金元叔公；叫金元叔婆鄧叔婆。

推磨太悶，金元叔公一直說話，又不知道他說些什麼，推了一會兒，見阿媽和阿婆下田以後，我就藉故跑出去，和大狗他們玩。

大狗很少推磨，他家的果園比較大，他阿媽經常叫他看果園。放假這些日子，我和利廣他們，都在他果園裡玩。

大狗那一房，他祖父春元叔公，伯祖父鴻元伯公，都是年輕時先後去了緬甸，鴻元伯公一去便沒有了音訊，家裡沒有後人。春元叔公年老以後才回家鄉，已經去世。春元叔公有兩個兒子：大兒子建生伯，就是蘭智哥的爸爸，建生伯沒有出過南洋，在縣裡另一個鎮上，和小老婆住在一起，不知他做什麼事；小兒子連生叔，就是群智的爸爸，在緬甸做生意，也是在外討了小老婆，有了子女。

過了半個多月，把古里學校的桌椅板凳搬到村中的大夫第，一、二年級在上廳，三、四年級在下廳，混在一起上課。其實，老師沒有上課，就是把大家看管起來。校長已經很少來，都是紹清先生和照生先生來看著。以前的書本叫大家不用帶了，讓大家寫大字、小字。大家寫上一陣，就摺紙玩，在桌上下五子棋，各玩各的，只要不吵架打架，沒有人哭，兩位先生也就很少管，只顧自己坐在那裡看書。

這樣的日子沒過多久，有一天，坐在廳上等了好久，一個先生都沒有來。大家正坐得不耐煩，想跑出去玩，就聽見大門外阿更古大聲喊：解放囉！解放囉！解放囉！

阿更古是個流民，不知道他叫什麼名字，聽大人說，是從北方流落到我們村的，便叫他「流民」。他當然無田無地，也沒有房子，住在村中一個破廟裡，平時幹些村裡有喪葬時撒溪錢，或者處理發大水時，有上游漂下來，纏在村後蘆葦上的屍體之類的活。很久沒有這種事做時，也有人叫他幹點農活。

聽到喊聲，我們全都跑出來，也有大人從各棟屋裡跑出來。阿更古說，前幾天城裡那些政府裡的人都跑光了，就剩下些看門的。昨天下午來了些帶縫有五角星八角帽的人在打掃政府的房子。今早上，縣裡已經到處是人，說等一會要歡迎解放軍進城。阿更古順著石路，從下村喊到上村。

村子裡已經有三五成群的人往城裡跑。我回到家裡，看見大狗正和蘭智哥，老恩古他們要進城，便跟阿媽鬧著要跟去。阿媽最初不給，拗不過我一定要去，便叮囑蘭智哥，一定要帶好。蘭智哥答應著，我們便跟著其他人，小跑著進城裡。城裡已經有很多人，街兩邊好多房子掛了紅旗，好些商店門口還掛上燈籠。以前掛有青天白日滿地紅國旗和十二角星的地方，現在都換上了五星紅旗。有人在維持秩序，要大家排在街兩邊，不准亂跑。人群中有些人手裡拿著各種顏色的紙做的小三角旗。不知等了多久，聽見有人說：來了！來了！四周便響起鞭炮聲，那些拿小紙旗的人就搖動旗子，叫「歡迎……慶祝……」

等口號，多數人沒有叫喊，都是伸長脖子，探出頭去看。我看見走過來的隊伍，有些穿灰色衣服，有些穿藍色衣服，多數都戴著釘有紅布做的五角星的八角帽。這些兵和不久前來學校要大家捐米的兵一個模樣，不過，今次見到的，個個身上除了揹著槍，揹著大刀外，胸前還橫挎著一條長口袋，不知道裡面裝的是什麼。整個隊伍長長的看不到尾，隊伍不大整齊，還有些女的，最奇怪是有些女的還背著小孩。我想：打起仗來這些小孩子怎麼辦？不知道過了多久，直到隊伍過完了，街上歡迎的人群才慢慢散去。蘭智哥帶著我們，又在街上到處轉來轉去，天快黑時才回家。

村子裡慢慢平靜下來，大人照樣下田的下田，上山的上山。不過，大家比平時多了個心眼，注意著會發生什麼事情。

有一天晚上，我正在阿媽房間寫小楷，這是每晚的功課，不寫完不準睡覺。突然聽見有人輕輕地敲門，阿媽打開門一看，是富林的爸爸和叔叔，拎著一包不知道什麼東西進來。

阿松伯一進來就說：「阿明嫂，實在不好意思，晚上來打擾你，白天怕人來人往不方便。」

阿媽說：「是什麼事，有什麼不好說嘛。」

阿松伯望望阿增叔，然後說：「就是門前塘背那坵田，按理說，已經典死好多年了，我們不該再提，只是現在解放了，樣樣事都可新事新辦，所以，我們想贖回來。」

阿媽說：「這贖期都過了好多年了，你們現在才提出來，怕不合規矩。再說銀錢上怕也不好計算。」

阿增叔說：「知道！知道！這坵田我阿媽直到過身（去世）時都念著，你就大人大量，讓我們盡下孝心，銀錢的事好商量。」

阿媽說：「我一個婦道人家，還真不懂，明天我問下德叔，再答你們好不好？」

第二天，阿媽去問德叔公。

村子裡，有些人家遇到天災人禍，家裡一時沒有錢支出，如果有田地房產，就會典給人家，規定典多少年，到期贖回。如果到期無錢贖回，就叫典死了，典權人有權不予贖回，或經過討價還價加錢贖取。富林的爺爺當年生大病，把門前的一坵田典給了我爺爺。按契約規定，典期早已過了。阿松伯兄弟在縣城理髮舖做店員，從學徒做起，做了幾十年，積下點錢，現在想贖回祖業，是人之常情。德叔公與我爺爺，和富林他爺爺，都是同輩人，從小一起玩大的。如今陰陽相隔多年，看到他子女有這個孝心，德元叔公叫阿媽做好事積德，贖回給他們。過兩天，我們家德元叔公做中人，阿松伯請了上屋的一個阿伯做中人，不知道給了阿媽幾個「花邊」（大洋），阿媽把一張很舊的地契還給了他們。

村子裡水田太少，有一、兩坵田是命根，賣田的極少，多數遇到困難時都是典出去。

阿婆知道了，罵阿媽：「敗家婆，敗家精，這點家業都守不住，以後死了用蓆子包，丟落河。」罵完又哭著說：「等阿水生阿明生回來，看你怎麼交代？兩大家人，等他們回到鄉下，喝西北風咩。」罵個不停。

等阿婆罵得差不多累了，阿媽勸她：「阿媽不要嘔氣，你年紀大了，看你還成日下田，我也不過意，阿伯和阿明都有錢寄回來，夠食夠著就得了。」

阿婆還是不高興，早飯不吃，中午飯也不吃，說是心口堵得慌。阿媽煮了一碗米粉，上面放了兩個荷包蛋，叫我抬到她房裡，我叫她，她也不吃。

直到晚上，阿媽叫我去看，阿婆還是不吃，阿媽去叫震伯婆，讓她去勸勸。

震伯婆說：「不吃就省了一餐，勸她做什麼？」

去問德叔公，也說：「她不吃能撬開她的嘴嗎？明天肚餓了自然會吃。」

阿媽說：「就怕餓壞。」

德叔公說：「一天半日，餓不壞。」

第二天一大早，阿媽叫我去看。我進去一看，一大碗米粉和荷包蛋還是沒動，阿婆照樣睡在床上。

放了一天一夜，米粉已經有點餿了。我回來告訴阿媽，阿媽叫我去抬回來倒去餵豬。我回到阿婆房間裡，剛抬起碗，阿婆就支起身子問：「要抬去那裡？」我說：「都餿掉了，要倒去餵豬。」阿婆一下從我手裡把米粉搶過去，罵道：「一家都是敗家子，敗家精。」說完，幾口就把蛋和米粉吃光了，幸好後來沒有生病。過了幾天，她坐在廚房門口吃晚飯，震伯婆抬著碗在自己廚房門口吃。

震伯婆說：「又要吃，又不捨得死！」

阿婆說：「就不死給你看，留著刺你的眼。」

「嫌命長，怕累不死。有命做，沒有命吃。」

「死衰婆，一家不知一家事，敗起家來，比大水沖沙還快。」

「隨得它囉，你有幾長命看得到。」

阿婆就嘆一口氣，不再出聲。

屋裡七八家人，也不是血緣上比較親的就處得好。堂兄弟、妯娌之間相處，只會按各人的脾氣性情。我阿婆和震伯婆要好，阿媽和谷叔婆、維叔母合得來。其他叔婆、叔母也一樣，有些是和外屋的人比較要好。阿婆和震伯婆合得來，但我沒有見過他們像別人那樣促膝談心，兩人有什麼話想說時，一個人抬起飯碗坐在自己廚房門口，另一個好像有消息相通似的，不久也抬著飯碗出來坐在自己廚房門口。兩人一邊吃飯，一邊說話，也不看對方一眼，像隔空喊話。飯吃完了，話說完了，兩人坐著，望著天空半天不說話，各人想各人的心事。如果其中一個話說得不中聽，另一個就拍拍屁股走進廚房，這個就罵一句：死佬發脹（指人死了，已經發脹，或指早該死了之意）。

我們家經濟好些，震伯婆困苦得多。有一次，震伯婆病在床上，阿婆叫她找德叔公開方子撿藥吃，怎麼說她都不去。阿婆自己去和德叔公講講她的病，開了方子，叫阿媽在保和堂抓了藥，阿婆煲好給她吃了。震伯婆病好以後，有一天我們正在吃晚飯，她拿了十幾個銅錢進來給阿婆，阿婆不收，震伯婆把銅錢拍在灶頭上走了。阿婆生氣地罵道：「骨頭硬！硬骨頭！看硬得過棺材釘！」但是，她兩人有一些好吃的東西，阿媽進城時買回來給阿婆的點心，震伯婆有時在城裡幹活買的點心，會稍稍用碗裝上一塊，蓋好了放在對方廚房門前坐的小凳子下面。我們都不會去拿來吃，她們拿來吃了，也從來沒有聽見她們會跟對方說一聲。

我們上下屋三個在赤崗中學讀書的中學生：蘭智哥、志雄哥（志森的大哥）、古恩文（大家都喊他老恩古），好像不用上課了，經常見他們和一些同學，跟著叫「工作隊」的人，在村裡各棟屋的牆上，寫「解放台灣，解放西藏，解放全中國」等標語。

不久，村裡開始熱鬧起來，經常有赤崗中學的學生，縣城裡的中學生，一隊一隊男男女女，到村子裡唱歌跳舞。他們有的腰上拴著一條長長的紅綢布，兩手牽著紅綢布跳；有的腰上拴個小小的鼓，兩隻手拿著小鼓鎚，邊敲邊跳。這些隊伍每到一個比較大的曬穀場上，就表演一陣，吸引上下屋的人來看，從這村跳到另一村。

我們仍然上學，但是，舊課本不用了，新課本又沒有，成日在大廳裡寫字，沒有幾個人會認真寫，每次一聽到有隊伍來了，就全都跑出去，先生也就不管了。

有一天，又來了一支隊伍，除了舞紅綢布和打小鼓的，還有一隊是手裡拿木棒的，那木棒裡面串著銅錢，拿在手裡一邊用手拍一邊跳，發出「嗦嗦嗦……嚓，嗦嗦嗦……嚓」的聲音。

這支隊伍在我們屋的曬場跳了一陣，就向塘背村走去。志森和利廣他們都回家了，大狗拉著我，叫我和他跟著隊伍看下去。已經跟到塘背村了，又看著跳了兩場，我堅決要回家，大狗才和我一起回來。我奇怪地問大狗：

「跳來跳去都是那個樣子，你看不夠嗎？」

「不是看他們跳舞，我是想：那木棒一直用手拍來拍去，裡面的銅錢會掉下一兩個來，我們就可

以撿。」

「那銅錢是串在鐵釘上的，怎麼會掉下來？就是掉下來，也是他們自己先撿了。」

「串得再牢也可能掉下來，他們沒有發覺，我們不就可以撿著了。」

那一年，舊紙幣沒有用了，買東西或者用米、小麥換，或者用花邊（大洋）、毫子（銀元）、銅元和銅錢。大狗有時候會想些別人想不到的事情。

這些不同學校的隊伍，三天兩天就來一次，足足跳了差不多一個月。他們唱得最多的歌，就是：解放區的天，是明朗的天，解放區的人民好喜歡……

清明節後不久，縣裡村子裡經常有幾個穿灰色制服，沒有揹槍的人下來，除了在牆上寫標語，也會找人說話，問這問哪。有一天，他們動員村裡人進城看遊行，慶祝「五一」勞動節。到陽曆五月一日這天，村子很多男女都進城去看熱鬧。我跟著阿媽，和維叔母，洪昌叔母，左鄰右舍，一行十多人一齊去。我生來第一次看到那麼多人，也不知道這些人是從哪裡冒出來的。整個縣城，條條街都站滿人，比上次看解放軍進城時多得多。還沒到天黑，街兩邊房子上的電燈就一下亮起來，整條街人聲喧嘩，吵到耳朵聾。不知等了多久，聽到遠處鼓樂齊鳴，走在前面的是一隊隊穿得很整齊的小學生、中學生隊伍。我們已經知道他們跳的舞叫扭秧歌，打腰鼓，舞金錢棒。這些隊伍中男的都是穿白襯衣，藍褲子，女的穿白襯衣，花裙子，邊走邊舞，走一段又邊舞邊變換著各種隊形，比來村子裡舞時好看得多。接著來的一隊隊穿得比較整齊的隊伍，有一個人指揮，在前面吹著哨子，一本正經的走得很整齊，有人指指點點，說那是什麼什麼機關。後面來的五花八門，隊伍一走近，大家就大聲評論：這是那條街，那個村鎮的。這些隊伍有舞龍的，有舞獅的，有打功夫的，有化妝成神仙、妖魔鬼怪、各種飛禽走獸的。最後走來的是各種戲班子的隊伍，有漢劇團，木偶戲團，還有叫不出名的什麼團，都穿著戲臺上的服裝，有人拉絃吹簫，一邊走，一邊表演。人人都看得津津有味。直到各種隊伍走完，後來，有些電燈滅了，我們才回家。

村子裡來了一個工作隊，不知道一共有幾個人，幫助組織成立了農民協會，一般就叫農會。一個下村人當了農會會長，還有其他各種名稱的農會幹部，這些大人我們平時也見過，但叫不出名字。我們上村的新興叔當了民兵隊長，他是友興的堂哥。

農會借用下村古星橋家的大屋。古星橋家好幾代都是出南洋做生意的，外面賺了很多錢，在村裡起了棟很大的房子。他家裡只有六口人，老婆已經去世，有兩個兒子，大兒子結了婚，有一子一女，小兒子還沒有成家。

有一天新興叔來我家，對阿媽說：「有個工作隊的江同志，準備安排他住在你家，你家房子多一點，吃飯就不在你們家吃，會另外安排。阿明嫂不會不肯吧？」

阿媽說：「單是住沒有問題，我上堂那間一直空著，有個人住著，反而黴氣沒那麼重。等一會我先去打掃一下。」

新興叔說：「行李什麼都是工作同志自己帶來，裡面只要有張床，有張桌子就行了。」

阿媽說：「那都是現成的，你放心好了。」

第二天上午，新興叔帶了一個年輕人進來，大約三十歲的樣子，身材不高，不胖不瘦，白白淨淨，像一個教書的先生。

新興叔對那個同志指著我阿媽說：「這是明生嫂，江同志就住他家，吃飯我下去安排好再告訴你。你先去整理住處，我回頭再找你。」又回頭對阿媽說：「這就是江同志，你一會兒帶他去房間。」

江同志向阿媽點點頭說：「明生嫂，以後打擾你了。」

阿媽說：「哪裡話，只是我那房子不好，怕江同志住不慣。」

江同志說：「不會的，不會的，就怕麻煩你們。」

阿媽沒有再說什麼，叫我帶江同志到上堂的房間去。

進到房子裡，江同志一邊鋪床鋪一邊問：「你叫什麼名？」

「阿方。」

「細妹子嗰名」。

「反正我不是細妹子。」

又問：「你家有幾個人吃飯？」

「三個。阿媽，阿婆，我。」我答道。

江同志鋪好床鋪，向窗外望著。

我問他：「你是哪裡人？」因為我聽出他說的話和我們不完全一樣。

「我告訴你，你也不知道。」江同志摸摸我的頭說。

聽見阿媽叫我，我就出來。過了不久，我又回到江同志那裡，還是想問他究竟是哪裡人，為什麼告訴了我也不知道，還沒有問，新興叔就進來了。

新興叔對江同志說：「安排你在下屋的洪昌家吃，他一家四口，倆公婆，有個阿媽，一個老妹（對妹妹的稱呼，不是指最小），一下叫阿方帶你去就行了，我先下去農會。」

我帶江同志到下屋，到了洪昌叔家門口，看到江同志進去，就趕緊走掉，因為洪昌叔喜歡撩（捉弄，逗）人。

江同志每天早早出去，很晚才回來。

有一天，我和利廣，大狗，褲頭（就是富林），正在賭圓石。蓮婆，阿雪，豬妹她們女的在附近抓石子。賭圓石是我們小孩子最常玩的一種遊戲。撿來碎瓦片敲成圓形，然後磨光，像厚厚的銅錢。賭法多種多樣，最常玩的就是丟四方：在地上畫一個一尺見方的正方形，或靠牆邊畫三邊構成四方，兩人或幾個人每人出幾個圓石，輪流丟向四方內，再用一塊圓石作打子，打中方內的一個，你就可以贏走，如果你的打子打到四方外，就被取消資格，等下一鋪才能再玩，直到圓石被贏完為止。那時村子裡的日子，就是幹活，吃飯，睡覺，玩。大人除了一些大形的村社活動以外，就是賭博。特別是過年過節或農閒時候，幾乎棟棟屋都有男女擺檯推牌九，叫摸紙牌。那時麻將不多，只有少數男的會玩。小孩子當然玩的花樣多，平時捉草蜢，抓蜻蜓，挖土狗，大一點就做彈弓打麻雀……但玩得最多的還是賭圓石，因為可以在家門前玩。比我們大點的，像蘭智哥、老恩古他們，有時會賭銅錢或銅元，其中一個賭法和賭圓石子一樣。

江同志這天回來得早，看見我們賭圓石，就問：

「你們玩什麼呢？」

我們說：「賭圓石子。」

「我和你們玩好嗎？」

大狗和我給了他一把圓石子，再教他玩。可能他從來沒有玩過，很快就把圓石子輸光了。他坐下來和我們說話，蓮婆她們也不玩了，站在後面聽。

江同志問：「你們放學後，都做什麼呢？」

利廣說：「放學回來就是玩，玩到阿媽喊吃飯。」

蓮婆說：「那是你們男的，我們還要幫家裡煮飯洗衣服。」

江同志又問：「那你們阿爸阿媽做什麼？」

褲頭說：「大人要做工。不做工沒有飯吃。」

大狗指著褲頭說：「褲頭的阿爸和阿叔都在城裡給人剃頭，叫『做工』，不叫『做田』。」

江同志奇怪地問：「怎麼會叫褲頭呢？」

大狗解釋說：「他阿爸阿叔是剃頭的，我們就叫他芋（務）頭，他不高興，就改成叫褲頭。家鄉的客家話：「芋頭」的讀音是「務頭」，芋頭要用刀刨刮掉皮毛，才能煮來吃，大家便把剃頭髮說成「刨芋頭」。富林的爸爸和阿叔都是剃頭師傅，我們便取富林的花名叫「芋頭」。富林不高興，便改成「褲頭」。客家話「褲」和「富」的發音一樣。

江同志聽了，說：「那麼複雜！其實，『褲頭』不好聽，不如叫『褲腳』，『腳』就是『足』，我看就改成『富足』，富足就是樣樣都有，你們說好不好？」

我們都說：「好！」

江同志又說：「沒有錯，要做工，又叫勞動，人人都要勞動，通過勞動種出糧食，我們才有飯吃。那我問你們，吃飽飯除了玩，又做什麼呢？」

這下把我們問住了。褲頭，不，叫富足，想了一會兒就說：「吃飽飯才有力氣幹活。」

江同志聽了笑起來，說：「幹活為了有飯吃，吃飽了又要去幹活。人活著就是吃飯，幹活；幹活，吃飯，是不是？」

我們聽了都笑起來，但是，不會回答。

江同志說：「我知道你們答不出來。其實，人活著，不只是吃飯，幹活；幹活，吃飯。我們做工也不只是為了有飯吃，吃飽了飯也不只是為了幹活。過幾天，先生會教你們做比吃飯、賭石子有意義的事，好嗎？」

我們問：「什麼是有意義的事？」

江同志抬頭想了想，說：「有意義嘛，就是對自己好，對大家好的事。」說完叫我們回家吃飯。

吃飯的時候看見震伯婆在吃飯，心想：江同志說的和震伯婆說的不一樣：人活著不是為了吃飯，吃飽飯也不就是為了幹活，還可以做有意義的事。

我們又搬回古里學校，可惜，古里學校幾個月沒有人上課，顯得更爛了。建光校長不在了，有人說給抓起來，不知道為什麼。紹清先生當了臨時校長，照生先生和以前一樣來教書。讓人高興的是，紹清先生從區上帶回來新的課文，以前的《國文》現在叫《語文》，《算術》沒有變，有幾科沒有上了。過幾天，學校來了一男一女兩位年輕的先生，男的叫張強華，女的叫李碧雲，兩位先生都是本地人。碧雲先生有親戚在我們村，她就住在親戚家裡，強華先生像照生先生一樣，早來晚歸。學校的禮堂上原來掛國父孫中山像的地方，換上一張毛澤東主席的像，一張朱德總司令的像，兩人的像都沒有孫中山的像好看。週一早上第一堂還是週會，全校集合，先唱國歌。以前的國歌唱《三民主義》，現在唱的國歌是《義勇軍進行曲》。記得剛上學時，有一次週會堂，上屋的阿木賢唱：「三民主義，褲檔很重。」有同學向建光先生告狀，建光先生用藤條把阿木賢打得滿地亂滾。那時還小，以前的國歌現在除了還記得「三民主義，吾黨所宗」這兩句，其它一句也記不得了。新國歌由阿碧先生教。她教大家要用普通話唱。我們也不知道普通話是什麼，反正跟著唱。唱到「冒著敵人的砲火！前進！前進！」，大狗就老唱成：「保和堂第二個老婆，錢進！錢進！」保和堂是老恩古爺爺在崇真學校下面開的中藥鋪，他爺爺活著時討過好幾個老婆。這次大狗沒有被打，說解放了，不准打學生。紹清校長叫他站在全體學生前面，一次一次的唱：「冒著敵人的炮火，前進！前進！」，唱了十幾遍，直到大狗不會再唱錯，才給他回到位置上。

我們這棟屋和利廣那棟屋中間，有一棟空房子，叫可居樓。這家人在緬甸，十幾二十年沒有回來過，房子平時有他的遠房兄弟照看，還是好好的。現在，農會把它徵來用，新興叔和江同志帶人打掃乾淨以後，又把前面兩面牆刷黑，一面辦牆報，一面辦佈告欄。全村除了原來寫的：「解放全中國」的標語外，又寫有：「勞動光榮，發家致富；抗美援朝，保家衛國；堅決鎮壓反革命」等標語。

幾天後，村裡回來好幾個人，他們原來是在縣城做事的。其中一男一女兩個年輕人，是我們上村的。有人悄悄說，那個阿桃華，是在城裡當「貨屎」（妓女）的，男的叫希哥，在城裡一間賭館做事。另外幾個都是四五十歲了，其中一個是算命先生，其他不知道是做什麼的。江同志他們每天到處找人說話，說是在做宣傳。

有一個星期六，江同志和新興叔把老恩古的爸爸代新叔、叔叔慶新叔，忠國的爸爸長福叔，從縣裡叫回來，到古里學校到處指指點點，看了半天才走。他們三家都在城裡開米舖。老恩古的爺爺以前在崇真學校下面開萬和商店和保和堂藥舖，他祖父去世後，他阿爸和阿叔兩兄弟就分了家，都在縣城開米舖。他家裡還有祖母，年紀大了，身體也不好，很少出門。聽大人說，那兩個舖子他祖母還沒有分給他爸爸和叔叔，大帳本一直放在自己的枕頭底下。他們家算得上是我們這三個村子中比較有錢的人，長福叔比不上他們。到開週會時，紹清先生告訴大家，代新叔他們三人，要捐錢做好事，把漏水的學校修好。

不久，就有人來學校修補教室，修整完學校，又在學校側面修了一個土籃球場，樹起真正的籃球架，在學校操場—實際上是全村年輕人踢足球（只是較大的皮球）的地方，四周圍起埂子，原來只是臨時插兩根樹枝作球門的地方，立起木框，成了真的足球門。接著，又把村裡的成條石路作了修補，路下的水圳也作了疏通。

幾天後，江同志帶著年青人，加上我們這些小男孩，天不亮就起來跑步，邊跑邊喊：「一、二；一；一、二、一；一、二、三、四，」沿著石路，從上村跑到下村，跑下去，跑上來，把全村的狗吵得亂吠，沒有人可以睡得成懶覺。

白天，江同志和一個住在下村的工作隊同志，跟著新興叔，洪昌叔，還有幾個農會的人一起，拿著本子和算盤，村前村後，到處登記，做什麼調查。洪昌叔是我們村算盤打得最好的人，他以前在鎮上一間商店當過夥計。

下午，江同志會組織大家打籃球，踢足球。後來，還叫紹清先生，蘭智哥他們帶著球隊，跑到塘頭村，塘背村去比賽。晚上，江同志把讀中小學的全部學生叫到學校，和三位先生一起，分別教唱歌、跳舞，排練節目。

教唱歌跳舞的是阿碧先生，除了唱「解放區的天是明朗的天、團結就是力量、向前向前向前、雄糾糾氣昂昂」等歌曲以外，有時唱的是新疆的歌。唱些月亮、姑娘什麼的，說姑娘的臉像秋天的蘋果。我們沒有見過蘋果，我們那兒只有柚子、楊桃、龍眼這些水果。蘭智哥、志雄哥他們很喜歡唱這些歌。

阿碧先生教我們八個人跳舞，我和利廣、富林、大狗，女的是阿雪、豬妹、阿滿、阿運，一共學了四場舞。有一支舞曲，名叫《在森林和原野上》：「在森林和原野上，是多麼的逍遙，親愛的朋友啊，你在想什麼？」我覺得這支歌實在好聽，不但很快學會，而且一直記得。

紹清先生他們排演節目，人數不夠，動員志雄哥參加。中學小學都已經放假，志雄哥年齡比蘭智哥大，平時很少和大家一起玩。江同志又把阿桃華和希哥叫來參加，最初聽見他們吵來吵去，說不要這兩個人，後來也同意叫來一起排演了。還有一個是富林那棟屋的茂發哥，他是在縣城做事的，不知道為什麼一時沒有回城裡去，江同志叫他和大家一起搞活動。照生先生年紀比較大，又忙家務，沒有參加這些活動。他們排的好幾齣戲，都是打國民黨兵和美國兵的。我們練跳舞休息時，就坐在旁邊看他們排戲。我們幾個覺得，化妝起來排練的時候，阿桃華演得比阿碧先生像，因為她真的在笑，真的在哭，而且，她長得比阿碧先生好看。志雄哥表演什麼都是一本正經，阿碧先生就一直叫他：「注意表情，注意表情」，希哥就喜歡逗人笑。

練了一個多月，便在古里學校演出，演得好再到其它村去演。

演出那天，把書桌搬到禮堂上，併起來綁好，再舖上木板，掛上布幕，就成了舞臺。傍晚，天還沒黑，已經有很多人抬著長長短短的凳子來到學校。兩位工作同志，紹清先生，強華先生，都在忙點汽燈，三盞汽燈一點著，整個學校就像白天一樣。也不知道幾點鐘了，不但禮堂前面的空地，連走廊、教室門口、窗口，都坐滿了人。

江同志和新興叔他們碰了下頭，新興叔拿起用鐵皮做成的傳聲筒，大聲說話，叫大家靜下來，說演出馬上就要開始，先請會長講話。農會會長接過傳聲筒，大聲講。我一句也沒有聽清他說些什麼，因為舞臺下面亂糟糟的，我們又緊張自己的演出。不知道農會會長什麼時候講完了，聽見阿碧先生叫我們：「快！快！快！」我們趕緊爬起來排在舞臺前面，大人站在後面。布幕一拉開，看到台下那麼多人，我一下害怕起來。阿碧先生走到台前，向大家躹一躬，回頭面向我們，把手抬起來一揮，我就跟著大家一起唱：五星紅旗迎風飄揚，勝利的歌聲多麼響亮……也不覺害怕了，等唱完三支歌，布幕又放下來。接著演戲，演完一齣或兩齣戲，就輪我們上場跳舞，不跳的時候就在臺上坐著看演出。

我們的學校和禮堂實在太小，那些叔婆伯母，大人小孩，坐在台下，和我們這些臺上的演員，好像面對面。我跳舞時聽不見，到坐下來看演出時，就聽見他們好像不是在看戲的內容，都是在說這個是誰，那個是誰，這個好看，那個不好看，評頭評腳。因為大家排練的時間不長，又是第一次演，所以有時候配合不好。開槍時，演解放軍的茂發哥拿起槍一指，槍還沒響，演國民黨兵或美國兵的志雄哥就倒下去；或者槍還沒有舉起來，就響了，人也不倒下去，因為幕後面放爆竹頂槍聲的總是點火配不上時間。這時，坐在下面的觀眾，就指名道姓嘲笑這個那個人，整個學校笑聲震天。兩個鐘頭的演出，雖然一直都是亂糟糟的，大人喊，小孩哭，有時簡直分不清是臺上的情節，還是臺下的叫聲。但是，不管是演的還是看的，都興高彩烈，津津有味。直到最後幕落下來，阿碧先生宣佈演出結束，大家都還不想回家。臺上臺下都是平日天天見的人，現在看見有人塗脂抹粉，化妝得古裡古怪，在大家面前表演沒有見過的外國人，國民黨和共產黨的官兵，一下笑，一下哭，都覺得又新鮮又好玩。演員和觀眾一直在座談，很晚才戀戀不捨的散去。過了幾天，又在下村古星橋大屋外面曬場上演了一場。

過去，村裡的的文化生活只有兩種：一種是春節期間、或得到大豐收、或遇到天旱求雨、或有錢的華僑回鄉捐款做好事，會請木偶劇團來演出。演出地點多數也是在古里學校外面的草坪上。另一種是，農閒時有些人會請盲人到自己屋前的曬場上唱「叫化歌」。「叫化歌」兩人配合，一人拉胡琴，一人打著竹板唱。以前看過的美國電影，是絕無僅有的。

不知道哪天村子裡多了幾個工作同志，他們住在農會，沒有住在誰的家裡。後來，江同志和幾個農會的人，在可居樓的佈告欄貼佈告，宣傳土地改革。聽大狗說，古星橋那棟大屋很熱鬧，人來人往，屋裡屋外寫滿標語，貼滿佈告。可居樓的佈告一貼出來，很多人圍著看，七嘴八舌議論。

有人問：什麼是地主？什麼是貧農？什麼是剝削……江同志和另一個同志就一一解答。

後來有人問：「那我們村有地主嗎？」

江同志說：「這個我不好答你。根據上面的指示，我們這裡是土改試點，特別像你們村，村裡土地少，大部分家庭都有人出南洋，土改怎麼搞，還要等上頭研究出辦法，指示下來，才會有進一步的做法。」

有一天上課時，一個民兵帶著一個腰上挎著手槍的人，來到學校。那人在辦公室和紹清先生爭論好一陣才走。放學前，張強華先生吹哨子叫大家集合，說有重要事情通知。等大家集合起來，紹清先生宣佈說：「剛才區裡和農會來的同志通知，明天在赤土崗召開公審大會，要我們這些小學生也參加，以壯大聲勢，接受教育。除了一年級和二年級中年齡小的可以不去，其他都要參加。明天由我和張先生帶大家前往。」

前不久，赤土崗已經開過一次公審大會，阿媽和維叔母他們參加過。阿媽他們回來什麼也沒有說，我們也不會問，以為那與我們小孩無關。

第二天，三、四年級所有同學，加上部分一、二年級的，一齊集合起來去參加公審大會。解放以

後，有一些女孩子插班到各個年級，這些女生都比男生年齡大，個子高。變成整個學校的學生，看起來年齡大了好多。

出發前，紹清先生交代說：「公審大會，就是審判那些反革命分子，那些人以前做過壞事，現在群眾要清算他們，最後有些人要被槍斃。槍斃人時，如果你們害怕，就不要看，最好捂著耳朵。到時我會盡量要求大會把我們安排得遠一點。」

赤土崗離我們村不算遠，一個鐘頭就走到了。土崗子的坡上搭了一個臺子，臺子四周站著一些揹著長槍的民兵。臺子前面的平地上，已經坐了很多人，是各村來的群眾。我們和其他學校的小學生，被安排在台前左側的地方坐下，赤崗中學的學生安排在我們旁邊比較靠近臺子的地方。大會宣佈開會，先是區長講話，接著還有人講話，等幾個人講完了，就有臺子下面的民兵押著一個人上臺去。把人押上臺後，押他的民兵從後面用腳一踢，那人就跪倒在臺子上，下面的人就齊聲呼口號：堅決鎮壓反革命！打倒反革命分子 x x x！血債要用血來償！喊過口號，便有人上臺控訴，一人控訴完，另一個上臺接著控訴，控訴中和控訴完，都有人喊口號。我們離臺子比較遠，每個被押上臺的的人，都反綁著雙手，頭被按下去，看不見人的臉。我望了一會兒就不再伸頭望，反正也不認識那些人。時不時會聽懂控訴人的幾句話，講 x x x 怎麼壞，曾經害死什麼人；有的是在國民黨政府裡當過什麼官，害死多少革命同志……每一個人控訴完了，都會大聲問大家：「這人該不該殺？」台下的群眾就齊聲大喊：「該殺！該殺！」然後就把人押到遠處的山坡上跪著。一共控訴了十幾個人，後來，有兩個穿灰色中山裝的人，抬了一張桌子在臺上，然後站在桌子後面，拿著本子唸。每唸完一個人的罪狀，後面都唸：判處死刑，立即執行，下面的群眾就再次呼口號。我看見除了前面被押到山坡上跪著的人以外，跟著又有一些人被押在這些人旁邊，也跪著。所有跪著的人後面，都有一個人，有穿灰軍裝的軍人，有民兵。突然，響起一種很高亢的聲音，那聲音聽起來讓人身上寒毛都豎起來。那些軍人和民兵，就前腿半曲，後腿蹬直，用長槍指著跪著的人，剛聽見有人說：吹號了！吹號了！就聽見很響的「呯！呯！呯！」的槍聲，我想捂耳朵根本就來不及，驚得閉上眼睛。等睜開眼睛一看，有些人倒下去，有些人沒有倒下去。沒有倒下去的人，又被民兵推著押回來。這時，有些人上去翻看那些已經被打倒在地上的人，接著又陸陸續續聽見槍響。紹清先生叫我們趕緊起來，排好隊回家。一路上紹清先生一句話也不說，回到村子裡，順著石路，紹清先生看著各棟屋的學生進了屋門才再走。第二天放假不上課。

晚上，我躺在床上不像平時一上床就睡著了，腦子裡出現上午見過的情景，又想起以前路過的胡璉兵中的小號兵的話：（這東西）一吹響了，要死人的。

星期一上課時，豬妹沒有來，說是生病了。她接連三天都沒有來上課，我便下去看她。見到樣叔婆，我問她，豬妹是不是病了？好了沒有？樣叔婆說，好了，只是懶起來。我和豬妹的生日同一天，但是，月份不同，我早一個月。我們兩家大人閒聊說，因為是年尾，如果算陽曆，我要比她大一歲，算農曆，是同歲；按輩份，她比我高一世，我要叫她姑。我們不懂這些，都是按大人說的：「大的叫哥，小的叫叔」。她們家和我們家處得好，我和她從小一起玩，後來一起上學。

我進到豬妹房裡，她已經起來。我問她：「怎麼會生病？」

豬妹說：「那天開大會，一直聽到喊：殺！殺！殺！我很害怕。後來聽到槍響，驚出一身汗，回來就病了。」

我說：「聽說下星期還要參加，那你去不去？」

「當然不去了，你幫我跟先生請假，說我生病還沒有好。」

我說：「好！」

村子裡的大人，由新興叔帶隊，沒有強迫每人每次都要參加。先隆伯他們回來後議論過：塘頭村以前當過偽縣長的古ｘｘ被殺了，還有一個在國民黨軍隊當過ｘ長的古ｘｘ也被殺了……那是他們認識的人。親眼看過槍斃人，我知道了公審大會就是要殺人的大會。

阿木賢已經不讀書，他跟著大人去，回來還跟人講，他走到山坡上去看過被打死的人。阿木賢是上屋黃毛的兒子，黃毛叫什麼名字不知道。阿木賢的爸爸聽說很早就死了，他家除了阿媽，還有阿婆。他們家比較窮，沒有什麼田地，靠他阿媽做點小買賣賺錢過日子。他阿媽成天跑東跑西，沒有時間管阿木賢，祖母又管不了他，所以，阿木賢從小就頑皮，很多人討厭他。

星期一到學校時，又通知第二天還要參加宣判大會，叫大家不用帶書包，提前到校。這次紹清先生不參加，阿碧先生和照生先生本來就沒有參加。農會派了一個民兵，和強華先生一起帶我們去。對這種大會，也不是每個人都害怕，可能有些人膽子小，有些人膽子大。

大會還是和上次一樣，把人拉上臺鬥爭，臺下喊口號，仍然只是聽到「該殺！該殺！」的呼聲，我希望過一會兒槍響時，可以來得及捂住耳朵。不知道已經宣判了幾個人，我正想著可能快完了，突然聽到「打倒反革命分子古建光！打倒反革命分子古建光！」我和其他同學全都「啊！」的一聲，站了起來。強華先生和民兵連忙叫大家「坐下！坐下！」我們坐了下來，但是，個個都伸長脖子，向臺上望。我看見建光先生被繩子綁著，跪在臺上，他穿著一身灰白色的衣服，那褲子只有大半節，好像我們平時穿著睡覺的留眠褲（家鄉用來睡覺時穿的破舊衣褲）。臺上的人在講些什麼，我一句也聽不見，耳朵嗡嗡作響，腦子裡響起以前在班上背乘法口訣和九九歸一，卻是亂七八糟的聲音：「三七一十二，七七添作五，八九二十一……」

我不知道怎麼回到家裡，晚上胡亂吃了點飯就睡覺了。本來還是夏天，那幾天，村子裡卻好像是過了秋天快到冬天的天氣似的。大人也很少進城，說到處都氣氛緊張。不久，聽大人說，建光先生在鄰省當偽警察局長的兄弟，早就給鎮壓了。建光先生兩兄弟是我們上村人，他兄弟叫古錫光，很早就出外謀生，後來一直沒有回過鄉下，我們沒有見過。那幾天，大家說話比較小聲，做事也輕手輕腳的。如果幾個人一起做事，有個人不小心弄出響聲，就會被人罵：「想死咩！搞那麼大聲做什麼？」村子裡的大人說話多了「革命」、「反革命」這兩個以前沒有聽過的詞。我不理解的是：「反革命」會殺人，「革命」也會殺人。

那幾天學校裡很多人害怕，怕建光先生死了變成鬼以後，還會回學校來。奇怪的是，我卻從來不害怕鬼。

我們每棟屋後面，都有小路通到古里學校。平時，放學以後各走各的路。那幾天，利廣和豬妹就天天要和我們一起，走可居樓後面的路。

這天下午放學後，我們走到了可居樓前面，見裡面沒有人，便一齊坐在大門前說閒話。

豬妹先問我：「阿方，你真的不怕鬼嗎？」豬妹每次走近屋後那片竹林時，就會抓住我的書包帶子。有太陽照著時，那竹子被風一吹，搖來擺去，地上的影子也會不斷移動，忽明忽暗。

「不知道，我只是說，我沒有見過鬼。」

「就是沒有見過才害怕！鬼都是會害人的。」利廣說。

「既然鬼是人變的，人有好人壞人，鬼也會有好鬼壞鬼。我反而希望建光先生能回來，問問他現在在哪裡？我覺得他雖然很兇，但不會害我們。」

志森說：「政府不是公佈了，他是反革命！他究竟做了些什麼壞事，我們又不知道。」

利廣說：「那些做了壞事的人，都要殺掉嗎？」

「你沒有聽到嗎？殺的是罪大惡極的反革命分子！」

「所以說『殺人償命』！反正做了壞事就要被人算帳，好比大狗被阿媽打……」

「你發癲！說反革命會說到我頭上！」

志森說：「就是，這怎麼能相比。大狗只是和人打架，最多把人的鼻子打出血。如果他長大以後敢殺人放火，也會抓起來槍斃。」

大狗一聽，要去打志森，志森趕緊跑掉了。

大狗經常被阿媽打，有一天，阿松伯母向連生叔母告狀，說他把富林的鼻子打出血來。大狗一回家，就見他從小門飛奔出來，連生叔母拿著竹鞭在後面追，一個站在小門口，一個站在池塘邊。

連生叔母罵：「殺頭鬼！書就不好好讀，成日同人打架。」

大狗頂嘴：「誰打架了，哪個說的？」

「阿富他媽都上門告狀了，還說哪個說的？」說著揚起竹鞭又要追，大狗早已退出幾丈以外。

「我沒有和他打架，他拿我的鉛筆也不問我，又把鉛筆芯弄斷了，我才打他的。」

「你打他，還把人家鼻子打出血，就更加錯。」

「我打人錯了，那你又打我，還不是錯了？」

建生叔母氣得又要追來，大狗已跑在池塘外面的石路上去了。在池塘邊洗涮東西的叔母，個個聽得在那裡笑，建生叔母就在小門邊坐著罵個不停。

那一段時間，經常見不到江同志，聽說是到縣裡學習去了。村裡也不像前段時間那麼熱鬧，說要去外村演戲的事也沒有人提起，來學校打球和唱歌的人越來越少，早晨的跑步也不知從那天開始停了。

前些日子維叔母生了個兒子。她的房門口掛著用紅布拴著的柏樹葉和香蒲草。維叔母一個月都沒有出過門，谷叔婆每天把飯送到她的房間，整個花頭都聞到薑酒雞的味道。一個月以後，維叔母抱著兒子出來了，在上廳燒香敬祖宗，掛了一盞寫有「新生貴子」的燈籠。維叔母的兒子取名勉智，與我同輩。我們新屋已經好幾年沒有添丁進口，所以，全屋的人都高興。

又過幾天，我們新屋接連迎來幾件喜事：德叔公的兒子安生叔，從不知道什麼地方寄來的信，說他當了幾年國民黨兵，後來被解放軍解放過來，當了志願軍，現在在朝鮮跟美國兵打仗。第二天，農會會長和新興叔他們，帶著十多個人，敲鑼打鼓，送了一塊「光榮之家」的牌匾，掛在德叔公家外面的小門上，這牌匾，走在石路上的人，都能看見。

有一天中午快到吃飯的時候，一個臉上長滿鬍子的人，走進門來站在震伯婆的廚房門口望。那人望了好久，震伯婆從廚房裡衝出來，兩個人就抱在一起。震伯婆一邊用手搥那人的背，一邊哭，一邊罵：「死佬發脹，沒有良心，槍子打不死的，還回來做什麼……」那人卻一聲也沒有哭，只是閉著眼睛一直流淚。阿媽聽見哭聲，跑出來，高興得合著雙手謝天謝地，回頭告訴我，那是震伯婆的兒子，讓我喊他炎生叔。一下子全屋人都出來，七嘴八舌，問長問短。

炎生叔出去當兵以後，一直沒有音訊，便有很多傳言。最初傳說被日本兵打死了，後來又傳說被解放軍打死了，都是壞消息，震伯婆聽見一次哭一次，想不到現在突然回來了。德叔公勸震伯婆倆母子不要傷心了，回來了就是大喜事，應該高興。叫大家不管家裡的中午飯吃的是什麼，都抬出來，在花頭上擺了四張小飯桌，把各家的菜飯擺在桌上。又把一直臥病在床的彬伯公，彬伯婆也請出來，一屋老少，一邊吃，一邊說話。德叔公拿出一瓶酒，先敬了彬伯公彬伯婆，然後和炎生叔對著喝。不過，炎生叔好像不太願意談他以前的事，德叔公問一句，他答一句，德叔公也就不多問，連說：「喝！喝！」

安生叔和炎生叔，都是賣身當兵的。「好子不當兵，好鐵不打釘」，自己賣身當兵，是家裡窮到無路可走時的最後一條路，很多都是一去就杳無音訊，現在，兩位阿叔都平安回來，一屋人都感謝上天保佑，祖宗有靈。

過了幾天，金元叔公的兒子良生叔也回來了，他在接近香港的寶安縣做事，偶爾有信寄回來，只是沒聽說寄過錢。他回來時，屋裡人沒有那麼激動，只有金元叔公一直在那裡傻笑。

一屋喜氣洋洋，特別是阿媽和連生叔母，說現在回來幾個大男人，有什麼事，幫著德叔，屋裡有

頂樑柱了。

不久，炎生叔和良生叔成了親，他們都已經三十多歲。兩人都沒有辦喜事，就是把全屋的大大小小喊在一起，吃了一餐簡單的飯。

炎生叔的老婆矮一點，胖一點，黑一點，不知道叫什麼名字，大家叫她潮州婆。她是潮州人，日本鬼子打到他們家鄉時，全家人逃難到到我們縣，不久，阿爸、阿媽死了，跟著叔叔、叔母過日子。聽連生叔母他們閒話說，炎生叔給了她叔叔多少錢，就把她領回來了，是買回來的。她說客家話會帶出潮州話，有一次落大雨，她說：「落河囉，落河囉」，因為叫她潮州婆她不高興，大家就學她說的話，叫她「阿河」。後來，大人小孩都叫她「阿河」，她反而高興地答應。

良生叔的老婆叫阿春妹，那是大人叫的，我們小的叫她良叔母。良叔母長得比阿河高一點，瘦一點，白一點，也比阿河好看。聽阿媽說，良叔母在鄰縣的一個大戶人家做過婢女，臨解放那大戶人家跑了，她回到家裡到縣城尋工做，剛好良生叔一個朋友知道他要找老婆，經媒人介紹給良生叔。兩人認識以後，互相瞭解，答應嫁給他。解放後，已經沒有抬花轎吹吹打打，只是給了她父母一筆禮金，她娘家幾個人，坐載客的腳車（自行車）來到池塘外的石路上，大門外就放了爆竹，德叔公和良生叔迎了進來。良叔母說話細聲細氣，不單我們屋裡，就是見到上屋、下屋的人，也都會打招呼，問候老人。於是人人都說鄧叔婆有福氣，找了個好媳婦。只有蓮婆不高興，因為蓮婆原來是抱來給良生叔當童養媳的。可能是年齡相差太大，良生叔回來前後，從來沒有把她當一回事。良生叔回來後，對蓮婆很好，像對親妹妹一樣，教她讀書寫字，逼她回學校去讀書。只是，她讀了幾天又不讀了。良叔母來了以後，看起來也對她很好。

有一天晚飯後，我進到阿媽的睡房，正和阿媽說話，聽見外面好像是江同志的聲音，出來一看，果然是他。江同志對阿媽說：「明生嫂，我明天一早就要走了，房子我照原樣收拾好，多謝你借房子給我住。」

阿媽奇怪地說：「怎麼要走了？不是說還要搞土改嗎？」

江同志說：「我們都是聽上面的派遣，叫去哪裡就去哪裡，土改的事上頭會安排。」

「可大家都說江同志樣樣事做得好，大人小孩都很喜歡你啊！怎麼不是搞完土改才走呢？」

「政府就會另派人來，都一樣，一樣的，要相信政府，要相信政府！」

說完江同志就摸著我的頭說：「阿方要好好讀書，有了知識就可以做很多事情。」

一聽到江同志要走，我覺得眼睛澀澀的，盡量忍住眼淚。

江同志轉過身對我說：「我還沒告訴你我是哪裡人，我的家鄉叫「仁化」，是在廣東省的最北邊，很早很早以前，我們和你們的老祖宗，還是同一個地方的人呢。」說完走了。

第二天，我早早起來，進到他住過的房裡一看，房子掃得乾乾淨淨，桌凳擺得和原來一樣。

江同志叫江風，最初聽到這名字，我覺得奇怪，因為我們村裡人的名字，沒有只取一個字的。他才來不久，就和大家處得很熟，在古里學校排戲踢球的時候，前面河裡就可以看到有掛帆或不掛帆的船經過，紹清先生他們就會和他開玩笑：「江同志，今天河上好大風啊！」或「今天河上沒有風啊！」他就會回答說：「沒有風就拿竹篙撐囉。」其他的工作同志也都走了。

考完試，四年級就學年結束了。不久前，紹清先生已經宣佈區政府的決定，古里學校停辦，塘頭、塘背村的村小也停辦，全部學生集中到崇真學校上學。古里學校四個年級的學生，到崇真學校以後，會和塘頭、塘背村學校來的學生混合編在一起。

剛考完試，大狗又被她阿媽罵了一頓，因為大狗跟她阿媽說不想讀書了。我覺得我們幾個人當中，大狗最聰明。上課時，各門功課他一聽就懂，就是不愛做作業，經常被老師責備。而且，他很貪玩，玩起來免不了和人爭執打架，因此，時常有人告狀，他阿媽就時常會打他。

我們幾個被阿媽打時，不敢跑，只會站著挨打，大狗就多數時候都打不著，他每一次惹了禍，就早有防備，回到家書包一丟，沒等阿媽拿起竹鞭子，早已跑得不見影子。

考完試以後，有人來到學校，把一些有用的東西搬到崇真學校去。搬完東西的最後一天，幾天不來的阿碧先生來到學校，和紹清先生坐在辦公室說話。

紹清先生問阿碧先生：「什麼時候走？準備讀什麼學校？」

阿碧先生說：「還不知道呢，只能到了廣州，看看情況再決定。」

紹清先生說：「住哪兒呢？時間長了，生活上不會有困難嗎？」

「我不是有個姑姑在廣州嗎？她家是開西藥舖的，我住她家，還可以在她的店裡幫忙，經濟上不成問題。」

靜了一會，阿碧先生問：「紹清先生真不想再教書？你很喜歡小朋友的啊！」

紹清先生搖搖頭回答：「不知道，我只是想躲進深山裡靜一靜。」

阿碧先生笑著問道：「那個人到底是你什麼人？不會是躲在山上去當和尚吧？」

紹清先生望著窗外，一會兒才回頭說：「當和尚還不至於！那是我父親以前一個生意上的朋友，後來改行種茶，在清涼山開了個茶園，僱了些茶農。我去了可以幫他搞搞管理，也可以學學種茶。」

阿碧先生說：「建光先生的事，你不要想得太多，國家大事，非我等蟻民所能作為。」

兩人又沉默著，到最後兩人拉拉手，說：「珍重！以後通信。」說完走出校門分頭走了。

兩天後，阿碧先生離開家鄉去了廣州。她只教了我們不到一年的書，我們連她的全名都記不住，但記住了「在森林和原野上」。幾天後，紹清先生也走了，他的家人都在外面做事，村子裡只有些遠房親戚。照生先生和強華先生不知道調到哪間學校去了。

後來聽大人議論：本來，建光先生是不應該殺的。

我們地方讀書人多，有兩個原因：一是，一千多年前的老祖宗，因北方少數民族的侵擾，不斷南遷，最後和南方的原居民通婚融合成現在的民系。傳說祖宗有不少是士大夫家族，可能是父系家教的結果，為了世途，歷來對讀書識字比較重視；二是，我們居住的是丘陵地區，土地貧瘠，地少人多，重視讀書識字，是為了有利出外謀生。出南洋的不說，留在國內的，近代從孫中山先生反封建帝制，到國民革命建立政府，到共產黨鬧革命建立政權，家鄉都有不少人參加。讓人糾結的是，投身不同派別，特別是後來國共兩黨的，往往有親戚，甚至一家的親兄弟。建光先生早年追隨過孫中山先生的革命，後來回鄉當過兩年鄉長，職責所在，也有做收稅，抽壯丁等工作，但沒有抓人殺人的大罪惡。當時關押他，就是按政策：國民黨政府偽鄉長以上，軍隊連長以上，國民黨、三青團支部書記以上，都要抓起來審查。建光先生被關押以後，他過去的同僚，親戚，有些已經在新政權做事，有人寫過信到縣裡要求寬大處理，紹清先生就為他四處奔走過。原來說是沒有多大問題，過幾天就會放人，誰知，後來突然有政策，把殺人權限由縣裡下放到區裡。當時區上的審判大會好像比較草率，在那種把群眾口號當法令的場面，就是把石頭做的河神伯公拖上去，問大家：「該不該殺？」大家也會喊：「該殺！」審判那天，紹清先生還在縣裡跑，據說已經拿到縣裡的有關指示，但趕到刑場，已經太遲，所以，紹清先生覺得內疚。紹清先生和建光先生，兩人的家族並不親，紹清先生以前在縣裡讀書，回來村子裡教書時間也不長。

建光先生有個兒子，智力發育不健全，建光先生被鎮壓後，不知道什麼親戚把他帶到哪裡去了。

不久，村裡又來了五六個新的土改工作隊同志。這回的工作隊都是穿軍裝的，有幾個還挎著手槍，只是軍帽上沒有五角星。聽到有些大人議論說，他們是從北方來的，不但縣裡，連省裡的大官，以前是我們廣東本省人當的，現在很多都換成了北方下來的外省人。

到九月份，我們幾個都上了崇真學校五年級，學校已經改了名字，叫育新小學。崇真學校是古姓三個村子為紀念一世祖崇真公共同建起來的，當然比古里學校大得多。整個學校像一個大三合院，院子左右兩側是平房，有教室和辦公室，後面那一橫有兩層，樓上和樓下兩側也是教室，中間是禮堂，整個學校有二十多間教室。禮堂前面的空地，是學生集合的地方。學校前面的操場很大，有籃球場，小足球場。五、六年級各有兩個班，一到四年級有的四個班，有的三個班，先生有十幾二十位，有男有女。校長個子很高，是本地人。開大會那天，校長講了很多話，我覺得自己是高小生，便很認真的聽，記住了「新社會、共產黨、政權、熱愛、國家、民族、少年先鋒隊」等等新名詞，校長宣佈，以後都稱老師，不再叫先生。我和富林、志森、阿滿、運星一個班，大狗、利廣、豬妹、吉星他們另一個班。蓮婆四年級都沒有讀完，阿雪不讀五年級了。五年級兩個班，都是一班六十多人，擠得滿滿的。有的女生像個大人，也不知道有多少歲了。學生全部是塘頭村、塘背村和我們村的，除了有幾個姓葉、姓鄧、姓李等雜姓，都是姓古。

工作隊的同志聽說都住在農會，很少見他們出來，聽說是在紮根串連，訪貧問苦。晚上見到有工作隊的人常去鄧叔婆家，和他們一家人說話，還有去過震伯婆家。其他人家也有去過，比較少。

有一天，我們幾個放學回來，剛走到富林家屋外石路上，聽到他叔母和他媽媽的哭聲。我和大狗，利廣就進去看。只見富林的叔母抱著兩個兒子哭得死去活來，邊哭邊訴說：「你怎麼那麼狠心，怎不帶著我走，留下兩個兒子叫我怎麼過日。」大狗擠進去聽了一會，出來說：「阿增叔在城裡吊頸死了」。我們聽了又吃驚又害怕，趕緊回家。阿媽已經聽到這件事，顯得很不安。

不久，村裡氣氛緊張起來，民兵都揹起了長槍，連阿木賢他們幾個年輕人，也揹著以前村上過年舞獅時用來打功夫的長茅、大刀，很威風的在路上走來走去。村裡新寫的標語，多數是有關土改的內容：依靠貧雇農，團結中農，孤立富農，打倒地主、土地回老家等。農會成立了貧下中農協會，經常見到阿松伯母、良生叔、良叔母、阿木賢他們，一齊下農會去開會，聽說叫過震伯婆，她不去。

有一天晚上，我剛要從阿媽房裡出來回自己房間睡覺，忽然一個黑影閃進來，把我和阿媽都嚇了一跳。定眼一看是維叔母。維叔母用手掩著嘴，小聲說：「村裡傳說，前天已經派人去城裡把阿代新，阿慶新，長福叔的店都抄了，人也抓回來，過兩天就要開清算鬥爭大會。」

又壓低聲音說：「聽說阿良和阿春妹跟阿松嫂他們串連起來，要清算你家，把阿增吊死也算到你和伯母頭上。」

阿媽說：「這真是冤枉人，怎麼辦呢？」

維叔母說：「阿媽叫你千萬小心點，就這兩天的事。」

說完，掀開門簾一條縫，一閃就出去了。

阿媽坐在那裡發怔，我不知道走好還是不走好，不知道將會發生什麼事。等了好久，阿媽對我說：「方智，這是大人的事，不管有什麼，你都不要擔心，也不要害怕，有菩薩會保佑我們。」

有一天上學回來，看到許多人來到我們家外面，大多數是女的，有幾個認識，大部分不認識。新興叔和幾個民兵都揹著槍，洪昌叔也在，他手裡拿著一個本子。以前我找豬妹玩時，他會跟我開玩笑，今天就像不認識一樣。良生叔帶著人從我們家這個房間走到那個房間，看著洪昌叔進行登記。不一會兒，外面那大群不大認識的男女，就進來抬東西。阿媽跟在後面，臉色灰白，看著別人搬東西。阿婆坐在廚房門口的小板凳上，眼睛空洞洞的望著天空，一動不動，像是泥塑的一樣。同一棟屋的其他人，一個都不見，可能躲在房子裡。後來，我看見良叔母在她房子裡，一下伸出頭來望望，又一下縮回去，很像田埂上洞裡的水蛇。我跑到屋後的竹子下面坐著，腦子裡亂糟糟的，不會想事情。不知過了多久，我覺得肚子很餓了，才站起身回到屋裡。那些人已經走了，我進到阿媽房裡，看到她站在那裡發呆。房子裡的傢俬，大部分都搬走了，原來擺玻璃大衣櫥的地方，牆上露出黑灰的顏色。我平時坐著寫字的書檯，連檯上的座鐘，都不見了。整間房剩下一張空床，兩張條凳，地上堆著一些破舊被褥和衣服。過了好久，沿上發呆。

阿媽牽著我的手，到各個房間去看。阿婆的房間除了一張舊床，也空了。我的房間最好，幾乎沒有動，因為除了一張木床和一張舊書桌，一張凳子，就沒有其它東西。存放糧食和種籽的房間，所有的缸、甕都被抄翻過，米缸底還剩下一點米，其它罈裡罐裡的粟米等雜糧剩得多些。阿媽對我說：「去廚房把小盆拿下來舀米，煮飯吃吧。」我去廚房把用來洗米的盆拿進來，當她舀出點米要起身時，不知什麼時候跟著進來的阿婆，突然伸出手來，大聲說：「煮那麼點米，想餓死我嗎？」又抓出把米放進去。吃了飯，阿媽叫我照樣上學，說家裡沒有我的事。我坐著不說話，也不起身上學，後來，回自己房間裡，坐在床沿上發呆。

前兩天，老恩古的爸爸和叔叔，老忠國的爸爸，都已經從城裡押回來，他們家裡和城裡的商店抄出的東西放在農會，人關在可居樓。老恩古的爸爸代新叔是長房，以後要繼承萬和商店和保和堂，還有村子裡的田地。他除了自己和請來的夥計一起住在城裡的米舖，老恩古和他哥哥、阿媽、阿婆，還有一男一女兩個長工，都住在村子裡。慶新叔在城裡開米店以後，老婆是原來讀書時的同學，祖祖輩輩都是城裡人，他除了還沒有分家的房子，村子裡沒有什麼家產。長福叔在城裡開米店還是近年的事。他原來是在周圍村子糴米的，最初肩挑手扛，後來用牛車載，賺了錢，便在城裡開店。長福叔母三年前還在村裡下田，老忠國和我們一起在古里學校讀書。忠國有兩個姐姐，兩個弟弟，一個妹妹，他媽媽成日被人羨慕，說她命好。現在，一家人被押了回來。

第二天早上，我剛出門上學，站在曬穀場上的一個民兵說：「回去，今天不用上學了。」我不敢問，就回家來。阿媽見我回來，也沒有問什麼。我預感到要發生什麼事。果然，不久就聽到門外響起鑼聲，叫所有人到古里學校去，召開鬥爭地主的群眾大會。這事阿媽應該是知道的，只是沒有告訴我。不久，有兩個揹槍的民兵進來，押著阿媽出去，他們叫我和阿婆不准出去，不准在屋裡走來走去。我和阿婆便坐在花頭上廚房門口，有一個民兵在屋裡走走站站。我不知道屋裡的人是不是都去參加大會了，屋子裡靜得讓人感到害怕。阿婆還是像昨天一樣，眼睛空洞洞地望著天空，一句話也不說。讓我奇怪的是，平時那些在花頭上走來走去的雞和大狗家的狗－阿盲，都不知道哪裡去了。古里學校就在我們屋後面，隔著一片果園，幾塊蔬菜地。大會開始以後，大家的喊聲聽得見，喊些什麼就聽不清楚。一直到下午三、四點鐘，民兵才把阿媽押回來。我和阿婆中午沒有煮飯吃，我也不覺得餓。阿媽臉色死灰，在廚房的門檻上坐著，一句話也不說。

等民兵走了，好久，阿婆說：「還把你放回來？沒有把你拉去打靶（槍斃）？」

阿媽過了好一會才回答：「我又沒有作什麼惡，為什麼要打靶啊！」

「不是說阿增是你害死的嗎？」

阿媽長長嘆了口氣說：「阿增嫂母子也真可憐！但是，阿增是我害死的嗎？」

阿婆說：「當年阿增他爸，病在床上沒有錢醫，他阿媽帶著倆兄弟求千求萬，向阿明他爸借錢，那時家裡也沒有錢，看他實在沒辦法，就去向你阿姑先挪出錢來幫他。去年，連典死的田都還他了，怎麼又說害死他呢？」

阿媽說：「大會上，阿增嫂沒有上來，是聽阿松嫂說：阿增在城裡聽到傳聞，土改時土地回老家，凡是被地主佔有的土地，都要還給農民。他想本來一分錢不出就可以要回來的田，自己十幾年辛苦做的錢沒有了，一時想不開，就吊死了。」

阿婆說：「他早就知道我家是地主了？」

阿媽使使眼色，說：「少說兩句吧。」

當天，代新叔他們三個沒有放出來，被關在可居樓，有民兵看守著。運星、吉星姐弟的媽，就是古錦輝的小老婆、還有一個才從緬甸回來終老的紀明伯公、我阿媽三個人就放回家。那幾天，屋裡時常有民兵進來巡查，叫我們晚上睡覺時不准在裡面拴門。五六天以後，民兵沒有每天每晚都來查看了，我卻感覺到，總有一雙眼睛在盯著我們家。

接下來的日子是「擦地主，起浮財。」浮財，是指地主在土改前聽到風聲轉移出去，或埋藏起來的各種金銀財寶，現在要把這些浮財「起」出來。我最初不明白「擦地主」是什麼意思。

家鄉客家話的「擦」，就是「搓揉」的意思。最常用這個詞是「擦鹹菜」。村裡人醃制鹹菜是在冬天。從田裡割下大青菜曬軟，把菜頭切花，用開水燙到半熟，放進大水缸裡捂一至兩天，使青菜變黃變軟。把變軟的菜撈出來讓水滴乾，然後分開幾棵幾棵，用雙手邊灑海鹽邊搓揉，搓揉到擠出苦菜汁，使菜莖鬆軟，然後，再疊起來捂兩天，讓菜入味，就算成熟了。把這醃制好的鹹菜曬乾，就叫乾鹹菜，或叫梅菜乾；放進缸裡封起來的叫水鹹菜。這整個製作過程叫「擦鹹菜」。

阿媽和紀明伯兩公婆、運星她媽四個，都是早上押進去，晚上放回來。那三個男的，就白天黑夜都關在裡面。

有一天，看到民兵把他們押出來吊在我們屋外面的井架上拷問。家鄉的井架，是在水井兩旁用四支大竹桿或木桿，豎起支架，上面用一根長而結實的大厤竹，找出一個適當的支點，固定在支架上形成杠桿。杠桿一頭掛水桶，另一頭綁上石塊，利用杠桿原理，用來提水。

民兵將他們三人押出來，把一人反手捆著，吊在杠桿綁石塊這頭，另外兩人把掛水桶那頭按下水井，把人吊起來。他們三人剛好是一組，人吊在上面，農會的人和民兵就坐在下面審問，要他們說出「浮財」藏在哪裡，不供出情況，不到他們滿意就不准放下來，放下來時還會打嘴巴，用腳踢，如此輪流進行。我生來第一次聽見大男人的哭聲，這哭聲和所有女人的哭聲都不同，難於用語言形容。有一次，我家一頭大黃牛跌斷一條腿，不能醫好，當屠夫拿刀割斷牠的脖子時，就是那種叫聲。聽到這種叫人心裡發顫的聲音，我才理解了「擦地主」的意思：就是折磨、拷打地主，逼迫他們把埋藏的財物交出來。

我們村比較有錢的，就是下村的古星橋，上村的古代新兄弟。古星橋家南洋的生意做得比較大，村子裡的田地比較多，家裡養著幾個長工；代新和慶新兩兄弟，在崇真學校下面有一間糧油雜貨店，一間中藥舖；兩兄弟在縣城開米店，但是，他們家的田地不多，我們上村的田地本身就比下村少。至於古錦輝家，子女都在海外，村子裡除了一棟大房子，沒有多少田地。

村子從上村到下村，有一定距離，下村還有一個李姓的十幾家人雜在其中，不知道是不是這個原因，開門爭會和「擦地主」時，多數時候都上下村分開，下村除了古星橋，另外還有幾家地主，我不知道。

這種吊打拷問延續了二十多天。有一天，工作隊、農會的人和民兵，帶著包括下村的幾十個男女，去到代新兄弟的家。過了半天，十幾個人抬出一副大棺材。後來聽大狗說，那天在代新家，從門口的水井、屋後的豬圈和竹子下面，起出不少大洋和毫子。又說，那大棺材，是花多少大洋從外省買來的楠木棺材，準備老恩古的阿婆死後用的，那棺材要抬到縣裡去展覽。

古恩文的哥哥，從小就有肺癆病，平時連房間門都很少出，沒有幾個人見過，聽說不會長命。他家在育新學校下面的商店，顧用幾個人經營管理，家裡有兩個女長工，專門煮飯洗衣服和照顧他阿婆、阿媽和哥哥。他叔叔一家在城裡，家裡人我們沒有見過。

其它幾家怎麼搜查我不知道，我們家的東西那天被搬走以後，再沒有人來搜查過。阿媽和阿婆平時都有帶金耳環，阿婆還帶有銀手鐲，那天農會帶人來搬東西以後就不見了。至於阿媽被帶到可居樓時，有沒有被清出什麼，我不敢問。

有一天傍晚，我走過上廳回房間時，蓮婆—按輩份我叫她蓮英姑，在那兒向我招手。我不知道有什麼事，便走過去，原來良叔母也在那裡。我隨她兩個在廳堂台階上坐下來，那裡離阿媽和阿婆的睡房都比較遠。良叔母不知從哪裡拿出一塊麥粄給我，我說剛吃飽飯。這是一種把小麥磨出粉，沒有篩去麥皮，然後用鍋烙出來的餅。

我們兩家血緣上比較親，但關係一般。良生叔的祖父出緬甸的時間不長，回鄉後去世得早。金元叔公智力有問題，良生叔的阿婆還在世時，一家四口，只有幾分田地，主要靠婆媳打短工度日，日子過得艱難。良生叔讀完高小後，曾在縣裡一邊做工，一邊求學，後來隨朋友出外謀生。蓮英姑是良生叔離家後，鄧叔婆抱來的童養媳。

良叔母很和氣的對我說：「阿方，叔母早就聽說你很乖，讀書又聰明，你阿媽最疼你，是不是？」

我不知道她要問我什麼，便沒有回答。

良叔母問：「最近阿媽有沒有帶你進城？」

我說：「沒有？」

「你阿爸沒有寄錢來嗎？」

原來是問阿爸寄錢的事，我說：「沒有。」

「那你阿爸什麼時候寄錢來呀？」

「不知道。」

「你阿爸以前沒有寄過錢嗎？」

「有寄。」

「一年寄多少次？」

「兩次，有時三次。」

「每次寄多少？」

「我不知道。」

「那些錢拿回來放在哪裡？」

「就放在櫥櫃裡。」

「不怕人偷走嗎？」

「……？」

蓮英姑插嘴說：「那些錢藏在哪裡？你不說出來，拉你去鬥爭。」

良叔母一把將蓮英姑拉過去，罵她：「不要亂說，看嚇著人家。」

良叔母又問：「最近你阿媽沒有去你阿姨、阿舅家嗎？」

「不准去。」

「啊！那他們也不會來了。」

我說：「是。」

良叔母說：「我知道阿方是好孩子，以後收到你阿爸的信，你把它拿來給我們看，我們會和工作隊講情，叫他們不要鬥你阿媽。」

我阿爸平時寄錢，一般是清明一次，春節一次，如果家裡需要寫信要求，便會在端午，或中秋多寄一次。取錢時阿媽帶我去過，一種是到水客家去取，一種是到叫匯兌莊的舖子去取。當然，取到多少錢，我還小，不會問，阿媽也不會告訴我。良叔母和蓮英姑把我叫出來問，我確實不知道，也沒有說假話。

我照樣上學，只是讀不進去。以前上學放學一起走的人，現在不和我一起走。利廣和豬妹，會走在我前後，但是，不和我說話。大狗偶然會和我走在一起，說上一句半句，他事情多，一見到有同學約他玩就走了。

學校裡和村子裡，到處都在教唱一首歌：「誰養活誰呀？大家來看一看……」村子裡到處都是標語、口號、漫畫。漫畫上的地主，都是穿長袍馬褂，戴著瓜皮帽，留著八字鬍，挺著個大肚子。漫畫講地主怎麼剝削人，壓迫人，甚至殺害幹部群眾，進行反革命活動。其中有一幅漫畫講到：有個地方的地主，抓了土改積極分子以後，把他的心肝挖出來，煮熟後叫來積極分子的母親，讓她吃。等他母親吃了以後，才告訴他：這是你兒子的心肝。代新、慶新和長福叔的米店也被畫成漫畫：講他們買賣糧食，如何低買高賣，以次充好，短斤少兩。其中有幾幅畫，畫他們在堆放的米包上面洗澡，第二天，把淋濕的大米混起來賣給市民。三個村子裡，輪流在演同一齣叫《血淚仇》話劇，內容講有一個地主，剝削壓迫農民不算，看上一個雇農的漂亮妻子，把她強姦了，那農民的妻子悲憤自殺。最後，共產黨來了，領導農民鬥倒地主，那農民的兒子已經長大成人，當了民兵，把地主押去槍斃了。我已經上五年級，我會認真看這些宣傳，我希望能弄清地主是不是都很壞。

有一天放學回家，我走在前面，利廣和豬妹在後，富林在前面遠一點。我遠遠看見阿木賢等在那裡，見到富林來了就和說些什麼。等我走到跟前，富林便向我喊：「地主鬼！地主鬼！我阿叔就是你家害死的！」

自從家裡被清算，阿媽被鬥爭，每天在教室裡胡思亂想，上下學孤零零沒有人理。我多日來積壓的憂鬱之氣一下爆發出來，便衝上去和富林扭打在一起。阿木賢在旁邊大喊：「地主鬼打人囉！地主鬼打人囉！」利廣和豬妹趕忙跑過來，叫：「不要打！不要打！」但不敢走近來拉我們。一會兒，走在後面的友興，上來把我們拉開了。友興上六年級，但年齡比較大，個子像大人。阿松伯母聽見吵鬧聲出來，大罵：「地主還敢打人，那還得了？」友興說：「兩個小孩打架，關地主什麼事啊！」阿媽已經不是每天被押去農會，剛好在家，出來見是我和富林打架，上前狠狠打了我幾巴掌，把我拖回家，阿松伯母還在後面罵個不停。回到家，阿媽氣得還要打我，阿婆把她拉開了。

阿媽罵：「這麼不懂事，這個時候還敢跟人打架！」

我頂嘴說：「他罵我地主鬼！」

阿媽說：「罵就罵嘛，我們現在就是地主！」

我大聲說：「我們是地主人！不是地主鬼，是人！不是鬼！」

阿媽氣得又要過來打我，我跑回自己的房子裡，爬在床上大哭。

以前，我們幾個上下屋一起讀書一起玩的人，除了阿木賢，很少吵架打架，就是吵架也吵過就算，從來不記仇。喜歡打架的大狗，也多半是和家離得遠的同學才會打起來。

這些日子，天天看到地主壓迫人，剝削人的漫畫、標語；聽到「誰養活誰呀？……地主不勞動，糧食堆成山」的歌聲。看得多了，聽得多了，好像覺得「地主」真的壞。但是，一想到自己家也是「地主」時，就怎麼也想不通。我們一家人，跟那些漫畫畫的，唱歌唱的差得太遠了：阿媽，特別是阿婆，一年三百六十五日，不管刮風落雨，田頭地尾，家頭窖尾，手腳從來沒有停過。阿媽除了走親戚穿草鞋，一年四季都光著腳下田。冬天，腳底「發叉」裂開一條條長長的口子，用熱水把老繭泡軟，用針線去縫裂口。我抬著油燈照著看她縫，看到那一條條血紅的裂口，用針線縫起來，看得我心發抖，第二天，阿媽照樣出門幹活。我們家只有四坵田，三塊旱地，收的穀子和雜糧，一家三口要省著才勉強夠吃，一日三餐吃得和村裡多數人一樣：除了年節和新米上場吃上兩餐飯，其餘的日子，天天都是喝粥。到三、四月青黃不接時，也不能天天煮粥，經常吃用小麥磨出帶皮的粉，攪成麥羹，下煮熟的紅薯或芋頭；更困難時，吃難於下嚥的粟米粉做的無鹽無糖的粟米粄，菜就是一鍋甕菜湯（空心菜）。我很小就下田學勞動，冬天曬鹹菜，早上，田野上到處是霜，把滴著水的鹹菜掛上籬笆，掛完才上學。到學校上完兩堂課，手指都還是僵的，拿不住鉛筆。我們一家人都勞動，阿爸寄來的錢也是他做生意辛苦賺來的，一家人靠勞動養活自己，怎麼會剝削人，壓迫人？我們家怎麼會成了地主？我成了地主鬼，連人都不是，我覺得太冤枉了！

以前聽到叔婆伯母嚎啕大哭時，邊哭邊喊：「冤枉！罪過！冤枉！罪過！」我現在也覺得太冤枉

了！想到這裡，我不禁大放悲聲，哭得驚天動地。阿媽聽見了，以為我打架打傷，或者是她那幾巴掌把我的大牙打掉了，嚇得趕緊跑過來問：「怎麼啦？怎麼啦？」我不回答，一直哭，阿媽慌了，跑去叫德叔公。德叔公過來，一手給我號著脈，另一隻手翻翻我的眼皮，捏捏我的脖子，又在我手心裡揉揉，好久，我覺得心裡悶氣少了好些，舒服一點，便借此收場，停止不哭。德叔公號完脈，對阿媽說：「不要緊！我開張方子，明天抓副藥煲給他吃。」

阿媽問：「聽他哭得那麼大聲，沒有什麼事吧？」

德叔公說：「沒有什麼大礙，開了些安神定驚的藥，吃了沒事。」

第二天，阿媽拿著方子，向民兵隊長新興叔請了假，保和堂已經關門，到赤崗鎮上抓藥。我在屋門口坐著等阿媽，阿媽剛回到門口曬穀場，良叔母和一個民兵走過來，良叔母說：

「阿四妹，抓藥啊，我看看抓些什麼藥？」說完從阿媽手裡拿過藥包，放在地下，一邊打開一邊說：「小孩子，可吃不得什麼補藥。」

把兩包藥翻了翻，撿起幾樣聞聞，然後拍拍手對阿媽說：「回去吧。」

站在旁邊的民兵說：「最近有地方發現地主借買藥為名，用處方紙包豬肉回家的，不能不小心一點。」

阿媽不會把藥重新包裝，用衣襟兜著回來。

狠狠的哭了一回，又吃了藥，覺得心裡舒服了好多。第二天早上，大狗在曬場上站著，等我出來才一起上學。下午放學時，我剛走出校門，突然覺得後面有人把手伸進我的書包裡。我連忙用手去捂，回頭一看，豬妹已經閃過去，很快走到前面了。我把手伸進書包裡，摸到一小把煮熟的花生。自從阿媽被鬥爭以後，我和豬妹就沒有講過話，兩家人也不來往了。

有一天，忠國的姐姐阿惠，去可居樓給長福叔送飯。回來時，手裡抬著飯缽。走到志森家外面池塘石路上，剛好對面阿木賢走過來。阿木賢見到阿惠，喝叫：「站住！飯缽裡裝的是什麼？」阿惠不敢出聲，阿木賢用長矛向飯缽一挑，飯缽掉在地上打得粉碎，原來裡面裝的是屎尿。

村子裡所有的房子，廁所都蓋在屋外，各家人的睡房裡會安放一個尿缸，晚上在裡面小便，滿了就舀到尿桶裡挑去倒進廁所。

可居樓的房子也是屋裡沒有廁所的，現在關了三個男人，平時就放個尿桶在裡面，屎尿都在裡面解決，滿了叫他們自己抬出去倒。輪流看守的民兵，有心地不好的，有時會故意把尿桶拎走，叫他們把屎尿屙在自己吃過飯的飯缽裡，由送飯的子女帶出去。可能他們認為這也是「擦」地主的一種方式！

那飯缽打碎了，屎尿濺得一地都是，濺到阿惠兩腿上，也有濺到阿木賢的褲腳上。阿木賢一邊大罵，一邊狠狠地用長矛往阿惠腿上打。阿惠才十二、三歲，嚇得大哭著跑回家。

當晚，長福叔母乘忠國幾姐妹兄弟睡著後，在屋後跳了河。早上發現時，人早已死了，在蘆葦邊上，沒有沖遠。把人拖上來，長福叔一家大小哭得烏天黑地，工作隊和有個民兵說：「死個地主婆，死豬死狗一樣！」叫用蓆子包著埋掉。長福叔一家跪在地上不起來，一直哭著求情，最後讓人用他們自己家床板釘個箱子埋了。

有一天，我到屋後菜園摘菜，震伯婆走過來對我說：「吃過晚飯後，跟著你阿媽，不要給她去屋後。」我不知道為什麼。其實，晚飯後阿媽不會到屋後，阿婆卻會很晚才從菜地回來。我問：「那阿婆呢？」震伯伯說：「阿婆不用你管，我會看著。」

有一天上學時，學校旁邊一棟屋有人上吊死了，好多人圍著看。回來時，大狗告訴我，河裡經常會有死人從上面漂下來。

不久，老恩古的阿婆死了。他阿婆原來就一直有病在床上，死了後悄悄埋了。

我人坐在教室裡，老師講甚麼卻聽不進去。這段時間，自己遇到太多不理解的問題，又無法向人

請教。剛到崇真學校上五年級時，我非常高興，上課特別認真。五年級的課程，除了語文和算術，增加了自然常識，政治常識，可惜尺牘、珠算和習字都沒有了。政治常識沒有正式課本，由老師講政治，講解放全中國、鎮壓反革命、抗美援朝、土改等時事。算術學得比以前深，四則運算，小數，分子式等等。語文除了有古詩，寓言，還有些講井岡山的故事和紅軍鬧革命，帶領窮人翻身的故事。自然常識最好玩，講天文地理好像講故事。本來，我希望好好讀書，能夠懂得更多江同志說的「有意義」的事。

我的認識經常模糊起來，上課時東想西想，想別的事，想遠的事，盡量不想眼前的事，不想家裡的事。有時會想起江同志講過的一些外面的事，猜想外面的世界是個什麼樣子；偶然會想沒有見過面的阿爸。但是，一想到阿爸，就像吃到不熟的青李子一樣，嘴裡湧出一股酸澀味。到後來，不但不認真讀書做作業，甚至不想上學。

有一天晚上，阿媽見我面對書本發呆，對我說：「方智，阿媽知道你最近不開心！但是，土改，那是政府的事，大人的事！你還小，你的事就是讀書，不要想那麼多。」

「吉星，運星都不讀書了。忠國回來就一直都沒有上學。」

「各家各人的情況不一樣，想法不一樣。我聽人說，以前古恩文那麼頑皮，不肯讀書，現在反而很用功呢！」

「大狗說，他聽蘭智哥說的，老恩古要跟家裡劃清界限，已經不回家，住在同學家裡。」

「界限能劃清，生來的父母子女，這血脈切不斷。老話（老人的話）說：藝多不壓身，你能多識幾個字，將來就是沒有田地，也能多一點謀生的本事。」

聽到阿媽這樣說，想到村子裡田地多的人就會變成地主，那如果以後有錢就想著買田買地，靠田地過日子，實在是太危險！如果多識幾個字，也可以謀生，那還是應該多讀點書。

有一天放學回家時，大狗向我招手，叫我跟他一起走。走到半路的新房子那裡，他拉我躲在房子後面坐下來，從書包裡拿出一小包烤黃豆給我吃。烤黃豆是學校下面的小商店賣的。育新小學下面，原來的萬和商店和保和堂被沒收以後，一間改成合作社，還是賣油鹽醬醋日常用品，另一間還封著。旁邊原來的兩間很小的舖子，一直開著。小舖子一間賣些紙筆墨硯，另一間賣些小吃零食，顧客主要是學生。過去高年級的學生上學時，家長或左鄰右舍會叫他們順便買些油鹽醬醋之類，有剩餘的壹、兩佰圓（舊幣一佰元等於新幣一分錢）就會給你，你可以買零食。但是，有一種叫「打斧頭」，就是買東西時少秤點斤兩，或報大一點價錢，扣下一點錢來買零食，大狗有過這種劣跡。我問大狗，是不是又「打斧頭」了？他不屑地說：「不是！」「那你哪有錢買黃豆？」他說：「先不告訴你，到時候再說。」過了兩天，學校上完早操，大狗跑過來叫我，叫我趕快跑去他們教室外面的窗子下面等著，他就進教室去了。我跑出去蹲在窗子下面，不久就看見大狗飛奔而來，我正想站起來問他，他揮手示意我不要出聲。一會兒，從教室裡向窗外丟出一些紙片，大狗連忙撿了起來，拉著我跑回了教室。我被大狗弄得莫名奇妙，搞得一堂課都沒有上好。一直到放學回家，走到新房子後面坐下來，大狗從書包裡拿出撕爛的信封信紙，竟從裡面撿出兩張撕成兩半的壹仟圓的錢來。我驚奇得不得了，等他把信封信紙丟掉，我問他怎麼會知道這信封裡有錢？這信是誰撕爛丟出來的？他又從書包裡拿出一包烤黃豆給我吃，說：「我告訴你，你不能告訴別人，否則我們兩人都走不脫身！」我連忙點頭答應。

這新房子叫萬字樓，不知道是哪個國家的華僑蓋的。那華僑家裡人，除了還在南洋的外，還有在國民黨政府做官的，現在解放了，這些人可能跑掉了，總之，一幢大房子沒有人管。這房子還很新，我們習慣叫它新房子。現在，政府把房子沒收來做倉庫，儲藏公糧，有一個班的解放軍駐守著。我們下村有一個女生，叫古愛蓮，插進來和大狗同班，也不知道有幾歲了，反正像個大人。古愛蓮長得很好看，那解放軍班長就看上了。班長可能原來也和古愛蓮搭過話，但表示了意思後，古愛蓮生氣了，反而不再理他，上學放學都繞路走，或有意和大家走在一起，讓班長沒有單獨接觸她的機會。不知怎麼又會找著大狗，班長問清楚大狗和古愛蓮同班，便對大狗說，你給我送一封信給她好嗎？我給你兩佰圓買糖吃，大狗當然滿口答應。

第一次替人送信，大狗直到快放學教室裡人差不多走完了，才敢把信給古愛蓮。古愛蓮坐在窗口，接過信一看信封就罵道：「死殺頭鬼！不得好死！」三把兩把把信撕掉，從窗口扔了出去。大狗見了覺得奇怪，為什麼要把信撕掉呢？是不是信裡寫了罵人的話？看著古愛蓮出了校門回家去了，便跑到教室外面的窗子下面找信看。撿起信一看，信裡面竟夾著兩張撕成兩半的壹仟圓，也不看信了，趕快把錢裝進口袋回家。在家偷偷用飯粒和紙條把錢黏起來，第二天到小商店買零食。老闆看看用紙黏過的錢，沒說什麼，把零食賣給了他。過兩天，那班長在新房子前面等著他，問：「把信給她了沒有？」

大狗說：「給了。」

班長又問：「她說什麼沒有？」

大狗說：「沒有。」

大狗看見班長從口袋裡掏東西，知道又有信。班長邊掏信邊問：

「那你見她看信了沒有？是高興還是生氣？」

大狗說：「在教室裡怎麼看信？她把信裝進書包裡，好像高興。」

班長又叫大狗把信送給古愛蓮，給了他兩佰圓，這才有拉著我一起去撿錢的事。

暴風驟雨好像快要過去，聽說不久就要分浮財，分田地。慢慢地，除了富林還會躲開我，大狗，利廣，豬妹我們四個，又差不多天天走在一起，志森本來就很少和我們一起上學和回家。有一天，大狗，豬妹和利廣他們，跟大人去農會看沒收的地主浮財。放學回家的路上，他們在說看見些什麼東西，哪些東西好看，哪些東西沒有見過。大狗說他喜歡那些毫子、「花邊」，說一個「花邊」可以換幾百個銅錢，利廣說他最喜歡一個鐘，那鐘裡面有兩個雀，到時會跳出來唱歌，唱完歌才響幾點幾點。我聽他們講得津津有味，心想，我家不是地主就好了，可以和他們一起去看。

豬妹突然對我說：「我看見你阿媽房間裡的玻璃衣櫥了！」

我聽了有點生氣，說：「現在又不是我阿媽的！」

豬妹說：「以前是！」

「可現在不是！」

大狗說：「好了好了，不要吵了，管它以前還是現在，反正不是你們的。」

過幾天，見阿松伯母，阿木賢他們從農會抬些東西回來，有傢俬，有農具，有些用布包著，不知道是什麼。鄧叔婆和良叔母也分了些東西，不過好像沒有大件的。我家的黃牛叫阿旋，分給阿松伯母，以前我放學後經常放（牧）牠，這牛以後要由富林放牠了。大狗、利廣、志森他們，有好些人家什麼也沒有分到。豬妹家不知道有沒有分到東西，我不願意問她。過了幾天，在可居樓牆上公佈分土地名單，隨後，全村人就到農會去領土地證。全村貼滿「千年鐵樹開了花，如今土地回老家」之類的標語，村子裡敲鑼打鼓，熱鬧了好幾天。

全村評了十一戶地主。我們上村六戶：代新家、慶新家、長福家、紀明家、我家、運星吉星家（她媽媽叫什麼名字不知道）。阿滿家被評為富農，其它有雇農、貧農、下中農、中農、上中農。下村的五戶地主，我除了知道古星橋，其他幾家不認識。地主也有幾種不同的叫法：有封建地主，官僚地主，惡霸地主，工商業地主，華僑地主，還有佃富農，小土地出租等等，我們分不清。據說，封建地主和官僚地主是最不好的，華僑地主好一點，這使我得到一些安慰。

我家幾個親戚也劃成幾個階級：我姑婆，就是爺爺的妹妹，也是華僑地主。她兩個兒子和孫子都在印尼，她一個人在家鄉吃齋唸佛，和她一起生活的，是丈夫的小老婆母子。這小老婆本來是家裡的使女，被祖姑丈收來做小（老婆），生了個兒子。祖姑丈死了以後，家裡有錢，大婆小婆，小婆兒子，一家三口相處融合。土改時，工作隊動員小老婆站起來鬥爭大婆。姑婆有天晚上跳到水井裡自殺，正是天寒地凍的臘月，拉起來用熱水澆活了，沒有死成，只是頭髮脫光了。

兩個舅父，小舅父年輕時去過印尼，沒幾年就回來了，家裡有幾坵田，被評為下中農。大舅父是工商業地主，他家有多少地不知道，我知道的是有兩輛汽車，開一個什麼運輸公司。汽車最遠就是跑到江西的尋烏，福建的龍岩，從那邊拉些米粉，香菇之類的土產回來，從縣城拉些小百貨上去。那汽車燒木炭，舅父自己開，我坐過一回。那車一到上坡時，舅父就會叫徒弟趕緊下去，拿起像吹穀子時用的風車搖把，咵、咵、咵，拼命搖，把爐火吹旺，汽車才會再跑。

小姨嫁了個山裡人，只有幾塊山地，靠賣木柴山草為生，是貧農。

阿婆的娘家窮，可能也沒有很親近的人了，基本沒有來往。

伯父一家在印尼，伯母的娘家人也在印尼，家鄉只有兩家遠房親人，還有幾間老房子，和我們已經很少來往。

村裡人的情緒慢慢冷卻下來，生活走向平靜。

我家被分掉的，最值錢但也是最不值錢的，是房子。我家只有三口人，有十多間房子。房子就是前面說的圍屋裡面的房間。家鄉的房子用三合土築成。三合土就是黏土、熟石灰、細沙。把三樣材料按比例，適當的乾濕度，攪拌均勻，用築版夾起來，用夯土的杵，慢慢的夯，築成牆，再蓋上瓦，成為一間一間的房，組合成一棟圍屋。用三合土夯出來的牆，如果不偷工減料，屋頂又能經常維修的話，可以經百年不倒。我家在家鄉雖然只有三口，但在印尼的伯父有三個兒子，父親在外面討了個細媽，也生有幾個子女，如果他們都回來，人口就多了。阿婆，作為母親和祖母，當然希望子孫後代都能葉落歸根，一家團聚，所以，她總想多置些產業。村子裡的田地很少，而祖宗留下的房子多些，不時聽到有人賣房子。當上下屋有人因家裡發生困難，想要將房子典當或賣出去時，阿婆和阿媽就會用自己省吃儉用積起的錢，或者寫信去南洋，要求伯父或父親寄錢回來，典下或買下房子，經過多年積累，就有了十多間。

而這十多間房，在農村不會有人租用，空在那裡，還得經常維修。因此，買下這些房產不但不能賺錢，反而要花錢。阿婆和阿媽，卻總是覺得這是自己用錢買回來的，是值錢的家產。我家被評為地主，多了幾間房子是原因之一，因為這些房子都要計算成財產。房子分給好幾家人：良生叔，震伯婆，谷叔婆，都有分得，上屋、下屋的分給阿松伯母、阿增叔母他們。由於有些房子要經過修葺才能住人，有些人家分得後也就空置在那裡。留給我們家的，連廚房還有五間，完全夠住了，那些房子被分掉，我反而覺得高興。

下村古星橋的房子，最初是徵用，現在正式宣佈沒收做農會，一家人被趕出去了。我們上村，代新叔、慶新叔、長福叔三家，房子全部沒收，被趕到那些已經破敗，很久沒有住過人的爛房子裡，叫「掃地出門」。據說對華僑地主有照顧，給家庭保留有部分房產，運星家那棟大房子，不知道留給他多少間。

慶新叔可能無所謂，村子裡只有他一個人，老婆孩子都還在城裡。他和代新叔一家，都搬到旁邊的破房子裡。忠國家最慘，搬進去的爛房子到處漏水，連門都沒有，他家姐妹兄弟多，阿媽又死了。

所有地主家庭照樣分得了田地，我家分了三坵田，兩塊旱地。阿媽到分得的田地裡看了回來，拿著土地證在那裡估算，說：從面積上算，好像反而多點出來，只是，兩坵是長崗腳下新開的田，另一坵湖洋田，都不是好田，阿媽怕種不出米來吃。阿婆聽了罵她：「沒有志氣，那塊好田不是人耕出來的？不是說瘦田沒人耕，耕開有人爭嗎？只有懶人，沒有懶地！」

湖洋田，就是長崗下面從前的老河道，後來淤積起來，被開墾成的水稻田。這片稻田大約有幾十畝，越靠近水塘地方，淤泥越深。這些田牛進不去，只能用鋤、耙慢慢翻。而主要的問題是，下雨時，崗上和門前地勢較高的田裡的水，都往下流，流到低窪的湖洋田，變成水澇，影響收成。土崗下面新開的田，田裡熟土太少，腳踩下去，還沒不到腳面。遇上天旱，要從水塘引水，費很多功夫。

土改鬥爭正進行時，因為沒有事做，阿婆整天坐在廚房門口的小板凳上，眼睛望著屋簷和天空，

一動不動，叫她也不答應，讓我看著很是害怕。現在，田一分下來，她好像又活過來，渾身來勁。每天一吃完飯就出門，下午幹到天黑盡都還沒有回家。我家的三坵田，其中湖洋田面積最大，田裡長著很多長長的在泥裡串得很遠的草，阿婆每天下田去拔草。可惜她已經力氣不夠，那田裡的草莖很滑，抓不牢，拔半天也拔不了幾根。長崗下面兩坵，她把四周田埂的草拔得一根不剩，又到上面崗子上，在離墳地比較遠的地方，挖些土，沒有力氣挑，就用圍裙（家鄉女人的一種服飾：穿在衣服外，上面的帶子掛在脖子上，兩側繫在腰上）兜些土下來，倒在田裡。我有時放學回家，看見她在田裡，想叫她回家，她不但不回，還要叫我幫她一起挖土。我只能和她一起挖、運，一直幹到很晚。

大家都分了田地，政府號召搞好大生產，支援國家工業建設，支援抗美援朝。家家戶戶都幹得熱火朝天。看著富林和他媽，還有村子裡好多分了田地的人，都是眉開眼笑，我相信他們說「搭幫（感謝）共產黨！搭幫（感謝）毛主席！」是心底發出的真心話。

我的心情已經平靜下來。我覺得現在的社會風氣比以前好，以前，特別是逢年過節，村子裡有很多叫化子來討飯，身上又髒又臭，不給吃的東西就不走。有的人鼻子都掉了，聽說是痲瘋病人。現在，這些人不見了。城裡也比以前整潔，沒有以前那麼亂。以前阿媽帶我進城，會死死拖住我的手，怕我被人拐走。有一次我跟阿媽進城，阿媽在一個舖子裡請人寫信，買了兩個糖包子給我吃，叫我坐在門口不准動。我吃著包子，看見斜對面一個不知賣什麼東西的商店，門口站著兩個穿花布長衫的年輕女人，手裡拿著紙扇，掩住下半邊臉，望著過路人。看見有男人走過，就會用紙扇向人招搖，過路的人也不理她。等阿媽出來，我問她那些人是賣什麼的？阿媽不理我，拖住我快快的走遠了。赤崗鎮上又有了墟日（趕集）。逢三、六、九趕墟，墟上比以前熱鬧，東西很多。村子裡的土改工作隊同志走了，又來了幾個同樣穿灰布中山裝，但不戴帽子的人，還是稱「工作同志」，來幫助大家鬧生產。

村子裡多了好些大男人，我們上下屋的有希哥和良生叔，還有代新他們三個地主分子。茂發哥回城裡去了。

解放前，村子裡平日下田的都是女人。犁田耙田，插秧收穀，挑大糞施肥，什麼樣的重活苦活，都是女人幹。只有幾項女人實在幹不了的，像教牛犁耙田，天旱時架水車、過春節屋門口的池塘裡拉網撈魚等等，這些活要有幾個留在村裡的男勞力負擔。過去，我們上村擔任這些工作的，主要就是志森的爸爸先隆伯，當民兵隊長的新興叔兩個。

雖然各家各戶都分了田地，男人還是不下田，因為田地面積不大，女人都耕得完。工作隊和農會不讓男人像以前一樣，在家煮煮飯，帶帶孩子。現在把壯年男勞動力組織起來，成立運輸隊搞運輸。運輸隊有十多個人，我們上村就是良生叔和希哥，加上代新他們三個地主分子。運輸隊就是雞公車隊，每人推一輛雞公車（木製獨輪車），有時運煤，有時運石頭，有時也運其它東西。運輸隊隊長是下村人，良生叔家是貧農，負責監督地主分子勞動改造。以前村子裡有兩個抽鴉片菸的，被拉去戒了鴉片菸。現在叫他們在村子裡白天掃地，晚上巡夜。因為這兩人實在太瘦，年紀也大了，幹不了重活。

村子裡所有人都在幹活，不再有遊手好閒的人。阿更古也分了田，不好好幹活，以前還偷看過女人上廁所。新興叔和幾個民兵，用紙做了一頂高帽子，上面寫著「二流子」三個字，給他戴在頭上，叫他自己敲著銅鑼，高喊「我是二流子」，從上村遊到下村，遊了兩回。只是，他確實不會幹農活，只好叫人給他換工，由農會安排他在村子裡幹點其它雜活。過春節時，也見不到大人在廳裡擺開桌子賭博了，像我們這些讀小學，讀中學的學生，也不再賭銅錢，賭圓石。我覺得解放了好，就像唱歌唱的「解放區的天，是明朗的天。解放區的人民好喜歡。」

我又認真地讀書。學校裡掛滿了世界各國共產黨主席、總書記的像，有一個叫義大利的國家，共產黨總書記是個女人，使我非常驚奇。因為從小到大，我以為女人就是下田幹活，回家煮飯洗衣服的，想不到既然還能當共產黨的總書記。後來，蘇聯的史達林死了，志強哥告訴我們，是腦溢血死的。下午

三點鐘的時候，他叫志森和我跟他一起，在曬穀場上站著不動不說話，叫默哀一分鐘。志強哥已經在赤崗中學讀書。

有一天，我們看到校長辦公室裡，坐著一些女生，古愛蓮也在那裡，校長正在和她們講話。大狗一看到有古愛蓮，就來了興趣，拉著我蹲在窗子下面偷聽。原來那些女生不想讀書了，要退學，校長動員她們繼續讀書。沒有多久，學校還是走了不少年齡比較大的女生。當時，公佈新婚姻法，女子十八歲可以結婚。剛解放時，三條村的妹子，為了讀書會把年齡報小；現在為了結婚，有些人又把年齡報大。有些則是田分到家了，家長希望早點把女兒嫁出去，田不會帶走，又可以少一個人吃飯。農村姑娘，十八、九歲出嫁是正常的，過了二十歲還嫁不出去，就會有人說閒話。

教室沒有那麼擠那麼亂了，五、六年級的學生都作了調整，智群調到我們班裡來。老師上課時，不像以前只是自己講，不准學生說話，現在講「民主」，師生平等，允許學生提問題，共同「討論」。

有一天上語文課，講寓言故事《矛和盾》，老師講完，問大家懂了沒有？

大狗說：「老師，沒有的事。」

老師問：「什麼沒有的事？」

「世界上沒有既戳不穿的盾，又戳不壞的矛。」

「就因為不會有這樣的矛，也沒有這樣的盾，所以是矛盾囉！」

「老師都說沒有這樣的矛，也沒有這樣的盾，既然是沒有的東西，那還怎麼矛盾呢？」

「這是寓言，是通過一個故事來說明一個道理，不一定要有這樣的事。」

「既然是沒有的事，又怎麼能說明什麼道理呢？」

這樣「矛盾」來，「矛盾」去，把老師也搞糊塗了。連說：「好了，好了。古群智，我一時說不過你，我們下課以後再討論好不好！」

又有一篇課文，是講井崗山紅軍幫村民挖井，紅軍走後，村民在井旁立碑紀念紅軍的故事。老師才講完，一個塘背村的學生就說：「騙人的！」老師一聽很生氣，叫他站起來，問：「你家是地主還是富農？」

那學生說：「我爸爸是農會主席！」

老師一怔，只好說：「那你說說，為什麼是騙人的。」

那學生說：「村子裡的老人都會教我們，出門問三缸：水缸、米缸，屎缸。這水一天不喝都不行，怎麼能等到紅軍來了才挖井找水喝？我們村子裡，棟棟屋門口都有一口井，有些還有兩口，挖井那麼容易的事，幾鋤頭就挖出一口井來，怎麼要等到紅軍來了才挖？紅軍走了，也不能把井揹走！」

我們三個村子，側、背是河，前面是一個大水塘，地下水很淺，確實幾鋤頭就可以挖出一口井來。可能老師也不瞭解井崗山的情況，那口《紅軍井》的短文，又不是講科學的文章，所以，也就說不明白，只好叫學生坐下算了。

在古里學校讀書時，個個老師都打過學生，多數學生也都被打過。現在不准打罵學生，有個別老師一時改不掉舊習慣，罵了學生，會受到校長批評。學校提倡開民主生活會，學生可以批評老師。在民主生活會上提意見時，可以讓學生不稱呼老師，叫男老師某某哥，叫女老師某某姐，好像不是學校似的。不過，這種民主生活會只搞了幾次就沒有再搞。

我最愛上自然常識課，教自然常識的是君明老師，姓侯，是個城裡人。有一天，他說：「我們今天講地球，我們住在地球上，這地球是圓的……」一個塘頭村的男生就笑起來說：「我們住的地方是圓的？那怎麼站得穩，還不都跌下來？」說完還從書包裡拿出個皮球，問老師是不是像這皮球，人在上面那能站得穩？君明老師說：「好！那我就試試。」老師把皮球放在講臺上，說：「這是地球」，拿起一支粉筆，說：「這是一個人」，然後把它支在皮球上。因為皮球太小，粉筆怎麼也立不穩，立了幾次，

都倒下來，引得全班同學大笑。老師說：「好了，今天先不講地球，我們先講別的。」過了幾天，君明老師拿著一個籃球和一個大紙盒進來，先叫上次那位同學把皮球拿出來，和籃球一起擺在講臺上，然後又是把粉筆立在皮球上，當然又倒下來。接著，君明老師把粉筆立在旁邊的籃球上，就立住了。又說：「我們多站幾個人上去。」一連立了幾支粉筆，都沒有倒下來。還拿起粉筆盒，說這是房子，也立在上面。君明老師說：「皮球太小，所以一支粉筆都站不穩，籃球大一點，就可以站好幾支，還加上粉筆盒。而地球……」他邊說邊從紙盒裡拿出一個比籃球還大，上面花花綠綠，密密麻麻寫滿字的東西。君明老師說：「這叫地球儀，它是仿照地球的樣子做出來的，但是，地球實在是太大，太大了，所以，不要說多少人，就是在上面蓋多少高樓，都站得住，不會倒下來。地球上還有高山，有海洋，有河流，這圓形的地球，因為大得看不到邊，所以，遠遠望去，就像是平地一樣……」那堂課，連平時愛講話的大狗也聽到出神。後來，君明老師又帶我們（當然也帶其它班）去遠足，我們登上一座小山，又翻過一座小山，站在小山頂上，看見山後面還有更多的山。君明老師給我們講地球，講山外有山，天外有天……叫我們長大了要走出去，不要老守在家裡、守在村子裡，外面的世界很大，很精彩。

學校裡成立了少年先鋒隊，我們幾個，只有富林成了少年先鋒隊員。看到他胸前繫著紅領巾，排在全校同學前面，在號聲中唱起隊歌，我非常羨慕。我也想繫上紅領巾，當然沒有可能，而且，後來發生的一件事，使我對紅領巾產生了一種敬畏感。有一天，一個少年先鋒隊員和一個同學打架。小學生打架是很平常的事，意外的是，那同學用手拉住那先鋒隊員的紅領巾，把那隊員勒得喘不過氣來，差點出了大事。為此，召集全校師生開大會，校長除了對打架本身進行了嚴肅批評外，還特別指出：紅領巾是五星紅旗的一角，是革命烈士的鮮血染紅的，我們每一個人都要尊重。

過了大半年，中央來了政策，對所有被評為「華僑地主」的家庭成分進行複查。複查結束後，宣佈我們家和紀明叔公家的成分改為華僑小商，「華僑小商」相當於「中農」或「上中農」，屬於勞動階級。運星吉星家的華僑地主成分沒有改變。農會通知開會宣佈複查結果時，阿媽要我陪他去。工作隊同志講了差不多一個上午，講解什麼叫「剝削」，講解「華僑地主，地主華僑，華僑工商業，華僑小商」這些成分的劃分標準。我聽不懂那些複雜的理論，只留下一個印象：你在家鄉也好，出南洋也好，賺了錢，買田買地，開商店開工廠，請人幹活，就是剝削，會成為鬥爭對象。又模糊覺得，好像在南洋賺「番鬼」的錢，比在家鄉賺村裡人的錢，罪沒有那麼大。可是，想到學校貼的「偉人像」：世界各國都有共產黨，還不是一樣要打土豪，分田地？那麼，如果我寫信給阿爸，叫他在外國也不要賺那麼多錢，阿爸一定會說：「這個兒子傻掉了！」

我當然不會寫信給阿爸講這些事，工作隊同志講的那些，過兩天也就忘記了。過了一段時間，我和阿媽從鎮上回來時，在可居樓前碰見洪昌叔和叔母，站在那裡說話。說到土改和複查的事，洪昌叔說有事先回家去了，留下洪昌叔母和阿媽閒聊。聽洪昌叔母說，當初，整個村子搞土改摸底時，因為我們村田地實在太少，如果以佔有田地作為主要標準的話，恐怕只能劃上一家兩家小地主。那麼大部分貧下中農打土豪分田地的願望落空，群眾發動不起來，土改就搞不下去。後來，不知道是哪一級政府，還是哪位領導提出制定的政策，按兩條新標準：一是將所有能算成錢的東西都折算成財產，包括南洋寄回來的錢。二是將長工，短工，包括有童養媳的勞動，都按工作量算成剝削帳。按這兩條新標準，我們家房子比較多；田地雖不多，卻還有一片果園和竹林，有牛豬等大牲畜，有水車等大農具；南洋每年有錢寄回來；農忙時，或者需要男工才能幹的農活，都要請短工。按這標準，我家就被評為華僑地主。

聽到洪昌叔母的話，我不禁想到請金元叔公推磨的事：阿媽阿婆要下田，我還小推不動磨，所以，推磨的活，一年有半年請金元叔公幹。由於他智力有問題，又是比較親的長輩，給他幾升小麥或鴨腳粟（一種紅褐色的小米，城裡人用來餵雀鳥的），平常人兩個鐘可以磨完的，他就磨一天。因此，幹這活沒有給他工錢，只給他吃兩餐飽飯。阿媽可能以為是幫他，讓他家省了一個人的口糧，但要算剝削帳的話，就有嘴也說不清了。

洪昌叔母沒有說我家最後是怎麼評成地主的，只是說：「過去的事說不清楚，反正『越親越見鬼！』就是了。」

分掉的東西和房子當然不會還回來，摘掉了「地主分子」帽子，阿媽已經感恩戴德，公開在上廳祖宗牌位，花頭五方龍神，下廳對住大門，帶著我到處燒香磕頭。阿婆只在上廳拜，認為是祖宗保佑，菩薩有靈。

阿婆和阿媽都很信神，平日裡，初一、十五都會燒香。出門見到不管大小神位，像走路見到路邊一棵大樹，有人疊幾塊大石頭，燒過香，不管認識不認識，阿媽都會雙手合十，虔誠鞠躬，唱個喏，求神保佑。我曾經對她這種舉動不理解，她教訓我說：「老人教的，老祖宗從北邊逃難下來，一路上借人的路過，借人的地方住，所以，不管走到哪裡，都不要得罪人，更不要得罪神明，到時那怕不能保佑你，起碼也不會害你。」這次摘掉帽子，當然更是覺得這是神靈和祖宗保佑，但是，沒有殺雞買魚買肉用三牲敬神，家裡已經好久沒有吃過肉，就這麼齋拜拜，讓我一直空噍口水。不知道為什麼，阿婆遠沒有阿媽那麼高興。

我想起江同志的話：「要相信政府。」

阿媽叫我寫信給阿伯和阿爸。在阿媽面前給阿爸寫信，是一件苦活，比做功課難得多。信以我這個兒子的名義寫，寫些什麼話，就由阿媽說。阿媽說的是「阿咩話（阿媽的話，即家鄉土話）」，有很多字是書面語沒有的。我寫不出這些字來，說沒有這個字，阿媽不相信，說我沒有用，書讀到腦勺後邊去了。不過，我後來學聰明了：把她的意思用書面語寫出來，等她讓我複述的時候，就用她原來的「阿咩話」說給她聽。開始她用懷疑的眼光看著我，問是這樣寫的嗎？我肯定回答，是照她的話寫的，她就說我進步多了，結果皆大歡喜。家裡給南洋寫信，有三個人寫：我寫的，一是讓我學習，二是說些報平安的話，最後落我的名，還要在信末寫上：「順祝細媽及弟妹平安」。如果有比較重要的事情，就會以阿婆的名義，請德叔公寫。還有一個是阿媽在城裡請專門幫人修書的人寫的，阿媽純粹以她個人的名義給阿爸寫，寫些什麼，我不知道。

過一段時間，阿伯和阿爸就寄了錢來，阿媽很高興。信是我讀給阿媽阿婆聽的，有些字我還不認識，有些就是識得字也不明白它的意思。祝家裡平安，幹活不要那麼辛苦，多買點肉吃，他們在外面會好好賺錢等，都看得明白。信裡說寄了兩佰粒衛生丸，阿媽說那就是錢，因為印尼政府不給寄錢回來，知道了會捉來坐監，所以不敢明寫。兩佰圓是香港的錢，已經有兩年沒有收到阿爸和阿伯的錢了。不過，那段時間，大狗家和利廣家，好像也沒有收到南洋寄來的錢。兩佰圓換成中國錢，換了新幣六十多元。

我們一齊上了六年級，學習也開始緊張。校長跟我們說，到時整個區的小學都到赤崗中學統一考試，然後由縣教育局按成績和各人填報的志願，分配到各所中學讀書。縣裡有好多間中學，有好一點的，有差一點的。老師上課時也會介紹各間學校的情況。我們最初不懂得學校好不好的分別，覺得只要能考上中學，那一間都一樣。

我和富林就像什麼事也沒有發生過一樣，大家一起上學，放學一起回家。富林的算術成績好，我們幾個人當中，他讀書最用功。志森最愛講政治，講起抗美援朝，麥克亞瑟，蘇聯，馬林科夫，四大家族，頭頭是道，可能是他兩個哥哥都是中學生，家裡常常討論。大狗早就不想讀書，說等小學畢業，阿媽就是打死他，他也不讀了。我和利廣都希望能考上中學，小時候，阿媽叫我好好讀書，才可以出南洋做生意，這兩年她已經不說這個話了。我也知道了讀書學知識的一些意義，希望繼續讀書，而且，又不是女孩子，不上中學，那麼小能做什麼？阿滿和豬妹就說不知道，家裡叫讀就讀，不給讀就在家做家務，反正以後要嫁人。豬妹說完望著我，我也看著她，我心裡希望她也考中學，但是沒有說出來。豬妹的成績比阿滿好，她阿媽和阿哥又疼她，讀不讀完全在她自己。豬妹的成績只是算術差點，她老是搞不懂分數、小數這些關係，老問：「1/2是一半，那7/11是多少？」她其它功課都很好，特別是語文。

那兩年，上下屋好多人家都添丁進口。嫁過來好多年都沒有生孩子的希哥老婆，生了個女兒，茂發哥的新媳婦生了個兒子，洪昌叔母生了個女兒，良叔母生了個兒子，連建生伯母也生了一個兒子。因為土改分了田，好幾個起的名字叫：「德分、應分、可分」。如果是女的，那「分」字就加草頭。良叔母的兒子叫友智，建生伯母的也是兒子，叫有智，兩個名字音同字不同。不過建生伯回不來了。解放前，他在離縣城好遠的一個鎮上養著一個小老婆，生有一個女兒。貫徹新婚姻法後，只能有一個老婆，建生伯選小老婆，和建生伯母只能離婚。怪不得有一天建生伯母和阿雪，從鎮上回到家，又哭又罵，建生伯母後來卻又生了個兒子。炎生叔的老婆阿河沒有生，震伯婆很不高興，成日見人就說：「冤枉！做孤做絕（就是因做了什麼壞事使孤老絕後的意思，也經常用來自嘆命苦的感嘆詞），上上下下（指上屋下屋）都生兒子的生兒子，生女兒的生女兒，就她（指阿河）連屁都不見放一個！」

炎生叔回來以後，只在家裡呆了不長的時間，村裡土改，鬥地主，分田地那麼大的事，他都不怎麼關心，不知道是不是因為他當過國民黨兵的緣故。當時，政府組織大搞水利建設，縣裡靠山的地方到處修水庫。不知道他靠什麼關係，找到在水庫上打雜的工作，便住在水庫工地上。他平時很少回家，回來也很少跟人坐談，只是有時會去德叔公房間裡坐坐。炎生叔和阿河說不上恩愛，也看不出有什麼疙瘩，不像良生叔倆公婆，好起來會在房子裡唱小調，惱起來就吵架。

不久，安生叔從朝鮮復員回來，轉業到西安的一個兵工廠。他到工廠報到以後，請假回家探望父母，先回家看德叔公，回西安時再去廣州見德叔婆和秋雲姑。那幾天，我們屋裡就像過年一樣，人來人往。安生叔仍然穿著志願軍軍裝，只是帽子上沒有徽章。農會的好幾個人都來看他，說村裡出了個「最可愛的人」是全村人的光榮。育新小學校長也來了，要請他去講戰鬥故事。不過，安生叔好像不大喜歡別人稱讚他，也可能是不大會講話，校長來請了兩次，最後也沒有去。左右鄰居晚上來坐聊時，他會簡單說些自己的事。原來他當國民黨兵時，學會了軍隊的通訊技術，在國民黨軍隊已經是通訊兵，被解放過來以後，在解放軍部隊也是當通訊兵。大家最想知道，問得最多的是在朝鮮打仗的事，可安生叔總是說他是在指揮所裡，指揮所不在最前線，他又多半是躲在戰壕裡，不像別人一樣打仗。問得多了，也就說美國兵砲火實在大厲害，飛機，大砲，那炸彈好像不要錢一樣拼命炸。又說那地方天氣太冷，特別是南方的兵，不少是凍死的。說你如果看見回來的兵，走起路來步子不穩，滿嘴牙都掉完了，那就是凍的。腳上的膠鞋根本不保暖，踩在雪地上，腳和鞋都凍在一起了；很多人口渴得耐不住，抓雪來吃，吃多了就把滿口牙凍掉了。問他志願軍和美國兵哪個能打，他說，那不能比，美國兵怕死，中國人不怕死。安生叔在家住了一個星期就到廣州看德叔婆，再回西安，他臨走時說，等去到工廠一切都安定了，還要回來討老婆。至於他們的工廠，是一個生產無線電器材的兵工廠，通信只能寫寄西安幾號信箱。

安生叔走了不到半年，秋雲姑和姑丈卻帶著德叔婆，一個兒子，一個女兒回來了。他們自己說是被遣散回來，村裡就有人傳說，是「三反五反」運動打回來的，可能因為貪汙；又有說是因為他們是偽職人員，被清查出來。總之，用家鄉話說：是「吃老米」了。這是家鄉用來說那些在外面混不下去，不得不回老家當回農民的倒楣鬼的話。秋雲姑的子女都還小，女兒叫陳曉蓉，還不到上學年齡；兒子叫陳和平，上小學二年級。姑丈叫什麼名字不知道。

德叔公日子過得像平常一樣，安生叔回來，秋雲姑一家回來，都不見他有什麼喜或憂，照樣每天早晚出去散散步，有病人上門，給人看看病，沒有人來看病，就看看書。

阿婆的身體，去年冬天開始越來越差，別說挖土運土，連在田埂上走路都走不穩了。阿媽連下田也不安心，要時時回來看著她，不給她到處跑。誰知，她在家門口坐了一段時間後，也坐不住了，只能躺在床上。有一天，阿媽早早起身，到鎮上買了條鯇魚，將頭尾煮成湯，魚身切成幾塊，煎熟，另有一碗青菜，將飯、菜一齊抬到阿婆床前。阿媽把阿婆慢慢扶起身，靠在床上，挾了些魚肉、菜在碗裡，把

飯碗，筷子送到她手裡，看著她慢慢吃。一會兒，阿媽跟阿婆說：「城背ｘｘ村的ｘｘ先生叫人帶口信來，說水生伯和阿明托他帶了幾件衫和幾樣東西回來，叫我去取，他兩日後就要回印尼了。今天剛好星期日，方智不上學，我叫他陪著你，也交代了震伯母，有什麼事就叫她幫忙。」說完又說：「阿媽沒有胃口也要迫自己吃兩口，等一會兒一定要多喝兩口魚湯，不然，哪裡有精神？」阿婆說：「知道啦，那麼囉嗦！見到水客，叫他告訴阿水，阿明，阿媽好健，不用掛念！」

村裡的所有家庭，平時很少到墟上買魚吃，只有過年過節敬神、敬祖宗的時候才會買。由人放養的魚，有鯇魚、鯉魚、鰱魚、鱅魚（大花鰱），野生的有鯽魚、滑哥（一種鬍子鯰，但體形較小，顏色較黑）、蝦和螃蟹，野生魚價錢便宜。放養的魚，鯇魚最貴，鯉魚次之，鱅魚又次之，鰱魚最便宜。阿婆年紀大了，身體不好，阿媽有時會買一條半條魚給她補身。如果買整條的鯇魚回來，阿婆就要罵人，說這樣吃法，山都要吃崩。她叫阿媽買鰱魚，還要叫阿媽順便撿些魚攤子上魚販丟棄的魚鰓回來，和魚煮在一起。那魚鰓咬不爛，也嚥不下去，阿婆卻咂得津津有味，還要叫我們也咂，我們不咂，就會罵我們敗家。

各棟屋門前的池塘，是整棟屋所有家庭的公產，我們屋門口的池塘，屬八家人所有，輪流管理，志森那棟屋只有他一家，池塘就是他家的。不管那家輪著養魚，都不是為了吃，魚養大了出賣，扣除成本能賺點錢，用來買米等家用。池塘是田產之一，土改時折成田土面積分配，我們屋門前的池塘，分給建生伯母家。

阿媽走了以後，我抬了張凳子在房子裡坐著，看著阿婆吃飯。阿婆才吃了幾口，就不吃了。我起身叫她喝魚湯，她又說不想喝，我也不知道怎麼辦。阿婆閉著眼斜靠在那裡，我靜靜地望著她：阿婆是那麼瘦，那滿是皺紋的臉，像被曬乾了的柚子，只是那張開的嘴，讓人覺得是張人臉。在被子外面的雙手，手臂上不見有肉，只剩下皮包骨頭，只是手指、腕和肘的骨節顯得比較大。我不知道怎麼描述我的祖母。自我懂事以來，記憶中她從來沒有抱過我。一年到頭，阿婆除了吃飯，睡覺，都在幹活。遇到下大雨，刮大風，就在家裡刮芋頭，剁紅薯，推磨。有幾次說生病，叫阿媽給她刮痧，或喝德叔公開方子買的藥，也仍然在菜地幹活。她疼阿媽的方式是罵，疼我的方式是給我東西吃。阿媽進城買回來一些糕點，給我吃的我很快就吃完了，過一天或兩天，阿婆就會把我叫進她房子裡，拿出東西來，給我吃，如果不吃，她就會裝作很生氣的樣子。她靜靜地看著我吃完，然後說：「不要告訴你阿媽，知道嗎？」現在，看到阿婆成了這個樣子，我心裡亂糟糟的。有一次考算術，老師說快到下課時間了，有一道分數多的題，我卻怎麼也想不出頭緒來，現在看著床上的阿婆，就是那種又著急又無助的感覺。

阿婆睜開眼睛，叫我去叫震伯婆，震伯婆在廚房門口打草鞋，聽到我喊她，便進到阿婆房間裡。一進來，震伯婆就說：「不是牛雄馬壯嗎？你那田還沒耕熟哩，就躺倒不幹啦？」

阿婆說：「閻王爺帶信來，留不得多久了。」

「你那幹活的債沒有還清，閻王爺也不會收你。」

「還不清了，管不了那麼多了。」

「帽子給你脫掉了，還不輕鬆點多活幾年？」

「我這人命歹，有帽子戴著，我覺得踏實，沒了帽子，覺得輕飄飄的不踏實。」

「賤骨頭！」震伯婆看看菜飯，說：

「那麼好的魚肉不吃，浪費了不怕雷公劈！」

阿婆說：「方子，去拿副碗筷，我和你震伯婆一起吃。」我去到廚房拿過來一副碗筷。

震伯婆接過我拿來的空碗，往裡扒了幾口飯，挾了一塊魚肉。放下碗以後，把阿婆扶正，說：「那麼好的魚湯，都快涼掉了，快喝一點再說。」抬起碗來，給阿婆一口一口慢慢喝，喝了有小半碗。

放下湯碗，把阿婆的飯碗抬給她，自己也抬起飯碗，兩個人慢慢吃起來。

阿婆和震伯婆，那個年紀大，我不知道。印象中，阿婆身材比震伯婆高，但比較瘦。震伯婆臉圓一點，皺紋也少。如果說精神，一直以來，震伯婆都比阿婆好得多。震伯婆話多，不高興時罵天罵地，無所指的罵人；高興起來坐在廚房門口小聲地唱山歌，和別人開句玩笑。阿婆雖然也和別人談談天，但多數是一個人坐著，不知想什麼。

一會兒，阿婆說：「阿巧，還記得是哪一年了，我倆常一起吃飯嗎？」

震伯婆說：「怕是上兩個朝代的事囉。」

「那時真是年輕，上山砍柴，百幾斤的濕柴，十幾二十里路，一口氣不歇，就挑回家來。」

「我就趕不上你，遠遠叫：阿英，阿英，等等我，等等我，你就是不等。」

「真是傻，你說，這拼命幹，累死累活，是為了什麼？」

「我常說女人苦死苦活為了兩張嘴，你說我騷，那你說是為什麼？」

「不是為子孫後代以後有好日子過嗎？」

「還記得有一次你罵我懶婆娘，我和你吵架嗎？」

「哪一次？」

震伯婆說：「是哪一年了？已經入冬，那天太陽出來暖洋洋的，風吹得不緊不慢，我在那裡翹起腳曬太陽。你出門看見就罵我：『懶婆娘，那麼好天不出去找活幹，在這裡翹著腳想契哥（情人、野老公）咩！』我說：『我就是想在這好天歇一歇，想契哥，又怎麼樣！』你說：『那麼好天不多幹點活，天晴防落雨，手頭積多兩個銅錢，以後就可以在家翹起腳做春夢囉。』我說：『我現在就是在翹著腳做春夢！何必等到以後！』」

阿婆說：「不記得了！我有時也有想過，你比我會做人！」

兩個人沉默了一會。阿婆說：「說起契哥，那個山牯（指山裡的男人，這裡是說震伯婆的情人），這兩年你還見過嗎？」

震伯婆望望我說：「阿方，坐到門外去看著，不要讓雞跑進來屙屎。」

我抬起凳子，到門外坐，不敢走遠，怕阿媽回來看見我不看著阿婆會罵我。

震伯婆說：「前幾年還在墟上見過，扛著幾根鋤頭把出來賣，老了，扛不動大木頭了。」

阿婆說：「那山牯是個好人，你那時怎麼就不跟了他？」

震伯婆說：「哪有那麼容易，就因為他是個好男人，就更不容易！」

「入山看見藤纏樹，
出山看見樹纏藤；
樹死藤生纏到死，
藤死樹生死也纏。」

阿婆輕輕地哼起了山歌，然後說：「這條山歌，上山的男男女女都會唱，但我沒有聽到過有誰唱得比山牯那個衰鬼唱得好聽，難怪會入到你的心。」

震伯婆眼睛不知道望著什麼，一會兒，輕輕地唱道：

「喜鵲上樹尾翹翹，
遠遠來了我（的）巧巧；
削根竹子做成笛，
橫吹笛子直吹蕭。
橫吹笛子直吹蕭，

橫直都是心一條；
妹唱山歌我和笛，
一直和到奈何橋。」

兩人沉默了好一會兒。震伯婆說：「幾十年光景，一眨眼就過掉了」。

阿婆說：「來生我不想做人，我想做個雀。你看那屋瓦上的麻雀，成日在那裡吱吱喳喳，說得多開心；那屋簷下的燕子，成雙成對，飛進飛出，含泥做窩，有多快活。」

震伯婆說：「阿英呀！人人都說你命好，我命歹。你有兩個兒子會賺錢，老公也比我阿震走在後，但是，你過得不如我，因為你大癡！」

「我癡！」阿婆聽到這話，想掙扎起來。

「怎麼說呢？為人癡、為物癡，那還好，看得見，摸得著。你癡的是『時日』，是『以後的日子』！今日有好吃、好穿、好用的，你捨不得，要留著『以後過日子』，就怕以後什麼都沒有。」

停了一會兒，震伯婆又說：「做人規規矩矩，不敢行差踏錯一步，怕人說，怕『以後的日子』難過，難做人。結果，為了『以後的日子』，就沒有了『今日』，連『今日』的『自己』也沒有了！」

阿婆說：「死佬發脹，都被你說中了！」

震伯婆說：「又不是今天才說你，以前說過，你會聽嗎？」兩人不做聲，停了好久，震伯婆說：「後生時，村子裡，連你都說我騷，說我夾契哥（找情人、野老公），做人的老緣（女情人，野老婆）。可是，我和老山牯行（來往）了一輩子，不是說沒有做過背人的事，那是他成家以前，也就那麼幾回。兩個人行到夾心夾膽（心心相印，肝膽相照），那種事就看淡了。真正騷，騷到不成人，是上江西挑鹽那幾回。」

震伯婆深深地嘆了口氣說：「那年，說是國民黨打『朱毛』，挑鹽上江西掙的錢多，便跟人去，多數是女的，也有幾個男人。誰知一進江西，就像進了閻王界，隨時會被槍打死，要是被捉去也是死。一夥人，不分日夜天天鑽山溝，穿林子。夜裡躲在山溝草叢裡睡覺，有男的就悄悄說：『阿姊哎，過來阿哥抱一下啦，今日不知明日事，明日就怕沒得抱了。』又說：『老天造人，那東西是你我自己的，不用也是廢著。阿姊不想，我不敢強你，阿姊會想的話，就不要委屈著自己。』那時正年輕，那有不想男人啊！心想：反正又不是偷，不是搶，自己的身子，你想做，我想做，那就做咩！於是就和那些人滾，滾了一個又一個，有些人別說名字，第二天一早分開走了，連面貌都沒有看清。」

阿婆說：「你以為我不知道？騷牛嫲（騷婆娘），每次回來都脫了形，連阿炎都不敢認。」

「何止脫了形，連心肝肺都不見了。」

兩人停一陣，說一陣。阿婆已經很久沒有說過那麼多的話了。

阿媽回來，謝過震伯婆，看見震伯婆陪著阿婆吃了不少飯和魚，很高興。震伯婆接過阿媽給她的點心，跟阿婆說：

「過了千年萬年，還會有『以後的時日』，可『今日』過掉了，就再也沒有了！」

震伯婆走了以後，阿媽跟阿婆說：「大伯和阿明托水客帶有錢來，還有一套衣服，兩塊布料，有一包高麗蔘片，是專門給阿媽吃的。兩人千叮萬囑，叫阿媽一定不要再下田，不然，他們在外面也不安樂。」

阿婆很平靜，只說了句：「去吧，你累了，我也要歇一歇！」

土改剛展開時，阿婆催阿媽叫人寫信去南洋，叫伯父和爸爸他們不要回來，說寧願做番鬼（指入籍僑居國）也不要回來。複查成華僑小商以後，平時不過問國家大事的阿婆，有時在門口、井旁，遇到石路上上下的人，也會問問政府佈告中傳出的一些消息。

阿媽去問德叔公，那高麗蔘能不能吃，德叔公說：「吃也無妨，放兩三片在瘦肉上，隔水蒸熟，喝湯吃肉，隔三五天一次。」又說：「阿嫂的身體，就像油將燒乾的燈，看日子拖得多長而已。」阿媽不敢再出門下田，每天都在家陪住她。田裡的活，請阿姨和舅母抽空來幫忙。有一天阿媽把我叫進阿婆屋裡，叫我一起陪陪阿婆，那天阿婆的精神好一點。

阿婆躺在床上，閉著眼睛，我和阿媽坐著，沒有說話。後來，阿婆睜開眼睛，跟阿媽說：「阿四妹，那麼多年，辛苦你啦。」

阿媽說：「阿媽說顛倒了，你苦了一輩子，我做媳婦的沒有好好服侍你，是我不夠孝順。」

阿婆說：「那年你五六歲大，把你抱過來，以前家裡一樣窮，吃沒有好吃，穿沒有好穿。家裡有什麼？只有田頭地尾，家頭灶尾幹不完的活！你大伯和阿明出南洋以後，雖說苦了幾個錢，可錢再多，當不得熱枕頭。阿媽是過來人，那有不知道的理！」

聽到這話，阿媽默默流眼淚。

阿婆說：「叫你德叔寫封信，告訴阿水阿明兩兄弟，樹高千丈，葉落歸根，這是至理。叫他們不要像他阿爸，到成了一段朽木才回來，祖宗看了都不安樂。至於阿明的小（小老婆），回不回來，不要勉強人家，但是，那邊生的子女，要帶回來，真的帶不回來，也要叫他們不要忘了根本，究竟是古家的子孫！」

阿媽點頭。

停了一會，又說：「以前真是傻！萬貫家財借手過，再好田地也是泥。生不帶來，死不帶去！以後有得吃就吃，有得穿就穿，千萬不要再死省死儉！」

說完閉著眼睛，好久不說話，後來，睜開眼睛，伸出瘦骨嶙峋的手，阿媽把我拉過去，我把手伸出來，阿婆拉住我說：「方子要好好讀書，只是，士農工商，靠讀書出身的總是少數，耕田做工的是大眾。男兒百樣好隨身，不管什麼手藝，什麼莊稼活，都要學。人生有起有落，只要肯做，餓不死人。」

看到阿婆又閉上眼睛，阿媽叫我先出去，她在裡面陪著。我點頭說，記住了。

阿媽叫我照樣上學。有一個早上，我吃飽飯剛要出門，聽見阿媽驚叫一聲，我趕快跑進去。剛才阿媽抬著飯碗進到阿婆房間，阿婆才掙扎著抬起上半身，就倒下去，不省人事了。德叔公來看看，說：「準備後事吧。」除了彬伯公彬伯婆兩位老人，全屋所有大人都來看，然後清理好上廳。到半夜，我在阿媽身旁打瞌睡，突然聽見阿媽大哭起來。一會兒，秋雲姑和姑丈、良生叔、維叔母、震伯婆進來，大家七手八腳把把阿婆抬到上廳，擺在準備好的木板床上。後來一屋大小都來到上廳，除了良生叔和姑丈沒有哭，其他人像大合唱一樣，一齊嚎哭起來。

天一亮，有人分頭去報喪，親戚有先有後到來弔唁。弔唁的親戚人未進來，哭聲先到，一聽到哭聲，我和阿媽就趕緊跪在靈前哭。開始，我是傷心地哭，到後來哭不動了。阿媽哭得很傷心，邊哭邊訴說。訴說阿婆一生的辛勞節儉，做人的仁慈善良，拋下我們後，我們將如何淒涼，無人可以依靠。停了三天，送到對面山崗上入土為安。然後，請了兩個和尚和他們的幫手，唸經超渡，俗話「做好事」（白喜事），做一日兩夜。從「起壇、誦經、安幡、開光、打蓮池、拜血盆、送神……」名目多得記不清，過程又繁雜，我每天聽大人的指揮跪拜，讓我覺得非常疲累。最後的「鐃鈸花」，從廳裡移到曬場上進行，和尚的動作就像後來看到的雜技團的表演，看得場上大人小孩都不再有前兩天的悲戚氣氛。

阿媽累得形銷骨立，說不出話來。家裡需要男丁出面的事，都是良生叔和和姑丈，還有從水庫上請假回來的炎生叔幫忙。我還小，德叔公年紀大，沒有兩位阿叔姑丈協助主持，事情辦不下來。等「好事」做完，不知道花了多少錢，這錢當然是阿伯和阿爸先後寄回來的。過後有人稱讚阿媽，說她有本事，會當家，「好事」辦得好，阿婆走得安樂，有福氣。

幾天後，我到屋後菜園摘菜，震伯婆在竹子下面將扒起來的乾竹葉堆在一起，上面壓上草皮，讓才是你的！」

暗火在裡面慢慢燃燒。草堆上一縷青煙，裊裊上升，瀰漫在竹林中。震伯婆對我說：「這竹葉還是你阿婆扒了堆在這裡的，這世上，所有人的活計，都比他的命長！你有千萬身家又如何，只有吃進肚子裡，才是你的！」

阿婆叫嚴桂英，出生在城西農村一個窮人家。十七歲嫁到古家，不久祖父出印尼。祖父與姑婆（祖父的妹妹），祖姑丈三人，在外面同心合力，艱苦創業。有了一點家底，兩家便分開發展，祖父開了一間賣土雜貨的商店。最初，每年或隔年回來住十天半月，等大伯和阿爸出生後，就慢慢少回來。阿婆帶著兩個兒子，後來抱了一個童養媳，一家四口，在家種田過日，祖父寄錢回來養家。後來祖父很少回鄉，有人說是為了苦錢養家買田地，有人說是在外面養番婆（當地女人），到回鄉時才四十來歲，因為得了肺癆病，已經是廢人一個，不到兩年就去世了。祖父回來前，大伯由姑姑、姑丈帶去印尼，幫助接手家業。父親成人後，阿婆看童養媳有出息，主持和小兒子成婚，成婚後也去了印尼。到我出生後，因為日本南侵等變化，阿爸和阿伯都一直沒有回來過，家裡就只有阿婆、阿媽和我三人。

我們村子裡，男人長大了出外掙錢，女人在家奉養老小，但是，名義上是「僑鄉」，就我在村子裡見到的情況，完全靠男人出南洋或出外掙錢，把錢寄回來養家的，實際上很少。絕大多數家庭，是靠村裡幾分田地、幾棵果樹、一口魚塘的出息艱難度日，而這些勞作，基本都是依靠女人。

阿婆年輕時丈夫出南洋，未到中年守寡，在別人眼裡，阿婆和村裡所有伯婆一樣，善良勤勞，遵規守紀，刻苦節儉，只知道幹活，實際上，我見她每當看到門口的石路上有人穿著漂亮的衣服走過，阿婆的眼睛會跟著那人走，遇到有出嫁或迎親的花轎經過時，她會久久地注視，閉目遐思。春暖花開的季節，她下地時，會從路邊，田頭，摘一朵野花聞聞，在屋後的地裡幹活後，從竹子上採一支青青的竹葉，帶回來插在她坐的小凳子旁邊。過年過節，有比較好的飲食時，她會有一種非常享受和滿足的表情，每次接過阿媽給她做的新衣服，會用那雙粗糙的手反覆地摸，摸得沙沙作響。阿婆在我們面前從來不說

「苦」、「累」，她只會說「做不動了就歇一歇，不會累死人」

男人出外掙錢，不管掙得多少，可以說：「今天」把錢花光了，「以後」可以再掙回來。女人不同，她們不出外掙錢。像我們家，阿婆和阿媽，總覺得：這錢是丈夫掙回來的，「今天」花光了，「後日」就沒有了。所以要節儉，要省。能省下一點錢，便爭取添購田地房屋，增加生產生活物資，保障人口增加後的溫飽。這可能就是震伯婆說阿婆的：為了「後日」，沒有了「今日」的「癡」。

還是在古里學校讀書時，有一次聽見阿婆和震伯婆坐在廚房房門口，說些「守死寡、守活寡」的話，兩個人說得老淚縱橫，低著頭大半天一動不動，像兩尊泥塑的像，讓我覺得她們的內心世界離我們很遠。

阿媽沒有跟我講過自己的身世。在親戚和外人的眼裡，阿媽是性格堅強，有能力，持家有道的婦人，但是，在晚上看我寫作業的時候，我經常看到她疲憊的身影，迷茫的眼神。

阿媽娘家也很窮，童養媳的苦難生活盡人皆知。長大成親後，阿爸出印尼，阿媽曾生過一個女兒，沒有養活。後來阿爸回鄉探親，生下我。兩人成為夫妻，阿媽和阿爸共同生活的日子恐怕能數得出來。阿爸在外面討小（老婆），這是出外謀生的華僑的普遍現象，多數討的是娃娃屎（僑生子女）。阿爸和細媽已經有多個子女，寄過兩次照片。兩次收到照片後，阿媽只看了一眼，就把它塞到抽屜角落裡，不見她再拿出來看。但是，在人前說起丈夫在外納妾時，就表現得非常大度，賢良淑德，被人稱讚。

在阿媽睡床上有一塊蚊帳簾，就是掛在蚊帳外面上端，和床一樣寬，一尺多長的一塊綉花布。這塊帳簾綉了幾支花和兩隻鳥，左右有兩行字：「白雲迴望合　青靄入看無」。土改清算家產時，這塊帳簾被丟在地上，阿媽把它撿起來洗乾淨，不知道什麼時候又把它掛上去了。阿媽不識字，也沒有問過我這是些什麼字。

小時候天天看見，便視而不見，沒有留意它。直到上到六年級，還不知道「靄」字怎麼讀。教語

文的古照北老師，是塘背村人。照北老師已經快六十歲，經常會在佈置了作業給我們做以後，自己在講臺上坐著搖頭晃腦，念一些詩句。有一天我做完課堂作業，看見照北老師顯得親切，便走上前去向他請教這兩行字。

老師一聽我讀出這兩句，問：「你有讀唐詩嗎？」

我回答：「沒有。」

「那這兩句是那裡看來的？」

我告訴老師，是從阿媽的帳簾上看來的。

老師說：「你不問你阿媽？」

「我阿媽不識字。」

「不問你阿爸？」

「我阿爸在印尼。」

「啊！『過番』了。最近回來過嗎？」

「沒有。」

「有錢寄嗎？」

「有。」

老師說：「這是唐朝詩人王維《終南山》這首詩裡的兩句。『靄』讀成『唉』，不過聲調不一樣，一個讀『上聲』，一個讀『平聲』。『靄』是指雲霧，『青靄』，就是青色雲霧的意思。」

「雲霧有青色的嗎？」我問。

老師說：「這首詩寫終南山的遠景，是寫得很好的一首詩。天空高遠，天氣清朗，雲霧看起來泛青，這『靄』當然不是像樹葉那樣的青色。等你上了中學，應該會讀到這首詩。只是……把它綉在蚊帳簾上，不但毫無意境可言，反而可使人加以演義，說好是好，說壞亦壞。」

聽他說得深奧，我剛想再問，老師揮揮手說：「還是好好讀書，以後考上中學繼續深造。多讀點書，將來出來為國家做事。像以前的家鄉人，靠出南洋，跑去別人的土地上謀生，終究不是辦法。」

互助合作運動

有一天下午放學後，我走得比較遲。走到學校下面，看到富林把釘在草地上拴牛的木釘拔出來，準備牽牛回家。這頭牛額頭上的毛有一個旋，我以前叫牠阿旋。學校下面的草坪不大，也沒有長什麼草。今天下午的課少，富林把牛牽上來拴在這裡，放學後牽到田埂上去吃草。我和富林走在一起，我有意去摸阿旋，那牛好像不會認我了。

我問富林：「這牛現在好不好放？還會發脾氣嗎？」

富林說：「剛開始時可能認人，拉都拉不動，現在好了，認得我了。」

「牛和人一樣，天天和牠在一起，牠很快就認得你。」

「其實，這頭牛不單是分給我家的，是分給我家和增叔家，而且說他們家才佔大分。」

「那有什麼關係，你們兩家是親兄弟。」

「我們家以前沒有養過牛，你教我怎麼放好不好？」

「我那裡會教人，以前我放牛的時候，阿媽告訴我，不能讓牛吃有露水的草，怕牛會拉肚子。還有，不要吃著禾擔竿（一種蟲，灰黃色，樣子像乾草），吃了牛會死的。」

聽到我這麼說，富林嚇得睜大眼睛，問：「什麼是禾擔竿？」

我見富林嚇成這樣，連忙安慰他說：「我也只是聽人說，其實，村子裡也沒有聽說過有誰的牛吃『禾擔竿』死了。」

「那你又這麼說？」

「我不是知道什麼都告訴你嗎！」

過了一會兒，富林說：「那次是阿木賢叫我罵你的。」

「你不說，我都忘記了。」

「有一天我聽見阿爸說阿媽：阿增自己傻，怎麼怪得人家。」

富林讀書很用功，他又帶著紅領巾，老師喜歡他，明年考上中學一定不成問題。我問他：「你會一直讀書嗎？」

富林說：「我阿爸叫我要一直讀到大學，說以後不要像他一樣給人刨芋頭（當理髮師）。」

「聽說讀大學要很多錢！」我說。解放前，我們上村還沒有聽說過有人讀到大學的。

「我阿爸說，他們的理髮舖以後要由政府管，他們的工資會增加，他無論如何要供我讀。」

「那麼好啦！你更要用功讀書了。」

富林讀書用功，也非常節儉，鉛筆用到手拿不住時，用根小竹棍綁住寫，那做算術的草稿紙用到像一張黑紙。

「可我擔心阿媽。她和叔母忙種田，叔母把小弟送到她媽家裡。我上學時，阿妹叫大的弟弟看著，他們兩人沒日沒夜在田裡幹活，我怕她們累病了。」富林擔心的說。

我不知道怎麼回答，沒有出聲。看著他牽牛走到田埂上去了，我回頭看了阿旋幾次，雖然牠不認得我了，我覺得有點捨不得牠。

第二天是星期天，先隆伯一家六七口人，挑著畚箕，拿著鐮刀，去古塘撈水草。這兩個月天旱，古塘水淺，有很多人下塘去割水草，撈上來做堆肥。水草本身沒有多少肥力，加上人畜糞尿和土堆成堆肥後，不但成肥料，還可以用來改良土壤。我們村子後面的旱地，沙太多，也太貧瘠，多數只能種木薯或鴨腳粟（粟穗形狀像鴨腳的，便稱為鴨腳粟，將粟米磨成粉，烙成餅，是所有雜糧中最難吃的）。地裡加上這些堆肥，改良土壤後，種黃豆、花生都可以。志森家人多，他們大的三兄弟都在學校讀書的時候不覺得，如果有大件農活要幹，全家六七口人，扛著鋤頭、挑著畚箕一齊出動，顯得人多勢眾。

沒過幾天，我們村和塘頭村為了爭水，鬧得驚動區縣。古塘長約三公里，最寬處近百米，窄處十多米，不知道有多大面積。塘周邊水深一米多，中間最深處聽說有四、五米。水塘屬於河流改道形成的「牛扼湖」。水塘上頭靠河岸有個入水口，下頭有個出水口。入水口一帶就是塘頭村，出水口下面是我們古塘村。塘背村在水塘背面，他們村地勢較高，除非用抽水機才能引用水塘的水，這在以前單家獨戶時沒有可能，加上塘背村人口相對較少，所以，古塘對他們沒有多少利害關係。為古塘水發生矛盾的，主要是塘頭村和我們古塘村。河水從入水口進水，流進古塘，塘頭村的人引塘水澆灌水塘邊的水田，從出水口流出的水，流經我們村前的水溝（家鄉話叫「圳」）澆灌我們村前的水田。正常年景，流入和流出的水量，足夠兩村人用，就不會有爭執。如果河流發洪水，入水太猛，古塘滿溢，塘頭村塘邊的水田就會被淹沒；河水水位很高，水塘溢出來的水流到我們村後排不出去，河水還會倒灌回來，同樣會淹沒我們村前低窪地的水田。這時，兩村人面對洪災都束手無策，不會產生矛盾。兩村人產生矛盾，是遇到天旱時。天旱日子一長，河流水位下落，入水少，到了無法入水時，只能用水車提水。水車提進水塘的水有限，塘頭村的人就會在水塘的狹窄處，築起一道堤，只讓少量的水，甚至不讓水流向出水口，我們古塘村的水田就要受旱。村子裡到處都有水井，吃水不成問題，但用來灌溉，天旱時間長了，井水就遠遠不夠。這時，爭水成了兩村人關乎有無飯吃的大事。為此，兩個村子的人過去也曾經發生過不止一次的爭鬥。

那天早上，天剛亮，阿更古又敲響了好久沒有聽見的銅鑼。自從天一直不下雨，村子裡已經有人暗中醞釀了一段時間。因為已經是新社會，農會和民兵隊長都懂得黨和政府的政策，他們躲在背後不出面，只是一些阿叔叔母在串通。鑼聲一響，男女老少，特別是我們上村的人，幾乎全部出動，因為上村的水田靠近出水口，爭水所得利益大。男男女女，加上我們這些準備擂鼓的童子軍，怕有上百人。男的抬竹「桿子」，女的扛鋤頭或鐵耙。

「桿子」是一種武器，有木桿子和竹桿子兩種，木桿子比竹桿子值錢，那是師傅玩的。

解放前，村子裡有拳房和獅子隊。獅子隊成員都是村裡的男丁，由各家族「叔公頭」協商出最有勢力的人指揮。拳房有幾個會舞獅和耍槍棍的師傅，村裡的男丁長到一定年齡，便要去練功。平常日子村裡見不到幾個男人，只是春節時各村出外做工的男人都回來了，便會舞獅子，打功夫。我在入學前後，去練了幾回「蹲馬」，後來，時局一亂，不久就解放，這些活動便沒有了，但是，拳房那些器具還在。

希哥拿來好幾面鼓，友興、大狗和我，各人接了一面掛在脖子上。整個隊伍，浩浩蕩蕩，向山崗進發。我回頭一看，阿更古的銅鑼沒有帶上。我想起看過的描寫古代戰爭的連環畫故事，講到鳴金收兵的號令，現在只擂鼓進軍，不知道是不是表示「只許前進，不許後退」，於是，有點：「風蕭蕭兮易水寒，壯士一去兮不復返」的感覺。不過，剛才從家裡出來，阿媽悄悄對我說：「一看見打起來，就趕緊往後縮；看見大家跑，你就跑快一點，一直跑回家。」

經過小山崗時，我驚奇的發現，原來小山崗上墳地周圍的空地，差不多都被開挖出來種成各種各樣的莊稼，只是長出來的莊稼苗，看上去和雜草差不多。大家雜亂無章的走下山崗，只見水塘邊上，已經有一群不知人數的塘頭村男女站在那裡嚴陣以待，他們的裝備和我們完全一樣。讓我感到奇怪和幸運的是，他們陣營裡沒有擂鼓學生，不然，見到學校的同學就不好意思。我們的隊伍稍為停了一下，不知誰喊了聲：「擂鼓」！我們幾個就一齊敲響身上的鼓，於是，隊伍就男前女後，呼嘯而下。兩隊男丁一接觸，便掄起竹杆互相擊打，竹杆互相撞擊，發出很大的劈拍聲。說心裡話，我們是一個老祖宗傳下的不說，三條村的人，同樣趕的赤崗墟，抬頭不見低頭見，有不少還是不時走動的親朋好友。現在為了救命水全村出動，當然不能不去，但如果真打，大家都知道「殺人償命，欠債還錢」的古訓，雖然是兩軍對壘，恐怕也是切磋功夫居多，「桿子」沒有往人身上打。在水塘邊我方進三丈，敵方退三丈，敵方進三丈，我方退三丈，一來一往，前面在打鬥，女的在後面大聲吶喊，加上我們的鼓聲，也像千軍萬馬在原野廝殺。我村男丁終於衝開一個小缺口，幾個壯健的叔母就乘虛而入，衝到臨時築起堵水的土堤上，掄起鋤頭鐵耙挖，塘頭村的十幾個叔母也就抬起鋤頭鐵耙衝進去，把被扒掉的土填回去。兩邊叔母的挖堤、填堤，可就不像男丁玩竹杆一樣收放自如。叔母叔婆個個都是親身耕作的下田人，如今水是命根子，所以這爭水是拼命的事；而且，她們手裡的是笨重的鋤頭鐵耙，不像男丁玩竹杆一樣，那麼容易掌握分寸，這些女鬥士雖然還不至於用鋤頭往人身上挖，但挖土填土的爭鬥中就實在難免傷著人。就在這分分鐘可能出事的緊張關頭，從一座房子後面趕出來一支七、八人的民兵，由區長帶的隊。那些民兵隊伍一來就插入兩村的人中間，大叫：「停手！停手！」叔母這邊纏鬥的人不是很多，很快就被分隔開來。男丁那邊因為人數多，竹杆相碰發出的聲音又大，所以有些自恃武藝高超，意猶未盡的就沒有聽見，還在劈劈拍拍，嗨嗨聲不斷。區長連叫幾聲還不見停下來，氣得從腰裡掏出手槍，向天「呼」的打了一槍。整個戰場頓時寂靜下來。

區長大聲說：「都給我聽著！今年的旱情，區裡、縣裡都非常清楚，我們已經有了解決辦法，一定不會影響你們兩個村的春耕生產。你們現在為了爭水進行械鬥，是錯誤的，是犯法的。區裡已經通知你們兩個村的農會主席和民兵隊長，他們不及時阻止你們的行為，是錯誤的，我會對他們進行嚴肅的批評。你們給我馬上停止爭鬥，回去好好生產勞動，勤勞致富。如果誰還膽敢挑動鬧事，我一定把他抓起來法辦！」說完，嚴肅地望住大家，又帶著民兵圍著兩個村子的人轉，望來望去，大家都以為要來捆人，嚇得一個不敢出聲。區長轉完圈，大喝一聲：

「還不回去，想叫我請你們吃『公家飯』（坐監）嗎？」

兩村人便不知在誰的眼色指使下，沒有人出聲，一個跟一個離開塘邊，塘頭村的人繞塘邊回村去，我們村向山崗上走去。走上崗頂，大家便議論紛紛：不知區上和縣上會怎麼解決；有人就怪農會主席和民兵隊長像烏龜一樣，不知縮到那裡去了；有人就很高興村裡人今天的表現，說以前和塘頭村為爭水打架，村裡從來也來不了那麼多人，像今次這麼齊心。大家還沒有回到家，在崗上就散了，好多人去看自己的開荒地。

這座小山崗我們叫長崗，長約兩公里，寬一公里多，高才幾十米。崗上有很多墳墓，但不是很密，也不規則，墳墓之間多數是長草的荒地。以前，這崗子是我們小孩子放牛和玩耍的地方。有少數地塊會被人們開出來種莊稼，都是種麥子，紅薯，粟米（家鄉稱玉米叫包粟，黃色小米叫狗尾粟，褐色小米叫鴨腳粟）等雜糧。那崗子都是黃土夾著沙石，非常貧瘠，而且，因為沒有水，不管種什麼，只能望天吃飯，遇到天旱，就連種籽也收不回來。解放前，基本沒有人來開荒種地，土改時，也沒有劃入可耕地進行分配，仍然屬無主荒地。不知道什麼時候開始，有人在上面種上小塊作物，有無收成不知道。反正這家種上一季，丟空了就另一家去種，從來沒有人發生爭執。我沒有牛放了，好久沒有上來過，現在看到很多地方都被人開出來種上莊稼，也不知道以後算不算自己的土地，會怎麼處理。

缺水問題很快就得到解決，人民政府瞭解事情的緊急。區裡派人在塘頭村入水口安裝一台用汽油發動機帶動的抽水機，把水位落下去的河水抽進水塘，首先保證兩個村子的早稻播種和栽插。不久，縣裡又安排人馬，在古塘村下村修建一座抽水站，安裝燒煤的蒸氣機帶動的大型抽水機。這抽水站建起來，古塘村下村和下面兩個村的用水問題，都可以一齊解決。有了水，全村人都高興忙下田勞動。從此以後，我們村和塘頭村再也沒有發生過爭水的事。

農會主席和新興叔受到區長的批評幫助，他們借路過機會和大家閒談，做些自我批評和解釋工作，同時鼓勵大家搞好生產。

希哥的老婆鬧離婚。以前村子裡從來也沒有聽說過「離婚」。解放前，只聽到過：某某人把老婆「趕

走了」或「休了」。解放以後反對包辦婚姻，提倡婚姻自由，才聽說有「鬧離婚」這個詞，而且，鬧離婚多是老婆提出來。希哥一家四口，兩公婆，加上阿媽和兒子。

希哥家和老恩古家，是我們村子裡故事最多的兩家人。

希哥大號叫古希賢，才三十來歲。據村裡人傳說，他家祖父那輩還是有錢人家，家境比代新叔的祖父還要好，後來家道中落，是兩家使手段爭鬥的結果。在他們曾祖那一代，兩家當時都很窮，也沒有關係出南洋，便合起來做生意，從縣城各個鎮的墟上，倒買倒賣各種貨物，先是擺攤，後來開小舖子，兩人齊心合力，苦了一輩子，賺了一些錢。到兩家的兒子都成人了，才清理業務，分家各自發展。代新叔的祖父先在崇真學校下面開了間小雜貨舖，後來又開一間中醫中藥舖。希哥的祖父在縣城發展，先開了一個百貨店，後來做洋貨生意，後來，又開起了旅館，生意越做越大。錢賺多了，兩家都在村裡買田地，從村裡到城裡，兩家形成了競爭。因為祖父輩的關係不像曾祖輩那麼好，兩家人慢慢成了敵人。

看到希哥的祖父洋貨生意和旅館生意都很紅火，賺的錢多，自己的生意越來越落後，代新的祖父使出了不光彩的手段：乘希哥的父親剛成人還不夠老成，借給他家旅館介紹女招待、舞女的名義，暗中收買了幾個奸細，勾引血氣方剛，少不諳事的少東。結果，希哥的父親不但染上嫖賭，還吃上鴉片。希哥的爺爺因為年輕時勞累過度，身體越來越差，本來希望兒子成人後接手生意，自己退下來養老。想不到兒子不爭氣，成了敗家子。

當知道是代新叔祖父使的壞招後，希哥的爺爺為了報復，暗中出錢請一幫土匪去綁票，叫「釣海參」。那時紅軍遊擊隊也會綁架一些土豪劣紳，只要這個土豪劣紳不是太壞，又沒有危害遊擊隊的罪行，一般就是給銀錢和糧食贖命了事。而有些真土匪，又會打著紅軍遊擊隊的名義幹「釣海參」勾當。希哥的爺爺請的是真土匪，找個機會把代新、慶新的父親綁到山上，然後提出贖金。代新他爺爺也知道了是誰做的，只能出了一大筆錢，把兒子贖了回來。兒子雖然受了些驚嚇和辛苦，身體和精神上卻沒有大傷害。

希哥的爸爸就不同了，他爺爺原以為有的是錢，嫖幾個女人，抽幾口鴉片，敗不了家。誰知，這鴉片一抽上，人變得委靡不振，做事沒有準則，為人失去了信用，該付的款不按時付，該來的貨也就不來，生意便越做越差，最後關門大吉。他爺爺本來有病的身體，受不住打擊，便故去了。他爸爸媽媽從此坐吃山空，到希哥讀上中學時，爸爸也一命嗚呼。阿媽拉扯他好歹混到十七八歲，無法在城裡過下去了，鄉下還有幾間祖屋，還有幾坵田地，母子倆個好回到鄉下。希哥不會、也不願種田，又回到城裡，父親過去的朋友，有些是三教九流的人物，看他腦子靈活，嘴巴也甜，把他介紹到一間賭館去做事。過了幾年，他阿媽為了有後，賣掉兩坵田，給他娶回一個老婆。幸運的是，希哥雖然在賭場做工，因為親身經歷過家中的敗落，祖父、父親病逝，因此能夠時時警醒自己，沒有染上種種惡習，一家三口，也還像一戶正經人家。

代新、慶新兩兄弟的爺爺和父親相繼去世，傳到他兩兄弟，生意上是遠遠超過希哥家了。慶新家的子女情況不瞭解，代新的兩個兒子，大兒子古謙文從小得肺癆病，不知道能活多久；小兒子古恩文是一個典型的紈絝子弟，從小不喜歡讀書，還在崇真學校讀書時，就會經常到商店拿東西，然後賣給同學，店中的管事也不好多說。上中學以後，則經常偷他祖母的銀錢，帶男女同學去上館子、看戲，甚至有人說，才上十六歲，就去玩過女人。總之，有人說：這叫冤冤相報，村中傳為子弟戒。

後來時代變了，土改時，代新、慶新被評為地主，兩人都被鬥爭，家產被清算。希哥家評為破落地主，他和他母親沒有被鬥爭，還照樣分給了田地。

希哥的老婆是中等人家出身，身體不太好，也苦不得。阿媽年老，兒子那麼小，雖然分了田地，那田種得不好，希哥推雞公車的收入，有時不顧家，兩公婆便免不了經常吵架，吵到老婆鬧離婚。農會主席和新興叔他們，去做了幾回工作，又教訓了希哥一頓，才把他老婆勸得回心轉意。

有一個星期六早上，老師到區裡開會，學生放假。吃了早飯後，大狗約我去學騎單車。他說，他已經去學過一回，赤崗鎮上有兩家租車舖，兩角錢（舊幣改新幣，一分錢等於一佰元）租一個鐘。我跟阿媽要了五角錢，到下屋約了利廣一起去。

解放前，路上見到的單車，都是用來載人或載貨的，很少有人用來代步。解放後，不知道是不是在政府裡做事的，可以見到有人騎單車趕路。這兩年，也有些南洋客回鄉時，會帶一輛新單車給家裡人，這家裡人騎著單車在路上按響車鈴招搖而過，非常令人羨慕。我們這上下幾棟屋，第一個有單車的是秋雲姑。那年，她一家回來時，除了大包小包行李，還有一輛單車。車雖然不是很新，樣子卻非常堅實。車龍頭前面的牌子上有三支槍，聽人說那是美國出的三槍牌單車。剛回來那天，姑丈在曬穀場上騎著繞了兩圈，後來就藏在房間裡，再也沒有見過。

我們三個走到路過農會時，看到阿滿在門口哭，利廣一見嚇壞了，問她怎麼在這裡哭。阿滿說，她阿爸給民兵捉進去了。我們三個趕緊跑在側面的窗子上去看，看見農會主席，新興叔，還有兩個什麼人，在裡面和阿滿的爸爸發森伯說話，其實並沒有把發森伯捉起來。那時候捉人都是用繩子捆，民兵出門時，褲腰帶上吊著一綑繩子。抓地主，或是什麼二流子、小偷、流氓、講政府壞話的破壞分子等等，總之他們認為是壞人，就把你雙手捆在後面，帶到農會，先扣在柱子上。如果你再反抗，除了打你，還可能把你吊起來，如果要判你什麼刑，就會送到區上或縣上。

我們聽到農會主席說：「土改才沒幾天，剛把田地分下去，你就去買人家的田？」

發森伯說：「你們不是號召努力生產，發家致富嗎？」

「可沒有叫你去買人家的田呀！」

「不是說四大自由，土地買賣自由！」

農會主席罵道：「日他！還怪知道的。告訴你，現在有新政策，不准買賣土地！」

「變得真快！」

「總之，現在不准買賣土地了，也不准放高利貸。你買了她的田，她以後吃什麼？」

「我也是這麼說，可黃毛說，她以前很少種田，也不會種田，那田荒了豈不可惜？說不如賣給會種田的去種。」

「聽說你在鎮上做買賣，是不是賺了很多錢？又買田買地，想當地主啊？」

「看你說的，哪能賺多少錢，誰還會想當地主！」

農會主席側過頭去和新興叔耳語了一陣，又問：「黃毛的土地證在哪裡？」

「在我家裡。」發森伯回答說。

「明天把土地證還給黃毛，我們會先上去教育她。」

「把土地證還給她？那我的錢呢？」

「跟她要回來不就完了！」

「要回來？她給你屁股也不會給你錢。」

農會主席說：「那就叫她用屁股給你抵錢囉！」說完，和新興叔一起笑起來。

利廣小聲地問：「怎麼屁股可以抵錢的嗎？」大狗就用手肘搗他一下。

農會主席對發森伯說：「回去吧，見到政府的佈告要認真看看，不要做犯法的事。」

發森伯退出來，臨走時看了新興叔一眼，罵道：「瞎眼狗！」

新興叔不看他，把頭扭向一邊。農會主席說：「是不是！是不是！又來了！共產黨講政策，不能只講人情。」發森伯是新興叔的堂叔。

我們三個趕快跑回大門口，阿滿還在那裡，不過沒有哭了。利廣告訴她，你阿爸沒有給捉起來，一會就出來了。發森伯出來，帶著阿滿回家去了。

三個人去到鎮上單車舖，大狗有經驗，揀了三輛高低合適的車，試試手剎，用腳踢踢車胎，給了店主錢，說好先租兩個鐘。三個人推著車子，來到赤崗中學操場，星期六下午，操場上沒有什麼人。大狗已經騎得很熟練，在那裡轉來轉去，我和利廣開始學。騎了一會兒，就騎得穩了，單車高低剛合適，開始慢一點騎，要倒下來就用兩支腳支住，也就不會跌跤。後來掌握了重心，反而覺得騎得稍為快一些，就走得更穩。騎了有一個鐘頭，我和利廣就覺得已經學會了，說一直在這裡兜圈子不好玩，不如順著車路騎到縣城，大狗當然巴不得我們這樣說。三個人騎著車上了「車路」。家鄉人把能走汽車的路叫「車路」，叫「公路」或「馬路」，是書本上的叫法，家鄉很少見到馬，也從來沒有見過馬車。從鎮上到縣城大約三、四公里，路上行人很少。我和利廣開頭還騎得歪來扭去的，騎上一段路，覺得越來越騎得穩了，便有點趾高氣昂。當快到縣城時，突然看到對面來了一個挑著大尿桶的叔母，我左邊是大狗，右邊是利廣，技術還不高，讓不過去，便趕緊剎車。可能力氣不夠，剎得不死，車前輪碰到那叔母的腿上。幸好力量不大，那挑著的尿桶「咚」的一聲落在地上，尿桶沒有倒，叔母也沒有跌倒。叔母一支手扶著膝頭，另一支手拉住我的單車。我一下子嚇壞了，大狗趕快下車過來問：「怎麼啦？怎麼啦？」那叔母說：「撞著我啦！他撞著我啦！」

大狗把他的車子推給我，使眼色叫我和利廣把車子調頭向著鎮上。大狗拉著我的車子和叔母說：「叔母，別拉！別拉！把車子拉壞了，你賠不起！」

「他撞著我，還要我賠！」叔母氣憤的說。

「你知道這是什麼路嗎？」

「誰不知道這是『車路』！」

「『車路』是行車的，叔母挑著大尿桶在車路上走來走去，是你撞著車，還是車撞著你，你說得清楚！」

「你……有這樣說嗰？」

「政府有佈告了，你是不是不識字？以後大白天不可以挑著大尿桶在街上走，既不衛生，又容易撞著人，到時不知道誰賠誰？」

大狗邊說邊從褲袋裡掏出兩三張一分錢的小票子，塞到叔母手裡說：「看叔母挑得那麼辛苦，這錢給你買仙人粄，趕快吃了回家去。」叔母看見錢，自然反應地伸手去接。正當叔母在想著大狗的話對不對時，大狗拉過單車，我們三個騎著單車一溜煙跑回鎮上。

「仙人粄」是家鄉一種涼粉，用山上長的叫仙人草的植物，曬乾後用水煮爛揉出漿汁，加一定比例的澱粉，再煮熟放涼，凝結成黑色的涼粉。這是家鄉一種解暑止渴的食品。

進城挑糞尿，是家鄉附城農村農民積肥的一種勞作。這種積肥方式是農民和城市居民結成一對，結對的形式叫「卯糞尿」。「卯」是我根據客家話的讀音寫出來的。我估「卯」與「釘」或「訂」同義，就是訂立口頭協議的意思。城裡的居民，不是每家都有廁所，家裡的糞尿必需抬出去倒進公廁。農戶和一家或兩家城市居民訂立協議，每過一段時間，進城將居民家中儲存的糞尿擔回家去作肥料，農戶給城市居民一定的報酬，這是雙方有利的事。並不是每戶城市居民都會和農戶訂這種協議，因為那報酬微不足道，很多時候就是給新鮮的瓜菜之類的農產品代替，所以，生活較寬裕的居民不在乎這點報酬，因為儲存尿水既不衛生，又麻煩。以前村裡種莊稼，只有農家肥，就是人畜的糞尿、煮飯燒柴草燒成的草木灰、用樹葉乾草和帶土的草皮燒成的灰土、用各種雜草加上畜糞捂成的堆肥這幾種。捨得下本錢的會買黃豆餅來泡糞尿，那是經濟條件好的富戶。農家肥中，肥效最高的就是人畜的糞尿水，特別是早春育秧苗，不潑糞尿水，秧苗不會長得好。大狗說的政府佈告我不知道，村裡婦女去城裡擔糞尿，一般都是清晨或晚上，白天擔著在街上走，會被人罵。

到單車舖還回去單車，走出門，大狗跟我要錢，我說為什麼要給你錢？他說，我不是幫你給了叔母錢嗎？不然，你走得了？我想想也是，就將剩下的一角錢給了他。利廣看見就說大狗：「我看見你才給了叔母幾分錢！你現在拿方智的一角錢？」

大狗說：「那叫報酬，你知道什麼？」

利廣想了一下，說：「像阿滿的阿爸一樣，我們幾個人當中，將來只有大狗會當地主。」

大狗不屑地說：「你看那幾個地主，是齕鬼（對極其省儉的人的蔑稱）齕成的，我才不當那樣的地主！」

利廣問：「你不是想當地主，又不想讀書，那你以後要做什麼？」

大狗說：「還沒想好！」

三個人還不想回家，大狗說，肚子餓了，去買東西吃。我說，剩下的一角錢已經給了你，我沒有錢了。大狗說，好了好了，我請你，反正錢是從你那裡賺來的。三個人在街市上買了兩個味酵粄吃，又一人吃了一碗仙人粄，利廣用的是自己的錢。吃完又回到赤崗中學去玩，那裡有鞦韆、浪橋和一些叫不出名的玩具。玩一陣，躺著休息一陣，一直到快吃晚飯才回家。

發森伯的土地證什麼時候拿回給黃毛不知道，說我們村不久就要出新地主，有些人又要變成貧雇農，我覺得有可能。

阿滿的爸爸發森伯，以前是專門替人殺豬的。村子裡不是每家人都能養豬，因為養豬要有一定的經濟能力，有錢去買米糠和乾紅薯藤作豬飼料。豬養大養肥了，要請屠夫屠宰，到約定的日子，早晨五點左右，屠夫來到主人家殺豬。豬殺好以後，按約定俗成，主人家留豬板油、網油；一支前腳、一支後腿；一片豬肝、一段粉腸和部分大小腸；全部豬血；一定數量的肥瘦肉和豬骨。其餘則全部按當時市場批發價賣給屠夫，屠夫按零售價出售，賺取差價。當然，分配不絕對固定，有一定的鬆動，目的就是既要讓養豬戶享用到自己想要的肉類，又要讓屠夫出售肉類時仍有不同種類讓客戶挑選，才做得成生意。同屋如果有多家人，豬血煮熟後要每家送一碗，豬肝粉腸瘦肉滾湯，送男女長輩一碗，這是鄉下人的規矩。

發森伯最初也是像其他屠夫一樣上門殺豬，挑著擔子沿村子吹響螺號叫賣。由於他頭腦靈活，又善於交際，人脈逐漸廣闊，便顧人上門屠宰挑回來，自己在鎮上菜市場租了個舖位擺賣。豬肉生意都是做早市，他這舖位就不但做豬肉生意，只要能賺錢的生意都做：比如做仲介人，借錢給人向人收利息，或把一些趕墟客賣不完的土特產，又能保存的，便宜買下來，有市價時再賣出去賺錢。有了錢就在村子裡買田地，慢慢富起來。他以前很胖，土改那陣子，害怕被評為地主，到處打聽消息，找人說情。看見新興叔，就好像他是侄兒，新興叔才是叔父一樣，恭恭敬敬，人也變得很瘦。後來，被評為富農，沒有鬥爭他，只是田地被分掉一小部分。土改一過，他又胖起來了，可能認為不會那麼快又來土改，便想買點田補回來，又做起了發財夢。

吃晚飯時，聽見良生叔家為秧苗的事吵起來。早春播種育秧是莊稼人的大事，從選種、泡種、撒穀、護秧，都是一項講技術的農活。良生叔家，金元叔公不說，鄧叔婆也沒有育過秧，因為這種農活，種田人家一般不會請別人幹。良生叔沒有幹過農活，良叔母從小給人當丫頭，蓮英姑還小，家裡沒有會育秧的人。土改分了田，第一次學著育秧，雖然請教過人，究竟沒有經驗，田裡育出來的秧，就像不足月出生的嬰孩頭上的胎毛，又稀又黃。而且，護秧又是苦活，這秧「白天要曬，夜晚要蓋。」就是白天秧田水要淺，只能是一、兩寸左右，剛好讓苗尖露出水面，讓它曬太陽；晚上就要讓水蓋過秧苗一、兩寸，讓水溫保護秧苗，這是因為，早春的早晚天氣還很冷的緣故。這功夫做好了，秧苗出得不好，也能長得好，有點補救。良生叔家的秧苗既沒有出好，後來又沒有護好，沒有秧苗栽插，只好去買，能否買夠不說，又要出一筆錢。種不好今年的早晚稻秧苗，關係到一年的口糧。今晚吃飯時，說起這焦心事，母子夫妻之間，免不了互相埋怨，吵了起來。最初是三個人之間互相指責，後來不知怎麼把矛頭指向智力不健全的金元叔公。突然，金元叔公從廚房裡被推了出來，一屁股坐在地下，拾在手上的碗裡的粥也打潑在地，便大叫：「老婆打老公囉！兒子打阿爸囉！」聽到這話，德叔公從下面房間裡走出來，站在門口大聲說：「在別人眼裡，阿金元是個傻子！在老婆兒子面前，他是老公和阿爸！不然，怎麼會有一個兒子、一個孫子在那裡！」金元叔公和廚房裡面一下子靜下來。可是，不久，友智好像被開水燙著一樣尖聲大哭起來，德叔公只好搖搖頭，嘆息著走開了。

維叔母的兒子勉智已經四歲，除了怕他玩水跌落門口池塘淹死，已經不大讓人操心。有一天我放學回家，維叔母叫住我，問我有一個字怎麼寫。我問是什麼字，他說是布驚荊的「荊」字，說她原來想寫成京城的「京」字，但看著不太像。我說我剛學過一個成語，叫「披荊斬棘」，看看用這個「荊」字對不對？

布驚荊是一種小灌木，家鄉常常把它種在園菜園或果園的蘺芭下面，等它長起來攀在籬笆上，可以加強籬笆的穩固性。這種小灌木成熟時會結出一種比綠豆小的圓圓的種子，用這種子加上曬乾的葉子，泡水喝，叫布驚荊茶，可以清熱安神，說來也是一種草藥。我看維生叔母神情有點哀傷，不知道為什麼。維生叔母拿出兩封信，一封是維生叔寄回來的，一封是她寫給維生叔要寄出的，說：「你看看，幫我把寫錯的字改過來。」維叔母只讀到三年級，但是，經常拿維生叔的課本看，識得的字不少，寫起來就力不從心，很多用白水字（即同音字）代替。我先看維生叔的信。信中寫到緬甸阿爸一家人的生活很是艱苦。谷元叔公在緬甸討了個僑生妹做小老婆，接連生了六個子女。緬甸是個佛教國家，人人信佛，生性平和閒散，多數人只是日求三餐，夜求一宿。整個國家經濟不發達，百姓比較貧窮，華僑做點小生意，想賺錢養家比較困難。信寫得比較長，寫了那邊的水土氣候，風俗人情等，維生叔已經出去幾年，各方面的情況寫得比較詳細。信中沒有什麼很帶感情的話，後面寫了四句山歌：

尺有短來寸有長，
唔該當日出南洋；
換來今日相思苦，
日日想妹想斷腸。

維叔母的信就寫得不長，寫勉智長大了，母親健康，土改後自己日日下田耕作。信下面寫了三支山歌，我把山歌中的白水字改正過來：

朵朵紅花路邊生，
花又紅來葉又青；
阿哥記得唔好摘，
莫忘菜園布驚荊。

阿哥一心出南洋，
丟下阿妹守空房；
賺錢多少唔要緊，
盼你早日返古塘。

一張眠床四四方，

一床棉被蓋半張；
陽春三月好時節，
好田唔耕會拋荒。

維生叔倆口子很會唱山歌，以前夏天在曬場上乘涼時經常唱。我不太理解他們山歌的深意，只是覺得讀起來令人傷感。

村子裡有人出南洋，常常聽到老人叮囑出門的人說：「千萬記得常來信，『有錢錢安（慰）人，無錢話安（慰）人』，家裡人見到字才睡得落覺。」可是，我見到谷叔婆和維叔母幾次收到信，都不見得得到很大的安慰。

縣裡來人在村子裡宣傳，動員有初中文化程度的人考軍幹（軍隊幹部），男女都可以報考。前幾年上面動員村裡人參軍抗美援朝，村裡沒有一個人報名。這次，全村有五個人報考，我們上村有蘭智哥、一個葉屋人，古恩文三人，結果，五個人都考上了：蘭智哥，葉屋人和一個下村人，三人考去當解放軍，蘭智哥去了河北，另外兩個去了海南，是解放軍正規部隊。古恩文和下村李屋一個叫李森昌的，被招收去了新疆生產建設兵團，李森昌的家庭成分是富農。連生叔母她們議論說：「共產黨做的事有時真奇怪，前年才鬥他們爹媽，今年又讓他們去考什麼軍幹？」秋雲姑說：「國家搞建設需要有文化的人，這幾個招的兵不一樣的，生產建設兵團是搞生產的。」

有一天放學回家，看見洪昌叔蹲在那裡和塘邊洗衣服的阿媽說話，旁邊還站著一個葉姓人。

洪昌叔和阿媽說：「這農村信用合作社，是農村人自己組織的一種互助組織，就好像你們以前的「做會」。不同的是，以前「做會」，到期把全部會錢都給了中會的人。信用社不一樣，加入信用社的錢可多可少，也可以隨時存取。錢存在那裡，可以拿去投資，賺了錢會給你一定的利息。信用社會員，如果遇到困難，或說個不吉利的話，有個天災人禍，還可以用很低的利息向信用社借錢，到有錢周轉時再還。以前你們組織的會，靠的是親戚朋友之間的信用，現在這個信用社是政府幫助組織的，不會有逃會的事發生，四嫂可以放心加入。」

阿媽說：「我們婦道人家，又不識字，放進去，要用時又要去取，會不會很麻煩？」

洪昌叔說：「一點都不麻煩，信用社不像去銀行，要有這樣那樣手續，到時你只要帶一個私章，給你一個本子，錢放進去時，蓋個章；錢取出來時，蓋個章，就這麼簡單。你看阿方都那麼大了，那來往數目一看就一清二楚。」

阿媽說：「聽你講得那麼分明，過兩天我再加入好不好？」

洪昌叔說：「到時你告訴我，我隨時來你家裡幫你辦都行。」說完站起身，指著那姓葉的人說：「這是葉子青，我做信用社以後，他接我的工作，做村上的會計。」臨走又轉頭問我：「過了年就要考中學了，想考赤崗中學還是考縣裡的中學？」

我回答到時考到哪裡就去哪裡，我問豬妹要不要考中學，他就說，你兩個不是用一個鼻子出氣的嗎？還來問我？我正要問他是什麼意思，他已經走遠了。

我問阿媽：「洪昌叔說的是什麼啊？」

阿媽說：「說你和豬妹兩個要好囉，做什麼都有商有量的，豬妹究竟想不想考中學？」

「她說不知道，又說可憐她阿媽，想回家幫阿媽阿嫂種田。」

「所以，還是女兒好，以前阿媽都想過抱個妹子來養，如果真的抱了，土改時家裡評為地主，不知道是不是又害了人家。」

「又沒有抱，有什麼好說。」

停了一會，阿媽說：「怎麼會叫葉屋人來當會計？不是應該我們古姓人當嗎？」

我說：「什麼都只能古姓人做嗎？上次和蘭智哥一起當解放軍的不是有個葉姓人。」

「當兵好嗎？你炎生叔和安生叔不都是當過兵？」

「那怎麼相同，現在當解放軍多光榮！」我本來想和阿媽講幾個董存瑞，黃繼光的故事，怕她不懂，便沒有講。

回到家裡，阿媽又說起入信用社的事。她說洪昌叔是實在人，他做信用社大家都信得過。我說那就入吧，看到阿媽又不說話，我問：「是不是沒有錢入？」

阿媽說：「錢還有些，不多。上次你阿良叔借了些去買秧苗，不知什麼時候能還。」

我一聽，不高興的說：「怎麼會借給他！」

「同一棟屋住著，又同一個阿公的，他有難處，幫下人有什麼不好？」

「可你知道……」

「知道什麼？」

「好了，沒有什麼，借都借了，還不還由他囉。」

阿媽沒有再說什麼，我也走開了。良叔母和蓮英姑找我問阿爸寄錢的事，我沒有和阿媽說過，因為我覺得阿媽的日子過得不開心。

我們村有兩個雜姓：李屋和葉屋。李姓在下村對面的山崗下，大約有十多戶。葉姓在我們上村的村頭，只有四家。解放前，李姓大大小小也有幾十人，有幾戶有些田產，所以，村子裡的事，也還敢出出聲。葉姓不同，不但人少，幾家人又都是貧農，時不時會受到欺凌，村裡的事，他們從來都不敢發表意見。解放後，土改工作隊和其它工作隊下來時，都會對他們關心照顧，這次把葉子青安排做會計工作，應該是有意為之。

好幾天放學回家時，都見到先隆伯在破房子屋簷前種樹。先隆伯那棟屋，上片已經破敗，只有他一家住在下片。不知道他們是古姓那一世的傳人，我從來沒有見過他們去什麼地方祭祖。村裡像這樣半片或成棟破敗的房屋隨處可見，有些也就只剩下地基，家鄉話叫「屋蹟」。這「屋蹟」，就像人的祖墳一樣，沒有人輕易去動，除非「屋蹟」已經荒廢到不見痕跡，也只有同家族的人才能去開發；還有一個原因：「屋蹟」的主人有些在國外，如果這主人不發財，不回來了，久而久之，也就失傳，「屋蹟」也就沒有了。但是，如果這主人有朝一日在國外發了財，回來尋根問祖，或是重修祖屋，那誰動了他的「屋蹟」，就惹起麻煩。先隆伯上片的房屋當然是他的本家，是誰，叫什麼，別處有沒有傳人等等，只有大人可能知道。先隆伯沒有動那些破敗的房子，只是在房前房後種樹。他以前種的龍眼和黃皮，有幾棵已經結果，這幾天又前前後後種了五六棵。

先隆伯是我們村子少數下田種地的能人之一。他除了樣樣農活都會幹，幹得比別人好，還有兩樣技術：一是農閒時收些花生，用鹽水煮熟曬乾，再用木炭火慢慢烤脆，取名「味酥花生」，做小吃零食賣給村裡人，或批發給鎮上的小販；二是他會嫁接果樹，破房子前後的地都貧瘠，他先栽種粗生的果樹苗，幾年後，再嫁接好苗，長出來後結的就是好水果。先隆伯沒有拆祖屋，卻在空地上栽些果樹，得到不少收益。

志森有七個兄弟姊妹：一個姐姐，兩個哥哥，下面還有一個弟弟兩個妹妹，加上阿爸阿媽阿婆，一家十口人。由於他阿爸能幹，阿媽勤勞，祖母還能夠操持家務，所以，家裡那麼多人都養得起。土改時，他們家被評為上中農，但是，我覺得他家的生活比我家好。我們家雖然南洋每年寄點錢回來，卻捨不得買什麼好東西吃，買好東西用，這錢後來變成一堆不能吃，不能用的磚頭瓦塊和土疙瘩，土改時換來一頂地主帽子。他們家表面看一時沒有多少錢，各種生活物質卻比我們家豐富，日子過得比我們安穩。

土改後不久，紀明叔公的兩個兒子，檢查出有痲瘋病，被送到痲瘋村去了。紀明叔公一直在緬甸經商，紀明叔婆帶著兒子在家鄉。他們有三個兒子，大兒子在外地做工，可能為了避風頭，土改時不見他回來。二兒子那時剛考上赤崗中學讀書，小兒子還在讀小學。在赤崗中學的兒子首先發病，醫院把小兒子也一起帶去檢查，結果兩個都有病。醫院的人說，這病應該是紀明叔公在緬甸得的，最初沒有得病，後來得病了，回鄉探親時傳給第二、第三個兒子。醫院的人下來宣傳，不是夫妻，這病不會輕易傳人，叫大家不要驚慌。不過，大家還是害怕。解放前，村子裡發現有痲瘋病人，會讓人用酒肉把人灌醉，然後裝進大水缸裡，泡上石灰，挖一個大深坑埋掉，認為這樣處理才不會傳染人。我們小時候，看見有痲瘋病人，都會遠遠躲開。

黃毛的真名不知道，其實她的頭髮不黃，和別人一樣是黑的，是不是姓黃不知道。她兒子古木賢，估計比我們大好幾歲。阿木賢還有個阿婆，可能有八十多歲了。他阿婆從早到晚嘴不停，不知道說些什麼或罵誰。聽說她名字中有個「善」字，大家以諧音叫她「爛扇伯母」，客家話用「爛扇多風」形容人話多。他們一家人的情況很少有人議論。我從記事起認識的黃毛叔母，就是見她挑著籮筐、或是畚箕，從門口路過，販賣些水果、蔬菜、魚蝦、乾貨之類。她不是走村串寨賣，是在鎮上擺著賣。聽說她年輕時就守寡，平時又滿口粗話，村裡人便把她說得很爛。有一天，我聽到洪昌叔和農會主席閒話時說：其實黃毛並不像人說的那樣隨便，她有自己做人的準則。阿木賢從小沒有人管，又不喜歡讀書，好捉弄人，所以，讓人討厭。黃毛做小生意雖然賺不了多少錢，維持三個人的粥飯，也還過得去。她想把田賣掉，確實是覺得自己不會種田，也不打算靠種田過日子。土改分到的田，覺得自己種不好，以其拋荒，不如賣一筆錢，村子裡放出風聲想要賣田的不止她一家。

為了大力發展生產，政府撥出錢糧，組織農民大修水庫。村裡的雞公車運輸隊，那段時間專門為水庫運石頭。姑丈回來不久，也被編入到運輸隊中，有一天，看到我們上村的六個人推著雞公車走過，連生叔母說他們是「地主雞公隊」，幸好這話沒有被良生叔聽見。

推雞公車，不管是拉石頭、拉煤還是拉其它貨物，都是很辛苦的活。希哥自從上回和老婆吵架，鬧到要離婚，和好以後，修心養性，勤勞找錢養家。村子裡的人，看到他和代新、慶新兄弟處得好，高興地說，村子裡少了一對仇家。秋雲姑丈恐怕從來沒有幹過這種重體力活，也大丈夫能伸能屈。

雞公車是用木頭做的，中間一個獨木輪，鑲有汽車輪胎割成長條的膠皮，後面兩支把手，上面掛上皮帶，用來搭在肩上。輪子兩邊車架上捆綁物件，技術好，力氣大的，可以裝載五百斤，用來拉石頭最適合。像希哥和秋雲姑丈那樣，手腳瘦得像剝了皮的麻桿一樣，就只能拉三百斤。良生叔也不行，反而是三個地主分子，顯得強壯。他們把石工在山上炸出來的石塊，拉到水庫建築工地。每天早晨太陽剛剛出山，就看見他們六個男人，排成一行，推著雞公車，吱呀吱呀，從屋門口石路上走過，下午太陽下山時，又吱呀吱呀推著車子回來。拉石頭是力氣活，政府除了給他們工錢，還配給他們比一般工人多的口糧。

慶新叔，希哥，良生叔三個年紀輕，慶新叔身體最壯實。可能老婆孩子在城裡沒有受到什麼衝擊，所以，顯得心情最好。出門或回家時，除了說說笑笑，他們三個會唱山歌。唱山歌是家鄉人的一種愛好，特別是年紀大的人，很多都會唱兩句。比如唱山歌的開場白：「愛唱山歌講過來（先說好），一條去了一條來；三條去了沒條轉（回來），兩啄（淋）戲棚會衰台。」這幾句連小孩都會唱。

他們三個平時唱現成的老山歌，要走到長崗上時才會唱。走到門外石路上時，慶新叔有時會隨口唱應景山歌。如果看見有叔母在池塘邊洗衣服，知道可以開玩笑的，就會唱：

「日頭噲眼看唔真，
塘邊洗衫係誰人？
阿姊有意坐車走，
載你轉去一家親。

塘邊洗衫的叔母就會邊罵邊舀水潑他，他們幾個一邊躲一邊哈哈大笑。有一天，他走到我們家門口路上唱，連生叔母故意刺他，說：「阿慶，你是不是忘記了，又想上井架上去乘下涼風？」

他就唱道：

「阿慶唔想乘風涼，
剝削別人不應當；
我今推石勤勞動，
修好水庫多打糧。

又唱：

天頂朝霞飛滿天，
地下秧苗撒田間；
人人有做有得食（有飯吃），
都說日子賽神仙。

他們傍晚在長崗下來時，三個邊走邊唱，特別是希哥，聲調很軟，尾音拖得長長的，唱得非常好聽。長福叔和秋雲姑丈不唱，偶然會跟著大家笑笑。成日滿面愁容，看起來最不開心的，是代新叔，從來都見他把頭上的草帽壓得很低，差不多看不見人的臉。老恩古去新疆以後，有沒有寫信回家，外人不知道，他哥哥古歉文，聽說身體越來越差。老恩古的媽媽，身體一向都不好，代新叔勞動回來，還要照顧兩個病人，那日子不好過。建生叔母她們在水溝洗衣服看到他們時就會議論：「阿慶新改造得好，阿代新改造得不好。」可是，良叔母就說：「阿慶新狡猾，說不定把仇藏在心裡。」

古星橋的大兒子被抓起來判刑，送到外省勞改去了。古星橋前不久病逝，因為他們住的爛房子太破舊，他兒子提出要求，讓他把父親的遺體抬進老屋上廳，在祖宗牌位前入殮，農會不同意。他兒子在農會裡大吵大鬧，吵到後來，失去理智，點火燒房子，結果給抓起來。農會叫人釘了個木箱子，叫阿更古和幾個老人，把古星橋裝進去抬到長崗上草草埋了。現在，他家裡只有兒媳婦帶著兩個兒子，和一個未成年的兄弟。

區上和縣上經常有工作隊到村裡來，宣傳互助合作運動。除了寫標語，晚上還召集大家開會，宣傳組織互助組，共同搞好生產，以免發生兩極分化，又出現新地主，新雇農。良生叔和秋雲姑被叫去農會幫忙，秋雲姑算帳，打算盤都很熟練。

村子裡種田的人歷來都有互助習慣。早晚稻之間的時間很緊張，叫搶收搶種。俗話說：大暑不割禾，一天丟一籮；人怕老來窮，禾怕白露風。如果早稻不能很快收上來，太成熟的穀子會掉在田裡，造成損失；收完早稻，不能盡快把田翻耕出來，按時把晚稻栽插進去，到天氣逐漸變涼，會影響晚稻的生長和收成。收花生和收紅薯是個慢活，不是使大力就收得快，一屋人，或是左鄰右舍合起來，人多一起幹活覺得輕鬆，又是鄰里之間閒話家常，溝通感情的機會。所以，幹這幾樣莊稼活時，有田地的鄰里都會自動組織起來，互相幫助。

互助活動和請短工不同，有田地的人家之間，喜歡換工互助。今天給我幹，明天就要給你幹，幹活會比較認真。請短工是支付工錢，幹上一天，拿上工錢走了，可能會有人不顧質量。

土改以後，人人都分了田地，都是有田人家，但各人的基礎、能力不同，田種得不好，影響到收成，所以，一宣傳成立互助組，除了少數家庭，大部分貧下中農都歡迎。中農不會那麼積極，地主富農暫時不准加入。通過工作隊的宣傳和組織，不久，全村組織起十幾個互助組，最初叫「臨時互助組」。

我們這個組，上下五棟屋十多家人，除了先隆伯家和利廣家，其它都加入了。阿松伯母當組長，洪昌叔母當副組長，他們一老一少，一家是貧農，一家下中農。

這天，我們五個男的一起回家，半路上，富林問志森：

「志森，怎麼新興叔找了你爸爸幾次，你爸爸都不要加入互助組？」

志森說：「我們家不用和人互助，我們助了別人，別人也助不了我們。」

富林說：「這不是只顧自己，自私自利嗎？」

志森還沒有搭話，群智就說：「人不自私，小孩長不大，大人老得快！」

我聽了覺得好笑：「這是什麼謬論？」

「不是貓論是狗論。我家阿盲每次下一窩小狗，最自私，最會搶吃的長得最快。」

富林不理大狗，轉頭問利廣：「你家怎麼也不加入呢？」

利廣說：「我阿媽說，人多幹不好活，和有些連秧苗和稗子都分不清的攪在一起，那能種好莊稼？」

我問：「說誰呢？」

大狗說：「良叔母囉，還有黃毛，他們都沒有種過田。」

利廣家也是中農，田地不多，卻都是好田。他阿媽很能幹，是個做什麼事都認真，看不得別人馬虎的人，所以，不想和人攪在一起。

互助組組織起來以後，就是收割早稻。今年年初雖然遇上天旱，區裡縣裡解決得及時，莊稼沒有受到什麼影響，各家的稻子都長得比較好。分到田的人家，第一次在自己的田裡收割稻子，個個心情都很興奮，互助合作，收割也比較順利地完成了。接下來是「踩禾頭」，把割掉稻子的禾頭踩進泥裡去，才能趕牛下去犁耙。「踩禾頭」看似不重的活，卻容易傷腳。剛割斷的禾桿茬口，又硬又尖，踩踏時不掌握好方向，容易戮傷腳面和小腿。正因為如此，如果不把禾頭踩進泥裡，連牛都不肯下田。那禾頭要踩進泥裡不反彈起來，既要用力，也要技巧。這天輪到給建生伯母家幹活，良叔母幹了半天，就找藉口不幹了，建生伯母向阿松伯母告狀。互助組裡幾個人，本來就對良叔母的活有意見，現在連工都不出，那以前幫她家幹的活怎麼算？加上黃毛三天打魚，兩天曬網，說我不幫你幹，你也不用幫我幹，我的田荒了也不用你們管。剛成立的互助組，矛盾就出來了。

洪昌叔母來找阿媽：「四嫂，這阿良嫂究竟是你本家，恐怕你說她兩句，她還聽得進去。黃毛就我去找她。」

阿媽說：「阿春妹這人，嘴巴好使，幹活就真是叫人看不過眼。也難怪，她從小沒有下過田。等我找阿良，和她慢慢說。」

吃過晚飯，見到良生叔兩公婆出來乘涼，阿媽和他們閒話。阿媽問：「阿良在村上幫忙，做些什麼呢？」

良生叔說：「前段時間就是忙組織互助組，看看全村人的家庭情況，再看看全村的土地分佈、土壤土質、水路走向這些，工作隊叫作些調查研究，為將來轉變為常年互助組，合作社做準備。」

「才組織起互助組，又要變什麼合作社了？是什麼時候的事？」

「不知道，那是上面的事。」

「阿秋雲不是也在村裡幫著做嗎？她以前是在郵電局做事，你回來那麼久，也不好問你以前在外面做什麼？」

「我在寶安是做測量，那邊修鐵路，不是阿媽一直寫信催我回來分田，我本來不會回來的。」說完，良生叔抬頭望著天空，顯得不開心。

阿媽又問：「成日看見你們拿著尺子，在田埂上走來走去，那麼辛苦，會不會有點工錢？」

「有什麼工錢，飯都是自己貼！吃飽了撐的。」良叔母接嘴說。

良生叔不高興地說：「都是村裡自己的事，人人都不做誰做？好比秋雲姊，洪昌調去做信用社，會計交給葉子，這村上的會計又不同普通帳，不幫著搞還不搞糟了？」

靜了一會兒，良叔母就說：「借阿嫂的錢，不知道什麼時能還？說起來都羞死人，」說完望著良生叔。

阿媽說：「阿春妹，你別誤會！我不是來催你們還錢。錢是用來使的，使才有用處，就是錢，有用處也不使，就等於一張紙。你們當初拿去買秧，這是正經有用的事。現在，大家都有了田地，政府又肯幫人，只要肯做，不愁沒有飯吃。」

良叔母說：「今天洪昌嫂找你，是不是又說我什麼了？」

阿媽說：「自己沒有做錯，何必怕人說？這互助的事，鄉下以前都是這樣做，你幫我，我幫你，沒理由人家幫了你，你不幫回人。說耕田辛苦，做人本身就辛苦。為一日三餐，做哪行不一樣辛苦，你以前在有錢人家做工不辛苦嗎？各有各的苦楚。你看那幾個推雞公車的，以前做店主，做清閒工作的，現在做苦力，做做就習慣了，他們都不知幹得多快活。以後安排你做什麼活，不方便時和組長講一聲，他們好有個安排。」

良叔母說：「昨天確實是有點不舒服才回來，以後我留意就是了。」

黃毛有時候幾天都不見人，連阿木賢也不見。有人說在墟上賣菜，賣水果。政府宣傳發展經濟，繁榮市場，墟上天天熙熙攘攘。黃毛做一天小生意，確實要比種田強，只是，又不能看著她的田拋荒，農會主席說，無論如何先給她種上吧，以後叫她算回工錢給大家。

阿桃華又回村來了。土改分田後不久，她就出嫁了，據說是嫁給以前的一個恩客。有人聽了，撇撇嘴說：「什麼恩客，不就是以前的嫖客嘛。」古桃華是紀明叔公那個家族的，以前只有一個奶奶在村裡。他們那棟屋我們小時候很少進去，除了討厭阿木賢，屋裡幾個老人家都古里古怪。阿桃華回村前我沒有什麼印象，回村後看她和大家一起唱歌演戲，後來，和大家一起參加土改分田地，也不覺得與別人有什麼不同。到她嫁回城裡以後，聽幾個叔母背後說人，才知道她回村前後的簡單情況。

解放後，城裡取締了各種不正當行業，政府把那些人員集中起來學習改造。本來，她可以由政府安排從事新的：像理髮、飲食等等服務行業，可能是她不想留在縣城，也可能覺得祖母年紀大了，想回來和她多處些日子，於是要求回鄉。土改時分了田地，誰知，祖母年紀大了，自己很久沒有下過田，雖然有吃苦的決心，卻沒有種田的能力。剛好在一次進城時，遇到一個確實是以前的嫖客，好像很是有情，一直追求，便嫁給了他。

這一天，大家正在田裡插晚稻，看見石路上走來一個人，等走到近處，才看清原來是阿桃華。她前兩次回家時，穿花衣服，還撐一把花洋傘。今天換了件藍布衫，也沒有打傘，一時認不出來，於是議論紛紛，說什麼的都有。

洪昌叔母說：「你們不要嚼舌頭，她阿婆在村裡，她回來看看阿婆，也有那麼多說道。」大家才不說話。

在我們上下屋，阿桃華和洪昌叔母處得好。阿桃華剛回來時，村裡人看不起她，江同志常跟大家做工作，讓大家關心她，在洪昌叔家吃飯時，當然也會說起這事。洪昌叔母聽了江同志的話，便時常關心她，看望她阿婆，兩人年齡相差不大，慢慢成了知心朋友。今天看見她這身打扮回來，心裡也感到奇怪。

吃過晚飯，洪昌叔母來到阿桃華家裡。

阿桃華說：「我想著你會來，下午田裡的人怕說什麼的都有？」

「村裡人的嘴，你還不知道嗎，理得那麼多。怎麼回來了？」洪昌叔母問。

「離了，那不是人過的日子！」

「當初我就叫你多想想，你沒有聽進去！」

「還提當初幹什麼？路遙知馬力，日久見人心。說句實話，我對那個人確實不太知道底細。我回到村裡時，不是大家都看不起嗎？所以，才會急著離開。解放前，那人來過我們館子兩三次，那時還年輕，看著斯文。心想那時候的社會，一個布店的少東家，被人約著出來玩下女人，都不出奇。解放後，都好多時不見，有一次進城，在街上碰到了，閒談起來。他說在店裡幫手，以後接他爸爸的生意。聽到我回鄉下種田，就連說可惜，可惜。後來，寫了幾封信來，約我在城裡見過幾次面，每次見面都是口生蓮花，說得天花亂墜。我想，新社會了，人人都在變，他以前還年輕不懂事，現在看著老成多了，這不就信了他。嫁過去以後，他爸媽親戚看不起，嫌棄挑剔，這些我忍了；他家人口多，一個個飯來張口，衣來伸手，我從天不亮做到全家人睡落床才能喘口氣，我也忍了；想著三年兩載，生個一男半女出來，也就算熬出頭來。誰知，那人死性不改……」

洪昌叔母沒有說話，拿起手帕遞過去。

阿桃華接過手帕抹抹臉接著說：「去到他家還不上兩個月，就經常夜不歸家，開頭還以為是生意人有什麼應酬，後來聽見他們父子兩個為錢吵架，才知道他拿著錢出去找女人。我想，做我們這行的人，都已經改行自新，誰還再去招惹他？原來他竟然去騙良家婦女，到處招惹是非。有一天他媽生病住院，他到醫院時，去調戲小護士，結果被公安局抓進去關了兩天。你說，這日子我還能過嗎？」

洪昌叔母問：「那就離了？」

「那還不離？好在現在婚姻自由，連辦事的同志都說，這種男人，早離了早好！」

「離就離了，今天太陽落山，明天還會出來，離了這種男人，照樣過日子！」

阿桃華說：「這次回來，我就死下一條心，和阿婆一起耕田過日子。你明天去到田裡就和大家說，阿桃華的老公不要她，離婚回來了。」

洪昌叔母奇怪地問：「為什麼這樣說？這不是作賤自己？」

「你說是那男人不好，我自己提出離婚回來，人家會信嗎？不信，就會講得更離奇，什麼醜話、壞話，都無中生有講得出來。說阿桃華不好，被老公趕回來了，滿足了那些希望別人衰的心理，又滿足了他們的好奇心，講上幾天就沒有興趣了。」

「這倒是！那好，你休息兩日，等他們嘴巴說得淡了（指閒話說多了口淡），就來下田。」

晚稻已經快要插完，這天，互助組幫洪昌叔母家插秧。阿媽有事進城，叫我代她，剛好連生叔母趕墟，我約大狗一起去。插晚稻比插早稻容易，俗話叫「插香爐」。早稻秧很細很軟，左手分秧會分得不均勻，右手栽下去時也容易把秧苗的頭屈著，所以比較難；晚稻秧長得很粗，又將苗的上半截割去了，下半截就像一支香一樣，分秧容易，插秧也容易，就像往香爐裡插香一樣。鄉下的孩子，女的長到十一、二歲，男的十二、三歲，都會要求下田學幹農活。

我和大狗跟大家一起來到田埂上，阿桃花也來了。下田幹活時，大家經常會先站在田邊地頭，東家長，李家短，先說些閒話，開幾句玩笑，要是有半大男女孩子來幹活，就時常會成為叔母捉弄的對象。一見到阿桃華，良叔母就說：「哎喲，阿桃華回來了，是幫你阿婆幹活，還是來支援農民呀？」

阿桃華說：「不怕大家笑話，阿桃華從小沒有父母教，不會做人媳婦，被老公休了，回來跟嫂子叔母學種田，大家不要嫌棄。」

大家想不到阿桃華自己一來就把話挑明瞭，反而不好把話接下去。

等下到田裡幹起活來了，洪昌叔母說：「阿桃，回來也好，新社會了，政府提倡婚姻自由，好就合，不好就分。不像過去，講三從四德，老公、婆婆再惡再不好，也要死忍。你回來就是我們互助組的人，誰會嫌棄誰？」

這天黃毛也來了，接嘴說：「少奶奶不當，回來當耕田婆！有那麼傻，就是離婚也要告他，分他一半身家回來。」

阿桃華回答她：「別人的肉貼不到自己身上，認命罷！阿桃華在古塘跌下去，還在古塘爬起來！」

於是，大家就有點同情，乘機罵起城裡人，說他們如何不好，把城裡說得一無是處。

茂發嫂發表議論說：「城裡有什麼好，樣樣都要出錢買，房子又小，街上到處是人，那像我們鄉下，天寬地闊。」

良叔母說：「話不是這樣說，城裡有城裡的好處，起碼沒有那麼髒，買東西也方便。」

建生伯母說：「要有錢才方便，沒有錢方便不到你頭上。」又說阿桃華：「你從來沒有種過田，這回真回來做耕田婆？」

阿桃華答道：「還能不真？我和阿婆都要吃飯，以後希望叔婆伯母，幾位阿嫂多教教我，看我做得不好，該說就說，該罵就罵。」

平時很少說話的阿河說：「種田有什麼難，我以前只會種菜，現在還不是照樣會種田！」

洪昌叔母借機表揚良叔母：「就是！插早稻時，阿良嫂連稗子和秧都分不清，現在，樣樣活都幹得像個老農民。」

茂發嫂就問：「是不是真的，阿良大嫂真分得清稗子和秧？」

良叔母說：「這有什麼難分，節上有毛的是秧，稗子節上沒毛。」

茂發嫂就好像發現新大陸一樣叫起來：「啊！原來有毛的才是秧。」這時剛好插完一坵，良叔母正跨過田埂下到下面一坵田。

茂發嫂就故意大聲問：「阿良嫂，你下面有秧了沒有？」

良叔母回答：「有秧了。」

茂發嫂起身跟大家說：「聽見沒有？阿良嫂下面又癢了！阿良嫂下面又癢了！」

良叔母發現上當了，抓起一把秧去打茂發嫂，沒有打著人，泥水濺在大狗身上。茂發嫂見了，說：

「哎呀，打錯人了，大狗，嫂子給你抹乾淨。」一邊作勢去拉大狗的褲子，一邊說：「大狗，讓嫂子看看，有毛毛了沒有？免得被人當成稗子丟掉了。」嚇得大狗一下跳到田埂上，跟洪昌叔母說：「組長你看，茂發嫂搞我，不是我偷懶。」乘機休息。洪昌叔母說：「別瘋了，我去挑秧，趕緊插完好回家吃飯，說完挑著空畚箕走了。才走出不遠，見洪昌叔和葉子青走過來。葉子青每天都要在田埂上轉一轉，看栽插質量和進度，向上匯報互助組成立後的生產情況。

這黃毛一看洪昌叔母已經走遠了，故意抬頭看看，問洪昌叔：「阿洪昌，怎麼今天會下大雨嗎？」洪昌叔莫名奇妙，也抬起頭看看天，說：「天晴地朗，那來的雨？」

黃毛說：「不會下雨，有人撐起布蓬在那裡幹什麼？」

村子裡，結了婚的男人，夏天天熱時，多數都穿的是半節褲，年紀大的，裡面不穿內褲；年輕的，裡面雖然穿了內褲，夏天的褲子比較薄，下面便難免會鼓起來，常常被嘲笑為「撐布蓬」。

洪昌叔知道吃著虧了，便罵道：「死黃毛。又屁股癢了，還不到鎮上找你契哥。」

黃毛說：「契哥早死了，不如借你家的毛刷來刷刷！」

洪昌叔跟葉子青說：「阿葉，去菜園摘兩支牛角椒（形狀像牛角的大辣椒）來，給黃毛止止癢。」

正說著，看見洪昌叔母挑著秧過來，洪昌叔趕緊拉著葉子青走了。

洪昌叔母看見洪昌叔走了，只聽見半句話，就問黃毛：「什麼牛角椒？」

黃毛答她：「阿洪昌說，等一下回家用牛角椒炒兩個蛋給你吃。」

洪昌叔母說：「講鬼話，那有用辣椒炒蛋的？」

田裡的笑聲飛得老遠。

不管是在田地裡幹活，或門前屋後聚會時，如果沒有大男人，這些年輕叔母、大嫂，說話、講笑話，很少忌諱。黃毛愛說粗口，茂發嫂講得直白，洪昌叔母和良叔母就含蓄得多，維叔母和阿河，從來不見她兩個說什麼笑話。

學校接到上面的通知，明年考中學只考語文、算術兩科。原來老師說要考政治時事題的，這一科我心中無數，比較緊張，現在通知不考，我心情放鬆下來。志森很失望，因為他對政治最有興趣，語文、算術成績就不太好。聽到不用考時事政治，我當時背熟的《總路線》內容，很快就忘記了。

這天吃了晚飯後，我去找洪昌叔，阿媽說要取點錢，響應政府號召，用來買公債。去到洪昌叔家，說完事情，出來見到豬妹在池塘邊等著我。

我看到她有點不高興的樣子，問她：「怎麼不高興，是不是你阿媽罵你啦？」

豬妹說：「罵我做什麼？是我自己不高興！」

「怎麼會自己不高興？考中學的事決定了沒有？」

「我想已經定了，我自己不想考。」

我便不說話，也覺得不高興。我想：如果她要考，家裡不會不讓她考；如果她自己不想考，別人也沒有辦法叫她考。

豬妹長長出了口氣說：「阿媽年紀大了，身體不像從前。阿芬那麼小，阿哥成日忙工作不著家，什麼都靠阿嫂一個人，叫人過意不去。」

我也跟著長長地出了口氣。

兩人靜靜地坐了好一會兒，豬妹抬起頭笑道：「人如果不會長大就好了，我們一直停在古里學校跳舞那個時候。一直跳呀！跳呀……」

我們兩個小聲地唱起來：「在森林和原野上，是多麼的逍遙，親愛的朋友，你在想什麼？」

收花生和收紅薯，是我們小時候最高興的日子。花生和紅薯都種在山崗靠水田的地方，如果是屋後，就是靠果樹的地方，這些地方土比較肥沃。收花生時，先把花生苗剷掉，然後把土裡的花生慢慢刨出來，這是一種慢活，細活。地裡七八個，十幾個人，一字排開。兩人、三人一組，前面撐起用竹片織成，像大門板一樣高，一樣寬，中間夾有破布片的竹蓬，用來遮陽光。人坐在草墩子或小凳子上，用灰匙（泥瓦匠用來抹灰用的泥鏟）或一尺長的小釘耙，一邊閒話家常，一邊扒開土找花生。大家坐成一排，一齊往前移動，小孩子會跟在後面找大人漏掉的花生。其實，大人也會有意「漏」一兩顆花生，以免後面的小孩半天都撿不到一顆，失去興趣。挖花生的人也久久會吃一顆，一種是那花生成熟過頭已經裂開口子，甚至冒出芽來，另一種是不知什麼原因，長得只有半倉的，都可以吃掉。沒有人會多吃，大人小孩都知道，剛挖出來的花生濕氣重，而且，滿手都是泥，剝花生吃難免吃進去一點泥沙，所以，吃多了會肚子痛。花生地裡更好玩的是可以捉草蜢，蟋蟀，大膽的話，還可以捉小老鼠。那種小老鼠只比大拇指大不了多少，不會咬人，男孩子經常捉來裝進口袋裡，自己玩，或者嚇女孩子。

這天輪到幫連生叔母家收花生，只有我和阿雪到地裡，阿珠沒有來，大狗也不知道去哪裡了。我們已經不是撿「漏」花生的小孩，是來幫著幹活，不過不會像要求大人那樣要求我們。連生叔母把花生苗鏟走以後，大家就坐下來，開始挖花生。挖了一陣，便議論這塊地會收多少花生，明年應該輪種什麼好。

說過一陣正經事，良叔母就問茂發嫂：「阿淑珍，阿茂發不是星期六才回來嗎？你昨天又進城去找他，有那麼飢？」

茂發嫂說：「同鬼講，哪個去找他！」

「那你進城幹什麼？」

「又關你事！」

阿良叔母說：「啊！莫非是你三叔從南洋回來，你去接他！」

茂發嫂最初一愣，接著就抓起一把土打過去。

茂發哥的媽媽早年已經去世，現在，家裡有爸爸、老婆、兒子一家三口在村子裡。茂發哥在縣城一個什麼機關當職員，雖然工資不很高，但每個月領錢，旱澇保收。他一般星期六回來，星期天回去。他爸爸六十歲出頭，身體還好，村裡的男人不下田，但會做家務。除了不挑水，不洗衣服，上菜地，煮飯炒菜，帶孩子，樣樣家務都會。茂發嫂除了下田，回到家挑兩擔水，洗幾件衣服，就翹起腳等飯吃，這是農村裡很多小媳婦羨慕的生活，茂發嫂因此養得心寬體胖。在互助組這夥人裡，她年紀最小，有時說話沒心沒肺的，容易招惹人，大家也最愛拿她開玩笑。

阿良叔母前些天拿她開玩笑，講了一個陰濕的笑話：有一家人，一家四口，小倆口，一個小孩，一個父親，居家過日子。可惜母親去世了，父親還不老，身體也好，有時難免忍不住給下面找點出路。有一天在山上幹活，不知怎麼就興起來，下面漲得難受，便像小青年時用手把那東西弄出來，射在地下一片樹葉上。看著那樹葉上的東西，又想起死去的老婆，便嘆了口氣說：要是你媽不死，你們也就是老二、老三。好歹也是一群生命，就送你們坐水路走得遠點吧。便把那樹葉放在腳下的水溝漂走了。誰知媳婦剛好來送飯，父親一見不禁老臉紅一陣，白一陣，問媳婦：你剛才看見什麼沒有？媳婦說：我什麼也沒看見，只聽見原來三叔坐船出南洋去了。今天，良叔母一說：莫非你三叔從南洋回來？茂發嫂便抓起泥土打她。

大家大笑了一陣，瞎扯了一通是非，又扯到最近統購統銷，肉票、布票等等話題上。現在，家裡養了豬，不像過去那樣請人來殺，要由鎮上收購站的人來收購，或自己趕到收購站去。收購站收購農戶的活豬以後，按重量發給養豬戶 16% 的豬肉票，養豬戶可以在一年內，在政府經營的肉攤上，用肉票按政府訂的市價購買豬肉。沒有肉票，在自由市場上向私人購買，價錢要貴得多。這事有人說好有人說壞，正議論著，看見利廣的阿爸從鎮上回來，手裡拎著一塊半肥半瘦的豬肉。利廣的爸爸任貞伯，也是在家煮飯的男人。

黃毛問：「任貞哥，去鎮上一趟，就買那麼點肉回來？」

任貞伯一肚子氣說：「買骨頭咩！昨天一早去排隊，今天一早去排隊，想買點豬肝粉腸，等排到攤子前，瘦肉都賣光了，再後面的，怕連豬毛都見不到。」

有人說：「那就去早點囉。」

任貞伯說：「不是早不早的問題，是供銷社拿出來賣的肉太少，人人都想買好的，大家都起早，也只有少數人買到。為吃點肉，都爭著天不亮就跑去排隊，也不是好事！」於是大家又是一陣議論。

在我們上下幾棟屋，任貞伯家的生活過得比較寬裕。他出南洋的時間不長，因為父母去世回鄉。回到家鄉以後，祖上留下有幾坵田地，足於溫飽。那時有個小弟還小，是他這個哥哥把他養大的。小弟長大後，跟一個親戚去了印尼，經過艱苦努力，在外面成家立業，生意不是做得很大，但發展順利。為了報答阿哥的養育之恩，前幾年把利廣的大哥帶了出去一同做生意。叔侄兩人，每年都有錢寄回來孝敬兄嫂，父母，利廣一家日子過得滋潤。

突然哪個驚叫起來：「蛇！蛇！」這是一種旱地裡常見的小花蛇，只有筷子粗細，沒有毒，見人就溜走了。可茂發嫂一聽，就兩手抱在胸前，仰著頭很誇張的叫：「我這命歹的人，讓蛇咬死算了！讓蛇咬死算了！」大家一看她這個樣子，個個都笑得出眼淚。良叔母起身去追她，邊追邊罵：「看我不撕爛你的嘴！」良叔母追不上茂發嫂，茂發嫂比她年輕好幾歲。在地裡追了兩圈，兩人都坐下來喘氣。洪昌叔母說：「好啦！好啦！別鬧了！再鬧連生嫂不高興了。」阿桃華就覺得奇怪，怎麼說到命歹，阿良嫂就那麼惱。洪昌叔母笑而不答，建生伯母說：「因為她愛唱小調囉！」阿桃華更奇怪了，問：「這和唱小調有什麼關係？」良叔母便乘機轉移目標說：「阿桃華，說到唱小調，應該是你的拿手好戲，你以前還上臺演過戲，現在唱一曲大家聽聽。」阿桃華說：「一日不唱口生，早忘記了。」大家說：「記得多少算多少，又不是上臺。」阿桃華想：自己剛回村時，還真是很開心上臺演過戲，以後要長久和大家一起過日子，唱一下讓大家開心，笑笑也沒有關係。便說：「我唱了，你們告訴我阿良嫂子為什麼惱？」茂發嫂拍拍胸膛說：「好！等你唱完我就告訴你。」於是，阿桃華想了一會兒，就輕聲唱道：「風飄飄，雨瀟瀟，問你如何睡得著，冷枕怎麼抱？淚珠兒臉上跑，秋蟬兒噪罷寒蛩兒叫，淅瀝瀝細雨打芭蕉。」

聽完大家不出聲，只有茂發嫂說：「這是什麼歌？歌是好聽，可是聽了叫人心裡亂痲痲的，落不到實處。」

良叔母說她：「傻大嫂，那是你半夜想老公時睡不著唱的。」

阿桃華說：「這支真的不好，另外唱一支吧。」又小聲唱道：「風調雨順民安樂，都說是種田人快活，五穀豐登糧滿囤，六畜興旺滿窩，如今日子實在好過，街上嫁娶多，金山銀山我且莫貪，就找個有情有義好哥哥。」

等唱完了，大家都說這支唱的好。洪昌叔母問：「你們以前有唱就樣的詞嗎？」阿桃華笑著說：「老調子，有些詞是我現編的。我唱完了，你們把阿良嫂的故事講出來聽。」

茂發嫂還沒有講就在那裡笑，又看著良叔母說：「那我講了？」良叔母說：「講就講囉，關我什麼事，這事安到哪一個頭上都可以啦，哪個甩下巴的說我，其實是他自己。」

茂發嫂說：「說的是，阿良哥剛討阿春姊不久……」阿良叔母就插嘴說：「是阿茂發討阿淑珍不久才真。」

茂發嫂不回她嘴，繼續說：「有一次兩人為點小事吵架，過了半個月還沒有好起來，上床都是背對背。這天晚上，阿良哥熬不住了，便把下面那條蛇拿來玩。等玩到繃繃緊的時候，就轉過身拿去啄阿春姊的屁屁，說：蛇來了！蛇來了！啄上幾下，阿春姊便一下轉過身來，抱住阿良哥說：我這命歹的人，讓蛇咬死算了！」這故事雖然大家聽過的，可還是聽得笑到前俯後仰。這種色情故事，是早就在鄉下流傳的，不過是有個新人來，就安在誰身上開開玩笑罷了，大家笑完就過了。

眼看一塊地快收完了，連生叔母到處看各人的畚箕，看收得多少花生。看到人人都有大半畚箕，只有黃毛才小半畚箕，就說：「黃毛，怎麼你才挖得那麼一點？不是留著給阿木賢來『倒』吧？」

「倒」，就是在主人收過的花生地，或者紅薯地裡，再一次去翻挖，撿拾漏下來的，這種撿漏，一般是小孩子幹的。黃毛今天有點心神不定，因為掛著阿木賢。她前幾天買了一批青柿子，捂熟了叫阿木賢挑到墟上去賣，她怕阿木賢一邊賣一邊吃，到時賺的還不夠他吃的多。

黃毛正在心裡想著這事，卻聽見連生叔母說出這種話來，便一下跳起來罵道：「日你個連生嫂，你地裡長不出花生來，來怪我，你肚子裡生不出孩子來怪誰？你老公不回來，有本事找契哥去，別只會磨豆腐！」

大家一聽黃毛的話說得難聽，連忙勸道：「算了！算了！一樣是一樣，不要扯遠了。」其實，連生叔母也就是說說而已，並不認真，因為平時是事事認真的人，所以說什麼人家都當認真。不知什麼時候，大狗來了，站在地頭。連生叔母一見便罵他：

「你死去哪兒去了，這個時候還來做什麼？」

大狗說：「不是你叫我去菜地拔草嗎？」

「那麼幾棵草，拔到現在，拔你的骨頭咩！」

「那些小草不知道有多難拔，一拔就斷，一拔就斷，我指甲都挖出血了。」

這黃毛氣還沒有消，就說：「大狗，你媽就是這樣不講理的，她說我故意漏花生給阿木賢『倒』。」

大狗說：「那怎麼會，黃毛叔母和阿木賢在墟上掙那麼多錢，哪還會來『倒』花生。」

連生叔母罵他：「殺頭鬼，吃家飯屙野屎，幫外人說話。」大狗不回嘴，拿起繩子去捆花生藤。

大家已經挖到地頭，黃毛只有前面兩尺寬的地沒挖，懶得拎屁股下的草墩子往前挪了，便左腳跪在地上，右腳拖在後面，探著身子挖。誰知才挖得兩下，就跳起身來，鬆開褲頭，拎著褲子，又跳又叫：

「老鼠！老鼠！」那褲頭又寬又大，雖然兩手拎住，還是露出大半個屁股。大家便又笑又喊：「看大柚子囉，剝了皮又白又嫩的兩片大柚子囉！」、「八月十五的月亮出來囉！快來看囉！」黃毛想要罵人，可看看大家都還在坐著笑，大狗在離得老遠的地頭認真地捆花生藤。黃毛找不著發洩對象，自己罵罵咧咧，索性收起東西回家去了。等她走了，茂發嫂才問：「大狗，是不是你這短命鬼把小老鼠放進她褲子裡，我剛才看見你從她身後走過去！」大狗很無辜的說：「沒有啊！我剛來，那有老鼠哇！」

下午各人幹自己的活，洪昌叔母吃過晚飯，想去上屋阿桃華家，探探她祖母楊婆，聽說她這兩天不大舒服。才走出大門，看見阿桃華正從石路上走下來，便叫道：「我剛說要上去看看你阿婆，你就來了。」

阿桃華說：「我阿婆不礙事了，有點熱氣，煲了點草藥喝了就好了。」

「下來有什麼正事吧。」

「不是正事就不能來找你嗎？那就說點歪事好不好！」

兩人便坐在池塘邊說話。說起上午黃毛褲子進老鼠的事，笑了一陣，阿桃華說那大狗真是會作弄人，是不是太下作了點。洪昌叔母說，那倒不是，那小老鼠就愛往暗地方鑽。有時候從花生藤裡跑出來，你正好坐在那裡，我們穿的褲子褲腳又大，牠就會往你褲子裡面鑽。那大狗可能一來就捉了個放在口袋裡，要去捉弄別人的。剛好黃毛和他阿媽吵架，就在走過她身後時，一放在她腳邊，那小老鼠就往她褲子裡鑽進去了。

阿桃華說：「我還真是看到黃毛被捉弄才來找你的。」

洪昌叔母說：「又關她事？」

「不是關她事，是關褲子的事。我決定回村時，就為穿什麼樣的褲子發愁。鄉下女人都是穿大褲腰、大褲襠、大褲腳的褲子，顏色不是藍就是黑。你看維生嫂，比我們大不了幾歲，穿起這身衣服，帶上頭裙，就像一個四五十歲的婦人！」

「那我還不是一樣！」

「你就好在雖然也是大腰褲，但沒有穿那黑衣服，穿的是花布衫，也不帶頭裙。」

「我剛結婚時，也是很不習慣穿那種褲，最初還經常穿不緊，用褲帶拴得太緊又不舒服。」

「我到現在都不會穿。」

「會穿不難，只是麻煩。要先用右手把褲頭往右前方拉，把後面繃緊，左手拉住左邊的褲頭壓在右邊腰上，右手拉著的褲頭摺疊到左腰，再別進褲腰上，然後拴上腰帶。鄉下年紀大些的男人也是穿這種褲子。男人的腰不像女人，容易拉得緊，連腰帶都不用。」

「可裡面都不穿內褲，總是不好！」

「那不好說，以前的人窮吧。就是現在，年紀大點的男人很多都不穿。但是，這樣樣都大的褲子，有它的道理：褲腳大，是方便捲起來下田幹活。褲腰大，裡面沒有穿內褲，摺起兩三疊在前面，有幾層布遮擋，起碼不會那麼難看！還可以擋擋涼風！」說完自己先笑起來。

「那你也不穿內褲？」

「有時也會不穿。裡面穿了一條短褲，外面又穿上一條大腰褲，繞過來摺過去，疊了幾層，真的又麻煩又不舒服。」

「那就方便洪昌哥了！」

洪昌叔母一聽，罵道：「死阿桃，敢來笑我！」伸手去擰阿桃華的腮幫，搞得兩人差點跌落池塘。笑了一陣，洪昌叔母問：「那你想怎麼樣？」

阿桃華說：「我不是有一個好阿姐，解放前幾年，從那地方出來嫁人了嗎？那阿姐一直肯看顧我，她後來和老公在城裡開了個小縫衣店，以前我的衣服都是他們幫我做。我們進城去請她幫我們拿拿主意，裁個什麼衣褲好，總之不要穿得像阿婆，但又不能顯眼，惹人說話。我順便還想做兩條短褲，外面買的不合身。」

「好阿桃，我想過，但說不出的事，今天讓你說了。明天就去！剛好阿洪昌留了點錢給我。」

「那好！明天趕早不趕晚，你在家等著，我來到塘邊叫你。說完起身要走，想想又轉過身來說：「你現在就去煮升把新收的帶殼花生，我明早再摘一把豆角帶上。」說完才走。

第二天一早，兩個人肩上掛個包出了門，路上，阿桃華說：

「昨晚上你罵我阿桃，以後我不叫你洪昌嫂，聽著怪老的，我叫你李姐，不，叫桂圓姐好聽，好嗎？」

「那我就叫你桃妹！」

「就叫阿桃，不要哥呀妹呀的，免得又被人嚼下巴。」

進到城裡，來到一個不太熱鬧的小街上。這是一間店面不寬的小舖子，門面掛著幾件做好的衣服，裡面擺著兩台縫衣車，一個男的在剪裁，一個四十上下的女的在縫衣服。

兩個人一進去，阿桃華叫道：「瓊姐，我看你來了。」

瓊姐一見，高興地停下手中的活計說：「阿桃，你那麼久都不進城來看我，鄉下很忙嗎？」

「鄉下人一年四季都有活幹，今天特地來看瓊姐，還有事要你幫忙。」說完拉過洪昌叔母說：

「這是我同村好姐妹，你叫她桂圓好啦。」

瓊姐說：「好名字。回去習慣了嗎？進城來買點什麼？」

阿桃華便把昨天兩人說的事跟瓊姐講了一遍。

瓊姐說：「鄉下人的衣服，真的把人都穿老了。好幾次街上碰到挑糞尿的人，我以為是老叔母，一打開頭上的帕子，原來是個小媳婦。」

又說：「你們一定要改穿西裝褲。但是，像你們這年紀，又住在鄉下，第一，褲腳不能太窄，要卷得到膝頭上才行，方便下田；第二，褲襠不能大，也不能緊，以寬鬆舒適，方便上上下下為準；至於顏色，一般不用學生藍，當然也不要其它太惹眼的，素一點的顏色就可以。」

阿桃華問：「那衣服做什麼好？」

「衣服可以兩樣都有，一是左襟衫，一是襯衫。現在市面上上海花布很多，也是選素一點的。兩種衫的袖子腰身都不要做得太緊，要寬鬆一些，這兩種衫都可以配西裝褲，只要顏色搭配得好，看起來就大方得體。」

洪昌叔母問：「去年不是很興男人穿花衣服，女的穿什麼列寧裝嗎？」

瓊姐說：「那是說學蘇聯老大哥，才流行不到半年，難看死了。那種什麼列寧裝，女的穿著，如果再戴上船形帽，就像電影上的國民黨特務。」

瓊姐的老公接嘴說：「國民黨軍隊那些女的穿的是美國軍服，你不要亂說，小心先把你當特務抓起來！」

瓊姐笑著說：「抓起來你就再討一個囉。」說著話走進房子裡拿出一個包袱對阿桃華說：「光顧說話，你上次拿來叫我處理的旗袍，我把不那麼花俏的揀出來，改幾件左襟衫，把原來滾的邊拆掉，改用淨色的布壓邊，會合你穿。那太花的就先放著，看以後還有什麼用場。」說著擺出四五件衣服，兩人看得眼睛都瞪圓了，一邊往身上比試，一邊叫，太好看了！太好看了！阿桃華高興得不知說什麼好。

瓊姐說：「好啦，你們現在去布店揀幾塊做褲子的布，我現在去做飯，你們回來吃了飯量量身裁，我再抽空給你們車起來。」

兩人又跟瓊姐夫婦一再道謝，才揹起包出了店門，向大街走去。路上，洪昌叔母對阿桃華說：「瓊姐對你可真好！」

阿桃華深深吸口氣說：「她對我的好，我都不知道怎麼才能還得清她的情！」

看看快到布店門口，阿桃華說：「桂圓姐，跟你說好了，剛才比試那幾件衣服時，我看清楚了，那衣服瓊姐剪裁得有寬點的，有稍窄點的，總之合我們兩個穿。回去你先揀，揀剩的給我，今天就只需要買做褲子的布了。」

洪昌叔母急得說：「那怎麼行。」

「你要說不行，那就褲子也不做了，我們回去！」阿桃華生氣的說，假裝要回頭。

「那等會兒買褲子的錢我來出。」

「又來了，這是兩回事！莫非以後我穿出去的褲子，說是你買的？」

「那我不是也穿你的衣服？」

「那不同，那是我穿過的舊衣服改的，我送你不行嗎！」

進到店裡，兩個女人東挑西揀，揀了幾塊士林藍和鐵灰色的布，又揀了幾塊有些碎花的花布，才高興地回到瓊姐店裡。瓊姐兩個讀書的孩子放學回來了，六個人熱熱鬧鬧吃了餐飯，又閒話了半天。等量完身裁，說好什麼時候再來，兩人才告別回家。走在街上，洪昌叔母又買了點糖果餅乾。

長崗下邊的李屋，一排有四五棟，屋後也是有幾叢果樹，一片竹林。兩人走到竹子下面，看看太陽還在半空，反正家裡有人煮飯，便不想回家，竹子邊上有幾塊大石，拿手巾拍了拍，坐了下來。

坐下來好一會兒，見阿桃華不說話，洪昌叔母問：「累了嗎？」

阿桃華說：「不累，走這麼點路，那比得上下田辛苦。」

「那怎麼看你沒有精神？」

「我是念起剛才瓊姐的兒子和女兒，幾天不見，又長大了。這兩個孩子又乖又聰明，真逗人愛！」

「還是想有個家了不是！還想那個男人？」

「那個男人是絕對不會想了，我想的是另一樣事情。」

「另一樣什麼事？」

「桂圓姐，按理說，瓊姐見過的人，經過的事都多，可有時候也會看錯！當初我嫁那個人時，當然去找她商量過，她說，改朝換代了，新社會，新政府，新政策，樣樣都變了，人也會變，嫁吧，早點成個家，有個歸宿。可那個人，那家人，怎麼就不會變呢？」

「要不怎麼說：江山易改，秉性難移！」

「不是很多人都改好了嗎？」

「一龍生九種，人和人不同。」

阿桃華沉思好久，點點頭緩緩地說：「這倒是，真正要改變一個人，改變一群人，比改朝換代難。」

洪昌叔母聽了沒有回答，過了一會兒問道：「阿桃，我看你幾年了，你實在是一個好人，當初怎麼會……啊！不說了，你不要怪，順嘴說出來，走吧，回去了。」

阿桃華坐著沒有動，眼望著天邊，慢慢地說：「遲早會跟你說，不跟桂圓姐說，還跟誰說？只是說出來你都不會信！」

「你說什麼我不信？我不信你信誰？」

「我阿爸阿媽什麼時候，怎麼過身的，我都不知道。說是在外面做生意，好像回來過，我只是有點模糊的輪廓。不知道從哪天開始，阿公阿婆好像變成木頭，不說話，也不理我，到我都六七歲了，就是養條狗，養隻貓，也會有人摸摸，逗牠幾句。一屋人都不理我，屋裡呆不住，我整天在外面，到田裡，地裡，撿些能吃的東西，大家反而說我懂事。看見人家讀書，我躲在教室外面聽。奇怪的是，裡面的同學老背不會的書、口訣，我一聽就會，就背得出來。有一次，教室裡教打算盤，一個人不會背口訣，被先生打得哭，我在窗子下面小聲說：真笨，這都不會，就小聲地背起來。正背著，突然看見一個先生拎著一根鞭子站在我面前，我嚇得大氣不敢出。那先生問：『剛才是你在背口訣嗎？』我不敢出聲。那先生說：『你不要怕，你背給我聽。』我就大著膽子背，背了好幾段。先生說，你就坐在這裡不要走，一會兒聽到搖鈴聲我再出來找你。過了一會，鈴響過後，先生就出來了，把我帶到裡面的辦公室，問我幾歲了，讀過書沒有，是誰的女兒。當我告訴他阿公的名字時，先生長長地『哦』了一聲：『原來是他的孫女』，低頭很久不說話。我正不知道是不是可以走了，那先生又問：『你想不想讀書？』我不知道怎麼回答，那先生說：『如果你想讀書，回去跟你阿公說，是村公所叫你來讀書，不但不收你的學費，還會買給你書本和紙筆墨硯，說好了，明天就來學校，記住了？』我點點頭，轉身要走，先生又一次叮嚀說：『記得說是村公所叫你讀書，不是哪一個先生叫的。』我再次點點頭。回到家裡，我跟阿公說這件事，阿公聽了，也不說話。吃過晚飯，阿公東翻西翻，找出一個書包，一個銅墨水匣，一支毛筆，把我平時穿的比較乾淨的衣服疊好，放在我的房間。第二天天還不亮我就醒了，吃了飯，等看到有人上學了，便跟著去。去到學校，進到辦公室，先生已經坐在那裡，拿出書本，寫大楷小楷的本子，鉛筆，毛筆，一個石的墨硯，一條墨。又問：『你家有算盤吧？』我點點頭。先生把我帶進一年級教室，向裡面的先生交代了一下，就叫我和一個女生坐在一起。幾天以後，我知道了那先生就是校長建光先生。」

「那麼好了，讀上書了！」

「當然好了，那幾年我過得可快活了，我覺得讀書很容易。你知道嗎？我有時候因為怕人家妒忌我每次考第一，考試時故意漏做一兩小題。」阿桃華說罷仰頭笑起來。

「看把你得意的，那後來為什麼不一直讀下去呢？」

「因為沒有錢，我想早點出來掙錢，我要去做舞女！」

「遇到鬼了！你是瘋了還是傻了！」洪昌叔母叫起來。

「我就說連你都不會相信！」

「叫人怎麼信嘛？你那時才幾歲，不合常理！」

「等我講完，信不信由你！」阿桃華緩口氣說：「到四年級時，我已經懂事了！知道了供我讀書的是建光先生，但是，我不知道他為什麼不願意讓我阿公知道。建光先生有個兒子，是個傻子，年齡和我差不多，也可能比我大，聽說是他原配去世後，在外地與小老婆生的，他回鄉時小老婆沒有跟他回來。那兒子偶然會來學校玩，小時候也沒有留意。有一天，學校裡老師學生都走完了，我因為去河邊挖茅根，回家時路過學校，看見建光先生在為他兒子換褲子，他兒子尿在褲子裡。建光先生年紀大了，眼睛又不好，笨手笨腳換好褲子，看著嘴角流著口水，望著他傻笑的兒子，建光先生臉上流滿了眼淚，喃喃地說：『等我死了，你怎麼辦？你怎麼辦哪？』看到那個情景，我趕緊躲起來。將要回到家時，我突然冒出一個驚人的想法：將來我一定要幫建光先生照顧這個傻哥哥，報答他對我的好。我不知道為什麼會出現這樣想法，可能是我小時候太孤獨。我們那棟屋，龍屋已經破敗，屋後的果樹竹子長得又高，屋裡顯得陰森。屋裡三家人之間，從來不說話。在家裡，阿公阿婆不交談，也極少和我說話。我經常是一個月，兩個月聽不見人聲，在屋裡，我常常有一個人在黑夜的墳地裡的感覺，我希望有一個人做伴。」

洪昌叔母聽得身上寒毛豎起來，不由得望望崗上面的墓地，回頭說：「那和做舞女又有什麼關係？」

阿桃華說：「有一天，我們家裡來了一個男人，五十來歲，和我阿公講些什麼我聽不懂，當他們講到掙多少錢，我就聽進去了。因為這之前，建光先生已經問過我，還想不想去崇真學校讀高小，我已經回答他不想讀了。說心裡話，其實我想讀，但我不想再讓建光先生供我讀，二來，家裡那麼窮，家裡那兩小坵田，靠阿婆一人耕很辛苦，村子裡能上高小的女孩也很少。從建光先生供我讀書，又不讓阿公知道是他供，我隱約感覺到，不但有其它原因，也有個『錢』的問題。所以，當那個人提到，他們老闆從汕頭請了些舞女回來，生意很好，那些舞女掙不少錢，每個月收入有多少多少，我就留了心。後來，我一想到要出來掙錢，想多掙錢，就想當舞女，這你不覺得奇怪了吧？」

「你這樣說，我信！可那是因為你還小，不懂。長大後就不是這樣想了！不是嗎？」

「這當然是藏在心裡的話，不會跟人說。讀完四年級，在家幫阿婆在田地裡幹了兩年多。有一天，阿公說要帶我進城，到城裡去做工。進到城裡，找到上次來我家的人，把我帶到一間很大的飯店裡，交給了一個胖胖的叔母。阿公交代了我幾句就回家了，我知道我從此要掙錢養自己，以後還要養阿公阿婆。我和胖叔母住在一起，那個胖叔母對我很好，但我不知道她是什麼人。她在飯店裡除了不進廚房去炒菜煮飯，會到處東摸西摸什麼都管，但是誰都不聽她的，只是嘻嘻哈哈應付她。我就完全聽她吩咐：洗碗、抹盤子、拖地、洗圍裙，後來給客人送毛巾，斟茶倒水，總之，能幹得動的，叫幹什麼就幹什麼。我說胖叔母好，就是她不會叫我幹幹不動的活，幹一陣就會叫我休息一陣。晚上，她會和我說話，但從不說飯店的事，盡講些妖魔鬼怪，神人仙姑的故事。吃飯當然吃得飽，但不是想吃什麼就能吃什麼，也不會給我錢，說給了我阿公。胖叔母有時會給我幾個銅錢，叫我去買點零食吃。我很久才回一次家，阿公阿婆不問我幹些什麼，過得好不好，我也不敢問他們給了多少錢。轉眼我就十六七歲，是個女人了。有一天，胖叔母把我帶到一間旅館，還是那個人，人家叫他大管事。那人跟我說，你成大人了，跟你阿公說好了，來這裡做事，工錢會高得多。然後叫來一個年輕女人，叫我跟她去，那女的叫來一個中年叔母，叫我先跟她學做事，開頭是在房間裡疊床鋪，送開水這些。在這裡就看到有穿得很講究的男人，帶著年輕的漂亮女人出出入入，慢慢知道，原來那些年輕漂亮女人，就是舞女，會掙很多錢的女人。開頭我還真羨慕她們，覺得這些人又好看，又有本事掙很多錢。但是時間一長，就看到許多讓人噁心和害怕的事來。我覺得很徬徨，成日提心吊膽，好像總覺得會有什麼禍事落到我頭上。

不久，就遇上瓊姐。有一個下雨天，我剛來到門口看有什麼事要做，見一個女的從外面進來，沒有打傘，衣服頭髮淋濕了，我趕緊拿了一條毛巾要幫她抹頭髮。那人接過毛巾坐下來自己抹，抹完頭髮後一直望著我，問我叫什麼名字，什麼時候進來這裡做事的？她看我的時候，我覺得她的眼睛像清澈的泉水一樣，覺得這個人可以相信，就把來這裡做事的簡單經過告訴她，她叫我喊她瓊姐。後來，瓊姐經常會叫我幫她做點小事，問這問那，慢慢地我也就有什麼話都會跟她說。有一天，家裡帶來口信，說阿公病重。我趕回家裡，看見阿公一直吐血。一個鎮上的醫生來看了說，你在城裡做事，還有沒有其他親戚朋友？趕快把你阿公送到城裡醫院去看能不能救。我想起那個大管事，於是請他幫忙，把阿公送進了城裡醫院。那個大管事到醫院詢問醫生後，帶我回到旅館，叫我等著。等了很久他才回來，對我說：『你阿公的病，要花一大筆錢，你家哪裡找錢去？』我一聽就哭起來。那人不說話，拿手指頭一直敲桌子，敲了半天，我也一直哭個不停。最後，大管事說：『別哭了！哭，救不了你阿公。有一個老闆，想要個黃花女陪他一晚，會給一筆錢。有了這筆錢，可以救你阿公的命。你想好了，明天早晨告訴我。』說完走了。我等到很晚，瓊姐才回來。我把阿公病重和大管事的話告訴她。瓊姐聽了，臉色變得蒼白，拿起水菸筒，呼嚕呼嚕一直吸，吸得整個房間都是菸。過了差不多一個鐘頭，瓊姐把水菸筒往桌上重重的一放，說：『陪吧！古時有賣身救父，你就賣身救你阿公吧。』叫我不要再哭了。瓊姐坐在床上抱著我的肩膀，仔細教我第二天怎樣應付，怎麼陪男人過這一晚。第二天一早，大管事來了。瓊姐對他說：『答應他了，告訴你那位老闆，要是傷著我小妹，可別說人家講他的壞話，有損他的名譽。』大管事說：『怎麼會呢，人家是斯文人。』結果呢，身賣了，錢拿了，阿公也過身（去世）了！」

洪昌叔母聽得一臉的眼淚，阿桃華反而強裝出笑臉說：「傻姐姐，我都不哭，你哭什麼！」

洪昌叔母坐直身子和阿桃華靠在一起，阿桃華繼續說道：「到我阿公入殮的時候，來了一個人，敬完香後，抱著雙手躬躬身，說：『人一走，兩清了！』料理完阿公的事，回到家裡昏昏沉沉過了兩個月，看看米缸裡的米，煲粥也吃不了幾天，阿婆還是木頭一樣。瓊姐來看我，說，回城去吧，先跟著我，這是命！一年以後，瓊姐嫁人了。兩年以後，解放了。」

洪昌叔母轉過臉來看著阿桃華問：「那些人究竟是什麼人，和你阿公是什麼關係，以前我問過阿洪昌，他對你們家的事也一點都不知道。」

「別說洪昌哥，我都不知道！我問過阿婆，不問還好，一問她家裡的事，她的臉就一下子會變得像石頭一樣，一點人氣都沒有，所以不敢再問。」

「那麼叫人吃驚？」

「算了，好久沒有說那麼多話，今日說出來舒服多了。」又抱著洪昌叔母說：「桂圓姐，以後我有什麼心事就跟你說，你不嫌吧？」

「誰嫌誰呢？以後，我們倆人有什麼心事，誰也不准瞞著！」

說完，兩人起來拍拍身上，看看大陽挨近山尖了，繞過李屋，穿過水田，就到了家門前。

過了半個月，兩人進城去把衣服取回來。新衣服一穿出去，那些年輕婦女就圍上來，摸摸褲子，拉拉衣服，都說好看。以後就悄悄的有人來打聽，問是哪裡買的布料，哪裡做的。阿桃華和洪昌叔母詳細告訴他們，又說，不一定到哪家裁縫店，就是鎮上的裁縫師傅，跟他提出自己的要求，也會幫你剪裁。不久，村子裡就有不少年輕媳婦跟著穿起了西裝褲，整個村子不再顯得那麼老氣。

以前，村裡的孩子，五六歲以前男女穿的衣服式樣沒有差別，五六歲以後，女孩子穿的花衣服，花褲子，式樣和男孩也差不多，都是短衣短褲，比較隨便。長到十二三歲以後，女孩子雖然還是花衣服花褲子，但是，那是做得講究的大姑娘穿的式樣了。結了婚，特別是生了孩子以後，穿花衣花褲的就慢慢減少，到孩子稍大一些，要成日下田耕作，就會換上「三大」褲子，而且，為了耐髒，顏色以藍黑色居多。到留長頭髮，挽個髻盤在頭上，出門時夏天戴個竹笠，冬天戴個頭帕，你不到面前看清人的臉，真是老嫩都分不清，把阿婆喊成阿姊、阿嫂，把阿姊、阿嫂喊成阿婆的笑話，經常都聽到。

十二三歲以後的女孩穿的衣褲，舊不要緊，但是不能短，不能破，不該露肉的地方露出來，要被人說閒話。到結了婚生了孩子以後，很多女的又會變得隨便起來，給孩子餵奶時，開始還有點遮掩，到孩子半歲以後，就會撇懷露胸，人前人後，毫無顧忌。茂發嫂的娘家是離城比較遠的小山村，村子小，人不多，可能又比附城的鄉村隨便一些。她嫁給茂發哥時十七八歲，生女兒後才二十歲，有一天，她揹著兒子，和洪昌叔母她們幾個去趕墟。兒子哭了，就在街邊上坐下，撩起衣襟給兒子餵奶，那壯實、飽滿的胸脯，在陽光下耀眼，路過的男人，都免不了多看兩眼，茂發嫂卻渾然不覺。有一個膽子大的中年漢子走近來，看著娃娃吃奶，說：「小弟弟，那麼好的奶，吃不完送阿哥吃兩口好不好？」茂發嫂抬頭一看，見一個阿叔站在面前色瞇瞇看著自己，便向周圍的人招招手大聲說：「大家來看哩！我又揀了個大兒子，想要吃奶哩！」把那男人嚇得落荒而逃，引得周圍的人哄堂大笑。

至於在地裡幹活時，在田邊地角，拉下褲子就方便，或像那天黃毛在地裡露出屁股抖蟲蟲什麼的，都是經常有的事。

花生收完了，紅薯也收完了，田裡種冬季作物，有人種大青菜，有人種蠶豆或其它。比起前段時間的互助，集體幹活相對較少。

平時，放學回家的路上，志森好高談闊論。學校宣傳抗美援朝，停戰協定，總路線，統購統銷，買公債等等，我們聽老師講了，很多記不得，他就記得很清楚。利廣和阿滿的話也很多，嘰嘰喳喳。這幾天他們三個卻都不說話，一路靜靜的。

有一天，志森上午沒有來上學，下午也不來，放學回家時，我們剛走到他家外面的石路上，就見有六七個人，從他家挑著花生出來，屋裡傳出他阿媽和阿婆的哭聲。先隆伯坐在池塘邊上，拿著篾刀在破篾，破好的一條條白色的篾片，散落一地，志森他們兄弟姐妹一個都不見。我們都感到很奇怪，不知道他家有什麼事。回到家裡，聽阿媽說，先隆伯家的花生被政府收購了。原來，今年初先隆伯看見市場那麼繁榮，便從市場上買進不少花生，準備今年冬天辛苦一場烤出來賣，賺點錢供三個兒子上中學。想不到貫徹統購統銷政策，花生是油料作物，農民種出來的花生，要由國家收購，不准私人買賣。現在，不但先隆伯自己家種出來的花生，連他買回來已經用鹽水煮好曬乾，只差烘烤一道工序就可變錢的花生，都要由政府收回去。這一來，先隆伯損失大了。他怎麼講情，要求留一點烤出來零賣減少點損失，上面都不答應。

過去，糧食由私人老闆收購時，糧店老闆可以因為稻穀豐收，或農戶因家中急需用錢，壓低價格收購。等到農戶需要買回糧食度日，或者由於天災等原因稻穀欠收時，就抬高價格賣出去，從中牟取暴利。我們村三個糧店老闆，土改時都評為地主，畫過漫畫宣傳，老師宣傳統購統銷，徵購餘糧等政策時，會結合他們的事例講解：由國家統一收購農民多餘的糧食，到有需要時，用合理的價格賣回給農民，這樣有利保障老百姓的生活。這道理我覺得能夠理解。可是，我問利廣為什麼他家不肯賣餘糧？他說：「不是不肯賣，是家裡根本沒有農會定的那麼多餘糧，如果都賣了，粥都沒得吃！」我又相信利廣的話，因為我們幾個從小一起長大，利廣是最老實膽小的一個，他不會說假話。不知道農會的人為什麼要給他家定那麼多「餘糧」。

先隆伯家不但花生被收購了，同樣要賣餘糧。上學放學時，志森好長時間都不議論時事。利廣雖然不高興，過兩天就沒事了，他說到沒有米吃時，他爸爸會叫阿叔阿哥寄錢來買。

發森伯家的餘糧徵購得多，農會說他家不但自己的田裡出產有餘糧，而且還從市場上買了不少穀子回來囤積在家裡，準備將來賣高價。最後，農會派民兵搜查，強制收購他家的糧食。民兵和糧管所派的人來他家挑穀子時，發森伯兩公婆在那裡哭罵，大叫：搶人囉！搶人囉！大家來看共產黨搶人囉！阿滿在那裡拼命地哭，她哥哥萬興去攔阻人家挑糧，鬧得很多人圍著看。穀子挑走了，給發森伯單據，叫他去收購站拿錢，發森伯不接單據，向周圍的人說：「前年鬥地主，今年鬥富農，明年鬥中農，把所有人都鬥完，大家一齊死！」見他鬧得不像話，農會派兩個民兵，把他抓去農會關了兩天。出來以後規矩一些，還是一天發牢騷。有人問他，抓進去有沒有捆綁吊打，他說：「捆著進去，吊打倒沒有，後來繩子也解了。就是小屋子裡蚊子太多，連卵子都給叮得腫起來。」

貧下中農不必賣餘糧，中農，特別是上中農，富農，都有賣餘糧的任務，他們都不滿政府的徵購政策。貧下中農也不是全都贊成統購統銷政策，像和黃毛叔母一樣喜歡做點小生意的人便不滿意。只是，政府該怎麼做還怎麼做。

這年冬天，安生叔回家討老婆，不知道新娘子是哪個村子的。星期天早上，她娘家幾個人坐著單車從石路上來，安生叔出去迎了進來。新娘子進門時，放了爆竹，進屋後到上廳拜過祖宗牌位，然後拜德叔公。安生叔沒有請大家吃飯，只是給大家分了從西安帶回來的糖果。結婚後幾天，安生叔就帶著叔母到西安去了。連生叔母幾個說：「哪裡討來的仙姑，連樣子都沒有看清就帶走了。」

阿河有喜了。炎生叔自從結婚後，吃住都在水庫上，很少回家。阿河和震伯婆在家，分了田後，婆媳兩人熬得苦，那田又是好田，所以這兩年收成都很好。炎生叔水庫上有生活補貼，還時時有點吃用的東西拿回來，一家三口，生活一年比一年好。最初炎生叔少回家，和阿河話也很少，大家以為：炎生叔出去當兵時間長，話說得南腔北調，阿河的客家話也說得不準，因此兩人話不多。但是，過了好長時間，兩公婆還是溫吞水似的，震伯婆就日夜嘮叨，到後來良叔母她們都生了孩子後，更是一天罵阿河是不會下蛋的母雞。不管震伯婆說什麼，阿河從來不回嘴，只是讓人能感覺到她過得不開心。震伯婆罵著罵著，就不罵了，反而對阿河越來越關心，經常買些好東西給她吃，買新衣服給她穿，搞到良叔母都有點妒嫉她。如今有了身孕，一屋人都以為是值得高興的事。

以前很少回來的的炎生叔，現在卻隔三差五回來，大家以為他是高興，回來關心阿河。誰知，卻聽見他回來後關起房門打阿河，聽不到兩人在裡面吵架的聲音，只聽見打得乒乒乓乓的聲音，震伯婆就在門外哭。有一天半夜裡，又是這樣，震伯婆坐在他們門外聽他們在裡面打鬧，怎麼勸都不聽，等炎生叔衝出門跑掉以後，震伯婆就跑到屋後，跳進了河裡。阿媽一直都在留意他們三個，一看到震伯婆走向屋後面，就一直跟著。幸好河水不深，震伯婆才跳下去就被阿媽拖上來了。阿媽陪震伯婆在蘆葦地裡坐到天大亮了，震伯婆的情緒也穩定下來，才回家。阿媽去找德元叔公，說再這樣下去，要出人命。德元叔公說知道了，找了阿良生，叫他明天去水庫找阿炎生。

第二天，良生叔去水庫找炎生叔。路過育新小學下面的小商店時，進去買了一瓶白酒，一包滷豬頭肉，一包炒花生。到了水庫，炎生叔在房間裡，正準備要去吃飯，一見到良生叔就說：「跑來討打？」

良生叔說：「德叔叫我帶著跌打藥酒來。」

炎生叔問：「吃飯了嗎？」

良生叔說：「走了半天，連個人影都見不到，去哪兒找飯吃？」

炎生叔多拿了一個碗，到工地上一個民工的臨時飯堂去買飯。他出去後，良生叔四面望望，房子裡除了一張木板拼成的床，一張條凳，再沒有其它東西。等炎生叔回來，把床單掀起來，把酒、菜、飯擺在上面，一個坐床邊，一個坐凳上，炎生叔又出去從哪裡借來一個口缸，自己的口缸，倒上酒，兩人慢慢吃飯。

良生叔問：「你在水庫做了幾年了，算什麼人呢？有領工資嗎？」

炎生叔說：「最初只是來幫忙的，什麼都做，主要就是量土方，檢查質量。縣裡有個水利局，那些人屬國家幹部，有編制的，我們那裡入得到裡面。到現在也就是給點生活費，不算正式工資。」

「那也不是長久之計。」

「聽說你在村子裡不也是幫忙嗎？」

「是，也就是讓互助組換工幫家裡幹點活，也不是長久之計。」

「德叔叫你來找我？你不怕我發起牛脾氣來？」

「小時候不是經常被你打嗎？你知道嗎？你去當兵以後，我也曾想過去當兵，一想到我的身體不像你那麼壯，就不敢去了。後來，一個同過學的城東人，他哥哥上山鬧革命，動員我，便跟著上了山！不到一年時間，有一次隊伍被打散了，我一個人流落寶安。解放不久，家裡一連十幾封信催我回家分田，就像給岳飛的十二道金牌！怨誰？怨阿媽！怨有什麼用？」

「我們兩個，小時候經常一起玩，一起吃，一起睡，回來幾年，連三句話都沒有說過，因為說不出讓人高興的話。」

「其實，阿公那一代，我們兩家也不是很窮的，可阿爸那代就不行了。」

「不必去怨祖宗，只怨自己做得好不好！」

「你說得出這句話就行了！你說，我們幾家人，紀元叔家以前也窮，只是水生哥明生哥去印尼苦了幾個錢，才買了那麼幾坵田，幾間屋，土改時被評為地主。」

「那你土改時還當積極分子，去鬥阿四妹？」

「當時，土改工作隊說，要『村村流血，戶戶鬥爭』我不當積極分子有別人當，有別人去鬥，會鬥得更利害！」

「這是什麼話？這是歪理！」

「如果都按正理，恐怕這日子沒法過！」

「我現在就是覺得沒法過！」

炎生叔拿起口缸喝酒，手在發抖。

良生叔也抬起口缸，沒有喝又放下了，說：

「沒法過也得過！人，有時候就只能按歪理過日子！」

停了一會，良生叔說：「你想把阿河肚子裡的孩子打下來？」

炎生叔不說話，又抬起口缸喝酒，手抖得更加厲害。

良生叔說：「你沒有想過會出三條人命嗎？你不知道那天你阿媽跑到屋後跳下河去了？」

炎生叔還是不說話，抬起頭來，兩眼直直的看著天花板，過了很久，才低下頭來問：「德叔找你說些什麼？」

「德叔叫我問你，還記不記得小時候在曬穀場上乘涼時講的古（故事）？」

炎生叔說：「記得記不得還不是一樣！」

良生叔說：「我們客家人，很多都說自己祖先是北方的士大夫家族。這樣傳說，無非是想說自己是貴族後代，是有知識、有骨氣的人。從北方流落下來，一路走，一路死。兄長的兒子死完了，兄弟有多一個兒子過繼給他。這個家族死絕了，近親家族過繼一個給他。同家族中人找不到男丁過繼了，就找外族、外姓、外地，隨便什麼人都行，只要能繼承香火，不讓這家絕代。小時候在崇真學校讀書時，塘頭村那個叫「番鬼」的同學，是從印尼回來的，一看就知道是個荷蘭人和印尼人生出來的雜種，這個人現在孫子都有了。下村那個橋頭人，小時候叫他「暹邏柚」，是從泰國撿回來的泰國人，現在兒子也讀中學了。現在村裡的年輕人有幾個知道他們不是中國人？最好笑的，是被評為地主的古錦輝的老婆。古錦輝在我們這幾條村算是出名的有錢人，到老了葉落歸根，子女不會跟回來。他回來時都快八十歲，路都不會走，還是收了家裡的婢女做老婆，生了一男一女，村子裡誰都知道那兩個子女是怎麼生出來的！

不就是為了在祖公牌位上添個名字，可以守住他那棟大屋嗎？既然是他老婆生的，就是他古錦輝的後人，誰還管他是哪個下的種……」

「就是心裡有什麼頂住頂住下不來！」

「不是心裡，是臉上，是面子上下不來。以前德叔講的一句話，我震動最大，所以印象深。他說，我們罵人，最毒的話就是罵人是『野種』，為這句話，可以與人拼命。為什麼？就因為我們大多數可能就是野種！一千多年了，從北方逃難下來，純種的北方男女傳下來的，恐怕找不出幾個了。一路上，多數是留下男的，死了女的。只有男人傳不下去，只能討當地的越族、畲族女人（居於福建廣東江西一帶少數民族之一），生出來的後代那裡還是北方士大夫、貴族的純種？村裡人出南洋謀生，討『番婆』，把『番鬼』帶回來當養子。連國家、民族都雜了，不是野種是什麼？但是，我們面子上都說自己的老祖宗是北方的，堂號叫『河南堂』、『山東堂』、『上穀堂』，無非就是要把家族傳承下去，其它都不重要。你們這一房，彬元伯兩公婆活不了幾天了，緬甸的子女從來就沒有音訊。震伯母做出來的事，就是怕你們這一房兩家絕代！你這個做兒子的，應該理解才是正理！」

炎生叔長長地嘆了口氣說：「眼不見為淨，就在水庫上混吧，過一天算一天。那天看民工在山上面取土，我真想讓上面的大石頭滾下來打死算了。」

「說些不動腦子的話！等阿河把孩子生下來，長到一歲多，兒子留下來，好好為她再找一個人家，大家都好。」

兩人默默地喝酒，過一會兒，炎生叔問：「阿秋雲兩公婆怎麼樣？」

「還不就那樣！」良生叔說：「我們幾個年齡相上下的，阿秋雲是個女的，卻最聰明，膽子最大。高小畢業名叫去城裡上中學，不久就找了個男人私奔，出去找前途。後來在國民政府做事，解放後又轉到新政府機關當幹部，可不久，又被遣送回來。現在反倒阿安生好了，在西安一個兵工廠當工人，前久回來討了個老婆，帶出去了。他也是當兵，怎麼就能當個通訊兵呢？」

炎生叔笑起來說：「這你就不知道了。他不是個子小，卻又長得精幹嗎？這就最適合當通訊兵，在戰壕裡鑽來鑽去不容易打著。而且，那個鬼讀過兩年書，腦子靈，該他有福氣！」說完又笑笑，搖搖頭，好像要把什麼事情忘掉一樣，又問：「他老婆怎麼樣？」

「會怎麼樣？一個鄉下女人，結了婚就帶出去了。土改時德叔是軍人家屬，德叔、叔母、阿安生，分了三個人的田。阿秋雲一家回來，不會有田分給他們，可能帶回來一點老底，看他們也過得去，以後就不知道了。」

「其他幾家呢？」

「還不是那樣，現在是臨時互助組，要轉成常年互助組，又說明年要成立農業生產合作社，總之，變化很快。」說完，望望天，起身說：「時候不早了，還要走幾個鐘頭的路。」炎生叔也跟著站起身，走到門口，炎生叔說：「叫阿四妹時時看著我阿媽……」停了一會兒，又加了一句：「和那個衰婆娘。」良生叔頭也不回說：「不用你說。」

這以後，炎生叔也時不時回來，但從不過夜，天黑盡才回來，個把兩個小時就走，不再聽到他們打鬧的聲音。我想起好久以前被阿媽的緊張神情嚇著的事，並且，這事困擾了我很久。

有一天吃過晚飯，我要去阿媽房裡拿東西，走到房門口，聽到裡面震伯婆和阿媽說話。房間裡沒有點燈，兩人的說話聲顯得很神秘，只聽見說什麼借種的事，我以為是借穀種之類，不想進去打擾她們。在外面玩了一會，再回到阿媽房裡，震伯婆已經走了，只見阿媽在自言自語地說：「借種這不能見人的事，怎麼拿來跟我說！」我說：「是借穀種還是花生種，要借很多嗎？」阿媽說：「那是借人種！」說完，突然驚覺說漏嘴，馬上用手捂住我剛要問出口的話，拖著我伸頭向門簾外望望，見沒有人，才放開手。然後，神情異常緊張地壓低聲音對我說：「剛才阿媽說出來的話，你當沒聽見，知道嗎？你要說出去，你和阿媽都會被人打死！」這一下，我被阿媽嚇得發抖，便緊張地點點頭，連要拿東西也忘記了。剛要出去，阿媽又一把把我拉回來，再次警告說：「記住了！誰也不能問，不能說！特別是跟豬妹，聽見沒有？」回到房間裡，我覺得很奇怪：怎麼會有借「人種」的嗎？

如果阿媽不再次警告我，我真有可能會問豬妹。我跟他們幾個，不同的話會跟不同的人說：玩的事情，就問大狗，講功課，就會跟富林，志森，講閒談，就會和利廣，而我有什麼不高興的事，或不願意和其他幾個人說的事，就只會和豬妹說。不過這回看到阿媽那麼緊張，我當然不敢說了。

收了穀子，有稻草給牛吃，富林也不用天天放學後都去放牛。這天放學後，我們幾個一起回家。走到紀明叔公屋前面，大狗說，我們去屋後看看有芒果掉下來沒有。志森說回家有事不去，我們幾個就到屋後去。全村的屋後面都有竹林和果園，分屬這棟屋的各家所有，各家多寡不同。果樹多數是楊桃、沙田柚、龍眼，有幾棵黃皮、橙。在我們上村，有幾棵別家沒有的樹：一棵是欖樹，另兩棵叫「水晶柚」的柚子樹－實際就是泰國傳回來的品種，這兩種果樹都是大狗家的。另外有三棵是芒果樹，我沒有在其它村子裡見到過。這芒果樹是紀明叔公家族的，可能是氣候關係，芒果樹結的果很多，到十月以後還沒有成熟，天氣變涼了，就會裂開掉下來。這芒果除了味道很酸外，還有一股特殊的氣味。以前，紀明叔公那幾家人沒有把這幾棵樹當作正宗果樹管理，掉下來的芒果，多半是小孩子撿來吃。有少數沒有掉下來的，他們家的人會採下來，用鹽醃了曬乾，也是送人吃。三棵樹只有兩棵結果，有一棵不會結果，花都不開。我們曾爭論這棵樹為什麼不開花結果，大狗說，因為這棵樹是「公的」。來到屋後，地上不見有掉下來的芒果，正想回家，大狗說等一下，他拿出彈弓，扣上石子打起來。芒果和樹葉一樣都是綠顏色，太陽又嗆眼睛，大狗打了幾次都打不中，只打得唰唰聲，掉了些葉子。我們剛想走，桃華姐的阿婆走出來，看見大狗拎著彈弓，就說：「大狗，不要打，把葉子都打掉了，明年不結芒果了。等芒果掉下來，我醃來給你們吃。」大狗問：「阿婆，現在芒果樹歸你管嗎？」阿婆說：「你紀明叔公不想管了，就叫我來管。」這幾棵芒果樹不知種了多少年，樹幹差不多有一抱粗，比兩層樓還高。大狗說：「我不打了，我們在樹下坐著玩。」村子裡所有的阿婆，沒有小孩會知道她們的名字。自從桃華姐回來後，她阿婆會和人說話了。阿婆回去以後，我們就坐著說話。

利廣先問：「大狗，你不想讀書，那你以後做什麼？是不是過番（出南洋）去找你阿爸？」

大狗說：「我才不會去找他，他在那邊都討了老婆。」

「那是你細媽。」豬妹說。

大狗說：「我從來不叫她細媽，不像阿方。」

我說：「人家問你不想讀書想做什麼？又不關我的事，來說我。」

大狗就很神秘地說：「我阿蘭哥寫信回來說，他在河北的部隊上當汽車兵，以後復員回來就可以開汽車，我想跟他學開汽車。」

富林問：「那你哪裡來的汽車？」

利廣說：「單車都沒有，就想開汽車！」

大狗說：「到時候給政府開車，又不是自己的車。等我開了汽車，不給你們坐。」

我說：「我才不要坐，我坐過一次我大舅的汽車，坐到嘔！」

利廣說：「等真的開上汽車再說吧。」

我突然想起來，問道：「大狗，昨晚我聽見建生伯回來，和建生伯母吵架。」因為我的睡房離他們睡房近，所以聽得見。

大狗說：「我給你們說了，你們不能跟別人說！還不就是來要蘭智哥的信。伯母不給。後來很晚了，阿伯想睡在這裡，伯母不給，就吵起來，阿伯還打了伯母。」

富林說：「為什麼不給他睡？」

豬妹說：「他們都離婚了。」

利廣說：「離婚了，不是又生了有智嗎？」

豬妹說：「那是離婚前生的，又不是不知道！」

大狗說：「聽阿媽說，伯母就是想再生一個，把阿伯留在家裡，誰知他還是要和那個婦人在一起，所以蘭智哥也很惱，不要理他！」

翻過年，所有臨時互助組都變成常年互助組，但沒有人會去叫那麼拗口的話，還是只叫互助組，我們這個互助組，先隆伯和利廣兩家加進來了。

那幾家地主和富農沒有加入互助組，三個地主分子仍然是推雞公車，家裡人單幹。發森伯兩公婆是富農分子，阿滿和她哥哥萬興是子女。土改鬥地主時，只是把發森伯叫去陪鬥了兩次，除了被分掉一定面積的田地，家裡沒有受到多大衝擊。四家地富家庭，除了代新叔家沒有勞力生產困難，忠國家和發森伯家反而不在乎加不加入互助組。

市場上不像去年那麼熱鬧，因為有些買賣受到限制，有些行業不准再做。但是，像和尚尼姑，覡公、算命先生都還有，說是尊重宗教自由。我覺得有點滑稽的是，有些和尚都蓄起了頭髮，討了老婆生了孩子，平時也是下田勞動，和大家沒有什麼不同，如果有人請去超渡死人，就穿起袈裟去唸經，收人家的錢物。覡公和算命先生，沒有那麼公開，請神送鬼和給人算命，都是偷偷的搞。

我們這一屋人，不像土改前後那麼隔閡，同樣有時會將小桌子擺出「花頭」吃飯，勉智幾個，和雞、狗在飯桌周圍走來走去，一團和氣。各家日子過得不一樣：良生叔家，雖說分了田地，但是，耕田種地，既要吃苦，也要有經驗，加上家裡底子薄，要翻身不是那麼容易，不過，不像解放前那麼艱難。維生叔也就是久久有封「安人」信寄來，他家田地沒有增加，幸好原有那片果園，楊桃樹出產較好，有點收入。

建生伯沒有離婚以前時不時回來，多少有些東西拿回來幫補家裡，現在沒有了。蘭智哥當初是考軍幹當的兵，有沒有工資不知道，來信說部隊待遇很好，又學到開汽車的技術。建生伯母和阿雪兩人種四個人的田，又想到幾年後蘭智哥回來可以當工人，有了希望，日子過得安穩。德叔公本來淡泊，秋雲姑一家四口有多少家底沒有人知道，一家人穿的衣服慢慢和村裡人沒有了分別。震伯婆家快要添人口，高興之餘，在為未來籌謀。我們家，雖然田地出產比以前少了，阿爸和阿伯年節有錢接濟，可以幫補。

最可憐是彬元伯公和伯婆，是過一天算一天的日子。他們的田地靠互助組幫忙耕種，收成後把各種糧食挑回他們家。他養女有時過來看看，屋裡大家都會輪流去照看他們。

過得最好的是大狗家。他家是中農，祖傳的都是好田，土改時不進不出，統購統銷時不用賣餘糧，他阿爸多少有錢寄，阿媽會持家，所以，家底很厚。他家的生活，不但整棟屋，恐怕整個上村比起來，都算得上好。

有一天夜裡，不知道什麼時候，彬伯公去世了。過了兩三天，又傳出阿河也是在那天晚上生了一個兒子，兩件事都辦得靜悄悄的。彬伯公抬到對面山崗上埋了，只有他們的養女倆公婆來，一屋人幫忙辦理後事。阿河生的兒子也沒有在她房間門上掛什麼或在上廳掛燈籠。直到一個月後抱出房間，大家來看，說些祝賀的話，德叔公為他取名叫見智。白天不見炎生叔回來，說水庫工地實在太忙，晚上有沒有回來就不知道。人們議論說，見智是彬伯公轉世，不讓他們那一房絕代！德叔公嗤之以鼻，說是無稽之談。

很快就要參加統考，學校在督促我們加緊複習。富林最用功，牛也不放了，我們上學路過，他已坐在池塘邊一面看書，一面等我們。因為已經不用正式上課，大狗、豬妹、阿滿幾個，經常不上學。幾天不見豬妹，我放學回來想去找她，又不想去，有點不開心。

晚上吃飯時，阿媽問我：「看你好像不高興？」

我說：「豬妹他們好幾天都不去讀書了！」

「老師也不管嗎？」

「現在已經不教新課，只是複習準備統考，那些不參加統考的人不來，老師不管！」

「除了豬妹，還有誰不去？」

「大狗、阿滿，還有塘背、塘頭的也有。」

阿媽說：「方智，阿媽沒有讀過書，我聽過一句話，叫『大路通天，各走一邊』，就是一家人，都不會一輩子齊齊走到最後，何況是其他人？阿媽知道你和豬妹一起長大，兩人要好。但是，各人有各人的路，你總不能要別人永遠和你一起走吧？」

「我又不是要她一直和我一齊讀書，就是一下覺得不習慣嘛！」

「好啦！阿媽當然知道！過兩天就習慣了。晚上看書不要太久，油燈傷眼睛！」

我心裡很希望豬妹和我一起讀書，可是，我不敢說出來。

過了一個禮拜，我們由老師帶著到赤崗中學去參加統考。一間教室只安排了二十張桌凳，一人坐一張桌子。讀了六年書，第一次一個人坐一張桌，覺得很舒服。上午考語文，等老師發下卷子，我一看，題目不難，便不覺得緊張，甚至有些大意。考試規定只能用鋼筆，不可以用鉛筆，而我們用鋼筆寫字做作業，還是不久前的事。考試前，老師又怕我們的鋼筆不好，會臨時忘記吸墨水什麼的，叫我們要帶墨水。把卷子大體看了一遍後，我怕鋼筆裡的墨水寫到一半就沒有了，便又先吸墨水。把墨水蓋子放在卷子上時，在上面印出一個圓圈。我見了嚇一跳，叫了一聲。老師過來，拿出手巾吸掉墨水，用嘴吹吹，說沒有關係，沒有印到試題，好好考，不要急，我才安下心來答題。下午考算術，我同樣覺得不難，順利地做完所有題目。考完後回家路上，富林顯得很高興，可能考得比較好，利廣說有些算術題不會做，志森就還在可惜不考政治常識題，不然他會考高分。

考試前後忙了一個月，見到豬妹只是隨便打個招呼，沒有一起玩。不知道這些日子她在家裡做什麼？考完試的第二天吃了中午飯，我便去找她。找到她，我們便走到屋後的竹子下面坐著說話，那裡是我們幾個經常一起玩的地方。我問她在家做什麼，她說在家煮飯，洗衣服，有時候和阿嫂一起下田。她問我考試的事，我告訴她考試的題目一點都不難，告訴她我差一點把卷子弄壞了。她問我會考到哪間中學，我說哪裡知道，要等成績出來，按自己填的志願分配。她就問，那你最想考去哪間中學？我告訴她只能填兩個志願，我填的是南山中學和赤崗中學。

大陽當頂，天氣雖然熱，但是有風，風吹得竹葉沙沙沙沙地響，附近的菜地裡偶然會有一兩只粉蝶飛起，坐在這裡，使人感到愜意。

豬妹突然說：「不如我們去摸蜆？」

我們已經好久沒有去摸蜆了。正常年景，不發大水，也不是天太旱，河裡就只有一半流水，一半是沙灘。在古里學校讀書時，所有的學生都會在沙灘上玩。讀到三四年級，我們已經在門口的池塘裡學會游水，到河裡玩時，男的會偷偷游水。如果女的不來，我們會脫得精光游，有女的在，就穿著褲子游。豬妹他們女的有時玩沙，有時摸蜆，也經常會穿著衣服泡在水裡。當然，被先生知道了會打手心，只打男的。我們卻還是偷偷游，甚至敢游到對岸去。大狗，志森，利廣，富林，我們幾個我的水性最好。

聽到豬妹這樣說，我當然很高興。

「那我去叫大狗，你叫利廣。」我說著站起身來。

豬妹也站起來，說：「不叫他們，就我們兩個去。」

「就我們兩個？」

「是！」

我說：「好！那我回去拿盆。」用盆裝，摸到的蜆，放在有水的盆裡才不會曬死。

「不要用盆，免得一拿盆，大家都知道我們去摸蜆，你家有沒有布袋？我們帶小布袋去。」

我想了一下：

「我回去找，應該有。」

「那我們在古里學校門口等，誰先到誰等。」

我回到家裡，找來找去，終於找到一個小布袋，便拿著來到學校門口，豬妹已經等在那裡。中午時間，地裡沒有人，河邊更沒有。我們穿過蘆葦下到河裡。靠我們這邊，有一片沙灘，有淺水，主流靠對岸。我們高興地在淺水沙灘裡跑來跑去，跑了好一陣，才開始找蜆。可能是很久都沒有人來摸蜆，蜆很多。在只有一寸兩寸水的沙灘上慢慢走，看見有一個「眼」，那「眼」裡還會不斷冒小氣泡，就一定有蜆，「眼」越大蜆就越大。那天的「眼」很多，好多地方都是一窩一窩的，好像蜆也是有一家一家似的，用手挖下去，就會挖出十幾個蜆來，只撿大的，留下小的。挖了有小半袋蜆了，我們便像小時候一樣玩起來。跑來跑去，看誰能找到最大的蜆，如果同時看到一個很大的「眼」，就會同時伸手去挖，看誰先挖到。有時蹲下去時兩人的頭碰著，有時蜆已經被誰抓在手裡，便互相搶，玩得非常高興。後來又去玩沙：堆沙堆，築水壩，挖水井，修水渠，反正小時候玩過的玩法都玩。玩到後來，覺得背上熱得不得了，兩個人同時站起來。我說，不如去捉蝦！豬妹高興地說好，我們就跑回岸邊。有些沙灘連接河岸的地方，會有很緩的窄窄的水流，有些地方則是倒流進來的，這些地方不會深。岸邊的水裡泡著蘆葦根，會有蝦藏在裡面。我叫豬妹緊跟著我，因為岸邊的水底不會是平的，有時突然踩到深點的地方，或沙塌下去，會嚇著人。遇到這情況，只要抓住面前的蘆葦根就一點事都沒有，叫豬妹跟著我，是我比她有經驗。

我們先在沙灘上挖了一個小池子，把裝著蜆的布袋放進去養著。兩人一泡進水裡，都覺得非常舒服。過一會兒才開始捉蝦。半蹲著在水裡，只露出肩頭以上，順著岸邊摸著蘆葦根慢慢走。兩只手要張開，你的手一碰到蝦，那蝦不是往前跳，而是往後退，你就要用手乘機捉住牠。當然，說得容易，真正捉到就比較難，往往以為捉住了，拿出水面一看，才知道抓住的是蘆葦根。我捉了好久都沒有捉到一隻，不是沒有，是沒有捉住，好久沒有捉，不夠靈活了，加上豬妹又搗亂，一直問這問那，讓你不能專心。有時，她一踩到沙往下塌，就會撲過來，抱住我的手臂，就是捉到蝦都會給弄跑。後來，我終於捉到一隻蝦，比大拇指還粗，我一拿出水面，豬妹就過來搶，說：「我要吃！我要吃」。

我們捉到蝦，因為數量不多，會當場生吃，剝掉蝦皮蝦頭，就這樣吃。雖然有少少腥，但味道鮮甜。

兩人站起身，豬妹接過我手裡的蝦，開始剝。活蝦的皮和肉貼得很緊，比較難剝，我看著她剝蝦，無意中，我突然發現，豬妹的胸脯變得不一樣了。那天她穿的是只有半節袖子的小花衣，布上原來的藍色小花，因為洗曬得多，整件衣服顯出淺淺的藍色，被清清的河水浸濕以後，像是一層薄紗。豬妹以前那平平的胸脯上，凸出兩處叫人不會說的東西，因為那和成年女人的凸起完全不一樣。我一下聯想起君明老師帶我們去遠足時看到的情景：我們登上一座小山，站在山頂，遙望那地平線上露出的兩座小山尖，那小山尖在青靄中顯得朦朦朧朧，奇妙無比，令人神往。豬妹剝好蝦往嘴裡送，一抬頭，看到我望著她胸前發呆，低下頭望望自己的胸部，又抬頭望著我，說了聲：「傻！」才蹲下去泡進水裡，轉身離開我。我一下驚覺過來，也蹲進水裡，兩人都不說話，在水裡各自捉蝦，再沒有捉到一隻。

不知過了多久，豬妹叫我：「方子，我們回去啦！」我答應：「好！」等我們蹲在水裡又走到一起，豬妹說：「等一會兒，我先上去。在上面擰乾衣服穿好，叫你，你才上來。」我說：「知道了。」我們分別跑過去拿回自己的蜆，豬妹先上去。過了好久，豬妹才叫我。我上到岸上，看到她已經穿好衣褲。小時候我們夏天穿的衣服都薄，去河裡玩水時，男孩只穿短褲，女孩穿著衣服。上岸後，躲在別人看不見的地方，脫下衣服擰乾，再抖幾下穿上，過一會兒衣服就差不多乾了，就像沒有浸過水一樣。我上去後，也走到她看不到的地方，把短褲擰乾又穿上。我走回豬妹面前，望望她，又覺得她和以前沒有什麼不同，胸前也看不出有什麼異樣，只是看到她兩頰飛紅。兩人走到學校門前，豬妹叫我把布袋給她，她把自己布袋的蜆全部倒進我的布袋裡。我奇怪的問：「怎麼都給我，你不要了？」豬妹說：「等一會我先到菜地摘菜，你從你們的屋後回去，我們一起摸蜆的事，你不要跟別人說！」我正疑惑，剛轉身要走，豬妹又說：「回去你阿媽問你和誰去摸蜆，你就說跟富林他們！聽見沒有？」我嘴裡答應「是」，但是，不知道為什麼要這樣說。

以前下河裡玩或摸蜆，都是好幾個人一起去，只有我們兩人去，這是第一次，也是最後一次。

長身體長知識

終於等到學校發錄取通知書，我們四個一早就跑去學校。等了好一陣老師才來，把大家叫進教室，講完話，叫名字給每人發一封信。各人拿到信後都急不可待地打開來看，大聲說自己考上哪間中學，然後就急忙回家。也有人拿了信沒有看，或者看了不說就跑掉的。我考上南山中學，富林考上縣立中學，利廣考上學聯中學，志森考上赤崗中學，我們都很高興，回家時興奮地議論自己的學校和同學會是怎麼樣的。縣立中學、學聯中學、南山中學在縣城，赤崗中學就在赤崗鎮。過幾天，志強哥也接到通知，他從赤崗中學初中畢業，考上南山中學高中部。志雄哥已經在南山中學上高中二年級，志森的志願和我一樣也填了南山中學，可惜沒有錄取上。等我告訴豬妹時，她說利廣已經告訴她，她問我要住在學校嗎？我說是，一星期回來一次，禮拜六回來。

過兩天，阿媽給我了買一床新的單人被套，一個枕頭套，又給我做了兩身新衣服。比較麻煩的是，開學前，要拿著錄取通知書，讓阿媽幫我挑米去鎮上的糧管所，把米賣給他們，換回一張証明。到學校報到註冊時，把證明交到學校，才可以加入學校伙食團吃飯。

按通知書上規定報到的日子，我背著行李和志強哥一起去學校。學校離我們村子大約五、六公里，經過縣城，還要再走一公里多才到。一進校門，看到有新生報到處，一看是初中生的報到處，志強哥就叫我報到。報到以後，志強哥帶我到各個辦公室，註冊、登記宿舍、買飯票等等，辦好手續，便進到安排的宿舍。

宿舍裡面已經有兩個人坐在床上。志強哥問他們的名字，他們一個叫陳克忠，一個叫王立軒。志強哥指著我說：「他叫古方智，以後你們就是同學。」然後對我說：「你和他們兩個說說話，我現在去高中部報到，等一會你自己出去學校各處看看，熟悉環境，時間差不多了，就去飯堂吃飯。」等志強哥走了，我和那兩個同學說話，說了兩句就找不出話說，便一個人出來，到處看看。我們剛才進來的大門右側，是初中教室，教室後面是我們初中生的宿舍，宿舍再過去就是飯堂。從我們的教室旁邊台階上去，是一個很大的操場，操場上面的坡上還有很多房子：有大禮堂，教室，學生宿舍，圖書館，科學館等。房子周圍都是樹，讓人看了很舒服。

回到宿舍，那兩個同學已經不在，我拿起搪瓷碗去吃飯。飯堂有很多桌子，但沒有一張凳子，用臨時飯票打了飯菜，大家都是站著吃，我很不習慣。到下午快吃晚飯時，又來了三個同學，有兩個竟是我們育新小學的，一個是古建民，塘頭村人；一個是古水泉，塘背村人。我們當然以前就認識，只是不同班，很少一起玩。另外一個叫宋振國，宿舍住六個人，都是鄉下來的。

宿舍和飯堂都是老房子，中間的大廳是飯堂，兩邊是宿舍。宿舍有上下兩層樓，我們住二樓。樓上的地板是木板的，走路會吱呀吱呀響。一間宿舍擺六張床，加上兩張小桌子，已經很擠。

學校有初中，有高中。初中六個班，初一、初二、初三，都是分甲乙班。高中同樣是三個年級，有幾個班不知道。

第一天，是開學典禮。禮堂很大，差不多坐滿了人。先是黨支部書記兼校長講話，說我們學校有師生員工一千多人。校長講學校的光榮歷史，發展前景，鼓勵大家努力讀書，學好本領，將來為建設社會主義祖國服務。接著副校長、教導主任講話，會開了一個上午。下午，在教室和全班同學見面了。班主任大約四十歲左右，首先自我介紹叫張啟迪，教代數科。張老師是家鄉人，講話帶著鼻音，不過很好聽。班主任說很高興做我們的班主任，鼓勵大家要團結友愛，遵守紀律，好好學習……然後全班同學自我介紹。我們班有五十二位同學，男生三十六個，女生十六個；城裡人有差不多二十個，其他是鄉下來的。每個人自己站起來，說自己的名字，膽子大的很大聲，膽子小的小聲一點。城裡人斯文一點，我們鄉下來的說話就粗聲粗氣，可能鄉下地方大，大聲說話說慣了。有些人的名字聽得不夠清楚，會引人發笑，笑到那個人也臉紅。有一個叫「巫仕成」，我們聽成「無死成」，全班笑得一塌糊塗；又有一個叫「唐浩田」的，聽成「糖好甜」，大家又大笑。其實，我們多數是聽了名字也還不知道是哪個字，怎麼寫，因為我們掌握字的讀音和書寫的能力還差。到下課以後，我去黑板旁邊看課程表和坐位表，才知道剛才聽到的好多同學的名字的讀音。看到一個名字叫「饒養馨」的，我就想：他爸爸真是害人，安那麼多筆劃的名字，每次寫名字都把手寫酸了。到發下新課本，個個同學都高興得用手摸個不停。

第二天正式上課。小學的算術沒有了，改成代數，一樣有語文，加上政治、俄語、中國地理、植物學、美術、音樂、體育。音樂課是女老師不奇怪，奇怪的是體育課也是女老師，而且很年輕，其他是男老師。晚上要上自修課，自己看書做作業。第三天上晚自習時，張老師帶了一男一女兩個帶著紅領巾的學生來教室，跟大家介紹說：「這是我們班（少先隊）中隊的輔導員，他們是高中的大哥哥大姐姐，你們同樣要叫他們老師。」然後介紹：「這位叫葉小霞老師」，那女老師就點點頭；「這位叫李永光老師」，那男老師也點點頭。張老師走了以後，這兩位年輕老師就在教室裡慢慢地走來走去，低聲和這個那個同學講作業。城裡的同學不住校，但是多數也會來上晚自習，只有少數不來，採取自願原則。

班裡有一半多都帶著紅領巾，他們多數是城裡人。有些同學帶的紅領巾，讓我覺得奇怪，紅領巾已經很舊，不但洗得發白，尖角也已經爛了，可仍然不換新的。我問一個不是少先隊員的城裡同學，他告訴我說：「你不懂，這叫比資格！領巾越舊越爛，說明他入隊時間越長，資格越老，帶新領巾的都是才入隊的新隊員。」我聽了不是很理解，我想起富林的紅領巾，他每天一出校門，就把紅領巾解下來仔細摺好，放進書包裡，那領巾帶了兩年，還是像新的一樣。

不到一個星期，我們住校的就混得很熟了，城裡的同學，一放學就回家，熟悉得慢。

原來學生有兩種吃飯方式：一種是把糧食轉到學校，初中生每月交廿五斤，高中生交三十斤，每個月交三元伙食費，在飯堂吃。另一種是學生自帶米糧和鹹菜，學校幫學生蒸飯。每天早中晚，自己在飯缽裡放好米，擺在指定的地方，專職大師傅用大飯甑蒸熟，再擺出來，各人把飯抬回宿舍吃。那時候的三元不是一個小數目，特別是家在農村的學生。我們房間六個人，王立軒、陳克忠、古水泉和我，四個人在飯堂吃。古建民和宋振忠，是自己帶鹹菜，學校蒸飯吃。

城裡的同學都回家吃，也有幾個同學時不時在學校蒸中午飯，但是，他們不會帶菜，學校門前有好幾家小吃店和小商店，他們在小吃店買現炒的菜，最便宜的素菜五分錢，加幾片肉就要一角至一角五，如果單買豬肉、雞肉或魚，就講價錢，賣到四五角錢的都有。

吃學校辦的伙食，八人一桌，一日三餐，兩菜一湯，中晚餐其中一樣菜裡會有點肉，每星期會吃一次魚、或蛋、或豆腐。每個月還會有兩次一碗大葷菜。這對我來說，已經是天天都在過年了。第一天吃飯時，我按牆上貼著的桌號找到自己的名字，同桌的都是比我高班的學生，還有兩個女同學，大概也是高中的。我從來沒有和這麼多不認識的人一起吃過飯，有點不好意思。他們看見我不好意思挾菜，就幫我挾，叫我不要害羞。

到禮拜六下午，志強哥約我一起回家。吃飯時，阿媽問長問短，有些話問了又問，問得最多的都是吃飯睡覺的事。我告訴她每天都有肉吃，她還不大相信。晚上，她看了我帶回來的髒衣服，說明天買塊肥皂，自己學會洗衣服好不好？我答應說好。第二天起得很遲，因為以前在家可以早早睡覺，在學校要十點半以後熄燈了才可以睡覺，第二天六點半又開燈起床，洗臉刷牙上早操，吃早飯，上早自習，然後上四節課，真的覺得很緊張。吃了中午飯，去志強哥家和志森說話，各人說自己學校、自己班同學的情況。赤崗中學的學生都是鎮附近的鄉村的，沒有住校生。在家提早吃過晚飯，又和志強哥一起回學校去。

有一天，晚自習才上到一半，突然電燈熄了，輔導老師叫我們回宿舍去，在宿舍裡休息一下準備睡覺。晚自習的輔導老師，除了教我們各科的科任老師，就是那兩個高中生輔導員。來輔導做功課的老師不固定，科任老師一般是第二天有他的課才會來，看看上一節課佈置的作業，同學們完成了沒有，有哪個同學不會做，就可以及時輔導。李老師和葉老師更不固定，來的時間也不長，因為他們自己還有功課和作業要做。他們進來看見有其他老師在，或沒有人問功課，轉一下就回自己的教室去了。如果有人問他們，不管功課還是其它事，他們都會幫我們解決，或向其他老師反映。我們這些鄉下來的學生，就很喜歡找他們說些功課以外的事，特別是那些女生喜歡找葉老師。

回到宿舍，同樣沒有燈，覺得無聊。古建民說：「我們去游水好不好？」我們三個姓古的，一到夏天，除了刮大風下大雨，不是去河裡，就是在門口的池塘游水兼洗澡。來學校兩個禮拜，都沒有游過水，所以，一聽到古建民這麼說，我和古水泉一下跳起來說：「走吧！」把學校宣佈過不准私自到河裡游水的規定拋到九霄雲外去了。陳克忠回來後又出去了，宋振國說不會游水。我們三個，加上王立軒，很快出了宿舍，向河邊走去。那條河就是我們村子後面流下來的河，我們在上游，學校在下游。河離學校也就兩三百米，我們連跑帶跳，幾分鐘就到了。四個人邊跑下河邊脫掉衣服，在沙灘脫掉褲子，就衝進河裡。這是我們熟悉的河，今年的雨水不多不少，只要不去到主流，水流不深也不急，我們就在淺水地方游起來。

正當我們幾個在河裡興高采烈地游來游去，互相用手掌向人身上擊水玩，突然聽到河岸邊傳來大聲的吆喝：「古建民、古方智、王立軒、古水泉，你們幾個給我馬上上來！聽到沒有！」我們一聽是葉老師的聲音，都嚇了一跳，幾個蹲在水裡，緊張地商量說：「怎麼辦？趕緊回去吧！」說完就往沙灘上走。才走到淺水地方，朦朧的月光下看到葉老師白色的裙子，四個人「哇」的一聲，又撲回水裡，因為我們幾個都光著屁股。本來，我們都有穿底褲，想著現在是晚上，沒有人，而且，我們光著身子游水也還是不久前的事，所以，剛才都脫得精光下了水。葉老師一看我們又回到水裡，就很生氣地說：「我命令你們立即上來，不然我報告學校處分你們。」聽到處分，我們都很害怕，古建民就說：「古方智，你說，我們沒有穿褲子！」我說：「要說大家一起說。」於是，我們就一起說：「葉老師，我們沒有穿褲子！」靜了一下，聽見葉老師說：「這些小鬼，現在我先上去，你們馬上上來，穿好衣服回學校！」等葉老師一上到河岸，我們就飛快跑上沙灘，穿好衣服，低著頭走到岸上。一走過葉老師的身邊，就飛也似的跑回宿舍。第二天，我們幾個心神不定，等著班主任張老師，或是學校教導主任來找我們談話，猜想會怎樣處分我們。一直到下午上完課都沒有老師找我們，古建民說：「沒事沒事，游一會水罷了，又不是什麼大事。」

吃過晚飯，到上晚自習這段時間，是我們最好玩的時候。幾個人剛要出去，葉老師進來了，我們退回宿舍坐在床上，一個都不說話。

葉老師坐下來先問宋振國：「宋振國，昨晚上你怎麼不去游水？」

宋振國說：「我不會游水。」

葉老師說：「原來是旱鴨子！」又問：「陳克忠呢？」

陳克忠說：「我剛出去，回來他們已經走了。」

聽見葉老師沒有一來就講要紀律處分的事，我們鬆了一口氣。

葉老師問我們：「你們幾個都很會游水是不是？」古水泉爭著說，我們村子後面是河，屋門前又有池塘，幾個村子之間，還有一個很大的水塘，我們三個村子裡的人，多數都從小就會游水，連很多女孩子都會！

葉老師問：「那麼多人游水，有沒有淹死過人？」

我們三個都說：「那當然有啦，年年都會有人淹死，大人小孩都有。」

「那些淹死的是不是不會游水的人呢？」

「當然不是！除非是才幾歲的小娃娃掉進池塘淹死，那些在河裡淹死的都是很會游水的人。有些是去捉魚，有些是發大水時去撈水裡漂下來的東西，也有的是去游水時腳抽筋淹死的。」

「你們幾個也可能很會游水，那不是也有可能會淹死嗎？」

這下問得我們四個面面相覷，不知怎麼回答。

葉老師說：「會游水是好事，但是，不講規矩，隨便去游水，就很危險！很危險！河裡有沒有漩渦？有沒有急流？水底下有沒有樹枝？或者像你們剛才說的，手腳會不會抽筋？單你們幾個小鬼，又是晚上，出什麼事叫救命都沒有人應！要是真出了事，你們的爸媽會有多傷心？學校怎麼向你們的父母交代？你們想過沒有？」我們幾個聽得毛骨悚然，大氣不敢出。

葉老師又問：「開學時，王（教導）主任宣佈了學校紀律，張老師在班會上重申時，特別提到不准私自去河裡游水，忘記了嗎？」我們還是不敢出聲，你望我，我望你。看見我們都不出聲，葉老師問：「是不是怕我告訴張老師，學校會處罰你們？」我們四個小聲說：「是！」

「學校制定校規，不是為了處罰學生，而是為了不要處罰學生。有了校規，提醒大家都不要去違反紀律，不是就沒有人受處罰了嗎？我說兩條，你們能保證做到嗎？」

我們說：「能！」

「第一條、以後做什麼事情都想一想：有違反紀律的事，特別是有危險的事，一定不能做，能做到嗎？」

我們四個齊聲說：「能做到！」

「第二條、」葉老師還沒有說出來，卻自己小聲笑起來，然後又一本正經地說：「都中學生了，還不穿褲子游水，不害羞，也不講衛生，以後天天都要穿底褲，知道嗎？」

我們三個害羞的說：「知道了。」看見古水泉不哼聲，葉老師問他：「古水泉呢？」古水泉說：「我阿媽只給我做了一條底褲，洗了的時候就不穿。」葉老師和我們都笑起來，笑過以後，葉老師對古水泉說：「回去叫你阿媽再給你做兩條，不過不要說是葉老師說的，好不好？」

葉老師走了以後，古水泉就說葉老師是好人。在我們那個年齡，說別人是個好人，那是最大的肯定。我從懂事開始，阿媽手裡的竹鞭，上古里學校以後，老師的籐條和戒尺，都給我留下深刻的印象。做錯事受處罰是正常的，但是，定了規則不是為了處罰人！而是為了不要處罰人！我還是第一次聽到這樣的話。

初中的科目雖然多，最初並不覺得難學。語文就是課文比小學的長，練習比小學多，代數是好多運算的數目字會用英文字來代替。

我反而不像小學讀書時對所有科目都有興趣。

《植物學》厚厚的一本，上了幾堂課以後，講孢子植物，老師拿來的植物，就是我們屋後竹子下面長的野菌子；講蕨類植物，拿出來的，又是阿媽他們上山砍柴時採來的蕨菜，我覺得這些東西當農民的都知道，何必費精神去學。不過，學到種子植物，講光合作用，我又有了興趣。

我喜歡地理課，才拿到課本，馬上去找廣東省的「仁化」，找了好久才找到。等翻完課本，才知道我們國家那麼大：竟然有三十多個省，有幾萬萬人，還有豐富的物產和資源。

剛看到俄語課本時，我很感興趣，巴不得趕快聽老師講課。剛解放不久，什麼都學蘇聯老大哥。有一次在志強哥家看雜誌，看見上面有一句話：「良師益友是蘇聯」，寫得歪歪斜斜的。志強哥說那是草書，是毛主席寫的。可惜，俄語課才上了兩個星期，我就對它失去興趣。老師先教俄語發音，不知道蘇聯人說話怎麼會有彈舌頭這樣的音。可能我的舌頭太厚，怎麼也捲不起來，不會彈出聲音。老師教我含一口水昂起頭練，我不知吞進去多少口水也毫無功效，最後，只好灰心喪氣地放棄。我對蘇聯的印象本來好的，想不到這個「良師益友」的話那麼難學。最後，自我安慰：反正以後我也不會和蘇聯人打交道，學不會就算了。

政治課本是《社會發展史》，要下學期才上。上學期先學一本薄薄的叫《共產主義品德教育》的書。課文主要是講「五愛」：愛祖國、愛人民、愛勞動、愛學習、愛護公共財物，講如何做一個好學生，成為共產主義接班人。這一課由班主任張老師上，平時上課和學完以後，都不用考試，只是結合班會，開展各種活動。

有一天開主題班會，由張老師給我們讀一篇語文老師還沒有教的語文課，題目叫《我要讀書》，張老師先介紹說，寫這篇文章的作者叫高玉寶，原來是個文盲。高玉寶小時候家裡窮，讀不起書，後來當了解放軍，自學文化，寫出了這篇文章。張老師讀得聲情並茂，淚流滿面，引得全班很多同學也哭，吸鼻子，抹眼淚。城裡的同學哭的沒有那麼多，可能他們大部分不像高玉寶那麼窮，所以引不起他們的共鳴。讀完課文後，張老師鼓勵我們要珍惜機會，用功讀書。最後，佈置題目分組討論，要求每個人都發言。小組發言後，又推舉出講得好的，下次班會全班發言。小組會上，我第一次面對十幾個人，正正經經地說話，說得結結巴巴，臉上發燒，滿臉通紅。看到有些同學說得很流利，讓我很佩服。

在宿舍裡閒談時，古建民說過他家裡也很窮，到七歲都沒有上學。我們問他：不是有村小嗎？他說村小也要交米，交菜，而且，他穿的衣服很破爛，不好意思去上學。開完班會後回到宿舍，宋振國說他：「古建民，你應該在全班發言，把你家的故事講出來，一定會很感動人。」古建民說：「高玉寶離我們很遠，他的故事寫在書上，張老師讀出來，當然感動人。我當著全班同學的面，說我到五六歲了還窮得沒有褲子穿，光著屁股到處跑，還不把大家的牙都笑掉！」又說：「剛來學校時，我就講過我家裡很窮，也不見你們感動。」

宿舍裡六個人，王立軒和我，爸爸在印尼做生意，會寄錢回來。其他四個人，也都說有親戚在南洋，古建民說，他有個大伯，一去印尼就杳無音訊了，另外三個，親戚有沒有寄信或寄錢，沒有人說。

有一天下午下課以後，班長李國英找我談話，把我嚇一跳，以為自己做錯了什麼。李國英既是班長，又是少年先鋒隊中隊長，班裡的很多事都是他管。他平時很少和我們一起玩，好像很嚴肅的樣子。他不住校，又不是城裡人，是城邊上農村的。我跟他走到操場上，他先問我哪個學校考來的，是哪個村子的人，然後就問我為什麼不加入少先隊？我一下子不知道怎麼說，便簡單回答我不夠資格。過了幾天，張老師找我談話，我想，可能也是談加入少先隊的事。張老師果然在問了學習情況和生活上習慣了沒有等問題後，便問我為什麼沒有加入少先隊？看著張老師那麼親切的樣子，我才把以前的想法都講出來。

張老師說：「你以前就有入隊的要求，這是要求進步的表現。至於因為家庭成分和同學之間打架引起的想法，都是不正確的。紅領巾作為一種標誌，有它的象徵意義。更重要的，是要認識少先隊的先進性和帶頭作用，你要創造條件，爭取早日加入。我們班要在明年上半年爭取實現紅領巾班。」聽了張老師的話，我有了一個奮鬥目標，讀書比以前用功，也更加聽話。

有一天上街買作業本時，看見櫃檯上有各種顏色的橡筋，已經紮好的，一角錢一小綑。我順便買了一綑，準備送給豬妹。我看見班上很多女生都用橡筋紮頭髮，上體育課時，她們怎麼跑步跳繩都不會甩。以前豬妹用毛線紮頭髮，經常玩著玩著毛線又甩掉，頭髮散開，要等她重新紮好才能再玩，覺得很麻煩。

星期六下午，我回到家以後，去找豬妹，順便也找利廣。走到下屋池塘邊，見到利廣，便站在那裡說話。學聯中學只有初中部，沒有高中部，所以叫初級中學。利廣說他們一個年級有六個班，全校學生也是有上千人。因為都是初中生，而且女生很多，他覺得很吵鬧。上課、下課、吃飯、睡覺，都像天快黑時，飛回樹上的鳥一樣，吵得不得了。講起功課，就差不多一樣。不過，他們老師佈置的作業沒有我們那麼多，他們也沒有高中的學生來當輔導員和輔導功課。我問他有沒有見到富林？他們的學校和縣立中學都在市內，離得比較近。他說見過一次，富林有時會到理髮店去，住在他爸爸那裡。利廣說：「富林以後會變成城裡人。」說完好像有點羨慕的樣子。講了一陣，我就進去找豬妹。豬妹見到我，從桌子上拿著一個小紙包出來，兩個人坐在大門口的門檻上說話。我們鄉下的屋，大門平時很少人用來出入，都是走兩邊的小門。坐下來，豬妹也是先問學校的情況，她打開那紙包，裡面是炒黃豆，兩人邊吃邊說話。一會兒，我從口袋裡拿出橡筋給她。

她一看高興地說：「那麼好看！你怎麼會想起給我買橡筋！」

我說：「才一角錢！那天我看見坐在前面的女同學用橡筋紮頭髮，你以前用毛線紮，一直甩掉。」

豬妹一聽，撇撇嘴說：「你怎麼要去看人家的頭髮？」

我說：「又不是專門去看，她坐在我前面，我看黑板就會看到她的頭。」

豬妹不說話，拿起橡筋紮頭髮，紮好以後，搖搖頭，把頭髮甩來甩去，然後把背對著我問：「好看嗎？」

我以前沒有認真看過豬妹的頭髮。我座位前面那個女同學的頭髮，和豬妹的差不多一樣長，也是分開紮在兩邊，彎在耳朵後面。我認真地看了看，覺得豬妹的頭髮比那女同學的黑，也比較濃，從耳朵兩側垂下來，很好看，就說：「好看！」

豬妹卻說：「騙人！」搞得我不知說什麼好，索性就不說話了。聽不見我說話，豬妹說：「生氣了？以後不要給我買東西，你自己又沒有錢！」

「又不是很多錢！你現在在做什麼？」我問。

「會做什麼？還不是做那些，煮飯，洗衣服，到田地和大人一起幹活，我現在幹活像大人一樣，已經不當我是小孩，除非挑大糞桶那樣的重活不讓我幹。」

我注意到，豬妹的穿著打扮已經改了，不像以前那種短衣短褲，穿的是長得快到腳面的長褲，上身是右邊腋下扣衣扣，長袖子的右襟衫。

一會兒，豬妹問：「你和那些同學處得好嗎？城裡人會欺負人嗎？」

「只是上課在一起，又不是住在一起，不覺得會欺負人，只是他們有些習慣和我們不一樣。小學時，我們拿同學的鉛筆用，隨便就拿了，城裡人就會先問：『請問借你的筆用一下好嗎！』特別是女的，嗲聲嗲氣的。」

「人家那是斯文，哪像你們！」

我告訴她我們宿舍四個人去游水的事，豬妹說：「你們膽子也太大了！以後還敢去，我都不會理你了！」我說：「那還敢去！學校有校規的，我們都不想犯校規。」黃豆吃完了，又一直說話，到她阿媽不知道喊她做什麼，我才回家。

不久，我們幾個都加入了少先隊，可惜古建民和另外兩個同學沒有加入。我買了一條紅領巾，入隊那天老隊員給我繫在脖子上。以前聽別人唱隊歌不怎麼覺得，現在自己站在隊旗下，舉起右手說出：時刻準備著……唱起：我們是共產主義的接班人……感到非常激動，好像身上有了一股力量。而且，以後每次集合唱起隊歌，都會有這樣感覺。我的紅領巾真的是太新了，所以，進城的時候很不帶，怕人看見說，這人那麼大了才加入少先隊。我們學校的少先隊大隊，有三個中隊：我們初一甲班是第一中隊，初一乙班是第二中隊，初二的兩個班合成一個中隊。初二的同學有些已經加入了青年團，有些年齡大了的，離開了少先隊組織。我們的班主任張老師，是大隊總輔導員，其他的輔導員還有初一乙班班主任王老師，和那些高中學生。

不久，少先隊組織夏令營活動，一次是追蹤行軍活動，一次是篝火晚會和露營。其它以少先隊名義舉行的小型活動很多。這些都是學習蘇聯的少先隊活動方式舉行的，我覺得，比起小時候捉沙蟲、土狗、賭圓石來，好玩得多，也有意義得多。

初中班的學生，組織過幾次到河裡游泳。游泳由體育老師組織，自由報名，游泳時男女分別進行。老師先在河裡用掛有小三角旗的繩子拉出一個範圍，規定所有人都不准游出去。我和古水泉、古建明三個每次都參加，到了河邊，一聽完老師的交代，就衝到河裡「如魚得水」，急不可待地游起來，一下潛水，一下戲水。有一次游泳，李永光老師沒有來，葉小霞老師來了。村子裡有些女孩子會游水不奇怪，但那是小時候，像葉老師那麼大的女生游水，我們還沒有見過，所以，覺得新奇。葉老師最初在教兩個同學游水，後來，她自己游起來，一下把我們三個看呆了。原來她游水跟我們游得不一樣：在水裡像條魚，像隻青蛙，不但姿勢很好看，而且，游得飛快。古水泉看得嘴巴張大到能塞進一粒雞蛋。

等葉老師停下來，我們游過去問她：「原來葉老師游水那麼厲害，是誰教你的？」

葉老師就問：「你們會游水是誰教你們的？」

我們說：「在家看見大人游，跟著就學會了！」

葉老師說：「要叫我說，你們是跟小狗學的。你們游的叫狗爬式，那不是游水，是在水裡用兩爪兩腳爬。」說得我們都不好意思。但她對我們的潛水表示讚賞，可以潛好長時間，潛到好遠。其實，那是因為順水的緣故，在池塘裡我們潛游不到那麼遠。

葉老師說：「可惜學校沒有條件組織游泳隊，要縣體委才有。我參加過縣裡組織的中學生游泳集訓隊。如果你們喜歡游水，以後爭取去報名參加。」

我和班裡的同學相處得很好，我雖然也貪玩，但比較喜歡看書。育新小學有間閱覽室，課外活動時間開放，我經常會看到關門才回家。那些新連環畫，講解放戰爭、土改、大生產運動、抗美援朝的故事。上了中學，有時候上街理髮買文具什麼的，剩下的零用錢，不會買吃的，買連環畫。我和班上同學會互相借來看，因此和一些同學結起人緣。有一次郭子奇叫我去他家裡玩，到他家後，他把連環畫拿出來給我看，我驚奇得叫起來：原來他有那麼多的書。一本一本的連環畫有幾大箱子不說，還有幾十張大張彩色連環畫，全都沒有剪開。有：彭公案、濟公傳、萬花樓、說唐、說岳、七俠五義、三俠五義……很多我都沒有看過，這種連環畫是以前出版的，現在已經不出了。我沒借那大張沒有剪開的，借了幾綑剪開按順序捆好的，另外揀了四本新連環畫，其中有一本就是《高玉寶》、一本是《新兒女英雄傳》。那些火柴盒大小的連環畫，我們在育新小學時玩過，但都是不全的，因為那不是用來看，是用來賭：在地上劃一條線，兩人或幾人站在一起，把畫片用手指夾住甩出去，那個飛得遠那個贏。郭子奇的很整齊，我可以看故事，那些故事多半是講劍俠的，專門殺壞人，有故事情節，所以吸引人。他那條街還有幾個同班同學，但是，他說從來沒有去過別人家裡，我覺得奇怪，如果村子裡上下屋的人沒有來往，那可能是有仇的。

有一個星期六，我和志強哥一起回家，一起走的還有一個他們高中同學，是塘頭村人。他們一路走，一路講話，我一邊走一邊拿出郭子奇的畫片來看。到那個同學分路走了，只剩我和志強哥時，他問我看什麼東西？我把畫片拿給他看。他看了一下就說，這是小時候看的，有些故事內容也不好，下個禮拜我帶你去圖書館辦一張圖書證，你就可以借書，我介紹幾本書給你看。

圖書館我自己去過幾次，一樓有一間閱覽室，裡面有報紙雜誌，給人坐著看書看報。我兩次去都看到坐滿人，多數是高中的同學。樓上是借書的地方，有兩個管圖書借還的老師。最初沒有想到自己可以辦一張圖書證，用來借書。到下個禮拜二下午課外活動時，志強哥找到我，一起去圖書館辦圖書證。拿出學生證給老師看了後，叫我填寫表格，老師看了表格沒有填錯，便蓋上章，發給我一張對摺起來像學生證一樣大小的借書證。老師說：你第一次借書之前，先仔細閱讀證上面的規定。志強哥帶我去看旁邊的圖書目錄，那是幾個櫃子，裡面有許多小抽屜，裝滿介紹每本圖書的小卡片。志強哥說：「想看什麼書，以後你自己來找，我們先去借一本，你學會辦借書手續，以後就可以自己來借了。」我問：「有沒有講岳飛的書？」志強哥說：「有」，叫我去填了張借書單，填的書名是《說岳全傳》。把借書單交給老師後，一會兒老師就從裡面拿出一本《說岳全傳》給我。出來後，志強哥叫我先看看還書日期，叫我不要過期。不到一個星期，我就把《說岳全傳》看完了。這是我看的第一本長篇小說。這以後，我不再跟郭子奇借連環畫，覺得連環畫下面的幾行字，說得太簡單。

有一段時間，我喜歡借童話故事。《稻草人》，《賣火柴的女孩》……看過十多本，都是外國的，到後來沒有興趣看了。我也會經常去閱覽室看雜誌，看《地理雜誌》，看那些沒有到過的地方的照片和介紹。我很喜歡看《蘇聯畫報》，那畫報的彩色印得很漂亮，看看那些高鼻子藍眼睛的蘇聯人，反正不和他們說話。後來看《科學雜誌》，到後來就什麼都翻一翻。

有一天，我約古水泉去洗澡，他身上實在是太髒了。宿舍裡，我們四個同歲，宋振國和古建民比我們大一歲。六個人，古水泉長得最矮，有點黑瘦，給人沒有長大的感覺，不知道是哪個同學給他起的花名（綽號）叫他古頑。這花名很合他的性格，他除上課，做作業不算懶以外，做其它什麼事都懶，連洗澡也懶，每次都要我們催他。我們平時洗澡在大河邊的水渠洗，那水渠是學校旁邊的村子早年修建的，把水從河的上游引下來，灌溉學校後面那一大片水田。因為水渠離公路不遠，經常有人路過，所以，只有我們這些初一的學生會去洗澡，高班的同學不會去。學校裡有洗澡房，要自己從水池裡舀水裝進木桶，提進浴室去洗。冬天要先煮熱水，先提冷水舀進大鐵鍋裡燒熱，再舀進木桶提進浴室去洗。那幾天天氣已經開始冷，我和古水泉用木桶裝好水，有兩個高中生幫我們把水提來倒進鍋裡。等水熱了，我們把水舀出來，又有兩個高中生幫我們把水提進浴室去。洗好澡，我們會順便把底衫褲洗好，回來晾在宿舍門口的鐵絲上。

我們兩個洗好澡回宿舍，剛走到門口，就看見古建民和王立軒在打架，宋振國一個人拉不開，陳克忠又不在。我和古水泉趕緊衝進去幫著把兩人分開來，他兩個還在互相指責。我一聽，原來是王立軒覺得他的魚肝油丸少了，去問古建民，古建民認為王立軒懷疑他偷，便很生氣，兩人吵著吵著就動起手來。幸好兩人都還有點覺悟，沒有出力打。

開學安排好宿舍後，張老師和管宿舍的學生舍長，到每個宿舍選室長。因為是剛來的新生，大家都不認識，我不知道他們幾個和張老師怎麼會看上我，把我選為室長。整個初中男生宿舍的舍長是一個初三班的學生。宿舍的各種守則貼在門後面：團結友愛，互相幫助，不吵架，不打架，這是守則第一條。

這時，上晚自習的鈴聲響了，我們都趕緊去上晚自習。到了教室，我面對著課本，一直在想著剛才打架的事。我們宿舍六個人，我們三個姓古的以前同過學，比較知道脾氣。宋振國可能在家裡做事做慣了，樣樣都很勤快，宿舍輪流值日打掃，古水泉有時偷懶不想幹，宋振國會幫他打掃。陳克忠是一個只顧讀書的人，經常一個人在教室或在校園樹底下坐著看書。王立軒是個斯文人，家裡比較富裕，讀書很用功。

至於說，有誰會偷東西，那不可能。平時我們從家裡回到學校，各人帶點吃的東西，拿出來叫大家吃，大家都只會拿一點點嚐嚐，不會貪心。而且，六個人的東西都公開，誰有什麼大家都知道。有時要借誰的東西用，只要說一聲，沒有不肯的。這魚肝油丸，我們宿舍只有王立軒有。王立軒家離學校比較遠，不是每星期都會回家，我們一走，就只有他一個人在宿舍。他爸爸在印尼，他和一個姐姐，一個弟弟，跟媽媽一起在鄉下。聽他說，他爸爸回鄉的次數比較多，那魚肝油丸是他爸爸帶回來的，他媽媽叫他帶來補身體。有時中午飯後，有時晚飯後，他會吃一粒。開學不久，他第一次拿出來給大家看時，還問誰要不要試一試，結果一個也不要試，宋振國還說他，那麼小就補身體，老了怎麼辦！當時我還覺的說得有道理，因為那種油丸和高麗蔘，我也見過，是老人家吃的。我覺得，我們幾個不應該會有誰去偷來吃。

東想西想，一會兒就下課了。剛走出教室門，古水泉就拖住我的手，說有話和我說。我兩個有意落在後面，到沒有人時，古水泉就顯得很害怕地對我說：

「古方智，王立軒的魚肝油丸是我拿的，但我不是偷！」

我一聽不禁生氣地說：「你找死呀！去偷人家的東西！」

「我都說了，不是偷！」

「你悄悄地拿人家的東西吃，不是偷是什麼？」

「唉！我看見王立軒天天吃，以為有多好的味道，就拿出一顆來試試，誰知，放進嘴裡一咬，那味道比死魚還要腥，我一下就吐出來。誰想到會弄出大事來！」

「那你說怎麼辦？」

「我不就是要你幫我想辦法嗎？他們兩個知道了，會不會一齊來打我？」

古水泉一邊用兩支手拍兩邊的大腿，一邊說：「怎麼辦？怎麼辦？」

我想了想，說：「現在回到宿舍，你先向他們兩個承認錯誤，向他們道歉。讓他們明白事情的真相，不再誤會。至於以後怎樣，明天再說！」

古水泉一直說：「古方智，古室長，你要幫幫我，叫他們不要發脾氣好不好！先不要告訴張老師好不好！要是開除了怎麼辦？」一直說個不停。

回到宿舍，還沒有到熄燈時間，除陳克忠已經上床，其他都還在摸這樣，摸那樣，不像平時有說有笑，特別是古建民，還在氣鼓鼓的。

我說：「大家聽我說一下，今天下午打架的事，其實是一場誤會，這事讓古水泉說說，而且，他要向王立軒和古建民道歉，說聲對不起。」

古水泉一下子跳上床，兩腿一跪，坐在腿上面，向古建民和王立軒抱拳一面打躬一面說：「兩位同學，我對不住你們，請你們原諒我！王立軒的油丸是我拿的，冤枉了古建民，害得你們兩個打架。要打要殺由你們，但是打輕點。請你們不要告訴張老師，要是給學校開除，我就活不成了！」

我們看見他那小丑樣子，都忍不住笑起來。古水泉看見古建民和王立軒也笑了，就一下坐起來，問：「是不是不告我了？」

古建民說：「有那麼好的事，等回家時再和你算帳！」

王立軒問：「你為什麼要偷我的油丸吃？」

古水泉用手指著天說：「我對天發誓，真的不是偷！我看你天天吃，以為有多好吃，才拿了一粒，一咬，滿嘴都是油，比死魚還臭，真難為你還天天吃。」

「笨蛋！誰叫你咬破，要整顆吞進去。」

「你為什麼不早說？」

「真拿你沒辦法，你又沒有告訴我你要偷吃！」

「王立軒，我求下你好不好，我真的不是偷，就是想試一粒，等你回來再告訴你。」

聽到古水泉說才吃了一粒，王立軒又有點生氣說：「你根本就不止吃了一粒！」

古水泉說：「你怎麼知道？你的油丸是數著吃的？」

王立軒說：「我中午吃的時候，瓶子裡才剩下十幾粒，一下少了四五粒，當然知道！其實，我不是在乎幾粒油丸，我是怕你一次吃多了拉肚子！」

古水泉恍然大悟地說：「真該死！我忘記說了，還掉在地下好幾顆，我看已經弄髒，便扔掉了。」說完看看王立軒好像還在生氣，便又說：「我真是罪大惡極，該千刀萬剮，王立軒，你千萬不要再生氣，不然我活不成了。」

一直躺在床上不出聲的陳克忠突然說：「古水泉真笨！連偷東西都不會偷！你一天偷一粒，立軒不就不會發覺了。」

王立軒說：「好啦！好啦！就不算你偷了。」

古水泉高興地說：「不告訴張老師啦！」

陳克忠說：「那是室長的事！他有這個權力！」

我大聲宣布：「睡覺！」

第二天去上課時，陳克忠對我說：「室長同學，如果你答應不把事情告訴張老師，就不能說，你以後不要當特務，專門向老師告密。」

過了幾天，少先隊小隊長找我談心，要我匯報思想時，我講了處理宿舍打架的事，小隊長表揚我，說我思想有進步，還說要向中隊反應，認為我有一定的工作能力。我入隊以後，組織要求隊員要不定期的向組織匯報思想，就是向小隊長或中隊長談心。有一次，張老師召集小隊長和室長的思想匯報會，張老師講到我們宿舍四個人下河游水的事，我很吃驚。葉小霞老師不是答應我們不告訴張老師嗎？張老師怎麼會知道？我也曾把宿舍架的事告訴小隊長，這些是不是像陳克忠說的告密呢？張老師看到我的表情很不自然，就問我是不是有什麼事想說，我就把這些想法講出來。張老師教育我說：作為少先隊員，要向組織忠誠坦白，不應該有什麼私人的秘密，所以，我們時時要求隊員向組織交心。至於把你知道的別人的思想、表現等等告訴組織，是為了幫助同學進步，又不是做壞事，更不能說成是當特務告密。張老師還在小隊長和室長面前表揚我說，不管有什麼想法都應該及時向組織講出來，得到及時幫助。像古方智這樣就是一種要求進步的表現。

一個學期結束了，考完試就放寒假，過春節。

上中學以後，校長或其他老師，在學校師生大會上，包括張老師的班會和政治課，都會結合當前形勢，宣傳黨的各種方針政策，要求學生回家向家長作宣傳。

回到家裡，有次吃過晚飯後，阿媽跟我說起發布票的事，慶幸去年我上學時買了棉被套、枕頭套，做了衣服，不然，現在買布要用布票就不夠做了。我就乘機向她宣傳國家執行計劃經濟的道理。我說：「學校裡老師宣傳統購統銷政策時說，就是一個幾個人吃飯的小家，過日子也要有計劃，田裡、地裡種什麼莊稼，每樣種多少，怎麼種；收成以後賣多少，留多少，吃多少，都要有個計劃，不然就要餓肚子。」阿媽說：「是這個道理，所以說，『吃不窮，穿不窮，不會打算一世窮』」。我見阿媽理解，很高興，便接著講，以後要農業合作化，走集體化道路，像蘇聯那樣辦集體農莊。「蘇聯的今天就是我們的明天」。蘇聯人民現在的生活不知有多好：吃麵包，喝牛奶，住的房子是：「樓上樓下，電燈電話」、「點燈不用油，煮飯不用柴，耕田不用牛，水往高處流。」這些是我從《蘇聯畫報》和標語口號上看來的。

阿媽說：「電燈電話現在城裡都有了，水往高處流不是有抽水機嗎？耕田不用牛用什麼？」

「用拖拉機，不要說耕田，連收割都用『康拜因』。」

「怎麼自己不收？要叫『崗背人』來收穀子？」

「不是『崗背人』，是『康拜因』，那是俄文，中文名叫『大型聯合收割機』，那機器有房間那麼大，人坐在上面，穿得乾乾淨淨，還穿著長筒皮鞋。機器一開過去，糧食就打出來了。」我這句話有意矇了阿媽一下，因為我在畫報上看到的是收麥子，沒有看到過收稻穀的，所以用「糧食」這個詞。

阿媽想了想，說：「你說機器有房間那麼大，我們的田那麼小，怎麼用得成？」

我們村子也確實很難找出一塊大點的田，我又沒有看過東北華北的大平原，一時不知道怎麼回答阿媽，就說：「反正人家集體農莊的蘇聯人民，生活過得很幸福！」

阿媽說：「是啦，是啦，想不到方智才上了半年中學，就懂得那麼多東西，阿媽很高興。」

我說：「老師天天都教育我們，我們讀書，不是為自己，不像從前，為了自己出南洋做生意。我們讀書是為祖國，為人民，『我們是共產主義的接班人！』」

阿媽不知道是讚揚還是笑話我，說：「好啦，方智讀了書，將來要做大事！那就更要好好讀書。」

今年春節不像以前那麼閒。單幹戶時，節前已經很少有人出門幹活，都在忙家裡的事。現在是互助組，村裡的有些工作安排，會牽涉到各家各戶，所以，顯得比過去忙。

出到門口，看到先隆伯和阿松伯母在石路上站著，正在說互助組的事。改成常年互助組以後，阿松伯母一直跟農會說，她沒有多少種田的經驗，當不好這個組長，推薦先隆伯當，新興叔來做了多次工作，先隆伯還是不肯當，只是答應互助組裡有關生產安排方面的事，他可以幫阿松伯母和洪昌叔母出出主意，有些農田技術上的活，要他幹的他自然不會推諉。

晚稻收割以後，可以在稻田裡多種一次短季作物，增加收入，人力不足的可以互助，所以，今年種作物的比往年多。冬季作物主要是種做鹹菜乾的大青菜和冬小麥，有幾家人會種蠶豆。冬季作物不會種得多，種多了人太辛苦，田也被過度奪去肥料，影響明年的水稻產量。到了年尾，各家還要考慮明年的生產安排。互助組，田地是各家各戶的，但灌水要統一，耕牛和大農具也要互通有無，所以要事先和各家打招呼，作出安排。我聽見先隆伯跟阿松伯母說，要叫養牛的家庭注意寒冬到來時，煮一些豆尾水（不飽滿的黃豆稱為豆尾）和碎米粥給牛吃，把牛養肥，明年才有力氣耕田。我不禁想起分給阿松伯母家的牛，富林沒有回來，已經好久沒有見到他。

我正想回家找什麼事做，見發森伯從石路上走回家。他一見到先隆伯和阿松伯母，就大聲說：「還人民政府呢！用錢買布做衣服，還要收布票，那票少一寸兩寸都不行。這衣服又不比豬肉，吃到肚子裡去。鄉下人，一到天熱時，只穿一條短褲，你給他多穿他都不穿，又不是要上西天了，多穿幾身衣服走，你說是不是？阿先隆。」先隆伯說：「發森哥，一身衣服不知要穿多少年？穿得了多少，不要生氣，回去養養精神，我先進去了。」說罷回家了。

發森伯佩服先隆伯，因為他會種田，以前，兩人比較說得起來。自從這兩年發森伯牢騷越來越多以後，先隆伯怕和他說得多招是惹非。

發森伯也轉身要走，他不會和互助組長說這些有關政策方面的事。才走出兩步，卻見葉子青走過來，他又來了精神。等葉子青一走近，就跟他說：「大會計，你看政府多好哇，買肉要票，買布要票，多買一寸都不行。這樣的政府還叫人民政府？還叫關心群眾生活？」

葉子青問他是怎麼回事。原來，今早上發森伯去供銷社買布，用來給女兒阿滿做衣服。剪好了布拿出布票算錢的時候，那布票少了幾寸。售貨員要他補夠布票才肯結帳。他要求不要計較幾寸布票，售貨員要按規章辦事，發森伯就說不買了。布已經剪好，售貨員和他講理，他就和售貨員吵，吵到不可開交。剛好有一個村裡人也去買布，認識發森伯，給了他幾寸布票，事情才了結。發森伯一路回家，見人就說，說政府沒有人情，剛和先隆伯說，見到阿葉，又說開了。

阿葉和他解釋統購統銷的目的意義等等，這些道理都不知道宣傳了多少遍。一聽到這些道理，發森伯可能又想起不准做買賣，逼他賣餘糧的事，便一肚火發出來：「國家計劃，國家計劃！」就只許國家有計劃，就不准農民有計劃？哪家人當家過日子不會有個計算？現在統購統銷，統統購，統統消！統統死！」（家鄉話「消」是死的隱語，人死了會說成某人「消掉了」）看到阿葉剛要說話，又說：「買什麼都要票！以後討老婆，生孩子也要票！阿葉，趕緊叫政府發張老婆票給你，好討個老婆回來！」

阿葉聽得一臉無奈，不知說什麼好。正好阿桃姐走過，對發森伯說：「發森叔，還在這裡講古，剛才阿滿到處找你，說你去那麼久沒有回來！」發森伯這才轉身，邊走邊說：「都是這鬼妹子，一天鬧著做新衣服，鬧出一肚子氣！」說著回家去了。

阿桃姐出來，本來是要去找洪昌叔母，也是發了布票，想約她進城剪點布做過年的衣服。剛好看到阿葉被發森伯吵得不知如何應付，一臉尷尬的老實樣，便幫了他一把。阿滿剛才也確實出來遠望過，看阿爸回來沒有，急著想看看阿爸買回什麼花布。阿桃姐知道發森伯疼女兒，一說女兒找他，就會回去，不再胡攪蠻纏。

阿桃姐進到洪昌叔母家，見她正在撿黃豆，準備過年磨豆腐，便坐下來一邊撿一邊說話。說起想買布做衣服的事，商量什麼時候去，順便探阿瓊姐。

阿桃姐說著說著笑起來，洪昌叔母問她笑什麼，她把剛才發森伯發牢騷，叫阿葉找政府發張老婆票給他，趕緊討老婆的事。

洪昌叔母聽了笑了笑，故意說：「阿葉怪可憐的，你還笑人家，沒點同情心！」

阿桃姐聽了不以為然說：「他自己笨，不會說話，怎麼就扯到我沒有同情心了？」

洪昌叔母見她生氣的樣子，心裡偷笑：以前一提到姓葉的，阿桃就不想再說，這次偶然幫了阿葉一個小忙，還當笑話說，也說明阿桃不是一點都沒有留意他，所以有意激一下，就可以順嘴把話題說下去。

「我不是說你心不好，你不是還幫了他一把？」

「誰幫他了？不過是看他站在那裡臉紅筋漲說不出話來，我才哄一下發森叔的嘛！」

「阿葉還真是個好人，值得幫一下。」

「那你幫他一下，去哪裡找一張老婆票給他囉！」說罷，阿桃姐自己笑起來。

洪昌叔母說：「其實也要他自己急才行，可能是上次的事傷著他的心！」

「上次的事怎麼傷著他的心？」葉子青談過一次婚事，阿桃姐聽說過，但不清楚，過去不會去打聽，這次洪昌叔母提起，引起了興趣。

「在古里學校你應該和他同過學不是？」

「好像是，我進古里學校第二年，他就上崇真學校了，小時候的事那裡還記得。」

洪昌叔母說：「我也是聽阿洪昌說的。這葉子青崇真學校畢業以後，還去赤崗中學讀了兩年，是怎麼沒有讀畢業就不知道。出來後就在鎮上的一間土產雜貨行做學徒。那貨行是收山貨、土產，用水路運出去的。他哥哥原來走船，在船上撐船拉縴，後來船老闆信任，改在縣城的碼頭貨倉做事。到解放前一兩年，阿葉出師成了夥計，他哥又前兩年成了親，家裡日子過得去了，便給他說了一門親事，對象還是塘頭村古姓人。這後面就兩說了，一說是女家嫌他家窮，又是村裡小姓，怕受人欺負，臨時變卦。剛好又臨近解放，老闆跑了，貨行倒閉，阿葉回了家，親事就吹了。」說完後卻不哼聲了。

「那另一說呢？」阿桃姐不由得問。

「另一說，那話就說得粗俗了：本來禮金什麼都說好了，男家也送了幾樣值錢的東西，好像女家又提出要個什麼，是一時沒有買來送去還是怎麼說，反正就是沒有滿足吧，女家就說了一句粗話：『討得起老婆，買不起草紙（指女人用的衛生紙），什麼男人！』」

阿桃姐一聽不由得不平地說：「太過份了！這樣的話都說得出口！」

「就是！阿葉就說，我不是有錢人，何況錢多買不來人心。當時村子裡都有點亂哄哄的，就這樣你不找我，我也不找你，連送的東西也不要了，無聲無息散掉。」

「會是這樣，還真叫人想不到！」阿桃姐若有所思地說。兩人又說一會兒話，洪昌叔母要留著吃飯，阿桃姐不吃。

過完春節，回到學校，大家一見面，都很高興，好像分別很久一樣。我們班的城裡同學，有幾個家裡是開商店的：有照相舖、西藥店、牙醫診所、補鞋理髮等；有幾個是幹部子女；有幾個爸媽是當工人或商店伙記。城裡學生和鄉下來的學生，最大分別是，鄉下來的學生不穿鞋子，連高中生都是這樣，夏天打赤腳，冬天穿木屐。冬天早上上早操，跑步跑到那段石頭路上，劈啪劈啪還響得很整齊。有一天，我看見學生會辦的牆報上有一首打油詩：

> 劈劈啪，劈劈啪，
> 今年喜事特別多，
> 東村有人討媳婦，
> 西村唱戲又開鑼。

哪是有人辦喜事？
是南山中學早操課！
木屐敲得震天響，
嚇得鳥兒飛出窩！
同學同學聽我說：
明天別再穿木屐。
沒有球鞋不要緊，
穿雙草鞋也湊合。

我們宿舍六個人，只有王立軒有球鞋，他也經常不穿。夏天，我們都是赤腳大仙，晚上和冬天穿木屐。我長那麼大，只在小時候穿過一雙球鞋，是阿爸讓一個水客帶來的，一年後就不合穿了。至於木屐，從小到大，不知道穿爛多少雙。

衣服上也分得出城裡學生和鄉下學生，式樣不太一樣。不過，如果父親在南洋生意做得比較好，經常帶衣服回來的，就穿得洋氣。學校高中班和初中班，都有幾個同學不但穿得好，還帶手錶，用金筆。如果家在城裡的，上學騎單車。我們班有一個叫歐陽順的女同學，不但打扮突出，表現也很突出，成績特別好，運動又出色。聽說她的父親是在一個叫「留尼旺」的地方，我第一次聽說有這樣名字的國家。我們宿舍的王立軒，除了讀書用功，其它和我們沒有差別。

開學後，民主選舉班幹部。去年開學時，大家互相不認識，所以，臨時班委由張老師指定。後來雖然張老師叫大家重新選，也只是每個委員的名字提出來，大家鼓掌通過。這一次認真得多，選舉前，張老師詳細講解了「民主選舉」的意義，要求每個同學慎重利用自己手中的民主權力，選出管理班級的人。大家先推薦出兩男一女同學來主持選舉。首先提出十到十二名候選人進行不計名投票，以得票多少選出七名班委。大家七嘴八舌的提，主持的同學把提到的名字寫在黑板上。等到沒有人提了，一數有十六位。張老師說：提名太多，到選舉時會出現幾個人都得票太少，等於選舉失敗，又要重選。我們從這十六位同學中，唱一次名，同意的舉手，也不用數了，選出多數同意的十二位，好不好？大家都贊成。一唱名，果然有的差不多全班都舉手，有的只有一兩個人舉手，可能也就是個別同學提出來的，結果搞到那個被提名的同學都不好意思。最後剩下十一名超過半數同學舉手的，將他們的名字重新整齊地抄在黑板上，便開始不記名投票。可能多數同學都和我一樣，是第一次使用「權力」，所以，都很認真。想到自己有權選出管理班級，並且有權管自己的人，我生來第一次鄭重其事，認真思考「選舉」，仔細考慮選誰。我在小紙片上認真寫出七位同學的名字，然後交給主持人。全部同學都交了，主持人宣佈收到的票數和出席人數相同，就開始唱票，在唱到的名字下面寫「正」字。唱完票以後，由主持人宣佈，七位「正」字最多的同學當選為班委，全班同學熱烈鼓掌通過。這七位同學由張老師帶去旁邊的教師休息室，由他們自己討論選出班長、副班長和委員。過了差不多廿分鐘，他們回到教室，張老師宣佈討論結果，全班同學再次熱烈鼓掌表示通過。班長還是李國英，班長下面有個副班長，然後是委員，有學習、勞動、文藝、體育、衛生等。我不知道別人怎麼看，我自己覺得滿意。

原來李國英的爸媽是種菜的，叫菜農。種菜的叫菜農，種水果的叫果農。我們種大米的，怎麼不叫米農呢？

開學一個多月以後，吸收了最後幾個同學加入少先隊，我們班成了紅領巾班，又召開少先隊全體隊員大會。這次大會，同時有幾個初二班的同學加入了青年團，歡迎新隊員入隊，同時歡送一些隊員離隊。我和好多同學都羨慕那兩個加入了青年團的隊員。

共產主義思想教育課上完了，新學期上《社會發展史》。那課本也是很薄的一本，課本內容只講了社會發展經過，沒有講理論。對課本講的原始共產主義社會，奴隸社會，封建社會，半封建半殖民地

社會，我不太理解，只是記住了：以前的社會都是人壓迫人，人剝削人的社會，是不合理的社會。所以共產黨要領導全國人民起來推翻它，建立起美好的社會主義、共產主義社會。

進入新一年，城裡的公私合營，農村的合作化運動，開展得熱火朝天。村子裡的標語口號寫的是：「單幹好比獨木橋，走一步來搖三搖；互助組好比石板橋，風吹雨打不堅牢；合作社是鋼鐵橋，山崩地裂垮不了」，到處都是類似的內容。學校裡除了政治課老師講，張老師開班會時也講，要大家響應政府號召，動員家長積極投入運動。

有一天課外活動課時，張老師到班上佈置開一個《做社會小主人，積極投入合作化運動》的主題班會。張老師動員同學報名，在班上發言，講自己動員家人或親戚加入農業生產合作社，加入公私合營的方法和決心。等好幾個同學報了名後，古水泉也興沖沖地報了名，還要求第一個發言。張老師很高興，當場表揚他，同意他第一個發言，叫他好好準備。回到宿舍，我們問他，你那麼積極，是動員家裡還是動員親戚加入合作社？是不是很有把握？古水泉說，當然是有把握才報名。原來，古水泉的外婆家是上中農，他上星期去外婆家玩，說起學校宣傳合作化運動的事，他外婆和舅舅表示會積極加入農業社。古水泉準備星期天再去外婆家，他外婆和舅父舅母一家都喜歡他，他要求外婆家第一批加入，是滿有把握的事。看到他滿懷信心的樣子，我們也為他高興。

到下星期一下午開班會時，張老師講完話，古水泉咚咚咚走上講台，開口就大聲說：「老師同學們，我找了個對象，就是我外婆！」

全班同學聽了，靜了一會兒，接著就哄堂大笑起來，因為這話說得太突兀。「找對象」是個新名詞。解放前，由媒人介紹男女互相認識，叫「相親」。解放後提倡自由戀愛，叫「找對象」。古水泉把「動員加入合作社的」幾個字省掉了，直接說成找了個對象，同學一聽，當然就引起大笑。本來，笑一陣也就過了，可誰也想不到，聽到全班同學笑他，古水泉接著說了一句：「笑涯膦！」這就像在教室裡放了一顆炸彈，頓時笑聲、叫聲、罵聲、拍桌子聲，響得要把房頂都掀起來，連張老師都笑得彎下腰去。古水泉卻一臉莫明其妙地望著大家，顯出一付傻樣一直站著。亂了好一陣，歐陽順舉起手來，張老師趕緊停住笑，叫她站來起說話，大家才慢慢停下來。

歐陽順滿臉嚴肅地說：「張老師不應該跟著笑，應該嚴厲批評、處分古水泉！」

張老師掏出手絹抹抹臉說：「對！對！歐陽順同學批評得對，我不應該跟著笑。古水泉同學，你先坐下吧！你真是太有本事了，竟然就這樣在全班同學和老師面前說粗話！唉呀，怎麼辦呢？看來我們的主題班會要暫停了。我看這樣好不好：我們的班會先插進一個議題：為什麼會講粗口，講粗口有什麼壞處。用第一節課討論，第二節課再開始原來的主題。後面發言時間不夠了，明天的代數課，我還給你們一節，繼續今天的班會。大家說好不好？」大家齊聲說：「好！」

古水泉說的粗口，其實在鄉下個個男人都說，特別是小男孩，一天不知要說多少遍。家鄉客家話裡，說得最多的粗口，就是三個詞：「屌」（diao 讀上聲），指性交；膦棍，簡讀「膦」（ling 讀上聲），指男陰；「孻排」，簡讀「孻」（zi 讀平聲），指女陰。在這三個字前後，加上一些什麼詞用來罵人，相信和其它地方的語言，大同小異。古水泉說的「笑涯膦」，普通話就是「笑我的雞巴！」。這句粗口，在小男孩日常玩耍或爭吵中，都會隨口說，但是，再隨便的男性，就是小孩，在女性長輩面前，或是在像課堂這樣莊重的場合，都不會說出口。古水泉今天不知怎麼順口溜出來，真是「該殺！」

張老師說：「剛才歐陽順同學的批評很對，因為不管誰，說粗口都是不好的行為，可它又是一種非常常見的現象。那我們就來討論一下，怎麼會有這種不好的習慣呢？古水泉同學先說好不好？」

古水泉很不情願地站起來說：「很多人都會說啦，又不是單我說！」

張老師說：「我不是說單單你說，我是想問你，一般人在這種場合是不會說的，你怎麼就沒有控制住，就說出來了呢！」

古水泉說：「說慣了！」

張老師說：「對了，原來是說慣了，很自然就說出來了。古水泉同學，你先坐下來。現在我問，大家答，一起討論好不好？」

大部分同學都說：「好！」只有幾個女同學不出聲。

張老師：「講粗口不好！我想，大家都同意，那麼，這種不好的習慣是怎麼養成、最初是從哪兒學來的？」

「從大人，爸爸，哥哥，外面的左右鄰居，親戚朋友，反正聽人家說，就跟著學會了。」

張老師：「他們會無緣無故就說嗎？」

「多數是大人吵架的時候，聽他們罵出來的粗口，覺得解恨，就容易學進去。」

張老師：「那粗口說得越難聽，越解恨，結果會怎麼樣呢？」

「很多時候便會打起架來！」

張老師說：「我明白了。是不是可以這樣總結一下：兩個人發生矛盾，本來是應該通過講道理解決的，但是，兩人或其中一人講不出道理，就只好罵人，用粗口解恨，到粗口都解不了恨時，就只有動手打架，是不是這樣？」

大家都同意張老師的說法，齊聲說：「是」。

「所以，說粗口不但會引起矛盾，而且會加劇矛盾，最後可能造成不良後果！我們再反過來看，像古水泉同學說的，是說慣了，那這種習慣就很不好，因為你說粗口會得罪人，引起矛盾，甚至引起公憤！你說是不是？古水泉同學。」

古水泉低聲說：「是！」

「窮的人才喜歡說粗口！」歐陽順說話的聲音雖然不大，但大家都聽見了。全班同學又一下子靜了下來。張老師也靜靜地想了有一分鐘，走到歐陽順面前輕聲說：「這是另一個複雜的社會問題，我們以後再研究好不好？」說完又轉向全班同學：「不應該說粗口的道理，我相信同學們都清楚了，怎麼改掉這個壞習慣呢？我提議班上開展一個『不說粗口，消滅粗口』活動，具體怎麼開展，由班委會研究後再宣佈。」

大多數同學都表示贊成，有幾個女同學就叫起來：「古水泉呢，不能就這樣放過他！應該給予處分。」

張老師對古水泉說：「你看，怎麼辦呢，有同學不想放過你啊！你是不是應該做個檢討？」

古水泉很自覺地站起來，向大家鞠躬，說：「全體同學，我剛才說粗口是不對的，是非常錯誤的，請求大家原諒，我今後堅決改正！」

有幾個女同學還是不依不饒，要求處分。張老師又向古水泉攤開兩手，表示幫不了忙的樣子，然後說：「我提議讓班長來處理，這主要是你們同學內部的問題，請李國英同學作出決定。」大家便鼓掌同意。

李國英跑到副班長面前，和他耳語一陣，然後大聲宣佈：「今天下午班會時間，古水泉同學在全班同學和張老師面前說出粗口，是非常錯誤的。鑒於該同學已經認識錯誤，並表示堅決改正，經班委研究，決定從輕發落：罰打掃教室三天。」古水泉聽了放下心來，有些女同學還在說處罰太輕，互相包庇等話，張老師首先舉手表示贊成，全班同學才靜了下來。

下課後，張老師問古水泉，下一節課上課時，是不是還第一個發言？古水泉無精打采地說：「我那還有心情發言啊！」張老師說：「剛才我還覺得你真有本事，想不到這麼點小錯就把你打倒了！今天不讓你發言，你今晚上多準備一下，明天第一節代數課補上班會，還是你第一個發言。你要講得好一點，我對你寄以厚望！聽見了嗎？」

第二天的班會上，古水泉又像昨天一樣咚咚咚跑上去，這次沒有出醜，而且講得非常好：從土改的目的，農業合作化的意義，介紹他外婆的家庭情況，講到如何向他外婆和舅父舅母做動員工作，外婆和舅舅答應第一批加入農業社，講得頭頭是道，得到全班同學的熱烈歡迎。

班上開展「不說粗口，消滅粗口」活動，取得很好效果。特別是我們這些農村來的學生宿舍，以前說慣了，不以為意，從那以後，有人一說出口，就會互相提醒，宿舍裡變得斯文起來。

區裡或縣裡，輪流下來一些宣傳組織農業合作社的工作隊，他們多數都是早來晚走，只有少數會在農會住一天兩天，和農會幹部研究工作。宣傳說：農業合作社先叫初級社，土地、包括果樹、農具、耕畜要折價入股，參加分紅。加入農業社以後，都稱為社員，集體勞動，按勞取酬……聽到分到手的田地又要入什麼股，有些人心裡不踏實。

桃華姐他們那棟屋，本來是同一家族的四房人，共有八九家，幾家都是去了緬甸沒有回來，後來只剩三家共九口人，紀明叔公兩個兒子送到痲瘋村後，就只有七口人了：紀明叔公倆公婆，桃華姐祖孫，黃毛三祖孫。龍屋倒塌後沒有再整修，三家人煮飯睡覺都在下面的堂屋和廂房。

有一天下午，桃華姐剛走出門看天色，見葉子青從路上走進來。

桃華姐說：「那麼有心！找誰呢？」

葉子說：「來看看你和阿婆不行嗎？最近阿婆身體好嗎？」

桃華姐說：「那真是有心了，阿婆這久身體還好，還會到田頭收撿收撿，到菜地拔拔草。」

「想看看你屋後的芒果樹。」說著兩人便向屋後走去。

桃華姐覺得很奇怪，邊走邊問：「怎麼會想起看芒果樹？」

葉子說：「不是在宣傳組織合作社嗎，農會裡都在講如何折價的事，果樹是一大項，楊桃、柚子這些大家都有，可芒果樹全村只有這三棵，聽說紀明叔給了你家，所以想來看看。」

桃華姐笑起來說：「你家就在隔壁，從小看到現在，還用得著看嗎？那樹結了果又不會熟，賣不了一文錢，折什麼價？」

葉子也笑了，說：「以前敢來看嗎？從門口過路都要小心點，不知道從哪裡飛出一棵石子來打破你的頭。」

桃華姐說：「我們古姓人有那麼壞？」

來到樹下，葉子抬頭望望芒果樹，問：「三棵那麼大的樹，會結多少芒果？」

「有一棵連花都不會開，另外兩棵結果時，看著一樹都是果子，真摘得下來，怕有好幾擔呢。」

「有那麼多，怪不得土改算紀明叔家的收入時，會計算在內。」

「那是怎麼算的？那芒果一到十月間，天氣變涼就開始掉，也不會熟，都給上崇真學校的小孩子撿完了。有時沒有掉下來的剩下幾個，叫人摘下來，也還是半生不熟的，切成片用鹽醃醃，多數也送給人吃，從來也沒有變過一分錢。」

「原來這樣！現在怎麼又叫你阿婆管呢？」

「這幾棵樹，當年我們幾家人祖上都出緬甸，究竟是誰帶回來的種子，誰種下去長成這樣，恐怕紀明叔，我阿婆他們都說不清。因為沒有收成，誰想管誰管，從來沒有人計較過。就你剛才說土改時計收入的事，我都第一次聽說。自從紀明叔兩個兒子被送走以後，他說年紀大了，管不動了，就叫阿婆管。」

聽到桃華姐的話，葉子好像有點不安，低著頭不說話。

桃華姐問：「怎麼了？我說錯什麼啦？」

過了一會，葉子才說：「阿桃，土改的事，我一時順嘴說出來，你不要跟誰，特別是洪昌哥和阿嫂面前再提，好嗎？」

「沒有那麼蠢，還提這些幹什麼！」桃華姐說。

「好！我說錯了。說另一件事吧，那天在墟上和朋友吃飯，聽到人家議論我們古塘村的婦女。」

「說我們什麼了？你們男人嘴裡還說得出什麼好話？」

「還真是好話，說我們古塘村的婦女變後生了，好看了！」

桃華姐心裡暗喜，嘴上卻故意說：「有這樣的事？那些人嘴閒罷了！」

葉子說：「說實在話，你和洪昌嫂幾個帶頭改裝，村裡的年輕婦女真的變了樣！好了，不說了，以後村裡的事情，你也要關心關心。」說完轉身走了。

過兩天，桃華姐去到洪昌叔母家閒話，說起葉子來家裡，說到鎮上人議論村裡婦女變後生了的話，兩人高興了一陣。又說起維生叔母，上下村子，就她和另外兩個沒有改裝，還是那大褲腳，藍布頭帕。

洪昌叔母說：「維生哥出去幾年，從來沒聽說寄過一分錢，看來確實是拿不出來！」

「那是，不然，怎麼會阿媽和老婆孩子都不顧！」

「出南洋的事，有時真叫人不知說什麼好。十個人出去，只要一個人寄錢回來，就講得滿天下都知道，好像南洋滿地都是錢，個個出去都發財似的。可許多在外面苦到連吃飯都難，就誰也不說，你說是不是？」

「實際上，我們村幾百戶人家，那麼多人出南洋，有幾家是靠外面賺了錢過得好的！」

兩人嘆息了一會，洪昌叔母轉過話題，問：「這葉子怎麼無緣無故去你家說這墟上聽來的閒話？」

桃華姐支吾說：「可能路過轉進來吧，說是看看阿婆！」

洪昌叔母說：「喜鵲叫喳喳，喜事到我家！莫非有什麼好事。」

「桂圓姐亂說，哪來什麼喜事！」

「有什麼好事，可不敢瞞姐。聽阿洪昌說，葉子在背後讚你哩！」

「他在背後讚我？」

「姐還能跟你說假話？只是還沒來得及和你通信息，他已經自己找上門去了！」

「他就是路過，看見我在門口，過來閒話兩句，說說要成立合作社的事，那有你說得那麼玄！」

洪昌叔母移近阿桃華身邊，摟起她的肩膀微笑著說：「阿桃，姐跟你說，你去年約我一起改裝時，我最初還不大敢。後來，你跟我說，我們鄉下女人，結婚前是個小姑娘，可一結婚就變成老阿婆，好像從來沒有做過後生女人一樣。這話我後來越想越覺得有理，我們應該有個後生時候。你知道嗎？，因為以前看過你在古塘學校演戲時的打扮，那天看到你穿著一身鄉下婆的衣服回來，我都覺得心酸。田裡總是飽穀子多，秕穀子少，世上的男人也一樣。聽姐的話，再找個人成家。時間過得快，眨下眼就過了，不要拖老自己！」

桃華姐低著頭不出聲，半天才抬起頭說：「實在是還沒有想這些事，過些時候再和姐商量吧。」

有一天，我去找大狗，已經好久沒有和他玩，不知道他在做什麼？大狗在廚房隔壁的雜物房裡刨橄欖皮。橄欖，是一種長圓形的小青果。橄欖多數被製成乾果。新鮮橄欖，入口時又苦又澀，但久了會回甘，平時很少人買來吃。城裡的戲院和電影院門前，有人將橄欖刨皮後泡在甘草水裡叫甘草欖，賣給看戲的人。我們村只有大狗家有這棵橄欖樹，青橄欖不像其它水果值錢，收青橄時，我見連生叔母挑到墟上，一分錢一碗的賣給人家，要不然就賣給那些水果販子，兩大籮也賣不了多少錢。大狗家的果樹比較多，那兩棵泰國品種的「水晶柚」，比普通的沙田柚值錢，果樹多是他家被評為上中農的原因。現在大狗刨橄欖皮，不知道是不是要做甘草欖賣。

大狗見我來，很高興，叫我吃橄欖，我撿了顆含在嘴裡，問他：「你現在做什麼？」

大狗說：「不是在刨橄欖嗎？還問？」

「我是問你沒有讀書，一直在做什麼？」

「什麼都做，什麼都沒有做。」

「等於沒有說！」

「燒火煮飯，下田幹活，阿媽叫幹什麼幹什麼，不是什麼都做？又不像阿媽他們能抵一個大人幹活，不是什麼也沒有做？」

我問：「那你是不是像阿木賢一樣，要去做買賣？」

大狗說：「我那裡有其它東西賣，柚子楊桃已經賣完了。」

「阿木賢還不是沒有東西，他從別人那裡買回來，又賣出去，賺人家的錢！」

「反正在家沒有事幹，將欖刨了皮賣給人家，多賣幾角錢。我又不是做生意，我是在賣自己家的欖。」

我這樣問他，有一個原因。土改以後，我的腦子裡留下一個很深的烙印：凡是做生意的都是剝削，我們村子裡被評為地主的，都是靠做生意發家的。不同的，是在國內做生意，還是在南洋做生意。我們村子裡沒有，我也沒有見過像連環畫《半夜雞叫》上講的，家有幾百畝甚至上千頃良田，雇用許多雇工進行剝削的地主。後來，看到政府收購了發森伯買回來的糧食，先隆伯買回來的花生，就更加認定私人是不能做生意的，只有政府才能做生意，因為政府不是個人，所以不存在剝削。現在黃毛和阿木賢經常不在家種田，跑去做買賣，雖然賺不了很多錢，成不了地主，也不是正經的勞動人民的行為，所以經常受到批評教育。

我問大狗是不是還會賣其它東西，就是不願意他會像阿木賢一樣，變成不是好的勞動人民，因為他是我的堂兄。聽到他說只是賣自己家的橄，我就放心了。

我問他現在跟誰玩？大狗說：有時跟友興，但他喜歡去河裡捉魚，我游水沒有他游得好，所以少跟他去；秋雲姑的兒子和平又小著幾歲，而且他們家很不跟人來往；又不再跟阿雪，豬妹那些女的一起玩。有時只好去鎮上，有時去塘頭村塘背村找也是沒有上中學的同學玩。我問他怎麼不找忠國玩，他說，他們不是地主嗎？我說地主又不是他，是他爸爸。

停了一會兒，大狗就很神秘地跟我說：「我告訴你一個秘密，但是你不能告訴別人！」

我看他說得嚴重，就鄭重地答應他。

他停下手裡的刨刀，靠近我的耳朵說：「我看見阿木賢偷看忠國的姐姐小便！」

我一下沒有明白是什麼意思。

大狗見我不出聲，接著說：「那天我在屋後面（用彈弓）打麻雀，走到忠國家那爛房子後面，看見阿木賢伏在他家廁所牆上，一直向裡面看，最初我不知道他看什麼，後來見到忠國的二姐從廁所出來，才知道原來他在偷看女人小便！」

「那忠國的姐姐不知道嗎？不會罵他？」

「我那裡知道？」

「你有沒有告訴忠國？」

「當然沒有！告訴了又會怎麼樣？反正阿木賢不是好人！」

我想起那年他打忠國二姐，後來忠國媽媽跳河的事，現在聽到這種事，心裡仍然覺得難過。

我好久沒有說話。大狗問我，學校好玩嗎？我答他，學校都是這樣，就是上堂，讀書，做作業，天天一樣。其實，學校當然比他刨橄欖有趣得多，我是怕講學校的事大狗沒有興趣。臨走時，大狗跟我說：「方智，以後你不要再叫我『大狗』了，我們都快成大人了，還叫大狗大狗的，被人笑話！」我想

起我們在學校的確很不叫人的花名（綽號），便認真地答應他，問他是不是要叫他群智哥？他說那倒不必，叫群智就行

回到家裡，我想和阿媽講合作化運動。阿媽最大的缺點就是你和她說點社會上的事，她就說我們女人不懂這些，那是你們男人的事情。我說：「你一點也不積極，我們班很多同學都表決心了，要回家動員家長和親戚積極參加農業合作社！」

阿媽說：「我怎麼積極？叫我參加我就參加，不叫我參加我就不參加，我只會跟著大家。」

我問阿媽，加入合作社好不好？阿媽說：「十根手指有長短，不會家家都一樣！」

「那我們家呢？」

阿媽望著我，一隻手拉住我的手，慢慢地說：「方智，以前你還小，家裡的事阿媽沒有和你說，現在，你長大了，也該懂事了。我們當百姓的，以前的政府也好，現在的政府也好，政府要你做，就一定要做到，像土改，你不願意政府都要做。解放到現在，政府辦的事，好的不好的，阿媽看得見，村子裡開會做宣傳，阿媽都有參加。說到辦互助組，辦合作社的道理，阿媽也懂得。互助組大家互助，合作社將土地入股，人人出力，田地種出的東西，按大家付出的勞力合理分配，這些都是好事。當然，各家的情況不一樣。我們家的果樹，耕牛，農具土改時分掉了，分回的不是好田好地，入社的股份比不上別人。你還在讀書，阿媽一個人勞動，也算不上強勞力，但是，阿媽不會因為自己收入比不上別人，就說互助組、合作社不好。」

「阿媽說合作社好，擁護國家政策，我就高興。」

「傻兒子，阿媽什麼時候不擁護國家政策了？阿媽想要你懂事的是：阿媽一個人勞動，除兩個人一日三餐食用，要供你讀書，如果沒有你阿爸接濟，就很難維持。俗話說，『人無千日好，花無百日紅』，你阿爸在外面還有一群小的要養，萬一有什麼變故，也會影響家裡的生活；至於政府的事，有什麼變

化，做百姓的不知道，總之，樣樣事情都要想長遠一點！」停了一會又說：「阿媽以前叫你好好讀書，是希望你學到更多本領，可以過個好日子；阿媽又要你從小就下田幹活，就是怕家裡有什麼變化時，不會連靠力氣找飯吃的本事都沒有！阿媽希望你懂得這個道理。」我點點頭，表示懂了！

以前幹活感到辛苦時，確實有時會埋怨阿媽，覺得她好像不夠疼我，群智還笑話過我，說我不像阿媽親生的。冬天下霜，天還沒有亮就在外面晾曬鹹菜，手凍得又紅又痛；六月天，又悶又熱，人小手不夠長，手掌不夠大，收割稻穀，那穀穗和稻葉掃到臉上，又癢又疼，這個時候，都曾經有怨言。但是，冬天晾鹹菜時，阿媽又經常會煮好一個熟雞蛋，在我上學時給我握在手裡暖手，到學校才吃掉；夏天會煮好綠豆湯，放在冷水裡涼好，等我回家時喝。以前，我確實不知道阿媽的良苦用心。

空了幾年的可居樓，又人來人往，新興叔，葉子青，還有良生叔，秋雲姑他們，經常在裡面忙到很晚。對全村各戶人家的田產、耕畜、農具的價值如何估算，將來如何計算股份，都是很細緻的工作。有一天，葉子青和良生叔一起來連生叔母家，瞭解他們家的田產果樹等收入情況，連生叔母把他家的田地和果樹，說得像會出金元寶的聚寶盆。良生叔才說那青欖從來都賣不了幾個錢，連生叔母就說，她家的橄是加工以後才拿去賣的，一棵欖樹的出息比幾棵楊桃樹的出息還多。我們這個互助組幾家的果樹，出息最多的是先隆伯家。田地有好壞，果樹和池塘的出息有差別，評價中免不了有爭論。

見到好幾個星期沒有回家的富林，說起各自的學校，各有各的新鮮事。說到老師叫學生回家動員家長加入合作社，我說：「你阿媽是互助組長，她和你叔母當然是帶頭加入合作社，你在學校可以當先進分子。」

富林說：「我沒有想過當先進，只是覺得叔母還在想著阿叔的事，感到很不值得！」

我覺得奇怪，加入合作社，怎麼會講到他阿叔的事，都過了幾年了，不過，覺得不好問。

富林自己說：「叔母一直覺得那坵田是阿叔的命換回來的，說那張契紙和土地證是阿叔的命契，

不肯拿出來，我都不知道怎麼動員她。」

我假裝沒聽見，有意說其它事情，回家後，我在想：屋裡人，村裡人，不知多少代人之間，都為土地糾纏在一起。現在，要進行農業合作化，土地合併在一起，不知道將來會發生什麼變化！

各家各戶的土地財產計算，經過一番擾攘，已經接近尾聲。這一天，葉子青又來到阿桃姐家。阿桃姐自從上次和洪昌叔母閒話以後，對阿葉有所瞭解，也就熱情好多。幾句閒話過後，阿葉提到那幾棵芒果樹的折價問題。

阿桃姐錯愕地說：「你怎麼會提這個，我可從來沒有想過那幾棵樹要折價！」

阿葉說：「這事是我提出來的。現在全村的田產各樣折算已經基本搞完了，只有幾家的個別情況，包括你家那芒果樹。那天討論會上，我提出土改時工作隊的同志曾經給那幾棵樹計算過價值，問現在怎麼辦？工作隊同志說，那就酌情計算吧，所以今天才會找你商量。」

阿桃姐有點生氣地說：「這就是你葉子不對了！那天我就跟你說得很清楚，這芒果樹結的芒果從來就沒有賣過錢。以前土改怎麼計算那是以前的事，現在要折價，也要有過價才折得成。膝頭上不長肉，你拿肉貼上去也長不牢，這件事我告訴你，一文錢也不能折，就這樣！」

「那……」葉子一時不知說什麼好。

阿桃姐又說：「我跟你說，葉子，如果你有心做好事，就跟你們那些帶頭人說，那三棵樹長在我們屋後，就在我的菜地邊上，我照看它，就當是我們村的風水樹，好像古里學校門前那兩棵木棉樹一樣，人家一說古塘村有芒果樹，當作稀罕，就有價值了！」

葉子青聽到這話，感動得搓著手說：「那好，那好，我就這樣跟他們提，那我回家去了。」

阿桃姐看他已經走出兩步，說道：「葉子，這幾個月你們忙得腳跟打背脊，看你兩眼都窩下去了，也要注意休息才行！」

葉子停下來聽阿桃姐說完，回答說：「知道！知道！多謝你！」才又離去。

過了幾天，一個細妹子，路過阿桃姐家門口，在路邊叫：「桃姐，洪昌叔母叫你得閒去她那裡，有話和你說。」阿桃姐聽見後大聲應道：「知道了！」嘴裡說著，心想前兩天才坐了半天，又有什麼話？在家裡家外轉了一下，見一時沒有什麼事了，便向下屋走去。

進到洪昌叔母屋裡，兩人坐下來，還未說話，洪昌叔母就望著阿桃姐笑，笑得阿桃姐摸不著頭腦。阿桃姐低頭望望自己身上，看看沒有什麼不妥，見洪昌叔母還在笑，就罵道：「你今日喝著仙姑尿還是撿到金元寶，笑得那麼開心？」

洪昌叔母這才收住笑，望著阿桃姐問道：「你給阿葉吃了什麼藥？」

阿桃姐一聽奇怪地說：「怎麼會問出這個話來？我又不是會請神的仙姑，給他吃什麼藥？」

「昨天阿洪昌回來，說他和阿葉回家的路上，說起這次成立合作社為全村人評估田產的事。說日忙夜忙，為全村人能過好日子，做得很辛苦也值得。就是在評估過程中，見識了各人的脾氣品性，覺悟高低，很是感慨！」

「這有什麼好奇怪，不是說一樣米養百樣人嗎？」

「奇怪的是他後面那句話！」

「那句話？」

洪昌叔母還沒有說，又望著阿桃姐笑。阿桃姐說：「要死囉！今天桂圓姐不正經！……」

洪昌叔母就正經起來，說：「阿桃，我今天叫你下來，是和你說正經事，你要放在心上。那阿葉後來說的話是：我見過那麼多人，這兩天才認識，最實在的人是阿桃姐，不存私心，不講假意，這樣實實在在的人，才是我心裡想找的女人！」

聽到洪昌叔母的話，阿桃姐不禁臉漲得通紅，不好意思地說：「這阿葉，怕是撞著邪了！」

「撞邪也好，撞正也好，阿桃，你要是還想著嫁到城裡去，姐不說你，要是你有意在鄉下成家，周圍幾個村子，恐怕尋不出比葉子青更實在的人。他那句話，是和洪昌閒話中不經意說出來的，這才是真心實意的話，姐叫你來，就是想叫你把這話放在心上。」

聽到這話，阿桃姐也認真地說：「桂圓姐，我知道你一直掛著我！說不想嫁人，那是假話。那天在瓊姐家她問我，我答的話你也聽見了，我不在乎城裡人，鄉下人；窮也好，富也好，我只想找個真心實意，能夠你扶我，我扶你，平平安安過一輩子的人。回來這幾年，冷眼看去，這葉子青做事也好，為人也好，確實是一個好男人。就是……」

「就是什麼？不就是怕村子裡有些人的嘴嗎？誰人背後無人說，誰人背後不說人，怕人說話就不過日子了？」

「還是順其自然吧，葉子青了，會開花結果；葉子黃了，只會掉落地下。」

洪昌叔母一聽高興地笑起來：「我妹子真是個聰明伶俐的人，說出話來叫人聽了心疼。那我找機會叫葉家人多灑灑水，讓葉子長得更青一點！」

兩人靜了會兒，說起其它閒話，說古愛蓮嫁了一個副縣長。這副縣長本來也是城北一個鄉下人，土改時從鄉裡的民兵隊長，當到副區長，後來提到縣裡當上副縣長了。阿桃姐說那也升得快，才幾年工夫。洪昌叔母說，聽洪昌說，那是為了培養本地幹部，土改時，很多幹部都是外地來的，特別是那些北方來的當過兵的人。如果能有多幾個本鄉本土的人當地方官是好事，起碼比較瞭解民情。後來又說到新興哥，他也是土改幹到現在，原來下村的農會主席已經調到區上去了，村裡成立了黨支部，支部書記還是下村人，他就當來當去還是民兵隊長。阿桃姐說：「我看了幾年，新興哥這人，也就是什麼都聽上頭安排，踢一下動一下的人，不過，也有一樣好處，不會做多大好事，也不會做多大的壞事，只求村裡不出事罷了。」洪昌叔母說：「鄉下人過日子，平安就是福份」。

加入合作社前，發森伯不但砍了兩棵果樹，還把一頭正是壯年的大黃牛殺了。那兩棵果樹因為樹齡老了，砍了無所謂，殺耕牛，那是犯法的事。

有一天下午，友興在河裡捉魚，看看天要黑了，準備回家。走上河岸，隱約看見蘆葦叢中有幾個人影，不知在做什麼，便悄悄地走過去看。走得近了伸頭一望，見發森伯一家在殺牛，嚇得趕快把頭縮回來。心想：阿伯怎麼會把牛殺掉呢？又怎麼會在河邊的蘆葦地裡殺呢？發森伯家有兩頭黃牛，殺掉的是大牛，還有一頭小牛，小牛也已經教會耕田了。友興天天聽合作化運動的宣傳，知道田地農具耕牛等入股的方針政策，而且，不經批准，無故宰殺耕牛，是不合法的。現在大伯把牛殺掉，不知道會不會因為犯法被政府捉去？可是，自己又不敢去管阿伯的事，不如趕快去告訴新興哥。剛起身走了兩步，又停了下來，想到如果自己去把新興哥叫來，當著新興哥的面，阿伯雖然不好發作，背後就會和阿爸阿媽打罵自己。想來想去，想到阿木賢，阿木賢好事，不如叫他去告狀。想好了，便悄悄來到阿木賢的家後面。走進小門，叫出阿木賢，把蘆葦地裡看見的事跟他一說，阿木賢興奮地說：「好！我馬上去找新興叔。」說完，馬上小跑著來到可居樓，不見新興叔，又趕到老農會。阿木賢看到新興叔幾個幹部和工作隊的同志正在開會，只好坐在外面台階上等。好不容易等到新興叔開完會出來，阿木賢上前告訴發森伯殺牛的事，新興叔他們聽了大吃一驚，和兩個工作隊同志和幹部，趕忙來到自己屋後的河邊，已經不見人影。幾個人打著手電照來照去，只看見被踩倒的一片蘆葦，周圍的牛毛和血水，從殺牛地方到河邊，有一道人走過的痕跡，估計牛殺了以後，從水路運走了。

三個人回到村子裡，到發森伯家追問，發森伯無奈地說：「沒有辦法，行衰運，那牛在河邊吃草時把腿跌斷了，不殺怎麼辦？起碼還能賣回幾個錢！」問他為什麼不先報告？怎麼在河邊殺牛，賣到哪裡去了？他回答得很自然：「牛都要斷氣了，跟你報告，你能醫好嗎？在河邊跌斷腿，不在河邊殺，莫非你幫我抬回來家裡殺？殺好牛剛好有條空的順水船，便出錢叫他們幫忙運到城裡賣去了。」新興叔看看問不出什麼，拉拉工作隊同志的衣服，三個人相跟著走出來。到了屋外面，工作隊的同志還說要追到城裡去，新興叔說：「沒有用，那船肯定是先聯繫好的，他兒子阿萬興也跟船走了。阿萬興那個古靈精怪，在城裡門路又多，去哪裡找他？」後來才知道，那天在船上運走的，不單是殺好的牛肉，還有好幾件農具。

發森伯的兒子萬興哥是一個八面玲瓏，交際很廣的人。他中學沒畢業就在鎮上和城裡混日子，但不幹犯法的事。他也能下田幹活，包括一些技術活，但是，多數時間不在村子裡幹活，只要能掙錢的，在外面什麼活都能幹上一陣。他家田地不算多，解放前一家人很少下田，田裡的活主要靠顧短工，土改時評為富農。因為沒有什麼民憤，也沒有怎麼鬥爭他。萬興消息靈通，可能已經聽到初級社以後又是高級社，將來還要取消土地分紅，現在耕牛農具等折不了幾個錢，以後也不可能拿回來，不如現在殺了賣，先將錢裝進口袋穩當。家鄉沒有大片草地，山區有人養山羊，沒有人養菜牛，公家很少有牛肉賣，市場上偶爾有不知哪裡來的牛肉，都賣得很貴。發森伯兩父子，家裡是屠豬的出身，看準機會，乾淨俐落把牛殺來賣了。

發森伯這樣搞，不但犯法，而且是破壞農業合作化運動的行為，但是，他一口咬定耕牛是跌死的，只是沒有及時報告，說不上嚴重犯法，現在，連牛肉都賣掉了，沒有人證物證，一時也重罰不了他，只能教育了事。

至於賣農具，村子裡還有幾個人賣了一些，要有人買，才有人賣，賣買都各有理由。

炎生叔的阿河，又像她生下孩子好幾天後才有人知道一樣，離開古塘村好幾天才有人知道。那天晚上，見智一直哭，阿媽和維生叔母過去看，震伯婆告訴阿媽：阿河走了。問去了哪裡？說是回了潮州老家。左鄰右舍議論一陣，也就不當一回事，好像早就知道會有這種事。

還在育新小學讀六年級時，我看過一本連環畫，題目叫做《為奴隸的母親》，說的是舊社會的事：

一對貧窮的青年農民夫妻，已經有個兒子。因為窮，丈夫生了重病無錢醫治，只好把自己的老婆典給一個秀才。那秀才因為妻子多年沒有生育，為傳宗接代，花錢典這個女人，為期三年，替他生兒子。妻子最初忍痛離開丈夫和兒子，去到秀才家。和秀才又生下兒子後，三年典期滿了，這女人便和新生兒骨肉分離。連環畫的說明文字雖然很短，對正式與臨時兩對夫妻，母親與兩個兒子的感情描述，我看了覺得很傷感。阿河嫁給炎生叔以後，我雖然不知道具體原因，但是，感覺到炎生叔不像其他男人一樣對待老婆，我隱約知道借種的意思，見智不是炎生叔的人「種」傳下來的。

炎生叔終於在縣水利局有了個臨時工的名份，有了一份固定的工資。震伯婆一心在家看孫子，見智長得頭圓眼大的，有人說像阿河，也有說不知像誰，反正震伯婆和炎生叔都疼，覺得他們這房總算有了後人。

古塘村初級農業合作社成立，剛好是我們放暑假。村裡成立了兩個農業社，上村一個，下村一個。上村的合作社社址在可居樓，下村的合作社社址在原來的農會。這一天，全村鑼鼓喧天，可居樓貼滿標語，裡裡外外，佈置一新。我們上村合作社的社長是新興叔，副社長是阿松伯母，葉子青當會計，洪昌叔母當保管員。合作社下屬五個生產隊，就是原來的五個互助組，以前的組員改稱社員。村行政組織沒有變：原來的黨支部書記，農會主席，民兵隊長都沒有變。新興叔同時擔任合作社長和民兵隊長。

這天一大早，家家戶戶，拿著紅紙包著的土地證，扛著貼上紅紙，或拴著紅布條的大小農具，到可居樓去入社。每進去一家人或一批人，就熱鬧一番，小孩子就更高興。第一天，陸陸續續有人進來，整整熱鬧了一天，第二天，第三天繼續有人加入。阿增叔母成了入社積極分子，她打通思想以後，熱烈響應黨的號召，帶頭入社，給大家樹立了榜樣。我和阿媽不前不後，在中午飯後，拿著土地證去入了社。家裡沒有耕牛和大農具，手續簡單。耕牛入社後，因為一時沒有現成的合作社牛圈，只好暫時由私人養在家裡，等社裡的牛圈蓋好了再圈在一起，選出飼養員集中飼養。原來那幾個推雞公車的勞動力，成為合作社的運輸隊，幾個地主的身份沒有變。全縣的水庫還在修，下村河岸邊的抽水站建好後，每天要燒不少煤，鎮上縣上到處都在發展生產，運輸隊不愁沒有活幹。可居樓門前立了一棵木柱，不知道從哪裡找來一根長條鋼板，早晚叫阿更古噹噹噹地敲起來，半條村子都聽得見。聽到鐘聲，五個生產隊便按隊長安排好的工種，各人拿著農具出門。全社和各生產隊，根據當日的農活，有分有合，合起來時，全社幾百號人，浩浩蕩蕩，鋤頭鐵耙，在陽光下閃閃生輝，有改天換地的聲勢。整個暑假，我差不多每天都和社員一起參加勞動。和利廣，富林，志森幾個一起，過了一個愉快的暑假。

像發森伯和萬興，黃毛，包括幾家上中農，總之是平時不喜歡被人管的人家，現在，聽見「敲鐘」出門，「敲鐘」收工，都不高興，可能要過一段時間才能習慣。

良生叔和秋雲姑原來以為這幾年一直為村上出力，成立合作社以後，可能在村上或合作社安排個職位，可惜希望落空了。農業合作社幹部位子只有那麼幾個，實在安排不了，不過，沒有叫他們回生產隊勞動，還在社裡幫忙，像社員一樣給他們計勞動日。

各家的果樹集中由專人統一管理，群智要求管，社裡沒有答應。社長說他年齡不夠，還不是一個正式勞動力，管果樹又是技術活。群智那幾天特別不高興，秋雲姑的單車賣掉了，他明知道阿媽不會給他買單車，還是如有所失，看著單車被買家騎走，非常失望。

新學年開始，我們升上二年級，成了老生。新學年，我們村和塘頭村都沒有一個人考進南山中學，塘背村卻考進來兩個，一男一女。古水泉因此很得意，時常在那個小男生面前充老大哥，對他指指點點，讓人看了好笑。課程增加了物理，植物學學完了，改上動物學，其它還是一樣。班上的少先隊活動減少了，有些同學在積極創造條件，申請加入青年團。上課時，張老師比較少講課外的事了，全班同學學習都很用功。

各科的功課都比初一時深，特別是語文，代數兩課佈置的作業比以前多，《動物學》上到第三堂，給我留下難忘的印象，那堂課解剖活的家兔。生物老師把一塊木板立在黑板前，從籠子裡抓出一隻活的白兔，然後用六根鐵釘把白兔的耳朵，四肢釘在木板上。當白兔吱吱叫的時候，老師用攝子攝起一團棉花塞進白兔嘴裡，讓牠叫不出來。老師用解剖刀進行活體解剖，從白兔下嘴唇開始，沿胸腹割到肛門，把皮和肌肉分開，用小釘子把皮釘在兩邊木板上，露出粉紅色看得見微血管的肌肉。最後，再從喉頭直到肛門把胸腹剖開，讓我們看仍然在跳動著的心臟，在呼吸著空氣的肺，在流動著血的血管，在蠕動著的腸肚。老師講得很認真，很嚴肅，因為這是科學。我不知道有多少同學在認真地看著，我自己沒有認真看。小時候，屋裡不管哪家殺雞、鴨時，家長都會叫我們走遠，不願意我們年齡太小就見到血腥。我相信老師的話，這是在學習科學，可是，我還是覺得血腥，心裡不舒服，以至引起我後來對《動物學》這門功課都失去興趣。

美術、音樂、體育三科都換了新老師。美術老師是個光頭，他本身就像一個圖畫中的人物。他好像說不成一句話似的，教我們畫石膏像人物素描時，轉來轉去，指著這個同學畫上的鼻子說：「洋蔥頭」，提起筆勾上兩筆，就變得像人的鼻子。看見那個同學畫的頭髮說：「麻花」，然後勾上兩筆，整個人頭就顯出生氣。有一次在外面學寫生，畫樹木掩映中的校舍。古水泉先畫校舍，他拿出一塊三角板，剛畫出一條直線，老師走過來，把他的三角板丟在地下，說：「不是工程師」。每堂美術課，不管在教室上，還是在外面上，都會說出逗人發笑的話。教音樂的女老師身材高大，有人說她有白俄血統，但我覺得不像，雖然她的臉很白，也還是中國人的臉，而且，眼睛不是藍的，鼻子也不是很高。有時候，她一邊彈鋼琴一邊唱俄文歌，真的是太好聽了。我記得歌名有：《莫斯科校外的晚上》、《伏爾加縴夫曲》。雖然我們聽不懂她唱的是什麼，但那曲調優美得讓人心醉。老師還唱過一首義大利民歌，叫：《桑塔路琪亞》，用中文唱的。這些歌是在教正歌之後唱的。所謂「正歌」，就是學校教材規定要教學生學會唱的歌。我們覺得美術和音樂老師比一年級時的教得好。

體育課的女老師換了，我們宿舍幾個人卻覺得可惜，因為我們喜歡這個女老師。老師很年輕，聽說她在南山中學讀高中時，是學校體操隊的隊員，後來被選送到縣體操隊，退役後，被請回學校教體育。平時她和其他男體育老師一樣，帶全校的早操和課間操。我們覺得她最好的地方，就是「不像老師」。大熱天上體育課，有的同學，特別是女同學怕曬黑，女老師說：「我還沒有嫁人哩！我都不怕曬黑！」說得我們都笑起來。她做動作第一次做得不好，很自然地說：「做得不好，我再做一次！」

有一個星期六下午，我回家走到家門前池塘邊，看見群智家在桿棚旁請人殺狗，不禁大吃一驚！群智家竟然在殺狗。

村子裡每棟屋都有人養狗，人家少的只有一家養，人家多的，也會有兩家人養，養狗主要用來看屋。母狗下了一窩狗，小狗長到幾個月，看得出是個好狗，就會被人要來養大了看屋。看著品性不好的，養大了就會賣給狗屠夫，也會留一條自己殺來吃。看家狗，老了也多數會被殺來吃，和一家人處得感情很深，不忍心殺，讓他老死後埋葬的也有，但是不多。村子裡，很多人喜歡吃狗肉，說「冬至羊，夏至狗」，羊肉保暖補身，狗肉驅陰避邪。殺狗不在家裡殺，也不在家裡烹煮。在屋外面的桿棚旁，用土坯支起一個灶，放上一口大鍋，殺狗，烹煮，都在這裡完成。不論誰家的看家狗被殺來吃，都不能自己一家獨享，煮熟了，整棟屋每家送一碗。像志森那棟屋才有他一家，有一次殺狗，煮熟了，還送上下屋的長輩。

狗有好狗壞狗，群智家的狗是好狗。那狗叫阿盲，不知道連生叔母是從哪家抱回來的，抱回來時才一個月大。抱回來那天，放在廚房裡，把飯菜倒在地上，老半天，牠不聞，也不吃。後來裝在一個破碗裡，塞到牠鼻子底下，牠才吃。一連幾天都是這樣，連生叔母說：「是不是抱了一條瞎狗回來？」後來知道不瞎，因為叫慣了，還是「瞎狗、瞎狗」的叫，別人說叫瞎狗不好聽，便改叫阿盲。

阿盲是一個很有靈性的狗，不偷吃不在話下，看好整棟屋不在話下，還對連生叔母和群智赤膽忠心。水果成熟時，連生叔母叫一聲：「阿盲，看果園去！」阿盲便跑到屋後鑽進果園裡，東轉西轉，連瞌睡都不打。各家的果園都是用竹枝或鐵絲編的籬笆圍起來的，那是防君子不防小人，容易鑽進去。阿盲看果園的時候，我們一走近他家果園，阿盲就會走過來，不聲不響地望著你，如果你故意用手拉一拉籬笆，牠就會發出嗚嗚的叫聲，發出警告。所以，群智家的水果別人偷不著。有一次過春節時，阿木賢和群智在我們那棟屋曬穀場上丟四方賭銅錢，阿木賢輸了不認帳，抓起銅錢就走，群智拖住他，阿木賢比群智大，個子比群智高。正在拖拉時，阿盲從屋裡衝出來，一下把阿木賢撲倒在地，嚇得他趕緊爬起來沒命的跑了。最初我們還以為偶然會這樣，後來故意試牠，拖住群智裝作要打他，阿盲就會對你齜牙咧嘴，發出低吼。

群智和連生叔母竟然把這樣好的狗殺掉！

捉狗用「狗箭筒」，這是專門用來殺狗的工具。用一根五尺左右的竹子，把中間的竹節打通，將繩子對摺穿過去，結成一個活繩套。將活繩套套住狗脖子，另一頭抓住繩子一拉，就可以把狗勒住。村子裡，見到有人提著「狗箭筒」，就知道是買狗殺的狗屠夫，連狗都知道，只要看見有個拿狗箭筒的人從池塘外的石路上走過，就會夾著尾巴悄悄地走進屋裡躲起來。

還在讀小學的時候，有一天我和大狗，富林去到利廣家找他出來玩，突然聽到狗的狂叫聲。只見一個人從利廣家的廚房裡把狗拖出來。拖到池塘邊，一下把狗按進水裡。最初那人手裡的狗箭筒搖來搖去，水裡一直冒氣泡，過了好久，狗箭筒不搖了，把狗拖上來，已經死了。那人在狗脖子上割了一刀，等血流出來，馬上拎著兩條後腿，把那狗血到處灑，灑得房間門上，地上，到處都是，特別是雞廄，豬廄門上灑得多。等那人回來把狗放進鍋裡燙，開始刮毛時，那股氣味很騷，我們就一齊走到屋後面去。

我問利廣為什麼要把狗殺掉？那個殺狗的是誰？

利廣說：「那狗老了，萬一死在外面就吃不成了。那是我表姑丈。」

大狗說：「你們家的狗真的老了，上次我去你家，見到人連尾巴都不會搖一下。你爸爸怎麼不自己殺，要請你表姑丈？」

「阿爸說，他下不了手。我也覺得可憐，不想看殺狗，剛想上去找你們，你們就下來了。」

富林說：「有些狗很聰明。以前茂發哥家養過一隻狗，才看見殺狗的拿著狗箭筒進來，『噢』地一聲，從後門跑出去，就再也沒有回來。」

利廣說：「再聰明的狗也比不上人。我表姑丈教我阿媽：先把狗箭筒拿進廚房放桌子上。弄點狗喜歡吃的放狗食盆裡，當狗進來吃食時，一邊摸摸牠的頭，趁狗不留意時將繩索套在牠脖子上，躲在門外的表姑丈就快步搶進來，一手拿起狗箭筒，一手抓住繩子一拉緊，把狗頭勒住。這時再聰明、再兇的狗，也跑不掉了。」

群智家把家裡那麼通人性的狗殺了！這條一生都在保護整棟屋的安全，保護群智家的生命財產的好狗，最後卻連自己的生命也保不住！牠不是病死的，更不是老死，是被牠曾經盡忠竭力保護過的主人殺了，要把牠吃掉！

上中學以前，我和群智天天在一起，阿盲對我，跟對群智一樣親熱，我因此覺得傷心。我匆匆忙忙進屋不知道拿了一樣什麼東西，對阿媽說：「我在學校忘記做一件事，要趕緊回去補做！下個禮拜再回來了。」不等阿媽回話，就快步走出了家門。

回到學校，宿舍裡陳克忠正要去吃飯，他這個星期沒有回家。聽說我也還沒有吃飯，便約著一起到校門前的小吃店去吃。吃過晚飯，回到宿舍，各自看了一會兒書，熄燈前兩人躺在床上說話。

我問：「克忠，你家養過狗嗎？」

「當然養過，鄉下多數人家都養過。」克忠回答說。

「那狗後來怎麼處置？」

「會怎麼處置？老了都是殺來吃啦！」

「你喜歡吃狗肉嗎？」

「吃過，說不上喜歡不喜歡，只覺得那股騷味有點難聞。你呢，你喜歡吃嗎？」

「我以前吃過，我們村子裡的人還喜歡吃乳狗，那是還在吃奶的小狗，說吃了很有補。有一次我阿媽煮乳狗肉，那狗肉放了紅麴煮，給我的那一碗裡有兩隻狗爪。兩隻爪紅紅的，很嫩很嫩，我一看，實在太像我叔母剛生下來幾個月的堂弟的腳趾，一下就嘔了出來。我阿媽以為我不舒服，叫我不要吃了。從那以後我就沒有再吃過。」

「心理作用！」

「可能是。克忠，老師說，古代社會人吃人，易子而食，你相信嗎？」

「書上這樣寫，老師又這樣講，應該是真的。」

「那怎麼殺來吃？是像殺狗一樣殺來吃嗎？用布袋裝著，沉在水裡浸死，然後切碎煮來吃！」

陳克忠從床上支起半個身子，望著我說：「方智，你是不是半路上遇著鬼了？怎麼會突然說起吃人的事！」

我把下午回家看見殺阿盲的事告訴他，覺得：這麼通人性，又為他家做過那麼多好事的狗，實在不該殺，更不該吃！

克忠索性坐起來，說：「你說的是兩個問題：第一，要說為人做事，我們養的所有畜牲，都是為了人的生存需要飼養的：牛耕田，雞下蛋，狗看家等等，都在為人做事。我們飼養牠們，就是為了利用牠們，同時為了給我們提供肉類，就是吃牠們，這就是人和禽獸的區別；你提出來的應該是第二個問題：通人性。狗很聰明，和人處久了，又有了感情，因此殺牠好像覺得是殺了一個朋友一樣，是不是？」

我一聽，連說：「對對對！就是這樣感覺，克忠，你說得太對了！」

克忠說：「你剛才說到古時的易子而食，那是指大飢荒或連年戰爭之後，因為沒有糧食，除了吃人，再沒有其它可吃了。所以，人吃人，是人類為了求生存，免於滅絕的需要。」

「可現在也沒有大飢荒或連年戰爭呀？」

「所以，也還沒有到吃人的地步呀，只是吃狗罷了！」

「你不是說狗也算是人的朋友了嗎？怎麼連朋友也能殺、也能吃呢？」

「說狗是朋友，只是一種類比說法，人類朋友和禽獸朋友究竟不同。我在家聽阿爸和他朋友講過一個笑話：一家四口，兩夫婦，一個兒子，一個媽，一起逃難。路上沒有吃的，都要餓死了。沒有其它辦法，只能賣掉一個，才能救活三個人。你說賣哪個？」

「賣兒子！」

「當然不行，那是傳宗接代的。」

「賣老婆！」

「也不行，兒子還小，賣掉老婆，兒子也養不活。」

「莫非賣自己？」

「一家之主怎麼可以賣？」

「那你是說賣自己的母親？這太不人道了吧！」

「是的，從感情上、道義上，可能令人難於接受。但是，從現實出發，卻是這家人得到生存和繁衍最合理的安排。」

「這和殺狗有什麼關係？」

「連這都不明白？每個人都要在現實中對自己的生存和生活，作出最恰當的安排。何況，再聰明，再通人性的狗，在人們的眼裡，也還只是能為人提供肉類的禽畜。你堂哥不是大富人家，也不是吃齋唸佛的菩薩。要吃肉，把狗殺來吃，太正常了。難道你想叫他像對祖宗一樣，抬到山上埋起來！」

「這倒不會！像剛才說的，村子裡的人會吃乳狗。有些養大了就被人買去殺的，確實也像你說的，是為人提供肉類的畜牲。可是，這和人朝夕相處，不單會幫人做事，還會和人溝通感情的禽畜『朋友』，究竟和普通禽畜不同。難道對它們就沒有點人的同情心、惻隱之心、善良之心嗎？」

陳克忠好久沒有說話。我以為他要睡覺不想再理我，卻又聽見他說：「別說是禽畜朋友，就是人類朋友、親戚家人、夫妻、父子、兄弟，為了生存和利益，互相利用，互相殘殺的事，從古到今，都層出不窮。古方智，你這人有時想得太多。難得你今天為被吃了幾千年的狗表示同情，申張正義。可惜，狗不會對你感恩，對你自己，卻沒有任何益處。趕緊睡覺吧！」

陳克忠的爸爸是老師，家裡經常有讀書人聚在一起談天說地，他從小聽得多，所以，他比我們幾個知道的事情和道理多。

過了幾個禮拜，阿盲的影子漸漸模糊以後，我問群智，為什麼他和阿媽捨得殺掉阿盲？群智說：「不是捨得捨不得，而是沒有用了。田地果園都入了社，家裡也沒有什麼東西被人偷，不能白養著牠。我和阿媽都要自己勞動掙工分吃飯，幹部一天說到晚不能養閒人，那還能養閒狗！」我無言以對，不記得在哪裡看過的話：「不勞動者不得食！」

有一段時間我迷上看小說，經常約郭子奇去圖書館借小說看，不過，沒有明確的讀書目的，比較隨意。除了志強哥介紹我看的《童年》，《卓婭和舒拉的故事》，也看《西遊記》、《水滸》、《鏡花緣》等小說。看小說，除了那些故事情節好看以外，也會看到許多人情事故和各種社會和生活知識。看到魯智深和李逵，滿嘴「鳥」字，才知道原來自古以來，所有人都會說粗口。看到唐僧帶著三個徒弟來到女兒國地界時，那些女人一路奔走歡呼：人種來了！人種來了！覺得非常好笑。書上連這樣的話也會寫出來，而且還是名著。我想起上次古水泉鬧出的風波。心想：文學作品中的粗口，像類似「人種」的話，鄉下的男人，差不多天天都會說。如果我在作文裡把這幾個字寫出來，恐怕要在全班同學面前作檢討。我看到圖書館還有其它國家的小說，但是，志強哥和管理圖書的老師都說：除了蘇聯小說，其它國家的小說你們還看不懂。看到蘇聯人民過去的苦難生活，看到德國法西斯的殘暴，蘇聯人民的英勇鬥爭，我會很激動，不過，那些故事離我們的生活太遠，最後沒有留下太深的印象。我還亂七八糟地借過不少書，有些借來看了幾頁，覺得不好看，就還掉不看了。

不知道那天開始，政府發行糧票。我們由學校開出證明，就可以用米去糧店換成糧票，到學校交糧票開伙食，比以前方便。糧票也在市面上使用，去飯店吃飯要用糧票。有一次看完電影，志強哥說請我吃飯，他也是第一次用糧票。進到飯店，看來看去，買了兩碗飯，買了一碗三鮮湯，已經差不多五角錢。不知道志強哥以前有沒有吃過三鮮湯，這湯裡只有一剖兩半的半片魚頭，幾片很薄的肉片，幾小塊豆腐，幾片草菇，加上幾根小白菜，灑上點蔥花。湯是有點鮮，但湯裡那點菜用來下飯就遠遠不夠，我沒有吃飽，相信志強哥也沒有吃飽，我覺得很不值。

村子裡的生產搞得很火熱，合作社是新鮮事。所有的田地不再是私人的，是集體的。收完晚稻以後，社裡做了一些規劃，把有些很不規則，但高低相差不大的水田，挖掉田埂，合併成一大塊。有些地塊，打破了生產隊的界限，便要幾個隊聯合起來，或者全社組織起來，一起幹活。

有一天，兩個隊併田，併到連生叔母家一塊田時，她就吵起來，扒在田埂上不給人挖，阿松伯母只好叫來新興叔。

新興叔叫連生叔母：「連生嫂，趕緊起來，天氣這麼冷，扒在田裡也不怕著涼，一會兒肚子痛。」

「把田埂挖了，以後誰分得清那坵田是哪家的，還怎麼土地分紅？」連生叔母坐起來說。

「你不是還交有土地證在社裡嗎？是根據土地證上的土地分紅，又不是看著田分紅。」

「懶人勤快人混在一起，好田不好的田混在一起，哪裡會種得好莊稼？這合作社遲早要垮臺。剛好社長來了，我要退社！入社時你們說了：入社自願，退社自由。」

聽到連生叔母說要退社，大家七嘴八舌，說什麼的都有。先隆伯對連生叔母說：「阿翁妹（連生叔母娘家姓翁），大家都入社了，你這一坵田在合作社的大田中間，你退了社，怎麼進來自己的田裡幹活？」

大家便起哄：「飛進來囉！你這田被圍起來了，水都不給你進，看你怎麼耕這坵田？」「一天說自己的田好，別人的田不好，別人佔了她的便宜。」……

連生叔母嘴裡說著你們仗勢欺人，站起來拍拍褲子，回家去了。

像併田，修水溝，修河堤等勞動，全社大部分勞動力一起幹活，比互助組時熱鬧得多，可是，有些人免不了怕苦怕累，偷懶耍滑，或者幹活時不顧質量，偷工減料。剛成立農業社，大家都比較容忍，指責兩句，或者說說笑笑就過去了。

把屋後面的果園合併起來時，有一件事情讓我覺得心裡很不是滋味。

客家人對先人的尊重，歷來很重視，強調慎終追遠，不忘根本。家鄉有「二次葬」習俗。從前，祖先在遷徙途中，只能將去世的親人，先草草埋葬，等到擇地安居下來，才尋回土墳，起出骸骨，裝進一種陶罐，不管多遠，都要揹回定居地重新修墳安葬。那裝骸骨的陶罐有個專用名稱：叫「金盎」。（家鄉話的「盎」原意是指小瓶子，但「金盎」則是指裝骸骨的專用詞。這「盎」實際就是普通話中的「甕」。用來裝種籽、食物等物品的，口比較小，叫「甕」；用來裝骸骨的，口比較大。）到了近代，祖先已經定居下來，由於經濟條件等原因，很多家庭在親人去世後，一時沒有能力修墳，便採取遷徙中的辦法，先入土為安。入土後，到一定年限，不管有無能力，也要把骸骨起出來，以免棺木腐爛後，骸骨化為塵土。起出骸骨，請專職幹這行的人裝進「金盎」。然後將「金盎」安放在自家的果園或菜地的一角，到

經濟條件許可時，再建墳「二次葬」。對這裝有先人骨骸的「金盎」，子孫後代年節時要去拜祭。

我們小時候喜歡在屋後果園菜地周圍玩，這些裝骸骨的「金盎」家家都有，因為見慣了，所以不會害怕。小時候不懂事，甚至有時會比那家的「金盎」多，好像多就值得誇耀似的。有一天志強哥也來到屋後，聽見我們議論，告訴我們說：「別傻了，「金盎」的多少，說明家族人口的繁衍，後代的經濟狀況，子孫對先人的孝道等等很多問題，你們還不懂！」

在這次果園的合併中，我見到很多「金盎」被打爛，有不少骨骸散落在亂草或刺叢中。我家的果園原來擺有四個，土改把果園分給別人後，新主人並沒有挪動，應該是出於對同族所有先人的尊重。現在看到果園周圍，不少被打破的「金盎」，散落在地的骨骸，卻不見有人收集，也沒有聽到一點反應的聲音。沒有聽到任何人說這件事，連平時喜歡講「孝道」的阿媽也不提，使我感覺到：土改，互助組，合作化等等，政府的各種運動，是一股看不見的巨大力量！

天氣漸漸變涼，我們幾個已經不去水渠洗澡，更重要的原因是，我們感覺到自己的身體起了變化。那水渠靠近路邊，有人路過看過來覺得害羞。有一天，我在學校浴室裡洗澡，當搓到肚子下面時，覺得皮膚表面粗粗的，有些異樣。以前在水渠洗澡換褲子時，用外衣圍住下面，急忙脫掉濕短褲，快快穿上乾褲子。在浴室只有自己一個人，仔細看到下面的時候，才發現下面長出了一層黑黑的，細細的絨毛。我一時適應不了這個情況，慌忙擦乾身體，穿好衣服回宿舍。走在路上偷偷地望別人，看是否有人發現了我的秘密？

我已經知道男女長大了都會在下面長出毛來，但是，一旦發現自己下面也長出來的時候，覺得有點怪怪的。這天睡覺時，不自覺地一直用手去摸它，幾天以後，才覺得適應。宿舍裡幾個人，平時說說笑笑，不覺得誰有什麼異樣。有一天晚上快要睡覺時，個個都穿著短褲坐在床上，一邊說話，一邊等熄燈。王立軒把手伸到褲襠裡一直抓癢，陳克忠問他：「是不是長蝨子了？」王立軒說：「說你的鬼，我差不多天天洗澡，那會長蝨子！」宋振國說：「是下面長毛毛很癢吧？」王立軒說：「長毛毛會癢嗎？」宋振國說：「會呀，會癢你也不要抓，抓破皮就不好啦！」王立軒說：「那你不會癢嗎？」宋振國說：「我早長出來了。我和古建民比你們大嘛！」我們幾個人都開始變聲，阿媽和叔母他們說我們「長身子」了。我想王立軒也可能和我一樣，我剛想問他，他就跟宋振國說：「給我看看你長成什麼樣子好不好？」宋振國說：「傻瓜，還不都一樣，有什麼好看。」陳克忠就來了興趣，說：「要看就大家都看看，公平起見。」幾個人便嘻嘻哈哈，在床上，你拉我的褲子，我拉你的褲子，滾來滾去，反正也沒有仔細看，就知道個個都長了。我見古水泉還沒有回來，他這幾天迷上畫畫，不知道是不是想當美術家。就說：「古頑一直不會長高，好像不會發育，不知長毛了沒有？」也不知誰說，等會兒他回來，我們按住他，拉下他的褲子看看。一會兒古水泉回來，因為快要熄燈了，他快快的脫了長褲就上了床。我們幾個一下走過去，兩人按住他的兩手，兩人拉住他的兩隻腳，一個人一下子把他的短褲拉下來。一看，還是光光的，一根毛都沒有，五個人忍不住哈哈大笑。

因為太突然，古水泉掙脫以後，先是罵人，然後就哭了起來。我們連忙向他道歉，表示對不起，只是開下玩笑罷了。想不到，到熄燈以後，古水泉還在小聲哭，並說要向張老師告狀。我們聽了有點害怕起來，不知道怎麼收場。後來，陳克忠又說了一句：「都怪古方智出的主意！」古水泉一聽，覺得捉到主犯，大聲說：「原來是古方智出的壞主意，明天我一定要告到張老師那裡。」說完不哭了。我擔心他真的向張老師告狀，便走到他床邊向他說：「水泉哥，我錯了，向你道歉，請你原諒好不好！」這幾天我聽到他們村的初一男生叫他水泉哥，他很高興，所以這樣叫他。可他拉起被子蒙住頭，不理我。

我想了想說：「水泉哥！請你允許我立功贖罪，我向你捐獻五本連環畫，將功補過，行不行？」他最近畫畫喜歡用連環畫臨摹。

果然，他一聽，把臉露出來說：「你說話算不算數？」

「大丈夫一言既出，駟馬難追！」這是我從章回小說上學來的語言。

古水泉說：「那好，就看你守不守信用！」

說完又拉起被子蒙著頭睡覺，我也放下心來。

第二天是星期六，古建民，我和他，三個一起回家。一路上，我故意一句也不提連環畫的事。到分路時，他終於忍不住說：「古方智，昨晚上說的話，可不要忘記了！」我說：「我當然不會忘記你那光身痲雀！」說完轉身趕緊跑，他撿起地上的石頭要打我，我已經跑出好遠了。

第二天晚飯後回到學校宿舍，他們幾個已經在宿舍裡。我拿出連環畫給古水泉，他一看，都是他說過想要的幾本，高興地說：「算你說話算數，就原諒你古方智一次吧！」其實，我那時對連環畫已經沒有多少興趣，看到古水泉還很喜歡，早就想送給他幾本。

陳克忠說：「太划算了，古水泉，再讓他看一下，又得五本怎麼樣？」

古水泉說陳克忠：「不是你說古方智出的主意，我也不會要他的連環畫！」

我才想起前晚的話：「原來當面告密的是陳克忠，你才是罪魁禍首！」

陳克忠說：「懂什麼！不管什麼罪行，總要有一個人揹著，大家才過得去。」

宋振國說：「其實也沒有什麼，不是說學完《動物學》就要學《生理衛生》課嗎？也有講男人女人的身體什麼的，我們不過是提前自已先學學罷了！」

古水泉說：「實際上我也不是真的會向張老師告狀，這又不是什麼光榮的事，何況你們又不是沒有看過，我時常在宿舍裡換褲子，你們都見過了。」

王立軒問：「那你為什麼哭得那麼傷心？」

古水泉說：「我是被你們嚇著，以為你們要害我！」

古建民罵道：「真是蠢，我們怎麼會害你呢！」

古水泉說：「我們村有個二流子，經常偷人家菜地裡的菜，又會爬廁所偷看女人小便。有一天，村子裡幾個阿叔把他捆起來，打了他一頓，又不敢打傷，放他之前，一個阿叔在他屁股眼裡塞了一個紅牛角椒，辣得他在池塘裡泡了半天都不行，又疼又辣好幾天，一大便就疼得呱呱叫。」聽得大家笑到肚子疼。

鄉下搞合作化運動，城裡搞公私合營。大街上，同樣敲鑼打鼓，到處披紅掛綠，比村子裡更熱鬧。城裡的同學，開商店的不是太多，農村來的同學，對公私合營不太懂，班上也沒有像農村合作化運動一樣，搞那麼多的活動。而且，我覺得，城裡的同學好像也不像我們這些農村學生，對「合作化」那麼熱心。有一天課外活動時，我和郭子奇在操場玩雙桿，我問他這件事。郭子奇的爸爸在縣裡什麼局當幹部，他書也看得多，知識比較豐富。

聽到我說村子裡多數人都喜歡農業合作化時，郭子奇說：「城裡人和鄉下人不同，那些做生意的人，都是靠自己的手藝賺錢，多數人都不願意合起來。」

「不是合起來好幹活？人多力量大嗎？」

「打老虎咩！各行各業不一樣，同個行業，經營方式，技術也不一樣，不像你們農民，都是種田。」

「那照你說，公私合營不是合不起來了。」

郭子奇不屑地說：「你都還沒有搞懂公私合營的意思！以前的店是老闆的，就是所有本錢是老闆的，賺錢多少也是老闆的，給工人多少工資，請人或辭退工人都是老闆說了算，這樣就會有剝削壓迫。公私合營就是政府拿出一筆錢，和老闆的錢合起來經營，所以叫公私合營。因為政府代表人民，代表工人，所以工人也成了老闆，就有權和老闆一樣管理商店了。」

我想了想，說：「政府都拿錢出來和你合夥做生意，那為什麼有人不願意呢？」

「那賺了的錢也不單是老闆的啦！如果賺錢不容易的，像那些理髮店，補鞋舖，小吃店這些，老闆有可能會願意。但是，那些賺錢的，特別是賺錢多的老闆，都不會願意！」說著左右看看，放低聲音說：「像吳昌祥家，他爸媽是鑲牙醫師，自己開舖子。他爸媽技術好，生意好得不得了，又不請工人，恐怕一個月賺的錢一年都吃不完，而且，聽說他們店裡那些機器很值錢，花大價錢買回來的，所以，政府怎麼動員，他們都不願意公私合營。像張炳盛家，他家開照相館，只有他爸爸一個人做，他阿媽在家煮飯帶孩子，照相館請了兩個夥計，那些照相的機器也不會那麼值錢，他家或者就比較願意。」

「如果這樣，那能賺錢的堅持不公私合營，政府就沒有辦法嗎？」

「暫時的辦法，就是大不了向他們多徵點稅，但是，如果政府真要對你限制起來，不管什麼商店也經營不下去。公私合營的主要目的，是要消滅私有制，消滅剝削。」

只要有講得起來的話題，城裡的同學，多數也喜歡和鄉下來的同學一起玩。城裡的同學和鄉下同學最不同的是，如果他們自己不提，就不要問他們的家事，否則，他們就不再理你，不像我們鄉下來的同學，連阿爸和阿媽吵架打架，都可以和別人亂講。我們宿舍六個人，陳克忠和古建民比較少和城裡同學一起玩。

進入冬天，合作社開展掃盲活動。三十五歲以下不識字的婦女，要參加掃盲班，讀一本縣上發的掃盲課本。我們生產隊，把維生叔母，良生叔母，蓮英姑列為掃盲對象，讓群智和豬妹當老師。其實維生叔母她們三個都讀過一、兩年書，只是很多字忘記了。掃盲課本的內容，多是日常生活用語，家庭用具、農具的名稱。開始時，幾個人還一本正經學過幾個晚上，可惜，沒有學多少天就散夥了。我問群智和豬妹怎麼不堅持下去，這是一件好事。他們說，一來不好教，二來也沒有人管。群智說，維生叔母都是問一些「阿咩話」的字，他都不會寫，豬妹就說，蓮英姑為了嫁人，怕男家說她沒有文化，想叫她幫忙把小學的功課補起來，那有可能。至於良生叔母，每次一坐下來，她的話比我們當老師的還多。掃盲班剛開始很像樣，在我們這棟屋下廳點起油燈，一起坐在桌前學了幾晚，新興叔和阿松伯母還來檢查過，沒過幾天，這個說有事，那個說不得閒，阿松伯母也沒有再來管。

快到冬至，有一天洪昌叔母回娘家，回來時拎回一條羊腿。她娘家靠山，有人養羊。村子裡的風俗，只要有條件和時間，不管男女，喜歡三五知己約起來，各家拿出一兩樣東西合起來煮，一起吃喝聊天，家鄉話叫「打吊聚」。冬天吃羊肉是時令，羊肉加黑豆和米酒，紅麴，薑等佐料，用瓦鍋烹出來，吃了補身。

洪昌叔母這次不是「打吊聚」，只是叫了每天收工時和洪昌叔一同回家的葉子青來吃。等洪昌叔和阿葉回來，那羊肉的香味，人還未進屋已經聞到了。

阿葉一進屋就說：「阿嫂，又來吃你的羊肉，經常吃你的，不知道哪時才能還你的人情？」

洪昌叔母說：「不用還人情，還你的心情就好，只要你們吃得高興！」

當下的話題都離不了合作化，洪昌叔母說起娘家合作社的情況，說娘家靠山，以前多數人家都養羊，現在都集中起來了，不過，還允許私人養一兩隻羊，豬就沒有人養了。樣伯婆和豬妹早已吃過飯帶著可芬出去玩了。洪昌叔母給兩人舀好羊肉，又一人斟了一小杯自家釀的米酒。

阿葉說：「好香！說羊肉暖身，今晚洪昌叔要熱得睡不著覺了。」

洪昌叔母笑起來說：「好阿葉，也識得說笑了！」

洪昌叔說：「他懂什麼，剛才阿新興說的。」

「你們平時不是會一起回家嗎？今天不見他。」

「臨時被古思田叫走了，新書記才上任，說商量什麼事。」

「可惜他沒有口福！」

「他們幾個餓不著，在村子裡檢查工作，或到鎮上開會，碰到那口池塘撈魚，供銷社殺豬，那裡不搞點東西吃。」

洪昌叔母說：「魚還好說，現在豬肉不是要肉票了嗎？」

洪昌叔說：「都是熟人，殺豬的人自己和熟人打打吊聚還用什麼票。算了算了，不說別人的事，阿葉，吃。」

洪昌叔母對阿葉說：「就是，不說他們，說自己的事。葉子，嫂子想問你，你年紀也有了，心裡有個人樣（指心目中喜歡的人的樣版）沒有？」

阿葉喝了一小口酒，剛要說話，洪昌叔說：「阿葉中意阿桃華，說他是實在人。」

阿葉接嘴說：「阿嫂，前幾年那頭親事散了以後，心淡了兩年。後來解放了，又是土改，又叫我做了會計，搞互助組，合作社，忙了幾年。這幾年村裡村外見過的人不少，男男女女，確實像洪昌哥說的，我覺得像阿桃姐這樣實在的人少有！不過，也只能在心裡想想罷了。」

「你也太傻了！種子藏在瓦缸底下會長出苗來嗎？有話要說出來，不然誰知道，豈不是委屈了自己，也委屈了別人。」洪昌叔母說。

洪昌叔說：「阿桃華回來這幾年，也真是滷（熬煉的意思）出來了，又立得穩，走得正。要不你去跟阿桃華提提，算做個媒嘛。」

洪昌叔母說洪昌叔：「你真是多餘！又不是離得十里八里路，上下屋日日見面，打個招呼，進去望望她阿婆，問下冷暖，心裡有什麼話自然就說出來了。自己說的才真，要什麼別人去提！」說完對阿葉說：「葉子，嫂子覺得你沒有看錯人，該緊的事要緊，不要拖！你剛才叫阿桃姐，莫非你比她還小嗎？」

阿葉笑起來：「那倒不是，不就是叫好聽嘛。」

洪昌叔說：「好了，羊肉都凍了，把酒喝完，明年到阿葉家喝喜酒。以後你可不能叫她姐，不然，她欺負你。」三個人喝完酒，又說了一陣閒話，阿葉道謝回家。

這年冬天，除了繼續平整土地，又搞修整溝渠等農田水利建設。單幹戶時，那些田埂被相鄰的田主削到走路都難，有些溝渠彎彎曲曲，平整土地後，把路和水溝修直，不但田間道路和水路比以前暢通，也增加了田地面積。屋後從果園到近河堤的旱地，本身比較平坦，平整起來容易得多。地塊大了以後，種植花生、黃豆、芝麻、綠豆等等，種什麼有利生長，便於管理，比較容易安排。

成立初級農業社第一年，糧食和旱地作物都豐收。土改後，人人分了田地，土地等入股分紅，加上出工得到的勞動日，除特殊原因外，多數社員都增加了收入。像良生叔家，不像過去因為缺乏種田經驗而影響收成。我家入股分紅的不多，阿媽一個人的勞動日，也足夠抵銷分糧食和其它各種雜糧的款項。阿爸南洋有寄錢回來，我可以安心讀書。

這年春節，不少人家蒸酒，做粄，大年初一殺雞，買魚買肉，敬天地神明。差不多棟棟屋都貼對聯，對聯有買來的，有自己寫的，內容都是歌頌新社會、歌頌毛主席和共產黨，讚揚互助合作，讚揚農業社。

大年三十吃過午飯，姑丈和良生叔叫群智和我，連勉智這些小的，都出來在前廳看寫對聯。等群智和我磨好墨，鋪好紅紙，平時不言不語的秋雲姑丈，捋起袖子，提起大筆，顯得神采奕奕。轉眼功夫，他在紅紙上寫出斗大的字：冀政通人和久　望國強民富長；橫披是：普天同慶。姑丈告訴我們，是德叔公定的句子，用來貼大門的。寫好後叫良生叔寫，良生叔推辭兩句，提起筆寫小門的對聯：東西南北八方永泰　春夏秋冬四季平安；橫披是：萬象更新。還有一幅小門的沒寫，姑丈和良生叔看著我和群智說：「你們寫一幅，以後都是你們寫了。」我一聽趕緊擺手搖頭。我們小學語文課就學過對偶句，老師教過對對子，春聯以前也看得多，叫我想一幅也想得出，可是，寫毛筆大字，我不敢上前。剛才看姑丈寫字時，我感到驚奇，想不到平時推著雞公車，低著頭好像在數著腳步走路的姑丈，運起筆來換了個人似的：眼睛發亮，渾身是勁。我們上村小時，從一年級就開始寫毛筆字，最初是描紅，到三年級開始摹寫，可惜後來就沒有老師教了。按以前的教程，起碼學到六年級。六年的功夫，如果認真，也就有點功底。自己雖說學了三年，後來卻完全沒有再練習，現在恐怕連筆都握不住，別說寫字。我倒是見過群智還在家寫過毛筆字，他以前不喜歡上學，不上學了，閒時也會找書翻翻，寫寫毛筆字解悶。

群智看我不敢上前，便說：「我不像姑丈和良生叔，想不出好句子，寫口水話可不可以？」

姑丈說：「可以，只要對景！你就想個村裡的，家裡的，自己的事就行。」

良生叔說：「但是起碼兩句要對齊，不要長短腳！」

群智說：「這我學過，對子當然要對齊。」說完便邊想邊寫了起來。

只見他寫的是：蒸酒做粄磨豆腐　想爸養媽找老婆；橫披是：過好日子。我看著想笑：這叫什麼對聯啊！但我自己不會寫，不敢出聲。姑丈拍手叫起來：「好對，好對聯！說出了合作社的優越性，又說了老百姓的心願！」

群智說：「字寫得不好看！」

姑丈說：「誰說寫得不好。你以為姑丈和你良生叔的字好！那是描出來的，是照別人的字寫的！你這字是自己的東西，比抄別人的強！」

良生叔問：「現在貼嗎？」

姑丈說：「貼，現在就貼！方智，你看粥湯冷了沒有？不冷不會黏的！」

我走去試試面盆裡的粥湯，已經涼了，便端起來，一起到門外貼對聯。三副對聯貼出去，上下過路的人都要停下來看。對姑丈和良生叔寫的對聯，不但讚意思好，也讚字寫得好。看到群智寫的對聯，反而沒有人敢妄加評論，有人說打破陳規，有新意，至於那字，大概是一種比較少見的什麼體！

志森和利廣當然看得出是群智寫的，專門進來笑話他。

志森說：「原來群智從小不想讀書，是想早點討老婆。」

利廣說：「你不是不喜歡你阿爸嗎？怎麼又想他？」

群智說：「還說是中學生，以前老師教語文不是講『主題思想』嗎？我這對聯的『主題思想』是什麼？就是希望年年都像今年，一家人能過好日子。」

聽群智這麼一說，我們三個反而沒有話說了。

像昨天一樣令我感到奇怪的是：寫對聯時氣宇軒昂的姑丈，第二天起來又是頭耷耷的。

寒假不到一個月，回到學校，好像個個都長高了。現在，男同學差不多說話都像公鴨叫一樣，我們自己聽了都好笑。開學後不久，一個星期六，學校組織到附近的農業社參加半天勞動，社裡安排我們拔秧、挑秧、栽秧。參加栽秧的不多，多數同學是拔秧，特別是城裡的同學。其實拔秧並不容易，社裡安排拔一坵長得不好的秧，秧苗長得稀更難拔，容易拔斷。我選擇挑秧，挑著秧在窄窄的田埂上走，送到栽插的田裡，也是吃力的活。王立軒才幹了不久，他媽媽從家裡來，請假先走了。俗話說：「一月凍死牛，二月凍死馬，三月凍死耕田者」。我衣服穿得厚了些，挑了半天的秧，出一身汗，覺得有點累。吃過晚飯，他們三個回家去了，陳克忠也說有點累，我們兩人便決定第二天早上再回去。睡覺時，陳克忠說今晚有點冷，兩人便說，隨便拿誰的被子加上一床，反正他們都回家了。陳克忠拿了古水泉的被子，王立軒有床紅色的羊毛毯，是他爸爸從南洋帶回來的，我想借來試試暖不暖。我把毛毯拿過來蓋在被子外面，開始不覺得特別暖，只是覺得壓得重了點。兩個人說著說著就睡著了，不知睡了多久，我做起了夢：君明先生帶我們遠足。最初走的是大路，後來走的是小路，穿過田埂以後，走到山腳。登上一座小山，原來前面又還有一座小山，再登上這座小山，遠處還有數不清的小山。我們坐在小山頂的草地上，太陽曬在身上，有點熱，我們舒服地躺在草地上。突然又變成和古建民、王立軒、古水泉他們去游泳。游到後來，葉小霞老師也在，葉小霞老師穿著游水的衣服很好看，像我們小時候養的一種魚，身上有紅色藍色的條紋。那種魚的名稱我們只會用家鄉話說，後來我問教動物學的老師，老師說那叫鬥魚。那種魚真的很喜歡打架，而且，要打架的時候，身上的顏色就會變得非常鮮豔。葉老師身上的衣服就像那種顏色，她游得那麼快，我潛在水裡，想追上她，但一直追不上。我突然感到雙腳好像被人抱住還是被什麼纏住，用力掙也掙不脫。我用力掙，掙出一身大汗，到終於掙出來時，覺得肚子裡有一股熱流，被擠壓得衝關而出，當陣陣洩流時，從丹田到後面脊髓，傳來一陣無法言狀的快感，最後，渾身一震，一下驚醒過來。我感到渾身燥熱，一身都是汗，摸摸褲子，一片濕滑。我坐起來把被子外的毛毯掀掉。等清醒以後，想起以前聽到過的遺精，月經之類的字眼，想起前不久，古建民和陳克忠說又「畫地圖了」的話，心想：自己遺精了。我覺得褲子變得冷冷的不舒服，便側躺著，捲曲著身體，覺得懶洋洋的，不久又睡著了。

第二天一早，陳克忠起來時叫我，我們約好一起出門回家。我有點懶懶的，便沒有理他。他見我在床上瞇著眼睛，又不回答他，就問：「是不是昨晚上屙東西了？」說著一把拉開我的被子，要看我的褲子。我連忙捂著褲子說：「是了是了！不用看了。」等我穿好衣褲，一起走出校門，陳克忠說：「我們都長大了。古方智，我告訴你，你不要自己玩到那東西出來。老人說，一滴精，十滴血，很傷身體，會短命的！」我說：「我知道，我還不是聽大人說過！」等到和陳克忠分路，自己一個人走在路上，我又像上次洗完澡一樣，老是去看遇到的行人，看他們會不會注意我的變化，直到覺得和平時沒有什麼異樣，才愉快地回家。

在宿舍裡，我們會簡單討論幾句有關「長身體」的事，古建民和宋振國懂得多些。他們說的，多是鄉下聽大人講的，有些說得很離奇，讓人半信半疑。生理衛生課還沒有開課，我決定有機會時，問一問德叔公有關的知識。我小時候喜歡到德叔公房裡去，翻翻他的那些有草藥圖案的書。

到下一個星期天，吃過早飯，休息了一會，我便去找德叔公。進到房裡，看見一個不知是哪個村的年輕叔母在看病。叔公已經結束診斷，一邊處方，一邊和她說話：「撞紅這事，不可掉以輕心！弄不好以後難懷下孩子，麻煩就大了！」那女人說：「我那男人像頭牛一樣，說都說不聽。」德叔公把寫好的方子拿給她說：「你要和你家娘（婆婆）說，叫你家官（公公）去說他，這事不說不行！你這次就拖了那麼久。先拿這方子回去抓兩付藥吃了，吃完再來看看。」那女人說了聲多謝，從口袋裡摸出一個紅包放在桌上，就出去了。以前的人來看病，很多是送東西，現在土地入社了，實行統購統銷以後，有些東西要有票才買得到，所以，看病的多改送紅包。一般包個幾角錢，有大方的塊把錢。德叔公把紅包收進抽屜裡，很多時是秋雲姑才會進來打開看。

德叔公望著我問：「讀書讀得怎麼樣？」

我說：「都是這樣，每天上課，下課，做作業。」

「我是問你老師講的懂不懂？」

「各門功課都聽得懂，就是俄文不行！很難學！」

「那是！語言這東西，你不到他那個地方去，很難學得好。不過，不會講不要緊，學會看人家的文字也行！」德叔公會看英文，但不會說。

「什麼是撞紅？」我問。

「耳朵那麼長，就聽見人家說話，你還不懂。」德叔公說。

我一時不知道怎麼開口問好。正想起身出去，德叔公說，你去你震伯婆家看看，問問她見智吃了藥以後燒退了沒有，回來告訴我。我出來去到震伯婆家，看到她正帶著見智玩。我問她見智好了沒有，德叔公叫我來問的。震伯婆說，告訴德叔公，昨晚吃了一服（藥），睡了一晚，今早起來沒事了，剛吃完一碗粥。我看見智跑來跑去，很有精神。再回頭去德叔公屋裡時，我想好了要怎麼問他。進到德叔公屋裡，我告訴叔公，見智已經沒有事。

我說：「震伯婆以前經常坐在廚房門口罵天罵地，現在不罵了。」

「現在一天忙孫子，還有什麼好罵！她以前都罵些什麼？」德叔公問。

「以前，她喝完粥，就經常會說：做生做死（苦死苦活），還不就是為兩條『叉』，一條『橫叉』，一條『直叉』，我問阿媽什麼是『橫叉直叉』，結果被阿媽打！」

德叔公笑起來，說：「當然要打，以前你還小嘛！就問這個！」

「那現在問叔公可以嗎？」

「當然可以。你們學校有上一門功課，就是講男女身體發育的嗎？」

「聽說不久就要上，叫《生理衛生》課。」

「那就對了。叔公問你，你有沒有睡覺時做過夢，在夢中從小便的地方射出東西來，會覺得有點吃驚，又覺得舒服呢？」

我一下臉紅起來，點點頭說：「有。」

德叔公望著我點點頭，然後說：「你震伯婆說的，那是鄉下女人常說的話。有的人說兩張口，有的人說兩張嘴，和震伯婆說的兩條『叉』，都是同一個意思。『橫叉』指嘴；『直叉』指女陰。我們這個地方窮，生活不好，沒有什麼好吃的，還經常吃不飽；男人又多數出外謀生，女人在家守空房，所以，上面那張『口』吃不飽，下面的那個『口』，沒有老公和她按時行房，兩張口都滿足不了，自然就感嘆人生的辛酸。說這話本身沒有錯，聖人說：『飲食男女，人之大欲存焉。』人，要有飯吃，才能生存；男女要有性愛，陰陽交合，才會繁殖後代，使人類得以延續。何以叫『欲』呢？就是你想要，你希望得到，而且，在得到這兩樣東西的過程裡，肉體和精神上得到愉悅，覺得舒服。」

「不是很明白！」

德叔公笑道：「因為有一樣你還沒有經歷過嘛。飲食，就是吃喝。魚、肉等佳餚，你吃的時候，不是覺得舒服、享受，以後還想吃嗎？」

「吃著好吃的東西，當然享受，還會想吃！」

「還想吃，這不就是『欲』囉！這叫『食欲』，你應該懂了；男女之間的『欲』叫『性欲』。人到了一定的年齡，會喜歡異性，這是因為身體內的生理起了變化。男子十六而精通，就是說，通過吃喝從食物中吸取的精華，會由人體製造出可以孕育生命的『精』，俗語稱它是『人種』。女子十四而天癸至，製造出可以孕育生命的成熟的『卵』。男人的精，滿則溢，就是我問你的，在夢中自然流出來的，叫遺精。女人的『卵』未能與精結合成為生命，也會消亡後自然流出，叫月經。所謂男歡女愛，男女成熟以後，就有了性交的要求，中國人叫行房。男女結婚以後，同床共席，性交時，男生排出精液，如果女方也正好排出卵子，精卵結合，便產生新生命。男女性交又叫交歡，就是因為交合的過程，使兩人得到歡快，舒服。所以，就會做了還想做，和你剛才說的，吃了好吃的食物還想吃一樣。所以聖人說是大欲！」

「那人生是不是只求這兩樣東西，像震伯婆說的，活著就是為了兩條『㕚』，累死累活也是為這兩樣『欲』呢？」

「西方人把這兩樣東西說成是人類的本能，這也沒有錯。『本能』，即是與生俱來的，是人類、也即動物與生俱來的能力。但是，『飲食、男女』，這兩樣東西是從自然界中取得的，自然界不會把這兩樣東西送到你嘴裡，送到你身邊。就是說，你有這種『本能』，卻不能無條件得到。食物和性愛，還要通過人們的勞動和追求，即體力和腦力的付出，才能得到。也就會有你震伯婆說的『累死累活』的過程。還是聖人說得準確：叫『大欲存焉』，人除了這個大欲，還有其它的『欲』。人活著不是只為『飲食、男女』就兩件事，還會有其它許許多多可以使人得到快樂和愉悅，有著不同意義的事。」

「比剛才明白了！」

「聖人說『大欲存焉』。沒有這個『大欲』，人類就不會生存和發展。人們也要懂得，不管大欲、小欲，都是可以使人歡快的東西，所以，人人都會『貪欲』，這是人的劣性。為了個人的歡愉、享樂而貪婪，小則損人害己，大則貽害一方！」

「什麼是貽害一方？」

「再好的食物，吃多了傷身，這道理很容易懂。剛才你問『撞紅』，這是中醫診治中的一個說法。就是女子在月經期間，他老公為了自己痛快，強行與她行房，讓她生了病。這病輕則傷身，嚴重起來，女人就可能再也不會生孩子，不就是害人害己？一個人，特別做了官，管著眾人之事，因為貪欲，幹了壞事，就會害了一家人、一屋人、一村人、以至一個地方的人，官當得越大，危害的地方就越大，害的人也就越多，就叫貽害一方！」

「叔公說，人人都會『貪欲』，是人的劣性，那不是沒有辦法？」

「人還有理智！理智會讓人抵制劣性，去做好事，不做壞事。別說是人，有些牲畜，像狗、牛，都會有靈性，叫他不要吃的東西，牠都不吃！同時，人是群體生活，小的村、鄉、縣，大到國家，為了大家能夠和平生活，又訂出了很多法律，規矩。再加上人在長期生活中培養出來的道德規範，這些東西就約束著我們，使眾人能夠相安共處，很好的過日子。」

「原來有那麼多道理，叔公什麼都知道！」

叔公一聽笑起來：「叔公那能什麼都知道！還有很多東西不懂，像現在你們學校裡學的那麼多『主義』，我就很不懂！你學過些什麼『主義』，講叔公聽聽。」

我想了想，說：「有：封建主義，資本主義，新民主主義，社會主義，共產主義。」

「不是還有國父提出的『三民主義』嗎？」

「那是解放前提出來的，叫『舊民主主義』。現在書上不稱國父，稱孫中山先生。」

「不稱國父，稱先生。」德叔公靠在椅背上，閉著眼睛靜了一會，說：「方智，今天你問這些話，說明你長大了，我很高興！其實，說了那麼多，也還沒有離開『飲食男女』四個字。以前講古（故事）：我們客家人從北方走到南方，從南方走到南洋，都是為了『謀生』！這『謀生』兩字：一是謀生存；二是謀生活。所謂『日求三餐，夜求一宿』，就是求生存。人不能生存，一切都是空話。生存下來，再去求生活，就是求生活得更好。現在講的各種『主義』，叔公確實不太懂，不過，人的一切活動，政治、經濟、文化、藝術、哲學、宗教等等，雖然說得五花八門，其宗旨恐怕也離不開『一求生存，二求生活』。方智以後要記住：世事有起伏，人事有順逆。古人說：『不以物喜，不以己悲』，又說『窮則獨善其身，達則兼善天下』。認識這個道理，就能處之泰然，安度一生，知道嗎？」

「我會記住叔公的話，仔細去體會！」

「這話說得不錯，你究竟還小，經歷的事不多，要有了一定的閱歷以後，才會懂得。以叔公的心得：聖人《論語》首篇中的『學而時習之，不亦說乎？有朋自遠方來，不亦樂乎？人不知而不慍，不亦君子乎？』這三句話，你天天在心裡揣摩，終生揣摩，會終生受益！」

從德叔公家出來，我在想，叔公已經好多年沒有和我說過那麼多話了。

解放前，每到夏天，因為天氣太熱，上半夜在房間裡睡不著，就會在太陽下山以後，從池塘裡舀水沖刷曬穀場，讓它變涼。晚上，成屋的男女老少，抬著竹床、榻凳（一種竹、木做的可以躺人的小床），在曬穀場上聚集乘涼。這個時候，男性長輩，會在星空下，講些天文地理知識，家族在內的歷史故事，時事政治，人倫道德等等；冬天天氣太冷時，幾個合得來的伯母叔母，會聚在某人家裡，甚至在大床上蓋著棉被，一起做針線活，或做些像剝花生種之類的活計，一邊拉家常，一邊對身邊玩的孩子教些持家生計，處世之道。

成長過程中，有關性方面的知識，是從罵人的粗話，成人的戲謔，色情笑話，家畜家禽的自然交配中自修得來，這些性教育很難籠統說正確與否，是受益，還是受害，只能從自身的悟性，或從以後的正規教育中得到修正。我有幸家族中有一位德元叔公，他見多識廣，又有醫學知識，能經常對我們進行有益的教誨。

自從土地改革，組織互助組、合作社以後，農村的社會活動多了，曬場上，或家庭中的這種聚集，再也沒有了。

到了初二下學期，帶紅領巾的人少了，寫入團申請書的多了。我心裡也希望加入共青團，但是沒有寫，覺得自己不夠條件。我們宿舍六個同學都沒有寫。不久，李國英，歐陽順，還有另外兩個男同學，加入了青年團。李永光和葉小霞老師不再擔任我們的輔導員，進入高二下學期，他們要應付考大學，學習開始緊張。兩位老師和我們告別時，大家互送禮物，多數都是送當時流行的書籤。我非常欣賞水泉哥送給葉小霞老師的禮物，他用水彩畫了條正在海面上飛翔的飛魚，那飛魚的彩色條紋畫得和她泳衣的條紋差不多一樣。葉小霞老師看了，高興得想把水泉哥抱起來。

上個學期增加了《物理》，這個學期增加了《平面幾何》。我和班上的同學一樣，都對「知識」自覺的產生興趣，很多同學在下課以後，或吃著飯，都會為一道幾何證明題、一道代數方程式爭論不休！有些同學會『偏科』，做某一科的作業比較認真細緻，某一科的作業比較馬虎。有的同學不重視音樂、美術、體育這幾門副科，張老師教育大家要全面發展。閒談中，城裡的同學，會提到將來做什麼工作好，會比較不同的職業好不好做，賺不賺錢。我們宿舍幾個人不會討論這些，好像那還是很遙遠的事情，我們也沒有發現自己有什麼特別喜愛的課目，各科成績都差不多。古水泉還在畫他的連環畫，我們問他是不是想當美術家，他又說不是，只是玩玩罷了。有一天上幾何課，講平行四邊形。老師帶來一個放大尺，演示應用平行四邊形的原理把小圖放大，古水泉看了大感興趣。我喜歡做手工，小學時就會削竹蜻蜓，做風箏、孔明燈等玩具。下課回宿舍閒話時，我說，我可以用竹子做一個放大尺，古水泉聽了，足足纏了我兩天，非要求我給他做一個。我只好答應，叫他買了螺絲釘，在家花了一個星期日，做了一個放大尺，自己看看也覺得滿意。古水泉用這放大尺，將連環畫上董存瑞炸碉堡的畫，放大到素描紙上，這放大的圖，真的畫得和連環畫上的一模一樣。正當他想把畫貼在教室外牆上，在同學面前得意時，美術老師經過看見了，說：「畫匠」。老師一走，他問同學：「『畫匠』是什麼？」張炳盛說：「『畫匠』就是專門給死人畫人頭像的人。」古水泉一聽，拿手在脖子上鋸，大叫：「我要自殺！」弄得大家大笑。

宿舍六個人，陳克忠，王立軒和我，一直都在學校食堂吃飯。古水泉和宋振國，有時參加食堂，有時自己帶菜蒸飯。如果一連六天都吃鹹菜，只能在星期天回到家吃一點綠菜，那會很難受。我們都在長身體，天天吃鹹菜，營養也不夠。古建民從來都沒有在學校飯堂吃飯，快兩年了，都是帶鹹菜吃。宋振國和古水泉帶的鹹菜，花樣比較多，特別是古水泉，像豆豉，梅菜乾，裡面經常會有肉、蝦、蛋，油水也比較足。古建民帶的都是鹹菜、醃蘿蔔乾之類，就是炒過的鹹菜，也從來不見有肉，連油都不多。所以，我們六個人中，雖然他的個子和宋振國差不多，但臉色最差。他經常會說起他阿婆生病了，阿媽又生病了，我們聽了覺得難過，又幫不了忙。

少先隊宣傳號召同學加入青年團，班上興起一股看《鋼鐵是怎樣煉成的》的風。這本書志強哥給我介紹過，他也是青年團員。在此之前，我正喜歡看章回小說，所以沒有借來看。後來去圖書館一問，因為想看的人很多，還要先預訂。「人生最寶貴的是生命，生命屬於人只有一次。一個人的生命應當這樣度過：當他回憶往事的時候，他不因虛度年華而悔恨，也不致因碌碌無為而羞愧；在臨死的時候，他能夠說：『我的整個生命和全部精力，都已獻給世界上最壯麗的事業，為人類的解放而鬥爭』。」這段話好多同學背得滾瓜爛熟。後來終於借到這本書，我連看了兩遍。這本書開頭很吸引人，保爾的生活經歷，鬥爭過程，情節和其他人物的描寫，都把我吸引住了。但是，越到後面，講到那些革命方面的事，我不太懂，便沒有那麼大的興趣。我們對蘇聯國內戰爭和蘇維埃政權的建立，知道得太少。那幾年，宣傳蘇聯的報刊雜誌很多，我也喜歡看蘇聯畫報，總的印象是，蘇聯是個先進的社會主義國家，蘇聯人民的生活很幸福。因此，對「世界上最壯麗的事業」，對「共產主義」，雖然還不理解，但是，經常說，經常聽，經常唱歌，覺得慢慢深入我心。保爾的堅強性格，艱苦卓絕的鬥爭精神，讓我敬佩。我希望自己能堅強一點，因為阿媽經常說我性格柔弱。書中對愛情的描寫，讓我對「愛情」有了朦朧的認識。對保爾和冬妮亞兩人的戀愛，感到嚮往。但是，我對保爾帶冬妮亞參加共青團會議時，因為她打扮得漂亮而不高興，兩人最後分手，在鐵路上見到冬妮亞和她丈夫時說的話，都不以為然。我覺得和一個人相愛，不是講感情，老是講政治，講思想，很煞風景。我還借過其它蘇聯小說和幾本東歐社會主義國家小說，都沒有留下多少印象。那時，我國出版的，適合我們看的書，特別是新小說，好像很少。

城裡一片新氣象。商店都換上了公私合營的新招牌，門面粉刷一新。政府機關招牌重新油漆，顯得鮮豔奪目。不少機關門口或樓上還插上了彩旗。全城都在熱烈慶祝全國實現公私合營，工商業改造勝利完成。有一天上街，在街上看到吳昌祥爸爸的 x x 牙科診所，掛的還是陳舊的招牌，看來他父母還是私營。我雖然與吳昌祥關係好，也不敢問他沒有加入公私合營會怎麼樣。

自從實行統購統銷，好些東西要這樣票那樣票以後，市場沒有前幾年熱鬧，有人覺得生活沒有以前方便。

有一天中午，我上街買東西，回學校時，在街上看到洪昌叔母和阿桃姐，還有豬妹，三個人在前面慢慢走，一邊說話一邊東看西看，指指點點。我喊了一聲，他們回過頭來，洪昌叔母說：「啊，方智，你也上街買東西？」

我回答：「是！買幾本作業本。」

豬妹望了我一眼，算是打了招呼，便望著別處，沒有說話。

阿桃姐望著我說：「方智長高好些，功課忙嗎？」

「現在還不算忙，下學年到初三就會忙一些。」

洪昌叔母說：「告訴你件大喜事，你桃姐下個禮拜要結婚了！」

我一聽高興地說：「我聽阿媽說過，只是不知道日子，原來那麼快。」

洪昌叔母說：「還快，桃姐巴不得明天就嫁過去！」

「甩下巴！」桃姐說完洪昌叔母轉頭對我說：「哎，方智，請你做阿舅好不好？」

我笑笑說：「都那麼大了，還做阿舅？」

豬妹扁扁嘴說：「那就做老阿舅囉！」

洪昌叔母說：「你桃姐的喜事是新舊結合，不等『三朝』，只是出門那天，你陪著桃姐走到葉子哥家新房就行了。」

「做阿舅」，是鄉下嫁娶的一種習俗。女兒出嫁三日後，娘家人到男家探望出嫁的女兒，叫「探三朝」。去時要帶一個十歲以下的小兄弟，即是「妻舅」。沒有小兄弟時，就借一個帶去，這被借的就叫「做阿舅」。我小時候做過幾次「阿舅」，大概是我比較乖，叫坐就坐，叫吃就吃，不會亂說亂動。做阿舅可以被人羨慕，因為有點心吃，還會給一個紅包；也會被同伴笑話，因為是被大人當木偶，特別是年齡比較大以後。

在回學校的路上，我一直想豬妹。自從上中學以後，不經常在一起，共同的話題就少了，但是，像剛才，我知道我不管說什麼，她都在留心聽著，甚至我有什麼表情動作，她都會知道。小時候，當有人欺負她，要我護她時，她把自己當成妹；她想支使我，要我幫她做事時，又會稱自己是姑，想起來不禁覺得好笑。自從那次摸蜆，發覺豬妹的變化，後來，也知道自己的身體變化以後，知道我們都慢慢長大了。但是，我想到豬妹時，從來不會向情愛方面去想，在看到保爾和冬妮亞的愛情描寫，產生朦朧的願望時，只會出現一個模糊的倩影，豬妹的影子從來都沒有出現過。有時候想到豬妹，會回憶小時候一起玩耍時的親暱，讓我感到留戀。

天有不測風雲

桃姐結婚的日子是星期六，我向老師請了半天假，一早就趕回家去。這天，兩棟屋都很是熱鬧，桃姐家簡單些，就是門口貼了對聯，掛了紅花綠葉。葉子哥的家佈置得比較排場，新房內擺的都是新家俱、新被褥。大廳的桌子板凳，擦洗得乾乾淨淨，大門小門上都貼著對聯，掛著燈籠。時辰到了，桃姐沒有穿以前的新娘衣，而是像時下女幹部穿的衣服。紀明伯公和桃姐的阿婆，把她從屋裡送出來，到了屋門外，紀明伯公在她面前灑了一杯茶，由瓊姐扶著，我們幾個人跟著，走過兩棟屋，就送到葉子哥家門前。到了家門口，便爆竹聲震天，葉子和他哥嫂等人把我們一行迎進門去，我跟進去不久就退了出來，裡面人多。村裡的幹部差不多都來了，葉子的哥哥不是個很善於應酬的人，反而是洪昌叔、洪昌叔母和瓊姐，在唱主角，新郎和新娘只是聽人擺佈。沒有像以前一樣的拜這樣拜那樣，就是向大家敬菸敬茶，一屋的歡聲笑語。熱鬧了一個多鐘頭，招呼出來排座次吃飯，新郎新娘敬酒，大家祝賀，開玩笑。我不會喝酒，很快吃飽了，便出來坐在外面和人閒話。一會兒，一直在屋裡幫忙的豬妹也出來，和我們坐在一起。我從口袋裡掏出一本教編織毛衣的書給她，是她不久前叫我幫她買的。她在翻書看時，我說：

「你以前不是會織毛衣嗎?還要買書來學?」

「織毛衣的針法很多，我只會織兩三種，看看書不知能不能學會幾種新織法。」

「買毛線好像很貴！」

「都是拆一家人的舊毛衣來織，那有那麼多錢買新毛線。」豬妹聽見洪昌叔母叫她，進去了一會，又出來。我問她有什麼事，她說找香菸。她看著我說：

「你好像瘦了，不過長高了，功課很多嗎？」

「功課還是那些，我們班裡個個都長高了，大多數也都那麼瘦！」

「那是拔節了。」

「什麼拔節？」

「秧苗長到一定時侯，就會突然竄高，叫拔節，人還不是一樣。」

「叫長身體，學校圖書館有一本青少年雜誌，題目就叫《長身體長知識》。」

「學校裡還會有這樣的書！」

「各種書都有，只是沒有那麼多時間看課外書。」

「阿桃姐今天真好看！」

「阿桃姐本來就長得漂亮，穿上新衣服就更漂亮了！」

「人不好看，衣服再好看，也不能把人配好看；人長得好看，又有好看的衣服，才能把人配得更好看！」

「說得那麼複雜？」

「這你不懂！」

過了會兒，我問她一些合作社的事。豬妹告訴我，古里學校已經整修好了，準備做養豬場，已經定了萬興和和友興兩叔侄做飼養員。還說要養雞、養鵝、養鴨，現在還沒有買回來，也還沒有決定叫誰養。又說，各棟屋後的果樹，門前的池塘，都會安排專人管理。她和阿雪兩個，社裡還是叫他們跟著大人幹農活，說先學會基本的農活以後，也可能會安排他們去搞養殖等副業。群智暫時放著牛，他和阿媽吵著要買一輛雞公車，跟著秋雲姑丈他們去搞運輸，他阿媽沒有同意。

後來便說到阿木賢，說他前幾天差一點被惠芬姐打。我說：「以前惠芬姐不是怕他嗎？」「現在不怕他了，惠芬姐現在長得那麼高大壯實，打起來阿木賢肯定打不過她。」我沒有問要打他的原因。

過了幾個星期，回到家聽說阿木賢被茂發嫂整治了一頓。

阿木賢不成人，惠芬姐一早就知道，只是因為自己家庭成分是地主，所以不敢發作，長福叔知道了，也只能把廁所破洞補好，叫幾個女兒小心點。阿木賢看到他們穩忍不發，以為軟弱可欺。村子裡的廁所，那門也就是用竹片編成的，有時在惠芬姐妹上廁所時，阿木賢就在廁所門外的巷子轉來轉去。有一天惠芬姐上廁所，阿木賢又在外面轉，走過去又轉回來，竟然用手去推竹門。惠芬姐早有防備，一把拉開竹門，拿起放在旁邊的扁擔衝了出來，一邊大罵：二流子！不要臉……阿木賢最初還手指指：「你！你！你！」，看見惠芬姐滿臉怒火，立起的扁擔眼看就要劈下來，嚇得轉身跑掉了。以後見到惠芬姐高出他半個頭的身材，粗壯的手腳，再也不敢打惠芬姐的主意了。

後來，阿木賢糊塗到去惹茂發嫂，便吃了苦頭。有一個周末，剛好孩子可分病了，哭鬧了成晚，弄得年輕夫婦每週要做的功課也做不成。第二天兩夫婦遲遲起床，吃完中午飯後，可分吃了藥精神好一點，由爺爺帶著到外面玩去了，倆口子乘機休息一下。兩人在床上躺著閒話了一陣，不由得興奮起來，便補做昨晚沒有做的事。茂發哥那棟屋和阿木賢那棟屋緊挨著，上面的籠屋又都破敗了，兩屋人有時圖方便，可以直接從這屋廂房接籠屋的旁門過到另一屋的廂房簷廄。阿木賢那天走過茂發哥房門時，聽到房子裡倆口子的笑聲，就來了興趣。看看左右沒有人，就悄悄地從窗子向內張望。倆口子剛把好事辦完，才套上衣服，茂發嫂突然看見窗外有人影，便跳下床，開門出來。阿木賢看見茂發嫂要出來，轉身快步離開。茂發嫂出到門口，看到阿木賢已經走到池塘邊的背影，想想剛才的事，不禁滿臉通紅，怒火中燒。剛想追上去罵，轉念一想：雖說是倆公婆，大天白日做這事，吵起來，反而惹人笑話。特別是阿良嫂他們聽見了，不知要編排出來笑多久。回到房裡，茂發哥問是誰？含糊回答說，可能是那個小孩走過，沒事。其實，家鄉的房子，窗子外面還掛有竹簾，關上門，大白天從外面望進去，也看不清什麼。茂發嫂自己心虛，總覺得這種事也給人看見，真是不值，因此把阿木賢恨得牙根發癢。

茂發嫂想出個毒招整阿木賢。自從上次那件事以後，阿木賢每次過路她家時都會望望窗戶，茂發嫂當作看不見。有一個星期六，茂發哥帶口信說，這個星期天有事不回來了，她便從尿缸裡舀出一盆尿水，還從外面抓了把石灰放進去，擺在床底下準備著。星期天吃完中午飯，茂發嫂穿著一條睡覺褲，一件針織汗衫，在門前逗著可分玩。一會兒，阿木賢又來了，眼瞪瞪望著茂發嫂，問：「阿嫂，阿哥沒有回來嗎？」茂發嫂答道：「說忙，不回來了。」說完連打幾個呵欠，對可分說：「跟你阿公玩去，阿媽要睡覺。」抱起可分，送到他爺爺那邊。轉回身來，見阿木賢還沒有走，也不看他，進了房間，關上門。夏天的中午，天氣熱，多數人吃飯後都躲在睡房裡，睡不著也搖著扇子納涼。阿木賢聽見房間裡面淅淅嗦嗦響，又模糊見到白色人影晃來晃去，不禁浮想起來，欲令智昏，竟伸手掀起窗簾向裡張望。茂發嫂早等在門後，一拉開門，一邊：「殺頭鬼、打靶鬼、不要臉、死流氓……」破口大罵，一邊捧起尿盆往阿木賢迎面潑去。阿木賢沒有防備這一招，一盆尿水滿頭滿臉淋下來，嚇得丟魂失魄，幾步衝出去，跳進池塘，連頭悶進去。茂發嫂追到池塘邊，指著池塘裡的阿木賢不停地罵。聽到罵聲，上下屋的人都出來，茂發嫂就說阿木賢如何掀窗簾，偷看她換衣服睡覺……大家聽到都紛紛責罵阿木賢不成器，黃毛出來一看這形勢，也不敢出聲，又躲回去了。阿木賢在池塘裡泡了一陣，顧不得別人的責罵，一衝上岸，就奔回自己的房間裡去了。

農村裡，很多村子都會有個把二流子，像古水泉講過他們塘背村有一個。我們村的是阿更古。阿更古一生沒有成過家，年輕時也幹過些不成人的事，甚至有人說，看見他姦過母牛。有一次不知道是摸了哪個叔母的屁股，被捆著吊起來，打了半天。放下來後，又有伯婆給他跌打酒，用手指戳他的臉，臭罵他一頓。阿木賢在家躲了半個多月不敢出門，不過，也有人覺得，茂發嫂做得過分了些。

期末考試期間，彬伯婆去世了。彬元伯公去世以後，彬伯婆一個人生活，養女和曾來過的親戚，後來很少來探看。最近兩年，他精神有些問題，有一次把煤油當花生油炒菜，差點引起火災。從那以後，一屋的伯婆叔母，輪流看住她，如果發生火災，是整棟屋的大災難。震伯婆差不多每天都要看她睡下才放心。出殯時，因為我在考試，阿媽沒有叫我回來。阿媽說，見智披蔴帶孝，他們這房，總算後繼有人了。我回家後在上廳燒了支香，向彬伯婆跪拜。

彬元伯公夫婦，大半生在緬甸度過，年近古稀才回到家鄉。他們回來近十年，從來沒有聽說與緬甸有信息來往。以前，有一個養女住在家裡，耕著一小坵田，養女出嫁後，還是回來耕田和管理老屋。老倆口回來後，養女經常回來照顧老倆口，彬伯公去世時，來料理過後事，這次彬伯婆去世，聽說沒有來，不知何故。

我們同一棟屋，已經有沒見過面的鴻元叔公一家，現在又有彬元伯公一家，在家鄉絕代失傳了。谷元叔公，維生叔，連生叔，還在緬甸；我自己的阿爸，阿伯，都在印尼。

回到學校，在宿舍裡閒談，我說起彬元伯公一家的事，覺得心裡難受。克忠他們幾個說，這種事多啦，個個村子裡都有。說起貧窮，我說：「以前學成語：『家徒四壁』、『清貧如洗』，這次彬伯婆去世後，我到她家房子裡一看，才真正理解這成語的含義。我真想像不出，她活著時日子是怎麼過的」。

古水泉說：「方智，你不要太悲觀，前些日子，我們村有兩個從南洋回來的番客兄弟，西裝領帶，咯咯響的皮鞋，拎著發亮的皮箱，說是出去好幾代的了，現在發了財，回來認親。結果，大半條村的人都說是他們的本家、親戚，要拉他們回去吃飯拜祖宗，嚇得兩兄弟連夜跑掉了。說不定你那個什麼伯公的兒子哪天發了財回來，你也可以沾光哩！」

王立軒說：「對了，世上有窮有富是正常的。」

陳克忠說：「講點現實的吧，聽說明天考完試就要開會宣佈了：南山中學初中部解散，初一不再招生，初二、初三併到縣中去！」併校的事已經早傳開了，只是忙於考試，沒有去議論罷了。這下提起，大家便七嘴八舌議論起來：

「無所謂啦！縣中也不錯，而且學校在城裡！」

「其實南山中學就是一所中學，又辦什麼師範專科班，無事找事，弄得我們臨近畢業又要換學校。」

「不知道我們的老師怎麼辦？要調去哪裡，能和我們一起去縣中就好了。」

「聽說張老師調去城西小學當校長！」

「那誰來當我們的班主任？」

「諸位！諸位！我只想一件事，我們去到縣中還住同一間宿舍好不好？」古水泉站在床上大聲說。

陳克忠說：「你說了算咩！那邊什麼樣子都還不知道，聽說縣中的學生宿舍很少。」

宋振國說：「一切自有上天安排，該愁的不愁，愁六月天不出日頭。睡覺，明天還要考最後一科！」

第二天考完試，學校初中部學生大會，宣佈有關縣教育局的決定：南山中學初中兩個年級，全部併到縣中。初二班的學生有什麼議論不知道，我們回到班上時，所有同學都說捨不得南山中學。張老師希望我們發揚南山中學的優良傳統，到新學校後更加努力學習，又說他當班主任當得不好，要大家原諒他，講到眼泛淚光，有幾個女同學先哭起來，最後大家哭成一片。

離開南山中學的前一晚上，我們六個人在宿舍裡說了好一陣的話。古水泉還在問，去到縣中以後能不能住在一起？

陳克忠說他：「長不大，就是一家人也會有分開的時候。」

古水泉說：「我不過是覺得我們六個人很合得來，不是嗎？」

宋振國說：「這倒是，不像其它宿舍那麼多是非。我們宿舍雖然也會吵吵鬧鬧，有過誤會，但是，大家很友好。」

古建民說：「這是室長的功勞，不惹事生非！」

我說：「你們推我當室長，我又沒有做什麼，哪來的功勞？」

陳克忠說：「什麼都不做，這就是功勞！不過，古方智將來當不成幹部，不會有出息。」

王立軒說：「克忠有時說的話，讓人聽了難受，方智，不要聽他的。」

陳克忠：「我有個讀初三的同村人還記得嗎？有個禮拜天沒有回家，他媽叫一個在學聯中學的女生帶錢給他。那女生送錢來，兩人坐在宿舍外面石凳上說話。那女生掏出錢給他，他伸手去接。他們室長在樓上看見了，跟班主任匯報，說他和校外女生談戀愛。結果，老師找他談話談了幾次，他賭咒發誓說沒有談戀愛，老師還是不大相信。」

王立軒：「這不是害人嗎？」

陳克忠：「這不叫害人！叫關心同學，他們馬上就要考高中了，怕他影響學習。那天已經快天黑，兩個人坐得近，從樓上看下去，他從女生手裡接錢，不是像手把手嗎？那還不是談戀愛？」

古水泉：「那他還不找室長算帳，這樣冤枉人都有？」

陳克忠：「怎麼算帳？老師先就認定你錯了，你能說清自己就萬事大吉了，再去找室長吵架打架，那不錯上加錯？」

古建民：「世上說不清的事多了，所以說，古方智不會什麼事都去匯報，就是有功勞。」

陳克忠：「跟你們說吧。上次你們吵架的事，古方智小事化了，就什麼事也沒有。如果小事化大，向上匯報，說宿舍有人偷東西，那還了得。就是張老師後來能把事情處理得好，我們宿舍的壞名聲也永遠洗不清，不過，古方智就可以得到表揚。那水泉哥還會希望我們六個人再住在一起？」

古水泉：「被你說得太害怕了，怎麼會有這種人？」

陳克忠：「這種人怎麼了？積極要求進步，相信組織，忠於人民忠於黨，這是對每個人的要求。古方智同學好像就少了這種追求進步的要求。」

宋振國：「遇到鬼，你把我們都說成是不求上進的人了！」

陳克忠：「不用悲觀，我們幾個都是『芸芸眾生』而已。」

王立軒：「陳克忠從來就會嚇人。先不理他，說點高興的事，暑假那麼長，你們有什麼好玩的？」

古水泉：「我想好了去外婆家，跟阿舅上山打獵，下河捉魚。」

宋振國：「我除了幫家裡幹幹活，還想補補代數和物理，我這兩科差，明年就要考高中了。」

古水泉：「叫歐陽順幫你，她這兩課全班第一！」大家聽了笑起來。

宋振國：「神經病，下河淹死你。」

王立軒：「我想去廣州旅行，去不成廣州，汕頭也行，一個多月在村子裡，真是太悶了。」

我說：「我還沒有想過，克忠提出來，你自己想去哪裡都沒有說。」

陳克忠望著天花板說：「我像立軒一樣，想去旅行。不過，不是到廣州汕頭，是到世界各國。去看看美帝國主義有多兇惡，蘇聯人民有多幸福……」

半天沒有說話的古建民說：「睡覺吧，克忠今晚去莫斯科，我呢，明早上回去，還要上山砍一挑柴來賣。」

暑假回到家，才休息了三天，社裡就安排我們參加勞動。幹部宣傳說，春節前後，村裡的初級社要發展成高級社，現在，正加緊做全社的土地規劃建設。

我和利廣、志森三人，安排到河邊挖蘆葦。富林回來兩天又進城去了，說是在他爸爸那裡溫習功課。

蘆葦原來是人工種植在河邊的，用來保護河岸。我們村後的河岸，大約有兩公里長。上段接塘背村，地勢由高到低，其中靠村頭葉屋上面，有一段幾十米長的低窪地。那低窪地不知道是多少年前發大水沖出來的，最初在長崗下面沖刷出一條二三十米寬的水道。又不知道經過幾年，河水走回原來的河道，村裡人在那窪地上築起一段河堤。因為怕再缺口，便將這段用三合土和石塊築成石堤。石堤下來直到村尾，有一公里多，這段河岸接石堤順勢而下，河岸土層厚，村裡的房屋就建在這厚土層上。這段河岸不容易沖毀，便在岸邊種上蘆葦。那蘆葦洪水來時會沖掉一部分，水退後，又會長出一部分，把根紮在淤泥裡，保護住河岸。天長日久，蘆葦也會往裡長，侵佔到旱地裡。解放後，多年沒有整理，已經佔了好大一塊。合作社準備把蘆葦清掉以後，因為表層都是河沙，暫時用來種木薯。

小學六年級生和初中生，共有十多個。社裡派了個六十幾歲的阿伯，加上忠國，帶我們幹活。蘆葦長得比人高，，把它砍倒後，再捆起來堆放在一邊，可以作其它用途。蘆葦有手指粗，蘆桿很硬，砍時費力；天氣熱，被蘆葦葉劃開臉面手腳，又癢又疼，這是一項又苦又累的活。忠國這幾年幹苦活練出來了，雖然只比我們大一兩歲，但長得粗壯，有氣力，又熬得苦。把蘆葦砍倒捆好搬走，挖蘆葦根相對容易些。現在，安排一個老貧農帶著，叫忠國把苦活幹完，再讓我們這些半勞力幹其餘的活。忠國小時候也是我們的玩伴，只是後來他進了城，回村後家裡評為地主，便沒有一起玩了，現在一起幹活，我們幾個都很高興。才下地，志森又發揮他的論政本色，他對忠國說：「你這個後補社員可以從兩個方面去理解，從年齡方面，可以說是你年齡不夠；但也可以從政治上說你不夠格。」利廣頂他：「忠國又不是地主，連紀明伯和吉生她媽都成正式社員了，為什麼說他不夠格？」志森說：「這是一個很複雜的問題。」這句話，是志森每次說到不好回答的問題時必用的話，大家也就會因為問題複雜，便不再說下去。我覺得忠國不但勞動鍛鍊出來，而且脾氣也練出來了，不管別人說什麼，好聽的話也好，不好聽的話也好，他聽了都只是笑笑，照樣幹他的活。貧農阿伯很相信他，經常來了一陣，就對忠國說：「我有事去管理會一下，你帶大家好好幹。」一走就是大半天，到快放工才回來。大家幹活都自覺，又有志森在那裡論政，談天說地，雖然累，時間也過得很快。不知不覺幹了十多天，因為大家說要做暑期作業，社裡同意我們結束勞動。至於勞動日怎麼算，因為合作社剛成立，很多規章細節還沒有訂出來，答應以後會加在家長名下，不會白做。

古里學校修整後改成合作社的養豬場，友興和他堂哥萬興兩人當飼養員。勞動中間休息時，我和利廣會跑到養豬場去玩。禮堂修成飼養員休息和堆放飼料的地方，有一間教室改成煮飼料的廚房，其它教室隔成大小不同的豬圈。萬興不在，友興一邊帶我們看他餵豬，一邊和我們閒話。豬場現在大大小小有八十多頭豬，明後年發展成高級社以後，要養到兩百多頭。利廣一聽就說：「你剛才說下村還要蓋一個大養豬場，那以後豬肉不是多到吃不完？」友興說：「想得那麼好，養出來單給你吃嗎？建豬場時，借信用社的錢，我們的飼料又是供銷社供應的，這些都要靠賣豬來還。政府還規定上交豬肉的任務，完成了才會給你吃！」

聽說富林回來了，我上去找他。見了面，我說起我們要併到他們學校的事，他說已經知道。富林說，考完試後，老師就說了併校的事。你們併過來以後，還是各上各的課，不會把班級打亂重編，教室也安排在另一邊。我問他學生宿舍的事。富林說，縣立中學只有四間舊教室改成學生宿舍，住了哪些同學不知道。又說，學校附近有很多民房出租，是學校出面聯繫的，住有不少學生，你們可以去租來住。我聽了以後，心裡還是有點不太高興，好像我們是被賣掉給人家當養子似的。

過了兩天，志雄哥手裡舉著信封，在石路上邊跑邊叫：「考上啦！考上啦！」原來，他知道這兩天會寄發高考錄取通知書，等不得郵遞員送來，每天一早到鎮上郵電局去等。今天，他去到郵電局收到錄取通知書，便高興地跑回來報喜。先隆伯一家都出來了，在屋門口、池塘邊做事的左鄰右舍也都圍上去，聽志雄哥說考上南京一所什麼大學，大家問長問短，紛紛向先隆伯兩公婆道喜，也有望了一眼就走開的。

解放前，長福叔和先隆伯是我們上村被別人認為老公有本事、老婆好命的兩家。被認為好命，是能生孩子，特別是生男孩；生了要養得起，就要老公有本事。家裡有錢，老婆不會生養，會被人說閒話；生得多卻養不起，也會被人嘲笑。長福叔有七個孩子，三男四女，他在城裡開糧店，生活比別人過得好，只是後來命運改變了。先隆伯有六個孩子，三男三女，雖然沒有長福叔家有錢，但日子過得安穩。除了一家勤勞，先隆伯善於經營，有較多入息，是重要原因。今年，志雄哥考上大學，明年志強哥考大學，志森考高中，子女自愛肯讀書，父母供得起，所以令人羨慕。過兩天，志雄哥臨走前，我到他家看他，順便問他有沒有聽說李永光老師和葉小霞老師考到哪所大學。志雄哥說：「李永光考上廣州的中山大學，葉小霞考到上海，什麼大學不清楚。」我聽了很為他們高興！

我們這棟屋，維生叔的兒子勉智，建生伯母的小兒子有智，都快要上學。良生叔的兒子友智，炎生叔的兒子見智，也好幾歲了。我們「智」字輩兄弟，在家鄉的增加到七個。良生叔母又生了個女兒，蓮英姑出嫁了。阿雪不知道是不是抱回來時記錯了出生年齡，登記的年齡還不到十八歲，已經長成大姑娘。鄉下的女孩子，一長到十七八歲，就會有媒婆，現在叫介紹人，上門來探聽：有人家了沒有？要找怎樣的人家？建生伯母喜歡阿雪，她放出風聲，說明年要叫蘭智哥復員回來成親。安生叔在西安來信說連著生了兩個兒子，是我們「智」字輩的兄弟，可惜取個什麼名字不知道。德叔公的身體比前兩年差了許多。

開學前，阿媽看見河邊有不少社裡丟棄的木薯桿（木薯是很粗生的莊稼，將木薯桿砍成一尺多長，埋在地裡，只要土地濕潤，不久就會長根發芽。）叫我去拾回來，把它插在菜地四周的竹籬笆下面，隔兩步插一根，說長起來可以加固籬笆，地下還會長出木薯。

暑假過完了，因為不熟悉情況，所以多數同學第一天就早早來到新學校。我們宿舍除了古建明都來了，五個人約著去看房子。看了房子後，只有宋振國，古水泉和我決定一起租房。王立軒要和他的一個讀高中的村裡人住一起；陳克忠在城裡有親戚，決定住在親戚家。我們看中的房子，離學校只有半里路，比較新，樓上樓下，有七八間房間出租給學生。我們決定租的房間比較大，回到教室一說，陳文富和吳昌祥要我們帶他們去看，看了以後，說要和我們一起租住。最初我們不明白，因為他們兩人的家就在城裡，離學校只有幾步路。他們說，家裡房子小，想出來住，好專心讀書。五個人住在一起省租金，都是同班同學，我們三個便表示歡迎。他們兩人先回家去了，我們樓上樓下到處看看。房主人是一個五十歲左右的叔母，樣子很和氣，她說，她除了幫我們蒸飯，廚房裡有兩個小鍋灶，我們可以自己炒菜吃，如果我們把菜撿好了，叫她幫忙，她也可以在下課前幫我們炒好。在廚房裡，古水泉看見桌子上各人的米和油鹽菜都隨便放在一起，就問：「會不會有人偷？」剛好一個已經住這裡的高中生在廚房，他望著古水泉說：「有誰敢偷別人的米或菜，以後生的兒子屁股沒有眼眼！」古水泉嚇得伸伸舌頭。

回到空房間裡，宋振國問我：「陳文富是外縣人，他爸爸那前店後家的舖子小，他有一個哥哥，一個妹妹，家裡住不下好理解。可吳昌祥的家在大街上，店面又寬，進深又大，還是兩層樓。他只有一個姐姐，一個弟弟，應該住得很寬敞，怎麼也要來和我們租房住？」

我說：「我哪裡知道？」

「你不是經常和他一起玩嗎？」

「我們經常一起打乒乓球，一起玩也不好問人家的家事。」

古水泉說：「少管人家的閒事，房子比南山的學生宿舍大得多，他們兩人來住，人多熱鬧點，又省錢。」

「我是想著古建民，還沒有來註冊。」宋振國說。

我說：「再加古建民也住得下，等他來了再問他。」

一直到星期六上午，才見到古建民來註冊。我們三個跟他說，一直等他，我們租的房間還可以住一個人，叫他和我們一起住。他說不住校了，要走讀。古水泉聽了驚訝地說：「每天來回跑十公里，很辛苦的。」他說，他在假期上山砍柴，每天都是走十幾二十里山路，現在走平路算不了什麼。我想，他要走讀有他的理由，便沒有說話。

富林他們原來的初三有四個班，在新校舍，我們併過來的兩個班，安排在大禮堂左右兩側臨時改作的教室。大家更關心的是老師，怕教書的風格不一樣，一時適應不了，影響學習。幸好，上了兩個禮拜課以後，大家覺得都差不多，也就放心了。班主任五十多歲，姓趙，頭髮掉得只剩下後面半圈，奇怪的是他不擔任課程，只負責管理工作。趙老師當然沒有張老師那麼活潑，張老師年輕，一直當少先隊輔導員，會和我們一起笑、一起哭，把班上的氣氛搞得很熱鬧。現在我們已經初三，已經長大，又準備考高中，班主任嚴謹一些，也會有好處。生理衛生有書本沒有老師教，有時會安排校醫來講講生理常識。擔任語文、代數、物理、政治科的是老教師，教幾何、化學的兩個老師卻很年輕。俄語課沒有了，外語不列作統考科目，縣教育局也就不要求所有學校初中班都開外語課，有條件的開，沒有條件的不開。不開外語課我覺得無所謂，可惜的是，美術和音樂也沒有了，說是縣中的初三年級，已經不開這兩門課。音樂課學完簡譜以後，五線譜才開始教；美術課學了素描、寫生、圖案設計，還沒有教水彩，兩科都半途而廢，我覺得可惜。

幾何老師是省裡一間師範學院專科畢業的，還沒有結婚。他是潮汕一帶的人，像阿河一樣，客家話說得不準。剛上課時，我老是把他在黑板上畫幾何圖時說：「『從這點到那點』，聽成『從這天到那天』」。他上課從來不帶教具，各種幾何圖形都是用手直接畫出來。講課之前，隨手在黑板上畫出一個圓，連接頭都看不出來，於是很得意，轉過臉來，擺手讓大家看看，然後才開始講課。在黑板上演示幾何證明題，講到最後證明完全成立，隨手將手中的粉筆頭向粉筆盒中「啪」的一擲，伸手指向黑板說：「就這麼簡單！」顯得很有氣魄。他喜歡打乒乓球，打起球來，像我們一樣，會為一個球是不是擦邊爭得面紅耳赤。爭完了才想起自己是老師，走過來摟一下你的肩膀表示友好。

化學老師是本校的高中畢業生，比幾何老師更年輕。學校當時缺教師，他成績好，動員他不考大學，留下來教書，才教了兩年。化學課經常在實驗室上，同樣是兩個同學一桌，桌子上擺著瓶瓶罐罐，化學老師一邊講一邊做實驗。講置換反應，用啟普發生器，用什麼排水法、排氣法，製出氧氣、氫氣……總之，大家都覺得很新鮮，全班同學學得津津有味。有一次，講小量氫氣遇火會發生輕微爆炸。老師用夾子夾著裝有氫氣的試管，邊講邊靠近酒精燈，可能顧著講話，沒有留意到已經接近火苗，那氫氣就「啪」的一聲響了。我的坐位靠近講台，看到他嘴裡不自覺地冒出聽不見聲音的兩個字：「屌佢（日他）」。我想起古水泉的粗話，不覺輕聲笑出來。老師聽見了，對我眨下眼睛說：「古方智，你笑什麼？」我急中生智，故意用手戳戳同桌的同學說：「好像有人放屁。」同桌說：「沒有哇！」老師說：「放屁是正常現象，這屁裡有多種化學成分，有氮、氫、氧等，聞著臭的是二氧化碳、硫化氫等。」說完，繼續講他的課。下課後，當我出教室走過老師面前時，他伸手拍拍我的背。我覺得，說粗口，就是一種情緒的發洩，誰都會有衝口而出的時候。如果歐陽順說的是事實，可能是因為窮人需要發洩的時候多吧。

陳文富像我們一樣，一星期六天都吃住在出租宿舍裡，不過，他吃的菜，兩天回家拿一次，不像我們帶一個星期。吳昌祥只是晚上來睡覺，他早上在學校旁邊的小吃店吃早餐，中飯、晚飯回家吃，晚飯後回來上晚自習，然後睡覺。

有一個星期天，我陪阿媽去看姑婆，中午飯後，阿媽回家，我便回學校。來到宿舍，看見昌祥在床上躺著看書，我不禁佩服地說：「那麼早回來用功！」

「用什麼功，家裡呆不住，來這裡靜一下。」

「你和你弟弟一個大房間，又在樓上，還怕有人吵？」

「不是吵，是煩。」過了一會兒，昌祥突然問：「古方智，你爸爸有幾個老婆？」

「當然是一個老婆，怎麼會問這個？」

「你不是說你爸爸在印尼嗎，他在南洋沒有再討一個老婆？」

「那是細媽，我又沒有見過。」

「會不會回來？」

「當然不會，回來做什麼？」

「不會回來就好。我告訴你，你不要和他們幾個說。」

「說什麼？」

「你上次來我家見到的阿姨，以前也是我細媽。她原來是我家的傭人，解放前幾年，被我阿爸收做妾，生了個小弟。解放後實行一夫一妻，民政局的幹部來宣佈取消了細媽和爸爸的妾侍關係。離婚了，但是，細媽不願意離開：一來，她父母已經不在了，鄉下沒有親人，沒有投靠處；二來，她已經不年輕了，只會煮飯洗衣服，想嫁人也有困難。再說，已經生了一個小弟，不管判給誰，她和阿爸都捨不得，孩子也可憐。所以，細媽要求仍然留在家裡當傭人，我們便又改口叫她阿姨，小弟就仍然叫：爸爸、大媽、細媽、姐姐、哥哥。最近，因為我家沒有加入公私合營，左右商店有些店員冷言冷語，說我們店子是『小台灣』；民政局有個女幹部，也時不時來店裡找阿姨，名叫關心，說些瘋言瘋語。今天上午，那人又轉進店裡來，還問阿姨是不是和阿爸睡在一起。你說，叫我在家怎麼待得下去？」

「宣傳婚姻法時，我聽人說過，不是有個叫『不告不判』的政策嗎？」

「那是指那些年紀大的，等人死了問題也就沒有了，我阿姨才五十來歲，有些人不就總想弄出點是非出來嗎？」

吳昌祥家裡有錢，吃、穿、用都比我們好得多。我們背後說人時，陳文富會對他很羨慕，誰知他表面看著風光，心裡卻有說不出的苦處。我不知道怎麼安慰他，只能說：

「你用功點，考上高中住校，眼不見為淨！」

昌祥說：「希望這樣，城東的山坡上正在建一所新的高級中學，去年成立的私校華僑中學也要開辦高中，明年全縣的高中生應該會多招一些。」

我們同屋住的高中同學，有時會去外面買青菜炒來吃。我們三個只會禮拜天從家裡帶一兩把青菜，炒兩次三次，其它時間也是吃鹹菜。古建民有時會來我們宿舍，將飯放在我們宿舍，下課後和我們一起吃。他帶的飯還是和南山中學時一樣，米飯裡雜些豆，紅薯粒，上面蓋點鹹菜。看得出他走讀很辛苦。

初三以後，男女同學之間界限不再分得那麼清，共同討論功課和交流慢慢多起來。有一天上語文課時，老師批評陳克忠，說他幫助饒養馨寫作文的方法不對。我們聽了不明所以，陳克忠就好像有苦說不出。過了兩天，我們找機會捉到陳克忠，幾個人把他拉到操場上，問他是怎麼回事？陳文富就問他是不是喜歡上人家？陳克忠大叫冤枉，說：「她坐在我前面，常常會回過頭來問問功課。前個星期不是佈置了一次課外作文寫遊記嗎？她已經寫好了，叫我幫她改改不通的句子。我一看文章寫得挺好的，就是有些句子不通順，有些地方用詞不當，便用心替她改了一下，結果，得了八十五分。龔老師本來是好心，下課後讚揚她兩句，那傻妹子卻不會說話，把我幫她『改過』，說成幫她『寫過』！你們說這不是好心遭雷劈嗎？」

陳文富說：「那麼用心幫她，總是喜歡人家啦！」

陳克忠說：「不要說那無聊的話！我還真的擔心我幫人的方法不對，結果引起老師的想法也不對。」

我說：「不要擔心，老師都這樣，不找點事來教育一下學生，還怎麼算是老師。」

宋振國說：「話不能這樣說，克忠上次不是講過你同村的同學的事嗎？要是老師有了成見，就麻煩。」

吳昌祥說：「好了！你們不要嚇唬克忠。龔老師不是班主任，他教語文就只講語文，就事論事。方法不對就是方法不對，不要想到其它地方去。」

大家都覺得昌祥說得有理，便勸克忠放下心來。轉到其它話題，自然問到他住在親戚家怎麼樣？他說：「怎麼說呢？還真不會說。」古水泉說：「想怎麼說就怎麼說，有什麼不會說！」

陳克忠說：「也沒有什麼好說。那是一個離得很遠的親戚，以前都基本沒有來往。這次找到他，他家裡有地方住得下，便滿口應承。我當然照樣帶口糧，交菜金，可以說和住校差不多。」

古水泉說：「那還不如搬來和我們一起住！」

「那當然不行，得失人情！」陳克忠回答說。

一會兒陳克忠走了，吳昌祥說：「城裡有城裡的難處。再親的親戚，三日兩日可以，時間長了，開支上要先商定，相處時也要能夠互相體諒才行。」

不是學校宿舍，沒有舍長管了，晚上，我們有時也會聊天聊得時間長些，聲音從窗子傳出去，隔壁的高年級同學聽見了，會敲敲牆壁，我們就馬上閉嘴睡覺。現在五個人中，陳文富年紀最大，其次是吳昌祥，宋振國，最後是我和古水泉。回到宿舍多數還是講功課，有時那個上課沒有聽懂，互相問問，討論討論。都是講代數、幾何、物理科方面的多，政治課有些不大懂的的問題，很討論不起來。我這時會想起志森，他在這裡就好了。臨睡覺前，有時也免不了講講有關男女方面的事，平常會說「畫地圖」了，偶爾會有人露出一句，某人可能會打手槍，但是很少，因為那是很不光彩的事，不會多說。找過陳克忠那天晚上，不知怎麼就討論起男女之事來。

本來是說功課的，說陳克忠文科好，還有誰哪科好。吳昌祥說歐陽順代數、物理好，一直讚她。古水泉說：「昌祥，你經常讚歐陽順，是不是喜歡她了？」吳昌祥還沒有回答，宋振忠就說：「歐陽順成績好，又比饒養馨漂亮，不管誰，喜歡她都不奇怪啦！」我說：「同學們請注意，學校是不准談戀愛的，特別是初中學生！還是不要談論這個問題。」陳文富不高興地說：「那就說得上談戀愛了，只是說喜歡罷了。到了這個年齡，會想下女人都不奇怪，小題大做！」吳昌祥說：「就是，隨便說說，又不是說哪一個人，古方智大驚小怪。」我不敢再出聲。古水泉就一本正經地說：「古方智同學當過室長，講點原則是應該的。說到男女之間的問題，我有深刻的見解，你們想不想聽？」看到他裝模作樣，我們都笑起來，宋振國說：「毛才剛剛長齊，也懂男女之事？」古水泉說：「不想聽算了，這可是老師都不會教的知識！」我們幾個想不再理他，吳昌祥卻說：「說不定他人小鬼大，讓他說來聽聽。」

古水泉乾咳了兩聲，清清嗓門，說：「龔老師講語文課時，不是經常分析有幾個層次嗎？這男女關係問題，有三個層次。剛才陳文富說的想女人、吳昌祥說的喜歡女人、古方智說的談戀愛，是三個不同的層次：陳文富的想女人，實質就是想……就是想日屄……」古水泉在學校已經很久不說粗口了，今天又聽他說出口，我們都不由得笑起來。陳文富想去打古水泉，宋振國拉住他說：「不要攪他，讓他說完。」古水泉一本正經地接著說：「這想女人是第一個層次，不管喜歡不喜歡，更與戀愛無關，目的就是想日屄，這叫想女人；吳昌祥的喜歡女人，是第二個層次，就是看到一個女人，覺得她這裡或那裡好，不單是樣子，也包括其它，就像我們看中一雙球鞋、一件衣服，很喜歡，但是，也就是喜歡而已！只是而已，與想女人不同，離戀愛也還有一定距離；至於談戀愛，這是第三個層次，涉及到複雜而奇妙的愛情，這是代數課老師講的無解方程式，或者幾何課裡的無法證明題！」

我們四個正聽得有興趣，古水泉卻不說了。

吳昌祥問：「說完了？」

古水泉說：「完了！」

再追問，古水泉還是說「說完了」，搞得我們幾個，像被他把心弄得懸在半天空一樣，便都不再出聲，也一時睡不著覺了。古水泉不會有這方面的知識，只是不知道他是從哪裡聽來的妙論。他這話引起我們對男女關係的思考，特別是他說的無解方程式，或無法證明題。

有一天中午上街時，看見洪昌叔和葉子青兩人在街上走著，便上前打招呼。他們說是進城來吃飯。慶新叔和長福叔兩人，被城裡的什麼部門轉回城裡來做工，慶新叔老婆出面，請村裡的幾個幹部吃餐飯。原來慶新叔的老丈人是個開明人士，政府的統戰對象。我看見只有他們兩個人，不見其他幹部，我這個小輩不好過問村裡的事，說了兩句閒話便告別了。

晚上，吳昌祥回來以後，我問他這是怎麼回事：為什麼土改時把他們趕回村子裡去，現在又讓他們回來？吳昌祥說，他們兩個的具體情況我不知道，不好說。然後又說：「古方智，你對時事好像不夠關心！要考試的。」

我說：「怎麼又不關心啦，我對我們村的合作化運動不知有多關心！」

「不單是你們村子裡的事，是全國的國家大事，前幾天政治老師才講了一件大事，你又沒有記住。」

我想起來了，但具體內容的確沒有記住。只好請教他。

吳昌祥說：「老師還提醒大家，前年統考時政治課還考過總路線。今年九月份，召開了黨的『八大』，宣佈我國的無產階級和資產階級之間的矛盾已經基本解決了，我們國內的主要矛盾，已經是人民……什麼記不得了，要看看筆記。反正這段話很重要。」

「想起來了，我筆記有記，只是想不到這和我們村裡的兩個地主回城有什麼關係？」我說。

「你看不見現在城裡在大興土木搞建設嗎？又是農業大豐收，又是工商業大發展，需要有人做事，他們以前會買賣和管理糧食，這不就有用了。」

「那讓他們回來開糧店？」

「你想得美，給他們當個出大力的工人，就已經夠好了。」

禮拜六回家，我去忠國家玩，想順便問問他會不會跟他爸爸回城裡？忠國還是笑笑，說：「不會，我們本來就不是城裡人。」惠芬姐說：「我們跟著去幹什麼？阿爸下去當工人，連地主的帽子都還在頭上帶著，說要由工人階級監督勞動，繼續改造思想！再說，我們城裡的房子也沒有了。」我也就不再問其它。忠國有一個大姐，叫德芬，沒有見過幾面。她回村前已經定了親，土改時一直躲在家裡很少出來，土改後，悄無聲息的送到婆家去了。我看忠國家裡，外面雖然是破房子，裡面整理得很整齊清潔。

代新叔沒有回城。他老婆和兒子都有病，自己幾年間變得非常蒼老。聽隊上的人閒話，說這一家三口，怕日子都不會長了，幸好古恩文跑到新疆去，總算留下了種。

國慶節過後不久，村裡兩個初級社，合併成一個高級農業生產合作社。社址設在原來的農會。初級社已經把大部分生產資料集中了，現在把所有的田地、耕畜、農具等生產資料，轉為農業社集體所有，作為社員的股份基金，所有的社員是這個集體的主人。高級社成立了農業社管理委員會，新興叔被選為社主任，還有兩位副主任。新興叔不再擔任民兵隊長，由一個下村人接任。會計是葉子青，另有一位出納。保管另選出一位下村人。因為家大業大了，有了兩個保管倉房，上村還是設在可居樓，仍然由洪昌叔母管，下村的就在原來的農會內。委員會下面還設有些什麼科室，總之是管事的人多了，秋雲姑現在每天在管委會上班。

成立高級合作社以後，黨、政、社三者之間是怎麼樣的關係，多數人都一時分不清，像黨支部書記、民兵隊長幾個下村人，我們上村人平時很少找他們，叔婆伯母還是習慣有事找先隆伯，阿松伯母，新興叔。

所有貧下中農都成了社員。幾家華僑地主分子，社管理委員會討論，認為改造得好，又經過全體社員大會通過，摘了帽子，成為正式社員或後補社員。其他各類地主、富農，都還是戴著帽子，繼續監督勞動改造。全體社員共同勞動，計算勞動日，年終按勞取酬。全社大的生產項目，由管理委員會制定，日常的生產活動，由生產隊長領導。先隆伯的隊長沒有變，阿松伯母升到管理委員會去了。

閒談中，我覺得阿媽對農業合作社有信心。她看到農業社人多力量大，像改良土壤，多種經營，興修水利，使用良種等，以前單幹或互助組無法做到的事，現在都可以做到，所以她認為合作社會有很好發展。她種了一輩子田，對莊稼和農活都熟悉。最初，小田併大時，她和先隆伯等人都認為把生土翻上來，起碼有幾年會長不好莊稼，但是，使用化學肥料以後，改變了他們的看法。本來長得又黃又稀的秧苗，化肥一施下去，幾天就長得綠油油的，生意盎然。合作社搞多種經營，像高粱、洋芋、木薯、向日葵等，以前私人種田時很少人種，因為影響種植主糧的面積。現在可以根據水土和有利作物生長情況，合理安排種植。又如養殖業，以前一家人養了一頭牛，想再養頭豬，多養幾只雞，就要考慮好人工和飼料問題，現在，合作社人多地方大，資金雄厚，牛、豬、雞、鴨和水產等養殖，可以統一安排，合理調配，有效管理。看到這些景象，阿媽覺得以後日子會過得好。連生叔母就在罵天罵地，她家田地比較好，果園的出息也比較多，現在取消土地分紅，他母子兩人的勞動力不算強，以後完全靠勞動日分紅，收入與初級社和單幹時相比會有所減少。

土地都變成集體所有，各家的菜地仍然保留，現在叫自留地。群智跟我說，他阿媽幾天幾夜吃不下飯，睡不著覺，說祖祖輩輩傳下來的田地沒有了，子孫後代沒法活了。阿媽對土地歸集體所有反而坦然，可能土改已經沒收過一次田地了。

社員留有「少量自留地、自留畜、零星樹木」，現在，大家除了參加隊上的勞動外，花在自留地的時間和精力，要比單幹戶時多得多。可能是農民對土地的眷戀，也可能是因為土地收歸集體以後，大家覺得，這「自留地」上生產出來的東西，才完全是自己的。當然，「瓜菜半年糧」，是農民生活本色，村子裡沒有一家不吃雜糧、不在粥裡摻瓜菜的，瓜菜要自己菜地種出來。

有個星期天，阿媽要我和他一起把桿棚挖出來種南瓜。

桿棚，這是家鄉屋旁的一種附屬小建築，一般建在屋前左、右側。桿棚是耕牛耕田、放牧回來，在裡面吃草、反芻、夢想、睡覺，終老一生的家。家鄉話的「桿」，一般指乾稻草，可能來自禾桿的簡稱。養牛的人家，在屋側找一塊空地，用四條石柱或木柱，立成一個十尺見方，上面架上小圓木或竹子搭成的棚，中心立一根牢固的高高的木柱。把曬乾的稻草，捆成一小綑一小綑，鋪在上面，堆砌成一個圓圓的山形乾稻草堆，叫做桿棚。那桿棚要砌得不漏水，又要人在下面用長竹桿插進去，捲起來一拉，只會拉出一小綑稻草而不會拉塌，這才是砌得成功的桿棚。我們上村就只有先隆伯和新興叔有這個技術。這桿棚既是耕牛的家，又是牠的糧倉。

桿棚四周是沒有圍欄的，晚上只有牛隻在這裡過夜，以前沒有聽說過有人偷牛的，因為偷耕牛是非常傷天害理的事，別說是新政府，連舊政府都會對偷牛賊嚴懲。

我們屋前有四個桿棚，群智家一直養著牛，桿棚便一直使用。我家的耕牛分給富林家以後，桿棚就廢棄了，另外兩個是維生叔和建生伯母家的，他們不養牛後也廢棄了。

去年，先隆伯在耕牛入社後，把桿棚挖出來，種上蔬菜，已經有收成。現在，阿媽也學先隆伯，叫我也把廢棄的桿棚挖出來種瓜菜。桿棚只剩下四根柱子立在那裡，周圍也就十幾尺見方。我以為很快就可以挖出來，誰知鋤頭挖下去，像挖在石頭上一樣，反彈回來，連挖幾鋤，都是這樣，只好回去向阿媽求助。阿媽聽了笑笑說：「那地方牛踩了幾十年，還不踩得像鐵板一樣，你去先隆伯家借十字鎬才挖得動，十字鎬只有他家有。」

來到先隆伯家，說明來意，借了十字鎬。一小塊地，挖了差不多一天，兩手打起五六個血泡，才把地翻出來。還十字鎬時，先隆伯問我準備種什麼蔬菜，我回答，聽阿媽說準備種南瓜。先隆伯說：「種南瓜好，幾年都不用施肥，你挖好後，要先泡水，乾了以後，把土整鬆，再拌些草木灰、灰土。不然，到時瓜藤瓜葉長得旺，卻結不了多少瓜。這些，你阿媽知道。」

我沒有讓阿媽看我打起血泡的手。到第二個星期六回來，挖好的地裡已經泡過水，柱子上面也搭起了竹棚，這些都是阿媽一個人幹的。

又是一個星期天，吃過中午飯，阿媽又叫我去洪昌叔母家拿高粱種籽，準備用來種在菜地裡。她告訴我，那是一種白色的高粱，是洪昌叔母從她娘家拿回來的。紅高粱黏性很大，都是用來釀酒，這種白高粱沒有黏性，可以當粳米吃用。

我們家的菜地土改時被分掉一半，剩下不到四分地，種出來的蔬菜基本夠兩個人吃。阿媽現在一個人勞動，計的是九分的勞動日，要養兩個人。年終分回兩人的基本口糧，除了乾穀，還有一部分是雜糧。我在學校蒸飯吃，都是帶大米，沒有帶雜糧，阿媽要把自己的大米讓給我吃。

來到下屋，見豬妹和幾位叔婆叔母在曬穀場上。現在曬穀收穀不像以前單家獨戶，幾挑穀子曬乾挑回家就行了。隊上收了穀子要分不同品種，計算產量，分開準備交的公糧餘糧，複雜好多。曬場上安排了老年，壯年，青少年勞動力成一組做這項工作，豬妹便是負責各種數字的登記。說起來，曬穀子的工作也很辛苦，六七月是全年最熱的日子，又經常有陣雨，陣雨一來，搶收穀子比打仗還緊張。這天天氣很好，有叔婆在外面看著穀子，豬妹和幾個叔母，吃完中午飯不用早早到曬場上去。進到豬妹家，樣伯婆從抽屜拿出一個小紙包給了我，然後問我在學校過得好不好。我揀一些在學校宣傳的，有關合作社的話跟她說，樣伯婆聽了奇怪地問：

「你們在學校不是讀書寫字嗎？學校又不是耕田的，怎麼也講合作社的事？」

豬妹說她：「全中國現在都在講合作化，講公私合營啦！就你落後，什麼都不知道！」

「是啦是啦！就你進步！現在樣樣都變得太快，像電影一樣，還沒有看清又變樣了！」樣伯婆說。

我問豬妹什麼時候去看電影了。豬妹說，前久阿嫂她們幾個帶阿媽去看了一場電影，樣伯婆說那畫面走得太快，還沒看清就變了！還沒看清又變了！什麼也沒有看懂，費錢費精神。

我對樣伯婆說：「以後看電影，進去時電影院會發一張介紹內容的紙，叫豬妹看了先告訴你，就容易看懂了。」

樣伯婆說：「看不懂！別說電影，就是村子裡的事都看不懂，變得太快！」

豬妹埋怨說：「阿媽又來了！見人就說什麼都看不懂，變得太快，是你不跟著進步的嘛。」說完對我使使眼色。我說聲多謝樣伯婆，告辭出來。才走出門，豬妹就說：「阿媽現在一天囉嗦，什麼都看不慣。」

「阿媽都是這樣，你聽完就算了。」

「阿哥和阿嫂都在村子裡做事，她一天說解放到現在，這樣『運動』，那樣『運動』，比電影『運動』得還快，叫人聽見影響不好。」

「那你多給她解釋不就行了，村子裡不是經常開會宣傳嗎？」

「她就是不喜歡開會，坐不到三分鐘就藉故走了。」

我不再說什麼，便說其它的話。豬妹問我有沒有加入青年團，我說自己不夠資格，她就說：「你也是落後分子。」我問她加入了沒有，她說村子裡剛宣傳組織。我祝她第一批加入，像富林第一批加入少先隊一樣。說著話，我打開紙包，看到高粱種籽晶瑩發亮，很是可愛，只是才有幾十粒，便說：

「才這麼一點！」

豬妹說：「嫌少？有得給你就好啦！阿嫂娘家的合作社也是從很遠的什麼地方買來的，第一次種。除了合作社種，給了願意試種的社員一點，阿嫂拿回來也就是那麼一小把。聽說一粒籽種出一棵，就可以結出小半升高粱米。」

我怕剛才嫌少的話惹她不高興，便說：「那也是，『春種一粒粟，秋收萬顆粒……』」妹豬就接下去：「四海無閒田，農夫猶餓死。」說完我們同時笑起來，想起小時候一起上學的日子。

群智被安排和一個成人勞力共同管理耕牛。上村合作社的牛圈建在可居樓後面，大大小小也有幾十頭牛。我放過的牛還在，以前曾是我家，後來是富林和他叔叔兩家的私有財產，現在進入了社會主義。有一個星期六傍晚，見到群智趕著牛，用鞭子一揮，全部牛便進了牛圈，我對群智佩服得不得了。以前我放牛回來時，遇到牛發脾氣，要拉牠進桿棚都拉不動。現在幾十頭，群智的鞭子一揮就乖乖進去了！群智說，開頭難一點，就是要找到一頭帶頭的，幾頭比較聽話的，有了帶頭和聽話的，其它的就會跟著。

今年風調雨順，是個豐收年。早晚稻收成都比往年好，搞多種經營，其它雜糧也得到豐收。各家土地等入股的錢分回給各家，加上勞動報酬，所有家庭都分錢分糧，從合作社裡領了錢和挑回分得口糧時，多數人顯得喜氣洋洋。合作社交公糧、賣餘糧，敲鑼打鼓，穀籮上插上小彩旗，洪昌叔母和阿桃姐她們，全村的青壯年婦女，排成一隊送到鎮上去。

我們家分回的股份錢不多，只有阿媽一個人勞動，扣除所分東西的錢以後，還領回十幾元錢。我幫著阿媽把分到的各種主雜糧挑回家，阿媽看看堆在家裡的穀子和雜糧說：「加上菜地裡的瓜菜，今年夠填飽肚子了！」我說：「我現在自己蒸飯吃，也可以摻點雜糧，我覺得洋芋比以前的芋頭好吃，菜地有豆角、南瓜時，我可以多帶點去學校煮來吃，可以省點米。」阿媽說：「雜糧難帶，到時再說吧。」

有一個星期天，阿媽叫我陪她去城西楊屋，見一個從印尼回來的水客。我們提前吃了中午飯，走到楊屋還不到兩點。這是一個四槓三進的圍屋，比我們的兩槓兩橫大好多。進到門內前廳，見有好幾個叔母坐著，一個近五十歲的叔母在招呼人。阿媽上前打招呼，將手裡提著的一包東西遞給她，那人接過去客氣了幾句，叫阿媽坐著等，到時叫她進去見人。阿媽以前並不認識這家人，是通過一個朋友介紹的。

解放前夕和土改前後，南洋的華僑很少回鄉，寄信寄錢也大為減少。五四年以後，三大運動已經結束，國家政局穩定，經過宣傳，海外華僑華人逐步認識新中國的各項方針政策，回鄉探親和有意經商的華僑華人才開始走動。到五五年以後，不單回鄉人數增加，華僑回鄉「做好事」的傳統也恢復了。「做好事」，是指在海外賺了錢的華僑，向家鄉捐錢贈物，修橋補路，興建學校。原來的崇真學校，南山中學，老校舍的一面牆上，都有一面石碑，刻著捐錢建校的海外華僑的芳名。吳昌祥提到今年要辦高中的華僑中學，就是三年前由海外華僑和全縣歸僑、僑眷，共同捐資辦起來的私立學校。

阿爸和阿伯卻不知道為什麼好久沒有來信，阿媽非常掛念。有人介紹，這個水客和阿伯同在一個城市經商，便來打聽一下阿伯在外面的情況。等前面幾個人都見過了，那叔母出來叫阿媽進去，我跟著阿媽進到廳後面一間房間裡。一個五十多歲，中等身材，面目親切的長者，一見我們進來，便笑容可掬地招呼：「坐！坐！」指指我問：「這是兒子？」阿媽躬身答了「是」，坐了下來。阿媽說：「聽說楊先生在ｘｘ做大生意，不知道有沒有聽過ｘｘｘ街上有個叫古水生的古塘人？」楊先生一聽，說：「知道！知道！開雜貨店的，離我的商場不遠。見過面，都是鄉里嘛。」

阿媽說：「那是我大伯，不知他們過得怎樣？」

「幾好！幾好！生意做得幾好，好像有三個兒子？兩個小的還在讀書。一家都幾好！幾好！」

「我老公就在ｘｘｘ，那是個小地方，不知楊先生有沒有去過？」

「那地方就偏僻點，我沒有去過，但也知道有不少家鄉人在那邊做生意，你老公在那邊做什麼生意？」

「也說是開一間小商店，有兩三個月沒有來信，不知道……」

「好！好！，不必過於擔心，做生意，有時出去辦貨，走個一月半月不奇怪，沒有事。」

「楊先生有機會見到我大伯，有勞和他說說家鄉的事，說我們都好，順便叫他催兄弟來信，免得家裡掛念！」

「好的！好的！一定！一定！」

外面的叔母進來，和楊先生耳語。阿媽就示意我起身，一再向楊先生道謝，躬身點頭告辭。

出門走在路上，我說：「楊先生什麼都說好好好，又不認識阿爸，那麼遠跑來，也沒有問到什麼。」阿媽責備我：「一點規矩都不懂！楊先生做大生意的人，能見見我們，答應見到你阿伯會轉告我們的話，就一定會帶到的。」兩人默不作聲走了一會兒，阿媽問些讀書情況，和同學相處情況，到分路時，阿媽回家，我回學校。

我當然不是對楊先生有什麼看法，只是掛念阿爸。南山中學時的同級乙班，有個叫何恒昌的同學，他爸爸和叔父是某國家一個地區的僑領，回國探親時向華僑中學和漢劇團捐了不少錢，縣裡的領導都出面接見，後來，還把土改時被沒收的大房子也全部歸還給他。我們古姓三條村，近代也出過幾個在南洋賺大錢的華僑，只是，他們的後人現在都沒有在村子裡，只留下幾棟大房子。而三個村子出南洋的古姓人，窮的就多到數不清。家鄉流行一句話：「有錢番客，無錢臘鴨（臘鴨看起來都是骨，沒有肉）！」；夫婦間是：「有錢親哥哥，無錢死孤沒！」這是兩句很殘酷，卻又很現實的語言。

何恒昌跟我們很少接觸，有一天王立軒來我們宿舍玩，議論起華僑捐贈的事。王立軒說，他們村有個有錢的華僑回來，也是捐了款，上面派人到村裡做工作，把沒收掉的房子還給他。從他家搬出來的貧農想得通，說：「那本來就不是自己的房子，政府叫還給人家，還就是了！」反而是那華僑想不通，說：「那房子反正我們不住，只要那些祖宗牌位不要損壞，給別人住也是好事，為什麼又要叫他們搬出去？」做工作的人說：「這是政策！」在僑鄉，從小耳濡目染，或是老師講近現代歷史時，都會提到華僑華人在中國社會發展進程中起過的作用，不管新舊政府，都有僑務政策。

王立軒講完以後，幾個人從土改時沒收地主的房子，講到「華僑地主、地主華僑」成分在土改複查時的變更；講到近年華僑回來捐款、做生意等等。最後，吳昌祥說了句：「不管什麼政策，都要有利國家的鞏固和發展，如果你在國外窮得連自己阿媽都顧不了，政府也不會有什麼政策去照顧你。」吳昌祥也提過他有親戚在南洋。

回學校的路上，我走得很慢。阿爸和阿伯，除了照片上見到的樣子，其它認識，只是從阿婆和阿媽的交談中聽來的。我出生前阿爸回到南洋和伯父一同經商，不久，便是日本南侵。阿爸和伯父一家藏匿到山裡，靠種木薯度過艱難歲月。日本投降後，伯父回到城裡重新起步，阿爸就到一個小市鎮另謀發展。幾十年來，伯父和父親從來就沒有做過什麼大生意，沒有賺過大錢，他們只是個靠勤勞和誠實，賺點蠅頭小利的小商人。因為出洋謀生前，在家鄉是缺房少地的農戶，在外面節衣縮食寄點錢回鄉，買點田地房屋，也就是為了老了能葉落歸根。不知道當他們聽到土改時家裡被評為地主，家產被分；後來又聽到複查評為華僑小商的消息時，是一種什麼樣的心情？我東想西想，心事重重回到學校。

一個多月後，阿伯來了信。原來，細媽生病已經住院半年多，阿爸要照顧生意和子女，又要往醫院跑，搞得焦頭爛額，精疲力盡。由於生意受到影響，家庭開支大增，也就沒有能力接濟家中。看到這封信，我和阿媽相對無言。許久，阿媽才嘆口氣說：「你阿爸也是，遇到再難的事，也要寫封信告訴，總是一家人！我們一時到不了眼前，也可以寫封信安慰一下，或者出個主意。也不知道你細媽那病好些沒有？小孩都還那麼小，真是可憐！」給阿伯和阿爸的信，現在基本都是我寫，除非阿媽有什麼私房話，還去請別人幫忙。靜了好長時間，阿媽才告訴我，回信時該說些什麼。阿媽認為我已經長大，沒有像小時候那樣，要我寫完信後讀給她聽，只要寫好信後把意思告訴她就行了。我在回信中寫了家鄉情況，我們身體健康，兩人可以溫飽等一些讓阿爸和阿伯寬慰的話。對細媽的病表示憂慮，問需要不需要從家鄉帶點中藥，對治病有所幫助。阿媽叫我問阿爸是否送一或兩個異母弟妹回鄉讀書，以減輕外面的負擔？這話我沒有寫，因為覺得不現實。

臨近春節，村子裡像去年一樣喜氣洋洋，都是忙做年糕、蒸米酒的熱鬧場面。不知道為什麼，今年很少見到有人寫對聯，各棟屋貼的對聯都是買回來的，我們這棟屋貼的也一樣。而且，我們這棟屋沒有去年的熱氣，今年不見連生叔母家忙蒸酒做糕，群智放牛回來便到處玩。阿媽和我商量，做年糕和蒸米酒費糧食，炸煎堆費糧又費油，都不做了，只蒸一些發酵粄應節，用來大年初一敬祖宗。

不用花多少時間踩碓舂粉，離初一又還有好幾天，看見家裡堆著好些南瓜，菜地有幾樣蔬菜吃不完，我便和阿媽說，不如挑點菜和南瓜去鎮上賣，賣得幾個錢用來買火柴食鹽也好，阿媽當然贊成。第二天天不亮，我用畚箕裝了三個南瓜，昨天摘好的小白菜，蔥，豆角，挑到赤崗鎮去。鎮上的早市比較熱鬧，除了小菜，還有一些雜糧、飼料和其它東西。我找了一個地方站著，不用叫買，有人會上前詢問或購買。小菜都是捆好的，兩分、三分、五分一把，南瓜賣二分、三分、四分一斤。菜新鮮，價錢也定得合理，不長時間就只剩下那個最大的南瓜。可能因為大，一家人一餐吃不完，又不想連吃兩餐，所以難賣出去。我正有些發愁：只剩這有十斤重的南瓜，挑不是，抱也不是，怎麼拿回去。一個四十來歲的叔母走過來問：「小弟，你這南瓜怎麼賣？」我說：「三分錢一斤。」叔母說：「二分錢，賣的話我拎走了。」說著伸手掏錢。我看看時間還早，不想賣，沒有回應。叔母見我不出聲，一邊拎起南瓜掂掂，一邊說：「小兄弟，你不賣掉，這南瓜你怎麼拿回去？看你是個學生哥，賣點錢買紙筆。這瓜十斤都不到，好啦，給你二角五，賣了早點回家。」把二角五分錢小票子送到我手裡。我想：這些菜販子真會看人，便說：「叔母真會做生意！」伸手接過錢來。等那菜販叔母走了，我蹲在地上把小票子理好，才賣得一元多點錢。挑著空畚箕在集市上轉，想看看能不能見到古建民來賣柴，轉了一圈不見他。天不亮就走了兩公里路，雖說才三四十斤的蔬菜，路遠無輕擔，不但有點累，肚子也餓起來。飯店要糧票，又貴，當然不會進。集市裡有幾攤私人賣小吃的。東望西望，比較一下，看中一攤賣豆腐角的。把豆腐切成一小角，裹上麵漿炸熟，賣出時澆上點甜醬油，一分錢一塊。我看這豆腐角實在細小，便數出一角錢，買了十塊。農村人過日子，很少用油去煎炸食物。這一口可以吃兩個的豆腐角，吃著覺得香口，但說不上填飽肚子。吃完十塊，肚子還是一樣餓，想到家裡還有粥，便抹抹嘴轉身挑起畚箕回家。走在路上，思量當農民不容易。去年，阿媽打算給我買一雙球鞋，聽說要六元多錢，我叫阿媽不要買。六元多錢，等於三百斤南瓜。以前用鋼筆不太愛惜，寫到漏水或筆尖分叉時，一發脾氣就插到地上，跟阿媽要錢重新買。阿媽一聽說買紙筆，都會二話不說就給錢。現在想來，一支好用一點的鋼筆就是一元多錢，我今天把阿媽辛苦多少天種出來的菜挑到集市上，賣得的錢還買不回一支筆。

接連賣了三天菜。菜地裡摘不出菜來了，南瓜也不能再賣，還要留著自己當飯吃，一共賣得三元多錢。

年初一，天氣晴朗。當第一縷陽光從對面山上射進大門，全屋人把坐在椅子上的德叔公扶起來，在他帶領下，在上廳敬祖宗。先是點燃香燭，然後燃放爆竹，炸得震天響。等爆竹聲響過，除德叔公外，其他人都在祖宗牌位面前，跪拜敬禮。一個個把香插進香爐，排在德叔公後面，靜默站著，虔誠地讓祖宗享用那雞鴨魚肉年糕水果（都是沙田柚）等祭品。以前年初一祭祖要到老屋，現在祠堂已經破敗，沒有修整，土改以後，公產沒有了，家族中也沒有了像過去一樣有權威的叔公頭，所以一切從簡。

一年又過去了，不像以前，春節要玩到月半才開工。年初四，合作社社員就安排下田下地幹活。除了莊稼活，主要還是農田水利建設。抽水站的配套水渠、古塘的清底和塘堤加固、改良土壤等等。縣裡、區裡又有幾座規劃好的水庫，馬上就要動工，總之有幹不完的活。

我們縣的文化教育，解放前就比較普及，多數大的鄉鎮都有中學，全縣共有十幾間，多數是初級中學，有高中班的完全中學只有四五間。解放後，全縣各鄉鎮辦的初級中學得到鞏固發展，初中畢業生增加了。近年來，縣裡新開辦一所高級中學，另有兩所中學增辦高中，也仍然滿足不了眾多初中畢業生升學的要求，初中升高中的競爭因此比較激烈。

正當大家都在緊張複習功課，準備迎接統考的時候，城裡一些人出現咳嗽、發燒等症狀，接著，學校裡不少同學也出現同樣症狀。政府通報，這是一次全球性的流行性感冒，有些國家已經死了不少人。學校召開全體師生大會，由教育局和醫院派人到學校講解和宣傳預防辦法。這是大家第一次聽說有那麼嚴重的病。有些同學回到村子裡，又聽到有老人說，這是瘟疫，叫發人瘟。這話傳到學校，更搞得人心惶惶。

過兩天，學校通告：明天開始，全校師生，上課時都必需戴上口罩，否則不准進教室。這天早自習的時候，班主任趙老師進教室檢查，全班同學除了古建民沒有帶，其他同學都帶上了口罩。趙老師問他：「為什麼不帶口罩？」古建民回答：「沒有錢買。」趙老師叫他回家去和父母說清楚，這是關係到大家健康的事，想辦法找點錢買口罩，明天再來上課，古建民便回家去了。

第二天，趙老師同樣來班上檢查。古建民看到老師進來後，才拿出來帶上的，是自己用針線把一塊舊布縫成的「口罩」。趙老師一見，不覺大為生氣：「古建民，你這叫口罩嗎？這能起到預防傳染疾病的作用嗎？你連幾分錢的口罩都買不起嗎？你把學校的規定不當一回事，你自己不怕死，就不怕危害其他同學的健康嗎？」一連好幾個責問，全班靜得一點聲音都沒有。古建民低聲說：「我擔心危害同學的健康！」說罷，咬著嘴唇，提起書包走出了教室。

下課後我們回到宿舍，看見古建民坐在門口，他帶的飯還放在我們的房間裡。

我趕緊開門，一進到房裡，古水泉就說：「不要怕，建民，我一會兒去買一個口罩給你！趙老師也太欺負人了，說得那麼難聽！」

陳文富說：「先拿飯吃，肚子餓了，邊吃邊說好啦。」說著幾個人去廚房拿回飯來，一邊吃，一邊說話。

我對古建民說：「剛才你怎麼不跟我拿鑰匙？讓你等幾個鐘。」

古建民說：「我剛才從學校下去，在城裡轉了一圈，半年沒有好好看看縣城。」

宋振忠說：「古建民，你不要放在心上，趙老師也就是說說而已，不會對你怎麼樣。」

古建民說：「我等你們回來，不單是拿飯盒，也告訴你們，我明天就不來上課了。」

古水泉叫起來：「不是吧，這樣就不讀書了？」

陳文富說：「不是因為趙老師說你幾句就不讀了吧！」

古建民說：「別傻啦，根本不關趙老師事，他那幾句又沒有說錯。我是家裡實在太困難，說真心話，這半年走讀，我已經堅持不下去。現在正好借發生流行病這個藉口退學不讀了。」

我說：「只剩下幾個月時間，不覺得太可惜了嗎？」

古建民說：「如果我這輩子是當農民的命，就沒有什麼好可惜的，提早幾個月回去，反而可以早點幫幫家裡。」

古水泉還要說什麼，古建民搖搖手，不讓他說下去，我知道再說這話題多餘，便轉移話題說：「春節前，我去鎮上賣菜，還以為會見到你賣柴，你不砍柴賣了嗎？」

古建民說：「現在封山育林，那還砍得著柴，只能撿點乾樹枝，沒有人要。」

古水泉問：「不上學了，那你在家幹什麼？」

古建民回答：「會幹什麼？下田幹活，當農民。」

看看時間差不多，古建民跟我們說：「請你們記住，我退學絕對不是今天趙老師對我說了什麼！我是因為家裡生活困難，讀書讀得很辛苦，早就有退學打算。趙老師問起來，請古方智幫我，說說我家裡的情況，說說我退學的原因。過幾個月就統考了，祝你們都考上高中，以後有機會我們再見！」說完，我們幾個手拉著手把他送出大門，看著他走遠。

晚上快下晚自習時，趙老師叫我去他辦公室。我進到裡面，趙老師從抽屜裡拿出一個口罩，叫我明天給古建民。我伸手接過來，說會交給他。趙老師看我站著不走，問還有事嗎？

我說：「趙老師，古建民不讀書了，明天不會再來。」

趙老師吃驚地問：「為什麼？啊？為什麼？就因為我早上說了他幾句？」

「不是！古建民特地交代我，讓我跟趙老師說，他不讀書絕對不是因為老師說他，而是因為家裡很困難，他早已堅持不下去。」

「他家裡有那麼困難嗎？」趙老師問。

我想到古建民平時和我們說到他家裡的情況，告訴趙老師：「他家確實很困難。他家五個人吃飯，阿婆和阿媽長期臥病在床，靠他阿爸一個人養家。他爸爸一年做的勞動日，連還社裡的口糧錢都不夠，家裡這兩年拖欠合作社的錢，都不知道什麼時候才能還清。鄉下人，沒有其它的入息，家裡有時真是連買鹽的幾分錢都找不出來。他每天跑十幾里路走讀，吃的又差，已經精疲力盡，功課也跟不上，成績比以前差了很多。所以……」

趙老師聽完，眼睛望著窗外，好久沒有出聲，後來回過頭來望著我說：「想不到會窮困成這樣！我接你們班時間不長，有些情況不太瞭解。好了，你回去吧，很快要統考了，多用點功讀書！」我答應了一聲便出來了。回到宿舍，幾個人問我趙老師叫我有什麼事，我說了趙老師問我的話，拿出口罩跟古水泉說：「你把這個口罩帶回去，以後趕墟或到鎮上路過古建民家時，見著面再給他。」古水泉說：「他都不讀書了，鄉下誰會帶著口罩下田！」我說：「所以，你不用現在專門抽時間去，但是，你一定要帶給他！古建民一定會要！你一定要辦好這件事！」我連說了三個「一定」。

幸運的是，讓人「談虎色變」的大流感不久就過去了，學校和村子裡都沒有見到有很多人感染，也沒有聽說死了人。

古建民沒有來上課，班上沒有人提起，也沒有人議論。因為他平時都是快上課時急匆匆進教室，一下課又急匆匆走了，很少與同學交流。現在，大家的主要精力都集中在複習功課上，好像沒有注意到教室裡少了一個人。

學校和個人都在盡全力搞好複習，同學中有人不知道從哪裡買來的《統考指南》、《升學指南》之類的書，經常聚在一起鑽研代數方程式、幾何證明題。學校經常上大課，初三年級六個班的同學集中在大禮堂，由權威老師講課，主要是講作文、解方程式、幾何題證明。講作文的老師預測可能出什麼樣的作文題，講作文技巧。語文科作文分數佔很大比重，所以重視。老師教授解題，破題，什麼大題走小路、小題大做、開門見山、另闢蹊徑等等，名堂多多。我想，我們平時寫作文時，哪裡會想到這些。回到宿舍裡，多數討論數理化題目，最熱心討論的是吳昌祥，晚上一吃完飯，早早就來到宿舍，不知道從哪裡找來幾何證明題或代數方程式，有些題目難到五個人絞盡腦汁，想到半夜都解不出來。

有一個星期六回到家裡，看見阿媽在房子裡發呆，桌上有封信，我打開看，是阿爸的來信。細媽的病最後未能治癒，於日前去世了。阿爸的信滿紙辛酸，不知道已經由誰讀給阿媽聽過了，我看過後也不再重複給阿媽讀。相對無言坐了很久，阿媽開口說，她明天想進城去找姑婆和表叔，徵求一下他們的意見，看如何安排應付家中的變故。

姑婆出嫁後，夫妻兩人與祖父，一同到印尼謀生。最初共同白手起家，積了點錢後，各謀發展。姑婆和祖姑丈兩人，同心合力，又不像祖父要顧鄉下的家，所以在外面發展得比較好。到三個兒子長大成人時，已經有一間麵粉廠，一間百貨店。三個兒子都成親後，便將生意交由兒子打理，倆口子回到家鄉，在縣城開了一間小旅館，用來賺錢養老。印尼有商店有廠，縣城有一間旅館，鄉下田地不多，但起了一間大屋。祖姑丈解放前五六年去世了，去世前些年將姑婆身邊長大成人的婢女收來做妾，生了個兒子，解放時，正在上中學。土改時，姑婆家裡三口人，住著大屋，有幾畝田地，養著一個長工，一個傭人，被評為華僑地主，複查時改為華僑工商業。那妾是窮人出身，土改時，在工作隊同志的動員下，和大婆劃清界限，分得一分勝利果實。姑婆跳井沒有死去，救起來後，孤身一人，已經六十多歲，被趕到一個擋不住風雨的破房子裡。在印尼的三個兒子又是寄錢，又是托人疏通，最後農會讓她在城裡租了間房子，住下來養病。最初，由南洋的表叔寄錢到農會，由農會付錢派人看管她，沒多久，那農會派的人不願再看，要回鄉種田。那妾向農會要求和大婆同住，由她照顧，農會同意了，她便帶著兒子進城，妻妾兒子又住在一起，還是一家三口，靠外面寄錢養著。姑婆排行第五，阿媽那輩的人叫她五姑，我叫她五姑婆。那妾買來當婢女時取名招財，年紀和阿媽差不多。以前是傭人，做妾以後，輩份變了，阿媽叫她招姑，我叫她招姑婆，叫她兒子小表叔。小表叔初中畢業後，一直沒有正式工作，在縣僑聯幫忙。僑聯全名叫歸國華僑友誼聯合會，是一個群眾組織，幫助歸僑僑眷解決一些疑難問題。

我在家等著阿媽回來，要聽她講述姑婆和表叔的意見。到下午四點多鐘，阿媽回來了。阿媽說：「你表叔說：去年以來，政府放寬了出南洋的申請，印尼政府也放寬了中國人的入籍申請，所以，這兩年，有一些人申請出印尼，你姑婆已經交了申請，等候批准。姑婆和表叔的意思是：既然你細媽不幸去世了，叫阿媽不如乘這個機會也申請出印尼，或者能幫你阿爸一把。我想問問你，如果阿媽出南洋去，你說好不好呢？」聽了阿媽的話，我不由深思起來：阿媽和阿爸已經分開十多年，是應該早日團聚的時候了。我從小就聽大人議論過，到其它國家申請入籍，要花不少錢。細媽久病，花了不少錢，阿爸現在經濟困難。阿媽提到申請時，沒有問我是不是要一起申請，應該是表叔他們都認為，阿媽一個人申請比較合適。想到這裡，我便主動說：

「阿媽能出去當然好，而且，一個人申請好一點，手續簡單一些，花費也不會那麼大。」

「那你怎麼辦？」阿媽問。

「我就這麼辦：繼續讀書。如果考不上高中，回來農業社勞動，我也養得活自己了。如果考上高中，阿媽出去，外面的情況有改善，我就努力讀書，爭取一直上到大學；如果環境不好，我照樣回來勞動，守在家裡，將來阿爸阿媽老了回來，也可以葉落歸根！」

「那就想到那麼遠！不過，聽到你這樣說，看來你長大了，阿媽很寬慰。」

「那就寫信告訴阿爸，告訴他我們的打算。」

「信已經叫表叔幫忙寫了，明天我再下去叫表叔幫忙寫申請，還要照半身像。你表叔剛辦過你姑婆的申請，也幫別人辦過，什麼都熟悉。你就專心讀書，不要再分心！知道嗎？」

我說：「知道了。」

事情一旦作出決定，阿媽和我的心都定下來。我說聲回學校去，便出了家門。

去年風調雨順，農業大豐收。今年開春以來，大家期望同樣會是好年景。可惜天有不測風雲，最近雨水偏多。有一天，又是烏雲密佈，下起大雨來，一下就是兩個禮拜，屋後的河水頓時暴漲起來。星期五下課後，學校宣佈允許家在沿河的學生提前放週六、日假。我急忙回家，路過大橋時，看著滿河漂著泡沫和雜草樹枝，飛速流下的大水，感到心驚。回到家裡，村子裡瀰漫著緊張氣氛，新興叔、葉子青、先隆伯，帶著所有青壯年，都在村頭的河堤和沿河巡查。屋裡的老人和小孩，也不敢安穩，時刻準備逃難似的。利廣和志森都回來了，只有富林沒有回來，志強哥這學期很少回家，在學校溫習，準備明年考大學。三個人去到河堤上，找到新興叔他們，問能做些什麼。新興叔叫我們找友興、群智和忠國他們，參加輪班護堤。走出幾步，新興叔又回頭交代說：「我知道你們都會游水，但一定要小心，今次水大，不同往日。」河從塘頭村的山邊流下來，經過塘背村時，塘背村後的河岸，因為延續著山崗的地勢，河岸比較高，所以，洪水侵害不了他們。我們村後一公里多長的河岸，中後段的河岸較高，河邊又長著蘆葦，除非河水把大片蘆葦沖塌了，才會危害到旱地，河岸也可能會大片大片崩塌。不過，這情況發生時相對容易搶救，危險的就是村頭那段低凹地上的土堤和石堤。如果那段石堤被沖毀，一旦決口越沖越大，那滿河洪水，就名符其實成為洪水猛獸，會沖毀屋前面的田地，甚至房屋。村前的水田，把田裡的肥土沖刷走以後，那田就幾年都無法耕種。

新興叔他們都只穿著短褲，一直在堤上巡查，不時跳進河裡，順著河堤查看那段石堤。女的按合作社安排，不但把社裡的蔴包，蔴袋拿出來，連自己家裡的也拿了出來，裝上土，放在堤上，準備應用。整整兩天，大家輪流休息，一點都不敢鬆懈。到禮拜天下午，看看水還沒有退的跡象，新興叔跟我們三個說，你們留在村子裡吧，多一個人多一個幫手，回去再跟老師請假。

緊張了兩天，晚上兩點以後，輪到我休息，回到家一倒在床上就睡著了。不知道睡了多久，就聽到：噹！噹！噹！噹！的鑼聲，夾雜著敲臉盆的聲音。我趕緊爬起來往堤上跑。跑到堤上一看，只見石堤後面的土石結合部，冒出好大一股泥水。新興叔和葉子青正從河裡上來，新興叔一邊抹著臉，一邊和先隆伯等人說：「是堤的半腰有一個窿，石塊被水沖塌了，有個兩尺見方的洞，但裡面塌了多大就不知道。」接著對洪昌叔說：「支書他們都在河岸上巡查，你順河岸走下去，見到他，把這裡的情況跟他說一下。」回頭見那些女的在堤下用土包塞那水口，怎麼塞都不斷有泥水湧出來。便大叫：「別塞了，沒有用，出水口堵水怎麼會堵得住！」然後拉著葉子青抱起蔴袋，又跳進水裡。不一會兒，兩人爬上來，搖搖頭說：「不行，沒有堵上。主要是摸不準，水流又急。抱著蔴袋摸到洞已經不夠氣力，來不及堵上，蔴包就被水沖走了！」說著話新興叔回頭到處望，大叫：「萬興，萬興，這『孤沒鬼』死到哪裡去了！」友興說：「可能還沒有起來！」新興叔罵道：「這死佬，鑼都敲破了，死人都吵醒了還不起來！」叫友興趕快回去叫。友興才走出幾步，萬興就來了，說：「怎麼啦，怎麼啦，催生催死咩，真是的。」新興叔說：「等大水把你沖到海龍王那裡，你就知道怎麼了！石堤的半腰沖塌一個大窿，堤這邊水越湧越大，看看用什麼辦法？」「用什麼辦法？水來土掩囉。」萬興說完也不理新興叔，便跳進水裡。新興叔和萬興是我們整個村水性最好的兩個，他們有本事在發大水時，游到河中間，把上游沖下來游不回岸邊的鴨子抓回來。萬興的腦子又比新興叔靈，主意多。

萬興從河裡上來以後，也像新興叔一樣，抱著一個沙包沉下去，好一會兒，才見他冒出頭來。可是，上來以後，沒有說話。他隨後在堤上走過來走過去，看來看去，最後，對新興叔說：「趕快叫大家抬幾副大門板來，把家裡有的蔴繩，還有所有蔴袋也拿來，去蘆葦地裝夾有小石子的粗砂……」還沒等他把話說完，新興叔就說：「我知道怎麼搞了。」轉身和先隆伯兩人大聲吩咐大家回家做事。一會兒，抬來兩副大門板，七手八腳把兩扇門板門起來綁牢，紮成兩副木筏，再用一根長長的蔴繩牽著，放進水裡。又趕快把叔母大嫂包裝好的沙包，一個木筏放五六個。然後由新興叔在岸上指揮，先隆伯，良生叔等在岸上拉住繩子，萬興帶頭，兩人一組下水。第一組萬興和忠國，第二組葉子青和群智，第三組友興和我。志森和利廣水性不好，不讓他們下水。萬興和忠國兩人，一手抱住木筏上的沙包，一手扶住木筏，由上面不遠處順水流下來，聽到新興叔大叫：「下！」便抱著沙包沉下水去，沉下去後一到洞口，再摸索著將沙包填進洞裡。由於人是從水面沉下去，下沉時間有人在上面指揮，所以沉得準確，而且，保存了氣力，一摸到洞口，在水下有足夠力氣將沙包填進洞裡。萬興浮起來後告訴我們方法，我們回答知道了。葉子青和群智上來後，我和友興，照著方法做，果然順利將沙包塞了進去，只是不知道裡面洞有多大，要填多少沙包。也不是每次都能成功把沙包塞進去，他們兩組不知道，我第二次沉下去時，沙包沒有填上就被水沖走了。三組人輪流下水，也不知道幹了多久，就聽上面叔母喊：「不出水啦！不出水啦！」這時支書和兩個民兵趕到了。支書向新興叔瞭解了情況，看見洞口周圍雖然還有水滲出，已經不會沖走泥土，看來破洞已經堵上了，才放下心來。支書對新興叔說：「這洞要完全堵好，水下的洞口，要經常下去檢查，關鍵是不要再有石塊塌下來。堤外的出水口多填點土，壓力加大點也有作用。縣裡說，洪鋒今晚過，明天下午可能會退水了。你們守住今明兩天，一定不能鬆懈。」

他們在說著話，在堤這邊看著出水口的萬興，上來拉著友興，又跳進河裡。他們下去時大家沒有留意。不久，突然聽到友興在下面厲聲大叫：「新興哥！萬興哥沒有上來！」大家低頭一看，友興在下面拼命招手，新興叔和我們便乒乒乓乓跳進水裡。幾個人沉到洞口一摸，果然摸到他。大家一齊拉著他往上浮，第一、第二次拉不動，後來摸到新興叔雙手抱住他，兩腳蹬住石壁用力，大家一齊出力一拉，一起浮出了水面。大家急忙把萬興拖上岸，看著沒有了氣息，新興叔抱住他的腰，把頭按下去，不停地雙腳齊齊起跳，跳上幾分鐘，就見萬興「呵」一聲，吐出大灘泥水。新興叔抱著他一直抖動，又用手拍他的背，萬興不停吐著泥水，又不停咳嗽了幾聲，才醒過來。新興叔把他放下來躺著，看那左手，手背皮膚像被刀刮掉一層，不停地流血。支書叫快送醫院，同來的兩個民兵剛要輪流背著去。支書說：「不行，趕快抬竹床或躺椅！」新興叔見萬興老婆在哭，罵道：「只會哭！還不快回去拿床被套和乾淨的毛巾！」又問誰去找藥了？有人回答說，洪昌叔已經去德叔那裡拿止血藥。不一會，東西都拿來了，把手包紮好，躺椅上墊上棉被套，把萬興抱上去。支書對新興叔說：「我們幾個還不能走開，就叫洪昌跟著先送到鎮上醫院，處理一下再送縣醫院。生命不會有什麼危險，就是盡量把手醫好，不要搞殘了。」新興叔點點頭，支書又跟洪昌叔交代了幾句，向年輕人揮揮手，幾個人抬起臨時擔架走了。阿滿剛要跟她嫂嫂一起去，新興叔喊住她：「有你阿嫂在，你不要去了，趕緊回家去，勸住你阿爸，說沒有大礙，養兩天就回來，叫他不要又去醫院說些得罪人的話。」

雖然大家都疲憊不堪，卻仍然不敢鬆懈，只能輪流在堤上靠著休息一陣。

直到第二天中午，新興叔、葉子青、先隆伯等一夥人，看著水面上泡沫和雜草樹枝已經不見，河面有下落的跡象，才真正放下心來。新興叔叫大家先回家休息，在家待著，等沒有事了，再安排幹其它。又對我們三個說，你們也回家休息，明天回學校上學吧，還露出笑容說：「要不要合作社寫封表揚信給你們學校？對你們爭取進步有用啊！」志森說：「我真的想爭取火線入團呢！」這是一句描寫解放軍打仗的連環畫上常用的話，不過都是說入黨。在堤上這兩天，特別是昨天下水堵洞口，也真的像打仗一樣。

回到學校，跟趙老師補了假。一星期後回到家，到堤上去轉了一陣，看看已經沒有事，見到友興，他說等水退了以後，社裡要重新修這段堤，又說：「萬興明天就要回來。」第二天，我提早回學校，順便到醫院去看萬興。去到縣醫院，萬興老婆，阿滿已經在那裡收拾東西，新興叔去辦手續去了。我問起那天的情況，萬興說：「我在堤這邊看見還有水滲出來，想把外面的破洞再塞緊一點。抱著沙包下到洞口，摸摸洞口已基本塞滿了，便把手裡的沙包用力再填進去，誰知最後右手抽出來出大力一按沙包，加上水力一沖，左手沒來得及抽出來，給壓在洞口上。那洞口太尖利，力氣也不夠了，左手抽幾下沒有抽出來，就嗆暈在水裡。」又舉起包著紗布的手說，醫生說沒有傷著主要神經，但不會像原來那麼靈活了。一會兒，新興叔回來了，後面跟著一個幹部。那幹部過來握著萬興的手說：「萬興同志，副書記因為臨時有個會議來不了，叫我代表他來看你。副書記對萬興同志這次抗洪中的表現非常讚賞，叫新興社長一定要在社員大會上好好表揚。回去好好養傷，多休息幾天，就這樣吧！」說完擺擺手走出了病房。我和新興叔他們幾個告別後，便回學校。

回到宿舍，見吳昌祥正坐在大門外樹下複習功課，看見我回來，就問，怎麼那麼早回來。我告訴他去看一個人，說了說萬興護堤受傷的事。

我說：「本來說一個縣委副書記要來看他的，後來因為臨時有會議來不了，派了一個代表慰問了幾句。」

吳昌祥就有點迷惑地看著我說：「那個人是什麼成分？」

我奇怪地問：「怎麼會問這個？」

昌祥說：「如果是貧下中農，特別是共產黨員、青年團員的話，不但副書記要去看，還會帶地區報社的記者去照相，登在報紙上；要是成分不好，這些就免了。」

我聽了半天不出聲，吳昌祥看我發怔，還在追問是什麼成分，我說：「農業合作社社員成分！」萬興的身體不久就復原了，只是，受傷的左手，手背傷痕顯得難看，可能小的血管和神經受了傷，不像以前那麼靈活。醫生叫他多鍛鍊，要一段較長的時間，才有可能復原。

這次不但我們家鄉，整個長江流域，都遇到百年未有的洪災。台灣派飛機來空投一些大米，救濟大陸災胞，同時，投下一些傳單。台灣的飛機飛到家鄉上空，還是五一年、五二年的事。那時我們還在育新小學讀書。飛進來的飛機，有時一架，有時兩三架，眼睛都看得見。當時，區上派幹部來講防空知識，講飛機投炸彈時如何躲，如果投的細菌彈如何應付，投食物和玩具不能撿等等。我們最初都有點害怕，但是，來了幾次都沒有投炸彈，也都不見投下什麼，便反而覺得好玩，一聽見老師吹哨子，大家就可以放學回家。這次不同以往，白天不來，都是晚上來，只聽見嗡嗡聲，有時響一陣走了，有時響得久些，有時一晚來幾次。學校沒有搞什麼防空宣傳，正常上課，村子裡有民兵到處巡查。有一個星期天，看見有個民兵從石路上走過時，拿出幾張傳單給我們看，我看見上面有圖有字，但沒有看得清楚。有一個民兵說，有個什麼村的人，撿了飛機投下的大米煮來吃，被毒死了。發森伯聽了又發議論：「蔣介石沒有那麼蠢。幹部說台灣投大米是收買人心，如果投下有毒的米把人毒死了，那不是趕走人心？」結果又被叫到社裡去教訓。他不服氣，和人爭論，因為年紀大了，萬興不久前才做了好事，幹部也就不和他計較。有一個星期六晚上，又聽見嗡嗡聲，我好奇地穿衣出來，想看看能望見什麼。剛在門口抬起頭望，聽到一聲喝問：「誰！在幹什麼？」感覺口氣很惡，我連忙回答：「是我，不幹什麼！」那人走上前來，靠得很近地看看我，說：「回去睡覺，不要出來！」我看見那人揹著長槍，是個民兵。回到房子裡，我一時想不明白是怎麼回事。過了幾天，問良生叔是怎麼回事，良生叔低聲說：「應該是防你秋雲姑丈的吧。你姑丈以前在國民黨政府機關做過事，解放初被政府關押了一年，審查了沒有什麼罪才放回來。台灣成日說反攻大陸，現在又派飛機飛進來，政府怕地主、富農，和以前在國民黨政府做過事的人，會策應他們，所以派民兵監視。」我問：「怎麼策應？」良生叔說：「聽說是打什麼信號，這些我也不懂。」接著又說：「方智，你不小了，這些事情，知道就行了，不必過問，更不必向其他人說起。」我說：「知道了！」怪不得姑丈回來那麼多年，成日走路都是低著頭，從不主動跟別人說話。

這個學期開學不久，學校政治學習講到全國開展整風運動，發動廣大知識分子向黨提意見，幫助黨整頓作風。全班同學都在抓緊時間用功，希望考上高中。解放到現在，我們已經經過好幾次政治運動，對運動的認識，我們都還是覺得那是成年人的事。運動剛開始時，好多老師很興奮，我們有時路過小禮堂，聽得見裡面有老師慷慨激昂發言。連平時比較少講政治的趙老師、龔老師這些老教師，有時也會在課堂上提到這次運動，說要幫助黨把不良作風整頓好。誰知，不到兩多月，氣氛不同了：原來幫助黨整風的會場，變成了批判老師的場所，每晚都有人被批判鬥爭，整個學校顯得氣氛緊張，大多數老師一臉嚴肅，來去匆匆。聽一些同學傳說，有的老師不懷好意，借整風之名向黨倡狂進攻。有一天下課後，在小禮堂外的走道上遇到趙老師，古水泉嘴閒，問：「趙老師，今晚上又鬥誰？」趙老師惡狠狠地回答說：「鬥我！」嚇得古水泉拉著我就跑。

我們這些鄉下來的同學，對政治沒有城裡同學敏感，回到宿舍問吳昌祥，他說：「縣中的老教師中，不少是解放前就教書的，都是舊知識分子。舊縣中是舊政府的重要教育基地，這些老教師，如果還拿以前的眼光看新事物，恐怕難免會說錯話。」後來，吳昌祥不知道從哪裡打聽來的，說趙老師提意見時，還提到古建民，說想不到解放六七年了，家裡還窮到如此地步，像沒有得到翻身解放一樣。結果，變成惡毒攻擊共產黨，污蔑新社會，被鬥了好幾晚。以前每天指揮全校上課間操的體育老師，聽說解放前是什麼軍事部門的教官，他帶操非常嚴厲，只要有哪個同學做得不認真，不但嚴加訓斥，還要在大家解散以後叫你重做，這次整風時也不知道提了什麼意見，在小禮堂批鬥得最多的就是他。他以前走路時威風凜凜的，現在不敢抬頭看人，聽說老婆也要求離婚了。有幾個特別反動的，已經不給教書，不知道送到哪裡去了。多數老師還是照常上課，只是，連兩個年輕老師，在課堂上都沒有以前的生氣。各科的功課已經上完了，老師只是看著大家複習。

三年的初中學習生活結束了，學校沒有舉行畢業典禮。領了准考證，進行了身體檢查，就參加統考。

第二次參加統考，比起第一次考初中，多了經驗，也不那麼緊張。幾科考下來，感覺考得不錯。代數幾何題都不太難，想起吳昌祥找來的難題，幾個人想幾個鐘都摸不著頭緒，不禁有些好笑。語文科自覺考得非常滿意。因為一看作文題：《記一件難忘的事》，就覺得「天助我也」。我提起筆，想都不用想，就把那天護堤的事寫了出來。時間，地點，人物；事情發生的原因，經過，高潮，結果，真人真

事，一切照實寫，也不用去字斟句酌，寫得條理清楚，主次分明。看看快寫完，還有近半個小時，剛想如何結尾時，想起吳昌祥的話，不禁用筆杆搔起頭來。左思右想，想不出好結尾，眼看時間快到了，只好簡單寫上：「……幾個人和醫生道別後，走出醫院大門，太陽已經升得老高，新的一天又開始了！」

全部考完以後，我們這些住校的同學，都急著收拾行李回家。錄取通知書可以要求寄到家裡，也可以自己來學校領取，我和古水泉等人約好，到學校來領通知書。

阿媽經常進城去找表叔，詢問申請情況。看起來她精神很飽滿，我心裡祈望她能早日批准，盡快與阿爸團聚，幫忙阿爸照顧家庭，但是，阿爸一直沒有來信。這兩年，阿爸和阿伯也沒有寄過錢，外面的困難，家鄉人看不見。

從學校搬回來，休息了兩天，回憶起各科考試情況，相信可以考上高中。離新的學年還有一個多月，我決定去掙點錢。聽姑丈說，河對面的山裡有個小煤礦，從礦場運煤到河邊的碼頭木船上，一百斤的運費是一角七分錢。如果用肩挑，大半天可以挑四到五趟，一挑八十斤，每天可以掙到近七角錢，一個多月下來，也可以掙十多元錢，這比自己在農業社做勞動日強多了。阿媽很支持，只是叫我量力而為，不要累壞身體。阿媽花了幾天晚上，用破布和稻草編了七八雙草鞋。第二天，我包了幾個煮熟的紅薯和兩塊麥粄，挑著畚箕，坐渡船過河，去到煤礦場。因為正式勞動力要出工，來挑煤的都是老人和我這樣的中學生，共有五六個人。挑第一、第二挑時不覺太吃力，到第三挑以後，就感到難受。天熱，衣服濕透了，轉肩時，扁擔會把濕衣服和肩上皮肉扭到一起。到挑完第五趟，感到腰酸背痛，肩頭火辣辣地疼。回家時，伸手摸摸口袋裡的六角多錢小票子，都是濕濕的沾著汗水。回到家，阿媽問這問那，我故作輕鬆，說有好幾個像我這樣的學生哥，都在那裡掙錢做學費。幹了幾天，原來，也不是天天都那麼順利，原因小煤礦的產量不穩定，有一天才挑了兩趟就沒有煤出了，便只有回家，自我安慰當作休息。

又等到發通知的日子。我有意不要去得早，免得在那裡等得心焦。去到學校，教室外面人聲喧嘩，都在拿著通知書高談闊論，這自然是考上了的。等我領到通知書，好多同學又圍上來，叫我快拆。我拆開一看，又錄取回南山中學，大家便「嘩」的一聲，祝賀、羡慕之聲四起。我壓住興奮心情，和其他同學打聽別人的情況。當初考入南山中學初中的同級同學中，又考回南山中學高中的，還有李國英、歐陽順、何恒昌等好幾個。王立軒和吳昌祥考上高級中學，陳克忠考上縣中，宋振國不知道情況，陳文富沒有考上。陳文富沒有考上不奇怪，他的成績比較差，叫人想不到的是古水泉沒有考上。同學說他一打開通知書，就哭著跑回去了。古水泉的各科成績都不差，在班上屬中間偏上，不知道是什麼原因考得不好。全班五十一人，聽說有十二三個同學沒能考上。回到家告訴阿媽，阿媽不像我考上初中時那麼高興，可能掛著自己申請出南洋的事。我本來要去跟志強哥說，但聽說志森沒有考上，便沒有去。利廣也沒有考上，看他卻不很在乎的樣子。富林考回縣中。第二天去塘背村找古水泉，他阿媽說去外婆家去了，我準備過兩天再來看他。

這天剛要出門去挑煤，聽見秋雲姑的哭聲。德叔公已經好久不起床，昨天晚上安祥去逝了。抬到上廳以後，只有秋雲姑帶著和平和曉容跪在地上低聲哭，震伯婆一來，剛嚎出兩聲，阿媽他們就輕聲說：「伯母，德叔好靜！」震伯婆趕緊停聲。一屋男女老少，全在廳裡跪著，手裡捧著香，輪流向德叔公磕頭拜別，只聽到秋雲姑母子三人在低泣，姑丈跪在旁邊的布墩上一動不動。祖宗牌位前的案檯上，香爐中一縷縷青煙裊裊上升，碰到屋頂，彌漫開來。按德叔公生前的交代，沒有告訴親朋好友，也不在村子裡聲張，兩天後送到對面山崗上去。出門那天，本來是靜靜地抬出大門，才走出池塘外面幾十步，在我們全屋人的後面，就有人跟上來，不久，越跟越多。棺木已經到山崗上，門前的石路上，還有人才跟上來，有一里多長。整個隊伍沒有人說話，圍著墓穴慢慢地轉一圈，便回去了。震伯婆回到家大嚎起來，說老天爺不公平，為什麼不是讓她先走！

從山上下來時，我和志強哥走在一起，他讓我和他一起去他家。他對自己的高考成績有十分把握，連房子裡的東西都收拾得整齊，準備上大學。他從桌上擺著的書中拿出兩本高中語文書說：「這兩本書給你，其它留給阿森了。」我剛要接過書，他翻開其中一本，指著一篇課文說：「你先看看這篇課文。」我看那是司馬遷的《李將軍列傳》。我閱讀文言的能力還差，只能看懂大概意思。志強哥指著最後一段，叫我先看注解，再看課文。等我看完，他問我看懂了沒有？我說這一段我看懂了。

志強哥說：「桃樹，李樹，都是很普通的樹。開花時，一紅一白，賞心悅目，暗香流動；結出來的果實，香甜可口。不言，是說不張揚，不招搖，所以，雖然平常，卻得到人們的喜愛。因此，就有很多人來到樹下賞花、嚐果，由遠而近，踩出一條路來，也就『下自成蹊了。』文章中『悛悛如鄙人』，『悛悛』指恭敬謹慎，『鄙人』指鄉下人。德叔公也是很平常的鄉下人，但是，他待人真誠懇切，幫人盡善盡美，無論什麼時候，不管對什麼人，也都是恭敬謹慎。所以，今天那麼多人送他，也就『下自成蹊』了。我們這些後輩，尊敬他，紀念他，不但他是長輩，更重要是尊敬他的品德，學習他的為人！」

全屋人有好長一段時間不大聲說話。

才過了兩天，志強哥就接到通知，按他的志願，考上北京一所名牌大學。這次志強哥和先隆伯他們沒有聲張。今年我們村子裡有三個考上大學，還有一個考到廣州，一個考到福建。

志強哥要出門上北京前，我在他家裡玩了半天。志森準備到一所私立中學去讀高中，那所中學靠近他姐夫家。他姐夫是僑眷，經濟條件比較好，他住在姐夫家，生活上有他姐姐照顧。

我還是去挑煤，只要有煤出，都挑夠五趟。有一天，看見一個和我差不多年齡的人，在那裡用雞公車推煤。秋雲姑丈曾好心跟我說過，願意在他休息時把車借給我用。像我的氣力，可以推二百五十斤以上，推車比挑擔費力，但是，一天推四趟，也就有上千斤。我沒有真正推過車，只是將姑丈擺在大門外的車，和群智互相坐上去，推來推去玩過。那煤礦場到河邊碼頭的路是不寬的土路，一邊是水溝，一邊是水田。如果獨輪的雞公車一時沒有掌握好，把煤倒在水溝或水田裡，就要賠償損失，我不敢冒這個險。這天，我挑到第三趟時，就看見很不願看見的事故：那人的雞公車倒在路邊。車子雖然沒有掉進水溝，但是，車上的四筐煤，有兩筐差不多完全倒進溝裡了。那可能和我同齡的人坐在那裡哭，我幫他把車子扶正，看著他下到水溝裡，只撿起了幾塊大的煤塊，那些碎煤和煤粉，都被水沖散沖走了。我沒有問過煤礦場損失一百斤煤要賠多少錢，聽著那人嗚嗚的哭，我沒有說一句話，只覺得心裡發酸。

回到家，先進到廚房，見冷鍋冷灶的，還以為阿媽出門沒有回來。從廚房下來，見阿媽的房門開著，進去一看，阿媽坐在床前凳上，像泥塑木雕的一樣。我連叫兩聲，她才轉過頭來。我驚問是不是病了？她好久不說話，後來，把手伸過來，手裡拿著一封信。我預感到發生什麼事，連忙抽出信來看，是阿爸的來信。信中說：由於三個孩子嗷嗷待哺，一日不開門做生意就無法維持，他一人無法既照顧生意，又照顧子女，只好聽從朋友勸告，續娶了一個小婆，也是印尼僑生。現在，在印尼申請阿媽入藉的手續已經停辦，待和新娶小婆生活一段時間後，看情況如何，再作打算。

我彷彿胸中被人塞進一把稻草，感到無比的憋悶，說不出半句話來。起身走出阿媽房間，進到廚房，對著火爐坐了很久，才起來燒火煮粥。看著火苗呼呼地舔著鍋底，我覺得怒火中燒，卻又不知該向誰發洩。對阿爸，我只有照片中的印象，他的音容笑貌、脾氣品性、思想感情，我都一無所知。家鄉人出洋出外謀生的多，但他們在外面的甜酸苦辣，我沒有體會。像阿媽這樣，丈夫在南洋，自己帶著子女在家鄉生活的女人，我就看得太多太多。她們的辛酸、苦難、祈盼、失望……遠不是筆墨能描述萬一。

阿媽自從提出申請以後，在等待的日子裡，我甚至看到她臉上現出了從未見過的紅暈。她已經過了四十五，奔五十。我不知道在我來到這個世界以後的十多年裡，她曾有過多少個夜晚，夢見夫婦團聚！這個夢現在破滅了！和自己的丈夫同枕共蓆的又不是自己！又是一個別的女人！

粥煮好了，我叫阿媽吃飯，她吃飯；我倒好水，叫她洗腳，她洗腳；我叫阿媽睡覺吧，她就回去睡覺了。這以後很長時間，阿媽像換了個人似的，變得寡言少語。她每天照樣出工下田，幹著各種農活，只是對什麼都失去熱情，失去興趣。我找不出什麼話來安慰她，我只能盡量多做點家務，把菜地打理好。我知道阿媽手裡已經沒有錢，為申請出南洋，阿媽經常跑城裡找表叔，托人辦事，總不能空著手去，最後兩次，阿媽已經為籌措兩元錢買點禮物費盡心機。

阿媽不會出南洋和阿爸團聚了。我考上高中的喜悅沒有了，成天想著怎麼堅持讀書，現實很清楚，南洋的阿爸短時間不會有能力寄錢接濟，自從阿婆去世後，阿伯就沒有寄過錢。阿媽在農業社的勞動，僅能維生。我如果住校或租房住，一日三餐，加上學雜書薄費，家裡拿不出這筆開支。不能再去煩阿媽，也不必去找親戚，想要讀高中，只能走讀。雖然有古建民的前車之鑑，我也只有走這條路。

臨近開學，我數了數暑期掙來的十多元錢，留足了學雜費、書簿費，帶著剩餘的錢，進城添置東西。在城裡轉來轉去，買齊了零碎的必需品以後，還有八元錢。在一間鞋店門前來回走了三趟，最後，下決心掏出七元多錢，買了一雙回力牌球鞋。只要是鄉下人，就是在城裡上高中，多數也還是夏天赤腳，冬天穿木屐。在學校上課，不走遠路問題不大，走讀，每天來回至少十公里路，特別是冬天，萬一踢傷腳趾，或踩到尖石子傷著腳底板，就要停課好多天。把一切安排妥當以後，我把走讀的打算告訴阿媽，阿媽說：「你自己安排好，就好！」我對自己說：要振作起來！

開學前又去塘背村找古水泉，已經聽人說，他得到赤崗中學同意，到該校重讀一年，明年再考。到他家一見他精神抖擻的樣子，我說：「水泉哥，精神很好啊！準備上山打兔子？還是下河撈魚？」

「撈你骨頭！聽阿媽說，你上次來看過我。算你關心我！」

「我聽到人家說了，你到赤崗中學去重讀。我就想不通：我們幾個，你的成績不比別人差，怎麼會考失敗呢？」

「你來，我正想問你，叫你幫我總結一下。」

「何必要別人幫你？你自己總結：無非兩條：一是沒有學好，一是沒有考好。」

「我想了好幾天了，只是不敢說！」古水泉說完望望裡面的房間，低聲說：「我在想：我沒有考好，是被家裡嚇的！」

我聽了覺得奇怪，問怎麼這樣說，古水泉壓低聲音說：「考試前，阿媽、阿爸、阿婆、外婆……所有人都叫我要考好，說我們家以前還沒有出過高中生，考上了怎麼樣，考不上又怎麼樣……臨考前那幾天，我吃不好飯，睡不好覺，滿腦子都是：考上、考上、考上……。還沒有進考場，已經緊張得手心冒汗。拿到卷子，眼花了，腦子也不靈了，幾科都是這樣，覺得好多考題都那麼難。等出了教室，風一吹，其實那些題我都會做。你說冤不冤枉？」

「聽你這麼說，我太高興了，你已經找到失敗的原因。你現在去重讀，先把全部功課翻一翻，關鍵是補習你以前沒有學好的功課。我覺得，你稍差一點的，語文課的語法，幾何證明題，這兩樣多練練；你自己感覺學得好的，稍為鞏固就行。明年統考時，你一定要記住今年的教訓：你不是為阿媽阿爸他們考試，只是自己總結檢查一下學過的知識罷了。既然自己學得不差，就沒有什麼好緊張！」

「就是，我沒有考上，一路哭著回來，以為阿爸他們會罵我，結果，他們不但不罵我，反而安慰我，給我做好吃的。」

「所以，多餘的擔心，明年放鬆心情考，只報南山中學，到開學時我約你一起去學校！」兩人越說越高興，好像我們明天又要回到學校同一間宿舍似的。後來說起古建民，古水泉說他上次拿口罩給他時，古建民說趙老師心腸很好，怎麼會變成右派呢！我說這些事我們不懂，不說它。問他古建民最近怎樣？古水泉說：「不怎樣，安心當農民。」又說，他媽身體比以前好一些，阿爸精神也好。一邊聊天，一邊四望他家，看得出來，他家比較殷實。聊了一個多小時，才告辭回家。

開學了，又回到母校，沒有考上初中一年級時的新奇和興奮。估計是停辦初中，師範專科班又只招兩個小班，因此，高中部擴大招生，高一年級招了六個班：甲、乙、丙、丁、戊、己，我分在己班。

整個年級見到不少熟悉的同學，而高中又編在同一班的初中同班同學，只有歐陽順一個。學校女生很少，我們班上只有六個女同學，聽說丙班是個「和尚班」。從報到註冊，到第一天上完課回家，我都獨來獨往。見到認識的同學便點點頭，沒有交談，免得問起住宿等等情況來不好回答。班主任比較年輕，教地理課，教歷史課的老師也比較年輕，其餘是老教師。我差不多踩著鈴聲進教室，最後一節下課後又趕著回家，一時說不上和同學的相處，上完一個星期的課，感覺還好。初中三年，我和歐陽順沒有說過幾句話，進到高中班，第一次見面時，兩人站在教室外面談了一陣，互相說了幾個考到其它學校的同班同學。她已經是個大姑娘，穿得更整齊講究，戴著一塊新手錶，走在校園裡，總有人回頭望她。

兩個月以後，心中的熱氣散掉了，漸漸感到吃不消。首先是功課負擔重。聽老師說，當時的教材和教學方法，都照搬蘇聯的一套，不單數理化教材是直接從俄文教材翻譯過來的，連語文課也學蘇聯中學俄語課本，把《語文》分成《語法》和《文學》兩門課。算下來：政治、文學、語法、代數、三角、物理、化學、地理、歷史、俄語、生物、加上體育，共有十二門課。每週還有週會，班會活動。一星期四十二節課排得滿滿的。功課不算艱深，老師講得也好，就是佈置的作業太多，有些又比較難，要動不少腦筋才能完成。老師說，要求學生多做練習，也是蘇聯的教學方法之一。我走路已經花了將近三個鐘頭的時間，晚上家裡沒有電燈，在昏暗的煤油燈下做作業非常吃力。遇到數理化的難題，沒有老師和同學可以請教研討，以至經常完不成作業。第二天趕到學校時，利用下課時間借同學的作業趕抄一下，騙騙老師和自己。第二是身體上覺得難於支持。那年合作社分得的口糧，連雜糧在內，母子兩人每月也有六十多斤。但是，缺乏其它副食，油肉極少。我中午帶鹹菜在學校蒸飯吃，早晚在家吃粥。自己還是長身體階段，所以經常處於半飢餓狀態。阿爸沒有寄錢不說，好久也不來信。幾種原因造成精神上壓力，我經常覺得心煩意亂，上課提不起精神。

開學以後，我每天走讀有意不從豬妹屋門前過，不想見面時被她問這問那。有一天放學回家時，見她在門口的井旁站著，我便停下來。豬妹不高興地問：「兩個月不見你，你是不是有意躲著我？」

我故意笑笑說：「我又沒有做什麼壞事，躲你幹什麼？」

「我好幾天在門口站著，都不見你從路上走過，也不見你回來路過！」

「不是屋後還有條路嗎？」

停了一會，豬妹望著我說：「你挑一個月的煤，能掙多少錢？你阿爸也真是，他……」

「大人的事，我們哪裡管得了！」

阿媽和洪昌叔一家處得好，我們家的事情不會瞞他們。豬妹見我不願說這些，便把手裡的一包東西拿給我。我接過來，問：「什麼東西？」

「兩雙襪子。我們從小打赤腳，腳底粗得像挫刀一樣，再好的襪子也不耐穿，不穿襪子鞋又爛得快。這兩雙襪子看你能穿得幾天！」

「你家又不是你當家，你那來的錢，以後不要買了，我自己想辦法。」

「以後的事以後再說，我只是想問你，這樣走讀，你受得了嗎？」

「現在覺得還頂得住，先堅持著吧。」

「轉眼就天冷了，到時兩頭黑，天寒地凍，每天十幾里路，又沒有好飯好菜吃，身體搞壞了，讀了書又有什麼用？」

「還不至於那麼差吧？走過一山算一山。不說這些了，你怎麼樣，說你加入共青團了？」

「阿哥已經是黨員，阿嫂當個保管員，也說是社幹部，我還能共青團員都不是嗎？」

「那也是，過幾年你也爭取入黨，當個幹部吧。」我本來以為順著話說，也算是輕鬆的話題。

沒有想到豬妹不高興地說：「方子，我告訴你，以後你不要在我面前提什麼當幹部的話。聽到沒有？回去吧，天都要黑了。」說罷轉身回去了。

一個學期終於結束了。考完試以後，心情很差，成績要下學期開學才知道。估計除了語文會好些，地裡、歷史過得去，其它科目，成績都會很差。讀了一個學期，關鍵是自己覺得對讀書的興趣大減，慢慢失去信心。

本來想在短短的寒假中休整一下，鑽研一下功課。但是，興修水利，過革命化春節的宣傳，鋪天蓋地，回家後第三天，就被動員跟著大家上水庫勞動。

針對去年春節很多人蒸酒做年糕浪費了糧食，今年的標語，寫得最多的是：「不蒸酒，不做粄，破除舊習，過好新年！」「移風易俗，過革命化春節！變農閒為農忙，大興水利建設！」諸如此類。

合作社規定，春節只放三天假：年三十、年初一、年初二。

結果，就連這三天也得不到休息：年三十、年初一前後兩晚，台灣國民黨的飛機又飛進來湊熱鬧。上面傳達說：敵人可能投毒，投放傳單，甚至空降特務，要大家提高警惕。村裡組織民兵和青年站崗放哨，回村的高中學生和村裡的青年男女混合編排，三人一組，在村頭、村中、村尾設三個哨位，從晚上七點守到早上七點，一組守三個鐘。年初一凌晨三點鐘，我和志森、群智小組將要下班了，兩個民兵和豬妹來查哨。五個人站著小聲說了一會兒話，我看兩個民兵都揹著槍，無意中說：「上面通知時說，空投的都是武裝特務，真來了，我們三個赤手空拳，怎麼對付得了？」志森一聽便插嘴說：「從目前的對敵鬥爭形勢看……」沒等他說完，豬妹就對我說：「方智，別以為你們是高中生，會講幾句理論，不好好站崗放哨，出了問題要你們負責！」說完三個人頭也不回走了。我知道她是說給志森聽的。豬妹是共青團的什麼委員，她不說我也沒有問，總之是村裡青年人的組織者之一。

等他們幾個走遠了，我問群智，豬妹今晚為什麼那麼兇？群智說：「不知道，多數時候和以前一樣，有時候會惡一點。」

「那你們會怕她嗎？」我問。

「如果她不高興了，當然會怕，怕她去社裡匯報！」

「又不幹壞事，怕她匯報什麼？」

「正因為你不知道她會匯報什麼，所以才害怕！總之，如果黨支部和社裡的幹部認為你表現不好，不要求進步，你就什麼也做不成：有好的工作安排、參軍、出去當工人……到時都沒有你的份。甚至幹一樣的活，勞動日都會少一點。」

「其實，群智沒有說出要害！」志森又來了精神，雄辯地說：「豬妹本人沒有什麼好怕，怕的是她後面的組織！」

群智問：「什麼組織？組織是什麼東西？」

「就是共青團組織，黨組織。至於組織是什麼，這是個複雜的東西。」

「那為什麼要有組織，組織起來做什麼？」

志森說：「如果你用一根線，拋到天上，拋到水裡，連一隻蜻蜓，一條小蝦也捉不到。把一條條的線織成網，就像我阿爸的魚網，一撒出去，大魚小蝦，老鷹蜻蜓都逃不脫。一個豬妹算不了什麼，但是，如果把一個個豬妹連起來，變成一條線，再把線組織成一張網，你就害怕了。懂不懂？」

志森讀的是私立中學，聽他說，學校和老師都還可以，他的功課學得怎麼樣沒有說，講政治，議論時事的本領，好像更出色了。

回到家裡正睡得香，聽到外面鑼聲震天響。出門一看，兩個揹槍的民兵在路上大聲吆喝，叫全體青年集合搜山。凌晨，縣裡傳下命令：昨晚上，台灣的飛機投下三個（又說五個）武裝特務，現在藏匿在我縣山區。全縣組織二十萬人，分區分片，大舉搜山三天，誓將特務生擒。我趕緊找個小袋子，裝了幾個發酵粄，跟上大家出村向山邊進發。家鄉是丘陵地區，沒有重巒疊嶂，千巖萬壑；也沒有遮天樹木，深暗洞穴。二十萬人進山搜索，幾個特務，應該手到擒來。快步走了近兩個多小時，全區各村人馬已經齊集山腳。區裡的幹部和十幾個全副武裝的解放軍，召集各村民兵隊長和社幹部，先開了一個短會，然後指揮各村人馬上山。民兵帶著我們按指定路線前進，不久就登上一個小山頂。放眼望去，周圍遠近從山腳到山頂，都佈滿了人。人都是順著山路走，從高處望下去，就像志森說的，一隊隊的人，交織起來，像是一張巨大的的人網。不知道總指揮在哪裡，一會兒傳來口令，叫所有的人從右邊山頭壓下去，一會兒傳來口令，叫從左面山溝搜索前進，氣氛顯得很緊張。連續搜索了幾座山，傳下命令就地休息，可以吃帶來的乾糧。我左右張望，見不到群智、利廣、志森他們，大家都緊張嚴肅，沒有人交談。我向右邊山上望去，覺得有點熟悉，再仔細看，原來不遠處就是以前君明先生帶我們遠足到過的小山。那山的半山腰，有一座廟，廟側還有一掛小瀑布。今天當然不是遊玩的時候，我收回目光，眼前的山沒有高大的樹木，也看不見有洞穴。如果有特務，不知道會往哪裡藏身。不一會，命令繼續搜索前進，上山下山，又走過幾個山頭，看太陽已經落山，才傳來收兵回村的命令。第二天沒有再叫上山，仍在村裡站崗。兩天後，傳說幾個特務已在逃往鄰縣途中被抓獲，大家總算放下心來。

年初五又都上了水庫。村裡冷清，水庫就熱鬧非常。大壩上下紅旗招展，鑼鼓喧天，還不時有不知什麼團體組織的宣傳隊來表演節目，讓大家乘機休息一會兒。整個寒假都在緊張中度過，我沒有時間去翻一下課本。

開學後，接過成績單一看：物理 52 分，三角 56 分，俄語 45 分，三科不及格，其它多是六十多分，只有語文、歷史、地理三科稍好。看著多數同學都喜笑顏開，我心情很差。學校的規章制度規定：學年考有兩門主科加一門副科不及格，補考後仍不及格，要勒令退學。我暗下決心，希望能把功課補起來，學年考時能全部考及格。我利用下課時間和下午課外活動時間，多問老師和同學，兩個星期後，覺得有點效果。

有一個同學退學了，不是成績不好，是因為得了精神分裂症，全班同學都感到惋惜。這位同學是班上的牆報主任，各科成績都好。每班教室外有一塊牆報，每兩個星期出一期。牆報由班委找出一位愛好文學的同學當主任，負責組稿和編輯。這位主任曾經向我約過兩次稿，我都沒有應承。牆報內容主要是時事政治、學校簡訊、同學的學習心得等。主任以為老師評講過我一篇作文，我就擅長寫作，這是誤會。我的兩篇記敘文評分較高，因為我寫自己親身經歷的事。至於語言通順，用詞準確等，可能與我從小學習寫信有關。至於其它文體的寫作，我不擅長。沒能應約，主任可能以為我裝腔作勢，這以後沒有機會向他作出解釋了。我們班上有不少人才，有一個會彈鋼琴，有一個會拉小提琴，有幾個擅長唱歌跳舞，有幾個在全校運動會上得了獎牌。歐陽順仍然突出：上學期全校運動會後，她被選為全縣中學生代表隊代表，參加省裡的中學生田徑比賽，二百米短跑得了第二名；運動會結束回來不久就期末考試，她的物理還是考得全班第一，全級第二，讓所有同學佩服得五體投地。新學期來了一個插班生，是個胖姑娘，聽說是印尼僑生，從省城的華僑補習學校轉學來的。這位插班生是城裡人，穿著打扮突出，帶著金錶，每天騎著一輛很新的英國鳳頭牌女式單車上學，很引人注目。

開學第三個星期，學校召開動員大會，除高三年級外，高一、高二全部學生，到一個水庫工地參加兩星期勞動，支援水利建設。水庫工地離學校十多公里，所有同學帶著行李去，食宿安排在附近農民借出的房子裡。勞動對我來說不是負擔，半個月的集體伙食，每人要交一元八角錢，讓我費思量。回家跟阿媽說起，阿媽想了半天，說：「看能不能再去和洪昌叔商量，從信用社借一點。」拿著阿媽的私章，趕到信用社，看到只有洪昌叔一個人在辦公室。我來時沒有多考慮，等進到房間，才感到不好開口：阿媽的戶口不但沒有存款，反而借支過兩次。我站在那裡一時開不了口。

洪昌叔見我進來，又沒有說話，便問：「方智，有什麼事嗎？」

我硬著頭皮說：「洪昌叔，我來，想借點錢。」

洪昌叔一邊翻出帳薄看，一邊問：「有什麼急用嗎？你阿媽還欠著十一元錢，都有段時間了。是你阿媽用？還是你在學校要用？」

我一下臉紅起來，遲疑地說：「那我回去和阿媽商量，另外想辦法吧。」轉身要走。

洪昌叔說：「你先別走，究竟做什麼用？」

「學校組織去修水庫，辦集體伙食，去兩個星期，要交一元八角伙食費。」

「是這樣。」洪昌叔沉思了一會兒，「還能想什麼辦法？總不能沒有錢就不參加學校組織的勞動吧？那你再借兩元錢，你阿媽的私章帶來沒有？」

「帶來了。那就借一元五角吧，我還有三角多錢，湊起來夠了。」

「真的夠了？」

「夠了。」我說著拿出私章。

洪昌叔在帳薄上填上數字，蓋上章，遞給我一元五角錢。我接過錢，向洪昌叔道謝後便回家。

全縣鄉鎮，只要有條件的地方，都組織修建小水庫、水塘。丘陵地區，如果兩座小山之間有水源，兩座山口又靠得比較近，就有條件建成水庫或水塘。水庫水塘都是人工修建，從附近山上取下比較有黏性、不帶沙石的土，在兩山口連線夯築起大壩，壩的一側修一道洩洪溝，就成了小水庫。以前和村裡人一起修水庫，都是早出晚歸，和同學吃、住在一起，一起勞動，是第一次。每天勞動回來，大家都想放鬆一下，吃完晚飯後，在煤油燈下，聚在一起談天、唱歌，沒有人談論功課。看著大家愉快的心情，我如有所失：開學時燃起的，把功課趕上去的信心受到挫折。

挖土的鋤頭和挑土的畚箕都是自己帶的，那兩年，初高中的入學通知書上都註明要帶這兩種勞動工具（指住校生）。把土挑到壩上有一定的距離，所以，全班安排兩人挖土，五人上土，其他同學挑土。第三天，班主任曾老師安排我和一個叫唐金保的同學搭擋，專職挖土。挖土，是從取土的小山崗上面把土挖鬆，順山坡上開好的土槽溜下來，供山下的同學挑運。唐金保也是鄉下來的，在家勞動慣了，身體比我強壯。在山上挖土，圖快捷省事，會挖「神仙土」。在一塊土方的四周開挖，挖成一個長寬一米，高一米到兩米的土立方塊，最後才把底掏空，讓土立方塊從山上滾下去。這樣挖工效比一鋤一鋤挖快，而且滾下去時先叫大家讓開，土塊滾下時轟然作響，土花四散，也給枯燥的勞動帶來一點樂趣。挖「神仙土」當然會有一定危險：下面上土的人沒有及時讓開或走得不夠遠；有些土塊沒有滾碎，都可能打到人身上。安排我挖土時，曾老師交代我看住唐金保，不要讓他挖「神仙土」。我和唐金保一起幹了兩天，也就熟了，他力氣大，但耐力不夠，我使鋤頭能「左右開弓」，能持久，兩人配合得很好。他還是挖「神仙土」，我也不跟他說曾老師交代的話，就是在挖土時，將土方削小，到最後將底下掏空前，又在土方中間挖出一條溝，土塊滾下去時，便會全部滾得很碎。

十三天的時間很快就過去了。最後一天完工時，聽到收工的哨子聲，大家都很興奮，有人高呼：完工囉！回家囉！我和唐金保在山上，下山前，這位唐金保同學，看看下面裝土挑土的同學已經走完了，便將自己的鋤頭從山上丟下去，然後準備像坐滑梯一樣，從溜土的槽中滑下去。他剛坐下去，就聽見下面有人大聲吆喝：

「誰！誰從上面丟鋤頭下來！打著人怎麼辦？」

唐金保沒有想想是什麼人在下面叫，就在上面大聲回嘴說：「叫什麼叫？打著人了沒有？打著人再說！」

「是誰？馬上給我下來！簡直是……」我兩個這才聽出是教導主任王老師的聲音，趕緊從土槽滑下去。站起來一看，只見王老師臉色鐵青地站在那裡。王老師從工地那邊巡視過來，檢查所有同學都離開了沒有。確實幸運的是，唐金保把鋤頭丟下去時，王老師還沒有走到我們班上土的位置，不然，後果不堪設想。一見我兩下來，王主任嚴厲地批評：「你們沒有長腦袋嗎？把鋤頭從上面丟下來，打著人怎麼辦？啊！」

唐金保還在嘟囔說：「我看見沒有人才丟的，又沒有打著人。」

王老師更加生氣：「我不是人嗎？你怎麼就沒有看見？打著人再說！打著人了，還由得你在這裡說風涼話！」

我們站著，不敢再說話。王老師問：「你們是哪個班的？叫什麼名字？」

等我兩個把名字報上去，王老師說：「回去好好作檢討，寫好檢討書交給班主任！」說完悻悻然走了。我兩個垂頭喪氣往回走，唐金保苦笑著說：「阿古，連累你了，不好意思。」我說：「說這話有屁用！兩個禮拜的辛苦，前功盡棄。」我雖然不想得到表揚，辛苦十多天，換來個批評總是心裡不舒服。

「這檢查你來寫。」唐金保說。

我說：「有這樣的好事！你做錯事，我寫檢查？」

「你太小看我了，好漢一人做事一人當！我是說你文筆比我好，檢討你幫我寫，我只落我一個人的名。」

看到他那麼仗義，回學校後，我便寫了份檢查，含糊寫上「我們」如何做錯事。唐金保看看簽上他一個人的名，交給了曾老師。

在全校周會上，王主任總結這次參加水庫建設的成績和意義，最後提到不足之處時，不點名地批評我們，著重講事件的危害和教訓。雖然沒有點名，總是有一些好事的同學，就在打聽：是誰？是那個班的？曾老師在班會上，就這事點名批評唐金保，叫他做什麼事都不要魯莽，以免鑄成大錯。唐金保主動在班上作了檢討。我和另外四個同學，得到曾老師的表揚，每人獎了一支書籤，上面有曾老師寫的一句鼓勵的話。

有一個星期六下午下課後，我剛走出學校門，見吳昌祥站在那裡。

我招呼道：「什麼時候來的？找誰？」

「說不上找誰，繞路回家，想看看能碰上哪個老同學，聊聊天，結果碰上你。」

我們兩坐在校門外的石凳上，先互相問了對方學校的上課情況。我問他有沒有去修水庫？昌祥說當然去了，才剛剛回來，他們去的是另外一座水庫。吳昌祥來過南山中學幾次，他從學校回家，繞來南山中學這條路走，不過多走幾步，我知道他其實是希望碰上歐陽順。還在初中三年級的時候，吳昌祥一直說歐陽順如何如何，可能是心裡喜歡她。現在年齡又大了一歲，真的愛上她也不奇怪。到高中階段，男女學生之間談戀愛的也很少，不過，高中女同學，和校外的人談戀愛的多些。歐陽順會有人追求，一點都不奇怪，但是，吳昌祥想追她，我覺得恐怕希望不大，相比之下，歐陽順各方面都比他優秀，但是，愛情這東西很難說，《鋼鐵是怎樣煉成的》中的保爾和冬妮亞，不是完全不同的人嗎？昌祥知道我和歐陽順現在又同班，我估計他會想問她的情況，便主動說：

「你不想找歐陽順聊聊天？我見你上次來還和她說過話！」

「不找她，見著她也說不起什麼來！她成績還是那麼好嗎？」

「當然！上學期去參加省中學生田徑運動會回來，物理還是考第一。」

「真不知道她是怎樣學的？你呢？你的成績怎麼樣？」

我不想說自己，便反問他：「你常見到王立軒嗎？他怎麼樣？」

「我正想告訴你，王立軒退學了。」

「退學？為什麼退學？」我大吃一驚。

「我也是聽人說的，說他爸爸在印尼當了台灣國民黨的特務，被政府抓起來了。」

「特務？抓起來了？怎麼可能是……特務！他走的時候你見過他沒有？」

「那裡會見著？我們不同班，平時見著，說說話，也不覺有什麼不同。現在學校裡有些父母在南洋有錢的學生，不是會打扮比較洋氣嗎？他也不見得突出，讀書還是很用功！」

「他爸爸不是在印尼做生意的嗎？怎麼又會是特務？」

「古方智，我們不說他爸爸的事好不好？俗話說：人為財死，鳥為食亡。別人做些什麼事，我們不知道，也管不了，只要我們自己不做壞事就行了！」

「昌祥，我確實想不通，我和王立軒同宿舍住了兩年，我太瞭解他了，我替他可惜！」

「你也是，你瞭解王立軒，你瞭解他爸爸嗎？又不是王立軒做錯事！」

「話是這麼說，可是，他退學了，我太替他難過了！」

聽到這個消息，心裡實在是太難受！我覺得，王立軒是我們初中同宿舍六個人中，甚至是我們全班五十二人中，最斯文、最善良的一個。有一次，葉小霞老師還笑話他：「王立軒，如果不是短頭髮，我還以為你是個女孩子。」他讀書很用功，經常說想考上大學學醫，將來當醫生，結果竟然會這樣！

昌祥沒有和他同住過，對他不太瞭解。看見我難過，昌祥便站起身來說，我們走吧，如果有他的消息，我會來告訴你。兩人慢慢走回去，直到分路時，我都沒有心情說一句話，只和他揮揮手，各自走了。

我心裡很亂。「特務」。過去只在連環畫中看見的人物，一下變得那麼現實：和我朝夕相處了兩年，那麼熟悉的王立軒，他爸爸就是特務。春節時站崗放哨、搜山，說是要抓特務，我總覺得，那特務還在天上，不可能到我們眼前來。前些日子，利廣說，塘頭村有個緬甸華僑，回來後被抓起來了，是國民黨特務。我當時聽了像聽電影故事一樣，聽完就忘記了。今天聽了吳昌祥的話，再想起利廣告訴我的消息，才驚覺：「華僑」會和「特務」聯繫起來。我從小只聽到阿婆、阿媽和叔婆伯母說的是：出南洋掙錢，寄錢回來養家糊口，買田置地蓋房子，從來也沒有把出南洋謀生和「政治」聯繫起來過。上學以後，特別是在中學的政治、歷史課中，老師會講到華僑在中國革命鬥爭中作出的偉大貢獻，總覺得那是英雄豪傑的壯舉，與一般的百姓關係不大。剛才吳昌祥的一句話對我刺激很大：「人為財死，鳥為食亡。」我甚至為阿爸擔心起來：可千萬不要因為窮，為了錢去當什麼特務！

不久，中央通過「鼓足幹勁，力爭上游，多快好省地建設社會主義。」的總路線，全社會掀起一股支援農業大生產，爭取糧食大豐收的高潮。

首先是搞「車子化」運動。宣傳說，廣大農民幾千年來都靠雙肩挑，現在要把他們從沉重的擔子下解放出來，才能發揮他們的積極性，發展農村生產力。因此，全社會—實際是指全城，開展「一人一車」運動。那些日子，城裡的機關幹部，工廠工人，學校師生，包括不少居民，都在動手製造各種車子。從學校到街道，隨處所見，都是車子：獨輪的、雙輪的、四輪的，各式各樣，五花八門。學校仍然正常上課，不少城裡的同學和住校的鄉下同學，都把各種材料帶到學校來，一下課就在擺弄車子。

村子裡沒有人製造車子。村子裡的路，除了連結全村有條不寬的石路，其它都是土路。土路高低不平，彎彎曲曲，到處溝渠，連正規的車子都走不了，別說不是由木工師傅做的車子。

我不是因此而不願積極投入到學校號召的「車子化運動」中去，是我沒有製造車子的材料。土改時大部分農具和傢俱都分光了，現在家裡除了床板和房間門板，兩張條凳和一張小飯桌，沒有其它可以用來做車子的木料。看到全班同學熱火朝天，自己好像置身事外一樣，我覺得十分沮喪。

當然，全校和全班同學也不是全都自己做車子，有一部分捐錢代替。我想捐錢代替，但是沒有錢。家裡只有兩只母雞下的蛋，還有菜地產出再從口裡省下來的蔬菜，賣得塊把幾角錢，用來買鹽、煤油、火柴、肥皂、理髮、作業本等生活和學習的必需品。就是必需品，也要很節省使用。

那幾天，每天都在牆報上登出同學做出的車子數量，捐款同學的芳名和捐款數。有一天大家圍著看一個名字：湯淑媛，捐款人民幣二十五元。湯淑媛是那個轉學來的僑生。班上還有幾個同學沒有做車子，也沒有捐錢，我是其中之一。我一直在動腦筋，去哪裡找錢：親戚中有錢的姑婆出印尼了，小表叔說不上話；兩個舅父都是有四五個子女，生活艱難；姨媽住在大山裡，有兩個子女，現在山裡也沒有什麼出息。如果找豬妹，或者群智和利廣，只要跟他們開口，幾角錢到一元錢，他們會湊出來給我，但是，我知道自己不會向他們開口。拖了一天又一天，終於在一天早讀課上，曾老師在班上總結這次車子化運動成績，宣佈：全班同學共製造各種車子ｘｘ輛，捐款ｘｘ元ｘｘ角，捐款最多的是湯淑媛同學，有個別同學可能因為家庭確有困難，未能作出貢獻。我聽著曾老師的宣佈，將鼻中湧出的酸流努力嚥下去。我感激曾老師不點名的體諒和寬容。直到今天早上，我才打聽到：捐得最少的是肆角錢，我準備今天回家後，無論如何跟阿媽商量，找出肆角錢來捐獻。可惜，我失去最後的機會了。我是全班唯一沒有造出車子，也沒有捐款的學生。曾老師雖然沒有提名字，但是，可能有些同學知道。

走在回家的路上，我覺得灰心喪氣。到了長崗，望見塘頭村，想起古建民。我想起他用舊布縫的口罩，當時我和好多同學都不理解：難道真的連幾分錢都會拿不出來嗎？在最後告別送他出門時，他說：「家裡把所有能想法掙到的每一分錢，都用來買阿媽的藥，已經顧不了阿婆。阿媽還年輕，希望她能好起來。家裡多年都沒有買過牙膏，肥皂，連火柴也不買，煮飯時到鄰居廚房去引火。」

我心中萌生了退學的念頭。我慶幸阿媽身體尚好，我不想像古建民一樣，堅持到那樣的困境才退學。我想上到學期結束，下學期不再回校註冊，讓學校作自動退學處理。我希望這最後的日子，不會太難度過。

吃完晚飯以後，我和阿媽說準備退學的事，阿媽很久沒有說話。兩人在小飯桌旁的凳上坐了很久，阿媽最後說：「希望你以後不要埋怨阿爸阿媽！」我說：「怎麼會呢？多少沒有讀過書的人、沒有讀多少書的人，還不是一樣過日子？」

不久，又掀起剪髮運動，全城的理髮舖，只要是中青年進來理髮，經過動員，男的理成「軍裝（光頭）」，女的理成「男裝」，一律不收錢。如果是學生，則「動員」到你按要求理髮為止，否則不給你理，還會受到批評。各間學校，請了不少理髮師傅進校給學生義務理髮。學校裡，很多男同學戴起了各式各樣的帽子，好像不是學生；而髮型像男生，又穿得花花綠綠的女生，讓人看了覺得很怪。

剪下來的頭髮，全部收集起來支援農業社。先隆伯和阿媽他們，在可居樓前支起兩口大鐵鍋，天天在那裡煮城市人民送來的頭髮，將頭髮煮化以後，把涼了的頭髮水潑在禾苗上，等待大豐收。村裡的男女沒有一個像城市青年和學生一樣剪髮，也沒有聽說上面有人來村子裡作過動員。

我幾天前才理髮，為了可以減少剪髮次數，我每次理髮都請師傅剪得很短，因此，雖然不要錢，我也沒有再去理髮，在班上成了引人注目的特殊人物。後來，我發現學校裡除了幾位老年教師外，竟然還有那麼幾個同學和我一樣，只是頭髮剪得很短，沒有剃光。我腦子裡不知道哪根筋出了問題：既然決定學期結束後退學了，便決定不剃光頭，和那幾個同學比比，看誰能堅持到最後！我每天都去注意那幾個同學，結果不分勝負，我和他們都成了頑固分子。所有老師同學的頭髮還沒有長長，高中一年級學年結束了。

今天上午，是一學年的最後一節課。我一開始就沒有考慮申請休學（按學校規定只能休學一年），家裡的情況很清楚，阿爸在南洋不可能在短期內改變現狀寄錢來；阿媽的勞動不可能在農業社掙到錢來供我讀書。不能繼續求學雖然讓我失望，但我期望回來和阿媽一起在生產隊勞動，能過上平穩的生活。

下午還有曾老師的班會，佈置暑假工作。我已經決定不告而別，今天沒有帶米蒸中午飯。第四節下課後，我在教室裡坐了好長時間，同學都走完了，我才從教室出來，慢慢離開校園。剛走出校門，歐陽順從我對面走過來。女生的頭髮不像男生，長得不夠長，半長不短的，歐陽順的衣著又比較鮮豔，讓人覺得更不好看。我們同時站下來。

歐陽順看著我說：「古方智，全校同學都理成光頭，只有你不理，你以為你很英俊嗎？」

事出突然，我不知所措：「我……」

「不是說為祖國，為人民，可以拋頭顱灑熱血嗎？你連頭髮都捨不得，你的覺悟到哪兒去了？真

想不到你這麼落後！」

「我，我……」

「我什麼我，你根本就是一個毫無覺悟的人，自私自利的人！」

我清醒過來，看到她盛氣凌人的樣子，突然想說出一點難聽的話刺激她，讓她難過一下。我說：「我要退學了，回去當農民。我們村子裡沒有一個男人剃光頭，他們不相信頭髮可以使水稻增產，而且，他們說，只有被捉去勞改的人才會剃光頭……」

「什麼？你說什麼？什麼勞改的人？你要退學？為什麼不讀書！你要做什麼？你不是有病吧？」

「是的，我有病！班上不是有一個得神經病退學的嗎？我是第二個！」

「你……」

「順子，你原來的頭髮又長又黑，很好看，現在不男不女的，真難看！」說完，我轉身就走，心裡感到一陣快意。「順子」。這是初中時和她要好的女同學對她的暱稱，要在平時，借我斗膽也不敢這樣叫她，現在說出來故意氣她，因為她太得意。

我快步離開學校，等過了大橋，走在河邊無人的小路上，腳步慢下來，不禁覺得心裡隱隱作痛。同窗四年的歐陽順，為什麼要責備我呢？她的指責或者沒有錯，從她聽到我說要退學時驚愕的反應，看得出她是出於關心。可是，她不可能知道我的家庭情況，不知道我無奈退學的原因。我後悔剛才說出傷她的話，不知不覺，臉上流滿了眼淚。

回到家裡，我把所有的書籍文具，全都收到壁櫥裡，我希望暫時忘記學校和同學，在以後很長的時間裡，不再接觸這些東西。吃晚飯的時候，我平靜地跟阿媽說了退學的事。阿媽沒有說話，直到吃完飯，才說了句：「退了就退了吧！」

衛星沒有上天

休息了兩天，這天晚飯後，去找群智，兩人一起來到在門口的水井旁，那裡涼快。一坐下來，我開口就說：「我退學了，回來和你一起耕田。」

「耕田也沒有什麼不好，只是讀了一半又不讀，真的讀不起了嗎？」

「那還能有假？一棟屋住著，你也看得見。」

「明生叔母今年好像老了很多，你回來也好，幫幫你阿媽。」

「現在社裡有什麼活幹，利廣在幹什麼？」

「社裡的事我不知道，我只管放牛。利廣還是那樣，幹兩天，玩三天，他又不愁吃，不愁穿。你去問阿珠，她知道的多些。」

「群智，有件事，我早就想問你。」

「什麼事？」

「為什麼你從小就不想讀書？」

群智想也不想就說：「沒有用，反正什麼事你都不能自己做主，所以，讀不讀書都一樣，就不用讀！」

「怪論！」我覺得不理解。

「我所以經常挨打，就是因為我想做自己想做的事，可是，阿媽和老師都不准我做，逼我讀書，所以挨打。」

「那是小時候，現在長大了，不就可以做自己想做的事了嗎？」

「長大了更不行，樣樣有人管著：耕田在合作社，放牛放合作社的牛；出門要證明，吃飯要糧票，穿衣要布票。你想討老婆，合作社不給你開證明，你都討不著……」

我一時不知道怎麼回答，便說：「你這話太片面，不說這些了。」

後來又說了些家常話，群智說蘭智哥快要回來了，是部隊轉業，會安排在縣裡什麼單位，正在聯繫。

第二天，午飯後下去找豬妹，她要上工了，說吃了晚飯後，到可居樓見面再說。

夏天日長夜短，按正常時間，吃過晚飯，太陽才下山。走到可居樓，見豬妹還沒有來，便在屋周圍轉了一圈。可居樓現在是保管倉庫，裡面保管著農具、種籽、化肥等等。我在後面牛圈看了一會兒，好像多了幾頭小牛。等我轉了出來，豬妹已經來了。

豬妹問：「放多長的假，準備做什麼呢？」

我說：「我退學了，不用再回學校。」

豬妹怔住了，好半天才說：「退學了？怎麼也不說一聲？什麼時候決定的？」。

「早有這個想法，只是沒有和你說。還是你說得對，走讀不那麼容易堅持得下去！」

豬妹把頭轉過去，不再看我，又是半天不出聲。

我故作輕鬆地說：「怎麼不說話？回來和大家一起建設社會主義新農村不好嗎？你看牆上到處都是鼓足幹勁，力爭上游……」

「別裝佯了，我還不知道你咩！一心想讀書，那麼辛苦考上去，而今半途而廢，誰聽了都難過……」

聽到豬妹有點哽咽的聲音，本來強作輕鬆的我，也鼻子有點酸起來。天色還早，看看路兩邊，隨時有人路過，如果看到我們兩個的哭像，會很尷尬。於是強裝笑臉說：「有什麼好難過的，大家不是常說：水渠的鯽魚有往上游，有往下游，都找得到吃嗎？讀了一年高中，我起碼還在中間吧？還愁餓死？」

豬妹轉過頭來，鼻子裡哼了一聲，說：「就怕上游有得吃，下游有得吃，中間的吃不著哩。那你打算做什麼？」

「我正想問問你，你阿哥阿嫂他們知道社裡會有些什麼活幹嗎？」

「你也是，他們又不是社裡的主要幹部，那裡知道社裡的工作安排。」

「他們經常在社裡，總會多聽到一些消息。」

想不到豬妹長長地嘆了口氣，說：「以前我時常說阿媽落後，跟不上形勢，現在，連阿哥阿嫂都說他們也跟不上形勢了。特別今年早稻栽插開始，推行密植，什麼雙龍出海、螞蟻上樹，密到腳都踩不進去，怎麼耘田？蕃薯苗嫁接月光花，說結出來的蕃薯，一棵就有一兩百斤。前幾個月挖老牆土，煮頭髮水，說是晚稻要爭取畝產多少千斤，上萬斤。社裡好多老人都說，當了一輩子農民，現在不會種田了。阿嫂就更想不通，明明田裡沒有產那麼多糧食，社裡幹部偏要報大數，把社員的口糧都當公餘糧交上去，都不知道往後日子怎麼過！」

我被豬妹說得心裡不踏實起來，村裡這些事，因為自己煩退學的事沒有留意，可阿媽也沒有說過。正想不出怎麼接話，豬妹說：

「算了，剛才的話你聽過就算了。明天你去找利廣，他這一年沒有好好幹什麼活，閒得無聊。我聽他說，友興不想在豬場幹了，你們三個不如約起來，去社裡找新興叔，看社裡有什麼活計可以給你們幹。三人成眾，總比你一個人瞎找，或者在隊上跟著叔婆伯母下田強。」

我想想有道理，便答應是。看看天快黑，豬妹說：「不管叫你幹什麼，都先幹著，幹個一年半載，什麼都摸熟了再說。」兩人又站了一會兒，我說：「以後天天見面了，我跟群智利廣他們一樣，也叫你阿珠！」「嘴上叫什麼都無所謂，你心裡還是豬妹！」說完走了。

等我找到利廣，告訴他我退學回來，他高興得跳起來，說這一年都悶得快發瘋了。我問他怎麼不參加勞動，他說一時說不清，問我有什麼打算，我問友興是不是不想在養豬場幹了，不如我們三個約起來，去社裡問問，看有沒有適合的活計給我們幹。利廣一聽，說大好了，兩人便去養豬場。進到養豬場，我先和萬興，友興打了聲招呼，聊了幾句，等萬興忙其它了，利廣便靠著友興的耳朵小聲說了幾句。友興說：「你們在外面等著，我過一會兒出來。」我和利廣走到外面的木棉樹下坐下來。樹上的木棉花早已掉完了，枝繁葉茂，風吹得喃喃作響。

一會兒，友興出來，坐下來便問：「怎麼不讀了？」

我簡單回答後，問他：「聽利廣說，你不想在豬場幹了？是不是嫌苦嫌髒？」

友興說：「也不是怕苦怕髒，萬興是我堂哥，不好處。」

利廣說：「兩兄弟不是更好處嗎？」

友興說：「說不上什麼大問題。只是萬興那人你們也知道，坐不住，經常一走就是半天，真的有事就不好辦，又不好說他。」

我說：「那你走了，誰來跟他還不是一樣。」

友興說：「他不是和我們屋隔壁的葉天生合得來嗎？我走了，他肯定想來。他現在有時候都會來，和萬興在這裡搞點東西吃。」

利廣說：「養豬場都是豬飼料，有什麼好搞來吃？」

友興回頭望望，搖搖手，利廣趕緊閉嘴。

「如果你出來，我們三個人去找社裡，會有什麼活計幹，你聽說過嗎？」我問。

友興說：「前幾天我聽新興哥說起，社裡想把對面的長崗開出來種莊稼，還沒有找著人！」

利廣說：「挖人家的墳墓，人家會罵的。而且不是幾座，起碼有幾百上千座！」

我說：「絕大多數是年代久遠的無主墳墓，利廣你膽子小，見到死人骨頭怕不怕？」

利廣說：「三個人在一起，大白天有什麼好怕？」

我說：「那就看友興，你決定出來，我們就一起幹吧！那麼大一個崗子，開出來種莊稼是好事。」

友興想了一會，說：「我今晚先去找新興哥，說不想在豬場幹的事。等這事定了，我們三個人就去找社委會幾個領導，先不提其它，只說想要求安排工作。」

我和利廣都同意，叫友興有了結果告訴我們。回家後，我把事情和阿媽說了，便放鬆地在家裡休息。一年的走讀，真是夠累的，毫無牽掛的一連睡了幾天，精神慢慢恢復過來。這天，友興來找我和利廣，說已經說好離開豬場了，明天去社委會。第二天吃過早飯，三個人來到社委會。我好久沒有來過農會了，一看那棟大屋整理得很像樣子，大廳成了會議廳，牆上還掛了一幅古塘村平面圖和遠景規劃圖，只是畫得比較粗糙。各間房間門前都掛有科室的牌子，有人在裡面辦公。我們找到新興叔，他叫我們等一下，他先去看看村支書有沒有空。等了一會兒，新興叔叫我們進去辦公室，先向古思田書記介紹我們三個。支書先對著我說：「回村來參加農業生產，很好嘛，當有文化的新式農民，建設社會主義新農村，大有前途！」我很怕他再說下去，冷落了友興和利廣。幸好支書不再看我，轉了話題接著說：「現在全國人民鼓足幹勁，力爭上游，多快好省地建設社會主義。我們合作社也一樣，要鼓足幹勁，準備今年明年，來個農林牧副魚，全面大豐收，具體達到的目標就不說了。現在主要是挖掘土地潛力，長崗上幾十萬畝土地，被死人佔著，我們要把它奪回來。挖墳奪地，這是一個壯舉，你們敢不敢？你們怕不怕鬼？」

友興和我說：「鬼倒不怕，就怕墳墓的後人會說話，到時吵起來不好辦！」

支書說：「不怕鬼！這太好了！我們共產黨是無神論者，不信神，不信鬼，當然就不怕鬼啦。至於墓主問題，這不用擔心，我們會先在地區小報上刊登啓事，同時在村裡做工作，讓墓主的後人先遷移墳墓，到時他們不遷，就當無主墳墓處理。真要遇上什麼麻煩，社裡會出面。社長，是不是？」新興叔點點頭。

支書又說：「現在全國形勢發展變化很快，叫什麼？叫『一日千里』，你稍不留神，就給拋到千里之外去了，是不是？我看行，你們三個有這個決心，很好！這事我們社委會開會研究過，就叫做「青年墾荒隊」吧，暫時只是你們三個，不斷擴大嘛！具體怎麼搞，社長給你們安排。」說完，站起身來，剛走出兩步，又轉回身來，望著新興叔問：「他們三個的家庭……」我指著友興說：「他家是貧農。」支書對友興說：「好！你究竟年紀大點，老成一點，先不叫隊長，叫個帶頭的吧，等隊伍壯大了再說。好不好？」說完拍拍友興的肩膀，和新興叔點點頭，出去了。

支書走了以後，新興叔說：「我們村土地太少，人口越來越多，能把長崗上的地開出來，改造以後種莊稼，確實是好事。那上面的墳，雖說多半是無人照看的荒墳，但後人還在拜祭的也不少。挖人祖墳的事，的確要小心。第一、不管是哪一家的，新墳絕對不能挖。第二、如果是自己村裡人的祖墳，認得出來的，再老舊的也要先通知人家，人家不同意的就不能動。第三、方智你讀的書多些，所有有墓碑的墳，都先仔細看看，如果覺得有問題，比如像子孫後代名字中，有知道一、二的，特別是在南洋的，就先不要動，等我們看了以後再作打算。總之，要小心一點。等一會兒，你們去保管室找（古）國柱叔，問他要用些什麼工具，如果可居樓有的，就在上面領，免得那麼遠扛回去。看你們還有什麼要說的？」

我望望友興和利廣，見他們不出聲，便說：「可不可以抄一個社員的花名冊，因為農業社那麼多人，很多見著認識，但叫不出名字。」新興叔說：「這事好辦，你們找葉子就行了，他知道這件事。」想了一下又說：「洪昌嫂和先隆伯那裡，我回家時會去跟他們打個招呼。你們領好工具，就先上崗子上看看，有個大體計劃再動手。」停了停，又說：「要知道，這次社裡給你們定的，出一天工計一個勞動日，這比有些老農出一天工才計八分、九分，夠多了。本來有些人是不同意的，現在又沒有人管你們，所以，一定要好好幹，不能偷懶。記住啦！」我們三個答應以後，和新興叔一起走出辦公室。三個人先在走廊上站著，商量了要領些什麼工具，然後去保管室找國柱叔。

我們才開口，國柱叔就說：「剛才聽社長說了，領兩支長的，兩支短的鋼釺，兩支十字鎬，就夠你們扛回去了，其它東西洪昌嫂那邊都有。」

利廣問：「有沒有鋼筆，筆記本，各領一樣吧，好用來登記。」

國柱叔說：「崗上只有你們三個是人，其它都是鬼，用來登記鬼？」

我說：「社長說了，有你老祖宗在上面，萬一不小心挖掉你家祖墳，你還不要我們的命，所以，要先登記下來向你匯報，才敢處理。」

國柱叔剛想罵我，轉頭想想，說：「說得也是，哪家沒有個老祖宗的墳在上面，只是平時都沒有人理，你們把它找出來，怎麼處理還不好辦呢！」說著拿出一本筆記本，一支鋼筆，友興在領物本子上簽上名，接過鋼筆和筆記本，三個便扛著東西走出房門，準備回家。正要走，見民兵隊長古光前趕過來叫道：「先別走！先別走！」我們放下東西，問是什麼事。

民兵隊長說：「你們的工作，剛才文書告訴我了，叫我提醒你們：那崗上的墳多數都沒有問題，但也不排除有個別是封建時代當官的，你們挖出來發現有什麼異常情況，就趕快來向我報告，不能隨便亂動，要等我們來處理，聽見了嗎？」

友興問：「墳墓裡會有什麼異常情況？」

民兵隊長說：「比如說，可能會有封建時代官僚貴族用的東西，金銀首飾之類。而且，特別要注意的是，說不定土改時有地主分子將浮財藏在墳墓裡，這回給你們挖出來。總之，一定要馬上報告，不能私自處理，這也是階級鬥爭！這事友興你要把好關，聽見沒有？」

友興說：「就是挖出值錢的東西向你報告是不是？說得那麼複雜，跟死人還階級鬥爭！」說完叫我兩個：「走吧。」也不理民兵隊長還有沒有話說。走出門來，我跟友興說：「你何苦和民兵隊長生氣，支書樣樣事都要考慮到階級鬥爭，沒什麼不對。」友興說：「我最看不慣古光前這人。」古光前是下村人，過去我們不太認識，新興叔當了社長，不知道他怎麼就當上民兵隊長。

把四支鋼釬，兩支十字鎬，放在利廣家的工具房裡，因為從他家到崗上去路近。在利廣家坐著喝了口水，想到新興叔要下午才會通知先隆伯和洪昌叔母，不如明天再去找他們了。三個人在想，一個下午幹點什麼好呢？我說，不如去河裡游水，好久沒有下河了。約好回家吃過飯，到木棉樹那邊等。

我吃完飯來到木棉樹下，利廣已經在那裡，等了一會，友興也來了。都剛吃飽飯，先坐下來閒話。三個人東西南北的說著，覺得樹後面有個人影，友興轉過去，原來是阿木賢，正快步走開。

友興喝問：「阿木賢，你做什麼？鬼鬼祟祟的！」

阿木賢說：「沒有做什麼。」我和利廣也站起來，看見阿木賢扛著一把小鋤頭，上面掛著一個竹籃。阿木賢見我們三個一齊站在他面前，竟有點害怕。

友興說：「又沒有人要打你，面青青的，你扛著鋤頭來做什麼？」

阿木賢說：「阿媽叫我來挖點木棉樹根，用來煲湯。」

友興說：「挖樹根就挖樹根，一看見我們就走，好像做賊一樣。你挖吧，我們又不阻礙你。」

阿木賢放下竹籃，在不遠處有人挖過的地方挖起木棉樹根來。我們又坐了一會兒，起身去河邊。走過阿木賢身旁，看見他還在掏土，沒見到樹根。友興看了幾眼，突然問：

「阿木賢，還有沒有去偷看女人小便？」

阿木賢嚇得放下鋤頭，直起身來說：「沒有！沒有！那還敢！」

友興說：「阿木賢，我們都長大了，不是小孩子了，想女人就叫你阿媽給你討個老婆，不要再做偷雞摸狗的事，小心給人打斷你的腿！」

阿木賢嘟嘟嚷嚷地說：「我知道，可是，我阿媽哪裡有錢幫我討老婆？」

友興說：「都說長大了，你自己不會幹活掙錢嗎？」說完不再理他，示意我們走吧。走出幾步以後，利廣回頭望望，說：

「阿木緊現在變了很多，聽說新興叔他們不但教育阿木賢，還教育黃毛。」

「黃毛又不是小孩子了，還怎麼教育？」我說。

友興說：「我聽阿爸和新興叔閒談，說他們那棟屋幾家人，在家的男丁只有阿木賢一個，再不學好，不但把祖宗的臉丟盡，怕將來一棟屋沒有傳人了。現在紀明叔對阿木賢管得得緊，每天晚上都不准他出門，在家教他重新學識幾個字。」

我說：「學壞三天，學好三年，變得好當然好！」

來到河邊，可能上游下過雨，河水有點渾。我邊脫衣服邊問友興：「養豬場就在河邊，你經常下河洗澡，還捉得到魚蝦嗎？」友興說：「很少，可能現在沿河到處都是抽水站、抽水機，那煤粉、汽油流進河裡，把魚蝦薰死還是薰走了。」三個進到水裡，好久沒有游水，特別是和小時候一起游的夥伴一起，又像回到無憂無慮的少兒時代。泡在上熱下涼的水裡，順著水流慢慢游，覺得渾身舒坦。我邊游邊斷斷續續說起，我們學校有個女老師，游水游得又快又好看。友興叫我學個樣子，我順水的時候游得好像有點像，但逆水就游不起來。我說那叫自由式和蛙式，還有什麼蝶式，我沒有學會。利廣說：「管他什麼式，像萬興哥什麼式也不是，可再大的水也淹不死他！」三個人不知不覺游到對岸，在岸邊沙灘上躺了一會，太陽曬得皮膚疼，游了一陣，感覺口渴，利廣一看岸上種的是甘蔗，說不如上去扳兩根甘蔗吃。友興說：「現在的甘蔗都還沒有長成，給人捉住了也不好。」利廣說：「就是沒有長成，不太甜的甘蔗解渴，哪捉得到，一扳著就跳下河游回去，連萬興來都追不上。」友興望望遠處地裡幹活的兩個叔母和阿婆，他自己也忍不住嘴饞想吃，便說：「那就一人扳一根，不要扳多。」三個人爬上岸，走到地裡，各自找了根粗壯的，扳斷後丟下河，連忙跑下來，拖著甘蔗跳進水裡，頭也不回地游回自己村子的岸邊來。三個人坐在沙灘上，啃著甘蔗，不甜，正好解渴。

利廣邊啃甘蔗邊說：「都說我們是農業社的主人，農業社的東西是自己的，主人吃點自己的東西都不行？」

友興說：「萬興就像你這麼說，有時候不想回家吃飯，把那餵豬的紅薯，撿幾個好的，把專門配給小豬吃的碎米，篩出點好米來，一起蒸來吃。偶然吃次把沒什麼，做多了就不好，所以我看不慣。」

利廣說：「拿餵豬的飼料吃，不是太餓了吧？不過，以前不管那家摘水果，都會讓在場的人吃點，現在摘水果，社裡會叫個人來看著，一個都不准吃，我覺得有點不近人情，也少了種田的樂趣！」

友興說：「反正都這樣吃就不行。看果樹的吃水果，養魚的吃魚，養豬的吃豬，種田的吃莊稼，那還不把農業社吃垮了！」

「那裡就吃垮了？我聽阿珠說，這兩年社裡各樣東西都增產了，可是，東西到哪裡去了就不知道。以前過八月十五，除了月餅，家裡有炒花生、炒黃豆、煮毛豆、水果各樣東西，這兩年你吃過炒花生、煮毛豆沒有？」

我說：「國家搞統購統銷，你不是可以去買來吃嗎？」

利廣說：「問題就是很多東西有錢都買不著！」

我剛回來，不知道情況，便不說話。吃完甘蔗，走一段沙灘，游一陣水，在水裡抓抓頭髮，搓搓身上的油泥，順便洗澡。穿好衣服，三人約好第二天找洪昌叔母的時間，便各自回家。

第二天來到可居樓，洪昌叔母已經開門。我們和洪昌叔母說了社裡的安排，需要的工具以後，便進去倉庫。三個人挑了三把鋤頭，四個畚箕，兩綑蔴繩，又拿了兩把砍刀。出來登記時，洪昌叔母說：

「怎麼又拿砍刀，要去殺鬼嗎？」友興說：「剛才忘記說了，用來砍竹子做竹籤，在墳上做記號。」

洪昌叔母一邊登記一邊和我們說話：「利廣不是膽小鬼嗎？還敢去挖墳墓，不怕晚上鬼來找你？」

利廣說：「我們不是砍竹子嗎，削支青竹棍，放在門後面，鬼就不敢進來！」

「方智怕不怕鬼？」

我回答說不怕。友興說：「方智，你一天說鬼也有好鬼壞鬼，你沒見過鬼，怎麼知道？」

我說：「沒見過也聽過嘛！我講一個好鬼的故事給你們聽好不好？」

洪昌叔母說：「還真是很少聽說好鬼的故事，說來聽聽。」

「從前，有一個讀書人，天天晚上都在書房讀書。有一天，讀書讀到下半夜了，突然一個年輕漂亮的女子，推門走進來。讀書人問，你是誰？那女子說，我是鬼。這讀書人本來就不怕鬼，見這女鬼又年輕又漂亮，便更不害怕。問那女子是哪裡人？怎麼半夜三更會來到這裡？那女子說：我是前村一家大戶人家的女兒，有一天在水塘邊玩時，不小心失足落水淹死了，父母很傷心，只好把我埋葬了。誰知，我到閻王爺那裡報到時，閻王爺說我陽壽未盡，不該死的。我埋在土裡肉身保存得好，閻王說，只要有一個心地善良的人，將我的名字寫在一個牌位上，每天供一碗米飯，一碗清水，燒一支香，磕一個頭，七七四十九天後，把我的棺木打開，往我嘴裡度一口陽氣，我就會活過來，重新做人。我的靈魂每晚在外面遊蕩，一直沒有見到好心人。這幾天，看見你在專心讀書，心想一定是心地善良的人，所以來求你。說完嚶嚶嚶地哭。這讀書人一聽，不覺心軟，便答應了。他將女子的名字認真寫好，做成神主牌位，擺在書桌上。第二天起，每天供飯供水，燒香磕頭。七七四十九天後的晚上，剛好是月中，月白風清。這讀書人按女子交代的地方，果然挖出一副棺木，打開一看，見來家裡求他的女子，就像睡覺一樣睡在裡面，覺得十分驚奇。於是，把那女子從棺木中抱出來，坐在地上，一手摟著脖子，嘴對著嘴，將自己胸腹中的熱氣，慢慢度進女子的嘴裡。才度得三口氣，就見女子微微睜開眼睛，自己開始呼吸。再過一陣，就像剛剛睡醒一樣，自己站了起來。這女子望了讀書人一眼，便雙膝跪下去，向讀書人連連拜謝，感謝再生之德。讀書人扶起女子，說你在地下眠了這麼久，身體孱弱，不如到我家調養好身體，再去找你家父母團聚。於是，攙扶到家裡，與家裡人說是一個相識的友人家眷，家庭變故，托咐暫時寄養在自己家。看看那女子身體好起來，讀書人到她說的村子裡一打聽，原來那女子的父母都已經去世幾十年了，這才相信這女子真的是鬼。回到家又不能不跟那女子說清楚，那女子卻好像早就預料到似的，低著頭說：我是你救回來的人，別說是男女授受不親，你度給我人氣時，嘴對嘴都親了那麼久，我還不是你的人？如果你嫌棄我，我就給你做奴婢，一輩子服侍你。兩人相處了幾十日，這讀書人看著這女子樣樣都好，又識得字，便和父母商量，父母也同意，便成了親，變成一家人。」

洪昌叔母他們三個聽到大氣不出，在那裡發呆。過了好一會兒，利廣問：「後來呢？後來怎樣啦？」我說：「成一家人了，不就像平常人家一樣過日子。」洪昌叔母就很認真地問：「方智，你講得有形有影，是真的？哪一個講給你聽的？」我說：「是書上看來的，是個什麼地方的事，我忘記了。」洪昌叔母說：「既然書上都這樣寫出來，那可能真有這種事！」友興說：「方智肚子裡古怪多得很，洪昌叔母別信他，我們走啦。」三個人拿起東西，出到門外，利廣還在問我後來怎麼樣，我說：「結婚以後不就生孩子囉，生了兩個兒子，一個女兒，大兒子出南洋賺錢，小兒子在家挖墳墓。」利廣聽了要打我，友興說，別鬧了，去跟先隆伯說說，趕快去砍竹子。

先隆伯就在石路前面的田裡和大家一起幹活，友興過去和他說了聲，回來說：「走吧。先隆伯說到利廣家後面砍去，那裡竹子密。」我們拎著砍刀，在利廣的屋後砍了兩棵竹子。把竹子削去枝葉，砍成兩尺長，再破成兩半，捆在一起。三個人扛兩把鋤頭，拎著兩把砍刀，抱著竹枝上到崗子上。我們先上到崗頂，找了一座離有人走的小路遠點的墓地，把工具放在墓地的乾池裡。三個人先四處張望，長崗高只有幾十米，東北面接水塘，西邊崗下面就是赤崗鎮。整座山崗，如果計算地表面積，也有幾十萬畝土地。崗上只有中間一小塊窪地上長有幾棵不知名的樹，土改後曾被人開出來種過莊稼的荒地，組成農業社以後又全部拋荒了。墳分兩種，一種是土墳，一種是石墳。這山崗我們小時候經常上來，主要是來放牛。夏天時，除了放牛，在上面捉草蜢、蜻蜓、放風箏，三五成群地約起來打打群架。塘頭村和塘背村的小孩很少上來，因為山崗靠我們的村子，與他們的村子隔著一個水塘。崗上都是墳墓，土地貧瘠，過去三個村子的人，沒有為這塊土地發生過任何糾紛。

我說：「先給我們自己家的祖墳插上竹籤吧。」三個人便各自拿了把竹籤，分頭走去。我先走到阿婆的土墳，看見土墳上的木牌還立得很穩，便用鋤頭往墳上培了培土，在旁邊釘上做了記號的竹籤。然後向阿公的墳走去，邊走邊想著阿婆臨走時的樣子，不一會就走到阿公的墳前。阿公的是石墳，看起來不算舊，也不新，與其它比較起來，屬小規模。墓碑上只有伯父和父親，還有兩個堂哥的名字。我在墓庭乾池上坐了一會，雖然家裡有祖父的畫像，但想像不出是什麼樣子。坐了一會，在墳頭土地上釘了一棵竹籤。屋裡其它幾個不久前去世的祖輩，我都很容易就找到土墳，先是德叔公，再是彬伯公，彬伯婆，都先培培土，再釘上竹籤。要上崗頂時，又轉回德叔公的墳前看看。送葬時人們踩踏過的痕跡一點都看不出來了。

回到崗頂，友興和利廣已經回來了。友興說，現在三個人一起，先到處轉轉，對著花名冊，看有沒有村裡人的。我拿花名冊看碑文，利廣拿筆和筆記本，負責登記，友興拿竹籤，準備做記號。為免重複，先根據地上有人走過的小路，劃成幾大塊，從上到下查看下去。從早上看到晚上，包括土墳和石墳，也不知看過多少座。在崗上驟眼看去，多是石墳，走近看，才發現原來土墳也一樣多，因為很多土墳很久沒有人來培土，差不多被雨水沖平了，所以遠處看不出來。土墳沒有碑，很多連木牌也不見了。石墳也有不少已經塌陷，有些墳的墓碑不見了。從第一天看過的墓，多是外地、外姓人的。看到幾座姓古的，

是老墳，碑上的籍貫，只刻州、府、縣，沒有村名，不知道是不是我們三條村的人的祖先。古錦輝的墳修得講究，規模也比其它大。這墳我們小時候放牛時就知道，決定先不管它，等問了新興叔再說。就是石墳，也有很多墓碑是殘缺不全的，最初我們座座都認真看，後來才覺得沒有必要，因為我們不是考古，對那些殘碑我們根本就看不出什麼，也就可以不看，這樣，速度便加快了。

第二天上到崗頂，友興先拿出一包香菸來，我問他什麼時候學會吸菸？他說也是不久前，吸得不多，吸著玩玩。他和利廣先點火吸起來，看到友興吸得很享受的樣子，我也抽出一支，學著他兩個，點火吸起來。才吸了一口，嗆得直咳，眼淚鼻涕一齊流，喉嚨辣得難受。友興說，剛學吸菸，不能大口吸，要小口小口慢慢來，我說，不吸了，太難受。利廣說，等你學會了，就會想吸了。吸完菸又開始看墓碑。崗上的石墳，多數建在崗的中間偏上位置，有的地塊密些，有的地塊很稀。實際上看半天都看不到幾座值得登記的，友興可能大部分字都不認識，便不出聲，利廣一邊看一邊問：顯考妣是什麼？顯祖考是什麼？孺人是什麼？還問那些人名、地名等等，問個不停。我說：「我只是比你多讀了一年書，我知道的還不是和你差不多。」利廣說：「你比我喜歡看書，不就知道得多點。」。

村子裡各棟屋的男性長輩，每年祭祖前後，都會講一些祖先的故事，借於教育後人，我們家族的德叔公可能講得詳細一些。在南山中學讀高中一年級時，年輕的歷史老師喜歡講一些課外知識。這老師原來是省裡某報社的編輯，因為在大鳴大放時放過了頭，本來要戴帽子的，沾了爸爸在省裡當大官的光，只下放到南山中學來教書。他上課講正史時，會插進一些野史。他幾乎不與學生交流，上課鐘聲響了進教室，下課鐘聲響了，那怕是章節沒有講完，也是夾起書本講義就走。南山中學的後面都是山，山上同樣有墳，只是不像長崗那麼多。我吃過中午飯後，會走上後山，坐在草地上看書和休息。有一天，上去後遇到同年級的一個同學，兩人坐著聊了一陣，便看到歷史老師在一座墳前看。我兩個走上前去，老師望了我們一眼，繼續看，然後望望我們，像在課堂上課一樣講起來：「你們別看這只是一堆石頭，這裡有很豐富的知識：你們看，這個墳像烏龜殼，這叫龜殼墓。再看下面，像不像坐椅的兩邊扶手？所以，又叫椅子墓，或者交椅墓。這龜殼下面是墓穴，是埋死人或骸骨的地方；前面是墓碑，碑前面有個祭台，碑兩旁像耳朵，就叫墓耳；兩耳下面像從兩邊肩頭伸出去的兩隻手臂，圍成一圈，那叫墓手；兩手圍成的中間形成一個庭子，就叫墓庭。這庭子下雨時可以聚集墓上流下來的雨水，從排水孔排出去，不至浸到墓穴，所以又叫乾池。這墓庭，在後人來掃墓時，可以用來擺放祭品，供人跪拜。這種墓地的形式在家鄉是最常見的。」那同學聽老師滔滔不絕，便指著碑文問：「為什麼這碑文那麼長？我見那邊有的很短？這『浩賜徵仕郎』是什麼意思？」老師說：「這碑上文字，名堂多了。墓主人的籍貫、生卒年月、父母兄弟、妻妾兒女，可以有整個家族；還有科考出身、曾任官職、所得賞賜、政績名望等等，內容豐富得很。這正文中的字，有個規矩，講究『生、老、病、死、苦』，就是念到最後必須落在『生』或『老』上，不然就不吉利，所以就要加減字，怎麼加減，這很複雜，你們不會懂的。『徵仕郎』，這是個很小的官，很小，也就是縣裡抄抄寫寫，做做登記工作的。還是個『浩賜』，嘖嘖！就是皇恩浩蕩，賞的！也就是人都死了，給他個官銜當帽子戴上去。哈哈！我去年也差點賞了頂帽子戴呢。」說完，也不理我們兩個，走去看另一個墳去了。

現在，我將自己知道的知識，一邊看一邊向他兩個賣弄一下。多數碑上都有世系，像我們這輩，由一世祖從福建遷來算起，已經是廿四世，如果以25年一輩算，就有七百年左右。我們的始祖崇真公是宋代來到古塘邊建基，後來成為塘頭村的，如果後代不斷有人葬在這裡，並且建墳，理論上就前後有六百年前到現在的墳了。在我們的祖屋祠堂裡，擺放著一層層的祖宗牌位，最高一層的是六世祖宗，那又是我們家族從塘頭村遷來古塘村建村的始祖。這些一層層的牌位上的祖先，如果有建墳的話，那牌位上的文字，應該和墓碑上的一致。說到這些，友興和利廣說起他們屋裡的上廳也有一層層的祖宗牌位，只是老人講了他們從來沒有留意過。三個人就這樣在崗子上上下下，邊看邊說些閒話，不覺就過了三天。放眼一望，連十分一的崗子都沒有看完。

友興說：「像這樣搞恐怕不行！如果一個月過去，一個墳都沒有挖，支書還不以為我們在偷懶？」

我說：「這也是，我看不如這樣：選幾塊墓比較少的地塊，挖掉以後，劃出地界，用挖出的石塊砌成埂子，雖然裡面的土我們沒有平整，也像塊地的樣子。到時候，不管那個幹部來看，已經圍出幾塊地，也就沒有話說。至於看墓碑上有沒有村裡人的名字，到時挖到哪裡看到哪裡算了。」友興和利廣都認為這樣實際。第二天，便開始按計劃做，先選好幾塊地盤，每塊有幾畝大，墳不多，也沒有我們村裡人的祖先，加上地塊的高低相差不太大，將來平整起來相對容易些。才幹了一個多禮拜，把挖出來的石塊，搬來砌出幾條埂子，圍出地塊來，地塊上已經沒有墳，像塊坡地的樣子。

有一天下午收工回家時，走到利廣那屋外面，見到阿珠也剛收工，她向我招手，我走過去問有什麼事。

阿珠說：「沒有什麼事，問問罷了，累不累？」

我說：「又不是沒有幹過活，也說不上很累，就是熱一點。」

阿珠又問：「挖出死人骨頭沒有，你們真的不怕鬼嗎？」

我說：「死人骨頭從小就見過，有什麼好怕？」

阿珠神情有點古怪地看著我，笑著問：「晚上沒有年輕漂亮的女鬼來找你嗎？」

我聽她這麼說，想到是洪昌叔母把我編的故事講給她聽了，便笑笑說：「那是和叔母開玩笑亂編的，這都信！」

「阿嫂真的相信了！問阿哥是不是有這樣的書，說書上寫的會是真的，叫他找來看！」

「真糟糕！書是有的，有本書叫《聊齋誌異》，專門講神講鬼，講狐狸精什麼的，我那天就是把看來的故事，亂編出來。」

「阿嫂說，你一本正經，說得有形有影，跟真的一樣，所以阿嫂信囉！你也是，編出這樣的故事來，你是不是想……」

「想什麼？」

阿珠抿著嘴笑，說：「不說了……」轉頭要走，又回頭說：「你吸菸是不是？身上有菸味。」

「他們兩個吸，就跟著吸了兩口。」

「他們都吸了，你也一定會跟著學會吸！只是不要吸得多，你看任貞叔（利廣的爸爸），吸菸吸得成日咳嗽。」

我說：「知道了！」

看著阿珠走了，我走了幾步，想起阿珠剛才問話時的神情，不覺心裡一動，臉上火辣辣的紅了起來。聯想起古水泉說「陳文富想女人」的話，這死阿珠難道問的是不是「想女人了？」不禁一下子覺得渾身燥熱。在屋門口台階上坐了下來，門外一陣陣風吹來，直到把身上的熱氣吹散一些，心裡平靜下來，才回家吃飯。

晚上躺在床上，不由得又想阿珠問我的話。可能不再像以前那樣天天走讀，天天為功課煩心，現在有閒心聯想起德叔公講的話，會想到男女大欲的問題。有一次我問群智會不會想女人？群智說：「當然會，我又沒有什麼病。」我現在自問，回答也是肯定的，只是這問題自己以前沒有認真想過，所以模糊罷了。自從有了正常的夢遺以後，如果當時沒有完全清醒，到早晨醒來又忙上課，也就不留意。但是，如果當時清醒，就會有一會兒睡不著，胡思亂想，像古水泉說的：想女人。我做那種夢不會夢到熟悉的人，更不會夢到阿珠，夢見的都是朦朧的影像。

我從小喜歡豬妹，不但是我們兩家關係好，在幾個一起玩的女孩中，我覺得豬妹生得整齊、乾淨、善解人意。長大一些，到自己會注意看人時，就覺得她長得比別人好看，只是說不出為什麼好看。家鄉客家話中，有個用得很廣的詞：「等分（等讀燈音）」，就是普通話中「恰到好處」的意思。衣服剪裁合適、物件做得精緻、菜餚鹹淡恰當、事情處理得宜、人的高矮胖瘦、五官搭配，都可以用「等分」來形容「好」，用不「等分」來形容「不好」。我覺得豬妹比誰都好看，就是覺得她身上一切都長得恰到好處，樣樣都長得「等分」。

這兩年，上下屋一起讀小學的夥伴，都長成小夥子、大姑娘了。阿雪五官清楚，身材苗條，體態風流；阿滿嬌小玲瓏，眉目含情，聲音動聽；惠珍姐和下屋的運星，身材健美，膚色亮麗，路姿撩人，他們各有美色。自從那次摸蜆，發現豬妹的身體不一樣了以後，我就是沒有見到她，也感覺得到她的變化。可是，我說不出豬妹美在哪裡，除了覺得「等分」，找不出詞語來形容。我記得有一次在志強哥家裡看到他的語文書中一篇古文：宋玉的《登徒子賦》。文章寫東家人：「增之一分則太長，減之一分則太短；著粉則太白，施朱則太赤……」當時就覺得這幾句話其實也沒有說出東家人漂亮在哪裡，只是找不到恰當的語言來描繪時的敷衍詞罷了。

在讀過的各種長篇小說中，都會有愛情的描寫，自己有了對愛情的朦朧的追求。豬妹可愛，會讓我不自覺地迷戀，因為村子裡從來也沒有過出生在上下屋的同姓男女結婚的，便幻想：自己好好讀書，讀上大學，像一些書中描寫的愛情故事一樣，將來帶著豬妹遠走高飛，到一個沒有人認識我們兩人的地方去。

土改複查後不久，有一天放學後，我和豬妹兩個一起回家，走到我家屋門口，看見洪昌叔母和阿媽在小門門廊裡說話，豬妹便不回家，要等洪昌叔母一起回去。洪昌叔母罵她，叫她趕緊回去幫阿媽煮飯，她只好不高興地走了。走了以後，洪昌叔母顯得擔心地跟阿媽說：「這兩個小鬼好成這樣，要是以後分不開了怎麼辦！」阿媽望望台階上坐著看連環畫的我，說：「不會！就是因為從小就好，好得過了頭，最後反而合不起來。」洪昌叔母奇怪地問：「怎麼會好過頭了反而合不起來？」阿媽說：「等他們長大了，成不了人上人，沒有本事給對方最好的東西，就不會要和對方成為一家人！」

自從家裡生活有了變化，特別是自己決定停學回家以後，以前偶然有過的幻想再也沒有了。不過，從小產生的，在內心深處的兩人的「好」，我覺得沒有變。而「想女人」不會想到豬妹身上去，是因為這和我們的「好」是不同的層次。

崗子上的石墳，都是用三合土建的。遇到用料好，做工認真的墳，挖起來十分費力。幹了幾天以後，摸出一些經驗，先從墓手的土石結合部，用鋼釺插進去，兩個人或三個人同時撬，把墓手挖掉後，再挖墓庭、祭台、墓耳，最後挖那個烏龜殼，這樣挖，就可以挖得快一些。棺材或裝骸骨的金盎在龜殼下面，因為墓地前低後高，把前面的庭、台挖掉後，再把石塊清出去，就是一個大坑。把龜殼石塊也挖掉後，上面的土填下來，就成了一塊坡地，多數時候都不會觸動墓穴中的骸骨。土崗都是沙石地，滲透性很強，雨水、熱氣容易透進去，凡是年代久的墳，挖出來的棺木，全都是腐朽的，骸骨也多已風化，我們便加以掩埋。如果墓中是裝骸骨的金盎，會埋得比較深，沒有必要起出來，除非要平出一塊很大的地塊，落差很大，才要挖掘，那是以後規劃的事。所以，我們挖墳沒有暴露骸骨，不會覺得不安。遇到孝子賢孫特別用心修建的墳，挖掘時要費盡力氣，累得渾身臭汗，兩手打出不少血泡，社長說的十個工分，實在不是容易得的。墓碑的石料一是青石，一是麻石，麻石又有紅色的，灰色的。青石最堅硬，石質細膩，刻出來的字顯得很清楚。麻石多數都風化得厲害，很多連字都看不清楚了。這些墓碑，我們把它集中在一起，以後可以用來鋪路。

有一天上午，上到崗子上還沒開工，看見下面有個人提著竹籃子上來。那人走到一個墳前，擺下祭品，點起香燭，拜祭先人。我們知道是村裡人，但一時認不出來，便走下去看。走近一看，原來是國柱叔。我們先不敢驚動他，直到香燭快燒完，見他坐下來，才過去和他說話。

友興問：「國柱叔，不年不節的，怎麼來燒香？」

國柱叔說：「老祖宗在地下睡了幾十年，睡得好好的，你們三個在上面乒乒乒乒的挖，還不驚動他們？上來拜拜，向祖宗問個安囉。」

我說：「國柱叔，這可是迷信啊，和支書宣傳的不一樣。」國柱叔不理我。

利廣問：「國柱叔，這墓裡是誰？」

這是一座比較小，也修得比較簡陋的石墳，碑文刻得不是那麼精細，我仔細看，看出孫輩有國柱叔的父親的名字，是國柱叔曾祖父的墓。

我怕剛才說國柱叔迷信他不高興，便向他說好話：「國柱叔，你真是個孝子賢孫！那麼虔誠來拜祭先人，祖宗一定會保佑你一家人！」

國柱叔說：「這墓裡是我太阿公。我不認識他，他也不認識我。其實，拜祭先人，就是自己求得安心，自己保佑自己！」

利廣說：「這話說得不好懂，怎麼拜祭先人是自己保佑自己？」

國柱叔說：「拜祭先人時，不是人人都會唸唸有詞，說個不停嗎？就像你們小時候在外面受了委屈，或有什麼高興的事，回來伏在阿媽膝頭上說話一樣。大人當然不會再伏在阿媽膝頭上說，便只有伏在墳頭上和老祖宗說。」

利廣說：「說了就能保佑自己嗎？」

國柱叔說：「說完了就心平氣和了，就有個希望了，不就保佑了自己？」

友興說：「又好像有道理，那是不是祭品越多，香燭衣包越多越好呢？」

國柱叔說：「不關事！那雞、肉、魚都是拿回去自己吃了。香燭燒起來的菸，就像寄給離得天遠，又沒有見過面的親人的信，誰還理會收得到收不到。至於衣包（衣服銀紙），多了也不好，不知道陰間會不會土改，多了評為地主鬼就更糟糕！」

說得我們三個人都笑起來。

一個禮拜六下午，三個人正挖著，遠遠看到從赤崗鎮上來的路上，走來一個人，身影有點熟。等走得近了，看清是古水泉，他竟找到這裡來。我跟友興利廣說了聲，便趕緊走下去。兩個人對望著，一直走到面對面，站著對望了好一會兒，才在附近一座墓手上坐下來。一年多的時間，古水泉完全變了樣，不是以前的黑瘦小子，而是個子已經比我高，典型的白面書生。在他眼裡，我是又黑又瘦的莊稼漢了。

「怎麼會找到這裡來？」

「回來時在鎮上遇到一個人，知道是你們村的，向他打聽，說你在這裡幹活。」

「收錄取通知書那幾天，我打聽過了，知道你考回南山，很高興！」

水泉望著遠處，不說話。我笑笑說：「到學校報到那天，罵粗話了吧？」

「到上課那天還不見你，就想到可能你家裡有事了，去問歐陽順，說你退學了。」

「歐陽順還告訴你什麼？她沒有罵我嗎？」

「說你發神經！」

「在那之前，我們班真的有一個同學得精神病退學了！」

「你以為歐陽順真的說你神經病啊！她為你難過，為你感到可惜，說你不夠毅力。」

我苦笑說：「毅力？她是飽漢不知餓漢飢。」我接著三言兩語把家裡的情況說了一下。

「就這樣天天挖墳墓？……」

「山歌不是唱了，到哪山唱哪山的歌。你不是說古建民回家以後，過得比以前好！」

「聽說他要去當兵，應該招得上。」

「那更好！說說你吧，學校怎麼樣？」

「怎麼說？現在不是在教室讀有字的書，是經常在大教室讀無字的天書！」

我想起學校裡的車子化運動，剃光頭的事。我摟住水泉的肩膀說：「水泉，我、建民、你，三個古姓子孫，崇真學校同學，一起考上南山中學，住一個宿舍。現在只有你還在讀書。歐陽順不是說我不夠毅力嗎？你一定要好好讀下去，也算幫我和建民完成讀書的心願吧！行不行？」古水泉沒有回答我。又坐了好一陣，兩人一同站起身來，他向塘背村的方向走去。走出十幾步了，古水泉也不回頭，舉著手大聲說：「文軒的事我也知道了，保重身體，別累壞了！我一定會好好讀下去！」

我、古水泉、王立軒、陳克忠四個同年出生，水泉還比我早兩月。剛上學時，因為他個子小，宿舍五個人，一直把他當小弟弟，經常捉弄他。水泉單純正直，聰明好學。現在，他長得比我高了。望著他的背影，我默默祝願他，希望他將來比我們幾個都有出息。

這天上到崗上，坐在石塊上吸菸。友興說：「我們這活可能幹不長了，昨晚上新興哥說，縣上和區上在下村和白水村交界地方，組織幾萬人在放衛星，要成立什麼公社，我們都要集中到那裡去。」利廣說：「放什麼衛星？幹得好好的，又叫去哪裡？」

村裡的變化，我們已經看到了，只是沒有放在心上。早上，隊上多數勞動力扛著鋤頭，挑著畚箕出門去什麼高產基地，門前屋後的田地裡卻見不到幾個人；晚上，望得見赤崗鎮上的天空燈火通明，最初我們還以為是搭臺子唱戲。

我們三個在這裡當了一個多月的山大王，沒有人管，雖然累一點，每天十個工分，過得舒服。聽友興這麼說，看來這比較自由的日子要結束了。

才過兩天，剛出門，見群智和阿珠他們一群年輕人，挑著被子衣服和鋤頭出門。我連忙上前問阿珠去哪裡。阿珠說：「你們三個整天在崗上陪死人，社裡的事都不知道了。縣上在赤崗中學旁邊建起糧食高產衛星基地，我們去大會戰。」

「住在那邊不回家?」我看著阿珠畚箕的行李問。

「你們應該也會叫去。我聽阿嫂說，連她們都要去，家裡只會留些老的。」阿珠說完急忙走了。

三個人上到崗上，利廣說：「群智和阿珠他們都挑著行李走了，不會留我們三個在這裡。」我問友興：「新興叔沒有跟你說什麼嗎?」友興說：「我都好幾天不見他了，他去哪裡又不會跟我說。」我說：「先不管會怎麼安排，我們已經開出六七塊地了，也有幾十畝。這兩天我們把這塊地上剩下的兩座墳挖掉，再把地塊上的石頭碼整齊，也算有個交代。」三個人便起身開工。

這兩座墳在地塊的邊上，一座在凸起的土墩上，一座緊挨在左下方。下方的墳已經沒有墓碑，龜殼已經破碎，碑後面出現一個洞，好像被人挖過。友興說：「不要看了，快挖吧!」三個人一齊挖起來，撬開龜殼石塊，一看，裡面是空的，有幾塊凌亂的腐木和朽骨。真的是被人掏過了。解放前，崗上的墓被人盜挖，時有發生，甚至有盜挖剛埋的死人，把壽衣剝走的，這事以前聽大人講過。我們挖過的墓有些是自然塌陷的，有些也可能是曾被人盜挖過的，只是我們沒有留意。這次看到明顯是被盜挖的，可惜沒有碑了，又看不出什麼。再看上面那座墓，墓碑還在，可惜那碑是麻石，有些字跡已經剝落。三個人認真看，最後認出「道光、妣、太安人」等字。他兩個問我看出什麼?我說：「道光是清朝一個皇帝的年號，離現在怕有一百多年了。小時候見的銅錢，不是有光緒通寶、康熙通寶、乾隆通寶，道光通寶這些。妣，指女人，就是母親或祖母。孺人、安人反正是指女人，這太安人，可能是兒子當官的吧。可能跟下面被挖的墓主人是一家人。」

利廣一聽就說：「一家人那不就是他母親或者祖母?下面的墓被人挖了，這墓裡一定有東西!」

我說：「不會有吧，如果有，早被挖了。那些盜墓的不是一般人，他挖了下面的，就知道上面的不會有什麼東西，所以，不費那個力氣了。」

友興說：「管它有沒有，先把這兩座墳挖掉，再碼好石塊，免得沒有做完就叫我們走。」

這墓做得牢，三個人當天沒有挖完，第二天又接著挖。中午，最後把上面的墓殼挖掉翻開時，看見石塊下面的不是原土，是用外來的紅色黏土和沙拌起來夯實的，這實際上就是少了熟石灰的二合土。這二合土不單在墓殼這小塊，連墓殼周圍，都鋪上二合土夯實，使周圍的雨水不會滲到墓穴裡。二合土如果是剛夯築的，那就又硬又韌，很難挖。幸好年代久遠，那二合土已經變脆，雖然比較厚，也容易大塊大塊的撬起來。挖掉墓穴上的二合土，又清完原土，露出了棺木，三人你望我，我望你，一時不知道怎麼做好，因為上崗子以來，挖的墳裡面都是朽木朽骨，還沒有見過這麼完整的棺材。三個人又坐在土堆上抽菸，商量撬不撬開？利廣說：「費那麼大力氣才挖開，當然撬開看看！」我沒有出聲，友興說：「那就撬吧。」三個人拋掉菸頭，拿起鋼釺，一齊對準棺材的上下合縫插進去，最初兩下沒有撬開，三人卯足力氣，一齊叫聲：起！那棺蓋翻起來。剎那間，好像看到有個穿戴整齊的女人，要從棺材裡坐起身來似的，嚇得我們丟下鋼釺就跑。利廣邊跑邊叫：鬼！鬼！鬼！跑出十幾二十步，三個人在石埂子上坐下來，都大口喘氣。友興拿出菸來，各人抽出一支，友興顫抖著手，劃火柴點著菸。三個人不說話，直到吸完一支菸，又坐了好一會兒，心裡才定下來。我說：「其實沒有什麼，不要自己嚇自己。那墳就是密封得好，所以屍體保存得好罷了，還不是死人一個！」利廣說：「你說那墳有一百多年了，怎麼像才死的人一樣？究竟是人還是鬼？」友興望望上面的墓穴說：「鬼就不是，只是剛才那屍體好像要坐起來一樣，真的嚇人！我們再去看看？」利廣不敢去看，我和友興大著膽子上去。走到跟前一看，不覺又吃了一驚：剛才見的像是才入棺的死人，抽根菸功夫，就變成了乾屍。那原來有顏色的衣服和冠履，全部都成了灰黑色。那臉和手，就像一層皮貼在骨頭上一樣，黑糊糊的，和連環畫上的僵屍一樣。那僵屍手上戴著一個灰色的手鐲，耳上有沒有耳環看不清楚。友興剛想拿鋼釺去挑起來看，我連忙阻止他。我聽歷史老師講過，像這種一百多年還能保存的屍體，應該有值得看的東西，只可惜我們不懂。支部書記交代過有什麼情況要報告，那我們就應該報告，或許他們會請人來研究。兩人回到利廣坐著的地方，利廣心神也已經定下來，問怎麼樣？友興說：「不怎麼樣，已經變成一具乾屍。我還是去社裡報告，免得說我們私自處理。你們兩個在這裡看著，不要走開！」我們答應了，友興便起身到合作社去。利廣膽子大起來，要我和他上去看。他見到是乾屍，也不害怕了，只是奇怪怎麼會變得那麼快。可能太陽正熱，我們聞到有股奇怪的氣味。我跟利廣說：「不如把棺材蓋蓋回去吧，免得再曬下去不知道變成什麼。」說完，兩人用鋼釺從另一邊一撬，便蓋了回去。兩人回到埂子上坐著休息，一直講世界上有沒有鬼的問題，講不出個所以然來。差不多等了三個鐘頭，不知道友興去到哪裡把古光前隊長找來了，古光前揹著步槍，身後跟著一個空著手的民兵。民兵隊長遠遠就問：「在哪裡？在哪裡？」還把肩上的槍順下來，提在手裡。來到墓穴前，友興指指那棺材，古光前看了看，叫：「打開！」我們三個拿起鋼釺一撬，棺材蓋一下翻起來，想不到古光前隊長和我們剛才一樣，嚇得坐在地上，那民兵也轉身想跑，利廣見了偷笑。古光前站起來，拍拍屁股，左看右看，說：「沒有什麼大不了，一具乾屍罷了，不知埋了多少年了？」友興說：「我那裡知道？」古光前又低頭仔細看看，說：「還戴著手鐲。友興，下去拿上來看看。」友興說：「我們只管挖墳，不管拿墳裡的東西，不是說發現有什麼要向你報告嗎？」古光前叫那民兵下去拿，那民兵也面露難色，不下去。古光前罵聲：「都是膽小鬼！」把步槍讓民兵提著，轉身去拿了一根竹片去挑。那竹片太短，夠不著，便丟開竹片，拿起鋼釺去挑。那笨重的鋼釺不好使，在乾屍手上攪了幾下，不但手鐲斷成幾節，連乾屍手腕和貼近的大腿，衣服和骨頭都攪得散了開來。古光前順手用鋼釺在棺裡攪了一下，然後把鋼釺提起來一丟，跟友興說：「不知埋了多少年，都化成灰了。沒有什麼特別情況，你們繼續幹活吧。」說完帶著那個民兵走了。等他們走遠以後，我們都覺得有點掃興。天氣很熱，那古怪的氣味很大，友興看看被攪亂的屍骸，說：「把她重新埋了吧。」我和利廣連忙答應，三人提起鋼釺將棺材蓋重新蓋好，再把土填回去，像挖其它的墳墓一樣，最後平成一塊斜坡地，一眼看不出下面有墳。整好地，三個人在挖過墳的地裡到處轉轉，把散亂的石塊搬到地界上。做完這些，太陽已經挨近山尖了，三人收拾工具收工。

這兩個月的挖墳平地，不知道驚動了多少先人，如果祖宗有靈，不知會怎麼怪罪我們？回家前，友興又掏出菸來抽，我跟友興多要了一支，點燃後插在地上，雙手合十，唸道：祖宗先人，千萬莫怪，上級差遣，平墳無奈，子孫繁衍，都要吃飯，祖宗老去，也要安睡，共產主義，早日實現，人鬼同根，齊升天界，都當神仙，豈不樂哉！

友興和利廣問我說什麼？我說，這兩天幹得那麼辛苦，像國柱叔說的，跟老祖宗訴訴苦，說說心裡話！又坐了一陣，太陽已經下山了才回家。

回到家裡，阿媽告訴我，良生叔，洪昌叔母和阿桃姐他們，今天上午也去赤崗高產基地了。她和連生叔母她們年紀大的，過兩天都要派去什麼地方，聽說去砍柴燒炭。這些都是以前村子裡沒有遇到過的事，阿媽囑咐我，如果離開家出去幹活，要自己小心，我也叫阿媽要自己小心。

第二天一早起來，友興下來叫我和利廣，說新興叔叫他和我兩，帶上行李，到赤崗的生產指揮部找他們。我告訴阿媽，阿媽又叮嚀了幾句，幫我整好簡單行李，我便出了門。

三個人一起來到赤土崗，不禁大吃一驚！幸好我們從土崗子上下來了，不然，要變成停留在道光時代的人。

這個赤土崗，就是解放初，土改、鎮反時槍斃人的地方。赤土崗原來是一座連草都不長的紅土崗，抽水站建成後，這崗子是主幹渠經過的地方，後來，這裡也不再作殺人靶場。有了水，便有各村和不同的政府機關，陸續在這裡開荒種地，幾年間，面貌已經完全改變，只是還按習慣叫赤土崗。

從鎮上到崗子上，到連接縣城的公路兩旁，搭起了一個又一個臺子。臺子有大有小，臺子上，臺子周圍，公路兩旁，到處紅旗招展，彩旗飄飄。

崗子周圍，建有一些用竹木和稻草搭成的房子，有住房，有廚房，有指揮部。

崗子下面和公路兩旁，是大片的良田。我們古塘村下村的良田，與赤土崗下面公路兩旁的白水村、沿河村、上坑村等幾個村子，大片良田基本上是連在一起的，只是田中間夾雜著村裡的房子。這大片稻田，過去遇到天旱時，水稻產量會受到影響，我們村尾的抽水站建好後，把水引過來，這大片水稻田，都成了高產穩產田。

現在，縣裡選擇在這裡搞水稻高產試驗的一個點，城南區幾個村子的社員，集中在這裡放水稻、紅薯高產衛星。

去年，蘇聯老大哥放了一顆人造衛星，志強哥非常興奮，他記著廣播電台說的時間，晚上特地叫我和志森他們一起看衛星。我們看到天上真的有一顆星星慢慢飛過去，都非常新奇。志強哥給我們講航天知識：地心引力、宇宙速度、人造地球衛星等。現在，要在這裡放糧食高產衛星，當然，不是把穀粒和紅薯放到天上，是在地上搞出齊天高的高產來。

三個人到處找，終於找到古塘農業社的指揮部，新興叔見到我們，也不問先前的工作，把我們帶到一座草棚裡，說這裡是青年隊，你們把行李放下，馬上去找古光前，跟著大家一起參加勞動。

我們先把捆著的被子和衣服隨便放在大通舖上，便出來找人。到處都是人，東找西找，在一塊紅薯地裡找到古光前，他正忙著指揮大家用竹子和木板搭架子。古光前一見我們，叫我們趕緊跟著大家一起去挖土，挑過來以後，學著別人裝進筐裡，擺上木架。這地裡的紅薯長勢很好，薯苗長得又旺又長。現在在地裡搭起兩層竹木架子，上面擺上竹筐，竹筐裡裝滿土，然後把紅薯苗拉起來，分段埋進兩層竹筐的土裡。我問旁邊的人這是幹什麼？那人指指旁邊的標語說：「你沒有看見嗎？『紅薯長得上了天，一畝產它三千擔』。」我看了半天還是不理解：小時候，阿媽會叫我去紅薯地掀薯藤。紅薯插進土裡最初長出的根，是主根，主根旁再分長出一些根，這些根會長成紅薯。但是紅薯藤長長以後，後面每個節也會向地下長根，這後面的節上長出的根，叫野根。這些野根長不成紅薯，最粗只會長到手指頭粗。所以，要在紅薯的生長過程中，分幾次把這些野根拉斷，不讓它與主根的紅薯爭肥，因而影響產量。現在把這些野根埋在土裡，它會長成大紅薯嗎？我不是老農，不敢說，也不好再問別人。我看到地裡除了有農業社的幹部在指揮，還有幾個頭頂草帽，戴眼鏡，穿白襯衣的人在指點。我猜測他們是上面派來的農業專家。我們三個挑起畚箕，帶著鋤頭，跟著大家一起去挑土。崗子上以前不管誰種的旱地作物，都剷掉了，全部土挖來挑去紅薯地，裝到木架上的竹筐裡。土崗上人實在太多，一時沒有看見我們村的人在哪裡挖。友興說不用找了，自己挑吧，放下畚箕，看到旁邊也有人挖土的地方，友興舉起鋤頭就挖。剛挖了幾鋤，就有三個年輕人來干涉，說這裡是他們挖開的地方，不准我們挖。友興和他們吵起來，吵到要打架。我和利廣不像友興會打架，嚇到腳軟。幸好一個幹部過來，把那三個年輕人和友興教訓了一頓。我和利廣拉著友興，轉來轉去，還是又找著古光前，他帶著我們才找到村裡人。見到群智和忠國他們，我們高興地一起幹，到晚上，便一起睡在大通鋪上。

幾十個年輕人，晚上住在草棚裡，白天一起幹活，吃大鍋飯，覺得很好玩。

不到半個月，平地一聲雷，傳來「人民公社好！」的偉大指示。這一天，全縣從城裡到鄉下，從鄉下到山裡，鑼鼓喧天，爆竹震地，紅旗烈烈，人群雀躍。全縣小社併大社，大社併成更大社，幾天功夫，附城的所有農業社，分東西南北，合併成四個大公社。整個城南區是一個公社，地屬赤崗鎮，就叫做赤崗人民公社。公社政社合一，既是行政單位，又是生產單位。工、農、兵、學、商，五位一體，樣樣齊全，樣樣都管，叫做「一大二公」。

公社下面設管理區，管理區下面是大隊，大隊就是原來的高級農業社（也就是原自然村）。大隊辦起了公共食堂、托兒所、幼兒園、養老院、衛生所……我們村裡辦了兩個食堂，兩個托兒所，上村下村各辦一個，養老院和幼兒園就只有一個。

整個公社各管理區的青壯年，差不多都集中在這高產田基地戰天鬥地。赤崗中學的操場和周圍，搭起一排排的草棚營房，男女分開，按營、連，駐紮在營房裡，實行軍事化管理：組織軍事化，思想革命化，生活集體化，行動戰鬥化。我們村叫 x x 團 x x 營，古思田支書成了教導員，古新興社長成了營長。

各營都辦有食堂，所有男女社員，像部隊戰士一樣，聽號聲、哨聲，按時作息，排隊吃飯，排隊出工，統一收工。

營下面組織成不同的連、排：我們男青年一個連，阿珠她們女青年一個連，良生叔他們中年男的，組成一個連，洪昌叔母，阿桃姐他們又是一個連。不過，不按數字編排，都稱為「黃繼光連」、「娘子軍連」、「老黃忠連」等等，連下面分排、班。各營的高產田，有的種紅薯，有的種水稻。整大塊衛星田，水稻佔多數。

整個衛星發射場，用繩子隔成大片大片的地界，地界上插有「老黃忠、穆桂英、少年羅成、青年魯班」等各連五花八門的連排旗幟，旁邊則是誓放畝產萬斤、幾萬斤、幾十萬斤衛星的標語。

水稻田和紅薯地主要由中年連隊男女戰士管理，我們青年連主要搞突擊：有時安排搭高架，運土種紅薯；有時安排併稻田：把快要成熟的稻子，一兜一兜的連泥土挖出來，幾畝、十幾畝移栽進一畝田裡。總之，所有隊伍像打仗一樣，一切行動聽指揮，指到哪裡打到哪裡。

白天，除了勞動的人群，還有不少中小學生組織的宣傳隊伍，輪番來去表演歌舞，到處人聲鼎沸，有如千軍萬馬在與天地鏖戰；晚上，燈火通明，從鎮上到城裡的大半個天空，萬丈光芒直衝雲霄，令人覺得世界上已經沒有黑夜。

聽說，像我們赤崗公社這樣的水稻高產衛星基地，縣裡還有幾個。這天早上出工時，我突然看見一幅「一天等於二十年，跑步進入共產主義！」的大標語展現眼前，這才意識到：我們已經進入了天堂！

紅薯搭架和水稻併田的任務終於勝利完成。紅薯栽在泥土裡一時看不見，那些移栽的稻子，多數已經顆粒飽滿，只是米漿還沒有硬實，離成熟還有一段時間。

過幾天，來了不少專家，指揮大家在水田、紅薯地的上面拉起電線，安上幾十幾百盞電燈，田的四周擺上鼓風機，日夜照明、鼓風。我看到有些電燈和平常見的不同，聽人說是太陽燈。植物要陽光和通風，才能產生光合作用，這原理我在學校植物課上學過。各營、連派出戰士，日夜輪班守候，不停鼓風照明。可惜，縣裡電力不足，田裡的電燈和鼓風機，一時間這塊田停電，一時間那塊田停電，不但城裡的電力師傅疲於奔命，各營、連之間，也經常為供電和停電爭吵。

勞動雖然緊張繁重，但是，大家幹勁衝天，熱情高漲。日日夜夜的宣傳鼓動不說，更主要是吃得好：大米飯隨便吃不用說，各營的食堂差不多天天殺豬，隔三差五又有雞、鴨、魚肉吃。

這天早飯後，營長叫住友興，給了他一張條子，說塘頭村正在撈魚（古塘過去一直由塘頭村管理），叫他帶我和利廣，去挑點魚回來吃。友興叫上我兩，看著手裡的條子說：「只寫了要二百斤魚，人家就會給？」我說：「那天葉子哥不是說了，現在『一平二調』，所有東西，只要有的，可以調過來調過去，連國庫的穀子都隨便挑。」說著話，走在路外面草地的利廣，一腳踩在一泡屎上。看著利廣一邊在草上搓鞋底，一邊罵人，我和友興忍不住笑。「出門問三缸」，現在水缸、米缸不是問題，那麼多人住在一起，反而屎缸成了不容易解決的難題。挖廁所說起來簡單：周圍圍上草蓆，泥地上挖幾個坑，上面架幾塊木板就成了簡易廁所。開頭兩天無事，那麼多人「放開肚皮吃飯，鼓足幹勁生產！」吃得多，屙得多，沒幾天，就坑坑爆滿。人糞尿，本來是好肥，可是，人都集中在這裡放衛星，要組織大批勞力清理，還不知道往那裡送。於是，挖新坑、挖深坑、挖大坑……廁所不好進，晚上就有人到處埋地雷，今天一出門，就讓利廣發了個「屎大財」。去到塘頭村營部食堂，一個幹部接過條子後說：「你們來遲了，一早就被上坑村人挑走了。」後來，幹部在食堂裡拎出幾十斤魚，給我們挑回來。

有天早上，當排長的洪昌叔母高興地叫阿桃姐和茂發嫂去開鼓風機，說今天輪到給我們水稻田通電，再不通風，裡面的禾稈怕爛得黏成一塊了。洪昌叔母連叫兩聲，茂發嫂還是坐在床上不動，無精打彩地說：「通神通鬼咩！自己那塊自留地再不通一通，裡面兩壠地也要黏成一塊了。」洪昌叔母被她說得摸不著頭腦。正想問，阿桃姐就陰著嘴笑，說：「大排長，阿淑珍有一張嘴餓壞了，讓她歇歇，等會兒我在地裡挖棵大紅薯，帶回來給她止止飢！」說完拖著洪昌叔母和大家走了。中午回來，茂發嫂笑吟吟遞給洪昌叔母一張紙，這是一張借調令：因革命工作需要，借調林淑珍同志到我校協助工作兩天，到時原人送還。此致革命敬禮！下面蓋了一個《紅專大學》的印章。洪昌叔母雖然聽說了阿茂發當了紅專大學的副校長，卻一時沒有反應過來。阿桃姐忍住笑拿起一支筆給她，說：「還不趕緊簽名，耽誤革命工作，你這排長負不起責任！」洪昌叔母醒過神來，又好笑，又好氣。簽好名仍將紙條捏在手裡，故意說：「阿淑珍，你大字不識幾個，去大學協助什麼工作？」阿淑珍說：「現在講『一平二調』，我們人多，他們人少，調我去做協助人的工作！」說完一把抓過字條就跑了，洪昌叔母和阿桃姐笑得滾倒在床上，說這個騷婆娘，竟然這個辦法都想得出來。

兩人見著老公，免不了當笑話說起這件事。洪昌叔和阿葉兩人聽了，覺得這還真是個問題，這種事情不解決好，時間長了怕出問題。說完兩人便一起去找營長新興叔商量。洪昌叔說：「這軍事化好是好，可夫妻分開久了總不是辦法！萬一哪個騷婆娘耐不住，打起野戰，弄出個野種來，就麻煩。」阿葉說：「男排那邊，聽說晚上有人偷偷出去。這大食堂吃得又飽又好，只收入，不支出，收支不平衡，日久總要出事。」新興叔說：「怎麼又扯到收支平衡上去？」洪昌叔笑道：「阿葉說得有道理，肚子裡吃了那麼多好飯好菜，積滿油水，總要有出路！」新興叔腦子醒過神來，說：「還真是這樣！怪不得有幾個傢伙，見著年輕女人，那兩眼像鐵鉤子一樣，恨不得把人家的衣服扒下來！那你們說，怎麼辦？」三個人最後商量了一個辦法：現在講「一平二調」，有調物的，有調人的。以後每天派一對或兩對夫婦出去，名義上到這裡那裡辦事，實際暗示他們偷偷回家裡去，搞夫妻收支平衡的男女大事。新興叔說，教導員—古思田支書那邊我會私下跟他匯報，應該不會有不同意見。

村子裡辦起了食堂和各種「院」，發森伯卻在養老院裡呆不住，吃飽飯就跑回家，或在村子裡到處走。吃飯時，他不用食堂的碗筷，說不乾淨，自己用一個竹籃子，提著一個碗，一雙筷子來食堂吃飯，吃完提著走。那樣子走在路上，如果再拿根打狗棍，就跟解放前討飯的叫化子沒有分別。

有一天，輪到萬興哥老婆回家搞「收支平衡」。萬興一個人在養豬場幹著活，一看見老婆回來，把豬場大門一鎖，兩公婆急急奔回家。反正一棟屋都不見人，邊進家門邊除衣服，進到自己房裡，用腳往後一蹬，把門關上，便赤條條滾到床上。誰知發森伯吃飽飯剛好轉回家來，聽到萬興房裡有動靜，以為是小偷。輕輕一推門，門沒有閂，打開門一看，卻看見兒子媳婦，就像以前自己殺豬時，刮得乾淨雪白的兩頭豬疊在一起。老頭子嚇得連忙退出來，媳婦羞得糊亂套上衣服跑了。萬興氣得大叫：「阿爸，你回來做什麼鬼！把人家的好事搞塌掉了！」發森伯就罵他：「你還有臉叫，大天白日，也不怕太陽公公懲罰你？」萬興頂他：「你都年輕過啦，晚晚做事，都不怕月亮婆婆懲罰你！人家軍事化，住在軍營裡，好不容易回來一趟，被你沖散了，真是掃興！」發森伯轉過腦子一想，確實自己回來得魯莽，只好灰溜溜出來。剛好這兩天老婆有點不舒服，孫女又晚晚吵著找阿媽，便叫萬興去養老院看看。萬興一肚子氣沒有消，叫聲：「不去！你不會叫阿妹去看嗎！」說完走了。發森伯把兒子、媳婦得罪了，便去找女兒，挎著竹籃子來到高產田的營區，到處找阿滿。一群年輕人正幹活幹得無聊，看見一個老人挎個竹籃子，裡面一個碗、一雙筷，便和他尋開心。一個說：「阿伯，現在過共產主義，要什麼有什麼！你跑到這裡來要飯，不是故意醜化共產主義社會嗎？」另一個說：「你是不是台灣來的？是不是國民黨特務？」……亂七八糟說些話逗他。發森伯便罵他們：「共你媽的主意（義）！我以前有子有女，有田有地，有牛有豬，樣樣都有，現在什麼都沒有！都給你們共產了。你那共產主義有什麼東西：一個碗，一雙筷，一張鋪，一被蓋；有屄不得日，娃娃無人帶！」年輕人聽他說得玄乎，以為是個瘋子，怕惹禍上身，一哄而散。好在一個村裡人看見，告訴新興叔，趕緊找友興和阿滿把他連哄帶拉送回村去。

田裡的穀子在燈光和鼓風機的催促下，很快成熟了。不過，這只是看得見的田邊四周禾桿上的的穀穗，大田中間的看不清楚。有一天，不知道上面什麼領導同志來指導工作。一大早，公路兩旁和最大的臺子四周，紅旗招展，大喇叭高唱著革命歌曲。吃完早飯，大家剛下田幹活，就見走來一群人。那群人邊走邊看，走到那一塊田，那塊田的人便鼓掌歡迎，沒有人圍上去或者跟上去，大家都顯得有紀律。這時，有人上臺對著喇叭大叫：歡迎ｘｘ書記，歡迎ｘｘ長親臨衛星陣地指導工作！……喊過口號，就有個叔母上臺唱起山歌來：

「日頭一出紅通通，中國出了個毛澤東；英明領袖揮大手，共產主義道路通！」

旁邊一個阿叔接著唱道：「三面紅旗迎風飄，人民公社是金橋，六億人民大步走，滿懷信心不動搖！」

緊接著，有男有女，有老有少，輪流上臺唱：

「ｘｘ書記下鄉來，公社社員笑開顏，人人鼓起衝天勁，畝產萬斤擺擂臺！」

「書記縣長下田間，禾苗一見笑顏開，本來畝產一萬斤，我今還要翻兩番。」

「畝產萬斤害羞人，我今畝產十萬斤，喜訊先報毛主席，打下稻穀送北京。」

……

參觀的隊伍一邊觀看，一邊向周圍的人招手。有一位領導指著稻田說：「這稻子長得那麼壯，穀穗又那麼密，把雞蛋放上去都不會掉下去。」馬上就有跟著的幹部拿出幾粒雞蛋放上去，果然不會掉下去。有一個幹部就說：「別說雞蛋，把雞放上去都站得住。」馬上又有人抓來一支老母雞，一放上去，那雞就在穀穗上面走來走去，邊吃穀粒邊咯咯叫，大家見了都高興得哈哈大笑。有一位領導豪情滿懷地說：「把一個小孩抱來坐上去，絕對沒有問題！」於是，有人抱了一個將近一歲的小女孩，輕輕的放在穀穗上面。田邊的稻子都是成熟的，成熟的禾桿很硬，併田後的禾桿已經很密，田邊的禾桿又捆在一起，穀穗交織在一起，成了厚厚的一層，那小女孩坐在上面，真的承托住了。於是響起雷鳴般的掌聲，閃光燈閃個不停，那臺上的山歌手馬上唱道：

「稻子長得密又濃，穀粒擠得不透風，就是星星掉下來，也要彈回半天空。」

「x縣人民志氣高，誓射衛星上九霄，畝產萬斤今實現，全縣人民樂逍遙。」

「水稻畝產二十萬，紅薯長得像座山；公社社員衝天勁，糧食衛星上了天。」

……

衛星田裡整整熱鬧了大半天，等那隊領導走了，我看見茂發哥副校長，帶著剛才的新民歌手下來，原來是他們紅專大學的大學生，怪不得個個能隨口就唱出對景的山歌。

還在年初車子化運動前，那時班上的牆報主任還沒有發病，我發現他編的牆報上有一些不像古詩，不像新詩，不像山歌的東西。我請教編輯主任，他告訴我那是他寫的新民歌。他說現在中央號召全國人民寫新民歌，歌唱共產黨，歌唱新中國，歌唱社會主義。現在全國出現了很多新詩人，他將來要當作家，超過郭沫若，我當時聽了非常佩服他。那段時間，縣裡還舉行過幾次全縣的大型會演：民間歌舞劇會演、山歌比賽、民間藝人會演、武術比賽、賽詩會等等。我去看過武術比賽。

第二天，第三天，地區報紙上接連登出小孩坐在稻穀上的照片，也有放雞蛋、放母雞的照片，各種文章和新民歌，登了幾大張。

這天出工前，良生叔來找我，說有新任務。我跟著他去到營部，幾個領導都在。古思田教導員對我兩說：「這次領導來我們公社視察，對我們取得的成績非常高興。他說我們公社的水稻高產衛星，將會震驚世界。人民公社的社員能出口成章，用山歌把三面紅旗的精神表現出來，這是非常值得讚揚的事。領導指示我們，要用民歌配畫的形式，把全縣圍屋的牆上，都畫上畫，寫上民歌，變成詩畫海洋，歌唱三面紅旗，歌唱共產黨，歌唱毛主席，歌唱共產主義！公社領導昨天把我們叫去，指示我們，說我們古塘村緊靠公社，在領導眼皮底下，要帶頭做好這項工作。我從紅專大學借調了一位畫家，阿良生和方智，你們三個組成一個戰鬥小組，馬上回村行動起來，把村屋面向路邊的每一面牆，都畫上畫，寫上新民歌，搞得像個人間仙景！是不是？你們現在馬上回去，行動戰鬥化嘛！是不是？」那個畫家是個年輕人，對我們笑笑，新興叔營長對我們說：「你們馬上回去吧，等全村畫完寫完後再回基地。」

三個人回到村子裡，那畫家說他姓胡，有個親戚在我們村李屋，他可以住在親戚家。我和良生叔便先回家。走在石路上，我見到有幾面牆上，不知道是什麼人，已經在原來宣傳合作化的標語後面，加了一句：「人民公社是金橋，通向共產主義路一條」

我和良生叔進屋後，震伯婆告訴我，阿媽和連生叔母他們，到什麼地方的山上燒炭去了。

我經過上廳時，大吃一驚，趕忙叫良生叔來看：廳裡的祖宗牌位，一塊也沒有了，香爐被丟在牆角。良生叔和我跑到上屋去問先隆伯，先隆伯指指他們廳裡空空的牆壁說：「都被拆來送去食堂當柴燒了。」

再回到自己屋裡，才看清楚連接上下廳之間的中門門板，用來辦紅白喜事時鋪在天井上的鋪板，也沒有了。

我們上村的食堂，建在大夫第，就是小學時曾經上課的地方。安老院和托兒所、幼兒園，設在古錦輝那棟房子裡。三個人在食堂吃飯，我有點食不知味，還在想著那些祖宗牌位。

吃完飯開始工作。良生叔跟胡畫家說，我們從上村畫起。房子都是面向石路和長崗，除了已經寫有大標語的地方不動，見有其它空牆就畫，畫完由我和良生叔負責擬民歌，再由良生叔寫。我回家後還是心神不定，想著糧食衛星基地裡的友興和利廣，還有阿珠他們。我問良生叔怎麼會叫我回來，他才告訴叫我一起回來的原因。良生叔說，本來支書只叫他一個人和畫家回來，他應付不了，叫我一起來幫手，他主要負責寫，叫我編。我說：「我們從小就聽大人唱山歌，讀書時也胡亂編過，那只是好玩，現在，要編出來寫在牆上，那怎麼行？」良生叔笑起來說：「你這傻瓜，你不是聽過前天他們唱的山歌嗎？反正照著畫家畫的意思編，只要順口就行了。回來家裡寫寫字，總比在那邊挖土挑泥輕鬆不是！」

胡畫家不愧是紅專大學培養出來的高才生，他先叫我和良生叔幫他用石灰水把牆刷白，然後成竹在胸的一揮而蹴，一幅人民公社的的壯麗圖就躍然牆上。我搜腸刮肚，想出四句：

「偉大領袖揮揮手，全國人民跟著走，工農兵學商一體，人民公社展鴻圖。」

良生叔一聽，連說：「可以，可以，就這樣編。」然後，先寫了：「人民公社好」五個字，再把那四句寫上去。胡畫家連看都不看，到另一面牆去畫畫了。

畫家站在那裡望望長崗，稍為思索一下，馬上畫出一幅滿山果樹，田野穀穗金黃，牛羊成群，人人樂陶陶的村景。我便心有靈犀，想出：「村前花果山，村後牛滿圈，豬雞滿地走，魚兒躍水間。豐衣又足食，人人笑開顏。人民公社好，幸福萬萬年！」

那天上級領導來指導工作時，胡畫家他們都在場，所以，他對衛星田的情況了然於心，畫起來很順手。當我對他表示十分佩服時，他輕描淡寫地說：「又不是第一次畫啦！」

他畫的也多是那天看到和山歌唱到的情景，到後來我也就編得順起來。照畫編：

「電燈點起不夠光，摘顆星星當太陽，照得禾苗哈哈笑，一苗長出百斤糧！」

「今年又是豐收年，糧食堆得頂破天，玉皇老兒忙搬家，讓給社員當神仙！」

「紅薯大得像座山，大家都說太難辦？拿下太陽來烤熟，全村三年吃不完！」

……

那幾天連睡覺都在想著編牆上的歌謠。有一天，編到下午五點多鐘，一抬頭，看到長崗上原來的墳一座也不見了，上面長滿了各種各樣的果樹，連平常沒有見過的蘋果也有，紅紅的，大得像個籃球。石路後面的水田，那稻穀不是長在禾桿上，而是鋪在稻桿上面厚厚的一層，足有幾尺。突然又看見對面半天空，一群好久以前在育新小學見過的馬、恩、列、史和世界各國共產黨的總書記，沿著山崗冉冉而下。走著走著，那群人又變成玉皇大帝、太上老君、七仙女等等一群仙人。我大吃一驚，用手揉揉眼睛，拼命眨眼，才看清原來是公社的一群牛，從長崗上放牧回來了。可能是幾天來對著那花花綠綠的牆，產生了幻覺。

在牆上畫畫寫字太費筆墨，各種顏料很快就要用完，便刮鍋灰攪水當墨，用大小掃帚代替畫筆，其它顏料，只能省著用。村子裡能寫畫的牆已經不多了，有一天下午，畫家畫了一幅「鋼鐵元帥升帳」的畫，我正要請教怎麼配歌？他說接到命令，另有任務，說完就走了。

我和良生叔莫名奇妙。第二天一早，趕緊跑去指揮部請示。走到衛星田的指揮部一看，兩人驚得目瞪口呆。前兩天還人聲鼎沸，如千軍萬馬鏖戰的戰場，現在卻是秋風蕭索，烏啼霜飛的景象。有幾排營房，將有用的木料抽走了，變得椽斷草塌。紅薯地的苗葉，還是那麼肥綠，有些棚架卻已經倒塌了。看到這些，良生叔和我都不知所措，連忙四處找人。見有幾個阿伯阿婆在收拾衛星田四周已經完全成熟的稻穀，可惜田中間的禾桿全部倒覆，發出一陣陣黴味。田上面的電線和四周的鼓風機拉走了，只剩下東倒西歪的竹支還插在地上，彷彿古戰場上留下的旗杆。來到自己村子的田裡，見到先隆伯，阿松伯母，還有幾個阿伯阿婆。一問，說全部人馬前幾天撤走了，奔赴一座什麼山紮營，在那砍樹燒炭，大煉鋼鐵。良生叔問：「連那些女的也全都走了嗎？」先隆伯說：「全都一陣風似的刮走了。我是阿新興臨時把我叫來的。臨走前，交代我和阿松嫂，到村裡叫幾個能動的叔婆，把田裡成熟了的穀子收回去。」

良生叔對我說：「我們不如回村裡去等著，新興知道我兩個還在村裡，不會不管我們。」回到村裡，看看牆上那幅鋼鐵元帥的畫，良生叔說，把這幅寫完再說吧。看看那幅畫，倒也畫得有氣勢，可惜，我沒有一點煉鋼煉鐵的知識，只是小時候見過走村串寨的補鍋匠熔鐵水。我想起安生叔說的，美國人就是炸彈多，這炸彈當然是鋼鐵做的。於是想了幾句，問良生叔行不行：鋼鐵元帥升了帳，全民煉鐵又煉鋼；鐵山開腸又破肚，青山綠樹都砍光。煉出鋼鐵千萬噸，造出炸彈和鋼槍；美帝膽敢來侵犯，堅決把它消滅光！良生叔聽了說：「意思可以，就是聽了覺得不太得體，再想想，改一下。」兩個人坐在地上，還沒有想好改成什麼樣子，就有一個民兵跑過來，通知我們馬上帶上行李到管理區集合，到鐵山去挖鐵礦。兩個人也不管那鋼鐵元帥升帳的畫了，回家挑起行李，趕去管理區。到了管理區，想不到見到希哥，還有同村的三男一女。問起來，我們七人都是派出去辦事，被遺留下來的散兵遊勇。

管理區裡已經有個一百多男女的隊伍，是上坑村人。管理區一個幹部把我們交代給一位姓陳的隊長。陳隊長五十多歲，和良生叔、希哥拉把手，說：「歡迎歡迎！兩個村子離得不遠，應該有些熟人。」良生叔說：「有親戚，我們村有幾個叔母是從你們村嫁過來的。」陳隊長說：「我們這班人馬是從一個小水庫工地調來的，都是一個村子的人，水庫工地暫時停了，安排去鐵山挖鐵礦石。鐵山離這裡四五十公里，我們提早吃中午飯，有幾輛汽車載我們去。你們幾位先休息一下，找找熟人。」良生叔和希哥都認識他們村幾個人，見了面在那裡吹牛。

這是我第二次坐汽車。汽車上有人議論，說那汽車是美國的老道奇，以前美國人送給國民黨，被解放軍繳過來的。那車燒汽油，不用像大舅父的車一樣叫人下去搖鼓風機。但是，這車也快不到那裡，簡易公路彎多路窄，車子嗚嗚嗚地走著走著，會突然斷氣一樣就沒了氣息。大家便下去小便，到水溝舀水喝。走走停停，走了大半天，直到下午太陽落山才到目的地。這是一個三縣交界的地方，已經靠近鄰省的革命老區。住地在一個山坳裡。剛才在公路上，只見到有些山坳裡有零星幾戶人家，下到這山坳，前前後後有好幾排草房，草房裡有電燈光，還聽見有人在彈琴吹唱。

我們這隊人馬被安排住兩棟大草房，男女各住一棟。全隊男的比女的稍多一些，年齡多數在四五十歲。三十多歲，和看起來才二十多歲的年輕男女，各有四五個，才十幾歲的，可能只有我一個。草房中間留一條通道，兩面開門，通道兩邊是大通鋪，和衛星田的營房一樣。進到草房裡亂了一陣，各自找個熟人或比較合眼緣的做床鄰。我們村幾個都相挨著。睡房的旁邊有廚房，有洗澡房，離遠一點，分別有男廁、女廁。令人想不到的是，這大山裡竟然會有電燈，只是燈光顯得昏暗。

第二天吃過早飯，就上山挖礦。鐵山就在房子後面不遠處，幾座山都是鐵山。鐵礦砂是露天的，也有埋在土石裡。小塊的用鶴嘴（一種尖嘴鋤）或鋼釺，把它撬出來就行了。有些大塊的，要用大錘把它打碎，不然無法挑下去。有特別大的，就會叫人撇走，由解放軍來爆破。礦的品位很高，拿起來沉甸甸的，裂口銀光閃閃，那顏色已經像生鐵。周圍幾座鐵山都有人在挖，我們這百多人的隊伍，分了一塊地盤後，便安排一部分人挖，一部分人挑。附近山頭有一隊解放軍部隊，不知有多少人，他們是負責搞爆破和礦石運輸的。後來才知道，照明用的電，是部隊用燒煤的小發電機發的。我最初挑礦石，從山上挑到山下，有近兩公里路。將礦石堆放在一條簡易公路邊，由汽車拉出去。我第一次看見我們國家生產的解放牌汽車。那天挑著礦石下來，看見一輛綠色汽車，由一個解放軍戰士開著，在那裡調頭。那汽車很新，綠色的漆在陽光下閃閃發光，比我們坐過的老道奇，或者我以前坐過的大舅父的車，不知漂亮多少倍。路旁好多人站在那邊看，可能地方小了點，汽車車身又長，也可能那解放軍才開這種新車，那車轉了半天都調不過頭來，只聽見汽車呼哧呼哧地喘氣，有懂行的人說：那是汽剎！

進入深秋的山裡，早晚天氣寒冷。白天挑著礦石在山路上小跑，卻要出一身大汗。幸好，伙食雖然比不上糧食衛星基地，菜飯都很可口，還有熱水可以洗澡。

一百多號人，白天勞動，晚上沒有事幹，許多女的會來男的營房玩，男的不會到女的那邊去。天氣冷，男女一齊坐在大舖上，圍成幾個圓圈，腳上蓋著被子，一邊抽菸，一邊吹牛。開頭還講些正經故事，鄉間佚聞，講到後來，就會講到有色的笑話，幾個男女笑成一團，乘機在被子的遮掩下，打打鬧鬧，到時間差不多了，陳隊長笑著大叫：「不要瘋了，都回去睡覺！」那些女的才起身回去，大家便整理床舖睡覺。如果陳隊長安排、總結工作的時候，大家坐在一起，會一本正經聽。男的差不多都吸菸，也有幾個年紀大的叔母吸水菸筒。鄉下的菸分兩種，一種叫上黃，一種叫二黃，都是生曬菸。二黃菸味較柔和，是供女人抽水菸筒的。上黃勁大，供男人用來捲菸。手捲的菸一頭大，一頭尖，叫「尖嘴牌」，這是抽不起機製香菸的窮人的自嘲。我和友興利廣挖墳時抽過幾次香菸，沒有上癮。大家抽菸時，也會有人送給我，我只好接來裝樣子抽。

在這個草棚裡，有些玩笑語言直接，說著還會動手動腳。這一百多號人，當然大多數都是有家庭的，可能是軍事化的要求，沒有編排夫妻一起來。離開了父母、夫、妻、子女的目光，可能放縱一些。我們村七個人，六男一女。良生叔不是一個善於辭令的人，顯得穩重，希哥能說會道，敢說敢玩，便如魚得水。兩個五十多歲的老頭，再吵再鬧，都能早早睡覺，有一對在自由戀愛。那戀愛中的男女，男的叫古新年，女的叫淑英姐，不知姓什麼。聽希哥悄悄說，淑英姐三十多歲，有個七八歲的女兒，她丈夫在外地工作，有了新歡，要求離婚。淑英姐堅決不離，說要拖死那個男人。新年哥有三十五六了，是抱養的養子。養父家裡窮，解放後生活好轉了，由於過了適婚年齡，家裡條件不是很好，沒有姑娘願意嫁他。兩人的家在村子裡住上下屋，經常見面，可能以前也沒有什麼想法。來到鐵山才幾天，兩人就有了說不完的話，一起挑鐵礦，上山下山都不分開。

上坑村有三個未婚男青年，兩個未嫁姑娘。有一天晚上大家圍坐著玩撲克牌，我總覺得不知誰的腳，一直有意來碰我，還伸到我的腳上面。我不禁偷偷望圍坐著的人，竟是小蘭在意味深長的望我。我不禁感到靦腆，裝作出去方便，起身在外轉了一會便回自己的床位去了。在閒話中聽人說過，小蘭二十一歲，已經定了親，對象在鄰省一個小縣城工作，不久要回來成親。小蘭長得一般，勝在活潑，笑起來嘴角上翹，兩眼像彎彎的月亮，給人一種歡快的感覺。我當然知道男女之事，但是，德叔公的話我記得很牢：年齡未到，不該求男女之事，以免傷身；大欲不可貪，道德有規範，不可傷德。

有一天吃過晚飯後，月色很好，良生叔約我在外面走走。山裡的空氣非常清淨，沁人肺腑。兩人不知不覺走近對面山坡的草房，像剛來時一樣，又聽到彈唱聲，說話聲，他們這裡的聲音，不像我們草房的那種吵雜。我們怕別人看見不好，剛轉身要走，見對面有個人過來，可能是上廁所回來。將錯過身子時，那人放慢腳步，開亮手裡的電筒，借側光望了良生叔一眼，問道：「是古良生嗎？」良生叔仔細一看，叫道：「朱新亮！」兩人同時說道：「哈，真想不到！會在這裡相遇。」那叫朱新亮的人說：「走！進去坐一會兒，好幾年沒有見了。」說完望望我。良生叔說：「這是我侄兒，叫古方智。」我叫了聲：「新亮叔。」良生叔猶豫著，說：「你們這是什麼單位，都是些什麼人，不方便進去吧？」新亮叔望望草房，低聲說：「沒什麼大不了，都是戴（右派）帽子的，進去坐一會兒就走。」進到草房裡，我看他們的草房比我們的長、寬一些，更不同的是，他們裡面不是大通舖，通道兩邊，用竹片編成的籬笆，分隔成好多間隔。雖然不成房間，但間隔的籬笆用報紙糊上，有些還掛了一層布，也就各成一片天地。新亮叔帶我們進到靠邊的間隔，裡面有兩個舖位。坐下以後，他們兩個便敘闊別。原來新亮叔他們來了有半年了，連我們住的草房，都是他們蓋起來的。後來跟著來的，是解放軍部隊，駐下來以後就修簡易公路，然後才挖出礦石，運出山去。我們這批人是最後來的。我坐在裡面東張西望，一時被良生叔新亮叔的話吸引，一時又被其它間隔的談話聲吸引。

良生叔小聲問：「去年聽到風聲，說你出事了，到縣裡去問，說你已經到縣農場，也不好再問。這究竟是怎麼弄成的？」

新亮叔搖搖手說：「一言難盡，說不清楚！先不說它。」

停了一會兒，新亮叔問良生叔：「前次見面，不好怎麼問你。那次打散後，你就沒有找隊伍嗎？」

良生叔說：「怎麼沒找？不知冒著多大危險去找！可也得吃飯不是。把槍埋起來以後，從山上下到村子裡找吃的，有一天餓倒在一間屋簷下，遇到一個耍把戲的老頭，給了我一碗飯吃。他叫我跟他一起走，慢慢找親戚，我估他是看出我的來路的。就這樣，我跟著他耍把戲賣膏藥，走起了江湖。從西山到老隆、紫金、淡水，最後轉到寶安。」

新亮叔：「那次打散後，隊伍是往北走了！難怪你一時找不著。後來怎麼又回到家裡的？」

良生叔：「走了一年多，也找了一年多。本想在那一帶找其它的隊伍，但是，不認識人，又沒有什麼身份文件。我想：再走下去也不是辦法，不如先找個工作，安定下來再說。剛好修廣九鐵路招人，被招進去，搞測量。不久就解放了，土改分田地，阿媽寫信催，便回家了。」

良生叔問起新亮叔家裡的情況，新亮叔說：「老婆孩子還在城裡，老婆雖然沒有工作，是個僑眷，南洋有接濟，生活暫時不成問題。只是自己的問題不知道什麼時候才有出頭天！」

……

突然聽見裡面傳出兩個比較大的聲音，應該是一老一少在爭論：

一個聲音說：「太反動了！黨的報紙，白紙黑字、有照片登在那裡，還有上級領導在場，你就是不相信！你信誰？只信你自己？信台灣的造謠汙衊？」

另一個聲音說：「我信科學，黑字是人寫出來的，人坐在禾稈上坐得穩，可那稻子是怎麼種出來的？眼睛一眨，公雞變鴨，是變戲法變出來的。你也是讀過書的人，畝產十萬斤，你給我算算：一畝田的面積多少？可以植多少株禾？一棵禾的穀穗結幾粒稻穀？才產得出十萬斤？」

「別以為你讀了多少書，舊社會讀的是資產階級的書，讀得越多，中的毒就越深，還是好好改造，脫胎換骨吧！」

「強詞奪理，不可理喻！」……

正想聽下去，一個五十歲左右的人進來。新亮叔站起身打招呼：「卜哥，回來了。」良生叔和我也趕緊站起來，那人望了我們一眼，露出不高興的神情。新亮叔指著良生叔說：「這是我的朋友，以前還在我們山上呆過幾天，可惜後來失散了沒能歸隊。」又指指我說：「這是他侄子，他們是赤崗公社的，來挖礦。」聽到這話，那人臉上好像緩和一些，向我們微微點了點頭。良生叔和我連忙告辭。新亮叔說：「好吧，時候還早，我送你們。」說著出了門。

走出草房外，新亮叔小聲說：「卜哥原是縣裡的副書記。那次打散後不久從別的山頭調來的，他來到西山我就跟他，當過他的警衛，現在還跟他，大概是命。」

良生叔說：「副書記不是縣裡二三把交椅嗎？怎麼也……」

新亮叔說：「不好說，而且，我們這批人的帽子，也分三等，極右、一般右、中右，總之，如何批判評定，今後如何改造，何時超生，都不知道掌握在誰手中！」

良生叔說：「剛才那兩個爭論的人，說的好像是我們公社衛星田的事。」

新亮叔說：「那是兩個冤家。一個是壽星公吊頸嫌命長，另一個就像跌落水的惡狗，叫人恨也不是，可憐也不是。」

聽他說得奇怪，良生叔便問怎麼說。

新亮叔抬手看看錶，又望望天，月亮被雲遮住了。新亮叔說：「那老的是個留用人員，舊社會名牌大學畢業的，農業生產方面有一套。解放後，在互助合作運動中，為縣裡農田水利建設、良種化肥推廣等方面，出了很多好主意，為發展生產也有點貢獻吧。就是做人做事太認真，認死理，講起科學來連領導面前都不會轉彎，去年當然就過不去了。加上有親戚同學在台灣，因此成了極右。問題是死性不改，都快六十的人了，仍然事事頂真，看報紙上有什麼自己覺得不對的，就愛評論。這不是嫌命長嗎？」停了一下，接著說：「後生那個呢，就叫人恨也不是，可憐也不是。他是縣（游擊）大隊出來的。在山上時都算好戰士，還負過傷。建立政權以後，最初也是個科員。這人雖然只讀過不到兩年初中，但肯學，嘴頭筆頭都來得，加上會討好領導，運動前剛提成副科長。不久，又結了婚，老婆年輕漂亮，正是春風得意之時。最初鳴放時還不怎樣，後來風向一變，便風火起來，揭這個，批那個，弄得人人怨恨。後來，有幾個人約起來，奏了他一本，據說給他弄了個中右，下來鍛鍊改造。」

良生叔問：「這運動不是有個原則標準的嗎？怎麼別人告個狀就把人弄倒？」

新亮叔說：「剛才不是說他負過傷嗎？躲在一個關係戶家養傷。那關係戶只有母女兩人，女的也就三十歲左右，帶一個十一二歲的女兒，老公犧牲幾年了。艱苦革命鬥爭時期，一說你也懂，男女關係不像現在那麼認真。傷養得差不多好了，兩個二十幾、三十歲的男女，難免不睡一起，歸隊和解放後應該就沒有那事了。女的是烈屬，認識的人也多，解放後把女兒送到城裡來上學。到五六年，那姑娘初中畢業，長成大姑娘了，這小子也就三十歲。不知是誰說合還是自由戀愛，反正就嫁了他，當時大家還豔羨得不得了。其實，他以前那種關係，山上下來的人多數都知道，也不當一回事，說得不好聽，和那女的上過床的也不止他一個。問題是這小子大張狂，運動中把人得罪多了，於是，有幾個聯名告他：道德品質敗壞，先跟母親睡覺，後娶女兒做老婆，有違人倫道德。結果，上面想保也保不住，便把他弄下來。倒是那母女兩有情義，不知道是什麼人去動員姑娘跟他離婚，那姑娘指天發誓，要等他改造好回來團聚。這小子現在好像吃錯藥，還是像運動中一樣，以為到處咬人，就可以立功受獎，平反復用。結果弄得人人討厭，又恨他，又怕他！」

已經走了一半路，良生叔說：「回吧。」新亮叔說：「離得不遠，得閒再聊，我們那草房裡，除了那不怕死的老頭，其他除了唱唱歌，下下棋，都很少議論什麼時事了。」說完擺擺手回去了。

採礦隊伍沒有按禮拜天休息，領導認為有必要時，安排「休整」，讓大家洗洗衣服，整理內務。實際上，多數人都沒有什麼好整，主要是休，輕鬆一下。幾個青年男女和年輕叔母，會跑到山上去找野生柿子樹上的柿子，拿回來捂熟吃。我跟著他們去過一次，小蘭對我親熱得過分，他們村的一個青年惡恨恨地看著我，我怕引起誤會，便不再去了。這天休整，我吃了早飯以後睡覺，吃了中午飯又準備再睡。躺在床上睡不著，胡思亂想：我回村子寫民歌，友興、利廣、群智、阿珠他們突然就走了，不知道去到哪裡？阿媽他們也不知道在哪裡，都說是上山砍樹燒炭，他們會在一起嗎？衛星田的先隆伯他們回家了沒有？村子裡的花生、紅薯都好像還沒有收呢。砍樹燒炭的山，當然有很多樹，不會像我們這裡的山，多是光禿禿的。阿媽的身體好不好？友興他們晚上是不是也像我們這裡一樣，聚在一起玩？阿珠會和大家開玩笑，有人喜歡她、逗她嗎？想到這裡，我覺得心裡酸溜溜的。

迷迷糊糊的聽見良生叔叫我，睜開眼睛，良生叔叫我起來，和他一起出去。我穿好衣服跟良生叔出來，見新亮叔站在不遠處等著。良生叔說，前兩天那個叫卜哥的人，約我們一起去一戶山裡人家，看望一個老人。三個人去到他們的草棚前面，新亮叔進去不久，和叫卜哥的人一起出來。良生叔叫了聲「卜哥」，我不知稱呼什麼好，只好對他笑笑，算是招呼。走了幾步，卜哥看著我微笑著說：「你就叫我李叔吧。叫『伯』把我叫老了，叫『叔』又把你叫大了。是不是？」我說：「那我就叫大李叔吧，你身材比我們幾個都高大！」李叔拍拍我的肩膀說：「聰明！看你也就十來歲，怎麼沒有讀書？」我答道：「家裡經濟上遇到困難，高中沒讀完，停學了。」李叔不再說話。四個人下到公路，大李叔說：「那馮伯是個老革命，他家離這裡一個小時的路，約你兩個，邊走邊閒談，熱鬧點，當作遊山好不好？」我兩個答應了一聲。

大李叔問良生叔：「那天聽新亮說，你們是赤崗公社的，村子裡過得怎麼樣？」

良生叔說：「土改以後，從互助組到初級社，到轉成高級社之初，大家勁頭很足，生產搞得好，初級社成立第一年，家家都覺得分回家的東西多，生活比以前好。變成高級社以後，當年也還好，但是，越到後來，好像越是『高級』，生產出來的東西沒有少，分到社員家裡的東西卻不如以前，生活水準反而下降了。」

大李叔說：「集體化，國有化，計劃經濟，國家需要集中力量搞工業化建設，這是另一個問題，我們不說這個。前兩年我下鄉時，看到到處莊稼都長得好，群眾的生產熱情很高，不是說明大家對合作化很有信心嗎？」

良生叔說：「五六年時是這樣。那年春節，村子裡非常熱鬧。收成好，社員分的糧食多，家家蒸酒做粄，年初一舞獅舞龍，到處歡天喜地。可過了年後，上面高徵購，幹部又虛報產量。為了完成任務，只能少分社員口糧，大家不敢說話。」

大李叔說：「這徵購數量是不是太高，又是一個問題，也先不說這個。我想知道，這兩年糧食大豐收是事實吧？上次你們公社衛星田登報的事，你在不在場？」

「在，那些高產田就是我們幾個村的人搞的。」

「那好，小孩子坐在穀穗上面照相是真的？」

「是真的。」

大李叔雙手一拍，說：「那好啦！這樣的高產田，不說畝產十萬八萬，起碼一萬斤吧，那也不得了呀，怎麼要克扣社員的口糧呢！」

良生叔說：「那稻子不是種出來的，是把其它田裡快成熟的稻子挖出來併進去的，十畝併成一畝，最初說畝產萬斤，不就十萬斤囉！」

大李叔點點頭說：「有所耳聞。」轉頭問新亮叔：「你說說看。」

新亮叔說：「大躍進形勢下，時間不等人。就是併進去的也好，說明如果開始種那麼密，一塊田也就可以長出那麼多稻子，產量也就可以上去。」

大李叔說：「聽起來有道理，一開始就密植不就行了？」想了一會，突然對我說：「小侄，你這個中學生，你來說說。」

我說：「我不懂，怕說錯了。」

大李叔笑著說：「怕什麼說錯！又不是老師課堂提問，要給你打分。說！等下大叔請你吃竹鼠。」

我說：「照片是真的，但是，那些田，別說幾千幾萬，畝產幾百斤都產不了！」

大李叔驚叫起來：「什麼什麼什麼？幾百斤都產不了！我沒有聽錯吧？你不要嚇我！」

我大著膽子說：「併田，種紅薯，我也參加了。現在的水稻都密植，行株距一般3 x4寸，4 x5寸。4 x5寸的面積能放下九兜快成熟的稻子嗎？併個四兜不得了。加原來的兩兜，算一畝變成六畝吧。按以往的產量，畝產六、七百斤到頂了，六七四十二，才四千出頭。」

大李叔說：「那也不得了呀，怎麼至於像你說的幾百斤！」

我說：「那塊田的稻子，只有小孩屁股底下的穀粒是成熟的，也就是說，只有田四周邊上的稻穀是成熟的，裡面的都爛完了。」

良生叔望望我，似乎不想我多說。大李叔看見了，嚴肅地說他：「你不要裝神弄鬼的，小侄，繼續說！」

我想，只是講點自己看到和知道的事，又不是說誰的壞話，不犯法吧！便繼續說：「我在學校聽老師講植物生長原理，稻子種在田裡，有了水、肥，還要通過陽光的光合作用，才能生長，最後結出穀穗。這稻子密到別說人進去耕作，就連水、肥、陽光都進不去。所以，在那些田裡拉電燈，安鼓風機，目的就是想讓水、肥、陽光進去。可惜，因為實在是太密，結果都是白費力氣。來這裡之前，我們見到在那田裡收拾攤子的先隆伯，他說：裡面的稻桿全都黴爛完了，拉出來連牛都不吃，那還有穀子！」

新亮叔說：「可是，當時上級領導在場，他們都看不出來，一句話也沒有說？」

我說：「那麼多人跟著領導，邊走邊談邊照相，而且，那些稻子是快成熟的，風吹燈照大陽曬，穀穗最上層的可能會有幾粒成熟了，絕大部分因為下面禾桿已經黴爛，整棵穀穗基本是乾枯的粃穀，那曬白的粃穀，和幾粒成熟的黃穀粒混在一起，在大陽底下，不下田去，看不出來……」

大李叔聽了，半天不說話，默默走了一段路，拍拍我的肩膀，然後對新亮叔說：「我從小就給人幫工，也是種水稻種紅薯，怎麼會不知道一畝田能產多少穀子，產多少紅薯？以前在山上打赤腳，穿草鞋滿山跑。剛解放時，下到村子裡，還和農民一起栽秧。後來皮鞋穿久了，腳上老繭沒有了，走路都嫌腳痛，那還敢下田？也就會相信一畝田產幾萬斤穀子，一畝地長幾十萬斤紅薯了！」

翻過一個小山梁，下面是一條長長的山谷，谷中有條小溪流，兩邊有些田地。座北的山這邊，遠近有些人家。和採礦那邊的光山不同，山上有樹林、有竹林、有人家，顯得山青水秀。

大李叔站在梁子上，對山谷望了許久。好像是對著山說：「那邊山裡有鐵礦，山上不長樹；這邊山上有樹有竹子，裡面沒有礦。說老天爺公平，其實就是平衡！建設前所未有的大廈，要大，要公，又要多、快、好、省，如果平衡不了，塌下來，就要壓死人啊！」說完伸開兩手，向上舉起，深深吸了口氣，然後往下一收，長長吐出一口氣。回頭跟我們說：「下面離得最近，門前有兩棵柿子樹的，就是馮伯的家。走吧。」四個人相跟著下坡，大李叔又說：「這老革命，兒孫一家子在省城，叫他去享天倫之樂，他不去，說城裡是個大牢籠。嘿嘿，有道理呀！」說著已到了門前，聽得兩聲狗叫，出來一個七十多歲的阿伯，黑黑瘦瘦，精神很好。見了面，一句「來啦？」大李叔也是一句：「來了。」進到屋裡坐下來，指指我們說：「帶了兩個朋友。」也不介紹。良生叔望著老人家叫了聲「馮伯！」，我就叫「馮爺！」馮爺微微點了點頭。新亮叔像在自己家一樣，跑去廚房，不知和誰說話。馮爺坐下來斟好四杯茶，新亮叔端出一個小竹籮，裡邊是乾柿花。馮爺說：「走了一段路，喝喝茶，歇一陣。」

大李叔問：「膝頭還痛嗎？」

馮爺說：「你這回拿來的膏藥比上次的好。」

大李叔說：「藥都是阿珍買的，我看差不多。主要是少滿山跑，跑一陣，歇幾天，覺得沒事，才能再跑。」喝了兩口茶後，指指茶杯對我和良生叔說：「這茶要乘熱喝，別的地方喝不到的，這是今年的新茶。」說完喝口茶，慢慢嚥進去，把背靠在牆上，閉上眼，很愜意的樣子。

我們村子裡，大人小孩口渴都是喝生水，年節時才會泡茶。小時候覺得茶苦，不喜歡喝。我等茶沒有那麼燙了，端起來喝進一口，因為口乾，便在口裡嗽了嗽，慢慢嚥下去。這茶水從喉嚨流下去時，覺得一股清潤甘香的氣息，從頭頂直透到丹田。腦子裡跳出「沁人肺腑」這個詞。入山時看得見有些山坡上曬柿餅。柿餅是成熟的柿子削皮後，一邊曬一邊用手揉，揉成圓餅狀。柿餅能耐久，主要用來出售。柿花不同，削皮後不揉，切成四五瓣，呈蘭花狀，曬乾就行。柿花不耐儲藏，主要是自己吃。我嘴饞，撚起一瓣來吃，邊吃邊喝茶，覺得香甜無比，周身通暢。馮爺轉向良生叔問：「沒請教兩位貴姓？」良生叔說：「不敢當！免貴姓古。」大李叔說：「這是兩叔侄，城南古塘村的，他叫古良生，小侄叫古方智。」馮伯聽了「啊」了一聲，很認真地看了我兩眼，沒有說話。隨後，轉身進屋裡去，一會兒，拿出一包茶葉，對大李叔說：「這包茶帶回去，給你在這山上喝的。如果帶回城裡，城裡的水泡不出這個味來。」跑進跑出的新亮叔說：「馮伯，現在城裡的自來水好多了，不像你以前來的時候喝的，一股泥沙味。」馮爺說：「還不都一樣，像我兒子那裡的水，又有一股什麼味。」大李叔說：「城裡的水為了消毒，要放漂白粉。說到喝茶，確實有很多講究的。」馮爺說：「這講究，也就是人講出來的。前些年在兒子那裡，和那些城裡人喝茶，講究這樣茶、那樣茶、雨前雨後、什麼水、什麼爐、什麼壺、什麼杯，名堂多了。其實，喝茶，無非就兩樣：對時，對景。『對時』就是：有好（茶）種、有好山、有好水。種茶、採茶、炒茶，都要做對『時節』上，做出來的就是好茶；『對景』：就是喝茶要有那個環境、心境。否則，再好的茶也喝不出那個味道！」大李叔說：「照你說，只有你這個山大王才能品茗了？」馮爺說：「不是才說了嗎？有好茶，還要有好景。上次在兒子那裡，和他幾個同事喝茶，個個高談濶論，口沫橫飛。那茶實際上是用來潤喉止喝的，那裡品得出茶味來？」大李叔說：「怪不得兒子叫你去享福不去，躲在山裡看山景，品好茶！」說著話，一個叔母和新亮叔抬著一個土鍋和一摞碗筷出來，叔母說：「阿伯，肉重新熱好了，裡面還有一鍋。你們慢慢吃，我先回去了，過一會兒再回來收拾。」大李叔說：「又辛苦弟妹，以後再謝你！」叔母笑著向我們點點頭出去了。新亮叔又從裡面拿出一個錫酒壺，四個小酒杯，斟滿酒，然後舀了四碗肉。

馮爺伸手指指桌上說：「兩位不必客氣，嚐嚐山裡的東西，阿卜他兩個上次才吃過。」

大李叔用筷子夾出一塊肉，嚐了嚐，用筷子指著碗對我兩說：「你們以前可能沒有吃過，今天吃了，以後還會想吃，但不一定能吃到。」

新亮叔顧不得說話，已經吃起來。因為剛才聽到「鼠」字，我心裡有點疑慮，用筷子挑起一塊肉，聞到一股特別的香味。這肉放了薑、酒烹的，加有乾筍和幾種菇。我只知道有一種是香菇，其它不知道。我夾起一塊肉慢慢吃，除了覺得既香酥，又清爽外，不覺有肉類的油膩，更感覺不到禽獸類的腥臊，或什麼「野」味。連吃了幾塊，忘記了「鼠」字，不知不覺肉吃完了。

我從碗裡挑起一塊黑黑的東西，不知道是什麼，偷眼望望左右，大李叔見了，說：「那是石耳，外面吃不著的，試試！」

我吃進嘴裡，覺得非常軟滑，又香糯無比，咬起來似有若無，卻又齒頷生香。只有兩塊，吃完了，慢慢吃筍和菇。

良生叔說：「我以前跟過一個走江湖賣藥的，他擺出來的東西有各種曬乾的小動物，其中就有竹鼠，說是能醫好多種病！」

馮爺說：「山裡人不叫牠鼠，叫竹狸。這東西吃嫩竹子長大，也會吃長在地下的各種薯根。走江湖的人當然什麼都能說。最常說的是：清熱解毒、活血化瘀、理氣平喘、降血壓、除風濕，反正能醫百病。其實，如果山裡乾淨，這長出來的小動物就乾淨。也還是剛才說的，你捕得適時，又煮得好，人吃起來就容易消化吸收，起到補益作用，當然也就能醫病了！」

良生叔說：「有道理！馮伯的見解令人信服！」

馮爺指著酒杯說：「打了底了，舉杯！這娘酒後勁大，要先吃點東西。」

新亮叔對我說：「小侄，你可就要量力而為，我是多年沒有抬擔架了。」娘酒後勁大我知道，我不敢造次，只端起酒杯抿了一下，便放下了。那酒香實在令人陶醉，我不敢貪，只敢久久才抿一下。

馮爺不吃，只喝茶，一邊和大李叔、新亮叔吹牛。他們只說些山裡的東家長，西家短，芝麻綠豆的小事，不講以前隊伍的事，也不講外面的事。吃完一鍋，新亮叔又把第二鍋端出來，各人自己添。吃得差不多了，馮爺突然轉頭問良生叔：「古塘村像你這個年紀，應該知道古應星和古錫光？」

大李叔說：「怎麼又會想起這陳年舊事？」

馮爺擺擺手說：「無關緊要，也不關你事，難得遇到古塘村人，講下古（故事）罷了。」

良生叔說：「我很小就出門了，但知道這兩個人，是我們村裡上下屋的長輩。」

馮爺問：「他們還有後人沒有？」

良生叔說：「古錫光的情況不知道，聽說後生時就出門了。應星伯有個孫女，已經嫁人有孩子。但是，他父母的情況，村裡很少人說起，像有點忌諱。」

馮爺說：「那的確是幾十年前的陳年舊事。三十年代前後，他們兩人出門謀生，來到我們這一帶。最初兩人收些山貨運回去，回來時帶些小百貨。後來古錫光不做了，嫌跑山辛苦，賺錢不多，跑到北邊一個縣城去謀發展。那人書比古應星讀得多，也比古應星後生，腦子又靈。不久，就在根據地邊上的一個縣裡，應考當了警察。古應星生意也有發展，在西邊三省交界的縣裡開有貨倉，在家鄉縣城有生意。沒幾年他累不動了，就把兒子古萬祥和一個堂侄子古超祥帶上來，等接上手，他就回鄉去了。曾聽說過，那生意後來也有古錫光的份，因為兒子和侄子在這地方做生意，古錫光能照看他們。那是將要大轉移前後，只要有膽量，這一腳跨三省地方，有兩樣生意好賺錢：一是鹽和藥品，二是槍支彈藥。這兩堂弟兄各做一樣。過省界不遠的縣出鎢砂，我們這裡出鐵礦，西邊兩個縣的人會造槍造子彈。做這幾種生意，當然兩邊都要認識人，那邊是當警察的同村阿叔，這邊是各個山頭的隊伍。古超祥的鹽和藥的生意賺錢多，做得大，在上邊的縣城開了商鋪，討了個本地人當小老婆，拋妻棄子，連家鄉都不回了。古萬祥做槍和子彈生意，到後來，就志不在賺錢。可是，後來兩個都死了！」

大李叔說：「這事我聽說過，那時我才上山不久。」

馮爺說：「這還是在你前面徐隊長手上，那時都只有一對一的聯繫人。有一次，古萬祥的老婆剛好上來，誰知，第二天兩公婆就被抓走了。抓到鄰省的專署關起來，聽徐隊長說，古錫光有個哥哥還來營救過，但不成功。最後兩公婆都被殺了。不久，古超祥在上邊縣城裡也被殺了，只殺他一個，他小老婆和才幾歲的小孩就沒動。這事在徐隊長犧牲後，我們這邊就沒有知道真相了。古錫光到解放前幾年，已經當上縣警察局長，罪惡累累，臨解放，大部隊還沒有來，就被游擊隊鎮壓了。這以後，這兩個堂兄弟有過什麼恩怨、和兩邊的複雜關係、前後被殺的真相，也就沒有人知道。」

良生叔說：「古錫光被鎮壓的事，土改時工作隊傳達過。」

「傳說過他在家鄉也還有生意，不知道什麼人在做，有沒有清算？」

大李叔看到良生叔不明所以，沒有回答，便說：「當時不要說舊政府人員，一些有消息的商人，聽到解放風聲，好些都跑到台灣和香港去了。這古錫光一抓起來，他的嘍囉還不都跑了！我們縣的解放戰爭，也就是我們下山時有幾次小仗，到了縣裡已經是一座空城。」

良生叔說：「古錫光的哥哥古建光，在家鄉當過短時間鄉長，後來當村小校長，家裡並不富裕。他被關起來後，本來說要放回來鬥爭的，可是，不知怎麼又殺掉了。」

新亮叔對良生叔說：「想不到你們村這幾個人有那麼多恩恩怨怨。我上次在黨校學習時，講到當時的左傾、右傾、什麼機會主義、什麼路線，講得很複雜。」

馮爺說：「那個時候，有這些說法我們這些粗人也不懂。當時造反，就是覺得誰膽子大點、小點；

打仗誰衝得快點、慢點；殺的土豪劣紳多點、少點！到後來，就不知道為什麼，整到連自己人都殺！」

大李叔連忙擺擺手說：「過去的鬥爭太艱苦，情況太複雜。算了，馮伯，不說這些了。今天的竹狸比上次的煮得好！良生、小侄再加、再加。」

馮爺說：「一起加，一起加，把它吃完，不要剩下。今天說這個，不是想講什麼正經大事，是剛才驟眼見到這小侄，那樣貌有點古萬祥夫婦的影子，以為是他後人。想起古應星，古錫光兩人剛來跑山時，有一次也是在我這裡吃竹狸，因此講起這段故事。」

被馮爺一說，我有點拘泥起來。因為阿桃姐剛回村，在古里學校排戲時，豬妹說我像阿桃華的弟弟，我因此很惱，好久不和她說話。

馮爺接著說：「那次是大冬天，我還住在山那邊。他兩個收了些山貨，借住在我家，剛好我捉了兩個竹狸，那時缺油少鹽的，用土鍋燉熟了，只有紅米飯，三個人邊烤火邊吃。他兩個說，這山裡真是太冷了，這出外謀生真不容易。又說他們村子人多田少，家家都要出外謀生，多數漂洋過海出南洋。兩人又自我安慰說，冷是冷吧，總比在大海裡翻船餵魚強。」

大李叔和良生叔聽了沒有說話，在靜靜地喝茶。新亮叔瞇著眼，不知是醉還是睏。馮爺看良生叔和我聽得認真，便面對我兩說：「兩位叔侄，剛才說到你們村的幾個前輩，因為家裡窮，生活艱難，才出外『謀生』，可惜，這『謀生』最後變成『謀死』，這就事與願違，違背了初衷！」

大李叔說：「像過去那樣窮到餓死人的年頭不會再有了。解放後，我們縣裡申請出南洋的已經很少。良生，你們古塘村有沒有申請的？」

良生叔說：「三四十年代，我們村出南洋的人多，越往後越少，到臨解放前一兩年，也就只有兩三個跟水客出去的，解放後沒有了。」

馮爺說：「這古講完了。過去的也就過去了，以後的日子總該比以前好。你們早點回去吧，山裡的風硬，你們又喝了點酒，不要摸黑。」

大李叔站起身來，抓了把柿花遞到我手裡。轉頭對馮爺說：「等有人來時，再帶點膏藥給你，這些藥也就是止痛居多，治不好病。照我看，說不上什麼大毛病，老骨頭，相機器用久了，要小心省著用就是。」良生叔起來，向馮爺躬身說：「多謝馮伯，多謝卜哥有心，帶我們來見你。馮伯剛才雖是閒話家常，卻使我兩人獲益良多！」馮爺搖搖手說：「聽過就算，我講完也就不記得了！」我說：「謝謝馮爺，我這輩子不會忘記今日！」大李叔笑著說：「不會忘記今日吃的好東西吧？」新亮叔站起身想去收拾，馮爺說：「不用管，不用管，你們慢慢走吧，有空就下來，不是每次有好東西吃，但有好茶！」四個人相跟著走出門來，太陽已經落山。山不陡，不急不緩地走，只偶爾說上一兩句。走上山叉簡易公路，風就大起來，我幸好沒有喝進多少酒，新亮叔就用手緊緊拉住衣服，把領子也豎起來。大李叔問：「行不行？」新亮叔說：「沒事！」

走到住地，天已經黑了一陣。到分路時，大李叔說：「良生，這兩年形勢變化很快，稍不留神，就跟不上了。你和阿亮以前認識，這次約你們去馮伯那裡，也就是做個伴，閒話家常，就是剛才馮伯講的古，也都講完聽完就完了，不必記在心上，更不必與其他人說起。你說是嗎？」良生叔連忙說：「知道！知道！卜哥放心！」大李叔說：「那好，有機會再聊。」說完拍拍我的肩膀，轉身走了。

臨近草房，良生叔站了下來。對我說：「方智，剛才大李叔的話聽見了？」

我說：「聽見了。」

良生叔說：「卜哥以前是西山游擊大隊的大隊長，解放後是縣委副書記。這幾年，政治運動不斷，使人難於捉摸；組織內部的事，我們就更不懂。他們在機關久了，我們從鄉下來，有些事他們聽著覺得新鮮。但也就像他剛才說的，講完就完了。至於馮伯講的，那是幾十年前的舊事。良叔以前聽人提過：應星伯是阿桃華的爺爺，阿桃華的爸爸古萬祥，和阿木賢的爸爸古超祥是同宗兄弟。加上古錫光，他們幾家的恩怨，村裡的老一輩有所耳聞，但不清楚詳情。過去，大家從來都閉口不談，怕得罪人。我們今天無意中聽到這段故事，確實聽完就完了，你萬一不小心漏嘴說了出去，會惹出很多麻煩！」

我說：「良叔放心，我知道高低，我不是小孩子了！」

良生叔說：「我知道你懂事，不過再提醒你一下就是！我們村的人，以前的日子真的過得很苦。遠的不說，你看得見的，你維生叔去了緬甸，不知道過得怎麼樣？你安生叔和炎生叔兩個都是賣身當兵。你安生叔算命好，現在當了工人；你炎生叔的事你怕有些風聞。他在國民黨軍隊裡，受了很多罪……說清楚吧，就是剛當兵時被人雞姦，後來自己也去姦人，最後成了不會行房的男人。為了有後，討了個老婆，你震伯婆請她的相好，從山裡找了個漢子，俗話叫做『借種』，跟阿河生了見智。以後你們這些同輩兄弟要記住：見智是你們同宗兄弟，一定不能歧視。我和你秋雲姑、姑丈，土改回來到現在，情況你都看見了，有些事，你長大了自然會明白。你叔母做的有些事，你不要計較，她究竟是外面嫁進來的人，不像我們有血脈親！」

我退學回來，在長崗上挖墳時，和友興利廣邊幹活邊閒談，免不了會說到自己那棟屋的人和事。我們這棟屋八家人，各家出洋、出外謀生的經歷，我都還大體知道。像友興、利廣、志森，他們那棟屋那些荒廢的房屋，我們村子裡那些一棟屋才有一、二家人的，這些家族中的屋主人，究竟是如何斷代的？如果像馮爺說的，這些村中前輩，有出外謀生卻變成謀死的，那就實在令人傷感。

我看到這幾天良生叔挖礦挑礦都很吃力，便轉換話題說：「這礦也不知道還要挖多久？」良生叔說：「恐怕也就一兩天的事。滿山的人，這幾天已經把露出來的礦和表層的礦刨完了。地底下的用鋤鶴嘴挖不出來，要由那些解放軍爆破。可能會留下少數人，多數明天後天就會撤走。」

進到草房，裡面還是那麼熱鬧。希哥一見我們進來，就問：「你們到那兒去了？走了一天，找你們也找不著。」良生叔說：「你不是一早就出去了嗎？我們出門時不見你。」旁邊一個年輕叔母說：「希哥一早起身就挖古窖、掏古井去了。」希哥說：「挖你死佬，你們上坑村只有爛泥溝。」說完和其他人說笑去了。

「挖古窖」，「掏古井」本來是指挖掏埋在地下的珍貴文物，這裡借來指有些不成器的男人，專門找那些有錢的老女人調情，乘機騙取她們的財物。過去，家鄉出南洋的人，老婆一生在家守活寡，最後，老公或死在南洋，或回來不久就死了，未亡人手頭積聚有些少金銀錢鈔，便被人形容為古窖或古井，成為那些不成器男人覬覦的對象。

第三天晚上，陳隊長開會傳達公社命令：我們這隊人馬，明天到縣城大鬧鋼鐵基地加入會戰。鋼鐵基地在縣城的大丫口，隊伍走山鄉小路，不到四十公里，一天趕到。

當時的「行動戰鬥化」不是虛言。軍事化以來，所有外出勞動社員的裝備，就是一挑畚箕，一把鋤頭；個人用具是一床棉被（都不用枕頭，用衣服疊起來代替），兩套衣服（身上一套）；一碗一（雙）筷，兩雙草鞋。家鄉的畚箕不用繩子拴，用竹片做成畚箕筴。畚箕筴用兩根破成半寸寬，約五六尺長的竹片，用火烤後彎曲成像畚箕上挑直了的繩子形狀，下面削薄了，繞起來編進畚箕框裡。這彎曲成四股的厚竹片，像四根小柱子，立在畚箕框上，裝東西方便，又裝得多。用畚箕筴比用繩子方便，挑擔時不用彎腰去挽繩子，先把扁擔擔在肩上，頭一低挽起兩頭的畚箕筴就走。每次行動，一說集合出發，各人把被子一摺，用根麻繩一拴，放進一邊畚箕；用一方包袱皮（就是一塊大手帕），衣服和零碎東西放進去，兩個對角拉起一拴，在另一個畚箕裡先放上草鞋，再放上包袱，挑起畚箕，鋤頭掛在扁擔上，走平路也不穿草鞋，赤腳開步就走。我覺得，這比正規步隊的緊急集合還快。不過，急行軍不能和部隊比，挑著擔子跑不快。上山時汽車是空的，把我們載了上來，下去要裝載礦石，不能載人了。隊伍天一亮就出發，走了五個多小時的山路，將近中午，下了一個小山崗，就走到鄉村的平坦土路上。陳隊長從後面走到良生叔和我們幾個身邊，對良生叔說：「良生，那天指揮部說你們村有幾個掉隊的，叫我帶上你們上鐵山。這兩天，大家都在忙活，也沒有照顧好你們。我們村和你們村一些人，都在大丫口煉鐵，到時你們幾個就回村去吧。」良生叔說：「陳隊長對我們幾個夠照顧了，多謝你沒有把我們當外人，我回去會向古思田支書匯報。」陳隊長說：「那好，我就不專門去找你們支書和營長了。」兩人邊走邊說。路兩旁地裡有各種沒有收的莊稼，花生苗和紅薯苗都已經枯萎發黑。陳隊長和良生叔走進地裡，拔起幾棵花生苗，帶出的花生已經爆出芽，長出苗。陳隊長搖搖頭，把花生苗丟回地裡。望望遠處的水田，稻子是收了，但沒有翻耕管理，一片死水泡著，沒有半點生氣。良生叔說：「明年的食油，看來成問題了！」陳隊長說：「何止食油，怕吃粥都成問題！」

走進一個小村子，屋門前的曬穀場上，已經擺好飯菜在等著我們。出發前，已經派人先來通知這村裡的食堂準備的。到處「吃飯不要錢」，這是當時人們感受最深的共產主義的優越性：只要你有一張管理區印發的小紙片，進到任何一個公共食堂，都會給你飯吃。戴帽子的地主分子當然不會給那小紙片。飯隨意吃，菜也算豐富。我看到那公社食堂屋頂上、地上，堆著的一大片一大片鍋巴，一時還沒意識到陳隊長剛才的憂慮。

又走了兩個多鐘，我望望左右，好像是到了以前挑煤的地方，那河對面就是塘背村了。四周已經感覺到熾熱氣氛，牆上的漫畫和口號，多數是：「鋼鐵元帥升帳、奮戰ｘｘ天，實現千萬噸，全民煉鐵又煉鋼，超英趕美鬥志昂」等等。有兩幅畫很有意思，畫的內容大同小異，都是畫的鐵爐鋼爐出鐵水、出鋼水的畫面。不過畫中的美國人和英國人，畫得一點也不兇惡，這讓我想起古水泉的畫。上面的口號是：「鋼花飛舞，嚇壞老山姆；鐵水奔流，氣死約翰牛」。水泉迷上畫畫時，常拿描寫抗美援朝的連環畫照著畫，奇怪的是，畫美國兵和英國兵時，他不會照連環畫上的原圖，把美國人或英國人畫得很醜惡。當時我們很奇怪，宋振國說他美化帝國主義。他說你們不懂，會殺人放火的大賊，往往看起來都是好人。聽說城裡的中學生，全部都停課大鬧鋼鐵。想起古水泉，我希望能遇上一兩個以前的同學，又害怕會遇上。

到了城郊，遠遠看見半邊天通紅。才進到大丫口，就看到又比赤崗糧食高產衛星陣地更加宏偉壯麗的場面和景象。大丫口的取名，可能是兩座小山之間的缺口。缺口上的公路一頭通縣城，另一頭通鄰縣，也就是往鐵山方向。丫口下面沿兩座山腳，有一條小溪，小溪上有一座公路橋，山的右邊，離丫口五百米左右的山腰，有個小煤窯。雖然天已經黑盡了，但是，整個河谷被燈光和爐火燒得通亮。整條河谷不知道有多少土高爐，展現在眼前的是，燈光、火光、人聲、機器聲；四周走動的人影、火光中溪中閃爍的水流、天空不斷變幻的雲氣，匯成一股驚天動地，氣壯山河的景色。我走了一天路的疲困一下被趕走了，感到興奮，想趕快參加到人群中去，看看鋼鐵是怎樣煉成的。

來到一所掛著指揮部的大房子面前，大家在曬穀場上站著。一會兒，進去報到的陳隊長出來了。他先小聲對良生叔說：「你們村的人就在過去兩棟屋，支書和幾個幹部在，你們幾位回去找他們安排吧！」然後轉身大聲向他們村的人說：「我們的住地在前面，大家跟著我走，到住處後先好好休息，明天開始參加煉鐵。」大家一聲呼應走了。

指揮部的大屋兩旁還有好幾棟屋，有些門上掛有牌子，幸好牌子上不是 x x 營 x x 連之類，寫的是村名，我們走過三棟屋，看見古塘村的牌子，便高興的走進去。進到屋裡，只見到古思田支書和古光前隊長在燈下不知商量什麼事情。看見我們進來，支書說：「好！你們回來了。光前帶你們進去看看，那裡有空位，隨便找個地方先休息，明天再安排。」古光前招招手，我們跟他走。看了幾個房間，只見地下舖了些稻草，上面有棉被。後來進到一間房，只有兩床被子，地下大半空著。古光前說這裡住著群智和另一個，良生叔對古光前說：「行了，群智是我們一棟屋的，我們三個就住這裡。」我問古光前群智現在在哪裡？古光前說就在屋後面的煉鐵爐上，說完，帶著另外兩人和淑英姐找其它房間去了。良生叔希哥我們三個，把堆在牆角的乾稻草舖開來，舖上被子，準備休息。我躺在稻草上面，聽著外面的嘈雜聲，一時睡不著，跟良生叔說了聲，便走出去準備找群智。

近處的土高爐建在房屋與小溪之間，離房子遠些，離溪近，相隔幾十步一座高爐，共有五六座。遠處是一片開濶地，高爐成片立在那裡，看不清有多少座。剛從山裡出來，耳朵眼睛都不適應，特別是眼睛。那些高爐上面的火焰，被風箱拉得一伸一縮，一明一暗，只見到人影，看不清人臉。我走過幾座高爐，都沒有看見熟人，剛想轉身回去，突然聽見有人叫我。睜大眼睛一看，是群智，不禁高興地叫起來：

「正出來找你哩，你是在哪個爐子？」

群智指指面前的爐說：「就是這個，什麼時候回來的？」

「剛到，你煉出多少鋼鐵了？在哪裡？」

「什麼鋼鐵，就是煉出幾塊生鐵，在後邊。」

「在這裡煉鐵的還有誰，你阿媽，我阿媽他們呢？」

「我們上村在這裡的有友興、利廣、阿木賢和我，女的只有阿桃姐和阿珠，你阿媽我阿媽他們還在山上，也有些已經回村了。」

「友興他們幾個呢？」

「他們都在其它高爐。我們都是前後調來的，和其它村的人混編在一起，這裡有兩個公社好幾個村的人，還有一些城鎮居民，我都分不清楚。」

「我跟新興叔說，和你在一個爐子幹。」

「新興叔在村子裡，這裡是支書和古光前負責。」

「那我跟支書說，這個爐子是誰負責？」我看見爐子的進料棚上，掛著一幅「羅成班」的旗子。

「班長是我，又叫爐長，還有兩個副爐長，是其它村的。走吧，現在我輪班休息。」

「太好啦！你是班長、又是爐長。」

兩人回到屋裡，良生叔跟希哥已經睡著。我們把被子拉開，躺在稻草鋪上，小聲說話，說著說著，就睡著了。沒有洗臉洗腳，也沒有蓋上被子，外面到處都是紅爐火，燒得一方空氣都是熱的。第二天起來，在小溪裡洗漱一下，去找支書和古光前要求到群智的「羅成班」，支書想了想，說：「可以，去吧，那可是個先進班啊！」

良生叔他們六個，支書叫他們回村去找新興叔安排工作，良生叔叫我和群智小心點，就和希哥幾個挑起行李走了。

我和群智去食堂吃飯。村子裡和糧食高產衛星基地剛開辦食堂時，選出最會做飯做菜的阿伯阿叔、伯母叔母當炊事員，公社成立之初，國庫的糧食隨便挑，各單位的東西可以「一平二調」，所以，食堂辦得很好。雞鴨魚肉，每天每餐輪著吃，過去農村裡逢年節才做的麵條、包子，每天做來吃，天天都像在飯店吃飯一樣。不過，這種菜飯沒能吃上幾天，豬、雞、鴨、魚，幾天就吃完了，等牠們長大要等半年一年。群智說，現在鋼鐵基地的食堂，青菜乾飯可以放開肚皮吃，肉就隔三差五會有。我說這和我們在鐵山上差不多。煉鐵是三班輪流，晚上有宵夜，菜飯和白天一樣。

吃完飯出來，見那場面又比晚上有氣勢。因為除了看得見整個河谷的高爐以外，不知從哪裡出來那麼多人，坐在所有的空地上砸礦石。砸礦石的多數是老人和小學生。我想上前看看，這些是不是我們挖出來的礦。群智說：「沒有什麼好看的，把礦砸碎，看起來簡單，其實不容易。剛來時爐還沒有建成，我砸了兩天，覺得很好笑。」

我說：「有什麼好笑？」

群智說：「砸礦石用鐵錘，下面用石頭墊著，把大塊的礦石放在石頭上面砸，礦石沒有砸碎，墊的石頭砸碎了；後來找大塊的礦石來墊，把礦石都砸到土裡去了，礦石還沒有砸碎；找大鐵塊來墊才行，可哪裡找那麼多鐵塊。到後從煉鐵爐夾出來好多烏龜，用烏龜來墊，才解決問題。」

「烏龜？」我不知道是什麼東西。我看到好些人墊著砸礦的，是一塊奇形怪狀的黑東西，正想問群智是什麼。

已經來到高爐旁，群智接了班，把我介紹給班上的人認識。兩個班一半多是我們下村和李屋的，一時叫不出名字，另外小半是別村的。一座爐子三個班，每班有十二、十三人不等，三班倒。煉鐵時，三個人拉風箱，每二十分鐘換班。除了負責指揮的爐長，換班下來的人和其他人，做運料，上料，加料等其它雜事。土爐高約四米，外徑大約兩米到三米。群智邊指揮大家幹活，邊向我介紹高爐：最上面冒著火焰的口子，是進料口。爐身下方周圍，較高位置有個觀察孔，另有兩個口子，稍高的是出渣口，低的是出鐵口。風箱是一尺到兩尺見方，長約一丈的木箱，風箱管口連在爐子下方，三個人（我看到有些爐子四個人）扶著拉杆進三步，退三步的推拉，拉得風呼呼進到爐子裡，上面爐口冒出的紅火就一伸一縮。群智說：「等一下你跟他們一起輪著拉風箱，輪下來看人家做些什麼，跟著做。我現在去出渣，你先在旁邊看，到下午，我們這爐鐵不知道能不能出，出了鐵，就要等爐冷卻下來，修整幾天。」說完，叫了兩個人，抬起一根長長的鐵鈎，群智在前，兩人在後。群智打開出渣口，一抬手，拉風箱的停了下來。出渣口仍然噴出火苗，我站在群智側後，覺得臉上燙得臉皮像要裂開一樣難受。等出渣口不再噴火了，群智三人將鐵鈎伸進爐膛裡，將燒得像發洪水時河面上漂浮的紅黑色渣滓，一下一下鈎出來。那爐渣掉在地下，火花四濺，彈到我腳上，腳像被針刺一樣，我趕緊跳著躲開。以前在電影中看過煉鐵還是煉鋼工人，都戴著帽子，那帽子像連環畫上的日本兵戴的一樣，帽子的後面還有一塊布連起來，可以遮住兩頰和脖子後面，那些工人還戴著黑眼鏡，手套，穿著皮鞋，繫著圍裙。現在，只有站在前面的群智，戴了帆布手套，脖子上掛了一塊從胸前拖到腳面的蓆片，就能把爐渣掏出來，這讓我很佩服。

看群智把出渣口封好了，我就跟人去拉風箱。開頭腳步跟不上，亂了一陣，拉上一陣，才完全配合上。最初以為推進去時費力，原來是拉回來時費力。怪不得叫拉風箱，不叫推風箱。拉風箱不單是手用力，是全身都在用力。推時扶住橫杆頂在肚子上，腳往後蹬向前推，相對不那麼吃力；往後拉時用手拉住橫杆，兩腳後退要出力往前蹬，使的是腰腿力。拉風箱小組不固定，可以臨時更換。我輪著拉了幾班後，覺得兩腿很沉。群智看見了，說：「開頭都是這樣，過兩天就好了。」

下午五點多鐘，群智說可以出鐵了。他先上去進料口觀察，然後叫兩個人把一些煤粉倒進爐裡，叫拉風箱的加快速度，十五分鐘就換一班。群智一直在觀察孔看著，另外三個人手拿著長長的鐵鈎等在那裡。群智看了又看，最後眼睛一直對著觀察孔，像指揮官終於決定出擊時刻一樣，抬起手往下一壓，拉風箱的趕緊停下。群智馬上打開出鐵口，四個人抬起長鐵鈎通進鐵爐裡，七拉八拉，一股火紅的鐵流，從出鐵口湧出來，沿鐵口下的糟流進沙盤裡。那股鐵水進到沙盤，不一會兒表面就由紅變黑，裡面就還是通紅。沒有人說話，都在緊張地看著鐵水慢慢流出來，直到出鐵口越來越細的鐵流由紅變黑，不再流下來。群智幾個將手裡的鐵鈎放在地上，所有人就像剛打完一場大仗一樣，全都放鬆下來，站的站，坐的坐，談笑風生。不知道是不是有通訊員通風報信，不一會兒，就聽見鑼鼓聲由遠而近，一小隊人敲著鑼鼓過來，把一幅「鋼鐵元帥」的錦旗，掛在進料木架子上。

我為群智感到自豪，群智卻好像很不為意，不知道是不是裝出來的。我走到他旁邊坐了下來，其他人在收拾東西，準備冷卻以後的維修工作。我本來想問問群智他是如何學會煉鐵的，但他好像不想提，有意說其它的話題。

群智說：「蘭智哥回來了，你知道嗎？」

我驚喜地說：「不知道，什麼時候回來的？」

「前幾天的事，分到縣造紙廠，安排開汽車，還分了房子，已經上班了。」

「太好啦，我們那棟屋有兩個出來當工人了！」

「阿雪都跟著跑了，說要跟著先去廠裡當臨時工。不過，聽村幹部說，要她結了婚才讓她走。」

「那還不簡單，建生伯母不是早說過等蘭智哥一回來就叫他倆結婚。」

群智沒有說下去，一會兒說：「要等爐子冷，然後維修好再開爐。有副班長輪流值班，明天我休息，我們進城裡去玩。現在我們先到處轉轉。」

兩人站起身來，我問：「上次我和良生叔回村裡畫畫，你們怎麼走得那麼突然？」

群智說：「真的是突然，在高產衛星田，那水稻和紅薯地眼看就搞不成了，一聲令下，天不亮集合起來就走，足足走了一天多的路，下半夜才走到一個不知名的大山裡。幾個村子的人都在那裡安營紮寨，砍柴，結窯燒炭。一個星期以後，從各個村子抽人來這裡建高爐，都是年輕人，由幾個師傅帶著，平地基，砌土高爐。當時只有很少的新磚，其它都是到處拆來的：沒人住的老房子、古塔、河神廟、土地伯公廟，沒有住持的和尚廟、尼姑庵，後來連街上一些地段的磚也撬了拉來。一邊建高爐，一邊做風箱。做風箱要用雞毛，那幾天到處殺雞，飯堂裡差不多天天有雞肉吃。雞殺完了，後來又用頭髮，加上碎布條，風箱也做成功了。鐵礦石、木柴、木炭、還有石灰拉來以後，便開始煉鐵。最初怎麼煉那礦石都燒不化，後來師傅帶著大家研究，說要加生鐵。於是到處拆鐵門、鐵窗，有人提出，都吃大鍋飯了，家裡的鍋還留著幹什麼？於是就到各家各戶去揭鍋，拎鍋剷火鉗。後來，終於流出鐵水來了，於是敲鑼打鼓，掛紅旗，報喜訊，就這樣。」

「總之是煉出鐵來了，你還成了爐長！都說大鬧鋼鐵，我還以為能煉出鋼來呢。」我說。

「什麼鋼！那一條條的就是生鐵，而且，那鐵也不全是礦石煉出來的，摻了不少本來的生鐵才煉得成。也不知道這些鐵能不能用！」

「怎麼會這樣說，剛才煉出來的鐵不是很好嗎？」

群智說：「我帶你看看！」群智帶我走到住房後面不遠的地方，有一個草棚，裡面堆著一大堆黑黑的，像牛拉出來瀉在地上的稀屎一樣的東西。群智說：「這就是最初燒出來的鐵，其實，現在多數爐子煉出來的，也還是這種東西！」

我不大明白，疑惑地問：「我看你剛才煉出來的鐵不是這種。為什麼你能煉出來，難道別人就煉不出來嗎？」

群智說：「這裡有個秘密……」

我不禁笑起來，我想起他以前在教室後面撿夾著錢的信，後來像阿婆一樣刨橄欖皮，他確實有不少「秘密」。

群智也笑了，說：「幾個師傅帶我們煉鐵時，雖然詳細講解了怎麼裝礦石，怎麼加燃料，怎麼加石灰，怎麼出爐渣，怎麼看火候，什麼時候才能出鐵，又親自煉出了兩爐。大家看是一回事，自己煉又是一回事。大多數爐子煉到最後，看著那鐵好像熔成鐵水了，就是不會流出來。最後，只好把爐膛拆開，把這像和得太稀的麵團一樣的東西夾出來，一放冷了，黑黑的奇形怪狀，就像爬在地上的烏龜。這就是剛才跟你說的，拿來做墊子砸鐵的烏龜。」

我說：「還真有點像。可是，你剛才煉出來的是真的鐵。」

「問題就是不是大家都能煉出來，我也不是每次都能煉出來，不然，怎麼會敲鑼打鼓送紅旗呢！」

「那你能煉出來，確實是有秘密？」

群智苦笑著說：「小時候我經常逃學，去做什麼？最喜歡的就是看耍把戲賣膏藥的、補鍋的、修木桶的、閹雞閹豬的。我記得補鍋匠煉鐵水補鍋的整個過程，你記的嗎？」

我搖搖頭。

「那補鍋匠先在爐子裡放上木炭，然後再擺上一些小塊小塊的石炭（家鄉人對焦炭的叫法）再把小土鍋（用耐火泥做的坩鍋）放進去，周圍用木炭和石炭砌好，不讓它倒下來。小土鍋裡放進敲碎的爛鍋片，有些師傅就會加些發亮的小石頭，我估計就是和現在一樣的含量高的鐵礦，然後點火，慢慢拉風箱。等到小土鍋裡的鐵片、礦石開始軟了，化了，才加快速度拉。那時熔化的鐵水是紅色的，面上漂著一些渣滓，師傅用小泥勺子舀出去。這時師傅會再加少少木炭，看到鐵水的紅色開始變白時，便快快地拉風箱，一到鐵水出現銀色的閃光，便趕緊停下風箱，拿起小泥勺，快手快腳地一勺一勺舀出鐵水來補鍋。一補完，馬上用火鉗把小土鍋夾出來，把鐵水倒進有水的盆子裡，冷卻成鐵塊。如果手腳不快，火力不夠了，溫度一降下來，那鐵水就會凝在土鍋裡，倒不出來。」

「那你照著補鍋師傅的辦法，就煉出鐵來了？」

「開頭兩次也不行，後來摸到竅門：盡可能選含鐵高的，砸得細碎的礦石，拉回來用水沖一沖，因為裡面夾著的沙石燒成渣時，也用去了火力；煤是人家送過來的，有煤塊煤粉混在一起，我把它分開用；燒爐子的木柴可以多拉，給你的生鐵、木炭、石灰就有限量。我學補鍋師傅的辦法，先放木柴，再放大塊的煤，再放木炭和礦石。開始讓木柴燒，風箱慢慢拉。燒得差不多了，就要加快，看到礦石開始溶化，才加生鐵進去，同時加大火力。加石灰也有經驗，觀察要勤，適時除爐渣。到最後爐子裡礦石完全熔化成鐵水了，就最關鍵，從上面再把煤粉加進去，拼命拉風箱，一直在觀察孔看著，一看到鐵水由紅變白，發出閃光，就要馬上出鐵，遲點都不行。不然，溫度一落下來，鐵水也會凝在爐子裡，只好拆開爐子把鐵撬出來。」

我佩服地說：「不管怎麼說，你確實有本事！那麼，讓大家都跟你學，不就可以多出鐵嗎？」

群智放低聲音說：「告訴你吧，方智，那師傅示範煉鐵的時候，我一直很留意。我知道你這人從不多嘴，現在又跟我在一起，才什麼都跟你說。那麼多人在這裡煉鐵，越到後來，好的礦少，好的煤也少，特別是用來加進爐子的生鐵更是越來越少，誰有本事一直煉出鐵來？反正，現在就是燒得結在一塊的烏龜，也可以當成煉好的鐵上報數字，所以，大家就煉成什麼算什麼，何必去找麻煩！」

正說著話，突然聽到有人叫我。回頭一看，是阿桃姐，我高興地答應：「阿桃姐，你好！我阿媽好嗎？」阿桃姐說：「你阿媽還在山上燒炭，我下來時，她叫我見到你跟你說，不要掛著她，她很好，叫你自己當心！」又問：「說你上了鐵山，哪天回來的？」我說：「才回來兩天，現在跟群智煉鐵。」阿桃姐說：「那太好了，群智很會煉鐵呢，是個先進爐長。好了，我要去找支書，以後再說了。」等她走了，我看見群智一直目不轉睛的看著阿桃姐身邊的妹子。那妹子低眉順眼的，不像那些煉鐵爐旁的姑娘，個個看著風火。我問群智：「那個妹子是誰，好像沒見過，不像我們村的。」群智問：「是不是長得很好看？」我不禁笑起來，說：「你是不是想老婆了？那妹子長得好看，只是好像有什麼心事。」群智說：「看不出來吧，她是個啞巴！說起來你該知道，她哥哥就是和蘭智哥一起考軍幹，去了新疆生產建設兵團的。」我啊了一聲：「知道了，李屋人，她家是富農那家。」群智說：「對了，她有個姐姐，嫁人了，家裡只有她和她媽媽兩個。想不到會是啞巴，真可惜。」

兩人又走了一小段路，我心裡希望能碰見阿珠，但是沒有見到。

第二天，我們進城去。已經很久沒有進城了。大丫口離城不到三公里，兩人東張西望慢慢走。一路上人來人往，車來車往，車上拉的，多是用來煉鐵的材料。走到城邊上，我不禁大吃一驚：城裡的好多房子因為鐵窗被拆掉了，遠遠一看，像眼睛瞎掉，滿口牙齒掉完了的老人的臉，顯得那麼蒼老。很多圍牆不見了，一眼看到裡面的人家，好像看到穿著襯衣襯褲的人坐在房間裡一樣。連接城鄉的一些房屋路邊的磚不見了，看那城市，好像是建在田野中間，顯得滑稽。進到城中，街面上冷冷清清，不少店鋪還是開門，只是看不到有什麼顧客。兩人在街上走著，看到一家小食店在開門營業，有一個人在光顧。已經很久沒有在小食店吃過東西了，便走了進去。群智說吃一碗粄皮吧，掏出錢來一問賣票的阿叔，還是要糧票，我們沒有糧票，只好吞吞口水，準備出來。看見那賣票的阿叔在那裡百無聊賴，群智逗他說：

「阿叔，我們那裡都已經進天堂了，你們卻還在地獄裡受苦！」那店員一聽，生氣地說：「年輕人，沒有帶糧票下次再來光顧嘛，怎麼開口就得罪人！」群智說：「阿叔，我怎麼會得罪你，和你說下閒話罷了。不是說共產主義是天堂嗎，我們煉鐵工地早就共產主義了，放開肚皮吃飯，連錢都不要，你們還收錢收糧票，收了拿去哪裡用？不等於還在地獄嗎？」阿叔氣得不會說話。旁邊一個年紀大點的店員說：「小神仙，快回你的天堂快活去吧，你都已經不會說『人間的話』了！」我拉著群智走出了店門。又轉了兩條街，兩人什麼也沒有買，本來也沒有想到買什麼，慢慢走回煉鐵工地。

吃了飯，群智說要睡覺，我不想睡。阿珠、友興、利廣他們都沒有見到。他們也一定在忙，我不好意思去找他們。營地裡年青人佔多數，除少數城鎮居民，其他都是各管理區來的。如果是一個人走出去，不論男女，就會有年輕的男女望著你。我走到不遠的小溪邊，讓我感到驚奇的是，周圍那麼雜亂，這小溪的水卻還是清的，我用手舀起一把，抹了抹臉，感到非常清涼。剛想舀第二把，突然一顆小石子打在水裡，水濺到我臉上，回頭一望，竟是阿珠站在身後，笑瞇瞇地望著我。我不禁喜出望外，連忙站起身來。阿珠仍然眼定定地望著我，不說話。

我給她望得莫名奇妙，低頭看看自己身上，問：「你一直望什麼？」

阿珠說：「我看看你變了沒有？」

「傻妹子，才幾天時間，能變到哪裡？」

「要變起來，一天，半天就夠了！」

我一下想不出她話裡的意思，便反過來說她：「你倒真的變了！」

阿珠一聽就急了：「我變了！我怎麼變了？你說！你說！」

我故意慢吞吞地說：「你變得，真的像一頭豬！」

阿珠想要伸手打我，又怕人看見，望望左右。我說：「怕人看見是嗎？」

阿珠說：「怕什麼怕！又不是沒有被人看過，你怕人看見，就趕緊回去！」

我學著她說：「怕什麼怕，又不是沒有被人看過！」過一會兒，我問她友興和利廣他兩個怎麼樣。阿珠還沒有說就笑起來，說：「在山上燒炭時，他們兩個都和大姐姐在山上曬月亮！」說完又格格格地笑。我不知道什麼是曬月亮，只好跟著傻笑。

還真的就有人在看我們，阿珠伸出手指向我搖搖，說：「一直擔心你被礦石打著，你又沒有爬過山，還好回來在一起了，等得閒再說。」

我說：「我就擔心你被木頭打著！」說完兩人分開走了。

這幾個月伙食好，年輕人多數都長胖了，有些胖到很難看，兩腮鼓起來，像個豬頭。我剛才故意說阿珠像豬，她卻是一點都不見得長胖，只是長高了。可能我自己也長高了，自己不覺。

爐子冷卻以後，群智準備修整一下爐子，說出渣口附近的幾塊耐火磚要換一換。大家正在清理爐膛時，古光前來了。群智跟他說準備換耐火磚的事，古光前看了看爐膛，說不必要，還可以再煉一爐再修整，群智就不再堅持。在裝料時，雙方起了爭執，古光前不知從那裡叫來的幾個人，拉來了比以前多得多的鐵礦石，說是上級要求，要放一個特大衛星。以前一爐鐵，也就是出五六條生鐵，運氣好，出到七八條，也就是兩千多斤。現在古光前要放一爐產十噸的大衛星，把大家都嚇到兩腳打顫。群智和大家停工不幹，與古光前爭執，最後鬧到支書來了。群智說：「一爐才煉得出兩千斤，突然說要煉出兩萬斤，哪有可能！」古光前說：「我們放個產十噸大衛星，不是要你實實在在煉出兩萬斤來嘛。總之要多出鐵，只要開頭能出多幾條鐵，到最後有些成了大烏龜，也算成功。」群智說：「這不是太假了嗎？」古光前說：「每次都老老實實報那麼點數字，怎麼出成績？說你像小腳女人……」古思田支書打圓場，跟群智說：「群智啊，你們是先進班，英雄爐。剛才說這數字有點虛，這虛一點，也是為了鼓舞群眾的士氣嘛！也是為了促進大躍進的大好形勢嘛！以前每爐都是報那同樣的數字，沒有點大躍進的氣勢，不但大家臉上無光，上級也不滿意，這三面紅旗怎麼飄得起來！是不是？好啦，振作起精神來，聽說到出鐵時，梁副縣長要親臨指導，他是我們古塘村女婿，到時還有記者採訪照相，這是我們全村的光榮！是不是？光前，你要和大家團結一致，共同努力！煉鐵的具體工作是群智的事，你負責做動員鼓動工作，好不好？」群智不再說話。

支書走了以後，大家開始裝料，裝多少，群智也不說話，古光前指揮大家裝。古光前畢竟一開始建土爐就在這裡當隊長，跟著大家一起煉鐵，對所有工序很熟悉。看看裝得差不多了，便點火，拉起風箱。古光前叫群智先休息，由一個副班長值班，大家也就聽他指揮，叫做什麼做什麼。古光前意氣風發地指揮了一天，一切都很順利，到晚上十點以後才回去休息。第二班很正常，群智接第三班，到快天亮時出渣。我剛拉完風箱輪班下來休息，坐在後面一堆木柴上閉目養神。突然聽見群智大聲叫嚷：「快閃開，快閃開！」我睜眼一看，見出渣口前火光四濺，爐渣大量湧出。出渣口旁邊的爐身上，有幾塊磚突了出來，那裂縫中不斷冒出火光。大家都怕爐身爆裂，都跑得遠遠的，只有群智還站在前面呆呆地看著。不知過了多久，見出渣口裡的爐火開始變暗，大家才圍攏過來，議論紛紛。正議論著，就見古光前發瘋似地跑出來，一邊跑一邊叫：「怎麼搞的！怎麼搞的！」又圍著爐子轉了兩圈，看到一地的爐渣和出渣口的裂縫，指著群智大聲指責：「古群智，你要負全責，出渣都會搞出事故，怎麼向上面交代？看你怎麼交代？」群智也不和他頂嘴，其他人紛紛說：「爐子裝得太滿了，如果爐子爆了，那才不得了！」「本來說要維修，出渣口的磚要換，又沒有換！」聽到大家七嘴八舌，古光前氣衝衝走了。一會兒，古思田支書來了，那臉像冬天掛了幾層霜的大青菜葉子，大家都不敢說話。支書圍著爐子轉了一圈，狠狠地罵了句：「混帳東西，不爭氣！」走了。已經到吃早飯時間，大家都不敢走開，又過一會兒，古光前才回來向大家宣佈：「古群智要對這次事故完全負責，作深刻檢討，寫出檢查交給我，聽候處分。高爐工作暫由李副班長負責，清理好現場，冷卻和維修好爐子後，繼續投入生產。」等他走了以後，有些人擔心地問群智：「不知會怎麼處分你？」群智寬心地說：「勞改就不會，最多開除回家當農民。」周圍的人說他：「風涼話，你本來就是農民！」

吃完早飯回到爐旁清理，快到中午時，友興和利廣來了。一見群智，便開玩笑說：「群智，恭喜！恭喜！聽說你放了顆大衛星！」我說：「還幸災樂禍，心腸不好！」群智說：「走遠一點，去另一邊說人是非去！」我回來一直沒有去找他兩個，現在他兩個一起找來這裡，我高興地拉他們走到一旁說話。

三個人走到離爐子遠點的地方坐下來，我把早上的事故說了一下，友興說：「幸好群智及時把火停掉了，一直煉下去，真的爐身爆破，要死人的，那才是大事故。」利廣說：「古光前，搞膦（雞巴）都搞唔硬的人（形容太沒有本事的粗口），會幹得成好事？不要說他了。」三個人你一句我一句說分開後的情況，雖然分開時間不長，因為都是和其它村子的人混在一起過了一段日子，所以，三個人說了不少覺得好玩的事。利廣問：「你們鐵山有沒有靚妹子？」我告訴他們全隊沒有幾個年輕人，問他們什麼是曬月亮？他們笑起來，利廣說：「你見到阿珠了？有沒有說我們的是非？」我說沒有。友興說：「我們剛到山裡砍柴燒炭時，都是年輕人在一起，白天砍樹，晚上沒事幹便聚在一起玩。那裡山高林密，幹部怕我們出事，不准我們走遠，就在草棚前面架起兩根大樹幹，叫我們只准坐在樹幹上講閒話，而且，只能在有月亮時才能出來。後來，一到晚上，那些幹部問我們去哪裡，我們就說：「出去曬月亮！」我說：「就是坐在一起說說笑笑是吧，在鐵山也是這樣。」友興說：「怕不一樣。你想，男男女女都是年輕人，晚上靠著坐在一起，說著說著不就你抱我一下，我摸你一下，還親一下囉！」利廣說：「其實，單是抱一下，摸一下，倒也沒有留下印子，就怕久了做出其它事來！」聽他們講得輕佻，我不禁笑起來。利廣問：「笑什麼，難道你沒有和人抱過？」我說：「我們和上坑村人一起，大多數都是叔母阿叔，有時講的笑話粗一點罷了。」他們兩個今天休息，本來就說好中午才過來找我，剛好聽到群智的爐子出事，便一早就過來了。看群智他們正在忙，他兩個走過去安慰了群智幾句。臨走時告訴我，他們的爐子在最遠的那頭。

吃完飯，群智說：「這檢查只有請你寫。」我想起南山中學修水庫時唐金保丟鋤頭的事，便笑笑說：「好吧。」回到屋裡，不費多大功夫就寫好了，去到爐子跟前拿給群智，心想：還是多讀點書有好處。群智拿起檢查看看，不說話。他讀書看報沒有問題，寫東西遣詞造句費力一些。我正想走開幹活，群智招招手，說：「這檢查怕要重新寫。」我感到不解：我這檢查把這次事故的前因後果，各人的責任，今後應吸取的教訓，努力的方向，都寫得一清二楚，怎麼會要重寫呢？群智說：「方智，你相信我，重寫一份，現在這份的內容全部不要。」看到我一臉疑惑，群智說：「你把事故的經過和責任寫得很清楚，是一心幫我，但是，如果將這檢查交上去，不但幫不了我，怕真是抓去勞改都可能！」聽到他說得那麼嚴重，我說：「算了，我不懂！都聽你的，你怎麼說，我怎麼寫。」等他把該怎麼寫說了一遍，我回去馬上重寫。檢討只寫自己對三面紅旗、鋼鐵元帥升帳理解不深刻，對支書、隊長的正確指導執行不堅決，因此，造成這次重大事故，自己應對這次事故負完全責任，請求接受最嚴厲的處分。同時，願意在上級領導和支書、隊長的領導下，戴罪立功，為大鬧鋼鐵貢獻力量。過了兩天我們把爐修好正在裝料時，支書帶著隊長笑呵呵走過來，遠遠就說：「不錯嘛，不錯嘛，很快就修復好了。群智，看到你的檢查有那麼深刻的認識，我很高興！年輕人，經一事，長一智，梁副縣長也說認識得好，壞事可以變好事。我們的日產十噸爐報到上面，也得到上級的充分肯定和表彰！好！你們再接再勵，再創好成績！好不好？」群智一邊聽，一邊點頭稱是，一邊不停地指揮人裝料。

才過了兩天，輪班休息我正在睡覺，群智把我叫醒，驚慌地說：「李小梅昨晚投河自殺，被一個船工救起來送到縣醫院，今天早上，縣醫院來人通知，在救治時發現她流產了。」

我驚得瞌睡全無：「這是……是怎麼回事……」

「誰知道，支書和阿桃姐已經趕去醫院。可憐啞妹，現在真是『有苦說不出』了。」

晚上，支書回來了，我們不敢向他打聽。我約群智去看阿桃姐，群智說：「方智，這種事情，我們聽了沒有什麼好處，也幫不了誰的忙，別去了。」

半個月以後，古光前隊長和兩個公安局的人來到鋼鐵基地，把阿木賢抓走了。支書把在這裡鬧鋼鐵的全村社員召集起來開會，宣佈：經審訊，李小梅懷孕及自殺的惡果，都是古木賢一手造成的。古木賢一貫作風敗壞，早就對李小梅圖謀不軌，有人曾看見他偷偷抱過李小梅，古木賢也已經承認自己的罪行，現已將他逮捕法辦。

一時間，整個鋼鐵衛星基地的人都知道這件事，弄得我們古塘村人臉上無光，其它村的妹子，一聽說我們是古塘人，都躲得遠遠的。阿桃姐病倒了，在醫院住了兩天，讓她回家去了。

接近年底，阿媽他們已經全部回到村裡，聽到阿媽平安回來，我心裡安定下來。隨後，傳來了鋼鐵衛星基地下馬的消息。通知各座高爐煉完最後一爐後熄火，原來日夜人聲喧嘩，火光衝天的基地，像補鍋匠的攤子一樣，風箱一停，周圍很快便冷靜下來。這兩個多月來，鋼鐵基地的食堂，從大米飯放開吃、雞鴨魚肉揀著吃開始，到米飯蔬菜隨便吃，到乾飯限著吃，稀飯隨便吃，最後這十幾天，稀飯已經改成稀菜粥，我和大家已經覺得拉不動風箱了。

各種材料都沒有再運來，敲礦石的人一個星期前就沒有來了，工地上沒有開大會宣佈解散。不知道是哪個村動作快最先撤退，像一陣風刮過來一樣，整個基地的人一下子都不見了，只有到處散亂著的一些碎磚、木柴、沒有用完的鐵礦石……

我和群智在房子裡收拾衣物。剛來時，以為畚箕、鋤頭沒有用了，擺在房間礙手礙腳，便丟進爐子裡參加煉鋼鐵了。我把被子捲起來，不知怎麼帶回去。正沒主意，群智丟過來一根麻繩，我問哪裡來的？群智拎起一個布袋用手拍拍說：「這是當初飯堂丟在房頂上的鍋巴，風吹掉在地上，我把它揉碎了裝在這裡，帶回去，別說餵雞餵豬，還可以餵人。這兩個月，不要說繩子，鍋巴，就是一間大屋，一座糧倉，都撿得著。」

謀生存謀生活

回到家，見到阿媽的面容，感到安慰。一屋人見了面，都互相問長問短。

晚上，和阿媽坐在房間裡說了半夜的話，在外面累了半年多，可能和外面的人接觸得多，我覺得阿媽的心情比幾個月前平靜許多。

阿媽跟我說：「阿代新的老婆和阿歉文都死了，你知道嗎？」

「不知道，什麼時候的事？」

「我也是回家才聽先隆伯說的，是村子裡的人都出去燒炭煉鐵的時候，阿歉文先死，才過了幾天，他媽也死了。」

「只留下代新叔一個，真是可憐。」

「幸好阿恩文走了，如果不走，那人又頑皮，也不知道會怎麼樣？」

「建設兵團也還是部隊系統，應該會變好吧。他媽死時，沒有回來嗎？」

「沒有聽說。千里迢迢，那有那麼容易回來。」

村子裡的幹部還是那幾個人，不過不叫營長連長了，古思田還是支書，新興叔變成大隊長，原來的生產隊沒有變。

不久，看地區報紙宣傳，我縣原來的小煉鐵廠，將利用本地的煤鐵礦資源，在大ㄚ口大鬧鋼鐵基地旁邊修建一座洋高爐，繼續生產符合質量標準的生鐵。至於全國的全民大鬧鋼鐵運動，已經取得豐碩成果：今年全國產鋼 1102 萬噸，產鐵 1369 萬噸。

村前村後，好像經過一場無名的災害：水田一片凋萎，旱地裡長滿雜草。阿松伯母自從人民公社化後身體一直不好，先隆伯主動安排生產，人人都像以前一樣出工。大家明白，不抓緊耕作，明年沒有飯吃。大隊把耕牛重新分回各隊飼養，暫時安排阿增叔母管。群智要求管果樹，先隆伯徵求大家的意見，同意了。良生叔、姑丈、我、利廣，跟大家一起下田。原來的大食堂分拆了，以生產隊為單位，成立小食堂。名叫食堂，實際上就是在群智家原來的桿棚，搭了一個偏舍，砌了兩眼灶，安了兩口大鐵鍋煮粥。隊上已經沒有糧食，全隊人的口糧要到大隊去領。全隊男女老少八十多口，先隆伯隔一天去大隊領一次大米，幾次領的都不一樣，先隆伯把每天領回大米數量，用一張表公佈在食堂牆上。米領回來，一日三餐，煮好粥，敲一下以前叫人出工的鋼條，各家來一個人拎著鍋或盆，先隆伯按人頭把粥分給各家，學齡前的兩碗，其他全部三碗。最初幾天粥還不算太稀，每家拿回去，從家裡搜出點雜糧，自留地摘得一把青菜，煮來一起填飽肚子。幸虧我們村離鋼鐵基地遠，家裡的鐵鍋和隊上的農具沒有被抬去煉鐵。

阿桃姐回來後身體一直不好，我去看她。進了大門，阿葉不在家，阿桃姐坐在門口看著兒子，一邊曬太陽。寒暄過後，我便和他兒子玩。他兒子兩歲多了，剛學說話，長得比較像葉子，特別是又粗又黑的眉毛，和葉子的一模一樣。聊了幾句，我叫阿桃姐好好養身體，便準備告辭。阿桃姐說：「多謝方智有心！」又顯得憂心地說：「我其實說不上有什麼病，回村後去看小梅，見她還是那樣懶吃懶喝，一見到我們說話，又驚又怕，我們又不會用手勢去安慰她，因此一直覺得心裡不安。」我說：「小梅的事，人人聽了都難過，只是，別人幫她，想不想得通，還得靠她自己。」阿桃姐嘆口氣說：「話是這樣說，我卻總覺得有什麼地方不對！只是想不出來！」我又重複好好休息的話，便走了出來。

回來進到小門，見姑丈在德叔公房裡打掃，我便進去。打聲招呼後，見到書櫃裡的書，有了看書的衝動，便問：「姑丈，我能看看德叔公的書嗎？」姑丈說：「都是醫書，草藥書。我記得有幾本古書，我找找看。」最後翻出兩本，一本是《古文觀止》，一本是《四書五經》。這兩本書以前在圖書館翻過，因為是文言，沒有借來看。兩本書都只有薄薄的一本，不全。

我說：「我借這兩本看看，不懂就問姑丈好嗎？」

姑丈搖手說：「不，我也不懂古文！」

我知道他推卻，便故意說：「我聽德叔公說過，你很會讀書。」

姑丈說：「會讀書有什麼用？要我說，你最好不要看這些書。」

「德叔公以前不也看嗎？」

「等你老了，再看無妨。」

「不是說少壯不努力，老大徒傷悲嗎？」

「我是怕你努力了更傷悲！好了，不說這些。你剛才去哪裡？」

我說去看阿桃姐，又把啞巴的事講了個大概。村裡人知道姑丈見多識廣，但他極少與人交談。其實他不是不想說話，我曾經多次見過他一個人在自言自語。今天見他願意和我交談，便有意和他聊聊。

「你是說阿木賢給抓起來？」

「是，捉去勞改了。」

「那麼啞巴該高興才對。」

「聽阿桃姐說，不但不高興，反而又驚又怕，照樣是不想活的樣子。」

「那就是冤仇未報，壞人未除嘛！」

我吃了一驚，問：「姑丈是說，幹壞事的另有其人？」

「不，不不！我不是這樣說，只是覺得當事人是個啞巴，沒有指證，憑別的揭發人一句話就把人抓起來，未免草率了點。」

「那姑丈是不是覺得……」

姑丈搖搖手，輕描淡寫地說：「閒談罷了，閒談罷了，方智可別把姑丈的話當真，以免招惹是非！」

中午吃過飯後，在房子裡拿著兩本書翻，《古文觀止》容易看懂一些，卻看不進去，腦子裡想著姑丈剛才的話。我對阿木賢說不上恨，對小梅也說不上特別的同情。不久前，從馮爺那裡知道了阿木賢和阿桃姐兩家祖輩、父輩的秘密後，我對村裡所有先輩、前輩的不幸遭遇，都感到難過。阿木賢頑皮和不正經，不是生來的，後來聽說，他已經改了很多；小梅的聾啞是生來的，想不到在大鬧鋼鐵中，兩人都遇上倒楣事，我覺得老天對他們都不公平。小梅的姐姐出嫁了，哥哥遠在幾千里外，母親年老，萬一想不開……實在是叫人心寒，阿桃姐又一直內疚。我猶豫了半天，最後還是起身去阿桃姐家。剛進大門，見到葉子出來，問我找誰，我說看看阿桃姐，問他要出去嗎？葉子說，現在事情多得像一團亂麻！

阿桃姐斜靠在走廊躺椅上休息，見我進來，問：「方智，有什麼事嗎？」

我說：「想起幾句閒話，和你說說。」

桃姐說：「有什麼話，你說吧。」

「剛才聽桃姐說，小梅還又驚又怕，不吃不喝，好像不合常情。」

「為什麼呢？」

「小梅是個沒有出嫁的姑娘，懷了孩子當然是最難應付的事，但是，後來胎兒掉了，害自己的人也抓了，就是不高興，也起碼會先放下心來。傷心當然難免，但沒有理由還那麼驚怕，甚至不想活，所以，我覺得幹這壞事的，可能另有其人！」

桃姐一聽，從躺椅上坐起來，連說：「有道理！有道理！你再說說，還有什麼不對的地方！」

我說：「我以前聽桃姐和別人都說過，這兩年阿木賢變了很多，要出事也就是大鬧鋼鐵這段時間的事，小梅又跟你在一起，你應該有所感覺。」

「我心裡不安也就是因為這個！因為小梅是啞巴，卻長得好看，所以，我把她看得很緊。我們在爐子上，有些後生走過喜歡撩她，她就會很生氣，反而阿木賢和她比手劃腳的，好像互相看得懂想說什麼一樣，不覺得她惱。其它也看不出什麼！但是，真要出這種事，也就一時半刻，那裡會看得住！」

停了一會，桃姐說：「方智，我知道你會想事，你幫姐出出主意，該怎麼辦？回來到現在，我真是心裡亂麻麻的，定不下神來。」

我暗想：如果不是姑丈提示，我根本想不到這些事。但我不能牽出姑丈來，扯到他，那真的會招惹是非。因此，我說：「阿桃姐，你先不要太當真，我究竟年紀輕，說出來別人會當我胡思亂想。這事我只會和你說，不會跟第二個人提。我覺得，要弄清事實，只有靠小梅開口說話。我在學校時聽一個城裡同學說過，城裡有一個專門教盲人和聾啞人的地方，如果能請那裡的人去看小梅，讓她把真相說出來，事情才能弄明白。這事你最好找洪昌叔母商量，從長計議。」

阿桃姐高興地一拍大腿說：「太好了！你提醒了我，現在的縣醫院，解放前是荷蘭的傳教士辦起來的，那時收了些盲人和聾啞人，有嬤嬤專門教他們，解放後，好像成立了一個盲啞學校。我這幾天真是給小梅的事嚇懵了，都不知道做些什麼。我這就去找你洪昌叔母商量，對了，還得找王鳳英去，她是婦女主任。太好了，方智，謝謝你！」說罷，就要起身。我說：「才說不要著急哩，好了，我走了。」

阿桃姐和洪昌叔母一說，洪昌叔母也認為這事應該搞個水落石出，以免釀成大禍，後悔不及。

阿桃姐和洪昌叔母找到婦女主任時，王鳳英最初不想找麻煩，說人都抓起來了，聽說小梅的哥哥還從新疆寫信來追問這件事，區裡來人到村裡作了調查，支書已經做了回覆。阿桃姐和洪昌叔母將這事起碼應該有小梅指證的理由說了以後，便接婦女主任的話說，如果李森昌有從新疆寄信回來過問這事，說明他家裡已經將小梅的遭遇寫信告訴他。那信上有沒有寫明其中什麼隱情，我們也不知道。現在小梅還是不吃不喝，萬一想不通，再來第二次自殺，那年老有病的阿媽也跟著尋死，那事情就實在鬧大了，恐怕我們村婦女的名聲，要傳到全縣全省去。婦女主任一聽這利害，才覺得事關重大，不敢再敷衍。

三個人商量說，如果再找支書出面，不但他不會同意翻查，阻撓起來鬧僵了就難辦了。想來想去，婦女主任說，不如我們先去找古愛蓮，將這當作保護婦女的事和她提，請她向梁縣長反映，她要答應就好辦，不答應時又另作打算。王鳳英是外村嫁來古塘村的，老公在外地當一個機關幹部，她有點文化，能說會道，又是幹部家屬，便當了婦女主任。大小是個大隊幹部，她有時進城會轉進縣政府大院裡，找古愛蓮閒話家常，談得投緣，所以，提出這個主意。

三個人找了個機會一同進城，看著方便時，來到古愛蓮家裡。古愛蓮一看村中姐妹來了，也很高興，幾句閒話過後，三人就把話轉入正題，把事情的前後經過，現在小梅和她媽的情況，她哥哥寫信追問後村裡、區裡的應付，及可能出現的後果和影響，詳詳細細地說了一遍。古愛蓮聽了，也認真起來。她雖然文化不高，在機關裡見得多聽得多了，也就知道一些和政府打交道的規矩。

古愛蓮思索著說：「聽你們說得在理，只是，這做翻案的工作，得小心行事。老梁他不分管這方面的工作，怕不好插手，看來得想出個妥當的辦法才行。」

婦女主任說：「當初受害人的指證一句都沒有，事情未免辦得不夠妥當。現在啞巴的精神又這樣，我們也和她說不上話。聽說縣裡有個盲啞學校，如果能請個老師，和我們一起去做做工作，只要能打消小梅自殺的念頭，弄清真相，是不是翻案，還在其次！」

洪昌叔母說：「當時情況那麼亂，處理得草率，過後村子裡確實有不少人議論。她家寫信給李森昌，也不知道是不是會道出真情。他家雖說是富農，李森昌出去多年，不知混得怎麼樣。新疆生產建設兵團，聽說是個很大很重要的單位。如果李森昌真有真憑實據在手，到時他們單位出面告到縣裡去，還真不好應對！就看這事怎麼讓梁縣長知道一下，或許好一點！」

聽到這話，古愛蓮的臉色凝重起來，想了一會兒，說：「我找機會和老梁說一說，讓他向書記反映，看怎麼處理妥當。出了這事，我當時聽了就很難過，機關裡那些家屬，開口就問：是你們古塘村的嗎？我這個村中姐妹，也覺得臉面無光。」

梁副縣長在家裡聽了老婆的詳細介紹，覺得老婆說得有理，雖然比起其它黨和國家大事來，只是小事一樁，但是，如果真是錯案，新疆那邊以兵團組織名義寫封公函來，只說是瞭解情況，也要認真應付，於是向書記作了匯報。書記正為地上兩顆衛星怎麼收拾，如何佈置新年的反右傾、拔白旗工作頭疼，便指示一個負責政法、公安的副書記，和梁副縣長共同負責處理，事後向他匯報。副書記和副縣長向有關人員查問後，發覺下面反應的情況基本屬實，便責成公安部門重新調查取證。

縣裡派了一個有經驗的公安，帶著一個盲啞學校的女老師，在婦女主任陪同下，來到小梅家。老師究竟內行，開頭小梅還抗拒，看著老師慢慢比劃，不久就坐起來和老師比劃。整整比了一整天，老師一邊比劃一邊寫，等老師把寫出的字拿出來一看，大家都大吃一驚。公安就提醒大家說，這事非同小可，人證有了，物證還要落實，所以，要求所有人保守秘密，以免影響搜證工作。

小梅揭露把她強姦成孕的，是古光前，早在一年前，古光前就把她強姦了。小梅的父親解放前幾年因病去逝了，家裡比較富裕，土改時評為富農。後來，哥哥去新疆，姐姐出嫁，村裡從互助組到合作化，母女兩人和大家一樣，日作夜息，過著平靜的日子。小梅長大了，出落得一表人才，雖然是啞巴，也免不了引人留意。這古光前當上民兵隊長後，經常揹著槍在村裡走來走去，有一天中午，小梅在屋後的土崗上找草藥，早就起了心的古光前，乘四下無人把她強姦了。小梅被嚇壞了，又不會說，過了好多天她阿媽才知道。她阿媽土改時被嚇怕了，姐姐也膽小不敢出頭，現在看見古光前還揹著槍，因此不敢聲張，只是日夜小心提防。可是，今年「軍事化」後，古光前藉故把小梅阿媽留在村裡，小梅就安排在自己管得到的地方，便多次對她進行欺凌。

公安讓老師問小梅，是不是有什麼可以作證的東西在手裡，小梅拿出一小塊撕爛的針織汗衫。比劃說：有一次古光前把她騙到河邊強姦時，她實在太氣憤，和古光前撕打起來，撕下他身上一塊汗衫，可能抓破了他的腰背，因此被他打了幾巴掌。公安拿走那塊撕下來的汗衫，找個機會，在古光前的家裡查到桌子下面用作抹布的破汗衫，一對完全吻合。人證物證都有了，公安向副書記和副縣長作了匯報，經有關部門批准以後，由公安局把古光前抓了起來，再一檢查，背上還看得出被抓後長好的疤痕，果然如小梅所言，更是鐵證如山。後來，怎麼判處沒有公佈，送去勞改農場勞改了。古思田支書少不了做個用人不察的檢討。又過幾天，阿木賢也放出來，支書和新興叔他們上門去做些安撫工作。整個縣的工作千頭萬緒，這一抓一放，事情也就了結。

小梅的身體慢慢好起來，有一天跑上來，看到放出來的阿木賢瘦弱得風都能吹倒，便三天兩頭帶點東西上來看他。以前成日東跑西走找錢，看起來天不怕地不怕的黃毛叔母，經過這一年的幾「化」生活，再加上兒子被抓起來，變得有點木木的，精神太不如前。阿木賢的阿婆爛扇伯母，已經時日無多。

紀明伯那棟屋，本來也是人丁興旺的，後來幾家去了南洋就沒有消息，阿桃姐的爺爺帶了兒子和堂侄出外謀生，兒子和侄子死在外面。現在一屋三家人：阿桃姐出嫁後這家沒有男丁不傳了，紀明伯大兒子出外工作不回來，小的兩個兒子有不治之症不能傳後，一屋就只有阿木賢這家能傳宗接代。

紀明伯這天把阿桃姐叫下來，對她說：「我們這棟屋，過去的事不說它了，現在，只有阿木賢能傳後，如今他一家潦倒得不成樣子。一屋三家人再不好好「謀生」，這棟屋要荒廢了。看小梅這幾天上來看阿木賢的神情，像是對他有點意思，你下去打探一下，如果能撮合他們成家，我們這棟屋才會再有生氣。」

阿桃姐一聽，趕快下去探小梅她媽，最後婉轉提起親事。小梅的阿媽說不敢做主，要和大女兒、兒子商量。想不到小梅聽了，嗚嗚哇哇和她媽比劃，說她願意嫁給阿木賢！

阿桃姐回來跟紀明伯一說，阿木賢一聽大哭起來說：「現在自己人不像人，家不像家，哪還敢想這好事。」

紀明伯罵道：「只要你以後好好做人，一切有我安排。」

在燒炭和煉鐵的日子裡，阿木賢看小梅雖然是啞巴，卻又聰明又勤快，只是不知道為什麼顯得憂愁，所以，當看到有年輕人捉弄她，便會加以阻止，出頭呵護。小梅家裡評為富農，小時候，一個黃毛丫頭，從來也沒被人正眼瞧過，誰知長大後就被人污辱了。哥哥遠在天邊，姐姐阿媽幫不了自己。當她覺得被人看不起被人欺負時，遇到阿木賢真心幫她，因此心存感激，產生好感。接觸多了，兩人比比劃劃，好像心靈相通一樣，都懂得對方的意思。最初，阿木賢想想自己的家庭，小時候沒有讀到書，名聲又不好，也不敢對小梅有什麼奢望。小梅對阿木賢有好感，卻也說不出口。當小梅知道自己被姦成孕，正不知道怎麼應付時，古光前又再次污辱她，便決定一死了之。被救起來以後，卻聽別人比劃說，阿木賢因為她被抓起來了，明知是冤枉了好人，壞人還在逍遙，自己有冤無處訴，有苦說不出，所以，決心再次尋死。後來公安來調查，見到聾啞學校的女老師，她才把事情的真相說出來，最後真相大白。

過兩天，阿桃姐和小梅的姐姐，陪著小梅和阿木賢去領了結婚證書，小梅由她姐姐陪著，拎著衣服上來。阿木賢家，紀明伯出面接進去，向阿媽阿婆磕磕頭，上下屋幾位伯婆叔母都進來看看，說幾句好好過日子的話，便成了親。

人民公社成立，搞「革命化」以後，親戚之間基本沒有來往。大家都在食堂吃飯，不管什麼親戚來了，家裡也沒有東西可招待，有事在外面見個面，說幾句話便各自回家了。總之，結婚生子，生日祝壽，西歸樂返等等，都沒有人再搞什麼形式，沒有人請客吃飯。

阿桃姐嫁到葉家後，她阿婆不願意離開老屋上去和她同住，每當想起屋裡只有阿木賢一個後生，卻有四位老人，因此時時感到心裡不安。現在，小梅嫁進來，屋裡有了個後生女，一對新人恩愛，又能孝順老人，心中得到很大的安慰。有一天，她和洪昌叔母閒話：「這小梅的案子要是沒有翻過來，真丟上三條人命，那比竇娥還冤，我一輩子都不會安樂！話說回來，想不到方智年紀不大，卻那麼精靈……」洪昌叔母搖搖手：「你把他誇過頭了。這事應該是他姑丈點醒他，我們以後不要再提這事。」

結婚後，不但阿木賢慢慢像個正經漢子，黃毛叔母精神也好起來，不那麼糊塗。小梅雖然是個啞巴，但是，手腳勤快，孝敬一屋老人，家裡和隊上多了個好勞動力，因此，一隊人都為他們高興。

晚飯時，因為飯後不再出工，有時除了來提粥的女人，男的也會來食堂，一邊等分粥，一邊說些閒話。這天，小梅先來了，不久阿木賢也跟了來，坐在食堂旁的一條石柱子上。那截石柱子不知道是哪家以前做桿棚用過的，廢棄後斷了橫在那裡，也不知是誰移動過，有點擋路。先隆伯叫阿木賢：「阿木賢，你坐著的石柱子不橫不豎的，礙人走路，把它移到池塘邊上去。」阿木賢站起身，彎腰要去移，沒想到小梅一把把他拉了個趔趄。大家正奇怪時，只見她自己彎下腰去，這頭抬起石柱子一移放下，那頭抬起石柱子一移放下，幾下就把半截石柱子移到池塘邊去了。小梅轉身對阿木賢哇哇叫，又拍拍他的腰，這下把大家看呆了，才知道小梅是怕阿木賢閃著腰。大家既讚她會疼老公，又讚嘆她的力氣。秋雲姑丈在自言自語地說：「這啞巴不會說話，她疼在心裡。這心裡發出的勁，比嘴上發出的勁強得多啊！」良生叔母又說起風涼話：「這啞巴這麼大力氣，也不知那古光前怎麼按得住她？」茂發嫂說：「我的傻嫂子，人家身上有兩桿槍，看你遇上驚不驚？」良生叔母說：「講鬼話，不就見他揹著一支爛步槍嗎？打不打得響都不知道！」茂發嫂說：「他揹著的長槍打不打得響就未知，可前面藏著的短槍，就呯呯響！」說得大家一陣哄笑。先隆伯罵她們：「騷牛嬷（騷婆娘），現在還有精神說笑，過幾天只有粥水喝，怕你們笑不出來！」

大鍋粥一天比一天稀。先隆伯說：「每次領回來的米一次比一次少，領回多少，先在食堂過秤，鎖在這米桶裡，登記在牆上，不單阿松嫂看著，大家也都看著。」實際上大家都看得見，並沒有人在先隆伯和阿松伯母背後發什麼議論。有一天，新興叔和阿葉回家時，在食堂外面站了一會兒。那些叔婆伯母圍著他兩個，指著牆上「小孩上幼兒園，老人進養老院；年終發工資，吃飯不要錢」的畫，問這春節怎麼過。村子裡牆面上的畫還很新鮮，多數新民歌，還是我的創作，雖然良生叔不會說，他們不知道，我卻禁不住臉紅。新興叔說：「前兩天，我們商量了一下，社裡實在是拿不出錢來，就是籌到點資金，不能不先為明年的生產打算。我們有個想法，把古里學校門前的兩棵木棉樹砍倒，河邊的蘆葦割下來，把這兩樣東西拿去賣點錢，分給大家過個窮年。蘆葦還會再長，那木棉樹，是我們村的記號，砍了實在……怕大家不同意。」大家亂哄哄地，有人同意，有人不同意。第二天，聽說村裡多數人都同意砍：有人買這東西就燒高香了，還顧什麼記號，顧肚子要緊！

砍樹那天，沒有一個人去看。那兩棵木棉樹不知道是那一輩祖先，從緬甸那邊帶回來的樹籽還是樹苗栽下的，也不知道有多少年了。村子裡只要在古里學校讀過書的人，都會非常留戀它。兩棵樹很高，遠遠就看得見。一到夏天，兩棵樹枝繁葉茂，樹蔭連在一起，被河風吹得喃喃作響。不但村裡大人小孩會走到下面坐聊，玩耍打鬧，路人或小販也喜歡停在下面休憩。以後，村子裡沒有這麼大的樹蔭了。每家庭按人口多少有些差別的都發了「工資」，將來再計算在年終結算中。因為大躍進這段時間的勞動日一時計算不清楚，大家也不計較。我和阿媽發了一元多錢。食堂也停伙一個星期，將領回的米按天數分給各家。各家各戶的缸邊甕底，多少掃得出一點大米或雜糧，自己想辦法過春節。過去，年初一全屋人在上廳敬祖宗，今年，連祖宗牌都沒有了，各家就在自己廚房裡，祖宗、天地、灶神，全部請到一起，吃餐「大鍋飯」。不知道阿媽從哪裡買到幾支香燭，我敬香後起身時，有點頭暈。看著那幾小碗祭品，我說不清是同情還是牢騷，說：「阿媽，這麼點東西，請那麼多祖宗、神仙，他們怎麼分吃？」阿媽狠狠瞪我一眼，年初一又不好罵人，不高興地出去了。我也覺得這話不孝不敬，對不起祖宗和各路神仙，便重新敬禮，請他們原諒，並禱告他們一定要先保佑好自己，才能保佑子孫後代。

大鍋粥已經不能叫「粥」，只能叫「粥水」。家鄉一年四季吃粥，青黃不接時，那粥也煮得稀，但是，會攪一些紅薯粒和瓜菜在裡面，還會做些麥粄、粟米粄或煮點芋頭等添加。現在，人民公社食堂分配給社員的，還是一日三餐，每餐大人三碗，小孩兩碗，卻只有「粥水」，沒有其它。

村子裡的人，說別人窮不窮，往往用他家的粥來形容。說某人的粥「稀到連蒼蠅都站不住」，就知道「窮」到什麼程度。鄉下衛生差，屋子裡到處都是蒼蠅，粥一抬上飯桌，總是蒼蠅先吃，人吃時，還要一邊吃一邊趕。蒼蠅很聰明：粥才舀出來很熱時，蒼蠅先在空中飛來飛去，然後停在碗沿上站著，等到粥涼了，如果粥稠，表面起了粥皮，牠才爬到上面，邊吃邊漫步。這時，人會狠狠地拍打牠，就是把蒼蠅打得掉在粥裡，連粥皮一起挑掉就可以了；如果粥太稀，起不了皮，再涼的粥，蒼蠅也絕不會一頭撞落去，那無異投水自殺。牠只會在站在碗邊，像牛站在岸上伸頭喝水一樣，慢慢吮吸。這時你還不大好拍打牠，因為你用手一搧，牠就多數會跌落在稀粥裡。牠為食亡，你把牠的屍身撈出來以後，再喝這碗粥時，也會覺得不是滋味。

這一年多，各家的菜地都沒有好好管理，有些緊挨著集體地塊的，還被併掉了，現在，重新劃回給私人。大家都忙著收拾自留地，種上蔬菜。我家菜地沒有被併掉，阿媽和我趕快把倒掉的蘺芭重新編起來，栽些早熟的瓜豆。以前菜地裡種的白高梁、木薯，省著吃了一陣子，不久就把甕底掃光了。

各家情況不同，連生叔母家過得最穩定。他們家底厚，可能緬甸寄來的錢也沒有用完。我想起那天回家時群智帶回家的鍋巴碎，不能不佩服他母子一貫注意積蓄的遠見卓識。建生伯母和震伯婆兩家：蘭智哥在城裡開車，四處跑，多少能整點糊口的東西，阿雪跑到廠裡去當臨時工，家裡只有建生伯母帶著有智；炎生叔在水庫，家裡一老一小，水庫有水有山，怎麼都能想點辦法整點能進口的東西回來。一屋還有七家人，其中一家還算安穩，兩家能過得下去，良生叔、維生叔母、秋雲姑、加上我家，四家老小，基本就靠食堂每人每天六到九碗粥水度日，沒有餓死，又活得不像人，不知道要捱到什麼時候。

阿木賢的阿婆爛扇伯母，已經不再罵人，臉上浮腫得眼都看不見。她的性情變得古怪，連黃毛叔母、阿木賢、小梅都不能接近她。誰靠近她，她就拿手裡的竹棍打誰。她每天自己抬一個大碗，拄一支竹棍，慢慢走到食堂，接了稀粥，一邊走一邊喝掉，回到家躺下。早飯、中飯、晚飯都是這樣。有一天晚飯時間，她接了粥沒有走，站著就把熱粥喝掉了，又把碗伸到先隆伯面前。大家看著，一個也不說話。先隆伯又給她舀了三碗，她抬起粥，慢慢走，一邊走，一邊喝碗裡的稀粥。第二天早上沒有見到爛扇伯母來喝粥，不知道她晚上什麼時候走的，終年八十九歲。沒過多久，阿更古也死了。大煉鋼鐵時他跑來跑去，沒有人管得住他，反正到處都有飯吃。後來食堂只能分稀粥時，他本來就是家無存糧的，到處撿些污七八糟的東西吃。有一天早上，村裡有人見他倒臥在石路邊，可能半夜已經死去了，村裡幹部報告區上的什麼部門，抬去縣裡火葬場化了。

村子裡好些人得了水腫病。我們這隊，最先是阿松伯母和阿增叔母兩人得了，後來，全村得這病的有十幾人。公社成立了一間專門醫治水腫病的營養病房，據去住過的阿松伯母回來說，還是每天吃粥，每餐吃得飽一點，還有點花生、黃豆、米糠做成的餅吃，她住了半個多月就回來，阿增叔母住得久一點。我很擔心阿媽和我也會得這種病，聽說已經有人得這種病死了。以前德叔公說：「男怕穿靴，女怕戴帽」。意思是男的腳腫到膝頭，女的臉腫到脖子，就接近死日了。我天天按自己的腳，看阿媽的臉，怕得病。秋雲姑丈更瘦了，看到他轉身時飄起的衣襟，像田裡站著被風吹起羽毛的白鶴，給人飄飄欲仙的感覺。有一天下午，我見他在小門走廊的椅子上半躺著，閉著眼睛。我出去好久，回來時，他還是老樣子斜躺在那裡，好像沒有了呼吸一樣。我嚇一跳，怕他就這樣走了。那時，聽說有些老人坐著坐著就走掉的。我趕快叫他一聲，他睜開眼睛，我覺得他還是有精神。我問他是不是睡著了?他說：「不是睡著，是調息養神。」看我不懂，他比比手勢，跟我說：「方智，告訴你，你不要到處亂跑，無事時像我一樣：少動，少說，少想，最後做到呼吸少，心跳少，這就叫調息。能做到這樣，那就吃得少也可以保住元氣。告訴你阿媽，不要去找野菜用清水煮來吃，不要貪填滿肚子，變成一身都是水出不去。」說完又閉上眼睛。農村裡缺乏醫學常識，後來有人來宣傳，也是叫大家不要餓慌了就亂吃東西，不但有人亂吃野菜和其它東西中毒死了，沒有足夠的澱粉和油脂，身體機能差，就是正經蔬菜吃太多，也是水腫的原因。

有一天下午，大家聚在食堂，遲遲沒有下田。見從塘背村上面下來一個人。走近了才看清，那人上身穿一件襯衣，下面穿的不是褲子，只用一塊布圍起來。那人手裡提著一個小籐箱，走到我們屋門外時左望右望。連生叔母眼睛好，說：「那好像是阿維生！」走向前去一問，真的是！有人連忙進去叫維生叔母。維生叔母和谷元叔婆出來，三個人便拉著手在那裡哭。大家都勸說，不要哭了，怎麼說都是團圓了。又問怎麼會從上面走下來呢？因為從縣城回來應該是從下村上來才對。維生叔說：「我不是一直認那木棉樹嗎？順著河一直走到上面那個村子，問人才告訴我走過頭了。那兩棵木棉樹哪裡去了？」沒有人回答他，以後維叔母自然會告訴。

紀明叔公告訴我們：「緬甸人穿的不叫褲子，叫『猛子』，就是用一塊布縫成一個筒，套進去像大腰褲一樣別起來就行了」。至於維生叔為什麼會這個時候回來，沒有人問，其它就更不會問。休息了幾天，維生叔母帶著他去大隊重新登記戶口，不久就跟著大家一起下田，和大家一樣，每餐分三碗粥，他有時會和紀明叔公講緬甸話，我們聽不懂。勉智已經是小學三年級生，最初認生，沒有幾天就很親，一家四口這時候團聚，是喜是悲，外人無所謂知道。

為了找吃的，人人都在找門路。所有有親人、親戚在南洋的，都寫信求助。一時間，經常聽到某村有人從南洋寄回油肉罐頭、某村有人寄回餅乾糖果，甚至有人寄回大米、麵粉之類。我和阿媽也一樣，寫信給阿爸和阿伯，要求他們寄食品來救濟。盼望中收到阿爸和阿伯的來信，說寄了七八斤重的一罐豬油豬肉回來，沒有提到寄錢，我晚上做夢都在吃豬油撈粥。等了兩個多月都沒有收到東西，我和阿媽拿著信，去鎮上郵電局問。裡面的人看看信說：「這是你的家信說寄了東西，又不是郵局發出的包裹單，我那裡拿東西給你！」我和阿媽噙著口水回來。阿媽叫我寫信出去問伯父，我說：「寄到南洋的信要七角多錢，那裡去找！而且，是國內收不到東西，寫信去問，阿爸阿伯他們也不清楚，有什麼用！」阿嫣不死心，跑去僑聯問，僑聯的人說：「收得到的已經收到了，收不到的就收不到了。又不是自己國家寄的，那裡去查？外面說寄了東西，家裡收不到的，不止你們一家來問了。」

由於各大隊得水腫病的人增多，公社營養病房容納不下，便不是每個得病的人都能收進去。發森伯老倆口和萬興三人同時得了病，也不知道是不是他們家是富農成份有點影響，大隊只批准他們家先去一個人，叫他們自己決定誰去。發森伯已經罵街的力氣都沒有了，卻發起犟脾氣來，說一個也不去，要死死在一塊。萬興還是古靈精怪，第二天放出風聲：誰拿得出豬油豬肉、花生黃豆救我全家，我把妹子送給誰！阿滿聽了哭哭啼啼，萬興罵她：「留點力氣啦，等全家都死光了，夠你哭的。」聽到萬興這個話，利廣連忙上來找我，叫我去找友興，問問是怎麼回事。利廣從小就喜歡阿滿，只是沒有人當回事。我上去把友興叫下來。

利廣問友興：「萬興是不是真的說了，誰有豬油豬肉，就把阿滿嫁給誰？」友興說：「你又不是不知道，萬興那癲鬼，什麼都會說得出來啦！怎麼？你真的要討阿滿做老婆？村裡那有上下屋的人討來做老婆的？你又比她小！」

利廣說：「討不討得成先不說，我叫阿哥和阿叔寄豬油和豬肉來，先不讓發森伯把阿滿嫁掉再說！」

我說：「那你趕快寫信，反正東西寄來了，先救人再說！」

利廣也可能真的想過和阿滿結婚。解放前，別說同村，三個姓古的村子，同姓都不結婚。後來，慢慢有了，特別是其中一方在外面工作的，結了婚就把人帶出去了。我們村裡，有兩個在另一個鎮上小學當老師的，前年也在外面結了婚。其實，我們古姓三個村子的人，雖說是同一個老祖宗，但是，傳了二十幾代，只要不是同屋的人，血緣已經離得很遠。利廣和阿滿同歲，農村裡，女子十八歲嫁人正常，男子十八九歲結婚就少有。利廣經常上去找阿滿，發森伯也知道他們要好，只是把他們當成小孩子。

利廣寄出信以後，天天盼著印尼寄油寄肉來。發森伯一家真好像在等死一樣，堅持一個都不進營養病房。萬興的一個朋友介紹了一個長沙村的人家，那人剛好南洋寄了一些油肉和餅乾等食品回來，提著東西上門說親，一拍即合。過兩天，不知道是早是晚，阿滿就被人帶走了。利廣知道後，氣得嚎啕大哭，罵萬興把他的阿滿跟人家換了豬油。利廣一連哭了兩天，罵了兩天。

我勸了兩天，看他還是傷心，只好去找友興。友興下來，罵利廣：「自己都還養不活自己，去年在山上砍柴燒炭時還賴尿（尿床），就想討老婆！」利廣聽了才不再哭了。

後來，利廣沒有等到印尼寄來油肉，阿哥來了一封信，追問前些日子才寄了錢，可以用來買油買肉，錢用完了可以再寄，何必從那麼遠寄油和肉回來？可能利廣的信沒有把家鄉事說得清楚。不過，就是寄來，等家裡收到，阿滿也成別人的老婆了。

有一天，利廣上來找我，剛好群智出來，見到利廣，多嘴說：「我見到一個長沙村的人，說他們村裡有人把你的阿滿叫做『豬油大嫂』」。利廣一聽臉色變了，罵道：「豬油總比牛屎好，你阿媽叫『牛屎伯母』。」話才說完，兩人就拉扯起來，要打架。我說：「你們兩家都過得比我家好，還有力氣打架。要打就打吧，我是沒有力氣拉架了。」兩人聽了才放手。

單幹戶時，連生叔母出門一見到路上有牛屎，就會撿回來放進田裡。有時，手裡沒有工具，牛屎又比較乾，會用身上的圍裙兜回來。因此，被人叫她「牛屎伯母」。這花名很久沒有人叫了，現在，為了多積肥種自留地，她又會見到牛糞就撿，所以，利廣會想起來叫她這個綽號。

惠珍姐早在人民公社成立前，就悄悄嫁到城裡了，阿運嫁到廣州，嫁了個二婚的半老頭。最奇怪的是阿雪和蘭智哥的婚事。本來什麼都準備好要辦喜事了，後來卻傳出，蘭智哥另聚了一個他們廠裡的女工，阿雪就嫁給城裡一個什麼工廠的工人。以前聽群智說，蘭智哥回來不久，都和阿雪睡在一起了，怎麼又會變成這樣。問群智，他說是蘭智哥的打算：如果和阿雪結婚，他家只有一個工人，現在，建生伯母家算上女婿，就有三個半（阿雪暫時還是臨時工）工人。

我不敢打聽阿珠的終身大事。我們現在很少見面，雖然都在隊上勞動，但是，不會在同一塊田地幹活。有時見了面，也只是交換眼神，沒有說話，不知道說什麼，而且，這個年紀，兩人在一起時間長了，會引起別人閒話。

人民公社有了變化，上面來了政策，宣佈公社、大隊、生產隊三級所有制，以隊為基礎。體制與以前的高級社大體相同，那些領導沒有改變，只是另選了個叫李軒元的年輕人當治保主任，取代古光前的民兵隊長。我們成了第三生產隊，隊長還是先隆伯，洪昌叔母當生產隊副隊長兼保管。因為是大隊為核算單位，小隊沒有會計。食堂解散了，各家自己煮飯吃，看著分回來的那點米，阿媽和我都在思量一日三餐怎麼煮吃。

有一天晚上，先隆伯叫大家開會，商量一下怎麼生產自救。會上，大家出主意：先在田邊種上短期可以收成的瓜豆、早稻栽早熟品種、旱地多種點油料作物、先隆伯甚至提出種點菸、（因為市面上沒有香菸賣，到時肯定可以賣好價錢）……總之，都希望能盡快有收成，早日吃飽飯。誰知，這些想法向大隊一提出來，支書帶著新興叔和阿葉，到隊上召集大家開會，把我們第三生產隊生產自救的想法，說成是不顧國家利益，只顧小集體利益的錯誤思想。支書重申：今後生產隊的一切生產計劃，都必須嚴格按上級的指令執行，否則，要嚴肅處理。第二天，隊上的鋼板沒有人敲，大家聚在食堂前，良生叔去看先隆伯，一會兒回來說：「先隆伯說他自己把自己『嚴肅處理』了，不再當生產隊長。」大家本來就沒有力氣幹活，樂得休息一天。新興叔知道後，和阿葉一起去先隆伯家裡做工作，阿松伯母，洪昌叔母也一再上門勸說，先隆伯才又不情願地出來敲響那鋼板。每天早上，全隊幾十個男女勞動力，聽先隆伯安排以後，分別下田地幹活。

今年春天的太陽也無精打采，村子裡和田地裡死氣沉沉。所有勞動力不用幹部怎麼管束，大家自覺出工、收工。幹活時沒有人吆喝，沒有人多管閒事，更沒有人會講什麼笑話。大家默默地幹活，幹不動時，坐在田埂上休息一下，起來接著幹。不幹活沒有工分，田不種下去，有工分也分不到糧食。

不久，聽到下村和其它村有男人出外找工作。實際上，就是出外找吃，找活路。我和利廣找友興商量，也決定一起出去，去江西。江西是魚米之鄉，村裡已經有人上去了。到大隊跟新興叔提出來，因為已經有人批准出去，所以，馬上就同意了，開出了證明：「證明我大隊社員某某，外出工作，請給予各種方便為荷」。證明就只有一句話，關鍵有大隊公章。那時出外找飯吃的人，懷裡都揣有這麼一張紙，以證明身世清白，不是地富反壞右之類。如果沒有證明，會被當地政府當「盲流」抓起來。出去找生活，或叫找工作，都是走路去，走到哪裡有活幹，就在哪裡停，所以只有方向，沒有目的地。三個人過兩天就要出門，想不到阿媽病了，我一時急得沒了主意。友興說：「你不能走了，等你阿媽身體好起來再說。我和利廣先出去看看也好，到時寫信告訴你，叫你來，你才來。」

我只好留在家裡，看著他兩個先出去。利廣其實可以不出去，他家還不到「飢寒交迫」地步。他主要是願意三人「共患難」，同時，也想暫時忘卻心愛的人被換了豬油的傷心事。

等到阿媽身體基本康復，接到友興兩人的來信，說他們到江西以後，在一個修築公路的工地幹臨時工，自己溫飽尚且勉強，遑論其他。友興叫我先別去找他們，如果有其它門路，就先走其它路，否則，等他們下一次來信再作打算。我只好暫時留在家裡。過兩天，良生叔問我，想不想和他一起到一個離家幾十公里外的小煤礦去做工？下井挖煤是辛苦活，也有危險，不過，聽到每天配給一斤主雜糧，還能掙到一元錢以上，這太吸引人，我馬上答應。良生叔說，領頭的是一個城裡的朋友，他們有八九人，我們有四個，我和你，加上希哥和下村一個叫拔記的，共十多個人。我把這事告訴阿媽，她最初不同意，覺得下到地底下去挖煤太危險。我說，樣樣工作都有人做，樣樣工作都有危險，自己小心就是了。阿媽看我主意已定，便答應了。

臨出門的前一天晚上，吃過晚飯，阿媽問我：

「你和阿珠說過什麼話嗎？」

「沒有說什麼，為什麼會這樣問？」

「前兩天我生病時，你洪昌叔母來看我，說起上下屋幾個妹子都出嫁了，她阿媽阿嫂要給阿珠找個人家，和她說了幾次，阿珠好像不怎麼放在心上，所以著急！」

我一時不知道怎麼回答阿媽，想了好一陣，說：「告訴她我也著急！」

阿媽說：「這話跟你洪昌叔母說？」

我說：「不是，阿媽直接跟阿珠轉告我的話：她不出嫁我著急，就像我到廿五六歲還不結婚，她也會著急一樣！」

阿媽說：「知道了，阿珠是明白人！」

第二天，天一亮就出門。良生叔、希哥、我，三個人走到下村村口，拔記已經等在路邊。拔記大約五十歲的樣子，腮幫子上有顆痣，上面長了兩根長毛，那樣子顯得有點滑稽。四個人走到城裡，在河邊一個碼頭上，坐著等了有半個鐘，來了一小群人，七八個漢子和一個女的，都是三十多到五十歲的樣子。良生叔和其中一個打了招呼，然後和他朋友各向兩邊的人介紹，我們三個和那八九人互相點頭，含糊說出自己的姓名，含糊答應著。我和那女的就互相多看了兩眼：我是因為只見她一個女的；她可能是見我那麼年輕。良生叔的朋友姓李，大家叫他李哥，四十多歲，穿短衣短褲，渾身曬得黑亮，身體比我們所有人都強壯。李哥下河邊找到一個船老闆，招呼大家從架在木船上的跳板，走到停在河裡的第三條木船。李哥和船老闆交談了幾句，就開船了。船上沒有裝貨，只有我們十多個人，有的坐在船蓬裡，有的坐外面，我坐在外面的條凳上。這是我第一次坐船在河裡行走，這條河是我從小就熟悉的河，只不過我熟悉的只有短短的一段。船順水而下，雨季已經過了，河水很清。船上一人掌舵，一人搖槳。船被搖得一擺一擺的，我的身子隨著船搖擺。岸上的景色，近的一閃而過，遠的由遠而近，又由近而遠；一時是村莊、田野，一時是樹木、山巒，很像電影上的景象，只是沒有音樂和其它聲音。隨著身子的搖晃，腦子裡所有的困擾和艱難，好像都被搖了出去，感到輕鬆。我瞇著眼睛，希望一直這樣晃下去！可惜不久就覺得肚餓，我們都帶了點乾糧，各人自己拿出來吃。傍晚，船到了一個小鎮，上岸後，一行人急急忙忙走上一條鄉村路，趕了三四公里，來到一個只有幾戶人家的小村莊。李哥進到一棟屋裡，過了一陣，叫大家進去，把我們四個安排住在一個房間，其他人安排到另外的房間。我們四個先去洗洗臉腳，回到房間裡等了半個多鐘，李哥叫我們吃飯，草草吃完飯，已經下半夜。

早上起來，李哥帶著大家上到山上一個小煤窯，找到負責人，李哥叫他礦長。那人像個矮腳虎，那段日子，在我們村裡村外，很難見到像他那麼結實的人，那人的臉和手黑得和煤炭差不多。礦長先在窯洞外面空地上，給我們講工作要領和注意事項，然後就分工具給我們。工具就是一盞礦燈和十字鎬、鶴嘴、短鋼釬、錘子等，然後有兩個師傅帶我們進窯。說窯不說井，是因為沒有垂直的礦筒，是從削掉一片的山坡開出的坑道進去，坑道斜著下去，坡度不大，中間是小鐵軌。第一次進到地底，感到陰森，走了一段直路，又拐了兩個彎，感覺走了很久。最後，來到工作面，就是一個和我們那棟屋的廳差不多大的空間，四周是黑黑的煤，在礦燈晃照下閃閃發亮。師傅做出示範，教我們如何挖煤，大家學著挖了一陣，師傅認可後，我們就自己挖。十三人分成兩組，六個人跟另一個師傅去到另一頭不遠的工作面挖。先是六個人挖，挖到一定數量，就裝進礦車，由兩個人推出去，倒進洞口外面架設的溜槽，溜到下面的煤堆裡。第一天，工作效率不高，第二、第三天，工作熟練以後，出的煤就增加了。第三天收工回家後，礦長來到我們住地，和李哥交談後向大家宣佈：礦上滿意大家的工作，同意大家幹下去，有關工資和生活等事項，已經與李哥商定，由李哥跟大家說明。又介紹說，這裡是國營煤礦，附近幾個山頭有好幾座小煤窯，屬同一個單位。礦長走了以後，李哥跟大家說：國營煤礦只請有單位的人，不請私人，我出來帶的是街道開出的城鎮居民外出務工的證明，所以，現在把大家都當成我們街道上的人。勞動報酬按出煤量計算，統一付給我李某人。礦上每人每天供給一斤大米、黃豆、番薯混合的糧食，給集體伙食每天四兩花生油。李哥最後說：「剛才和礦長估算了一下，按這幾天出煤量，我們每人每天平均可能掙到一元二到一元四的錢。張姐的伙食只能辦成這兩天大家吃到的樣子，大概每人一天兩角錢左右。我和大家一起挖煤，一樣出力，不會當『督公』（監工）。這兩天看大家都出力幹，所以，我決定工錢基本一樣，但是，各人體力究竟有不同，醜話說在前，勤懶也總會有些，所以，多少要有點差別，但不敢多。我不可能事事和大家商量，只會我一人決定，我憑良心做事。我和礦長商量了，半個月發一次工錢，每人每天八角錢計。因為是小煤窯，這坑的煤挖完了就要結帳，每坑挖多久也沒人知道，總之，最後算總帳。我李某人直話直說，信得過我，一起幹！信不過，趁早走人！」話一說完，大家都說：「信得過！信得過！」

煤窯不是很深，有一個架坑道木的礦工師傅有時來看一看就走了，有一個師傅有時會跟我們一起挖煤。開頭幾天，覺得很辛苦，出力流汗還在其次，主要是沒有在地底下、不明亮、漆黑、狹窄的環境中幹過活。只聽見鼓風機的聲音，不知道風是怎麼流動的，總覺得呼吸得和外面不一樣，但是，一想到每天一元多錢，一斤米糧，就能夠忍下去了。煤層不覺得堅實，把煤挖下來並不難，幾天後，對煤粉的刺激反應遲鈍了，頭髮、指甲、鼻孔都是煤屑，咳出來的痰也是黑的。住地旁邊有條小水溝，早晚都在那裡洗涮。我看見那溝水也是黑的，但是，張姐說，水很清，她煮飯都是用這溝裡的水。

一個月後的一個墟日，因為是按天數算工錢，我們四個人約定休息一天，到小鎮上趕墟。吃過早飯，慢慢走到墟上。小鎮也就只有幾十米長，幾米闊的一條街，街兩旁有些商店，除了國營商店外，也有公私合營招牌的小商店。街兩邊有幾個人擺賣各種東西：一些自留地種出的蔬菜，一些山上採來的不知名的野果、塊狀根莖和野菜雜糧。有兩個賣雞蛋的，還有一個賣從河裡撈來的小魚和河蝦。不管什麼東西，只要是能進口填肚子的，就漫天要價，就地還錢，那情景和赤崗鎮差不多。四個人走了一轉，正想回去，見有一間小茶鋪，便進去喝茶。坐下來，店員過來，一客收四角錢，一兩糧票，然後每人給了一壺茶，一個小蝶子，裡面兩小塊芝麻糖。開水可以再加，不要錢，芝麻糖有錢有糧票也不能再買。顧客不多，四個人坐著喝茶說話，也不知坐了多久，覺得該走了，便起身走出店門。走過公私合營的小食店，希哥停下腳步朝裡望望，轉頭面向良生叔和拔記，意思是進去看看有沒有值得吃的好東西。良生叔搖搖頭，意思別浪費錢糧了，因為回去還有飯吃。礦長當時商定，我們一個月休息兩天，仍然供給糧食。

當時，出外找工做的人，糧票還比鈔票有價值，因為所有飯店都要有糧票才能買飯吃。我準備到江西時，洪昌叔換給我八斤全國糧票。那時，如果是普通百姓，要有：外出探親、重病赴外地求醫等正當理由，向大隊提出申請，批准後開出證明，才能用大米到糧管所換得某地方或全國流通糧票。如果是幹部，有時出外開會、公幹等，換取糧票的機會多，有可能節存一點以備不時之需。如果沒有正當理由換取糧票的，又必需外出用到糧票時，就只能用錢在黑市上買。我後來沒有去江西，將糧票還給洪昌叔時，他叫我留了二斤在身邊。

走過街後面一間沒有招牌的小店時，卻見有賣熟肉的，有幾個人在桌子上吃，還喝酒，四個人興奮起來。上前一問，說是野味：穿山甲和豬骨燉出來的，兩元錢一碗，果酒五角錢。希哥和拔記都主張吃，希哥說：「陰間（地下的煤窯）掙錢陽間使，這錢不在陽間用完，帶去陰間也用不成。」拔記罵他：「烏鴉嘴，開口就不吉利！吃吧，這穿山甲吃了有益的。吃了就會像牠一樣，在地下來去自由。」我也想吃，想吃肉。良生叔還在猶豫，我說：「良叔，吃吧，你那份我出錢，我孝敬你。」四個人坐定，店主端出四份，四個人開始品嘗。我因為吃過馮爺的竹狸，心中有很大的期望。可惜，一入口，不但淡而無味，肉不鮮，還有點酸酸的怪味。那酒，更徒有其名，就像是滴了兩滴酒的淡糖水。四個人草草吃完，也不想與店主人理論，便走出店門回家。走在路上，希哥不停罵店主騙人，不但酒肉數量少得可憐，而且味道實在太差。拔記說：「我懷疑那不是穿山甲，是什麼死貓死公豬的肉，要是吃了生病就糟糕了。」我被他說得心裡發虛。良生叔說：「一個願賣，一個願買，這個時侯能吃上一口肉，也不錯了，管牠什麼肉。生不生病，聽天由命吧！」到第二天，四個人都沒事，沒有生病。

良生叔現在一家六口，希哥一家五口，兩人負擔都比較重。拔記爸媽不在了，老婆和一女一子，女兒已經嫁人，兒子也已經是半大小子，出來隊上勞動了。我們兩人可以說沒有什麼負擔，但是，出來這幾天，自己的肚子是吃飽了，心裡記掛著阿媽，她在家吃不飽，又擔心她生病。

挖煤時，我們這些臨時工比較少說話。如果有礦工師傅來檢查或架坑道木時，他們的話就很多，講的多是很粗的色情笑話。我們四個睡覺前，都是講點家裡或村裡的正經事。有一天晚上，不知道是不是白天聽了礦工師傅的粗笑話，希哥和拔記講起嫖妓的事來。拔記的爸爸原來在鄰縣城裡開布店，生意很好。拔記小時侯在家鄉讀書，長大後去接班。不知他什麼時候染上嫖賭，父親在世時還有所顧忌，父親一去世，沒有人管束，接手後沒有幾年，把父親家鄉置下的田產賣光不算，連布店也倒閉了。解放前三年，回到家鄉，成了窮光蛋。

本來，他們三個聊做生意的事，說到後來，希哥就問拔記：「拔記，你也真有本事，偌大一間布店，幾年就給你玩完了，究竟玩些什麼？」

「那時候的社會，男人除了嫖、賭、吹（鴉片），還能玩什麼？」

「你好像沒有吸上鴉片嘛，嫖賭花得了幾個錢。」

「這三樣都同樣會上癮，而且很奇怪，賭贏了有錢去嫖，賭輸了反而嫖得更厲害。阿爸不在以後，那些阿叔，舅父上來，一起花天酒地。」

「你也是，阿叔阿舅，招呼吃一餐飯，送幾個錢就行了，為什麼非要帶去玩女人？」

「除了他們，不是還有些小時候一起長大的玩伴嗎，鄉下人沒有見過世面，跑上來非要叫帶去嫖妓，叫了個妓女才進到房間，一會兒就大叫：不行不行，換一個，換一個！我進去問，那妓說：你朋友也太性急了，我腿還沒有張開，就壓下來戮到席子上去，『沙底沙底』的叫！」

希哥聽得在床上笑得打滾。

良生叔說：「拔記，你這人真夠可以的，一副身家就這樣填進陰溝裡去了！」

拔記說：「還好玩完了，不然土改時成工商業地主，不知道能不能熬得過。」

良生叔又說他們：「你兩個二流子，少講點不正經的事，方智還是個孩子。」

我說：「當作種牛痘吧。」

拔記說：「你聽，你聽，有見識，不然怎麼長得大！」

我們挖礦，推礦車，或幹其它，臨時搭配，我和他們推礦車時，良生叔身體差些，我會多出力；希哥身體最好，但奸滑，推車上坡時，嘴上叫：加油，加油，自己卻不出大力；拔記身體也不好，但幹什麼活都不會惜力。重車推出去，又是上坡，不會說話。推著空車回來時，就可以講講閒話。有一天，我和拔說一起推礦車。

我問：「拔叔，你講那些荒唐事，是不是真的？」

拔記說：「你是個原童子（未接觸過女人的處男），才會這樣問。」

「為什麼這樣說？」

「因為你還沒有見識過女人。但凡男人講如何嫖妓、玩女人，個個都不會講真話，只會吹噓，說自己玩過多少女人，玩起來有多大本事，這是男人的不良心理。我那天是故意哄希哥那二流子，胡說一通，你不要當真。」

「解放前那些事我不懂，你剛才說男人心理，那麼女人，我是說妓女，又是什麼心理？」

「妓女就是賺錢，還能有什麼心理。『戲子無義，婊子無情』，她們天天迎來送往，是一種生意，像我天天賣布，就是想賺客人的錢，那會和你講什麼情？」

「那你明知不好，怎麼會去嫖妓呢？」

「這就是新社會比舊社會好的地方：把嫖、賭、吹都禁絕了。那時候，我阿爸和店左右的老闆，會約起來去妓館飲花酒，就是嫖妓。我從小見得多，到我懂男女之事以後，便會受人引誘。那妓女看你是青頭仔、童子雞，不單不收你的錢，引誘你喝酒吃點心，做完了，還會給你一個小紅包。」

我說：「那不是有情！」

「傻小子，那不叫有情。娼妓天天被男人玩，現在來一個未經人事的小男孩，她來玩玩你，對她也是一種刺激；更主要的是，教會你嫖，又多了一個客源，才會客人不斷，生意興隆！我不就是給害了，一嫖開了便收不回來。」

「說實在話，拔叔，你真的不後悔敗了身家，反而因為後來沒有被劃成地主而高興嗎？」

「不後悔是假，剛回村時，門都不敢出，一出門就被人指背脊。如果是土改被分掉了，還想得開，那是大勢所趨，和自己敗掉不一樣。」

兩人默默推了好一會兒車，拔記說：「你們三個，希哥是老油子，見得多，樣樣都能應付，過一天算一天。你兩叔侄，你良生叔年輕時不甘人下，奔波半輩子，可惜沒有運氣。你還年輕，有機會再讀點書，讀不成也不要緊，學一門手藝，將來成了家，老老實實過日子。」

後來，拔記沒有再講那些荒唐故事，講一些經歷見聞，正經故事，讓我從中學到一些有用的知識。有一天早上，看見一個人頭上包著布，下山走了。說是挖礦時被煤塊打著，回家不做了。晚上睡覺時，希哥悄悄說，那個人多嘴，說李哥和張姐睡在一起，被李哥手下的人打了，趕回家去。話未說完，拔記就搖搖手，指指隔壁。在一個多月相處中，我大體知道了我們這臨時湊起來的十多人的身份：李哥是街道上一個搬運公司工人，這段日子公司沒有多少活幹，便組織人出外攬活。其他，有同樣是單位沒有活幹，批准出來找生活的；有沒有單位的社會閒散人員；有一個像秋雲姑丈一樣給單位遣散的；有一個是勞改釋放的。張姐有家庭有丈夫，沒有孩子，家裡待不住，出來做工。至於和李哥的關係，沒有人知道。李哥有老婆孩子，還經常把老婆孩子掛在嘴上。他兩人的關係超過普通人，他倆並不顧忌，大家看見了也當看不見。那被趕回去的人不知怎麼會說出口來，就犯了大忌。我除了回到我們四個人的住處講講閒話，和外人很少說話，人家問一句答一句，多數都回答不懂。有一個人背後跟良生叔說：「你這個侄子有點傻氣。」張姐的伙食辦得夠好，她每天要去小鎮買菜，再回來煮飯。中晚飯除了兩個蔬菜，還有一個湯，雖然少油無肉，勝在新鮮，菜飯都做得很好吃。她還用搭配的黃豆，在小村子的人家裡做了兩次豆腐，吃得大家都很滿意。吃飯時她會照顧我，看得出她眼睛裡的慈愛，我很感動，但是，我還是裝傻，不敢表示出來。

幹了兩個多月，我已經慢慢適應了挖煤勞動。休息時，掛念阿媽，不知道她在家裡怎麼過；想到阿珠，不知道她找到人家了沒有？我希望她嫁給一個自己滿意的人。

有一天收工回來，良生叔和拔記，同時收到家裡的來信，內容相同。都是說：人民公社明年的農業生產要來個更大躍進，要求所有在外面找私活的人員，全部回家參加生產隊勞動。如不回來，明年將不獲分配口糧。各地政府已經張貼佈告，有關部門派出人員，一律將「盲流」遣送回原籍。等等。寄給良生叔的信，是維生叔寫的，附了一句阿媽的話，叫我和良生叔一起回家。看了信，當然不敢不回，希哥沒有收到信，也知道不能不回去。晚飯後，四個人一齊找李哥，將家裡來信催促回家的事告訴他。李哥說：「公社要求外出人員回家的消息，我已經聽到了。本來想這兩個窯的煤挖完後再打算的，你們等不得了。那你們四位先回去吧，我們要堅持多些日子，城裡還不像鄉下催得緊。等我們最後結了帳，會將你們應得的錢，扣除已經給了的，扣除伙食錢，計算清楚，我一到家就會帶口信給你們。」良生叔說：

「這兩個多月，多謝李哥和大家，我們本來希望和大家一齊把活幹完的，只是政策是這樣，沒有辦法。」李哥說：「這我知道，以後還有機會。那好吧，你們打算怎麼走？」良生叔說：「我們明天去鎮上，如果沒有上水船可搭，就走路回去。我們自己想辦法，不麻煩李哥了，不耽誤你工作。」李哥說：「那就這樣了，如果走路回去，路上要帶飯，叫張姐準備，我過去跟她打個招呼。走時我就不送了。」我們回到房間裡，看看也沒有什麼東西好收拾，便坐著閒話。幾個人都覺得：現在回去有點可惜，因為再幹個把月結帳，可以自己口袋裡裝著辛苦錢回家。又想到明後天就可以見到家人，又感到高興，議論起大概會掙得多少錢。

躺在床上，自己盤算：差不多幹了八十天，就算一天一元錢，扣掉伙食廿元也還有六七十元。這兩年，阿媽勞動的工分值，不夠付母子兩人的口糧款，加上平時預支急用的幾元錢，已經倒欠大隊幾十元，加上信用社借款，這些欠款，像大山一樣壓在阿媽頭上，把她壓得抬不起頭。阿媽年輕時的生活怎麼過我不知道，自我懂事以後，生活可以溫飽。我沒有見過阿媽向別人借貸，只見過同屋的伯婆叔母，或左鄰右舍，會跟阿媽借點小錢，或三升兩升米糧、種籽。

我覺得，有兩件事對阿媽打擊太大：一次是當她滿懷期望出南洋和阿爸團聚，卻又聽到阿爸突然在外面娶了細媽時，她的感情線好像斷了，從此對人情冷暖，世間情緣，非常冷漠；第二次，是在拿到大隊的欠款帳單時，她感到迷惘。她想不通，自己把土地和力氣都交給了農業社，風裡雨裡，勞累一年，為什麼連自己和一個兒子的生活都維持不了，這日子過得還有什麼意思？

我希望這次把欠款還清以後，和阿媽一起在隊上好好勞動，多掙工分，起碼掙夠口糧錢，維持基本生活，找回阿媽的生活信心。

第二天，四個人起得很遲，吃過早飯，來到小鎮上。見碼頭上泊在岸邊的船不多。一問，往上走的只有兩條不大的船，兩天內都還不走，也就不問載不載人了，決定走路回去。在街上走了一圈，沒有買到什麼東西。回到小村子，吃過中午飯又睡覺。起身後，在小溪裡洗臉，用小石子搓手腳，盡可能把上面的黑色搓掉，搓到手腳生疼。吃晚飯時，張姐說李哥已經吩咐，今晚給我們每人多做了一份明天當兩餐吃的飯，等飯菜涼了，會用蕉葉包好，給我們帶在路上吃，我們一再向張姐道謝。吃過晚飯，回到自己屋裡，收好兩件衣服，各人帶的都是薄薄的小被子，明早一捲捆起來挽在肩上就可以走，等張姐把飯包送來，四個人說了會兒話就睡覺，準備雞叫頭遍就起身。

睡得正好，感覺有人推我的肩膀，睜眼看到燈火，便清醒起來。起身收好東西，四個人吹熄油燈，輕輕關上門，便上路。從小鎮到縣城，有一條簡易公路，除了年節會有幾天客車行走，平常日子只會偶然有運貨汽車往來。這幾年，雖然到處生活貧苦，天下還算清平，又是四個男人，身上有點錢，也不多，沒有什麼好害怕。路兩邊都是山，沒有人家，走上兩個鐘，希哥和拔記就奈不住寂寞，吼起漢劇來。我不懂漢劇，聽著他兩個唱。良生叔告訴我，他兩個唱的是《宇宙鋒》，並簡單說了下劇情。希哥唱的是老生，拔記唱花旦。在這清涼的山間公路上，聽著兩個男人在裝瘋賣傻，我覺得很有意思。漢劇是用普通話唱的，他兩個的「客家普通話」，我反而聽得懂他們唱些什麼。走著走著就天亮了，邊走邊望，看到路上面有一棵大樹，從山上流下一小股泉水。便不約而同地向樹下走去。先在小水流中洗洗手，各人找了塊石塊坐下來，拿出飯包吃飯。我打開飯包用短筷子一扒，飯裡除了青菜、鹹菜，還有一個煎雞蛋。

希哥一看叫起來：「哈！還有私貨，想不到張姐還有這心思！真是男人後生三門當。」

拔記罵希哥：「混脹東西，和你想的不一樣，那是阿媽心態。」

四個人吃了不到一半的飯，重新包起來，留著中午吃。

家鄉話「鬥當」，可能和普通話「兜售」的意思大體相近：就是引誘你購買。不過，家鄉話不但指買賣，也包含「引誘你做某種事」的意思。我不懂怎麼會和男人後生（年輕男人）扯上關係，便問：「什麼是『男人後生三鬥當』？」

良生叔說：「不是什麼好話，你問來做什麼？」

拔記說：「阿良，你這世侄也不是小孩子了，該教他一些男女之大防的道理，以免他以後不小心上當。這『男人後生三門當』，是鄉下的俗話。其實，男女都一樣，長到一定的年紀，會有一段最吸引異性的時侯，所以，小調唱『十八姑娘一朵花』、俗話說『十八無醜女』，說男人就說得粗糙，說是『十八後生，硬過鐵釘』，即是男人一生最雄壯時。這時候的男女最能吸引異性。女人不必說，就是後生仔，也會有女人主動向你求偶，求交配。所以叫『門當』，就像有些生意人哄人的話：『不要錢，白送你了』。如果你不懂男女關係中的各種道理，或把持不住，以為女人主動給你，撿了便宜，一旦做出事來，就會造成惡果，遺憾終身。懂不懂？世侄。」

我說：「我懂了，多謝拔叔！為什麼是三次呢？」

拔記說：「說三次，不是實指，是說起碼會有一次，或有幾次，調強會有而已。」

希哥說：「李哥和張姐以前可能是江湖中人，他們現在還有這關係，也確實長情。」

拔記嘲笑說：「看來希哥很羨慕哩。我耳頭耳尾聽得出：兩人確實是以前有來往的，這張姐解放後也嫁了人，只是生不出孩子，家裡又處不好。李哥老婆孩子都有，只是沒有個好工作。其實兩人是不是長情不知道，但是，兩人可能各有難處，各有心鬱，在一起能互相排解一下是真。不是後生男女了，並不在乎那種事。那個被趕回去的人不懂這個道理，不會說話，才會得罪人！」

良生叔說：「方智，你拔叔不但見的人和事多，而且做人有心得，你就是不在學校，也可以學到很多東西！」

我說：「多謝三位阿叔，這些人情世故，書上沒有，老師也不會教。」

吃完飯繼續趕路，上午天氣涼，精神好，四個人，主要是他們三個人，東西南北，各地見聞，耳聞目睹，說說笑笑，不知不覺就到了中午，算起來已經走了一半多的路。遠遠看到路邊有一間茅草棚。

走到跟前，見有一張破桌子，兩條長凳，一個看來有八十歲的阿伯，在一個土坯結成的爐子上燒水。希哥問他討水喝，阿伯伸出一根手指。我們各自掏口袋，摸出一分錢，我只有一張兩分的票子，便一齊放在桌上。阿伯把四張票子收起來，從桌子下面拿出五個都有缺口的碗，擺在桌上，碗裡有一小撮布驚荊籽，然後斟上滾水。我們都餓了，喝了幾口茶，便拿出飯包吃剛才留下來的飯。阿伯不看我們，只管燒他的水。我邊吃飯邊打量阿伯，他佝僂著腰坐在石頭上，用手把乾樹枝拗斷塞進灶裡，那左手一直在顫抖著。阿伯臉上皺紋不多，但臉色青灰，眼睛渾濁。桌子下面有個破木箱，有一個差不多掉完搪瓷的臉盆。我望著這些桌、凳、碗、盆，覺得和燒水的銅煲很不相襯：那銅煲不但樣子古樸，而且擦得很乾淨。快吃完飯，山坡上下來一個一樣老的阿婆，抱著一抱乾樹枝。阿婆來到樹下，跟我們點點頭，拔記起身問候，和她交談。阿婆卻對拔記的所有問話都回答：「無！」，拔記便沒有興趣問下去。我們吃完飯，喝完一碗茶，阿伯又給我們續水，布驚荊籽不像茶葉，泡第二次就沒有味了。又坐了一會，我們繼續趕路，阿婆、阿伯沒有理睬我們。走了幾步，希哥問拔記，你向阿婆問出點什麼？拔記說：「你不是也聽見了。你認識嗎？那銅茶壺是緬甸帶回來的，我本來想和她聊幾句，可是，阿婆都是答『無』。不過這『無』裡面，其實有很多東西：無田無地、無兒無女、無錢無糧……」希哥說：「這只是你的想法。為什麼就不可以認為她說的『無』，是：無牽無掛、無憂無慮、無怨無悔……呢？」拔記笑起來：「哈哈！希哥，這正是我佩服你的地方，阿良，方智，這點你兩個都要向希哥學，天塌下來當被蓋，過一天算一天，所以他天天都過得很快活。」希哥說：「愁有什麼用，愁不來米，愁不來錢，那不如窮快活！那怕窮死，閻王爺見你快快活活來，都會招待得好些。」

走到下午，都感到疲累，良生叔和拔記更明顯。我把良生叔的被子拿過來掛在另一肩上，四個人放慢腳步，也不再說話。後來希哥也幫拔記揹了一段路的被子。家鄉的男女不帶草帽，下雨天戴竹笠，晴天，婦女戴頭帕遮陽，男人什麼都不戴，乾曬著。四個人就這樣走了一天，曬了一天。上午是一口氣走了一半路，下午就歇了幾次，見到路邊有乾淨的水就喝兩口潤潤喉，又慢慢走。到晚上九點多鐘，終於進到村子，拔記先進了家門。

回到家，阿媽很高興，摸頭摸肩，問這問那。第二天睡到中午，吃了午飯才走出房門。群智一見到我就說：「回來了？前兩天阿珠叫我，等你一回來就告訴你，回來後的第二天中午，在屋後欖樹下等她。」我問：「有什麼急事嗎？」群智說：「我怎麼知道？等一會我會去告訴她你回來了。」

第二天午飯後，我來到群智以前的欖樹下。這棵欖樹已經長得很高，樹幹有一抱粗。一會兒，豬妹來了，我和她遠遠的對望著，快走到面前，才轉過臉各自望向一邊。

我轉過頭看著她問：「有急事嗎？」

阿珠望著遠處，半天不說話。我看著她變得瘦削的身體，不由得擔心地問：「是不是生病了？」

「過兩天我就要嫁人了，我怕你回來見不到我！」阿珠說。

我閉上眼睛，深深吸了口氣慢慢吐出來。我希望她早日出嫁，但這一天到來時，一下子心裡空落落的，就像心裡的血流出去一下流不回來。

「是個什麼人？」

「一個男人，還會是什麼人！」

「哪，是哪裡人？怎麼認識？做什麼工作……」

「阿嫂認識的什麼朋友介紹的，在城裡的農機廠當會計，見過一面，那人說中意，就定了，其它我沒有問。」

在古里學校跳《在森林和原野上》的四個小女伴，阿雪與蘭智哥，本來是最令人羨慕的一對，為了當工人捨棄了感情；阿運為了離開鄉下，嫁了一個素不相識的城裡老頭；阿滿不叫出嫁，被她阿爸阿哥換了油肉！

「那你呢？你中意嗎？」

「除了你，其他男人還不都一樣！」

我抬起頭，閉上眼睛默默想：我們兩人怎麼就會生在同一個村子的上下屋呢？

見我不出聲，豬妹說：「記得好像還是二年級的時候，在你家吃飯，你阿媽叫你喊我姑，我聽了很惱。因為我一直想著以後嫁給你！」

「或者，人小時候聰明，長大後變傻了！」我嘆了口氣說。

「要是人不會長大就好了！」

「這日子真的是過得太快了！想不到過兩天你就要……」

「後天你躲在家裡，不要出來，我出門時不想看見你！」

「什麼時候？誰送你？」

「什麼時辰我不懂，反正是上午。除了我阿嫂送，還會有誰？」說完，豬妹從口袋裡掏出兩雙襪子送到我手裡：「這是我自己的錢買的！你知道嗎？以前我給你買襪子時，有個希望：希望你讀完高中讀大學，將來當個幹部，或當個有技術的人，不用再打赤腳下田！」

我伸手接襪子時，豬妹緊緊抓住我的手說：「方子，不知不覺，我們就長大了！你要學會自己照顧自己！我出了門以後，將來只能我找你，你別來找我。記住了！」說完，使勁握了握我的手，不等我答應，轉身走了。

我看著豬妹遠去的身影，找不出什麼詞語來形容自己的心情，但是，有一個希望很清晰：希望那個男人，會像我一樣愛戀豬妹，能好好照顧她，不但能讓她吃飽穿暖，還要讓她開心。

我靠在欖樹上，那像米粒般的欖花，時時會有幾粒在微風中飄落在身上。欖和攬同音。我們的客家話，男女之間的親熱相擁，不說「擁抱」，那是讀書人的語言，我們說的是兩個人「攬著」，「攬緊」。以前農閒時，村子裡會唱山歌的叔母伯母，會和阿叔阿伯對山歌。其中有一首借用欖樹說事的山歌很有名，很多人都會唱：

欖子打花花攬花，
郎就欖上妹欖下，
牽起衫尾等郎欖，
等郎一欖就歸家。

這首山歌有情有色，小時候不懂，隨著年齡增長，和大人一起勞動時，聽他們議論山歌方面的知識，也就懂得了它的涵義。唱這支山歌，有情人聽了覺得情深款款，好色的人聽了就會想入非非。這棵欖樹高直，樹下蔭大風涼，是我們小時候喜歡玩的地方。小時候，我和豬妹一起玩時，也會手拖手，或互相抱一下。豬妹對著我的耳朵說悄悄話時，不知不覺會親著我的臉。正因為這樣，洪昌叔母和阿媽才會不止一次說我們真是好得過分了。今天，她叫我在這裡見面，只是因為這是我們熟悉的地方。我覺得，在我十多年的生命中，除倫理中的父母家人以外，豬妹是我最親愛的人。我們的親密和愛意，像那天在馮爺家飲的山茶一樣：清潔，純正，沒有野味！

欖樹開花花串花，
串串欖花壓枝丫，
幾多欖花結成果？
幾多欖花成流花？

欖樹的花開得很多很密，能結成果的少。我們都長大了，以後不會再到這棵欖樹下玩了。

我在家裡呆了三天，怕看見門前那通往村外的長長的石路。

半個月後，李哥帶信來，良生叔進城去把四個人的結算款收回來。我還領回五十多元，連原來帶回來的十多元，有將近七十元。和阿媽商量後，阿媽去把大隊的欠款和信用社的借款還清了。阿媽從大隊回來時，我看見阿媽走路的腳步輕快了許多。

友興和利廣也回來了。他們在江西沒掙到什麼錢，特別是利廣，連從家裡帶出去的錢都吃完了，但是，精神好了許多。

因為萬興和葉天生不想再養豬，而且豬的數量也大為減少，大隊安排友興一人養豬，養豬場屬大隊所有。我們隊上從原公社的養雞場分回七八隻雞，又買了三十只小鵝，叫利廣當了飼養員。隊上所有果園，分別安排群智和維生叔管。良生叔和秋雲姑丈，分別管屋門前的魚塘，秋雲姑還是在大隊做事。我反而願意和大家一起下田勞動。我的想法是：既然當農民，還是先學會幹農活。我希望以後像先隆伯一樣，樣樣都拿得起放得下，多學點在鄉下養活自己和阿媽的本事。

一年多來，結識了本村和外村的一些人。知道有些人家裡有些藏書，便向他們借了些書來看。看了幾本殘缺不全的《今古奇觀》、《警世通言》和其它章回小說。書中的故事情節吸引人，而它反映的社會現象，世態炎涼，人情冷暖，使我覺得自己長大很多，懂事很多。聽塘頭村的人說，古建民當兵去了。我一次也沒有去找過古水泉。大煉鋼鐵時，學校也和大家一樣煉鐵，沒有上課。他們明年要畢業了，聽富林說，現在所有學校都在趕課，想把耽誤的課程補回來。富林和志森現在都基本不回家，在學校用功。

從放開肚皮吃飯，到喝稀粥水，人人都好像發了一場夢一樣。現在夢醒了，大家都勒緊褲帶，收拾田地，希望搞好生產，收成後能多分幾棵糧食，煮出稠一點的粥充飢。

分給每人的口糧，比煮大鍋粥水時的定額稍有增加，也還是只能煮出粥水。我和叔母伯母一起下田，個個都經常頭暈，坐在田埂上休息一陣再起來幹。有一天耘田時，維生叔母暈倒在田裡，大家七手八腳把她抬回家。吃過晚飯，我問維生叔，他說：「沒有大礙，就是餓的。」

維生叔出緬甸時我還小。解放前，他家有幾坵田地，十幾棵果樹。家裡的農活主要是谷元叔婆和維叔母勞作，印象中，維生叔喜歡玩，在古里學校和人踢皮球，有時在果園裡管管果園。這次回來以後，他年紀大了，有了經歷，不像以前那樣成日和人開玩笑，也聽不見他和維叔母唱山歌了。他在緬甸學會了吹樹葉，從楊桃樹上摘一片嫩葉子，含在嘴裡，吹出一種尖利而顫動的聲音。不知道他吹的是什麼歌，給人一種哀怨的感覺。他不會吹國內的新歌，但會吹山歌，只是吹出來的不像別人唱出來的好聽，好像哭的聲音。

我和維生叔吃完飯後坐在廚房門口，我想自己是大人了，可以談點大人的話題，我問：

「維生叔，你怎麼會趕在這個時候回來？」

「還不是聽人說的，中國過共產主義了，吃飯不要錢，樣樣都好！那邊有華僑社團辦的報紙，天天登出照片宣傳，加上出去那麼多年了，掛念你叔婆叔母。」

「你回來的時候，放開肚皮吃飯的時候已經過去了。」

「我一進滇南的時候已經知道了，可是，又不好回去，倒回去也沒有面子。只是想不到會困難成這樣子！」

「緬甸真的很難掙錢嗎？你出去以後，好像就沒有……」

「沒有寄過錢。那地方其實氣候好，物產也豐富。但是，人人都去當和尚，日求三餐，夜求一宿，所以，大家都窮，要賺錢不容易。」

「那為什麼不早點回來？」

「剛出去時有個希望，到後來才失望了。而且，那種無爭、悠閒，雖然發不了財，卻也不會餓肚子的生活，比我們現在好得多。」

「我們也不會一直這樣吧！」我說。

早稻收割後，以為會增加口糧的希望破滅了。每人口糧的數量沒有增減，主糧卻減少了，增加了雜糧。人人都有怨言，卻不敢公開說出來。由於去年稻田缺乏管理，今年早稻的產量比正常年景差，可是，今年徵購的糧食，反而超過正常年景。上交和收購公餘糧時，怕有人作假，不但有上面工作隊來檢查，支書也會帶著民兵下來監督。後來，為了完成徵購任務，連洪昌叔母保管室裡用來餵豬的乾紅薯藤，也拿出來用粉碎機粉輾成粉，連同乾木薯片等，一起上交。

社會上不斷有傳言，說某個省餓死多少人，另一個省又餓死多少人。在金元叔公的一生中，恐怕只在人民公社大食堂時，盡情地吃了幾天飽飯。後來變成喝稀粥，喝粥水，他當然不明白其中緣由。屋裡屋外已經找不到吃的，他也沒有力氣去找，每天喝完粥便坐在大門門廊裡睡覺。有一天下午，友智放學回家，見爺爺身子歪著靠在門檻上，跑進去把阿爸叫來，一看已經沒有氣息了。抬回上廳擺了一夜，第二天找幾個人幫忙，裝進一口薄棺，抬去長崗上埋了，有些上下屋的人都不知道。代新叔也死了，同樣是埋了以後才有人知道。人老了，大都會有這樣那樣的毛病，加上吃不飽，經常有人去世不奇怪。以前死了人，有錢沒錢，都會讓大家知道一下，現在都是悄無聲息地埋了。鄉下人說去世的婉語是「老了」或「走了」，沒有人會說「死了」，更不會有人說「餓死了」。最直接的，也就說是得水腫病死了。說自己家裡有人餓死了，不光彩，村裡的幹部也不准這樣說。

半年以後，上面對農民的政策終於有了點鬆動。明文規定每家可以有三分菜地，不足的可以補足。但是，不是平均每人三分，隨家庭人口增多遞減，好像是最多不超過七分還是多少。原有房前屋後的零星果樹，也重新分配，每家人口多少，可以有三到五棵，可以養兩至五隻家禽。允許自己菜地出產的蔬果和小手工生產的用品在市場出售等等。阿媽像以前阿婆一樣，在隊上已經幹得非常疲憊，回到家叫我煮飯，她又去了菜地，一直幹到天黑盡才回家。屋後的竹子，以前是每家有幾蓬的，現在分回給各家。我砍竹子重新編籬笆，編得高些，牢固些，以便種下的豆角、絲瓜之類能夠攀爬的範圍大些。村子裡很多人在偷偷亂挖，路邊、水溝上，有點泥土的地方，都會被人種上一藤瓜、幾棵紅薯苗。

友興、利廣和我，晚飯後聚在一起，話題都是到哪裡去找吃的。首先是水裡，門前的水圳，田間的溝壑，水裡的魚子蝦孫，田螺，青蛙，差不多都捉光了。河裡當然最常去，只是，水大時沒有工具很難捉到魚，水小時只有小毛蝦。我們的年齡已經不好意思去摸蜆，而且，好像河裡的蜆也少了。

有一天，很幸運地在河裡捉到一條鮎魚，決定拿去賣掉，買點什麼東西吃。三個人先到鎮上，在菜市場坐著。這是一條少見的大鮎魚，有好幾個人來問，最後和一個人討價還價，賣了五元六角錢。三個人裝著這五元六角錢，興沖沖進到縣城，走在街上，東張西望。原以為五塊錢有多大，一看那些能吃的東西，樣樣都貴得嚇人。走到電影院門口，有賣零食的小販，以前一分錢兩塊的水煮蘿蔔，現在五分錢一塊；以前有二分錢、五分錢一小塊的鹵牛什，現在要兩角錢，五角錢。小時候最喜歡這裡的鹵牛什，那五香牛什，一小塊可以嚼很久。三個人嘖嘖口水，從電影院走出來。突然聞到一股咖啡的香味。就是在大躍進以前，喝咖啡也是有錢人的享受，那時城裡只有一間茶樓有賣咖啡，遠遠就聞得到咖啡的香味。不知道為什麼其它東西都缺，這咖啡卻還有得買。經過門口時，有意放慢腳步瞄一下：咖啡一杯三元、咖啡牛奶一杯五元。再往裡一望，裡面高高的貨架上，竟然有好幾種花花綠綠的糖果，利廣進門去，指著糖果問怎麼賣，服務員頭都懶得轉過來，說：「廿八元一斤！」利廣嚇得連忙退了出來。我們三個，就是利廣他阿哥阿叔還寄點錢來，一年也就是寄個二、三百元港幣，換成一百多元人民幣，如果買這樣的貴價食品，連糖果都買不了幾斤。五元六角錢不知道買什麼好。走到一家飯店門口，餐牌上寫著：今日免票供應高產飯，每份二元五角。三個人不禁喜出望外，竟然有免票的飯賣。買兩份三人分著吃，起碼能吃個半飽。交錢買好票，才坐下，服務員抬出兩個飯鉢，兩小碟涼拌海帶，放在桌上，我們再要了一副空碗筷。那飯滿滿的，看得我們滿心歡喜，友興抬起空碗，把飯分了。我抬起碗來，把飯扒進嘴裡，覺得像扒進一口米糊一樣。那飯抬出來時，明明看見表面是一粒一粒的飯，誰知吃進嘴裡是這樣的感覺：不但淡得一點飯味都沒有，而且像沒有煮熟的米糊，根本不像吃飯。

友興問那服務員：「這是不是飯？」

服務員說：「當然是飯，這叫高產飯！」

「高產飯？」

「高產飯就是：本來一斤米只能煮兩斤飯的，現在可以煮成五六斤飯，所以叫高產飯！你這一鉢飯，用不了一兩米，就可以煮出來。」

「怎麼煮出來？」

「我們這幾天不收糧票，就是要大力宣傳！先把米用水泡上大半天，瀝乾水，乾蒸半小時，然後再加水蒸，就可以蒸出比平常多幾倍的飯來！」

「可是，這飯……」服務員不理我們，走了。那兩小碟海帶只有點鹽味，三個人幾口把高產飯、海帶絲扒完了，出來走了幾步，覺得肚子更餓了。還剩下六角錢，也買不了什麼東西，只有回家。

走過大橋，剛下坡行到街邊，突然聽到「嘎！」的一聲，一輛閃亮的單車停在我們面前，騎車人和正在我們前面行走的人，同時彎下腰去撿什麼東西。那東西被騎單車的人撿到手裡，走路的便和他爭起來。我們圍過去一看，原來是爭一截別人丟在地上的香菸頭。香菸是緊缺物資，要幹部，工人才會發菸票，憑菸票每月供應兩小包。有時有票也沒有菸賣，菸票過期作廢。黑市菸貴得不得了不算，沒有門路的還買不到。我們三個雖然抽了一段時間的香菸，上癮不深，後來沒有錢，也沒有菸票，就自動戒了。現在看到這兩個人爭一個香菸頭，不禁覺得好笑。以前看過村裡有一個抽鴉片菸的，發菸癮的時候，眼淚鼻涕一齊流，見人就磕頭作揖，向人討錢買鴉片。我不知道香菸的癮發起來有多難受，不過，看那騎新單車的人的狼狽像，恐怕癮發起來也是很不好受。前幾年的僑務政策比較開放以後，家鄉有不少華僑，從海外帶單車回來，帶的都是英國荷蘭等國出產的單車。有一種新式單車，是軸心剎車，剎車時「嘎！」的一聲，很有氣勢。這個撿菸頭的中年人，穿著打扮很光鮮，應該是海外親人比較富有的，可能不是什麼機關、工廠幹工作的人，本身沒有菸票，可能也沒有門路，有錢也買不到香菸。所以，看見地上的菸頭，顧不得體面了。不知道兩人後來爭的結果如何，我們離開後沿著河堤回家。

我和姑丈接觸多了以後，兩人的話也就比較多。這天，姑丈叫我抽時間幫他家補補菜地的竹籬笆。他家的菜地，是德叔公、德叔婆、安生叔名下的。他們很久沒有種過田，那菜地管得差。剛回來時，去墟上買菜吃，老本吃完了，才努力學習種菜，一屋人少不了幫他們，那籬笆還是以前我幫他們編的。

我利用飯後時間，砍了竹子破好竹片，到休息日便去把爛掉的籬笆清除掉，重新編上新的。功夫不大，就快整好了，姑丈走過來。

他站著看我編籬笆，說：「方智，你是個男孩子，可手很巧！」

我說：「這是最簡單的活，那裡就說得上手巧。」

「那天我剛想把破籬笆修一下，就把手劃破了。」

「你拿竹片要一下抓實，不要上下捋，因為竹片的邊角像刀刃一樣利。主要是你沒有做過。」

「這也是，你阿爸最近有來信嗎？」

「好久沒有來信了，阿媽和我都很掛念。」

「你那夥伴不是也有親戚在印尼嗎？他們家有沒有來信？」

我才想起來，好像利廣也說過他阿哥好久沒來來信，友興有個姑姑在印尼，那是平時就很少來信的。我奇怪姑丈怎麼會問到利廣他們，便問：

「姑丈怎麼會想到問他們家有沒有來信？」

「沒有什麼，隨口問問罷了。」

姑丈問我阿爸有沒有來信，這很正常，但問起利廣他們，就可能知道點什麼消息了，只是，他不說，問他也不會說。我想起那天去城裡吃高產飯的事，便和他說起這事，想聽聽他會講什麼。聽我說完吃高產飯的經過，姑丈說：「那只是用不同的方法煮出來的飯，沒有什麼好說。」就閉上嘴巴。我希望和他多說幾句，便又說起以前幾角錢的糖果，現在賣到廿八元一斤，而且不是私人賣，是國營商店賣的。姑丈沉默了一會，說：

「你讀書還沒有學過經濟學，這是政府的回籠貨幣政策。」

「什麼叫回籠貨幣？」

「貨幣就是錢，政府把社會上的錢，想辦法收回政府的荷包裡，就像把雞趕進雞籠一樣，就叫『回籠』。」

「那政府為什麼要這樣做呢？」

「因為社會上錢太多了。」

我一聽不禁笑起來：「姑丈說反了，現在社會上差不多都窮得沒有褲子穿，還說錢太多！」

姑丈望著我說：「這是一個很複雜的問題，說了你不一定完全懂。這錢是政府印出來的，叫發行。發行多少貨幣，要根據很多條件，最簡單的，就是要根據整個國家人民的生產生活需要。貨幣量發行得合適，流通就暢順，物價相對穩定，工農業生產、人民生活就會正常，大家就能夠安居樂業。如果東西太少，錢就變得多了，有錢買不到東西，影響生活；如果東西多了，錢太少，東西賣不出去，就影響生產。你說現在是個什麼情況？」

「錢也少，東西也少！」

「多少是相對的。這兩年國家發行的貨幣不會大量減少，你看到的是農民手裡的錢少了。有種情況可能你不太瞭解，你不是知道公私合營嗎?在廣州上海等大城市，對那些大資本家實行贖買政策，國家把他們的大工廠買回來，還要定期付利息給他們；就是縣城裡那些公私合營的大小老闆，這幾年也還收藏了不少錢;再加上我們這個僑鄉,有不少有錢的僑眷,這些人手裡都有不少錢。現在幹部、工人每個月照樣領著工資。所以,你只看到農民手裡的錢少了,社會上其他人手裡還有不少錢。可是,東西呢?就是國家的生產、生活物資呢?」

「那麼,這些東西哪裡去了?」

「你怎麼糊塗起來!城裡看不見,你在村子裡還看不見嗎?放衛星、大鬧鋼鐵、田地拋荒、辦食堂大吃大喝……這兩年,整個國家生產出多少東西?又浪費了多少東西?沒有錢的農民只會怨命,只會在土地裡找活命。那些有錢卻買不到東西的人,就會罵政府,造成社會問題。所以拿點東西出來,包裝成高級消費品,抬高價錢賣給他們,既滿足了他們的需要,又把他們手裡的錢收籠回來,這只是一種權宜之計。」

「原來這麼複雜,什麼時候都是苦了窮人!怪不得要餓死人!聽說有些地方餓死不少人!」

姑丈左右看看,向我搖搖手,不再說話。

籬笆修補好了,姑丈就在菜地裡除除草,我便幫他。他看到籬笆邊的木薯已經長得比人高,問我地下的木薯可不可以挖了。我告訴他要等到過春節前後,葉子都掉完了才挖,又講這木薯怎麼做來吃好吃。講到表弟和平已經讀中學,表妹曉蓉已經讀五年級,都很用功讀書,我見姑丈高興起來,便想和他講點開心的事,因為從他回來,我很少見他笑,於是問他:

「姑丈,我小時候聽阿媽她們說,你還在中學讀書時,就把秋雲姑拐走了,是不是真的?」

姑丈最初一愣,接著便哈哈哈地大笑起來,原來他不但會笑,而且笑起來很有感染力,聽得我也嘿嘿嘿地跟著他笑。

姑丈笑完一陣,停了停又忍不住笑,說:「原來你阿媽他們也這樣說我。你知道在我們村裡,我阿媽她們怎麼說嗎?」

「不知道。」

「她們說：我們家的阿重遠，被古塘村的細妹子勾引走了！哈哈哈哈！唉呀，真是太好笑了！」

我笑著問：「那你們兩個，究竟是誰把誰拐走的？」

「傻小子，等你愛上一個人，傻得連阿媽都不認得的時候，你就知道是誰拐走誰了！」

我說：「姑丈和德叔公一樣，知道很多東西，以後多教教我好不好？」

姑丈說：「知道得多，也不是好事！」

回家路上，姑丈好像對我，又好像自言自語，說：「我國自古以來，經常發生餓死人、人相食的事。聽說的事，沒有親眼所見，聽完就算，以免惹禍。我們國家地方大，各地情況不同，像我們這地方，有華僑在外接濟，情況或許好些。但是，更重要的是，為任一方的行政人員的思想作風，對地方的民生影響極大。至於當權者的最高決策，一時無人猜得透！」

有一天，良生叔從城裡回來，顯得灰心喪氣。良生叔現在仍然是我們隊最困難的一家。友智已經上小學，下面的妹妹還小，金元叔婆已經不會下田掙工分，良生叔母身體一向不好，兩個不算強的勞動力，以前養六口人，現在養五口人，屬年年超支戶。我不知道他的親戚中有沒有環境好點的，知道他外面有些朋友，時不時時會出去找門路。看到他無精打采的樣子，我正想問他，還沒開口，他便跟我說：「卜哥死了！」我一時沒有聽明白，問：「誰死了？」良生叔說：「你大李叔死了，自殺死的！」我不禁大吃一驚！好久才回過神來。自殺，過去只聽到過農村的婦女，因為受了氣一時想不開，便會投河上吊。人們往往會說這人真傻；土改時，見過、聽過一些地主投河上吊服毒自殺，有人說是無可奈何，有人說是頑抗到底。在我短短的人生經歷中，縣長、縣委書記，是我見過的最大的官，還只是遠遠的看見。而近距離接觸，還面對面說過話的，就是當過縣委副書記的大李叔，那時他已經不在這個職位上。在那幾個小時的相處中，我覺得他只是一個普通人，一個很實在的人。他為什麼要自殺呢？

良生叔說：「前久聽到外面傳說，以前劃成右派的人，有些摘了帽子，恢復原來的工作。我進城辦點事，順便去找新亮，想看看他情況怎麼樣，結果聽到他說這事。」

「怎麼會自殺呢？」

「新亮說，前不久，中央開了個什麼會，抓出一個反黨集團，都是些中央的高級幹部。這些人主要是反對總路線、大躍進、人民公社。說中央搞大躍進大鬧鋼鐵搞錯了，搞得到處餓死人，結果，受到批判鬥爭。中央精神傳到縣裡，縣裡開展反右傾，拔白旗。本來，縣裡要給一些前年劃右派時，思想沒有那麼右，出身又好的幹部，在這次運動中提高認識，然後給他們恢復工作。新亮認識得好，便已經恢復工作。想不到，卜哥卻表示讚同上面那個反黨集團主要人物的觀點，說三面紅旗有錯，破壞生產，弄得民不聊生，餓死人，這些都是事實。結果可想而知，不但沒有恢復工作，還有了新的罪行。他不等處理，便吃安眠藥自殺了！」

我想起馮爺的話：個人出外也好，共同鬧革命也好，是為了謀生，不是謀死。大李叔出來鬧革命，是為自己、為大家謀生，現在既然謀死！他怎麼會這樣糊塗呢？

後來的日子，經常會有些不知是縣上，還是區上的幹部，連同村幹部一起下鄉檢查。先是查看菜地、零星果樹、私養家禽，看有沒有超標；看有沒有亂開亂挖，佔用集體土地。有些人田邊地角種的瓜豆，屋後牆邊長出的果樹，都被清除了。連生叔母家的菜地，與隊上的地相鄰，不知她什麼時候重新編的竹籬笆，移出去一尺多寬。查出來後，要求她移回去，又吵鬧了一回。古思田支書和上面來的人下來檢查工作時，新上任的治保主任李軒元經常會跟著，還揹起了以前古光前揹過的步槍。

上面規定每家准許養三到五隻雞，隊上多數人家都只養兩隻，因為沒飼料不能多養。每到穀子黃時，大隊都會重申規定：為防止雞跑到石路外的田邊吃穀子，不到天黑，不准放雞出來。其實，還在單幹戶時，村裡就有這個規定。因為不管誰家把雞放出來，吃了別人田裡的穀子，都會引起矛盾。現在是人民公社，成了集體與私人的關係。放雞時間由隊上統一管理，也是敲那鋼板。我們隊上出工敲鋼板是先隆伯，放雞敲鋼板的是良生叔。

解放前到現在，村子裡都只有少數家庭有時鐘。我們這棟屋，解放前只有我家有一檯座鐘，土改時被分掉了。因為當時一屋都沒有時鐘，便把紀明伯從緬甸帶回來的一個掛鐘，分給我們這棟屋的所有貧下中農，掛在下廳牆上。這鐘一直由良生叔管理，後來，生產隊把這雞隻「放風」的重任交給了他。雞是青光眼，一到天黑就看不見，放出來也不會再跑到田裡吃穀子。

有一天傍晚，一個上面來的工作人員，和李軒元一同從石路走上來，可能是專門來查看有沒有把雞放出來吃穀子的。說句老實話，個別人、偶然地、偷偷地把雞放出來偷吃點穀子的人，確實是有的，因為家裡實在拿不出糧食來餵雞，老母雞單吃點清水拌老菜葉，下不出蛋。這天也該出事，鋼板敲響後，天還不完全黑，好幾家的雞一放出來，聰明的雞就直奔石路外的稻田，拼命啄起低下頭的稻穗。李軒元和那工作同志一見，便追趕起來，追得雞飛人叫，最後捉著一隻母雞，一隻公雞。全隊人都差不多跑出來，看看是不是自己的雞被抓了。一看，母雞是阿松伯母家的，公雞是阿木賢家的。阿松伯母沒有出來，只有富妹的妹妹阿芬，認得是自己的雞被抓著，哭著想要回去。黃毛叔母和阿木賢看到大公雞被李軒元抓在手裡，就叫喊著要搶回來。李軒元當然不給，還指著阿木賢說：「大隊的規定一再重申，你就是不聽！今天不重重罰你，不能教育群眾！」阿木賢和黃毛叔母爭辯說：「我們是聽到敲鐘才放的雞，沒有違反規定！」李軒元說：「不管怎麼說，我親眼看到你的雞吃穀子，這就是破壞生產！」小梅本來挺著肚子出來，紀明伯婆連忙把她拉了回去。

阿木賢家養公雞，是因為小梅有了身孕。家鄉的風俗，女人生下孩子後的第一天，一定要殺一隻大公雞，用薑和娘酒煮出薑酒雞來補身，據說還可以清除體內的瘀血。自從小梅有了身孕後，不但黃毛叔母一家高興，整棟屋的三家人高興，全隊人都為他們高興。小梅會做人，看到叔婆伯母挑擔或提重物，立即放下手頭的東西，幫你接過來送回家，所以，全隊人都誇她。

這時天已經黑了，一大群人吵吵鬧鬧轉到食堂前，先隆伯點起油燈，跟下鄉的同志和李軒元說，誰也不是有意放雞出來吃穀子，好好商量解決。李軒元抓著公雞不放，堅持要罰，一時又說不出怎麼罰，說要把雞帶回大隊去。阿木賢母子一聽急了，便大罵起來，說雞沒有吃著穀子，當幹部的欺負人。這李軒元是怎麼一個人，怎麼當上治保主任的，我們都不太清楚，但是，看起來是個半腦子（考慮問題不周全，做事衝動的人），年紀又輕，聽到阿木賢母子說雞沒有吃著穀子，幹部欺負人，在大家一不留意之間，拿出一把小刀，把大公雞的脖子一割，翻出雞膆子給大家看：「大家看看，大家看看，這雞有沒有吃穀子，我有沒有冤枉人，是不是欺負他！」那雞膆子裡確實有剛吃進去的穀粒，在場的所有人都沒有想到李軒元會來這一手，一時不知說什麼好。黃毛叔母和阿木賢一看大公雞死了，便急得大哭起來，要衝上去和李軒元撕打，大家急忙把他們拉開了。

李軒元這一舉動，激起了全隊人的公憤，紛紛指責：「就是雞真吃了穀子，該罰就罰，不能把雞殺死；當個治保主任，拿刀拿槍的，這不是恐嚇社員群眾嗎……」那上面下來的年輕工作同志，看見群情洶湧，嚇得面青，想拉李軒元走，大家圍著七嘴八舌指責，不准他們走。新興叔和葉子青家離我們隊近，聽到消息，一會兒就下來了，不知誰通風報信，不久，古思田支書也騎著單車趕了上來。支書一看這場面，問了問情況，和新興叔耳語了幾句，先批評了李軒元一通。接著大聲向大家說：「李主任這樣處理問題確實欠考慮，今後有必要改進工作方法，但是，這雞確實吃了稻穀，這也不對嘛！大隊多次宣佈，不准有這種破壞生產、違法亂紀的行為。今天這事我和大隊長明天開個會研究一下，會作出妥善處理，大家不要再吵吵鬧鬧了，都回家去。」

大家都不走。黃毛叔母和阿木賢說：「把我的雞殺了，賠我們雞，還要怎麼研究？」

支書說：「該賠的賠，該罰的罰，當然要研究。」

阿木賢說：「我們是聽到敲鐘才放雞的，要罰也該罰敲鐘的！」

支書問先隆伯：「誰負責敲鐘？」

良生叔沒等先隆伯說話，回答說：「那鋼板是我負責敲的，我遵照你們規定的鐘點敲，不知道是不是掛鐘今天吃得飽，跑得太快。新興大隊長，要罰就罰那掛鐘吧！那掛鐘是地主成分，土改時分給我們的，我怕這鐘有意搞破壞，我管理不好，以後請治保主任來敲吧！」說完，看也不看支書，回家去了。新興叔見支書聽得氣呼呼的，連忙把他拉到一旁，兩人說了陣悄悄話，新興叔對黃毛叔母和阿木賢說：「公雞會還一隻給你們，不會影響你家媳婦生孩子。至於怎麼處理，我們開會研究再說。」然後叫大家回去，不准再吵鬧，不要影響明天出工。大家安慰了阿木賢母子一陣，才各自回家。

等收完晚季作物，一直到過春節，人們的心情，和收割完莊稼的田野一樣，又冷清，又寂寞。這年的春節，應了句「王小二過年，一年不如一年」。生產隊每個勞動日的工分值二角多錢，我和阿媽辛苦一年，扣除口糧款及平時急需預支的幾元錢，年終結算，只剩得幾角幾分。現在，連利廣家和連生叔母都叫日子難過，其他人可想而知。

整個隊日子過得好點的，反而是紀明伯老倆口。他兩個兒子被送到痲瘋村後，政府對這些人的生活有基本保障，又派醫生治療。後來，又派人帶領他們自力更生，自己生產糧食蔬菜，養豬養雞，做到自給自足。紀明伯第二個兒子有初中文化，被培養成自己村裡的醫生。由於外人不到他們村去，大躍進時他們沒有受到什麼影響，所以，生產生活都搞得比外面好。據說，已經有了一種藥，能把他們的病控制住，這種病本來就要有親密接觸才會傳染，所以村裡的人也不像以前那麼害怕。兩兄弟隔三差五輪流回來，帶回他們村裡生產出來的肉蛋蔬菜。別人看了可能還有些疑慮，老倆口不擔心，照樣享用。紀明伯夫婦的口糧等開支，有大兒子寄錢支付，自己也還能種點菜，養兩隻雞，因此，生活過得比別人好。

我家的果樹土改時被分掉了。複查以後，成分改變了，阿媽把屋後沒有分掉的一塊竹子地挖掉部分竹子，移栽了兩棵柚子，一棵龍眼。這三棵樹公社化時也圍不進集體果園，現在仍然劃回給我家，樹已經長得高過屋頂。龍眼樹沒有那麼快，柚子樹嫁接後，明年後年可能開花。這天吃過中午飯，我到屋後果園去找群智，想問問他怎麼管好這幾棵果樹，讓它早日掛果。以前果園是各家圍各家的，現在把能連成一片的都連起來了，有幾塊連不起來的，還是單獨成園。這些果園由群智和維生叔分片管理。我去到群智管的果園，群智聽見我叫他，出來開了園門，讓我進去。果園裡有竹寮，就是用竹子搭成的小竹棚，有大床寬，上面的頂只能遮陽光，不能擋雨。竹寮平時用來休息，到果實成熟時，可以睡在裡面看守。我先到處看看，果樹還是原來那些：沙田柚、楊桃、龍眼，幾棵柑桔，沒有新種什麼果樹，有些樹已經顯出老態。

轉回來坐在竹寮裡，我說：「群智，看起來你這果園管得不怎麼好啊。」

群智說：「吃都吃不飽，那有精神管樹，你怎麼看出這樹管得不好？」

「我以前在志強哥的果園裡玩，他家的果樹收完果子以後，先隆伯會剪掉一些樹枝，那些樹看起來有疏有密，很整齊好看。你看你這些樹，密的地方枝葉擠在一起，看不見天；稀的地方只見太陽，地下可以曬穀子。先隆伯還把每棵樹下泥土挖鬆，用土圍成一圈，便於蓄水施肥，你這樹下什麼都沒有做，你是不是天天在竹床上睡覺白拿工分！」

群智被我說得笑起來：「活還是幹，不像你說的白拿工分，只是不夠勤勞。」

「你是不會幹還是不想幹？」

「兩樣都有。種果樹也有很多學問，剛接過果園來管時，先隆伯教過我。先隆伯也沒有文化，就是有經驗，會做，但說不清道理。我聽了記不住，又寫不下來，所以覺得種果樹也不容易。」

「第二樣呢？」

「現在大家都一樣，吃不飽，沒有力氣幹活。你想，又不是我們懶，種不出東西來，是種出來的東西不知道被弄到哪裡去了，哪還有精神幹活。」

我說：「支援社會主義建設，支援國家工業化囉。」

「我不是說農民生產出來的東西只能自己吃，是說我們每天辛辛苦苦幹活，起碼要讓人吃飽。還記得土改時唱的歌嗎？『牛出力來牛吃草，東家吃米我吃糠』。我們兩個放牛，牛沒有吃飽，阿媽會罵人，因為牛沒有力氣幹活。現在，我們名義上一年分二百斤糧食，實際上毛穀不到二百斤，輾出一百來斤糙米。其它是紅薯等雜糧，一個月幾錢油，逢年過節分幾兩肉，個個餓得想吃人！累死累活一天還掙不了兩角錢，有錢也買不到東西，樣樣都要票。我問你，方智，怎麼我們活照樣幹，日子卻越來越不好過？」

我不會回答，群智看我不說話，說：「算了，你也說不出道理來，去看看你那幾棵樹。」

隊上的大田，差不多都像群智管的果樹一樣，營養不良，老態龍鍾。村前村後放眼望去，那一小塊一小塊私人的自留地，卻是綠油油的，顯得生機蓬勃。

阿爸好久沒有來信。到處有人傳說，印尼的局勢不好，把一些華僑驅趕到集中營，不准他們做生意。

我們和南洋通信，長輩都告訴我們要寫「平安信」，不談政治時事，特別是僑居國的政事不能過問，以免被查出來，危及親人的安全。阿爸和阿伯來信，也從來不會談及外面的政局時事。

在此之前，國內的宣傳，都說印尼總統和我國如何友好，我們國家又如何支援印尼的經濟建設，所以，我們一直不會想到會有因為兩國關係不好而影響親人的事。

不久，報紙刊登消息，說印尼政府驅趕華僑，中國政府發出強烈抗議，並且派船去接他們回來。

阿伯終於來信，說阿爸一家人被驅趕到集中營，領事館安排他們第三批回國。至於他們一家，住在大城市，不會被驅趕，是否回國，視時局發展而定。阿媽和我都憂心如焚，卻又只能無助地等待消息。

不久，聽到第一、第二批的華僑已經回來，安置在福建、廣東、廣西、江西的華僑農場，連我們縣也建立了一個華僑農場。那農場建在一個山裡，離我們村子好幾十公里，不知安置了多少人。

終於，有一天中午，郵遞員送來一封信，是從滇南省寄來的。我們在滇南沒有親人，預感到可能阿爸已經回國，安置到滇南去了。拆開信一看，果然如此。信寫給阿媽，信上說：因為遭到印尼政府的驅趕，不准他們在原地做生意和生活。一家人先被趕到集中營，後來祖國派船，把他們接回來。他和小婆帶著六個子女，在堪江上岸後，坐了十多天的汽車、火車、汽車，最後安置在滇南省元水縣一個華僑農場。現時全家生活安定下來，先報平安，有何打算，以後再說。我將信一字不漏地讀給阿媽聽，阿媽聽完，反應不大。也許，印尼的政局阿媽比我瞭解。她以前去過縣僑聯多次，除表叔外，也會認識一些人，只要阿爸和阿伯較長時間不來信，她都會去找人求教，問一問外面的情況。只是，她不管聽到什麼消息，回來都不跟我說，可能認為說了也於事無補，徒增煩惱。沉默了很久，阿媽才緩緩地說：「你回封信，告訴他們信收到了，知道一家人平安，我們就放心了。叫他們在那邊好好過日子！」我問：「不問一問阿爸是不是回來看看？」阿媽說：「不用問，要回來不問也會回來，不回來，問了也不會回來！」

晚上，我第一次失眠。阿媽的神情不是冷靜，而是冷漠。自從三年前的出國申請，因為阿爸又在外面聚妻而終止以後，她對阿爸的消息就顯得冷淡。她打聽印尼的情況，更多的是關心阿伯一家人。當我和她提到阿爸時，她話中會說出「他、他們」，不像以前都是說「你阿爸、你細媽」。

我聯想到建生伯和吳昌祥家的情況：阿媽和我在國內生活，阿爸和細媽、子女在南洋生活，雖然分隔兩地，但從來都是一家人，不會覺得是兩個家。現在，阿爸他們回到國內，國內是一夫一妻制。阿爸有六個子女在身邊，他只能選擇和細媽，和那些子女在一起，那和我們不是割斷關係了嗎？這叫了幾十年的夫妻、十多年的阿爸，不會一下就沒有了吧？想到這裡，我不禁渾身覺得冷！一夜無眠！

那幾個月，國內還在宣傳繼續大躍進，發展城市人民公社。

富林考上上海一間大學，父子的願望都實現了。他統考結束後就回家來陪他阿媽。志森的事讓人搞不懂：他讀的是一所私立中學，卻被保送到西安一間軍事工程學院讀書。有人私下傳說，志森在學校政治表現很好，在學校的反右傾，拔白旗運動中，成了先進分子，所以，得到保送上大學。先隆伯家有第三個大學生了，兩公婆很高興。志森的阿婆反而不當回事，說：人家送給你，又不是靠自己本事考上的，搞得志森很不爽快。

我聽到這些消息時，既為他兩人高興，又免不了有些失落。下村還有兩個考上大學的，村裡的大學生已經有七八個了。

利廣上來找我，說富林和志森都要去讀大學了，這一走，不知道幾時再見面，去找他們玩玩，作個告別。兩人來到志森家大門外，把他叫出來，又來到富林家，把他也叫出來。四個人走到池塘邊，我說：「不如到群智果園裡去，那裡涼快一點。」他們答應一聲，四個人便一齊走向屋後。進到果園裡，如果五個人坐到竹寮的竹床上，要把竹床也坐塌了。群智找來兩把鋤頭，架在地上當凳坐。五個人有高有低坐著，好像一起偷果子吃的日子沒有過去多久，但是，抬頭望望四周的果樹，已經比以前長高許多。

小時候，我們這上下五棟屋，我們五個，加上阿雪、阿珠、阿滿，共八個人，差不多天天一同上學，下課後一起玩。捉蜻蜓、撲蝴蝶、挖土狗、釣沙蟲，男的調皮一點，放風箏、爬樹掏鳥窩、下河游水，水果熟了偷摘水果。家家都有果樹，輪流偷。富林家果樹最少，我們不忍心偷他家的，怕被他阿媽知道會打他。偷水果的秘密，其實各家的阿媽都知道，不會說破；我們也不敢偷多。剛坐下時，五個人都在想以前的事，再你望望我，我望望你，現在個個嘴唇上都長出茸毛，便禁不住大笑起來。

富林說：「這兩年我很少回家，回來看看，好像變了，又好像沒有變，一下說不出來！」

志森說：「村裡的變化不好說，最容易看出來的，就是大人變老了，小孩長大了。阿雪、阿珠、上屋的阿滿、下屋的阿運，這幾個一起上過學的細妹子，都不知道變成什麼樣子？」

群智說：「變成人家的老婆，會變成什麼樣子？」

利廣說：「說人家的老婆幹什麼？說我們自己吧。富林、志森，你們去讀大學，一去就是五年才會回來嗎？」

群智說：「五年也不是很久，像蘭智哥當兵，還不是五六年才回來。只是不知道你兩個讀完書會到哪裡工作？我想的是方智，你阿爸從南洋回來了，不回家來，又去滇南那麼遠。那你和你阿媽以後怎麼辦？」

我說：「我正為這事心煩呢，不說這事好不好？」

利廣望望樹上，對群智說：「那幾個楊桃熟了，摘來吃好不好？」

富林說：「不要害群智，現在不是他家的，是隊上的東西！」

利廣說：「還是私人的果園好！小時候想吃什麼水果，就輪著偷，想吃什麼就吃什麼！」

志森笑富林說：「你家果樹最少，我們說不偷你家的，你還不高興，哭，想想小時候真傻！」說得大家都笑起來。

我不禁問：「那你們說，是小時候傻還是長大了傻？」

志森、富林、利廣都說：「那還用說嗎？當然是小時候傻，長大才變得聰明。」

只有群智說：「看你怎麼看。以前老師講：人是高級動物，就是說人也是動物。如果是動物，小時候笨，大了聰明。如果是人，小時候聰明，越大越蠢。」

志森和富林說：「什麼怪論！」

我說：「群智喜歡發些怪論，不過，想深一層，有他的道理。」

利廣說：「別說那麼古怪的問題好不好？講點實際的吧，志森，富林，你們畢業以後如果在外面工作，也會討一個北方婆嗎？過年時，下村一個人帶回一個北方婆，不會說也不會聽我們的話，還說飯不好吃，要吃麵，要吃包粟（玉米）羹，是不是很好笑！」

志森說利廣：「我們討什麼樣的老婆，那是很久以後的事，你是不是還一直想著阿滿？不如叫你阿媽快點給你找一個。」

利廣說：「哪個還想著她，她過年時回來，穿著一件大紅的燈草絨大衣，像過年敬神的發酵粄一樣，難看死了！」

我們幾個都忍不住笑起來，那時候，新媳婦回娘家的打扮都差不多：腳下一雙新皮鞋，身上燈草絨大衣，頭上一把花洋傘。阿滿身材比較嬌小，出嫁後長胖了。大衣當然要長些，鮮紅的顏色，整個人看起來，還真的像神臺上的發酵粄。

群智說：「你不要娶不著人家，就說人家的壞話。」

志森說：「我看還是群智會先討老婆，你以前寫對聯就說要找老婆。」

群智說：「現在找老婆哪有那麼容易？人民公社個個家裡窮得叮噹響，別說結婚要的雕花床，大衣櫃，座鐘這三大樣置不起，就是阿滿回娘家那身打扮，不是南洋有錢寄回來，你都買不起。」

富林說利廣：「你阿哥阿叔經常寄錢來，還是你最有條件先結婚，叫你阿媽早點給你找一個。」

利廣說：「要找我也自己找。最叫人想不到的是阿木賢，以前誰看得起他，現在已經當阿爸了，啞巴又那麼漂亮！」

富林說：「阿木賢真的變了，我阿媽一直誇那個啞巴討人喜歡，真叫人想不到。或者像老人說的，人生有起有落吧。以前我家最窮，我讀書也不算聰明，現在考上大學，我確實感謝共產黨！感謝政府！」

我們看他說得那麼動情，都點頭稱是。

志森說：「我和富林去讀書，你們三個有什麼打算？方智會去滇南找你阿爸嗎？」

我說：「我阿爸才回來，那邊是什麼情況都還不清楚，那就會想到去找他？」

群智說：「我們會有什麼打算，過一天算一天，不是說，什麼都是命生成的嗎？現在這命又不抓在你手裡！」

利廣說：「又來了，群智這人經常會說出讓人不想活下去的話。不說這些了，你兩個一起走嗎？車票買了沒有？」

志森說：「我路遠，先走，車票已經買好了。」

大家又說了些路上小心，有機會回家，不知道什麼時才見面的話。五個人都有些傷感，又不會用語言表達。

他們兩人有了對新生活的嚮往，顯得雀躍，精神好得多。出了園門，富林和志森很自然地走在前面，講他們共有的話題。富林跟志森說：「你那個是軍事工程學院，不是搞政治工作的政工學院，如果數理化基礎打得不好，學起來恐怕吃力。」志森卻不以為意：「船到橋頭自然直！」說得很有信心。

又過了幾個月，阿爸才寄來第二封信。第二封信寫得詳細，寫了印尼政府迫遷和回國的前後經過，介紹了華僑農場情況：元水縣布朗華僑農場，在離省城二百多公里，離縣城幾十公里的山裡，氣候和印尼差不多，歸僑組成生產隊，集體勞動，種水稻為主。所有家庭吃飯在食堂，飯隨便吃。每個正式勞動力一個月可以領取二十二元工資，子女多的，政府每月有生活補貼。生活雖比不上在印尼，但也過得去。華僑回國時，大家都表示了願意服從祖國分配，第三批的安置在滇南，聽說全省有十多個華僑農場。本來，回國經過廣東時想過先回家看看，但是，領導宣佈不可以離隊。阿爸的信上說：回國前，托一個遠親帶了一輛單車和一些衣物，那遠親安置在福建一個華僑農場，到時他會把東西寄回家鄉。又提到：有好幾個華僑剛回到農場，原鄉的子女就過來探親，其中有兩個華僑的兒子，跟隨剛回國的華僑子女到省城讀書了。如果方智想來滇南團聚和求學，便把單車賣了作路費，早日動身過來。如果沒有這個打算，就賣了錢補貼家用。我什麼時候回鄉探望，過一段時間再作打算。

聽我讀完阿爸的長信，阿媽仍然那麼平靜。那位回到福建的遠親，我第一次聽說，阿媽也說不認識。帶了一輛單車和衣物，等這位遠親把東西寄回來再說罷。每天照樣下田，收工後上自留地。轉眼就要過春節了，沒有人再提過革命化春節，也沒有春節不革命化的氣氛。春節後兩個多月，收到遠親從福建一個華僑農場來的信，說從郵電局寄來一個包裹，從汽車站托運了一輛單車，要我們收到以後寫信告訴阿爸。過了二十多天，包裹和單車都收到了。包裹中有幾件阿媽的衣服，兩塊布料，兩罐牛油。單車是英國的鳳頭牌子，雖然很舊，但很堅固，隨便修整了一下，就可以騎。一時不知道有什麼用，像秋雲姑一樣，先鎖在家裡。

不知不覺又過了一個多月，一天吃過晚飯，阿媽對我說：「方智，你有沒有想過去滇南探望你阿爸？」

我說：「沒想過。」

過了好久，阿媽緩緩地說：「我們村裡田地少，過去，很多人都出南洋謀生，解放以後，不能出南洋了。從土改到農業社，雖說還是那些田地，上面的工作同志下來教大家改良土壤，改良品種，搞密植，施化肥，又搞多種經營。同樣的田地，出產的東西比以前多，阿媽耕了一輩子田，當然看得見。可是，不是自己種出來的東西養不活我們，政府說要支援國家工業建設。阿媽不懂國家大事，只是，當農民，一年風裡來，雨裡去，收成後連肚子都填不飽，這農民當得還有什麼趣味，有什麼出路！你阿爸信上說，那邊飯隨便吃，做工的話，每個月有二十幾元工資，又說，有人去到那邊讀上了書。我想……你們父子一場，今生今世，不管什麼時候，總要見上一面！去到那邊能讀上書，是『上上大吉』，就是讀不成書，也可以暫時渡過難關。過上兩年，如果家鄉有了變化，那邊生活又不過如此，或者覺得不好相處，再回來和阿媽一起過。老話說：樹挪死，人挪活，既有這條路，不如出去闖一下。」

那天和富林，志森坐聊以後，我的確又有了讀書的嚮往。從小學到中學，幾個人中我的成績最好。那時阿爸有錢寄，家裡經濟也比他們幾家好，大家都覺得我將來會讀上大學。看阿爸的來信時，我也留意到那幾句話，但我沒有想過要離開阿媽。

「如果我去了不回來，阿媽一個人怎麼過？有病有痛，身邊誰來照顧你！」

「我想過了，我現在還不是老得不能動。人民公社看來就是這個樣子，我們兩個人幹活，日子好不起來，我一個人幹活，也餓不死。至於互相照顧，這麼多年來，我們家和你維生叔一家，就像一家人一樣。現在你維生叔回來了，勉智也大了。還有一屋的叔伯，這個你可以放心。」

我說：「讓我再想想！」

我請教姑丈、秋雲姑、良生叔和維生叔，他們都說，有這個機會，不乘年輕出去闖，還等什麼！我說：「可是，阿媽……」姑丈說：「問寒問暖，還有一屋人。這種時候，你阿媽真遇到什麼大災難，你在身邊也只能束手無策，還是去找一條出路吧。」

友興也說：「『飯隨便吃』還不去，粥水沒有喝夠哇？」利廣卻不希望我走，他總是希望我們一起混日子。

「樹挪死，人挪活！」這話說得有理，我決定到滇南去。

單車托舅父賣掉了，名牌車，雖然舊，也賣了一百二十元。當時的國產新單車，也差不多是這個價錢，但要有票才買得著。

決定了動身日期，去大隊提出申請，開出了到滇南探親的證明。預計二十天路程，給證明到糧管所換了十五斤全國通用的糧票。打聽清楚後，經過比較準確的計算，有八十到一百元，可以到達華僑農場。買好到廣州的車票後，我要留二十元給阿媽，怎麼說阿媽都不同意。說出門不比在家，路上舉目無親，又那麼遠的路程。拗不過，只好全帶上。只有平時穿的兩套內外衣服，沒有什麼好準備的了，想帶點什麼給阿爸他們作見面禮都找不出來，最後帶了一包家裡的鹹菜乾。

這天從外面回來，阿媽說阿珠來了，在房裡。我進到阿媽房裡，阿珠坐在凳子上，見我進來，站起來望著我。阿珠看起來沒有什麼變化，稍為長胖了，臉色也好一些。我打過招呼，一齊坐下來。

阿珠問：「都收拾好了？該帶的都有了？」

我說：「也沒有什麼好收拾，只有平時穿的衣服，揹一個小包就行了。」

阿珠拿出一個小紙包，伸到我面前，我接過來，問：「是什麼？」

「幾斤全國流通糧票，跟人換的。」

「我已經換了，大隊開了證明，糧管所換的。」

「我知道你換了，按定量、按路程換給你，萬一路上有什麼延遲，你不吃飯了？」

「我聽人說過，要坐幾天火車，火車上的飯不用糧票。」

「拿著。去到那邊，雖說是自己的阿爸，手腳勤快一些，嘴巴甜一些，樣樣事都不要逞強！」

「知道。」

「最好當然是能再讀書，實在讀不成才做工。過得不好就回來，千萬不要顧面子，怕回來被人笑話，在外面死頂！」

「知道！」

「你這人，什麼我都知道，就是有一樣不懂，為什麼你不畏神鬼，卻畏人。」

「什麼意思？」

「神鬼不管有無，該敬畏的要敬畏，人就要分好壞，該敬畏的敬畏，不用害怕的就不要怕，因為我覺得，你有時膽子很大，有時又很膽小，所以才這樣問。」

「誰說我不敬神？神是保佑人的！至於鬼，我只是說還沒有見過鬼，沒有被鬼害過。至於說畏人，是因為見過一些心腸不好，會害人的人。」

「其實，你比我聰明，又比我讀的書多，不用我說你。總之，出門在外，自己樣樣小心就是了！」

停了一會兒，阿珠說：「不過，我最放心的是，你這人不會亂來！」

「什麼不會亂來？」我奇怪地問。

「就是……」阿珠沒有說下去，突然臉紅起來，過了一會，才說：「小時候你經常抱我，後來……後來，我一直想要你抱我一下，親我一下，你一直沒有，你不想嗎？」

我也臉紅了，過了一會兒才說：「當然想，怕你罵我，所以不敢！」

「唉，真傻！好了，知道你想過，我就……你現在就是敢，也不能了，等著親你的老婆吧！」

兩人都不說話，又過了好一會兒，平靜下來。我問：

「說半天，我還沒有問你，都快一年了，過得好不好？他……家裡人對你好嗎？」

「他和他一家人都對我好，是我自己高興不起來。」

「現在做什麼工作了沒有？」

「剛下去時，工廠裡成立這樣小組，那樣小組，組織家屬參加生產，又說成立城市人民公社，都像一陣風吹過，那些小組現在都下馬了。工廠裡有些臨時活幹，做一天，閒三天。」

「一直閒在家裡也不是辦法。」

「就是在家裡也不會閒著，一家人，煮飯，洗衣服，都夠忙的，先這樣過著吧。」

兩個人說幾句，靜靜地坐一會，又說幾句。望望門外，不知不覺日影已經上到屋簷，五點多鐘了。

「你是吃了晚飯才回去嗎？」

「不了，下去跟阿媽他們說一聲，就回去。」

兩人走出房門，阿珠見阿媽在廚房，去和她打了聲招呼告辭。走到可居樓前，站著望望對面的長崗，回頭望望屋後的欖樹。那欖樹比其它果樹高出一大截，最可惜那兩棵高高的木棉樹沒有了。又靜靜地站了一會，兩人同時說：「回去吧！」卻站著不動，又靜靜地站了好久，又同時說「回去吧！」才慢慢轉過身，走出一小段路，同時回過頭來，又招招手，我才走回家。

跟舅父、阿姨、表叔等親戚告別後，出門前一天，沒有祖宗牌位了，只有向天、地、所有神明，燒香磕頭，告別的同時，祈望保佑；向全屋所有親人告別，上下屋的長輩，該告訴的已經告訴了。

從縣城到廣州的汽車，要走整整一天，早上七點多走到晚上八九點。這天清晨五點鐘起床，阿媽已經煮好飯。不是粥，是飯。炒了兩碗青菜，煎了兩個雞蛋。阿媽看著我吃，她不吃。我靜靜地吃，兩人都不說話。這幾天，昨晚上，該說的都說過了，想要說的永遠也說不完。我不要阿媽送我，走出小門，我就叫她回去。不到六點鐘，天還不亮。一走上石路，我就加快腳步，沒有回頭，我知道阿媽還一直站在門口，我就是回頭也什麼都看不見。

我有意走長崗上的小路，天上沒有月亮，這條路我走了十多年，不知道走了多少回。長崗上前幾年的改造停了下來，又不准私人亂開亂挖，比以前更荒涼，這荒涼也許可以讓先人更好地酣睡。想起我和友興利廣對他們的驚擾，不覺有些歉疚，我希望他們會原諒我們，就像父母總會原諒子女一樣。我在這黑黑的清晨，從許多長眠在地下的先人身邊走過，走出故鄉，走向他鄉。

到縣車站等了一陣，天才微微亮。到上車時間上車上坐著，等到哨子響，車輪轉動時，才意識到現在是真正離開生我養我十多年的家鄉了。車上坐得滿滿的，人聲嘈雜，我什麼也聽不進去，眼望窗外，景物一閃一閃的，我似看非看。腦子裡想，阿媽現在在做什麼呢？菜園的竹籬笆應該換了，我怎麼沒有抓緊時間換呢？我問過先隆伯，他說我們的果樹明年要開花了，應該加緊追肥，花才開得旺……我突然懷疑起自己走得對不對：或者，阿爸不過是來了個可多可少的兒子，阿媽卻走了她唯一的兒子；阿爸有病身邊有六個子女去服待他，阿媽有病身邊只有旁親！我突然想大叫：停車！猛然一驚，望望左右，長長呼出一口氣，慢慢平靜下來。

我左右張望，猜測同車的是些什麼人：從各種穿著上，估計有出差的幹部，有探親訪友的鄉親，也可能有出外找工作的農民，我不知道自己屬於哪類。窗外閃過村莊、山崗、田野。所有村子牆上的標語都是總路線、大躍進、人民公社，多快好省的內容。

汽車到老隆縣城，在車站旁的飯店匆匆吃完中午飯，換了個司機，又上路。晚上將近九點才到廣州。

下了汽車，看見車站旁邊有個小食店還開門，趕快進去吃了碗米粉，填飽肚子。走在街上，耳邊聽到的都是廣州白話，問了幾個人，不得要領，不知道哪裡有旅店。改為問火車站，又問了幾個人，到十一點多，終於找到火車站。火車站要到明天才有人上班，候車室裡有一些人，看樣子準備在凳子上過夜，我便照樣找了個位子，抱著包袱靠著閉目養神，迷迷糊糊睡著了。聽得耳邊的說話聲，睜開眼睛，天快亮了。跟著人在一個水龍頭嗽口抹臉，吃了早餐，便去排隊買票，買的是從廣州到滇南春城的「火車汽車聯營票」：當天晚上十點上車，從廣州坐火車到貴陽，轉坐汽車到滇南青益，又轉火車到春城，票價四十三元七角。到達時間就要看衡陽和貴陽轉車時有無延誤。

吃過早飯，有一天的時間，最想看的是中山紀念堂。迎面走來一個中年人，一身中山裝，看著斯文和氣。我開口用客家話問：「同志，請問……」話沒有說完，那人罵聲：「鄉下佬！」頭也不回走了。想起老人說的「在家千日好，出門半朝難」的話，又硬起頭皮問了幾個人，經人指點，終於找到中山紀念堂。可惜不開放，只能在外面看看。對孫中山以前稱「國父」現在稱「先生」，我不知道為什麼要改。轉來轉去，轉到海珠廣場，看到以前聽說過的海珠橋。後來看見一間書店，進去消磨了半天。吃過晚飯不敢出去了，坐在候車室裡，先是看人，後來閉目養神。

到時間上了車，不知坐了多久，火車終於動起來，慢慢地越走越快。第一次坐火車，感覺很新鮮。天黑，外面除了燈光閃過，看不見什麼。我起來在車箱裡走了幾節，聽著周圍不同的方言，半懂不懂的，奇怪讀書時老師怎麼沒有教普通話。回來坐在位置上，閉上眼睛，又想起阿媽：她睡覺了沒有？她在想我嗎？

火車走了一天兩夜，清晨到達湖南衡陽。下車後到賣票處找到簽證的窗口，在車票上簽好轉乘的車次和時間，看好是上午十一點的車，便走出車站。

看見旁邊有一間小吃店，門口擺著一籠熱氣騰騰的糕，看不出是用什麼粉做的。掏出錢糧，買了三塊，準備先墊墊底。走到街邊蹲下來，先把肩上的包放在膝上，把紙托住的熱糕擺在包上，準備吃糕。可是，剛伸手要拿，一個四五歲的小女孩，不知從哪裡衝出來，抓起我的糕，一邊叫「我掐！我掐！」一邊往嘴裡塞。我來不及反應，看著她跑過去撲進一個女人的懷裡。那女人不看我，也聽見她在說：「掐！掐！」我不懂是什麼意思。轉回車站，掏出找回的糧票看看，都是湖南糧票，再出來時，那小孩和女人不知哪裡去了。

我走過幾步路，看見有一間小飯店，進到店裡，除了幾個食客，卻有好幾個黑瘦的老人和小孩轉來轉去，注視著食客的碗。我想好了主意，準備好布袋，將找回的七兩糧票都買成包子。在抬食物的窗口，接過包子裝進布袋裡，在幾個老人孩子的渴望眼神中，快步走出飯店。回到車站候車室，找了個椅子坐下來，接連吃了五個包子，名叫菜肉包子，只有菜，好像沒有吃到肉，而且那麵粉不知道摻了什麼。還有兩個不想吃了。在車站找來找去找到自來水，喝了個飽。這車站很小，旅客不算多，回到候車室打盹。

到時間上車，衡陽上車的旅客有好些是帶行李的，手提肩扛，一人挑，兩人抬，有雜糧蔬果，小型傢俱農具，乃至活雞活鴨，好像是趕墟的農民。我好不容易擠上去找到車票上的座號，位置上已經坐了個黑臉漢子。我學著姑丈才教的普通話，請他讓座。他卻嗚嚕哇啦叫，不知道說些什麼。我拿出票給他看，他把頭扭向一邊，不再理我。還是姑丈教的，不急，等車開動，大家安定下來，列車員開始巡查。我拿出車票給列車員，請他理論。列車員叫那黑漢子拿票出來，那人摸出車票，列車員一看，大聲喝道：「這是站票，起來！站一邊去！」那漢子不情願地拎起包站起來。我等他走開後，才在那座位上擠著坐下來。

兩日兩夜，又是清晨到貴陽，應該是運輸部門有意這樣安排的，免去了中途住旅館。找到汽車站，給簽了貴陽到滇南青益市的汽車票車次坐位，看清是上午九點鐘開車，便出來找飯吃。見到一間食店食牌上寫米線，一看是家鄉的米粉。進去買了一碗，那湯鮮紅色，上面有些蔥花。坐車坐得口渴，低下頭喝湯，卯足氣大口喝下去，頓時覺得像被人用利刃從嘴裡捅進去，直捅到心肺之間，忍不住拼命咳嗽，眼淚鼻涕一齊流。旁邊一老一小走過來，不知說些什麼。我對他們擺擺手，意思叫他們走開，他們卻抬起我的米粉，走到鄰桌一起吃喝起來。等我眼淚不流了，他們早吃完了。看看除了米線，還有些人在吃麵條，都是滿碗紅通通的，才意識到那紅色是辣椒。我看看又有包子賣，包子裡面不會包辣椒吧？先買兩個試試。吃了兩個白菜包子，不辣，又買了五個，討了碗湯，把包子吃完了。

不久坐上汽車，汽車才駛出城，便在大山上爬行。山間盤繞的公路像一條長蛇，汽車像沒有吃飽飯的人走路，有氣無力。剛上車時的喧嚷一過，大多數人都在打瞌睡。我靠著窗口，看一陣睡一陣。這裡的山真高真大，比起來，家鄉的山只能叫小土丘，怪不得地理書上說家鄉是丘陵地區，這裡是高原。當晚在一個大山裡的旅店住下，進店時已經完全天黑，店裡沒有電燈，連臉腳都懶得洗了，和衣睡下。第二天，汽車還是在大山上走了一整天，又是到天黑才到滇南的青益。

下了汽車，汽車站對面就是火車站，進去換成火車票，不知等了幾個鐘，上了火車。啌哧哧，啌哧哧，每到一個站都停，而且，有時一停就是一個多小時。那上下車的人，挑擔子的換成揹大竹籮的，擠擁吵雜，與衡陽車站相比，有過之，無不及。火車又走了一整天，到晚上十點多，到了春城。下了車，人人都步履匆匆，我不會開口問人，只有跟著人流走。才走了十幾分鐘，看見有人走進一間店舖門，以為是旅館。進去一看，原來是一間澡堂。看見別人把提包一放，就在那像小床的椅子上躺下來，我便學人家的樣，把包丟在一張空床一頭，跟著躺下去，一下就睡著了。睡得正酣，被人推醒了。睜眼一看，已經天大亮了。望著那人伸在面前的手，我拿出一些角票攤在手上，那人取了四角錢。看到旁邊有洗臉瓷盆，抹了把臉，拎起包，走出了店門。

這裡是滇南省城，和經過的廣州貴陽不同，這裡的街道很清爽，空氣非常清新。街道不寬，街兩邊是葉子像梧桐一樣的樹。我深深地吸一口氣，感覺精神很好。走了幾步，看見有小吃店，往裡一望，看見人人嘴下的碗面上，又是紅紅的，那喉嚨被刀割的感覺明顯還在，又看到有包子賣，我實在不想吃了。決定先找汽車站。可能各種話聽了七八天，覺得容易聽懂，而且，這裡的人都很和氣。按照路人指示，沿著大街一直走，走了半個多小時，就看到春城汽車客運站的招牌。在售票處買好第二天到元水縣的汽車票，看看口袋裡盤纏充足有餘，心定下來。記得剛才那澡堂周圍是繁華街道，我便順原路走回來。我走進一間飯店，看了半天，要了兩個菜，一碗飯。那菜有幾小片肥肉，有些燒得焦黑的不知什麼東西，挾起來一聞，又香又辣，嗆得連忙放下，小心嚐試一下青菜，還是辣，連忙扒飯。

吃飽飯，找了個旅館住下來。睡了午覺起來，出去走了幾條街，不敢走遠。吃過晚飯回到旅館時，看到有高級糖果賣，想起利廣問價錢時，被人看不起的事，喉嚨裡的辣又經久不散，摸摸口袋裡充足有餘的盤纏，狠下心來，不問價錢，掏出五元錢來指指糖果。年輕店員秤出幾顆倒在櫃檯上，我裝進口袋回到房間裡，掏出來看有六顆，是牛奶糖。躺在床上含著糖，那香甜感覺已經是很久以前的事了，連吃了兩顆。

第二天一早，來到車站，時間到了，便排隊上車。正望著前面上車的人，後面一個年輕婦女，拉著一個大約三歲的女孩，叫：「叔叔，幫我帶個小孩上車好嗎？我手裡還抱著一個。」在家鄉時，上下屋比我小的叫我「哥哥」，想不到一出遠門升級成了「叔叔」，我覺得臉有點發燒。看那婦女也就二十來歲，年輕輕的，左手抱著一個，右手拉著一個，身上還揹個包。我伸手接過小女孩的手，帶她上車坐下來。那女的上來後，坐在過道另一邊。等客車走了半個多小時，小女孩的媽媽跟我的鄰座換位，坐到了我的身旁。過了一會兒，年輕婦人一直跟我說話，我努力聽，差不多可以聽懂她的話：她是四川重慶人，到孩子他爸爸單位去探親，她愛人工作的銅礦，也是在元水縣，離布朗農場有幾十公里。她說，如果她一個人帶兩個小孩上車，要給小孩補半票，所以，我幫了她的忙，謝謝我。我說：「不用謝，捎帶的事，又不用花錢。」這是我生來第一次講普通話和外省人交談，最初，她聽不懂。後來，我發覺如果我說話不帶「阿咩話」，講書本語言，她基本可以聽懂。這四川女人講話講得快，我要很專心聽，再聯貫上下語句，才能懂得她的意思。小男孩一歲左右，一直抱著。小女孩不認生，一直貼在我身上，時不時問一句，可惜我很聽不懂。我掏出一粒糖，小女孩一接過來，就剝了放進嘴裡，她媽媽叫小女孩說謝謝。中午，在一個叫玉河的地方吃飯。因為我剛才說了怕辣的事，那年輕媽媽叫我把錢糧給她，讓我坐在飯桌旁，看著她的包和小女孩。她買好票，又連跑兩回，到窗口把吃的抬回來。我看母女兩買的是兩碗煮米粉，我的是一碗醃肉炒的不知什麼。她告訴我，那是炒餌塊，特地叫師傅沒有放辣椒。我吃了幾口，那餌塊又香又有嚼勁，肥多瘦少的醃肉片很香。不但這十多天，怕好多年我都沒有吃過這麼好吃的東西了。一看，那母女兩個，碗裡又是紅紅的，漂著許多辣椒碎粒，小女孩也吃得呼哈呼哈的，讓我佩服得不得了。中午飯後，繼續趕路，走到一個叫揚坡的地方，天已經完全黑盡。小孩她媽媽還是叫我看著女孩和包，她去買旅館票和飯菜。我把錢糧給了她，等她買好票回來，我們一起去吃飯。買的是米飯，米很糙，菜就缺油不少鹽，有點很鹹的肉碎。旅館沒有電燈，飯堂只有兩盞煤油燈，看不清不說，油菸味非常難聞。吃完飯，一齊去洗臉腳。洗嗽好了，送她和兩個孩子進到房間，問她我的房間在哪裡？她說：「就在這裡，我三人睡一床，你睡另一床。」我聽了一臉疑惑，不理解她的意思。她見我半天不出聲，也不動，便用小女孩的口氣跟我說：「小叔叔不要害怕，我跟服務員說好了，我們是一家人，住在一起，好互相照顧。」我望望門外，到處都關著門，那服務台也沒有人了。聽著婦人已經在床上哄兩個孩子睡覺，我只好和衣睡在床上。天氣不冷，被子有一大股味，我只拉過被角，蓋著肚子。將要睡著，突然覺得有人擠上床來，這年輕媳婦側身躺在我身子左邊，在我耳邊說：「兩個娃兒太不會睡覺了，我和小弟擠一下，借你半邊枕頭靠一靠。」我嘴裡連聲說著「不！不！」身子卻自然反應地往裡躲，她便整個身子睡過來。我一時不知所措，僵臥著不敢動，她也是靜靜地躺著。我大氣不敢出，完全沒有睡意了。過了一會兒，她問：

「小弟，你耍過女朋友沒有？」

「沒有！我怎麼會殺女朋友？我也沒有女朋友！」她的話把我嚇著了！

「不是殺女朋友，是和女娃兒談過戀愛沒有？」我聽見她偷偷地笑起來。

「沒有！我又不會談戀愛！你回去吧，擠著我不舒服！」

「哪就擠著你了，裡邊還那麼寬！」說著，她側過身子伸手摸我右邊的牆。那身體靠在我的身上，一股熱氣傳過來，我覺得渾身躁熱。她將手收回去時，緩緩地從我身上掃過，驚得我連忙收腹彎腰，把身子轉過去，面對著牆，禁不住呼吸急促，心裡呼呼亂跳。我腦子很亂，我想：不能叫，真有人進來，說不清楚；我只能起來坐著，或悄悄出門走走。正當我想要起身時，小媳婦伸手很用力地抱住我，在我耳邊說：「小弟，不要害怕，我就是忍不住想抱你一下，不會害你，你太純了！放心睡吧，明天還要趕路。」說罷，好像是用嘴碰了一下我的耳朵，回到她那邊床上去了。我慢慢冷靜下來，相信她不會說假話，不知什麼時候睡著了。

第二天清晨，在公路邊等司機招呼上車時，年輕媳婦教小女孩說：「請小叔叔抱抱，叔叔是好人，我們不會忘記你！」她先上車，在窗口坐下，我抱著小女孩上車後坐在旁邊。汽車在山間行走，陽光一會兒從左邊窗子照進來，一會兒從右邊窗子照進來。她抱著兒子，頭靠在車窗上睡覺。我借看窗外山景的機會，第一次那麼近地，清楚地看一個素不相識的年輕女子的臉。這是很普通的一張臉，說不上漂亮，也不難看，年輕，純樸，但是，臉色不好，睡著的神情顯得異常寧靜。我轉過頭來，專心看山上的景色。走了兩個多鐘頭，汽車下到山腳一塊平地。年輕媳婦睜開眼睛，望望窗外，跟我說：「小弟，我們到了，真是謝謝你了！」汽車駛到一座道班房前（大陸維修公路工人的駐地），有幾個人在等車。年輕媳婦已經看到她愛人，車一停穩，她抱著兒子先下去，我幫她把行李從車窗傳下去，再讓小女孩自己下車。她等小女孩下車拉著走向一個等著的男人，始終沒有回頭，只有小女孩回頭望我兩次。

汽車繼續前行，我對著不斷閃過的山景似看非看，想起一句話：行萬里路，讀萬卷書。從家鄉來到這裡，不知有多少路，這近十天見到的各色各樣的人，這些人不同的語言、神情、動作，和我過去在小村子裡見過的不相同，這數不清偶然相遇的人，比書本上的描寫生動鮮活得多。從家鄉縣城，坐汽車到廣州，坐上火車，出廣東，經湖南，穿廣西，過貴州，到滇南，沿途的村莊、田野、河流、山川，讓我從書本上學到的地理知識，有了感性。才幾天功夫，我覺得自己長大了許多。

汽車走了兩個多小時，翻過一座山，車上有人叫：布朗壩到了。汽車沿山邊公路下到在一間小土坯房前停下來，土坯房門上掛著「元水縣布朗壩郵電所」的牌子。一個穿綠色制服的人出來，把汽車上的郵包拎進去。

客車上只有我一個人下車，我望望空曠的四周，不見一個行人，只有走進郵電所去打聽。那人看了我一眼，出來指著壩子中央的村莊說：「場部就在布朗城，你進去一問就知道了。」我望著不遠綠樹掩影中的土房子，一時領會不了「布朗城」的意思。公路離「城」不遠，走過一條小溪，再走幾步就進了「城」，那人說的「布朗城」就是一個村莊。除了「城」邊有一排瓦房牆是刷白的，其它所有房子，都是用土坯砌成的，房頂也是用厚土鋪成，整座城看起來一片灰色。看到那瓦房門上掛著一塊「元水縣國營布朗華僑農場」的牌子，我的身心放鬆下來：到達目的地了。

故鄉已經留在幾千里外，這裡是他鄉，我將在這裡寫他鄉的故事。

現代文學33

高高的木棉樹

作　　者：古方智
美　　編：林育雯
封面設計：林育雯
執行編輯：高雅婷、黃義
出 版 者：博客思出版社
發　　行：博客思出版事業網
地　　址：台北市中正區重慶南路一段121號8樓14
電　　話：(02)2331-1675　傳　　真：(02)2382-6225
E—MAIL：books5w@gmail.com
網路書店：http://bookstv.com.tw/
http://store.pchome.com.tw/yesbooks/
博客來網路書店、博客思網路書店、
華文網路書店、三民書局
總 經 銷：成信文化事業股份有限公司
電　　話：(02)2219-2080　傳　　真：(02)2219-2180
香港代理：香港聯合零售有限公司
地　　址：香港新界大蒲汀麗路36號中華商務印刷大樓
C&C Building, #36, Ting Lai Road, Tai Po, New Territories, HK
電　　話：(852)2150-2100　傳真：(852)2356-0735
總 經 銷：廈門外圖集團有限公司
地　　址：廈門市湖裡區悅華路8號4樓
電　　話：86-592-2230177
傳　　真：86-592-5365089
出版日期：2017年3月　初版
定　　價：新臺幣300元整（平裝）
ISBN：978-986-93351-7-1

國家圖書館出版品預行編目資料

高高的木棉樹 / 古方智著. -- 初版. -- 臺北市 : 博客思, 2017.3
面；　公分. -- (現代文學；33)
ISBN 978-986-93351-7-1(平裝)

855　　105018690